HEYNE BÜCHER

W0300851

SCIENCE FICTION

Herausgegeben
von Wolfgang Jeschke

Von **Wolfgang Jeschke** erschienen in der Reihe
HEYNE SCIENCE FICTION & FANTASY:

Der Zeiter · 0603328
(erweiterte Ausgabe 1978) · 0603328
Der letzte Tag der Schöpfung · 0604200
MIDAS oder Die Auferstehung des Fleisches · 0605001
Schlechte Nachrichten aus dem Vatikan · 0605025

Als Herausgeber u. a. der Anthologienreihe
INTERNATIONALE SCIENCE FICTION STORIES:
Planetoidenfänger · 0603364
Die große Uhr · 0603541
Im Grenzland der Sonne · 0603592
Spinnenmusik · 0603646
Der Tod des Dr. Island · 0603674
Eine Lokomotive für den Zaren · 0603725
Feinde des Systems · 0603805
25 Jahre Heyne Science Fiction & Fantasy 1960–1985
SF Jubiläumsband: Das Lesebuch · 0604000
Aufbruch in die Galaxis · 0604001
Die Gebeine des Bertrand Russell · 0604057
Das Gewand der Nessa · 0604097
Das digitale Dachau · 0604161
Venice 2 · 0604199
Entropie · 0604255
Langsame Apokalypse · 0604325
Schöne nackte Welt · 0604380
L wie Liquidator · 0604410
Second Hand Planet · 0604470
Wassermanns Roboter · 0604513
Papa Godzilla · 0604560
An der Grenze · 0604610
Mondaugen · 0604660
Johann Sebastian Bach Memorial Barbecue · 0604697
Die wahre Lehre, nach Mickymaus · 0604747
Das Blei der Zeit · 0604803
Der Fensterjesus · 0604880
Die Menagerie von Babel · 0604920
Die Zeitbraut · 0604990
Lenins Zahn und Stalins Tränen · 0605055
Gogols Frau · 0605090
Die Pilotin · 0605160
Die Straße nach Candarei . 0605275
Partner fürs Leben · 0605325
Riffprimaten · 0605390 (in Vorb.)
Die Verwandlung · (in Vorb.)
Die langsame Zeitmaschine · (in Vorb.)
Die letzten Bastionen · (in Vorb.)
Die Vergangenheit der Zukunft · (in Vorb.)
sowie *Das Auge des Phönix*
Science Fiction aus Deutschland · 0604235
und **HEYNE SCIENCE FICTION JAHRESBAND** 1980–1995
sowie **DAS HEYNE SCIENCE FICTION JAHR** 1986–1995

PARTNER FÜRS LEBEN

Internationale
Science Fiction Erzählungen

herausgegeben von
Wolfgang Jeschke

Illustrierte
Originalausgabe

WILHELM HEYNE VERLAG
MÜNCHEN

HEYNE SCIENCE FICTION & FANTASY
Band 0605325

Das Umschlagbild malte Jörg Remé
Übersetzungen:
Aus dem Amerikanischen und Englischen von
Ingrid Herrmann, Kamala Kiel und Birgit Reß-Bohusch;
Walter Brumm, Martin Gilbert, Jakob Leutner, Uwe Luserke,
Karl Veit und Alfons Winkelmann
Aus dem Tschechischen von Karl v. Wetzky
Aus dem Ungarischen von Roberto Kohlstedt

Illustriert von André Janout, Manfred Lafrentz,
Jobst Teltschik und Ingo Wiegand

Umwelthinweis:
Dieses Buch wurde auf
chlor- und säurefreiem Papier gedruckt.

Redaktion: Wolfgang Jeschke
Copyright © 1996 by
Wilhelm Heyne Verlag GmbH & Co. KG, München
Einzelrechte und Rechte der deutschen Übersetzungen
jeweils am Schluß der Texte
Printed in Germany 1995
Umschlaggestaltung: Atelier Ingrid Schütz, München
Technische Betreuung: M. Spinola
Satz: Schaber, Satz- und Datentechnik, Wels
Druck und Bindung: Presse-Druck Augsburg

ISBN 3-453-08573-6

INHALT

John Brunner (†) · England
GUT MIT REIS 9
(GOOD WITH RICE)

Marcus Hammerschmitt · Deutschland
HUNDHERZ 71

Gabor Csaba Trenka · Ungarn
FRÜHLINGSANFANG, OBEN IM RABENTAL 92
(KORATAVASSZAL, FENN A VARJÚVÖLGYBEN)

Michael Blumlein · USA
DAS VERSPRECHEN VON WÄRME 123
(THE PROMISE OF WARMTH)

Brian Stableford · England
WAS WILL CHLOË? 144
(WHAT CAN CLOË WANT?)

Michael F. Flynn · USA
DAS GEMEINSCHAFTLICHE ZIEL DER NATUR 158
(THE COMMON GOAL OF NATURE)

Michael K. Iwoleit · Deutschland
WACHABLÖSUNG 219

INHALT

Stephen Baxter · England
LIESERL 242
(LIESERL)

Kristine Kathryn Rusch · USA
PAS DE DEUX MIT EINEM TOTEN 269
(WALTZING ON A DANCER'S GRAVE)

Diane Mapes · USA
WEIBSTEUFEL 314
(SHE DEVIL)

Ralph Sander · Deutschland
BRUXELLES-MIDI 348

Paul di Filippo · USA
DRITTER WELTKRIEG – REVIDIERTE FASSUNG 366
(WORLD WAR III)

Ian McDonald · Nordirland
SONDERWÜNSCHE 392
(SOME STRANGE DESIRE)

Josef Souchop · Tschechien
DIE RÜCKKEHR AUF DEN PLANETEN ERDE 428
(NÁVRAT NA PLANETU ZEMI)

INHALT

Gabriel Laub · Deutschland
WESEN VOM PLANETEN SONNE-3 437

Gwyneth Jones · England
BLAUER TON 450
(BLUE CLAY BLUES)

Jirí W. Procházka · Tschechien
DIE SCHÖPFER DER ZEIT 486
(TVŮRCI ČASU)

Kathleen Ann Goonan · USA
TAGESPUNKTE, INC. 504
(DAYDOTS, INC.)

Jonathan Lethem · USA
DIE FLECKENLOSE KATHEDRALE 531
(THE SPECKLESS CATHEDRAL)

Richard Paul Russo · USA
VORBEI DIE NACHT 544
(NIGHT PASSAGE)

Wolfgang Jeschke · Deutschland
PARTNER FÜRS LEBEN 560

John Brunner · England

GUT MIT REIS

DER DRACHE DES SONNENUNTERGANGS

... kroch mit weniger als Schrittgeschwindigkeit die letzten paar hundert Meter in den Hauptbahnhof von Guangzhou. Der Zug trug den Namen, weil er aus dem äußersten Westen des Landes kam. Es waren jedoch nicht diejenigen unter seinen mehr als eintausend Passagieren, die den Zug am Beginn der Reise vor zweieinhalb Tagen bestiegen hatten, welche nun versuchten, die Türen vor dem Halten zu öffnen, und, als ihnen dies nicht gelang – das rollende Material war von modernster Bauart und besaß eine mit dem Bremssystem synchronisierte Verriegelung –, ihre Köpfe zu den Fenstern hinausreckten, um vergeblichen Beschwerden Ausdruck zu geben. Vielmehr waren es jene, die näher dem Bestimmungsort zugestiegen waren und noch nicht Zeit gehabt hatten, in die uralte Lethargie des Fernreisenden zu versinken – eine Lethargie, die gut zu einem Land paßte, dessen Staub einem das Gesicht mit dem Pulver von Ahnengebeinen puderte.

Aber ihre Ungeduld sollte auf eine weitere Probe gestellt werden.

Im ersten Waggon hinter der Lokomotive mußten sehr einflußreiche Leute sein. Wo dieser Waggon anhalten sollte, war ein Teil des Bahnsteigs durch Metallgitter abgesperrt. Ein Teppich war ausgelegt. Beamte der Staatsbahn in ihren besten Uniformen standen erwartungsvoll herum. Zwei Frauen machten ein Getue um ein kleines Mädchen in einem Anzug aus roter Seide, das einen Blumenstrauß überreichen sollte. Die Rücken dem einlaufenden Zug zugekehrt, standen Soldaten mit schräg vor den Körpern gehaltenen Karabinern Wache.

Die hochgestellten Passagiere hätten sofort aussteigen, die Blumen und die Begrüßungen entgegennehmen und dann zu einer wartenden Limousine geführt werden sollen. Statt dessen gab es einen Aufenthalt. Hätten sie gewußt, warum sie zu warten genötigt waren, so hätten sie die Sache mit einem Achselzucken abgetan oder sogar ihre Freude an dem kleinen Schauspiel gehabt. Wohin man heutzutage in China ging, immer und überall schienen sich wichtige Leute in den Vordergrund oder an die Spitze der Schlange zu drängen: Politiker, die für diese oder jene Meinung Unterstützung suchten; Geschäftsleute, die in Verhandlungen mit ausländischen Gesellschaften standen (oder es behaupteten); Fachleute aller Disziplinen, die nach Mitteln und Wegen suchten, das kranke Herz des Landes zu heilen… Wie die Dinge lagen, wurde die Menge jedoch bald unruhig.

Es gibt, versteht sich, keine Zufälligkeiten, und Polizist Wang war ein viel zu guter Taoist, um anders darüber zu denken. Wenn er in späteren Jahren zurückblickte, konnte er freilich nicht umhin, von der Zahl der Vorbedingungen beeindruckt zu sein, die notwendig waren, um die Kette von Ereignissen in Gang zu setzen, welche bald die Welt verändern sollten – oder vielmehr die Welt erkennen ließen, wie sie bereits verändert wurde.

Hätte es zum Beispiel keine Verzögerungen im Ablauf gegeben, bis die wichtigen Passagiere in ihrer Limousine saßen, wäre ihm womöglich der alte Bauer entgangen, der mitten in der Menschenmenge dahinhumpelte, vorübergetragen wie ein Herbstblatt auf einem angeschwollenen Fluß. Oder selbst wenn er ihn gesehen hätte, was sicherlich möglich gewesen wäre, weil der Kerl in dieser florierenden Besonderen Wirtschaftszone eine solch unpassende Figur abgab, würde er nicht die Gelegenheit gehabt haben, auf seine plötzliche Inspiration – besser gesagt, Gefühl – hin zu handeln.

Da er im Augenblick frei war von Routinepflichten wie dem Abschrecken von Straßenhändlern, die darauf aus waren, eben eingetroffene Landleute übers Ohr zu hauen, und von Nudelköchen, die in ihrem Eifer, Konkurrenten aus dem Feld zu schlagen, Gefahr liefen, ihre Karren umzuwerfen, konnte er auf der Suche nach dem, was seine Aufmerksamkeit erregt hatte, die vorbeiströmenden Menschen mustern.

Die Mischung der Fahrgäste war typisch für diese Zeit an einem gewöhnlichen Werktag. Männer waren in der Überzahl, darunter viele in Anzügen und Krawatten, Aktenkoffer und Mappen in den Händen und mit besorgten Mienen, als wären sie Opfer einer Verschwörung und suchten nach den Schuldigen. Es gab Händler, die kunsthandwerkliche Gegenstände, Teppiche, Stoffballen und gegerbte Felle von nicht bedrohten Tierarten wie Schaf, Pony und Kamel trugen. Wang sah ein paar Priester in breitkrempigen konischen Hüten, die sich dank dem Bestehen des Auslands auf religiöser Toleranz wieder offen zeigen konnten. Viele Reisende waren ältere Leute, bemerkenswert rege, weil sie *tai chi* praktizierten, die vermutlich gekommen waren, Verwandte zu besuchen, die in der Stadt arbeiteten und daher Erlaubnis hatten, hier zu leben. Ältere Kinder waren nicht zu sehen, denn der Schulunterricht dauerte noch an, aber Wang erspähte eine Gruppe von drei kränklich und bedrückt aussehenden Schulkindern, die vermutlich auf dem Weg zu einer Untersuchung im Krankenhaus waren. Auch gab es mehrere junge Leute, die Wang allzu gern kontrolliert hätte, um festzustellen, warum sie nicht studierten oder arbeiteten, aber sie sahen zu gutgekleidet aus, als daß er es hätte riskieren mögen. Entweder kamen sie aus wohlhabenden und einflußreichen Familien, unantastbar für die Polizei, oder sie waren Drogendealer oder Schwarzhändler, so daß er sich in Bereiche einmischen würde, für die andere Abteilungen der Polizei zuständig waren, oder sie waren – in Falle der Mädchen und möglicherweise auch einiger der jungen Männer – Prostituierte, die sehr wahrscheinlich Beschützer in den Triaden hatten. Manchmal bezweifelte Wang, ob die führenden Leute in Beijing verstanden hatten, worauf sie sich einließen, als sie darauf bestanden hatten, Hongkong wieder mit China zu vereinigen.

Aber er mochte nicht über Hongkong nachdenken.

So zusammengewürfelt die Menge um ihn her auch war, der alte Bauer fiel darin auf wie ein Stein in einer Schüssel voll Reis. (Alt? Wahrscheinlich war er nicht älter als fünfzig, doch hatte er mehrere Zähne verloren, der Rest war verfärbt vom Tabak, und das Gesicht unter seiner fettigen blauen Baumwollmütze war so mit Schmutz imprägniert, daß jede Falte und Runzel sich doppelt scharf abzeichnete.) Er war schäbig gekleidet in einen vielfach geflickten Baumwollanzug, der an die Kulturrevolution erinnerte; nur seine Schuhe waren neu. Auf einer Schulter balancierte er eine Bambusstange, die an beiden Enden unter den Gewichten eines in Stoff gewickelten Bündels und eines Sackes herabhing, der seinen Inhalt, einen länglichen Korb, nicht verbergen konnte. Als die Menge sich vor den Absperrgittern staute, schien er nicht bereit, seine Traglast abzulegen, obwohl sie in der Wärme von Guangdong ermüdend sein mußte. Kein Zweifel: statt über den Aufenthalt bloß verdrießlich zu sein, war er nervös. Anders als die mit ihm wartenden Menschen blickte er ständig umher. Als sein Blick sich mit Wangs kreuzte, wich er ihm sofort aus.

– Er sorgt sich um den Korb. Was hat er darin?

Neben Wang sagte sein Kollege Ho mißmutig: »Diese

Menge sieht so aus, als könnte sie unruhig werden. Wie lange will man sie noch aufhalten?«

Wang ging nicht auf die Frage ein. Sein Blick lag noch immer auf dem alten Bauern.

»Du sprichst heute nicht mit jedem, hm?« sagte Ho. Er hatte nicht viel für Wang übrig, den er für einen Idioten hielt. Ein Jahr in Hongkong zu verbringen und nicht reich zurückzukommen – welch eine vertane Chance! Ho wiederum erinnerte Wang an seine Frau, die selten müde wurde, das gleiche zu sagen.

Aber das hatte jetzt nichts zu sagen. Die Würdenträger waren endlich dem Zug entstiegen, der Blumenstrauß wurde übergeben, es gab Verbeugungen und Händeschütteln und offizielle Herzlichkeit. Wang gelangte zu einem Entschluß. Er zog die Antenne aus seinem Funksprechgerät und erbat die Unterstützung durch ihren Gruppenführer, Inspektor Chen.

Der kein übler Bursche war, wie Wang meinte; wenigstens teilte er nicht Hos geringe Meinung von ihm. Er stellte keine Fragen und zeigte sich nicht einmal ungehalten darüber, daß ein Untergebener ihn zu sich rief. Gemeinsam hielten sie auf den Bauern zu, gefolgt von einem verdrießlich blickenden Ho.

Als er Polizisten mit gezogenen Schlagstöcken nahen sah, bekam der Bauer es mit der Angst. Er ließ seine Last fallen und wäre geflohen, doch war die Menge nicht nur zu dicht, sondern sie setzte sich auch in Bewegung, als die Absperrgitter beiseitegetragen wurden. Nach einer halben Körperdrehung erkannte er seine Lage, schloß die Augen, drückte beide Hände gegen seine Brust und wankte wie unter einem Herzanfall. Ein junger Mann mit einem schlauen dunklen Gesicht griff nach der gefallenen Bambusstange. Wangs Schlagstock knallte einen Zentimeter vor seinen ausgestreckten Fingern auf den Bahnsteig. Der Bursche besann sich eines Besseren und tauchte eilig in der Menge unter. Inzwischen hielt Ho den Bauern fest, um ihn auf den Beinen zu halten – sehr gegen den Willen des Alten, wie seinem Gesichtsausdruck zu entnehmen war.

»Was vermutest du?« murmelte Inspektor Chen, der wie der Dirigent eines westlichen Orchesters mit erhobenem Schlagstock den Rest seiner Gruppe heranwinkte, damit sie die Menge zurückhielte.

Starker Uringeruch ging von der Traglast des Alten aus, durchdringender noch als der Gestank der gedrängten Menschenmenge unter dem Bahnhofsdach. Auf Grund dieser Erkenntnis und der offensichtlichen Tatsache, daß der Bauer allem Anschein nach aus einer der fernen Westprovinzen stammte, sagte Wang mit Überzeugung: »Ein verbotenes Tier.«

Chen starrte ihn einen Augenblick lang an. »Kann jemand noch so dumm sein?« fragte er. Dann blickte er zum Bauern, der sich soweit gefangen hatte, daß er Ho zornig anfunkelte. »Laß den Dummkopf sitzen!« rief Chen seinem Untergebenen im Vorbeigehen zu. Nachdem er seine Männer in Position gebracht hatte, bedeutete er Wang mit einer Handbewegung, daß er den Sack bringen und öffnen solle.

Statt sich zu setzen, riß der Bauer sich von Ho los, fiel auf die Knie und bat mit wiederholten Kotaus um Gnade. Sein Dialekt war so stark, daß sie kaum verstanden, was er sagte, obwohl etwas davon seine kranke Frau zu betreffen schien.

Chen warf Wang einen ironischen Seitenblick zu, dann sagte er klar und langsam, um sich verständlich zu machen: »Du hattest recht. Er ist ein Dummkopf. Nun laß uns sehen, was für ein Tier es ist. Aber warum sagt er es uns nicht? Du – wie heißt du?«

Der alte Mann schnupfte und schluchzte inzwischen. Ho umfaßte die dünnen Handgelenke des Alten mit einer Hand und zog ihm ein Bündel fettiger Papiere aus der Seitentasche seiner Jacke – natürlich eine besondere Dummheit, sie in einem überfüllten Zug dort aufzubewahren. Aber vielleicht war er damit durchge-

kommen, weil niemand sonderliches Interesse daran hatte, die Identität eines alten Landbewohners zu stehlen.

»Name!« sagte Chen im Befehlston. Als keine Antwort kam, nickte er Ho zu.

»Er heißt Lin Yung-fei«, meldete letzterer, nachdem er das Bündel der Papiere geöffnet und darin geblättert hatte. Weil Lin in erster Linie Wald bedeutet, fügte er hinzu: »Der richtige Name für einen rohkostfressenden Hinterwäldler!«

Die Beleidigung machte den Schluchzern des Bauern ein Ende und er kehrte zurück zu finsterer Verstocktheit. Es war jedoch ein armseliger Scherz, und Chen ignorierte ihn und bedeutete Wang, daß er mit der Untersuchung der Traglast beginnen solle. Umständlich band Wang den Strick auf, der den Sack an der Tragstange hielt, dann öffnete er ihn und zog ihn rings um den Korb herunter, bis er am Boden lag und den Flechtkorb enthüllte, dessen Deckel mit roh geschnitzten hölzernen Pflöcken gesichert war.

Der scharfe Geruch machte es unbestreitbar, daß seine Schlußfolgerung richtig gewesen war.

Die Passagiere des eingetroffenen Zuges begannen sich zu verlaufen, aber die Gruppe um den alten Bauern war noch immer umringt von zwanzig oder mehr Zuschauern. Wohin man auch ging, immer schien es Leute zu geben, die nichts Besseres zu tun hatten, die wie Schmeißfliegen alles umschwärmten, was nach einem Ereignis roch. Solange sie nicht versuchten, sich einzumischen, war es sinnlos, sie fortzuschicken. Genauso viele würden wieder aus dem Boden wachsen, schneller als Pilze.

Lin hatte sich unterdessen hinreichend erholt, um seiner Bedrängnis durch Verwünschungen Luft zu machen: zuerst verfluchte er sein Pech, dann den ›Freund‹, der ihm erzählt hatte, er könne eine Menge Geld verdienen, wenn er ein seltenes Tier in eine große Stadt schmuggle, und drittens die Polizei. In diesem Stadium stieß Ho ihm den Schlagstock in die Nieren, und er verstummte.

Der Korbdeckel hatte Löcher um die Verschlußpflöcke. Wang spähte mit einem Auge hinein und vergewisserte sich, daß tatsächlich ein Tier darin war. Es war braun, geschmeidig und hatte ein seidig glänzendes Fell; außerdem hatte es spitze weiße Zähne in einer bösartig aussehenden stumpfen Schnauze; und es hatte Krallen.

»Es sieht wie ein großes Frettchen aus«, sagte er schließlich.

Der Bauer schnaubte. Anscheinend waren ihm die Lügen und Leugnungen ausgegangen. »Was kann man von einem Städter anderes erwarten?« schnarrte er. »Es ist kein Frettchen, sondern ein Marder!«

Wang nickte. Er hatte den Begriff gehört und Bilder gesehen.

»Ist das eine geschützte Art?« fragte Chen, wartete aber nicht auf eine Antwort. »Muß wohl so sein. Warum würde er das Tier sonst herbringen?«

Bekümmert überlegte Wang, daß es eine Zeit gegeben hatte, da solch eine Frage legitim hätte beantwortet werden können, und in mehr als in einer Weise: als ein Haustier für meinen Enkel, um dressiert zu werden und unser Haus von Ratten zu befreien, um eine Zucht aufzubauen und aus den Pelzen der Jungen Mützen und Handschuhe zu machen …

Das aber war gewesen, bevor die Flutwelle der Menschheit halb China in eine Wüstenei verwandelt hatte. Er selbst war verheiratet, zu seinem Nachteil, hatte seine legale Chance, Vater eines Kindes zu werden, aber nicht wahrgenommen, weil er nicht schuldig sein wollte, noch mehr Verwüstung zu verursachen. Seiner Frau nannte er freilich einen anderen Grund: er wolle noch warten, weil moderne Fortschritte in der Biologie bald eine hundertprozentige Garantie bieten würden, daß ihr einziges Kind ein Sohn sein würde – und habe ihre Mutter nicht ihr Leben lang davon geträumt? Ho zog ihn oft damit auf und sagte, daß es immer eine Chance von fünfzig zu fünfzig gebe, da sein eigenes Kind aber ein Mädchen war, klangen seine Spötteleien hohl.

»Na schön«, sagte Inspektor Chen nach einer Weile und hob sein Funksprechgerät. »Ich werde im Revier Bescheid geben, daß wir einen mitbringen. Ho, leg dem alten Trottel Handschellen an. Wang, du trägst den Korb mit dem Tier, was es auch ist. Und ihr«, wandte er sich mit erhöhter Lautstärke an die Umstehenden, »die Vorstellung ist zu Ende.«

An diesem Punkt meldete sich Ho unerwartet zu Wort. Daß er in der Regel auf Landleute herabsah, hinderte ihn nicht daran, sich bei Gelegenheit mit Spezialkenntnissen zu brüsten, die er seinen ländlichen Vorfahren verdankte. »Sei vorsichtig!« warnte er Wang. »Ich weiß mit Mardern Bescheid. Sie können dich übel zurichten. Und dieser ist bestimmt halb verrückt vor Hunger, nach so langer Fahrt. Es wundert mich, daß er sich nicht durch den Korb gebissen hat!«

Wang zögerte. Er wollte sagen, daß das Tier nicht sehr aggressiv aussehe, aber Lin kam ihm zuvor.

»Wer sagt, daß ich ihn hungern ließ? Ich bin nicht so dumm, daß ich ein wertvolles Tier verrecken lasse! Lebendig ist es viel mehr wert als tot!«

Er gab nicht zu erkennen, ob er den Marder am Leben erhalten wollte, weil er ihn für Zuchtzwecke zu verwenden gedachte, oder aus dem mehr prosaischen Grund, daß keine ordentliche chinesische Hausfrau ihrer Familie Fleisch vorsetzen würde, das sie nicht schon von der Schlachtung her kannte.

»Ist das wahr?« fragte Chen. Wang spähte wieder durch das Loch im Korbdeckel.

»Ja, er scheint etwas zu fressen zu haben. Eine Art Frucht, wie es scheint. Stimmt das?« fragte er Lin.

Bevor der alte Mann antworten konnte, sagte Ho in verächtlichem Ton: »Marder sind Fleischfresser. Sie ernähren sich nicht von Früchten.«

»Diese Art fressen sie!« erklärte Lin. »Genau wie wir.«

»Welche Art?« wollte Chen wissen. Lin zuckte die Achseln. »Diese Art! Wir nennen sie ›Gut mit Reis‹, weil sie dazu paßt.«

Wang verspürte ein leises Prickeln im Nacken. Er fühlte, daß etwas nicht in die richtige Ordnung der Dinge paßte. Nach seinem Stirnrunzeln zu urteilen, war auch Chen nicht ganz wohl bei der Sache. Nachdem er das Revier von ihrer bevorstehenden Rückkehr unterrichtet hatte, gab er Anweisung, daß sie jemanden auftreiben sollten, der etwas von Wildtieren verstand und einen Marder in Obhut nehmen konnte. Dann ließ er nach kurzem Zögern eine weitere Anweisung folgen, diesmal zwecks Beschaffung von Information über Früchte, die von Fleischfressern verzehrt würden. Die Sprachlosigkeit am anderen Ende der Leitung war beinahe hörbar.

Dies getan, hängte er sein Funksprechgerät wieder in die Gürtelschlaufe.

»Los jetzt!« befahl er. »Gehen wir!«

TURM DER STÄRKE

... hieß die Apotheke, und sie war typisch für ihresgleichen: lange Ladentische aus dunklem Holz, mit vielen Schubladen darunter; dahinter Wandschränke mit mehr Schubladen, die Blätter, Wurzeln, Stengel, Blumen, Samen, Rinde, Pilze enthielten; ferner getrocknete Organe von Säugetieren, Vögeln, Reptilien, Fischen; getrocknetes Blut, Moschus, Galle, sogar Kot, besonders von Vögeln; in Abständen Arbeitsplätze, wo das Personal diese und andere Substanzen auf glänzenden neuen elektronischen Waagen abwog und dann in elektrischen Mühlen pulverisierte – zum Verdruß von vielen der Kunden, die sich in der Apotheke drängten, denn sie waren so konservativ wie ihre Neigung zur traditionellen Medizin erkennen ließ, und glaubten, daß ein Heilmittel irgendeine feine Essenz verlieren würde, wenn es nicht mit einem eisernen Stößel in einem marmornen Mörser zerstoßen wurde. Aber der einzige Stößel und Mörser ruhte im Schaufenster und sammelte neben ein paar altmodischen Waagen mit ausladenden flachen Schalen aus angelaufenem Messing Staub an.

Eines aber hatte sich nicht im mindesten verändert: der Geruch. Wang kannte ihn von frühester Kindheit an und konnte das bezeugen. Der Geruch einer Apotheke war einzigartig, niemals genau der gleiche, doch niemals wirklich verschieden.

Und er schien die Leute ungeduldiger und unhöflicher als sonst zu machen – es sei denn, dies war eine Folge der Sorge, krank zu sein oder einen Kranken in der Familie zu haben. Unter den meisten Umständen bewahrten die Bürger von Guangzhou etwas von ihrem alten Respekt vor der Autorität von Staatsdienern und machten einen beim Anblick der Polizeiuniform Platz, aber hier drinnen konnte er kaum zwei Schritte hintereinander tun.

Endlich arbeitete er sich zum näheren der beiden Zahltische vor, hinter dem ein Mann saß, der geplagt genug aussah, um der Geschäftsführer oder sogar der Inhaber zu sein. Dies war ein Ort, wo der Wind des Fortschritts den Staub noch nicht aufgewirbelt hatte; seine Finger flogen über ein Rechenbrett.

Wang beugte sich näher und sagte in scharfem Ton: »In der Universität sagte man mir, daß ich Dr. Soo Long hier antreffen würde.«

Der Apotheker, wenn er es war, blickte mit einem Ausdruck auf, als hätte er in eine saure Frucht gebissen. Er machte eine ungenaue Kopfbewegung: *Dort drüben!*

Wang blickte umher, sah aber nichts außer Kunden, Personal und einer geschlossenen Tür.

»Wo …?« fing er an. Der andere seufzte.

»Im Lagerraum, wo sie die Leute aufhält, wie üblich.«

»Durch die Tür dort?«

»Ja!« Und zurück zum Addieren, Geldzählen und Herausgeben.

Zwei Angestellte, ein älterer und ein jüngerer, packten eine Kiste aus, die mehrere Krüge und Pakete enthielt. Sie richteten sich schnell auf und standen angespannt, als Wang den Raum betrat. Ihr Verhalten brachte ihn auf den Gedanken, daß in der Kiste verbotene Stoffe sein könnten, aber wenn es sich so verhielt, ging es ihn nichts an, jedenfalls nicht heute. Er sah sich um. Offenbar diente dieser Raum hauptsächlich der Prüfung und Aufteilung eingegangener Warensendungen, bevor die Medikamente in den Verkaufsraum der Apotheke gebracht wurden. Außer den beiden Männern war noch eine dritte Person sichtbar – sichtbar in dem Sinne, daß in der Kleidung eine menschliche Gestalt erkennbar war, die aber vom Kopf bis zu den Zehen in einem Overall, einem grünen Arbeitskittel und einer schwarzen Kapuze steckte. Anscheinend analysierte sie eine Warenprobe mit Hilfe eines Geräts, das Kurven auf Millimeterpapier zeichnete.

»Ich suche Dr. Soo Long«, verkündete Wang. Die dritte Person wandte sich um und nahm die schwarze Kapuze ab.

»Ich bin Sue Long. Was wünschen Sie?«

Die Worte kamen in gutem Kantonesisch, doch mit einem Hongkong-Akzent. Das Gesicht allerdings paßte nicht dazu, war schmal und blaß unter kurzgeschnittenem, beinahe weißem Haar. Und sie war eine Europäerin. Einen langen Augenblick konnte Wang die Erscheinung nur anstarren.

»Nun, was gibt es?« fragte Dr. Long ungeduldig. Wang faßte sich und griff in einen Beutel, der an seinem Gürtel hing.

»Ah … es tut mir leid, Sie zu stören, Dr. Long, aber unsere Abteilung erhielt von der Universität die Auskunft, daß wir Sie hier finden könnten. Es handelt sich um dies.«

Er zog eine der angenagten Früchte hervor, die sie aus dem Korb des Marders geborgen hatten, und hielt sie ihr hin.

Die Maschine neben Dr. Long ließ einen Piepton hören und stieß zehn ungezeichnete Zentimeter Papierband aus; das Ende der Rolle. Sie entschuldigte sich, nahm das untersuchte Muster aus dem Gerät – es sah wie Baumrinde aus und verbreitete einen starken Lösungsmittelgeruch –, steckte die Probe in einen Plastikbeutel und heftete den Papierstreifen daran, bevor sie die Frucht annahm. Zuerst schien sie nicht zu wissen, was sie davon halten sollte; dann ging ihr ein Licht auf.

»Wessen Zähne? Von einer Katze? – Nein, das ist kein Katzengebiß. Was?«

»Ein Marder.«

»Nicht möglich!« Sie führte die Frucht an ihre lange Nase und schnüffelte vorsichtig. »Ein eigentümlicher Geruch für eine Frucht, nicht? Aber das wird wohl der Grund sein, daß sie einen Fleischfresser wie einen Marder anlockte.«

Wdang war erleichtert, daß er nicht erklären mußte, warum sie sich für die Frucht interessieren sollte. »Sie kennen die Frucht also nicht?« fragte er.

»Nein, ich habe nie etwas dergleichen gesehen. Wie sind Sie daran gekommen?« Sie drehte die Frucht in den Händen – die, wie er plötzlich bemerkte, in Gummihandschuhen steckten.

Er berichtete die Ereignisse des Vormittags. Mit jedem Satz seiner Erzählung wuchs ihre Spannung. Als er geendet hatte, platzte sie heraus: »Woher, sagten Sie, stammt dieser Bauer, dieser Lin?«

Er wiederholte die Adresse, die sie den fettigen Ausweispapieren des Mannes entnommen hatten.

»Tatsächlich!« Sie bekräftigte ihre Verblüffung mit einem Pfeifen, einem für chinesische Verhältnisse höchst unweiblichen Benehmen. Aber Wang hatte bereits gemerkt, daß er es mit einer Person zu tun hatte, die nicht in das übliche Schema paßte. »Ja«, sagte sie nach kurzer Überlegung, »ich denke, ich sollte Ihrem Inspektor einen Besuch abstatten.«

»Ihre Arbeit?«

»Manches davon hat Tausende von Jahren gewartet. Ein oder zwei Tage mehr werden ihr nicht weh tun.«

Während sie sprach, zupfte sie die Handschuhe von den Fingern. Als sie seinen Blick bemerkte, erklärte sie: »Um sicher zu gehen, daß keine Zellen von meiner Haut die Proben kontaminieren. Auch diese Sachen, natürlich«, fügte sie hinzu, als sie sich des Arbeitskittels entledigte und auch den Overall auszog. Nun stand sie in einer einfachen Bluse und kurzen Baumwollhosen vor ihm, die, wenn schon nicht den traditionsbewußteren Bürgern von Guangzhou, so doch dem spätsommerlichen Wetter angepaßt waren. Mit raschen, geübten Bewegungen schaltete sie ihr Gerät aus, klappte es zusammen, sammelte die Ergebnisse ihrer Tagesarbeit ein, verstaute alles in einer Bügeltasche und ging zur rückwärtigen Tür.

»Sie brauchen es nicht dem Chef zu sagen?«

»Er ist nicht mein Chef, dem Herrn sei Lob und Preis. Hier entlang!«

In einer Durchfahrt stand, angekettet an ein Eisengitter, ein Kawasaki-Motorrad. Ihrer Bügeltasche entnahm sie einen Sturzhelm aus Unilatrium, der in zwei Dimensionen verformbar, aber in der dritten starr war. Einen zusätzlichen Helm für Wang hatte sie nicht, aber die Verkehrspolizei würde schwerlich einen uniformierten Kollegen anhalten und zur Rechenschaft ziehen. Sie setzte sich auf die Maschine, legte den Daumen auf den Starterknopf und hielt inne.

»Haben Sie mehr von diesen Früchten?«

»Ja, der alte Mann hatte ein paar übrig. Er scheint die ganze Reise davon gelebt zu haben. Plus Reis und Tee, natürlich.«

Er zögerte. Dr. Long mißdeutete seine Reaktion und sagte: »Wenn Sie lieber nicht mit mir fahren wollen …«

»Nein, nein! Das ist ganz in Ordnung.« Trotzdem mußte er sich die Lippen befeuchten; die Aussicht, als Beifahrer auf einem Motorrad durch den Verkehr von Guangzhou zu kurven, war entmutigend. »Nein, ich überlegte nur etwas.«

Er setzte sich vorsichtig auf den Beifahrersitz.

»Was?«

»Warum Sie … ah … pfiffen, als ich Ihnen sagte, woher dieser Lin gekommen ist.«

Sie fuhr fast ohne Ruck an und steuerte die Maschine sicher durch die schmale Zufahrt auf die Straße hinaus. Dort fädelte sie sich ebenso sicher in den Verkehr ein. Auch schaltete sie frühzeitig, so daß die Fahrt ruhig verlief; sie brauchten ihre Stimmen nur wegen des Verkehrs zu erheben.

»Wo kann man in ganz China am ehesten eine unbekannte Frucht finden?«

Ein Licht ging auf. »Im Wald des Grünen Phönix?«

»Wo sonst?«

Danach konzentrierte sie sich aufs Fahren, während er die Implikationen überdachte. Dann, während sie vor einer roten Ampel hielten, sagte er: »Sagen Sie mir, warum die Universität mich zu Ihnen schickte, als ich erzählte, was wir gefunden hatten?«

»Hat man Ihnen nichts über meine Arbeit gesagt?«

»Nein. Ich erwartete eine Art Warenprüferin oder Beraterin der Apotheke anzutreffen.«

»Das ist nicht meine Fachrichtung.« Das Licht wechselte; sie brummten weiter, aber nur bis zur nächsten Ampel. Zu Fuß wäre man kaum langsamer vorangekommen. »Sie wissen, daß wir eine Art nach der anderen auslöschen – Pflanzen, Wirbeltiere, Insekten?«

»Ja, natürlich. Und das Verschwinden einiger dieser Arten wird als ein schwerer Verlust angesehen, weil sie uns zu neuen Arzneien und sogar neuen Lebensmitteln hätten verhelfen können.«

»Ihr Verlust ist in jedem Falle schwer, aber Sie haben es richtig verstanden. Nun, mit Hilfe einer Technik, die ich gemeinsam mit Kollegen in Amerika entwickelte, versuche ich die DNS von Pflanzen wiederzugewinnen, die so selten geworden sind, daß man sie womöglich schon zu den ausgestorbenen Arten zählen muß. Der geeignetste Ort, sie zu finden, ist eine traditionelle Apotheke wie der Turm der Stärke. Sie haben es dort nicht gern, wenn ich in ihren teuren Vorräten herumsuche, aber wenn es auch nur die geringste Chance gibt, eine verschwindende Art zu finden, bevor sie unwiederbringlich verloren ist, muß ich sie wahrnehmen. Und wann immer ich eine Gelegenheit dazu finde, suche ich auch nach DNS in ›Drachenknochen‹ – allerdings hauptsächlich aus persönlichem Interesse.«

Drachenknochen waren ein Bestandteil vieler kostspieliger Arzneien der traditionellen Heilkunde: Gelegentlich waren es Dinosaurierknochen, meistens aber Knochen gewöhnlicher Tiere, die man in alten Zeiten mit Fragen beschriftet hatte, um sie dann für Weissagungen zu verwenden, indem man mit ihnen das Los warf und aus ihrer Lage die Zukunft deutete. Wang vermutete, daß sie die ersteren meinte.

»Die meisten Leute sagen, daß es vergeblich sei«, fügte sie hinzu. »Aber man kann nie wissen.«

Sie waren kaum fünf Minuten im Polizeirevier, als Wang klar wurde, warum die Universität empfohlen hatte, Dr. Long herbeizurufen. Sie deckte Lin mit Fragen ein, die wie eine Salve von Lenkraketen den Kern der Sache trafen. Nur ein paar Minuten ließ sie sich von der Entschuldigung ablenken, die Lin schon bei seiner Festnahme vorgebracht hatte und auch jetzt wieder anführte: daß seine Frau krank sei. Von welcher Art die Krankheit war, blieb unklar; möglicherweise eine Form von Krebs. Da er seine Frau aber nicht mitgebracht hatte, schien es zwecklos, der Sache nachzugehen. Außerdem interessierte sich Dr. Long viel stärker für diese seltsame Frucht, die sogar Mardern schmeckte.

»Und Füchsen, und Katzen, und Hunden, und Iltissen und Wieseln!« sagte Lin eifrig, vielleicht in der Hoffnung, seine unvermeidliche Bestrafung zu mildern. Ein junger Mann vom städtischen Zoo war gekommen, um den Marder abzuholen, kurz bevor Dr. Long und Wang eingetroffen waren, und wartete nun ungeduldig auf die Erlaubnis, das Tier mitzunehmen und sich zu entfernen.

»Und Menschen«, sagte Wang.

Dr. Long warf ihm einen Blick zu.

»Ja«, sagte sie in einem Ton, der nicht zu deuten war. »Und Menschen… Sagen Sie mir bitte…« – zu dem jungen Mann aus dem Zoo gewandt –, »ist dieses Tier gesund?«

Ein Achselzucken. »Soweit ich es ohne genauere Untersuchung beurteilen kann, ja. Es wirkt ein bißchen lethargisch, aber das mag daran liegen, daß sein Bauch voll ist.«

»Ja.« Dr. Long dachte nach und klopfte mit einem Fingernagel gegen einen ihrer großen weißen Vorderzähne. »Halten Sie das Tier einstweilen unter Beobachtung«, sagte sie schließlich. »Sammeln Sie seinen Urin und seinen Kot, vor allem aber Erbrochenes, sollte es anfallen. Ich möchte auf schnellstem Weg über alle ungewöhnlichen Verhaltensweisen unterrichtet werden. Ich gebe Ihnen meine Karte mit.«

Den Mann aus dem Tierpark stimmte es verdrießlich, von einer Frau herumkommandiert zu werden, und noch dazu von einem Rundauge. Sein Gesicht lief dunkel an, und er öffnete den Mund, aber ein warnender Blick von Inspektor Chen hielt ihn zurück. Entweder bemerkte Dr. Long es nicht, oder sie täuschte überzeugend Ahnungslosigkeit vor.

»Was die Frucht angeht«, fuhr sie mit einem Blick zum Fenster fort (es wurde schon dunkel – wo war der Tag geblieben?), »so brauche ich sie in meinem Labor. Ich möchte eine Probe analysieren und das Ergebnis in den Staaten von einer biologischen Datenbank überprüfen lassen. Wenn die Frucht schon bekannt ist und nur ich noch nicht davon gehört habe, sehe ich kein Problem. Andernfalls ...«

Inspektor Chen räusperte sich. »Andernfalls?« wiederholte er.

»Andernfalls, Inspektor, könnte es sein, daß wir vor dem Internationalen Gerichtshof einen Prozeß an den Hals bekommen. Es wäre nicht das erste Mal, daß dieses Land ohne geeignete Sicherheitsvorkehrungen, geschweige denn die Billigung der FAO, einen genetisch veränderten Organismus in die Umwelt freigesetzt hat.«

Ohne zu überlegen, reagierte Wang auf ihre Wortwahl. »*Wir*, sagten Sie?«

Dr. Long musterte ihn kühl. »Ich bin Chinesin, Herr Wang. Zwar wurde ich in den Staaten geboren, aber ich heiratete einen Chinesen, zog hierher, nahm seine Nationalität an ... und blieb da, als er davonlief. Ich hoffe, das beantwortet all Ihre offensichtlichen Fragen?«

Wang hätte sich am liebsten in eine Wolke aufgelöst.

»Wenn Sie nun so freundlich sein wollen, mir eine Frucht zu überlassen, gebe ich Ihnen eine einstweilige Quittung. Eine amtliche erhalten Sie per Fax von der Universität, wenn ich ins Labor komme. Und lassen Sie den alten Mann nicht gehen, verstehen Sie?«

»Natürlich nicht«, erklärte Chen. »Er wird vor Gericht gebracht und wegen …«

»Ach, lassen Sie das! Er ist viel zu wichtig, um ins Gefängnis gesteckt zu werden!«

Lins Miene hellte sich auf, als wäre die Sonne hinter einer Wolke hervorgekommen.

»Er wird uns helfen, den Ursprung der Frucht festzustellen – vorher.«

Die Sonne verhüllte sich wieder.

Dr. Long brachte die Frucht in ihrer Bügeltasche unter, nickte den Versammelten zu und ging zur Tür.

»Einen Augenblick! « sagte Wang. »Ich denke, ich sollte mit Ihnen kommen.«

Chen blickte auf die Uhr und erschrak. »Du hast schon vor einer halben Stunde Dienstschluß gehabt«, sagte er. »Aber natürlich hast du ganz recht. Wenn diese Frucht einzigartig ist, zumindest hier bei uns …«

»Dann wäre es eine Katastrophe, wenn jemand Dr. Long die Tasche wegnehmen würde«, vollendete Wang den Satz. »Es macht mir nichts aus, sie zu begleiten.« (Den wahren Grund, daß er lieber nicht nach Haus gehen würde, ließ er unerwähnt.) »Ehrlich gesagt, was sie mir über ihre Arbeit erzählt hat, interessiert mich. Ich würde gern mehr darüber erfahren, wenn sie die Zeit erübrigen kann.«

Chen zögerte, sah aber keine Möglichkeit, Einwände zu erheben. Oft empfahl er seinen Untergebenen, Interesse an ungewöhnlichen Gegenständen und Themen zu zeigen, das sich eines Tages als nützlich für die Polizeiarbeit erweisen könnte, und wer wollte sagen, daß Kenntnisse über geschützte Tierarten und illegale Pflanzen sich nicht als nützlich erweisen würden? So oder so, Dr. Long kam ihm zuvor.

»Das ist sehr freundlich von Ihnen, Herr Wang. Ich habe natürlich eine Tränengaspistole bei mir, aber auf einem Motorrad ist das keine praktische Waffe. Und Sie haben vollkommen recht; es wäre eine Katastrophe, wenn wir diese Frucht verlören.«

»Sie sprechen, als ob Sie ...«, begann Chen.

»Als ob ich mir Sorgen machte? Ja, Inspektor, das tue ich. Ich lebe seit mehr als zehn Jahren in diesem Land. Ich habe mich auf geschützte Spezies aller Arten von Tieren und Pflanzen, irdischen und aquatischen, spezialisiert. Wenn es in der Literatur etwas über eine Frucht gibt, von der nicht nur Menschen, sondern auch Marder leben können, müßte ich es wissen. Aber ich weiß nichts davon.«

Nachdem sie Handschuhe und Helm aus ihrer Bügeltasche genommen hatte, übergab sie sie Wang, dann folgte sie ihm hinaus zum Parkplatz des Polizeireviers.

DIE HÄSSLICHE SCHILDKRÖTE

... war der stadtbekannte Spitzname für die schwimmende Erweiterung der Universität von Guangzhou, deren gekrümmtes Dach mit Rinnen zum Ableiten kostbaren Regenwassers in eine Zisterne eine gewisse Ähnlichkeit mit dem Panzer einer Meeresschildkröte aufwies. Der Druck auf den Lebensraum war noch nicht so intensiv wie in Hongkong oder vielen japanischen Städten, doch statt weiteres kostbares Ackerland für ein neues und dringend benötigtes biologisches Laboratorium zu opfern, hatte man beschlossen, einen schwimmenden Anbau zu errichten, der das Laboratorium, ein Studentenwohnheim und zusätzliche Personalwohnungen enthalten sollte, und ihn am Ufer des Zhujiang zu vertäuen, wo der Schiffsverkehr gegenüber früheren Zeiten stark zurückgegangen war. Der Zutritt war Unbefugten verboten, wenigstens in der Theorie, aber in der Praxis gab es so viele Leute, die für ihr Kommen und Gehen triftige Gründe anführen konnten, daß die Zugangsbeschränkung ein Witz war.

Es gab nicht einmal eine Wache, die am Ende des Gangbords ihren Dienst versah. Sie stiegen ab, und Wang schob die Kawasaki zu der Nische, wo sie ihren Standplatz hatte. Er schüttelte den Kopf. Soviel Nachlässigkeit machte ihn bedenklich.

Wenigstens das Laboratorium, in das Dr. Long ihn führte, war angemessen gesichert. In einem großen Raum, der schwach nach Ozon roch, glommen Computerbildschirme, und automatische Geräte ähnlich denen, die sie im Turm der Stärke verwendet hatte, schnurrten unbeaufsichtigt. Sie setzte sich an einen Datenanschluß und gab die Entdeckungen des Tages ein, um sie über Satellit an eine Datenbank in Amerika weiterzuleiten. Der Prozeß nahm nur Minuten in Anspruch. Dann nahm sie eine von Lins intakten Früchten aus ihrer Bügeltasche und steckte sie in ein Analysegerät, das selbsttätig Teile herausschnitt, ihre Makrostruktur untersuchte, sie zerkleinerte, das Fruchtfleisch und die Schale getrennt mit acht verschiedenen Lösungsmitteln und jede bei vier verschiedenen Temperaturen analysierte und alles in jedem Stadiun der Untersuchung aufzeichnete... Wang war durch die Polizeiarbeit mit Analysegeräten für DNS-Vergleiche und ähnliches vertraut, doch beeindruckten ihn Geschwindigkeit und Kompaktheit von Dr. Longs Ausrüstung.

»So«, sagte sie schließlich. »Nun könnte ich etwas Tee vertragen. Haben Sie Zeit für eine Tasse, bevor Sie gehen?«

Auf einmal merkte Wang, daß er hungrig, durstig und müde war. Er nahm dankbar an, und sie führte ihn durch einen Korridor hinter dem Laboratorium zu ihrem Zimmer. Es war so spartanisch eingerichtet wie die Polizeikaserne, in der er vor seiner Eheschließung gelebt hatte. Sie bedeutete ihm, auf einem Stuhl Platz zu nehmen, füllte einen Kessel mit Wasser, bereitete Tee, öffnete eine Keksschachtel und setzte sich mit einem unterdrückten Gähnen zu ihm.

Er hegte den aufrichtigen Wunsch, mehr über ihre Arbeit zu erfahren, aber nun, da er die Gelegenheit dazu hatte, war er zu nervös. Diese selbstsichere Frau, sie konnte trotz ihrer weißen Haare keine zehn Jahre älter sein als er, war völlig anders als alle Leute, die er bisher kennengelernt hatte. Wenigstens gelang es ihm, sie zu fragen, wie lang es dauern würde, um die Frucht zu identifizieren.

»Erwarten Sie keine Wunder«, war die ironische Antwort. »Schon mit der Modifizierung einer winzigen DNS-Sequenz können erstaunliche Veränderungen hervorgebracht werden. Sie wissen wahrscheinlich, daß wir zu mehr als 99 Prozent mit Schimpansen identisch sind. Trotzdem besteht ein beträchtlicher Unterschied, nicht wahr?«

»Glauben Sie, daß es eine – eine natürliche Mutation ist?«

»Wie natürlich ist natürlich? Wenn sie vom Grünen Phönix kommt – zugegeben, eine verzweifelte Situation, als das Projekt in Angriff genommen wurde, und kein Mensch hatte die leiseste Ahnung, wie solche Gene in der Wildnis reagieren würden, besonders die zur Wachstumsbeschleunigung. Es gibt welche, die, wenn sie in Bakterien geraten … aber das ist noch nicht passiert. Vielleicht haben wir Glück. Vielleicht ist Gaia wieder auf unserer Seite. Noch eine Tasse Tee?«

»Nein, ich muß gehen. Vielen Dank.« Er hatte sich damit abgefunden, daß er nach Hause mußte, in die enge Wohnung, immer voll von den Klagen und Beschwerden seiner Frau.

»Haben Sie den Motorradschlüssel abgezogen?«

»Tut mir leid – ich dachte, Sie hätten es getan.«

»Nein, ich mußte ihn stecken lassen, sonst wäre das Vorderrad blockiert worden und Sie hätten es nicht schieben können. Ich werde ihn jetzt holen.«

Und an dem Punkt, wo er sich zum Ufer wandte und

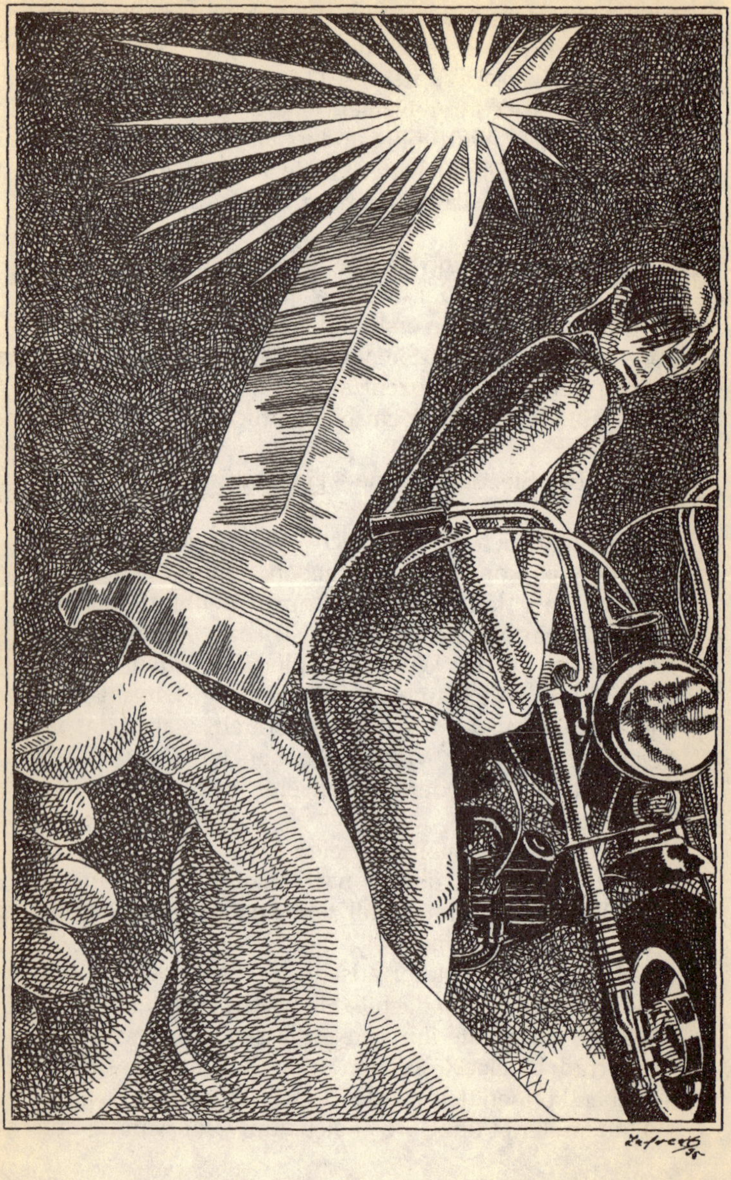

sie zum Standplatz ihres Motorrades, wünschten sie einander eine gute Nacht.

Er war noch auf dem Gangbord, als er sie schreien hörte und sich umsah. Im Schatten der Nische kaum auszumachen, stand ein Mann über ihre Maschine gebeugt. Bei der Annäherung der Frau fuhr er erschrocken hoch. Licht glänzte auf einer langen Messerklinge.

Wang griff zum Schlagstock und verfluchte das Ministerium, das gewöhnlichen Polizisten wie ihm keine Schußwaffen bewilligte, aber ehe er einen Schritt in Dr. Longs Richtung getan hatte, wurde er von zwei anderen Männern von der Uferseite des Gangbords angefallen. Wild drauflosschlagend, traf er den ersten hart genug am Kopf, daß er mit einem Schmerzenslaut zurücktaumelte, aber der zweite stieß ihn im Ansturm zu Boden und trat ihm in den Bauch, daß Wang die Luft wegblieb.

Während er hilflos nach Atem rang, konnte er nur denken, daß er nun niemals die Wahrheit über den Marder und die Frucht aus dem Grünen Phönix erfahren würde.

Dann hörte er einen Schrei, einen Ruf, hastige Tritte auf dem Stahlblech des Gangbords. Warme Nässe bespritzte sein Hemd und die bloßen Unterarme, als ein Mann vorbeistolperte und den zwei anderen befahl, ihm zu folgen. Aber er konnte nicht erkennen, wie die drei aussahen.

Als er wieder Luft holen konnte, schloß er die Augen und verbrachte lange und willkommene Sekunden damit, seine Bauchmuskeln zu massieren und vom Schmerz zu befreien.

»Sind Sie verletzt?«

Es war Dr. Longs Stimme. Wang rappelte sich auf und fand Halt am Geländer des Gangbords. »Wie …?« schnaufte er.

»Sie haben mir das Leben gerettet.«

»Was? Ich?«

»Für offizielle Zwecke!« sagte sie ungeduldig. Er fühlte etwas Klebriges auf der Haut und blickte an sich hinunter. Im künstlichen Licht sah es schwarz aus, mußte aber Blut sein. Vergossen von dem Mann, der aus der Richtung, wo das Motorrad stand, vorbeigewankt war … Er begann zu begreifen.

»Nicht sein Messer. Ihres.«

»Richtig. Besser, ich verliere es, bevor Ihre Kollegen auftauchen.«

»Sie werden noch nicht unterrichtet sein.«

»Natürlich nicht! Wer hat schon gern mit der Polizei zu tun? Es ist überall das gleiche, wissen Sie: in jeder amerikanischen Stadt können Sie totgeschlagen werden, während hundert Menschen in Hörweite sind … Aber Sie müssen über den Polizeifunk Meldung machen, nicht?«

»Ich … so ist es.«

»Dann tun Sie es. Es würde verdächtig aussehen, wenn Sie es nicht täten. Aber sagen Sie nichts von einem Messer. Sagen Sie, Sie seien mit mir zum Motorrad gekommen, und als er uns ansprang, hätten Sie ihn mit dem Schlagstock ins Gesicht getroffen, so daß er Nasenbluten bekam, oder eine aufgeplatzte Lippe oder was.«

»Aber Sie erwischten ihn tatsächlich mit dem Messer, nicht wahr? Wie tief?«

»Wie sollte ich das wissen?« versetzte sie ärgerlich. Dann lenkte sie ein. »Ja, ziemlich tief. Ich glaube nicht, daß er sehr weit kommen wird.«

»Dann wird die Geschichte mit dem Nasenbluten der Untersuchung nicht standhalten. Wenn sie ihn lebendig finden …«

»Sie *muß* standhalten!« Sie funkelte ihn an. »Ich kann es mir nicht leisten, von irgendeinem Kleinkriminellen aus der Bahn geworfen zu werden!«

Er wollte ihr sagen, daß Raub mit Gewaltanwendung keine Kleinkriminalität sei, aber der Ausdruck ihres Gesichts hinderte ihn daran. Nach kurzem Zögern sagte er: »Ich werde tun, was ich kann.«

»Gut. Dann wäre ich Ihnen dankbar, wenn Sie noch eine Weile bleiben würden.« Eine Unsicherheit kam in ihren selbstsicheren Ton. »Ich habe bis heute nie jemanden verletzt. Ich meine, mit der Absicht, ihn zu verletzen.«

»Er wollte Ihr Motorrad stehlen«, sagte Wang. Er hob sein Funksprechgerät an den Mund.

»Das wollte er mich glauben machen.«

Er hielt inne, als er sie verstand.

»Was wollte er Sie glauben machen?« fragte er.

»Der Schlüssel steckte. Wäre er nur auf mein Motorrad aus gewesen, hätte er es stehlen können, bevor ich ihn dabei ertappte. Ich fahre jeden Tag damit das Gangbord hinunter.«

»Was sonst, wenn nicht Diebstahl?«

»Ich weiß es nicht. Aber mir fällt etwas Eigentümliches ein, das heute passiert ist.« Sie strich sich müde übers Haar. »Ach, vielleicht bin ich paranoid, aber es gibt eine ganze Anzahl hochrangiger Politiker, die ihre Zukunft auf das Projekt Grüner Phönix setzten. Und aus der Gentechnologie ist gleichsam über Nacht ein Milliardengeschäft geworden ... Wollen Sie nicht Meldung machen?«

Wang kam zu sich. Ihre Bemerkungen hatten ihm ungezählte Gerüchte in Erinnerung gebracht, die er selbst gehört hatte, seit das Projekt Grüner Phönix erstmals angekündigt worden war. Es war das ehrgeizigste Landgewinnungsprojekt der Geschichte – nicht bloß Wiederaufforstung, sondern ein Versuch, auf kahlen, erodierten Hügeln eine einzigartige, genau berechnete Mischung von Bäumen, Sträuchern, Gräsern, Epiphyten, Saprophyten, Pilzen und vielen anderen Pflanzen anzusiedeln, zusammen mit den Mikroorganismen des Bodens, die für ihr Gedeihen notwendig waren. Alle Pflanzen sollten von nachweislichem Nutzen für die Menschheit sein, sei es als Nahrung oder als Lieferanten von Bauholz, Fasern, Heilmitteln und Farbstoffen; aber alle waren genetisch verändert. Das war der Punkt, der die Menschen ängstigte. Wahrscheinlich war es auch der Grund von Dr. Longs Beunruhigung. Trotzdem – der Gedanke ging Wang durch den Sinn, als er in sein Funksprechgerät murmelte –, wie konnte jemand in Guangzhou so schnell von der geheimnisvollen Frucht erfahren haben, geschweige denn, wohin sie gebracht worden war? Konnte es sein, daß einer der illegalen Händler mit gefährdeten Tierarten am Bahnhof gewartet hatte? Unwahrscheinlich; sie waren alle polizeibekannt. Ein Agent, vielleicht ein neu angeworbener Rekrut, der sich seine Sporen verdienen wollte? Wang dachte an den jungen Mann, der versucht hatte, Lins Traglast zu stehlen. Nein, der Mann wäre schwerlich so auffällig vorgegangen, wenn er für einen der großen Händler gearbeitet hätte …

Während er überlegte, machte er mechanisch seine Meldung.

Ein Streifenwagen befand sich nur zwei Blocks entfernt. Kaum hatte er seine Meldung gebracht, da kam er schon mit heulender Sirene um die Ecke. Wang kannte einen der beiden Streifenpolizisten vom Sehen. Sie nahmen Erklärungen auf, sammelten Proben des gerinnenden Blutes, seufzten angesichts der geringen Wahrscheinlichkeit, den Schuldigen zu finden, es sei denn, er war dumm genug, wegen einer anderen Straftat festgenommen zu werden, und nahmen Wang schließlich zu einer Haltestelle der Buslinie mit, die in sein heimatliches Viertel fuhr. Müde bis auf die Knochen, hungrig und durstig kehrte er heim, um dort eine Nachricht von seiner Frau vorzufinden: Da er nicht zur versprochenen Zeit nach Hause gekommen sei, habe sie beschlossen, zu ihrer Mutter zu gehen und werde vielleicht zurückkommen, vielleicht aber auch nicht.

Er aß, was er finden konnte, nahm eine kühlende Dusche und schlief ein, sobald er sich niedergelegt hatte. Er träumte von ungesunden Lebewesen, die aus dem Zhujiang kamen und sich von glänzenden metallischen Früchten nährten, die wie Geschwüre überall aus der Schale der Häßlichen Schildkröte hervorgebrochen waren.

Die nächsten Tage verliefen ohne besondere Ereignisse, doch als er genau eine Woche später zum Dienst kam, wurde er zu Hauptkommissar Tan befohlen. Er fragte sich, was er falsch gemacht haben mochte, und gehorchte sofort. Andere waren bereits zur Stelle. Inspektor Chens Anwesenheit war keine Überraschung, aber bei ihm war Dr. Long. Sie sah nicht nur müde aus, sondern erschöpft und sichtlich älter, als ob für sie so viele Jahre vergangen wären wie für den Rest der Welt Tage.

Der Chef hielt sich nicht mit Vorreden auf. »Ihre Meldung über den Vorfall der letzten Woche beim biologischen Laboratorium der Universität war unvollständig«, grollte er. Wang verspürte aufsteigendes Unbehagen und vermutete sofort, daß der von Dr. Long verletzte Mann gefunden worden sei und seine Version des Hergangs zu Protokoll gegeben habe. Aber er irrte.

»Dr. Long sagt mir, Ihr promptes Einschreiten habe ihr das Leben gerettet. Sie haben nichts davon erwähnt.«

»Herr Hauptkommissar, ich denke ...«

»Es ist nicht nötig, bescheiden zu sein«, sagte Dr. Long seufzend. »Ich habe gesagt, daß Sie eine Belobigung verdient haben.«

»Also, das ist ... ah ...« Seine Stimme versagte. Er sah sie ungläubig an.

»Es ist zu spät für Einwände«, sagte Tan. »Übrigens, setzen Sie sich.« Er winkte zu einem leeren Stuhl und lehnte sich in seinem Drehsessel zurück.

»Dr. Long ist mit einem ungewöhnlichen Anliegen gekommen«, fuhr er fort, »aber bevor ich Ihnen sage, was es ist, scheint sie noch etwas sagen zu wollen. Dr. Long?«

»Danke.« Sie rieb sich die Augen, unterdrückte ein Gähnen und machte eine Grimasse. »Verzeihen Sie, ich bin in letzter Zeit nicht viel zum Schlafen gekommen. Ich erhielt einen vorläufigen Bericht aus den Staaten, diese eigentümliche Frucht betreffend, und der hat mich nicht mehr zur Ruhe kommen lassen. Es ist ... ah ... beunruhigend.«

Wangs Haltung spannte sich. »Stammt die Frucht tatsächlich aus dem Grünen Phönix?«

»Sie sagen, nein, und das ist der seltsamste Aspekt der Angelegenheit. Das heißt, alle bis auf Lin sagen, die Frucht komme nicht von dort.«

Chens Augen weiteten sich; Wang bemerkte es an der Peripherie seines Gesichtsfeldes. Tan vermochte seinen Gesichtsausdruck besser zu beherrschen, aber selbst er zeigte eine Spur von Überraschung.

»Andererseits«, fuhr Dr. Long fort, »bin ich Berichten über ähnliche Funde in anderen Gegenden nachgegangen: Singapur, Hawaii, Australien. Nicht dokumentiert, nicht wissenschaftlich untersucht. Das heißt, bisher nicht.«

»Ich fürchte, ich kann dem nicht ganz folgen«, gab Wang zu, da er spürte, daß die anderen ein Bekenntnis zur Unwissenheit begrüßen würden.

»Die Frucht stammt von einer Pflaume ab. Wie Sie bemerkt haben müssen, riecht sie jedoch nicht wie eine Pflaume.«

»Nein, sie riecht mehr wie – nun – rohes Fleisch. Schweinefleisch, vielleicht.«

»Wenn wir danach urteilen, wie der Marder davon fraß, muß sie auch wie Schweinefleisch schmecken. Tatsächlich verglich Lin sie mit Schweinefleisch. Als der Bericht aus Amerika durchkam, machte ich mich sehr unbeliebt, als ich ihn aus seiner Zelle holen und ins Städtische Krankenhaus schaffen ließ. Ich dachte, ich hätte eine kluge Idee gehabt. Aber das war ein Irrtum.« Wieder rieb sie sich die Augen, und diesmal konnte sie das Gähnen nicht unterdrücken.

»Sein Gesundheitszustand ist ziemlich gut, alles in allem. Andererseits wird seine Frau das Jahr wahrscheinlich nicht überleben. Sie hat ein großes, ausgefasertes Unterleibsgewächs. Es wurde im vorigen Monat entdeckt, als sie sich einer Hysterektomie unterzog. Lin konnte mir sagen, wo der Eingriff vorgenommen wurde, und sogar den Namen des Chirurgen. Auch bei diesem machte ich mich unbeliebt, indem ich ihn vor dem Frühstück aus dem Bett jagte.«

Sie holte tief Atem.

»In den westlichen Provinzen sind Gewächse dieser Art in den letzten Jahren vermehrt aufgetreten. Am verbreitetsten ist weiterhin Magenkrebs, der einer Diät zugeschrieben wird, die reich an gewürzten und gesalzenen Nahrungsmitteln ist. In der Häufigkeit folgen Krebserkrankungen der Lunge, des Mundes und des Darms. Immerhin hat diese neue Krebserkrankung in bemerkenswert kurzer Zeit den fünften Platz erreicht. Noch seltsamer ist, daß er bisher ausschließlich bei erwachsenen Frauen aufgetreten ist. Wie ist das zu erklären?«

Wang befeuchtete sich die Lippen. »Hat es mit der Frucht zu tun?« fragte er. »Sie deuten an, sie sei modifiziert worden, um ihr Fruchtfleisch mehr wie tierisches Gewebe zu machen. Aber in diesem Falle müßten die Vereinten Nationen ...«

»Ganz recht: der Wald steht nominell unter Aufsicht der Vereinten Nationen, die maßgeblich an der Finanzierung des Projekts beteiligt waren, aber in der Praxis läuft es auf Satelliteninspektionen und gelegentliche Führungen für bedeutende Persönlichkeiten hinaus. Die FAO als zuständige Unterorganisation soll jedoch Einzelheiten aller gentechnischen Experimente erhalten, und in den Unterlagen, die der FAO zugegangen sind, wird kein derartiges Projekt erwähnt.«

»Könnte es dann zufällig sein? Es hört sich so unwahrscheinlich an...«

»Unter normalen Umständen würde ich dem zustimmen.« Trotz ihrer Müdigkeit kam etwas von der früheren Frische und Knappheit in Dr. Longs Stimme. »Aber wie ich Ihnen bereits sagte, sind diese Umstände nicht normal.«

Wang nickte nachdenklich. Er konnte gut verstehen, was hinter ihrer Beunruhigung lag. Es gab auch politische und wirtschaftliche Faktoren. Er erinnerte sich ihres Hinweises auf die einflußreichen Persönlichkeiten, die ihre Zukunft mit dem Erfolg des Projekts Grüner Phönix verbunden hatten. Sie würden wenig Gefallen daran finden, wenn sich herausstellte, daß eine ihrer Schöpfungen – oder vielmehr eine der Schöpfungen, denen sie ihren Segen gegeben hatten – für eine Krebsepidemie verantwortlich war.

Vielleicht war Dr. Long doch nicht so paranoid gewesen, als sie sich gefragt hatte, ob die Diebe es wirklich auf ihre Kawasaki abgesehen hatten.

Es blieb eine Weile still, dann räusperte sich Tan. »Dr. Long beabsichtigt das Schutzgebiet Grüner Phönix aufzusuchen«, sagte er.

Sie nickte. »Ich rechne jeden Tag mit der offiziellen Erlaubnis. Das Inspektionsrecht der FAO ist vertraglich gesichert. Es hat bei diesem Projekt von Anfang an Bedenken gegeben, nicht nur in Übersee, sondern auch hier. Die vollen Bäuche haben es niemals vorbehaltlos unterstützt, nicht wahr?«

Wang fand es unpassend, daß diese rundäugige Fremde mit solch beiläufiger Respektlosigkeit über eine der inoffiziellen Machtgruppen in der gegenwärtigen chinesischen Regierung sprach. Manche vertraten die Meinung, daß ein Lebensmittelüberschuß dem Müßiggang und – daraus folgend – subversiven Plänen förderlich sei, weshalb es sicherer sei, die Bevölkerung hungrig zu halten. Andere widersprachen dem mit dem Argument, daß Lebensmittelknappheit und Hunger zu Aufsässigkeit und Unruhen führten. In Anspielung auf ein altes Sprichwort erhielten diese Fraktionen die Spitznamen ›Volle Bäuche‹ und ›Leere Bäuche‹. Offensichtlich gingen Großprojekte zur Landgewinnung der ersteren Gruppe gegen den Strich.

Aber was hatte dies alles mit Wang zu tun? Er warf Tan einen fragenden Blick zu, und der Hauptkommissar verstand. Er wandte sich der Besucherin zu. »Bitte, Dr. Long.«

»Herr Wang, ich hoffe, es macht Ihnen nichts aus, aber ... nun, ich brauche Ihnen nicht zu sagen, daß verschiedene Personen in eine mißliche Lage geraten werden, sollte sich herausstellen, daß diese Frucht tatsächlich aus dem Grünen Phönix stammt. Diese Leute mögen Schritte unternehmen, um ihren Ruf zu schützen. Die Art und Weise, wie Sie kürzlich reagierten, überzeugte mich davon, daß ich mich auf Sie verlassen kann. Ich habe gebeten, daß man Sie mit einer Sonderaufgabe betreut. Ich möchte, daß Sie mein Leibwächter werden.«

»Es ist nicht nötig, daß Sie sich sofort entscheiden«, begann Tan. »Wenn die Genehmigung für die Reise eintrifft – Ist etwas nicht in Ordnung?«

Wang verneigte sich zu ihm, dann richtete er sich zu seiner ganzen Höhe auf. »Ich danke Ihnen für den Vorschlag, Dr. Long. Ich bin gern bereit, mit Ihnen zu gehen.«

Das fügte den Beinahe-Diebstahl der Kawasaki den notwendigen Vorbedingungen hinzu.

DER GRÜNE PHÖNIX

... war wirklich grün. Grün in allen Abstufungen, von leuchtendem Smaragdgrün über Lindgrün und Gelbgrün bis zu dunklem Moosgrün, erfüllte die zuerst besäten und bepflanzten fünf Täler des Schutzgebietes, welche wie Finger einer Hand von einem Gebirgsmassiv ausgingen. Inzwischen hatte das Grün auch die Talhänge und Bergrücken erobert und nur die felsigsten Partien ausgespart. Der Anblick vertrieb die Kopfschmerzen, die Wang geplagt hatten, seit er sich am Vorabend einer ganzen Serie von angeblich erforderlichen Immunisierungen unterzogen hatte.

Denn es war falsch!

Er war noch nie so weit im Westen gewesen, hatte niemals mit eigenen Augen gesehen, wie diese Täler in alter Zeit ausgesehen haben mochten. Er hatte nie die heimischen Kiefern und Tannen gesehen, den elektrischen Duft von Wasserfällen gerochen, das lärmende Gezwitscher ungezählter Vögel gehört. Aber Bilder davon waren Teil der Welt, in die er geboren worden war, unsterblich gemacht in den Werken längst verstorbener Künstler, überliefert in Dichtung und Legende und bis zum heutigen Tag in den Schriftzeichen enthalten, mit denen zu schreiben man ihn gelehrt hatte.

Das war verschwunden.

Statt dessen sah er klumpige Massen wie Laichkraut, wie vergrößerten Schimmelpilz, wie Moos, so grellfarbig, als wäre sie gemalt oder aus Kunststoffschaum geschnitten. Wang starrte aus dem älteren, zweimotorigen Militärflugzeug hinunter, das Dr. Long für die letzte Etappe ihrer Reise herbeigezaubert hatte, und war entsetzt.

Und sein Entsetzen nahm noch zu, als er die benachbarten Gebiete überblickte, denn das ganze umgebende Land war gezeichnet von der Gier und Unvernunft der Menschheit: entwaldete Steilhänge, deren Erdreich erodiert war und die keine Vegetation mehr trugen; Feldterrassen, deren Anlage von fernen Bürokraten mit der Begründung verordnet worden war, daß die globale Erwärmung den Anbau von Reis in dieser Gegend möglich gemacht habe, und die nach monatelanger mühsamer Arbeit von den ersten Monsunregen aufgeweicht und als Schlammlawinen zu Tal gegangen waren; hektarweise gefällte Bäume, letzte Überreste eines edlen Bergwaldes, bestimmt für den Verkauf ans Ausland zum Gewinn parasitischer Mittelsmänner, im letzten Augenblick beschlagnahmt und zurückgehalten, so daß die einheimische Bevölkerung ihre Häuser im Winter beheizen, ihr Essen erwärmen und ihre kleinen Felder mit Rinde und Sägemehl mulchen konnten, bevor die Erosion die letzten Reste ihres einst fruchtbaren Bodens stahl. Es war eine kühne Entscheidung gewesen, die großen Anklang gefunden hatte. Trotzdem hatten Tausende der Hungernden umgesiedelt werden oder die Erlaubnis zur Auswanderung erhalten müssen.

Nun bot das Schutzgebiet Grüner Phönix Arbeitsmöglichkeiten und, was noch besser war, ein ehrgeiziges gemeinsames Ziel für ungefähr eine Million Menschen, die in der Gegend geblieben waren. Nichtsdestoweniger dauerte der Zermürbungsprozeß der Lebensgrundlagen an. Wang hatte bis dahin nie gedacht, eine wie geringe Zahl eine Million tatsächlich war. Niemand hatte seit den neunziger Jahren des vergangenen Jahrhunderts die Bevölkerungszahl seiner Heimatstadt gekannt. Er konnte nur wiederholen, was man ihm gesagt hatte, nämlich, daß sie sich seit dem Jahr seiner Geburt ungefähr verdoppelt hatte: also vier Millionen? Mexiko-Stadt, hatte, wie es hieß, mehr als dreißig Millionen Einwohner, von denen die meisten verurteilt waren, Hungers zu sterben, sich mit AIDS zu infizieren oder durch Gewalt umzukommen.

Guangzhou war ein kosmopolitischer Ort und war es schon gewesen, bevor Wang das Licht der Welt erblickt hatte. Zweimal im Jahr wurde es von Tausenden ausländischer Besucher überschwemmt, die zu den großen Handelsmessen kamen, und dazwischen gab es ungezählte kulturelle Ereignisse. Seit 1997 stand sie der Welt so offen wie jeder andere Teil Chinas, und viel offener als die meisten. Aber nie zuvor hatte Wang die Realität der Welt jenseits der Grenzen des Reiches der Mitte so stark empfunden wie an dem Tag, als er gesehen hatte – zuzuhören war zwecklos gewesen, weil er keine Fremdsprache beherrschte –, wie Dr. Long durch ihren Datenanschluß in der Häßlichen Schildkröte die Unterstützung von Kollegen in aller Welt erbeten hatte. Nun, als die Maschine zum kleinen Landestreifen niederging, der zum Verwaltungshauptquartier des Schutzgebietes gehörte, bekam er einen ersten Eindruck davon, was sie erreicht hatte. An der Spitze einer Gruppe, die sich zu ihrem Empfang eingefunden hatte und zu der auch Soldaten gehörten, stand ein Mann in einem dunklen Zivilmantel, dessen Haltung den Wunsch verriet, überall zu sein, nur nicht hier, und nicht bloß, weil es ein feuchter und nebliger Nachmittag war. Wang überlegte, ob er es wagen dürfe, eine Frage zu stellen, doch blieb ihm die Entscheidung erspart.

»Ich wußte, daß Sie mich ernst nehmen würden«, sagte Dr. Long, »aber nicht, *wie* ernst!«

Der dritte Passagier warf ihr einen Blick zu. Wang hatte Dr. Bin erst auf dem Flug von Guangzhou kennengelernt: einen ergrauten Mann mittlerer Größe mit Brille, den Dr. Long ihm als einen Biologen vorgestellt hatte, der offensichtlich aber mehr als bloß ein weiterer Wissenschaftler war. Wangs feine Nase fing eine politische Witterung auf.

»Das ist Projektdirektor Pao, nicht wahr?« sagte er. »Kennen Sie sich?«

»Nein«, erwiderte sie. »Aber können Sie sich vorstellen, daß jemand wie er angesichts all dieser wild wuchernden Gerüchte einen Stellvertreter schicken würde?«

»Glauben Sie, daß es schon soweit gekommen ist?« sagte Bin. »Dann steht allerdings zu befürchten, daß wir bald unsinnige Schlagzeilen wie DEN HUNGER BESIEGT! und DAS ENDE ALLER NOT! zu lesen bekommen.«

Wang staunte. Obwohl er Dr. Longs Äußerungen über ihre Diskussionen mit Kollegen entnommen hatte, daß man in Fachkreisen von dem, was er immer noch als ›Lins Frucht‹ betrachtete, überrascht und beeindruckt war, hatte er sich nicht vorgestellt, daß die Sache von solch globaler Bedeutung sein könnte.

Allerdings hatte sie auch angedeutet, daß die Frucht krebserzeugend war – oder hatte er sie darin mißverstanden? Gut möglich, denn er war mit einem neuen Problem beschäftigt. Anfänglich hatte diese Reise wie eine vom Himmel gesandte Erlösung von der häuslichen Misere ausgesehen. Nun aber konnte er nicht umhin, immer wieder an die Drohung seiner Frau zu denken, daß sie die Scheidungsklage einreichen würde, wenn er nicht am versprochenen Tag zurückkäme. Nicht einmal einen Tag Verspätung wollte sie gelten lassen.

Er argwöhnte, daß das ihr geheimer Wunsch war. Im heutigen China, wo so viele Eltern der letzten Generation sich in der traditionellen Art und Weise für einen Jungen entschieden hatten, gab es einen multimillionenfachen Männerüberschuß, und jedes Mädchen, das weniger häßlich als ein Wasserbüffel war, konnte sich aus dem Überangebot den Mann aussuchen, der ihm gefiel. Die Leute hatten nicht einmal mehr Einwände gegen Geschiedene. Also …

Es gab keinen Kontrollturm. Während der Pilot die Landeschleife flog, sprach er über Funk mit einem Mann, der mit einem Funksprechgerät in der Hand neben dem Landestreifen stand. Wang hörte, wie er die Identität der Passagiere bestätigte. Dr. Bin spähte aus dem Fenster. »Sehen Sie etwas von der Ausrüstung?« fragte er.

Dr. Long zuckte die Achseln. »Nein. Ich denke mir, daß die Straßen in dieser Gegend ziemlich schlecht sind. Pilot!«

»Ja?«

»Fragen Sie, ob es Nachricht von den Lastwagen gibt, die unsere Ausrüstung bringen.«

Nach einem kurzen, nur halb mitgehörten Wortwechsel kam die Antwort: »Ja, der Fahrer des ersten Wagens meldete sich vor nicht langer Zeit. Sie sind auf der anderen Seite des Hügels dort. Sollten jeden Augenblick in Sicht kommen ... Gut, wir können landen.«

Und sie setzten an der Spitze einer Staubfahne auf.

Als die Maschine zum Stillstand gekommen war, schnallte Wang sich los und überprüfte seine neue Dienstpistole. »Doktor, sollte ich vorausgehen und ...?«

»Und wie ein Leibwächter auftreten?« ergänzte sie ihn. »Ich denke, diesmal können wir darauf verzichten. Wir haben genug Unterstützung von den besonnenen Leuten.«

Er blickte verständnislos. »Nicht von den vollen Bäuchen und nicht von den leeren Bäuchen!« erläuterte sie ungeduldig. »Von den wenigen Politikern in diesem unwissenden Land, die sich manchmal um die ganze Menschheit sorgen, statt bloß um ihr eigenes Fortkommen. Wir sind hauptsächlich hier, weil die zu den Vereinten Nationen positiv eingestellte Fraktion den anderen einen Sprung voraus ist, jenen Leuten, die am meisten verlieren würden, wenn wir den Grünen Phönix mit Napalmbomben einäschern müssen ... In der Praxis würden es wegen der Größe des Gebietes natürlich Atombomben sein müssen, und selbst sie könnten sich als nicht ausreichend erweisen.«

Wang schüttelte den Kopf. »Doktor, ich ...«

»Ach, ich bezweifle, daß es dazu kommen wird. Ich nehme an, daß wir noch rechtzeitig gekommen sind. Gerade noch rechtzeitig ... Übrigens, hören Sie auf, mich Doktor zu nennen. Ich bin Sue. Wahrscheinlich werden Sie diese Art von Zwangslosigkeit nicht billigen, aber mir ist sie lieber. Geben Sie meiner amerikanischen Erziehung die Schuld.«

Sie schnallte sich los und ging zum Ausstieg. Wang

hatte vorausgehen wollen, statt dessen aber folgte er ihr in einem Zustand leichter Benommenheit. Was im Namen des himmlischen Jadekaisers ging vor? Der Grüne Phönix würde womöglich mit Atombomben vernichtet werden müssen? – Aber das Schutzgebiet sollte doch der Vorbote einer Renaissance gesunder Natur sein, nicht bloß hier, sondern auf der ganzen Welt! In den Zeitungen, in Fernsehen und Radio hatte man dem Volk jahrelang erzählt, was für eine wunderbare Leistung und Errungenschaft es sei!

Freilich war nicht von Früchten die Rede gewesen, die nach Fleisch schmeckten und von Menschen und Mardern gegessen werden konnten. Was hatte Lin noch gesagt? Hunde und Katzen fraßen sie – und Schweine? Nun, Schweine fraßen sowieso alles. Aber wenn es gelang, den Hunger zu besiegen ...

Er riß sich zurück ins Hier und Jetzt. Die Ankömmlinge wurden von dem Mann im dunklen Mantel begrüßt. Sein Auftreten machte deutlich, wie überzeugt er von seiner eigenen Bedeutung war, und seine Worte, obschon von förmlicher Höflichkeit, ließen durchblicken, daß seine Besucher ihn zeitiger hätten verständigen sollen, ganz gleich, wie angesehen und hervorragend sie sein mochten. Er habe sich zu diesem Anlaß von dringender Arbeit freimachen müssen, und die Pflicht lasse ihm nur wenig Zeit. Immerhin habe er für diesen Abend ein Bankett zu ihren Ehren vorbereitet und freue sich darauf, dann ausführlicher und in Muße mit ihnen zu reden. Einstweilen habe er Angehörige seines Stabes mitgebracht, die sie zu ihren bedauerlicherweise nicht sehr luxuriösen Unterkünften führen würden. Und er wünschte ihnen einen angenehmen Aufenthalt.

Darauf bestieg er einen wartenden Geländewagen und überließ sie der Obhut seiner Untergebenen.

Dr. Bin empfand diese Begrüßung offensichtlich als einen Affront, und er hätte seinen Gefühlen wahrscheinlich Luft gemacht, wäre nicht in diesem Moment das Motorengeräusch langsam dahinkriechender Lastwagen an ihre Ohren gedrungen. Wang wandte sich um und rief:

»Ihre Ausrüstung ist gekommen!«

Drei olivgrüne Militärlastwagen arbeiteten sich rumpelnd die letzte Steigung herauf. Aber die ungeteerte Fahrstraße war felsig und uneben, und bis zu ihrer tatsächlichen Ankunft blieb noch reichlich Zeit, die wichtigsten Einzelheiten zu besprechen. Wang teilte seine Aufmerksamkeit zwischen Dr. Bin, der über Energieversorgung und den Gebrauch von Kommunikationsmitteln sprach, und Sue (er mußte daran denken, sie so anzureden), die über Gelegenheiten sprach, den Wald und die benachbarten Siedlungen zu besuchen, und verlor darüber ganz den Überblick. Dr. Long befreite ihn schließlich aus der mißlichen Lage, indem sie ihn direkt anredete: »Wang!«

Er nahm unwillkürlich Haltung an. »Ja, Doktor? Ah – das heißt, Sue?«

Trotz ihrer Müdigkeit, die ein zeitweiliges Einnicken während des Fluges kaum hatte lindern können, zeigte sie ein mattes Lächeln.

»Das ist Herr Li. Er wird Ihnen zeigen, wo wir einquartiert werden. Vergewissern Sie sich, daß wir anständige sanitäre Anlagen bekommen. Stellen Sie unser Gepäck hinein und kommen Sie zu mir zurück.«

»Wird gemacht!«

Sie zögerte. »Noch etwas. Sie sind verheiratet, nicht?«

Wang schluckte mühsam und nickte, versuchte nicht daran zu denken, wie hohl diese Partnerschaft war. Andererseits war Dr. Longs Ehemann … hatte sie nicht gesagt, er sei ihr ›weggelaufen‹? Also könnte sie Verständnis haben.

»Sie werden Ihrer Frau sagen wollen, daß Sie gut angekommen sind. Ich bat um eine Unterkunft möglichst nahe beim Nachrichtenraum, um frühzeitig von eingehenden Nachrichten zu erfahren. Noch sind die Leitungen nicht allzu sehr beansprucht, aber das wird sich ändern, wenn wir anfangen, unsere Berichte durchzugeben. Sagen Sie einfach, daß Sie zu mir gehören, dann wird man Sie zu Hause anrufen lassen.«

Sie wandte sich wieder der Person zu, mit der sie gesprochen hatte, bevor Wang Gelegenheit hatte, ihr zu erklären, daß die Bezahlung eines einfachen Polizisten selbst heutzutage und selbst in Guangzhou nicht für den Luxus eines privaten Telefonanschlusses ausreichte.

Danach mußte Wang so gut es ging zusammenfügen, was geschah. Er half beim Aufbau der wissenschaftlichen Geräte; die Techniker, die damit arbeiteten, waren Chinesen wie er, doch sprachen sie die Hälfte der Zeit Englisch und Japanisch, die Sprachen, vermutete Wang, in denen die Bedienungsanleitungen ihrer Geräte gedruckt waren. Selbst was er in *putonghua* hörte, verwirrte ihn, weil es in so obskuren technischen Begriffen formuliert war. Dr. Long bemerkte es nicht ohne Mitgefühl, hatte aber nicht die Zeit, mehr als die eine oder die andere Einzelheit zu erläutern. Das Gefühl, Zeuge eines geschichtlichen Ereignisses zu sein, war um so frustrierender, als er kaum einen Hinweis auf ihre gegenwärtige Bedeutung hatte.

Außerdem wurde seine Überzeugung, daß es keine Zufälle gebe, weiter untergraben. Angenommen, die Diebe hätten einen anderen Abend gewählt, um Sues Kawasaki mitgehen zu lassen? Der Mann, den sie verletzt hatte, war im Krankenhaus ausfindig gemacht worden. Er hatte den versuchten Raub gestanden, und weitere Mitglieder der Bande, zu der er gehörte – Spezialisten, die Wagen und Motorräder auf Bestellung stahlen –, waren verhaftet worden, und an hoher Stelle war die Entscheidung gefallen, Sue nicht unter Anklage zu stellen... Aber war die ›hohe Stelle‹ hoch genug? Oder würde man sie plötzlich nach Guangzhou zurückrufen und mit einer Anklage wegen schwerer Körperverletzung konfrontieren? Sie hatte viele einflußreiche Freunde, das war offensichtlich. Aber eine Person wie er konnte nicht ahnen, ob und wie lange die Macht ihrer Verbündeten unter dem Druck geheimer und offener Gegenströmungen Bestand haben würde.

Er hoffte, daß es gut für sie ausgehen würde. Er hatte sie von Anfang an respektiert; nun begann sie ihm auch zu gefallen.

Außerdem wollte er nicht vorzeitig nach Hause beordert werden.

Offiziell unterstand Projektdirektor Pao das wissenschaftliche und technische Personal im Schutzgebiet. *De facto* war er der Gouverneur der ganzen Region. Er war von einem Schlag, den Wang auf den ersten Blick erkannte. Ein loyaler Diener der Partei, dem es in jungen Jahren gelungen war, zu einer hochrangigen Position aufzusteigen, und der den Rest seiner Karriere mit Bemühungen verbrachte, niemanden merken zu lassen, wie unzureichend er für seinen Posten qualifiziert war. Eine Invasion von Wissenschaftlern mit Rückendeckung durch die Vereinten Nationen, obgleich immer eine Möglichkeit, hatte er nicht erwartet. In einem hektischen Versuch, den Anschein zu erwecken, daß er auf die Besucher vorbereitet gewesen sei und alles nach wie vor völlig unter Kontrolle habe, hatte er für sie und die Mitarbeiter des Projekts ein Abendessen improvisiert, das er als Bankett bezeichnete und im einzigen größeren Gebäude des nächsten Marktfleckens veranstaltete. Als das ›Refektorium‹ bekannt, war es ein Relikt aus den Tagen wüstenhafter Verödung, als die einheimische Bevölkerung so weit zurückgegangen war, daß alle unter einem Dach aßen.

»Eine Art Maoist«, meinte Sue, als Wang sie fragte,

was sie von dem Mann und seiner Einladung halte. »Aber ich nehme an, es zeigt, daß er kooperativ ist.«

»Werden wir einheimische Kost essen müssen?« Dabei dachte er an Lins Frau und ihr Unterleibsgewächs.

»Ach, es kann nicht unmittelbar giftig sein … Sagen Sie, welchen Eindruck haben Sie von Pao, oder hatten Sie noch nicht die Zeit, sich ein Bild von ihm zu machen?« Als er zögerte, fügte sie hinzu: »Natürlich im Vertrauen.«

Mit nüchternen Worten drückte er seine Meinung aus. Sie hörte ihn an, dann lächelte sie. »Einverstanden! Er erinnert mich an eine Frau, von der ich einmal hörte. Sie fuhr an einer unübersichtlichen Ecke in einen anderen Wagen, und als die Polizei kam, sagte sie in verletztem Ton: ›Aber von da ist noch nie ein Wagen gekommen!‹«

Wang schmunzelte. Ja, hier war eine, die mit China zurechtkommen konnte.

Im großen und ganzen war das Abendessen gut, obwohl man argwöhnen mußte, daß der freizügige Umgang mit Gewürzen eher zur Tarnung minderwertiger Ingredienzen diente als der Demonstration westlicher Kochkunst. Jedenfalls war die Vielfalt beeindruckend; es gab sogar heimischen Karpfen, aufgezogen in künstlich angelegten Teichen, die während der langen Trockenzeit durch Regenwasser aus Zisternen vor dem Austrocknen bewahrt wurden. Und es gab viel Wein. Weinreben waren unter den Pflanzen gewesen, die als erste für den Anbau in der Zone landwirtschaftlicher Nutzung außerhalb des eigentlichen Schutzgebietes ausgewählt worden waren.

Diese und andere Informationen begleiteten die nacheinander aufgetragenen Gänge. Als er erfahren hatte, daß Dr. Long aus Amerika stammte, hatte Pao das Naheliegende gefolgert und einen Dolmetscher mitgebracht, der seine Bemerkungen weisungsgemäß kommentierte. Als er entdeckte, daß Dr. Long fließend Mandarin und Kantonesisch sprach, brach er seine Bemühungen irritiert ab und unterhielt sich statt dessen mit Wang.

Unglücklicherweise bestand das meiste von dem, was der Mann zu sagen hatte, aus Erläuterungen, die Dr. Long zugedacht waren. Bald schweiften Wangs Gedanken ab, und auch seine Blicke taten es. Schließlich fanden sie zu einem Mann mit einem dünnen Bart, der bei der Tür stand und nicht wie ein Angehöriger von Paos Stab aussah. Letztere waren in der Mehrzahl ansehnlich gekleidet, so daß es einigermaßen überraschte, eine Person in lehmverschmierter Arbeitskleidung zu sehen. Überdies war er kein Chinese, jedenfalls kein Han. In seiner Ausbildung hatte Wang gelernt, rassische Typen zu unterscheiden. Diesen Mann schätzte er als einen Uighuren ein. Wenn es sich so verhielt, war er nicht allzu weit von seiner Heimat entfernt. Andererseits war schmutzige Arbeitskleidung bei einem offiziellen Abendessen eher ungewöhnlich …

Er unterbrach einen Vortrag über die Methoden, mit denen man Bienenvölker eingeführt und ins Schutzgebiet integriert hatte.

»Wer ist dieser Kerl mit den schmutzigen Kleidern?«

Der Dolmetscher brach ab und sah sich um. »Ein harmloser Einfaltspinsel«, antwortete er. »Da unser Direktor Pao ein großzügiger Mann ist, läßt er ihn hier für Kost und Logis arbeiten. Wie so viele von seiner Art weiß er mit Pflanzen umzugehen.«

Sue hatte die Bemerkung gehört und tauschte einen Blick mit Wang. Direktor Pao sah nicht wie ein Mann aus, von dem man Großzügigkeit erwarten würde.

»Wie heißt er?« fragte Sue. Der Dolmetscher lächelte.

»Ach, das weiß niemand. Er ist taub. Wir nennen ihn Grünfinger … Aha!« Er zog eine Zigarettenpackung hervor. Nachrichten von den Gefahren des Rauchens schienen noch nicht bis hierher gedrungen zu sein; auf ein Signal, das Uneingeweihte nicht bemerkten, zündete sich die Hälfte der Anwesenden Zigaretten an. Und vor Pao wurde ein Mikrophon auf den Tisch gestellt. Zeit für eine Ansprache.

Pao entsprach genau Wangs Stereotyp. Er war ein klassischer Verehrer von Statistiken. Die Zahlen flossen nur so von seinen Lippen: soundsoviel Ödland rekultiviert, so viele Bäume gepflanzt, so viele Sträucher und Staudengewächse, soundsoviel Lebensmittel, besonders Pilze und Nüsse aus eigener Erzeugung, an Ortschaften und Dörfer im Umkreis von soundsoviel Kilometern geliefert... Es war unbestreitbar eine eindrucksvolle Leistung, obwohl auch Pao nicht von den Gefahren des Tabaks gehört hatte und versicherte, daß im nächsten Fünfjahresplan unter anderem soundsoviel Hektar mit Tabak bepflanzt würden, um eine Zigarettenfabrik zu versorgen.

Als Höhepunkt seiner Ansprache führte er die Tatsache an, daß dies die einzige Region Chinas sei, wo es keine Schwierigkeiten gegeben habe, die Ein-Kind-Politik durchzusetzen. Dies beweise, daß ein angemessener Lebensstandard den Menschen mehr bedeute als der traditionelle Wunsch nach Kindern, die sie im Alter versorgen und nach ihrem Tode als Ahnen verehren würden. Er lächelte selbstgefällig in die Runde und setzte sich.

Dann wurde Sue aufgefordert, im Namen der Gäste zu sprechen.

Ihre Hände zitterten ein wenig, als sie aufstand, aber in der Zeit, die erforderlich war, das Mikrophon einzustellen, überwand sie ihre Nervosität. Ihre ersten Worte erzeugten leichte Heiterkeit, die gerade lang genug währte.

»Ich bitte den werten Dolmetscher um Vergebung, der sich auf einen Abend harter Arbeit gefreut hatte...

Projektdirektor Pao, Mitglieder des Organisationsstabes! Niemand könnte es sich versagen, Ihrer Ambition, Ihrer aufrichtigen Hingabe und Ihrer Leistung höchste Anerkennung zu zollen. Jemand hat einmal sehr zutreffend gesagt, daß man seine Zeit nicht mit der Wiederholung dessen vergeuden soll, was bereits jedermann bekannt sein muß. Gemäß diesem Prinzip werde ich mich auf die Frage beschränken, warum Sie, geehrter Direktor, in Ihrem Bericht über die Leistungen der Verwaltung des Schutzgebietes Grüner Phönix unerwähnt ließen, was die Leute hier in der Gegend mit dem Spitznamen ›Gut mit Reis‹ versehen haben. Dabei ist es erstaunlich: eine Frucht, die genausoviel Protein enthält wie Qualitätsfleisch, die sogar wie Fleisch riecht und schmeckt und von Menschen gern gegessen wird – ja, die sogar von wilden Raubtieren angenommen wird. Das ist etwas, worauf die Welt lange gewartet hat ... Direktor?«

Eine hastige, halblaute Konsultation war im Gange. Endlich erklärte nicht Pao, sondern jemand neben ihm: »Sie irren sich! Das hat mit uns nichts zu tun! Wir wissen nichts darüber!«

Die Überraschung war so vollkommen, daß es ganz still wurde. Dann meldeten sich vereinzelte Stimmen mit verwirrten Fragen, die sich in einem Sturm von neuen Überlegungen verloren. Wang saß angespannt an seinem Platz und blickte im weiten, niedrigen Raum umher.

Auch Sue hatte es die Sprache verschlagen. Sie stand noch da, vor sich das Mikrophon, und schwitzte sichtlich, obwohl es hier kühler war als in Guangzhou. Ihre Lippen bewegten sich, aber kein Wort kam heraus. Vielleicht hatte sie diese Reaktion sogar erwartet, aber nun, da der Augenblick der Konfrontation gekommen war, hatte sie Schwierigkeiten mit der Artikulation.

Während dieser Unterbrechung entstand eine ablenkende Bewegung. Deutlich gelangweilt, schob sich

Grünfinger seitwärts zur Tür. Unterwegs griff er in die Tasche, zog etwas hervor, was Wang nicht deutlich sehen konnte, und holte mit dem ausgestreckten Arm von unten aus, um es zum Kopfende des Tisches zu werfen…

Eine Handgranate? Heutzutage machen sie so kleine Bomben.

»Wang!« rief Sue. Zu spät. Seine Pistole war im Anschlag, war losgegangen. Er sah rot in der Ferne. Die Zeit schrumpfte. Das geworfene Ding war zu Boden gefallen. Er warf sich darüber und erwartete den Tod.

Schreckensschreie wurden von nervösem Gelächter abgelöst. Verwirrt wälzte er sich herum, setzte sich auf. *Ein hoffnungsloser Trottel,* dachte er bei sich.

Die ›Handgranate‹ war eine Frucht von der Größe eines Truthahneies. Als er sich auf sie geworfen hatte, war sie aufgeplatzt, und nun tropfte der Saft heraus wie das Blut aus Grünfingers Brust. Er roch nach Fleisch.

Pao und seine Genossen hatten nicht abgewartet, ob die vermeintliche Handgranate detonieren würde; sie waren wie in Panik versetzte Schweine aus dem Raum geflohen.

DER UNSICHTBARE KRAKE

…moderner Kommunikation zuckte mit seinen über alle Kontinente ausgestreckten Tentakeln, als die Nachrichten aus China Verbreitung fanden. Bis dahin hatte es, wie Dr. Bin richtig vorausgesagt hatte, keine starke öffentliche Reaktion mit sensationellen Schlagzeilen über die Abschaffung des Hungers in der Welt gegeben. Lediglich bestimmte Wissenschaftler und Politiker, die sich vordem gegen einen Besuch des Grünen Phönix entschieden hatten, besannen sich nun eines anderen, als sie erfuhren, daß unerwünschte Nebenwirkungen haben könnte, was ihre Kollegen vor Ort zunächst als ein vielversprechendes neues Nahrungsmittel angesehen hatten – schlimmer noch, daß es nicht wie angenommen das Endprodukt eines streng überwachten Forschungsprogramms war. Die Wissenschaftler witterten die Chance eines Beitrags für eine angesehene wissenschaftliche Fachzeitschrift, die Politiker, immer auf der Suche nach Publizität, sahen eine Gelegenheit, sich zu profilieren.

Da es auf der internationalen Bühne derzeit relativ ruhig zuging, lieferte die Erschießung Grünfingers einen zusätzlichen Impuls, der Paos Domäne aus dem wissenschaftlichen Bereich in die Spalten der allgemeinen Nachrichten rückte. Plötzlich rissen sich Reporter aus zwanzig Ländern um chinesische Einreisevisa.

Eine gerichtliche Untersuchung des Zwischenfalls war natürlich nicht zu vermeiden. Pao wollte sie unverzüglich selbst in die Wege leiten, vielleicht in der Hoffnung, einen unbequemen Eindringling loszuwerden; die Aussicht, daß weitere und noch wichtigere Besucher eintreffen würden, während das Untersuchungsverfahren lief, wirkte allerdings abschreckend. So wandte er sich an seine vorgesetzte Behörde und wurde angewiesen, die Ankunft eines Untersuchungsrichters aus Beijing abzuwarten. Bis dahin sollte Wang unter Dr. Longs Aufsicht auf freiem Fuß bleiben – eine seltsame Umkehrung der Rollen, die erheiternd hätte sein können, wäre die Situation nicht so explosiv gewesen.

Explosiv … Wie konnte ich eine Frucht für eine Handgranate gehalten haben?

Die Sache war ihm peinlicher, als er für möglich gehalten hätte, und so bat er Sue, ihn zur Krankenstation zu begleiten, wo Grünfinger die Überführung in ein Krankenhaus erwartete, wo die Kugel operativ entfernt werden sollte. Sie erhielten Erlaubnis, ihn zu besuchen, aber er hatte massive Dosen Schmerzmittel bekommen, und seine einzige Reaktion war ein verständnisloser, verletzter Ausdruck: warum?

Ich muß es irgendwie wiedergutmachen ...

Als sie gingen, machte Wang plötzlich halt. »Sue! « sagte er. »Können Sie veranlassen, daß ein Foto von Grünfinger gemacht wird?«

»Ich denke schon. Weshalb?«

»Ich frage mich, was er hier tut. Ein armer Schwachsinniger, den Pao aus Mitleid beschäftigt? Was meinen Sie, wieviel Mitleid Pao im Jahresdurchschnitt aufbringen wird? Und er war derjenige, der nicht nur wußte, was Sie meinten, sondern auch ein Beweisstück hatte, das er Ihnen zuwarf. Vielleicht sollten Sie sein Bild vervielfältigen und in Umlauf bringen.«

Wang fand die eigenen Worte wenig überzeugend. Mit so vielen Menschen auf der Welt ...

Sue aber nickte. »Sie sind nicht auf den Kopf gefallen«, sagte sie freundschaftlich. »Ich habe mir auch meine Gedanken über den Mann gemacht, aber das kam mir nicht in den Sinn. Nun, wo finden wir eine Polaroidkamera?«

Und als bald darauf für alle Fälle Bilder des Uighuren zusammen mit Fingerabdrücken und DNS-Typ an die zuständigen Polizeidienststellen und Interpol gegangen waren, war der Tag des vorgesehenen Ausflugs ins Innere des Schutzgebietes gekommen.

An den Talhängen hielt sich der Nebel bis Sonnenaufgang, löste sich aber nicht lange nach dem Aufbruch des Konvois von drei Geländewagen auf. Zu ihrer Gruppe gehörte einer von Paos Stellvertretern als Führer, eine Eskorte von Soldaten, technisches Gerät und Proviant. Dr. Bin war zurückgeblieben, um im Nachrichtenraum eingehende Botschaften entgegenzunehmen.

Die erste Wegstrecke führte durch ein landwirtschaftliches Siedlungsgebiet, das durch das neue Rekultivierungsprogramm entstanden war. Vor nicht langer Zeit waren es nur verstreute Weiler und Dörfer gewesen, aber ihre Bevölkerung war trotz des Erfolges der Ein-Kind-Politik in dieser Gegend durch die Rückkehr früher abgewanderter Bewohner in ihre Heimat angeschwollen. Unglücklich in fremden Städten, hatten Tausende von Einheimischen, die aus wirtschaftlichen Gründen fortgezogen waren, die Rückkehr beantragt, und im allgemeinen war die Erlaubnis erteilt worden. Da in der Vergangenheit allzu viele Bäume gefällt worden waren, bewohnten viele Leute Höhlen, die sie an geeigneten Stellen in die Hänge gegraben hatten.

Die unvermeidlichen Horden von Neugierigen umringten die Besucher, wo immer sie gingen. Das war besonders auf Märkten der Fall, von denen es in jedem Dorf einen gab. Es konnte nicht ausbleiben, daß Sue schließlich fragte, warum sie nirgendwo ›Gut-mit-Reis‹ zum Verkauf ausliegen sah, und riskierte damit eine Zurechtweisung von ihrem Führer, der selbstverständlich erklärte, daß es sich nicht um eines der im Zusammenhang mit dem Schutzgebiet verwirklichten Projekte handle.

Wang ersparte ihr die Peinlichkeit. Er berührte ihren Arm und zeigte nach links, rechts, nach vorn und nach hinten: niedrige Büsche mit fruchtbeladenen Zweigen gediehen vor jedem Haus, zumeist im Erdboden, aber auch in großen Tontöpfen.

Sie pfiff durch die Zähne, wie sie es in Guangzhou getan hatte. Warum für etwas bezahlen (ihr Führer, direkt darauf angesprochen, bestätigte es widerwillig), was überall schneller als Unkraut wuchs? Um so erstaunlicher war es, daß die Sträucher sich nicht selbst durch Samen oder unterirdische Seitentriebe vermehrten, sondern angepflanzt werden mußten.

Sie beobachteten mehrere Spätaufsteher, die aus ihren Behausungen kamen und die Früchte zum Frühstück ernteten. Kostenlos.

»Wissen die Leute nichts vom Krebsrisiko?« flüsterte Wang. »Inzwischen muß es genug Fälle geben, daß jemand einen Zusammenhang herstellt.«

»Es ist wie beim falschen Sago«, erwiderte Sue.

Er schüttelte verständnislos den Kopf.

»Das stärkehaltige Nahrungsmittel, das wir Sago nennen, kommt von einer Palme. Es gibt andere Pflanzen, die etwas Ähnliches hervorbringen, aber keine Palmen sind. Es sind die Zykadazeen, eine Art Palmfarne. Ißt man von der falschen Sorte, können Lähmungserscheinungen auftreten und zum Tod führen. Das ist seit Jahren bekannt. Trotzdem wird das Zeug in den Tropen, wo die Art vorkommt, weiter gegessen.«

»Weil die Leute Hunger leiden?«

»Eher, weil sie glauben, ihnen werde es nicht passieren.«

»Ich verstehe ... Wir sind eine kurzsichtige Spezies, nicht wahr?«

»Ja.«

Ihre Route führte sie tiefer und tiefer in den Wald. Es gab keine Dörfer oder Siedlungen mehr, nur vereinzelte Baracken, wo halb ausgebildete ›Wissenschaftler‹ sich bemühten, der biologischen Explosion auf der Spur zu bleiben, die ringsumher stattfand. Ihre Ausrüstung war alt und mangelhaft instandgehalten; sie erinnerten Sue an Priester, die Rituale zelebrierten, deren Zweck in Vergessenheit geraten war. Kein Wunder, daß etwas wie ›Gut-mit-Reis‹ auftreten konnte, ohne daß jemand seine Bedeutung erfaßte. Im Wald selbst war freilich nirgends einer der charakteristischen Sträucher zu sehen.

Wang wäre der Sache gern weiter nachgegangen. Inzwischen aber war er von der Majestät ihrer unwahrscheinlichen Umgebung überwältigt, und nicht er allein. Vorher hatten die Soldaten der Eskorte untereinander diskutiert, warum die Fremden plötzlich solch ein

Aufhebens von ›Gut-mit-Reis‹ machten, an das sie sich seit langem gewöhnt hatten, aber schließlich verstummten selbst die Gesprächigsten von ihnen angesichts der gewaltigen Wirklichkeit des Grünen Phönix. Wang hatte sich vorgenommen, einen guten Eindruck zu machen, indem er ihre Beobachtungen intelligent kommentierte – die ineinander verzweigten Äste, die den Himmel abschirmten, die Schlingpflanzen und Moose, mit denen sie bewachsen waren, die Vögel, die Insekten die Schlangen, die Pilze, die in der feuchten, duftgeschwängerten warmen Luft (im Wald war es gute fünf Grad wärmer als an ihrem Ausgangspunkt) geradezu aus dem Boden schossen. Sue achtete jedoch weder auf seine noch auf die Bemerkungen anderer, sondern ließ die Soldaten Proben verschiedener Pflanzen nehmen und sprach zwischendurch ihre eigenen Bemerkungen auf Band.

Wang nahm es ihr nicht übel. Der Austausch trivialer touristischer Bemerkungen über diese erstaunliche Leistung kam tatsächlich einer Blasphemie gleich. Ganz gleich, wie künstlich, wie aufgepfropft diese Natur sich aus der Ferne ausnehmen mochte, sobald man den Wald betrat, verlor sich jeder Zweifel, daß dies in gewissem Sinn eine Rebellion gegen die zerstörende Gewalt der Menschheit war – als ob die Uhr um Jahrmillionen zurückgedreht worden wäre, in eine Zeit, als die Biosphäre noch von ungenutzten Potentialen wimmelte.

Leeres Geschwätz in solch einer Umgebung wäre wie betrunkenes Krakeelen in einer Kirche gewesen.

Bei ihrer Rückkehr zum Stützpunkt kurz vor Sonnenuntergang sahen sie Arbeitstrupps lustlos Schlaglöcher im Landestreifen reparieren. Anscheinend hatte Pao erkannt, daß er Vorbereitungen für einen Besucheransturm treffen mußte.

»Schützende Magie«, bemerkte Sue und gab Anweisungen für die Behandlung der Proben, die sie mitgebracht hatte, bevor sie mit Wang zu Dr. Bin in den Nachrichtenraum eilte. Inzwischen war dieser mit dem zusätzlichen Gerät, das er am Vortag installiert hatte, so vollgestellt, daß man sich seitwärts zwischen zwei Reihen von Monitoren durchzwängen mußte, die unverständliche Daten meldeten. Wortlos reichte er Sue ein Bündel Faxe. Sie durchblätterte sie flüchtig, und ihre fast weißen Augenbrauen hoben sich höher und höher.

»Unglaublich!« entfuhr es ihr, als sie das letzte überflogen hatte. »Aber es gibt einen Punkt, den diese Botschaften nicht berühren.«

»Sie meinen, ob ›Gut-mit-Reis‹ wirklich nicht Teil des Projekts Grüner Phönix ist?«

»Genau!«

»Offenbar ist das zutreffend.« Bin lehnte sich zurück und reckte die Arme so weit, wie es die Enge zwischen den Geräten erlaubte.

Sue ballte die Fäuste. »Aber es kann kein Zufall sein! Ich kann nicht an eine spontane Mutation glauben, welche die Vermehrung einer Pflanzenart von menschlicher Intervention abhängig machen würde. Wußten Sie, daß der Strauch sich nicht von selbst vermehrt, sondern immer gepflanzt werden muß, worauf er aber selbst auf den ärmsten Böden gedeiht?«

»Das paßt zu der Vorhersage, die Allard in Paris gemacht hat. Sie haben es gesehen.«

Sie nickte. Ihr Gesicht war bleich. »Er verbrachte einige Zeit in Indochina, nicht? Versteht einiges von der tropischen Pflanzenwelt Asiens … Hat er eine Theorie über den Ursprung?«

»Sie haben alles hier, was es bisher darüber gibt.« Dr.Bin reckte sich wieder, und diesmal gähnte er dazu ungeniert.

Sue las einige der Faxe ein zweites Mal. Dann sagte sie, ohne aufzublicken: »Ich glaube, ich sollte Wang bemitleiden. Es wird mir helfen, meine Gedanken zu ordnen, wenn ich darüber spreche ... Wang, ist Ihnen nicht als sonderbar aufgefallen, daß ›Gut-mit-Reis‹ in mehreren Ländern aufgetaucht ist – offensichtlich verbreitet durch Auswanderer oder Postsendungen an Freunde und Verwandte –, aber wenig Aufmerksamkeit gefunden hat, und ganz gewiß nicht die Beachtung, die es verdient?«

Wang zögerte, dann holte er tief Luft.

»Ich finde nicht mehr, daß es sonderbar ist«, antwortete er. »Zuerst fand ich es, aber nun habe ich gesehen, wie rasch und mühelos man es zum Wachsen bringen kann. Ein kommerzieller Anbau ist unnötig ...«

»Aber man sollte meinen, daß unternehmende Leute es versuchen würden«, entgegnete Sue. »Es ist eine Frucht, die man auf den Markt bringen könnte, besonders in den Großstädten, und für einen guten Preis verkaufen ...«

»Mehr und mehr von uns Chinesen«, sagte Wang mit Betonung des letzten Wortes, »haben der Landwirtschaft den Rücken gekehrt, weil unsere bäuerlichen Vorfahren ein solch schweres Leben hatten. Aber es ist etwas tief Symbolisches daran, Dinge wachsen zu machen. Ich spüre es. Dr. Bin, verstehen Sie, was ich meine?«

Der ältere Wissenschaftler hatte ihn aufmerksam beobachtet. »Für einen Polizisten sind Sie ein ungewöhnlicher Typ«, bemerkte er. »Es war klug von Dr. Long, Sie auszuwählen. Ja, ich kann mir gut denken, daß ›Gut-mit-Reis‹ in Singapur und Australien und den anderen Ländern, wo es aufgetaucht ist, weitgehend als ein privater Schatz der chinesischen Gemeinde behandelt worden ist. Können Sie sich vorstellen, was für ein Schatz es werden kann?«

Wang zögerte wieder. »Wenn es Krebs verursacht ...«

»Das läßt sich wahrscheinlich herausschneidern«, sagte Sue achselzuckend. »Trotz allem, was Allard sagt.«

»Und das wäre?«

»Pardon! Er meint, der karzinogene Faktor sei so in die genetische Gesamtstruktur integriert, daß es unmöglich sei, ihn zu isolieren. Aber er hatte nur etwas über eine Woche Proben zur Verfügung. Ich glaube, er ist pessimistisch. Meinen Sie nicht auch?« Sie gab ihm das Bündel Faxe zurück.

»Im Prinzip muß ich zustimmen«, sagte Dr. Bin.

»Sehr gut. Jetzt brauche ich eine Dusche und etwas zu Essen, bevor ich …«

»Augenblick.« Bin streckte den Arm aus, um ein weiteres Blatt Papier heranzuziehen. »In den Vereinigten Staaten und Europa haben sie bei der Suche nach dem möglichen Ursprung ein extrem breites Spektrum abgedeckt, und dabei tauchte am Rande immer wieder eine bestimmte Sendung auf. Sagt Ihnen der Begriff ›Bauernsohn‹ etwas?«

»Glaube ich nicht«, sagte Sue, nachdenklich vor sich hinstarrend. »Ursprung?«

»Vielleicht die alte Sowjetunion. Aber es ist tiefgründiges Zeug von vielfach verschlüsselten Datenbanken.«

Sie runzelte die Stirn. »Für einen Augenblick schien ich mich zu erinnern … nein, es ist weg. Vielleicht fällt es mir wieder ein, wenn ich weniger müde bin. Kommen Sie mit uns?«

»Nein, ich bin noch nicht hungrig. Ich hatte ein gutes Mittagessen.«

»Wie Sie wollen. Kommen Sie, Wang! Ich nehme an, ›Bauernsohn‹ sagt Ihnen auch nichts, oder? Nein? Schade.«

Während der Mahlzeit siegte Sues Begeisterung über ihre Müdigkeit. Sie verbreitete sich über die Möglichkeiten, die in ›Gut-mit-Reis‹ steckten. Ihrer Ansicht nach stellte es eine glaubwürdige Lösung der Ernährungskrise dar, und trotz Vorbehalten würden Allard und andere ausländische Wissenschaftler sich dieser Auffassung anschließen. Immer wieder kam sie auf den erstaunlichen Umstand zurück, daß die Frucht mit Sicherheit seit mehreren Jahren vor den Nasen der Biologen und Genforscher gewachsen war, ohne daß ihre Bedeutung erkannt wurde. Sie redete soviel, daß Wang sie ermahnen mußte, ihr Essen nicht kalt werden zu lassen. Dann erst fiel ihr wieder ein, daß sie Hunger hatte.

Als sie gegessen hatten, aber noch am Tisch saßen, brachte ein Mädchen eine zusammengefaltete Botschaft von Dr. Bin. Sue überflog sie, sprang auf, daß ihr Stuhl hintenüber fiel, und lief hinaus. Wang folgte ihr notgedrungen und holte sie im Nachrichtenraum ein, wo sie über Bins Schulter gebeugt stand. Bin bediente die Tastatur unter einem Bildschirm der ... Grünfingers Gesicht zeigte. Jünger, glattrasiert, aber unverkennbar. Und einen Namen. Keinen chinesischen.

A-er Mu.

»Eine Inspiration, Wang«, flüsterte Sue. »Ich danke Ihnen!«

Und darauf vergaß sie ihn, als sie sich zusammen mit Bin auf die zweite außerordentliche Reise dieses Tages machte, diesmal durch einen elektronischen Dschungel, der so voll war von seltsamen und erstaunlichen Gewächsen wie der Grüne Phönix.

»Amnesium! Ich wußte nicht, daß sie es vervollkommnet hatten!«

Wang fuhr aus dem Halbschlaf auf. Er hatte an einer Computerkonsole gelehnt, die mit dem Bildschirm gerade die rechte Höhe hatte, ihn zu stützen, und glücklicherweise hatte er keinen Schaden angerichtet. Was hatte Sue eben gesagt? Er mühte sich, Bins Antwort einen Sinn abzugewinnen. Die beiden starrten in einen Bildschirm voll von dichten, sich verzweigenden und verschiedenartigen Linien, die an das Laubdach des Grünen Phönix erinnerten. »Gott, sehen Sie nur, wie es sich verzweigt!« murmelte sie.

»Lassen wir das«, erwiderte Bin ungeduldig. »Nun,

da wir einen Hinweis auf ›Bauernsohn‹ haben, sollten wir ihm folgen.«

»Sicher, machen Sie nur… Es war unter unseren Nasen! Ich hatte davon gehört – sogar ich! – und dachte, es sei Desinformation vom KGB!« Sie ballte die Fäuste. »Kein Wunder, daß es in den Projektunterlagen des Grünen Phönix nichts über ›Gut-mit-Reis‹ gibt!«

Wang konnte nicht länger an sich halten. »Sie haben herausgebracht, wer Grünfinger ist?«

»Augenblick!« wehrte Sue ab, den Blick auf eine neue Darstellung fixiert. Sie war in alphabetischer Schrift, nicht in Schriftzeichen, und Wang brauchte einen Moment, um zu erkennen, daß es *putonghua* in Pinyin war, und keine geheimnisvolle ausländische Sprache. Aber was konnte eine alte russische Legende mit dem Grünen Phönix zu schaffen haben?

Ach ja, natürlich. Sie hatte nichts damit zu schaffen. ›Gut-mit-Reis‹ war nicht Teil des Projekts Grüner Phönix…

Sue seufzte und wandte sich vom Bildschirm ab. »Das paßt. Wenn ich an all diese abenteuerlichen Voraussagen denke, die ich beim Abendessen machte! Wang, es tut mir leid! Dr. Bin hat die Wahrheit ausgegraben, und sie ist nicht erfreulich!«

Sie holte tief Luft. »In den Forschungsinstituten der alten Sowjetunion arbeiteten einige der besten Biologen der Welt. Das Land konnte aber auch mit einigen der am meisten paranoiden Politiker aufwarten, die nichts von Wissenschaft verstanden, aber überzeugt waren, daß sie ihre Wissenschaftler mit Zuckerbrot und Peitsche dazu bringen könnten, jedes gewünschte Resultat zu erzielen. Betrachtet man die Schnelligkeit, mit der die Sowjets nach dem Zweiten Weltkrieg mit einer Atombombe und dann einer Wasserstoffbombe aufwarteten, beweist es, daß die Überzeugung begründet war.

In der Frühzeit der Gentechnologie meldete sich eine Gruppe begeisterter junger Wissenschaftler freiwillig zur Arbeit in einem neuen Forschungszentrum in Sibirien, wo kälte- und trockenheitsresistente Getreidesorten entwickelt werden sollten, um die Anbaugrenzen nach Norden und Süden vorzuschieben und die landwirtschaftliche Produktion zu steigern. Außerdem sollten nach den gleichen Kriterien Organismen entwickelt werden, die auf dem Mars überleben könnten. Das war die Blütezeit der Raumforschung; ihr größter Held war Jurij Gagarin.

Aber das war unter Chruschtschow. Nach seinem Abtreten wurde das Marsprojekt fallen gelassen und die anderen reduziert. Die freigewordenen Wissenschaftler durften sich jedoch nicht anderswo bewerben. Sie wurden auf ein neues Projekt angesetzt.

Im Südosten der Sowjetunion war ein Rivale entstanden. Ein politischer Rivale, gewiß, aber langfristig ein Rivale um Land. Die Politiker mochten sagen, was sie wollten, früher oder später mußte der Bevölkerungsdruck in China die fernöstlichen Provinzen der Sowjetunion bedrohen und eine Invasion erzwingen. Wenn ihm nicht Einhalt geboten wurde.«

Sie fuhr sich mit einer müden Handbewegung übers kurze Haar. »Tut mir leid, wenn ich mich nicht klar ausgedrückt habe«, sagte sie. »Dr. Bin hat den Weg zu so erstaunlichen Daten gefunden, daß ich sie noch nicht verdaut habe.«

Mit einer Willensanstrengung zwang sie die Anspannung aus ihren Gliedmaßen.

»Die Methode, die sie sich ausdachten, um einer derartigen Invasion vorzubeugen, war brillant. Was drängt Menschen zum Verlassen ihrer Heimat? Wenn sie so zahlreich werden, daß das Land sie nicht mehr erhalten kann. So wurde ein neues Forschungsprogramm verordnet. Die Wissenschaftler, so lautete die Anweisung, sollten Mittel und Wege finden, das Ernährungsproblem dieser chinesischen Massen, trotz der Art und Weise wie sie ihr Land durch Raubbau und Kahlfraß ruinierten, ohne äußere Hilfen zu lösen und gleichzeitig ihre Vermehrung zu verhindern. Und es gelang ihnen, die unmöglich scheinende Aufgabe zu erfüllen.«

Wang hatte nicht bemerkt, daß mehrere ›Gut-mit-Reis‹ auf einem Teller neben Dr. Bin lagen, der nun eine nahm und Sue reichte.

»Dies«, sagte sie, die Frucht vor Wang in die Höhe haltend, »ist das Ergebnis. Und ich bin inzwischen bereit, Allard zu glauben, weil ich jetzt weiß, daß Grünfinger einst A-er Mu war. Das war im vorigen Jahrhundert ein berühmter Name in bestimmten Kreisen. Er war Direktor des Forschungsinstituts, wo diese Frucht entwickelt wurde. Man schätzte damals, daß es ungefähr dreißig Jahre dauern würde, bis die angestrebte Massenwirkung eintreten und der gewünschte Erfolg sich einstellen würde. Jemand erinnerte sich der Legende des russischen Helden, der nicht gehen konnte, bis er dreiunddreißig war, und dann der größte Verteidiger seines Volkes wurde: Ilja Muromez. Sein Nachname bedeutet ›Bauernsohn‹. Das war der Deckname des Forschungsprogramms im Institut, das im Siedlungsgebiet der Uighuren nördlich der chinesischen Grenze lag. Es ist die Heimat A-er Mus.

Beim Zusammenbruch der Sowjetunion war das Projekt noch unvollständig, aber es hatte erstaunliche Fortschritte gemacht. Die künstlich entwickelte Frucht war nicht nur lebensfähig – sie schmeckte gut, sie war wirklich nahrhaft und sie enthielt krebserzeugende Gene, die den Verdauungsprozeß überleben konnten.«

»Und im Wirtskörper«, sagte Bin mit eingerostet klingender Stimme, »durch die mit der Schwangerschaft produzierten Hormone zur Aktivität angeregt wurden – und zwar jeder Schwangerschaft, selbst einer, die abgebrochen wurde. Kein Wunder, daß Pao sich mit dem Erfolg des Ein-Kind-Programms in diesem Gebiet brüsten kann! Alle Mütter entwickeln Karzinome der Eierstöcke.«

»Es gab viele ultrageheime Projekte«, fuhr Sue fort, »deren Bekanntwerden die ehemaligen Machthaber der Sowjetunion um jeden Preis zu verhindern suchten. Umsichtig trafen sie die dazu nötigen Vorbereitungen. Ich bildete mir ein – wie auch die meisten anderen –, daß nicht nur ›Bauernsohn‹ eine Desinformationsübung sei, sondern auch Amnesium. Nachdem wir in Erfahrung gebracht haben, wer Grünfinger früher war, glaube ich jetzt, daß sie genau das geschaffen hatten, was einzelne Überläufer und Dissidenten behaupteten: eine Droge, welche die Erinnerung an höhere Gehirnfunktionen einschließlich der Sprache auslöschte, elementare Funktionen wie Essen und Gehen hingegen unbeeinträchtigt ließ. Als das Ende der Sowjetmacht abzusehen war, sandte sie angeblich Spezialagenten des KGB aus, um unzuverlässigen Geheimnisträgern die Droge zu verabreichen, notfalls auch gewaltsam, damit die Forschungen und Erprobungen, die an politischen Häftlingen vorgenommen worden waren, nicht bekannt würden. Es hört sich alles sehr russisch an, nicht?«

Wang schüttelte verwirrt den Kopf. Dies lag zu weit jenseits seiner alltäglichen Welt. Er konnte nur daran denken, daß er den Mann niedergeschossen hatte, von dem sie sprachen, und noch hatte ihm niemand gesagt, ob er unrecht getan hatte.

Als hätte sie seinen Gedanken erraten, nickte Sue ihm zu. »Sie hatten recht«, sagte sie in bitterem Ton. Sie warf die Frucht, die Bin ihr gereicht hatte, in die Höhe und fing sie wieder auf.

Wang sah sie verständnislos an.

»Dies ist nicht das Wundermittel gegen Hungersnöte, mein lieber Wang. Es ist genau das, wofür Sie es hielten, genau das, was man von unserer kranken Spezies erwarten kann.

Es ist eine Waffe.«

... wohnt im Mond und bewacht das Elixier der Unsterblichkeit. Aber es wurde für das Recht eingetauscht, Söhne zu zeugen; daher ist er der Schutzpatron der Homosexuellen, und nur Frauen feiern sein Fest.

Wang dachte eine Weile über den Hasen nach. Dann sagte er: »Die Leute werden sie weiterhin essen, nicht wahr?«

Nüchternes Nicken. Dr. Bin sagte mit gespielter Zuversicht: »Ja, sie ist zu weit verbreitet, um sie zurückzurufen. Aber es besteht eine Chance, daß wir eines Tages, ohne Dr. Allard zu nahe treten zu wollen, die krebserzeugenden Gene eliminieren können. Oder eine bessere Version erfinden! Und etwas, wissen Sie, was die Leute erst sterilisiert, nachdem sie ein Kind geboren haben ... das könnte ganz nützlich sein.«

Aber Sue hörte nicht hin. Sie drehte ›Gut-mit-Reis‹ in den Händen, wie sie es mit der benagten getan hatte, die Wang ihr im Turm der Stärke gezeigt hatte, und murmelte: »Es ist eine Waffe. Es ist eine Waffe, und wir armen Dummköpfe bildeten uns ein, es sei Nahrung.«

Originaltitel: ›GOOD WITH RICE‹ • Copyright © 1994 by Brunner Fact & Fiction Ltd. • Erstmals erschienen in ›Asimov's Science Fiction‹, März 1994 • Mit freundlicher Genehmigung des Autors und der Agence Hoffman, München • Copyright © 1996 der deutschen Übersetzung by Wilhelm Heyne Verlag, München • Aus dem Englischen übersetzt von Walter Brumm • Illustriert von Manfred Lafrentz

---

Marcus Hammerschmitt · Deutschland

HUNDHERZ

Daß man mit einer Schrotflinte im Mund schlecht reden kann, hätte ich mir denken können, daß sie aber auch das Denken erschwert, ist mir neu, voilà, manche Sachen schneidest du erst ganz zum Schluß mit. Zu schade, daß ich nichts sehen kann, auf die Art bleibt mir verborgen, ob der Prügel in meinem Mund wirklich eine Schrotflinte ist, aber, ehrlich gesagt, ich bin mir ziemlich sicher. Ich kann mich ja sonst nicht bewegen, und deswegen habe ich bisher nur mit der Zunge die beiden glatten Stahlrohre ertasten können, die etwa fünf Zentimeter in meinen Mund hereinragen, sie sind durch eine Art Steg miteinander verbunden, und wenn mich nicht alles täuscht, ist das ein Korn, das da oben gegen meinen Gaumen drückt. Sehr gut. Vorbildlich. Ich würde sagen, bei dem Gegenstand in meinem Mund handelt es sich um eine doppelläufige Jagdschrotflinte, nicht abgesägt, nicht präpariert, wahrscheinlich ein Sammlerstück mit Liebhaberwert. Als es noch Münzen gab, damals, vor der *Wende*, war ich noch ein Kind, und ich habe wie alle Kinder an Münzen gelutscht, um festzustellen, wie sie schmecken, und es ist ein Witz, aber der Geschmack von diesem Scheißteil erinnert mich an meine süße Jugend. Schrotflinte. Ganz sicher. So sicher wie das Amen in der Kirche. Eigentlich ist es egal, aber ich weiß auch über die Natur meiner Blendung Bescheid. Sie haben mir Mullbinden um den Kopf gewickelt, meinen Mund freigelassen, das Gewehr hineingeschoben, und von außen an dem Mull festgeklebt, es ist mir sogar so, als könne ich auch ein wenig von dem Klebstoff an dem Band schmecken, mit dem der Mull und die Knarre verbunden sind. Ich habe mich früher bei Videos immer gefragt, warum die Gangster ihre Opfer mit Klebeband an den Stühlen festhielten, es schien so zerreißbar von außen. Paul hat mir aber einmal klargemacht, daß Klebeband die beste Fessel überhaupt ist: kein Gewicht, kein Reißen, keine Schlüssel, keine Flucht. So ist es. Der gute Paul, unser praktisch denkender Perverser. Ich kann so schlecht denken. Vielleicht kommt das auch daher, daß ich so wenig Luft bekomme. Diese kurzen Schlitze in Höhe meiner Nasenlöcher lassen einfach nicht so viel Luft ein, und wenn ich bedenke, daß ein erwachsener Mensch pro Tag 750 Liter davon verbraucht, wird mir ganz eng um die Brust. Dabei weiß ich doch gar nicht, wie lang meine Sitzung hier noch dauern mag. Ich kann schlecht denken. Traditionell liegen meine Stärken ganz eindeutig auf dem Gebiet von Kunst und Kultur. Dafür reicht es im Moment nicht ganz. Es reicht nur für die Gewißheit, daß ich bald sterbe, daß mein Gehirn nicht mehr gebraucht wird, und daß ich einen Fehler gemacht habe. Es reicht auch für eine Extrapolation über die tatsächlichen sinnlichen Gewißheiten hinaus, die man mir gönnt: ich schätze, ich sitze in einem weißgekachelten Keller auf einem Stahlrohrstuhl, den Kopf durch besagtes Mullgebinde verschönt, Ballermann inklusive, und irgendeine Teufelsmaschine sorgt dafür, daß in einiger Zeit, in ein paar Sekunden, in zwei Minuten oder fünf Tagen mein Gehirn an die Wand fliegt. Ich schätze eher früher, ansonsten würde mein Fleisch wahrscheinlich zu verdorben sein durch Hormone und Ausschüttungen und was nicht alles. Ich bin gut in Form, sie werden für meine Leber den Wert eines Kleinwagens herausschlagen, oder, sagen wir, vielleicht den Gegenwert für eine neue Schrotflinte, manche mögen so etwas in ihrem Wohnzimmerschrank haben, und wer weiß, ob der Chef der Veranstaltung hier nicht ein Waffennarr ist. François ist einer. François, der Liebling. Vielleicht sollte ich nicht so gewagt denken, aber nehmen wir an, François hat Frieden geschlossen mit einem seiner Feinde, vielleicht mit Godzilla von den 49ers, und ich bin gewissermaßen ein Versöhnungsgeschenk. François kann Widerspruch nicht leiden, und ich habe ihm in letzter Zeit nicht mehr so bereitwillig den Schwanz gelutscht, ich muß sagen, ich war schon sehr verwundert darüber, daß er meine Insurrektion so gelassen hinnahm. Unter diesen Umständen könnte ich schon lange auf der Abschußliste gestanden haben. Ja, das macht einigen Sinn. Vor allem wenn man bedenkt, wie schöne Augen er Maurice immer gemacht hat, diesem versauten kleinen Schwein aus der Provinz, das eines Tages hier eintrudelte, um sich als Schlepper zu verkaufen, daß ich nicht lache. Maurice wird den Ducs das Geschäft versauen, wenn er von François angeheuert wird, man riecht die Sauerei bei ihm auf Meilen Entfernung, das ist kein Schlepper, sondern ein Treiber, o là là, jetzt hätte ich beinahe zu laut gedacht. Überhaupt geht es mit uns Ducs in letzter Zeit den Berg runter, unsere Abschußraten sind gesunken, weil sich außer den 49ers noch ein anderer Haufen in unserem Viertel breitgemacht hat; sie nennen sich die ›Goldene Jugend‹, mein Gott wie einfältig. Heute macht jeder in Brutalität, kein Fingerspitzengefühl mehr bei der Sache, zuviel Hast im Betrieb, aber wie Buddha schon gesagt hat: die Gier ist die Wurzel allen Übels. Auf jeden Fall hat François den Schwanz eingezogen vor dieser goldenen Jugend, und das nur, weil sie ihm einen seiner kleinen Laufburschen zurückgeschickt haben, und zwar in Stücken, falsch wieder zusammengenäht lag die Scheiße in seinem schönen pinkfarbenen Chevrolet, und ich mußte sie wieder aufräumen, widerlich. Das hat er nun davon: Engpässe, Dumpingpreise und unbezahlte Schäden an seinem Geschäftswagen. Das ist nicht mehr der wilde François von früher, der vor zehn Jahren den Chevi mit was Knalligem vollgeladen und vor dem Rattenloch der goldenen Jugend abgestellt hätte, damit diese Wichser das Fliegen lernen. Ich hab es ihm angeboten, ich kann mit Sprengstoff, aber was hat dieses Weichei zu mir gesagt: »Pas de guerre civile. Pas maintenant.« Schiß. Banale Schiß. Erste Regel in unserem Geschäft: das Pack versteht nur Gewalt. Aber was sollte ich machen. Er ist der Chef. Diese neuartige Bündnispolitik, die in letzter Zeit in unserem Viertel und der ganzen Stadt ausgebrochen ist, hat mich schon seit langem beunruhigt, aber das ist wahrscheinlich der Fortschritt, daß mir bald der Kopf wegfliegt, anstatt den Arschgeigen, die ihm die Polster vollgesaut haben. Mein Kopf wird ein blutiger Vogelschwarm sein. Es gibt die erste Regel, und es gibt die allererste Regel: der Chef bestimmt. Wenn Paul sich hier mit mir einen Scherz erlaubt, dann werde ich, wenn ich hier lebend herauskomme, auch meinen ganzen Humor zur Entfaltung bringen. Aber so ist der Mensch! Eigentlich sollte ich schon im Imperfekt reden, und vertändele doch die Zeit mit Rachegedanken.

… oder ich bin bei den Bullen gelandet. Mein Gott, als François und ich anfingen die Gang aufzubauen, vor der *Wende*, als wir noch irgendwelchen besoffenen Wichsern auf der Straße bei lebendigem Leib das Herz herausschnitten und fast noch zuckend bei unseren Kunden ablieferten, was waren die Bullen damals schon versaut! Wir wurden erwischt, kamen aufs Revier, wurden ein-, zweimal windelweich gehauen, und dann kam dieser Fatzke mit Lametta auf den Schultern an, ließ uns in sein Büro verfrachten und traktierte uns mit Tacitus- und Senecazitaten, während er mit seiner Kanone spielte. Magazin rein, Magazin raus, Sicherungshebel vorschieben, Sicherungshebel zurückschieben, diese Art von Scheiße. Das dauerte endlos, bis er damit herausrückte, was er wirklich von uns wollte: daß wir ein bißchen in der Szene herumspionierten, und ihn auf dem laufenden hielten über die Jungs an der Front im zentralen Süden, Drogen, Waffen, Fleisch etcetera, und es ist kaum zu glauben, aber ich dachte damals wirklich noch, die Bullen stehen auf der anderen Seite, und er will uns als Spitzel benutzen, um ein paar Gangs hochgehen zu lassen zwecks Beförderung, aber nein, das war nicht alles, das Arschloch wollte auch selber noch was abhaben; er sagte: »Ich kümmere mich um euch, und ihr erstattet meine Unkosten, ist das fair? Das ist fair.« Und nachdem er uns dann vollgequatscht und das Versprechen abgenommen hatte, daß wir zukünftig auch für *ihn* arbeiteten, schoß er François ins Bein, einfach so, die Prothese hat damals auf dem schwarzen Markt fast alles gekostet, was wir hatten, wir mußten richtig zusammenlegen; rührend, wie wir uns umeinander kümmerten, und François hat sich geschworen, diesen Bullen eines Tages lebendig durch den Fleischwolf zu drehen, sehr romantisch; na ja, wir waren Anfänger, unsere Kampfzeit sozusagen. Es ist schade, daß ich nicht nur nichts sehen, sondern auch nichts hören kann, deswegen kann ich auch nicht meine Vermutung verifizieren, daß ich in einem Schlachtkeller sitze, sonst würde ich vielleicht ein bißchen grunzen, und den hohlen Klang hören, den gekachelte Räume üblicherweise so an sich haben, andererseits ist es vielleicht besser so, denn möglicherweise wartet nur eine schallempfindliche Schaltung darauf, klick zu machen, und ich bin am Arsch. Wo immer ich hier sitze, man hat es auf Demütigung abgesehen, es ist widerlich, aber ich habe einfach meine Scheiße und Pisse laufen lassen müssen, jetzt fängt es hier übel an zu stinken. Natürlich bin ich auch als Säugling in meiner Scheiße gesessen, aber das ist so lange her, man kommt einfach aus der Übung. Ja, ja, die Kampfzeit. Wir waren jung, wild und verwegen, man bestellte bei uns an einem Tag und wurde am nächsten beliefert, prompt, schnell, roh, wir machten damals alles, egal wie riskant. Wir liefen los, hatten unseren Abschuß, kamen nach Hause, schmissen den Mist in unseren einzigen Kühlcontainer, zogen uns die Birne zu oder fickten, und trafen am anderen Morgen unsere Auftraggeber. Wir wurden gebraucht, die Transplantationsmedizin hatte so viele schöne Fortschritte gemacht, man konnte den Arsch eines Schweins mittlerweile auf dem Hals eines Politikers festnähen, und niemand merkte den Unterschied, aber es gab immer noch so viele dumme ›ethische Grenzen‹. So war das damals, so ist es heute: auf der einen Seite der Markt, und auf der anderen die ethischen Grenzen, ein unfaires Spiel, weil der Markt immer gewinnt, und wir sorgen für Nachschub. Wir verdienten schon gleich am Anfang gut, unser Schutzengel in Uniform hielt die Hand über uns, weil wir brav diesen und jenen kleinen Scheißer anschwärzten und außerdem unseren Tribut entrichteten, und bald schon konnte sich François ein neues Bein kaufen, das Klicken der Prothese war ihm doch zu ennuyant geworden. Langsam änderte sich unser Stil, wir wurden professioneller und cooler, die Gang wuchs, und unsere Kleidung bekam einen Touch von Raffinesse. Von daher unser Name: die Ducs. Und der Krieg mit den Subhumans veränderte alles schlagartig. Dieser Abschaum hatte sich im Viertel um den Zentralfriedhof eingenistet und machte uns Konkurrenz, kopierte unsere alte Masche und schoß Touristen, Penner und Ausreißer ab, und irgendwann mußten wir etwas dagegen unternehmen. Wir fickten einen von ihnen, sie fickten einen von uns. Scharmützel hier und dort. Und dann diese Nacht, als wir uns mit Messern um einen Abschuß rauften wie die Ratten. Danach hatte François genug. Er sagte: »So kann ich nicht arbeiten, diese schwanzlutschenden Aasgeier verderben uns noch das ganze Geschäft!« Wir lernten etwas über Sprengstoff und forschten nach ihrem Hauptquartier. Ich probierte es zum erstenmal mit einer Autobombe, und es knallte göttlich. Aber ein paar Normalos gingen mit drauf, und die Polizei stellte eine eigene Einheit zur Bekämpfung der Fleischfresser auf, les temps dévenaient plus durs. ›Fleischfresser‹. so nannten sie uns Organdealer jetzt. Andererseits waren wir nach dem großen Knall die unbestrittenen Könige im Süden der Stadt, und lange Zeit wagte niemand, gegen uns anzupinkeln. Wie im Verlauf der Gesellschaftsentwicklung ergab sich auch bei uns eine immer stärkere Arbeitsteilung. Während früher noch jeder alles gemacht hatte, entwickelten wir uns jetzt zu Spezialisten. Etienne war unser Mediziner, er schnitzelte die Scheiße aus den Abschüssen raus und kümmerte sich um die Kühlcontainer. Aristide machte die Logistik, Transport und Sicherheit, François regelte die Beziehung zu den oberen Zehntausend und verteilte die Sondersteuern an die Polizei, und ich wurde Schlepper. François sagte zu mir: »Mein Goldjunge, du hast diese sentimentalen blauen Augen, das macht die Weiber und die Arschficker weich.« Du mußt es ja wissen, dachte ich. »Außerdem kannst du ein Pferd totquatschen, bei den kleinen Fotzen aus der Provinz macht sich Bildung immer gut. Du wirst unser Schlepper sein. Denk an Buddhas goldene Weisheit: Gier ist die Wurzel allen Übels. Und jetzt geh hin, mein Sohn, und bring uns Frischfleisch.« François hatte schon immer einen Hang zu Opulenz und Theatralik gehabt, aber nach unserem Sieg über die Subhumans entwickelte er sich zu einem richtigen kleinen Sonnenkönig. Aristide wagte es einmal, ihn Ludwig den XVten zu nennen, danach würgte François ihn solange, bis Etienne ihn wiederbeleben mußte. Aber die Kasse stimmte, vor allem, als diese Mode mit den Implantaten aufkam, und öfter etwas schiefging. Die Bonzen ließen sich illegal irgendwelche Chips einpflanzen und wunderten sich dann, wenn ihnen der Arsch abfaulte, weil der Chirurg Mist gebaut hatte. Also sorgten wir für die Ersatzteile.

... es ist jemand hier. Vielleicht schon die ganze Zeit. Ich spüre es. Ich kann nichts hören, ich kann nichts sehen, und ich rieche nur meine eigene Scheiße, aber ich weiß, daß jemand bei mir ist. Es hat keinen Sinn sich danach zu fragen, was der andere will. Das ist zum Verrücktwerden, daß ich nicht verrückt werden kann. Schon damals, als ich klein war und die Geister an mein Bettchen kamen und mit den Ketten rasselten, wollte ich verrückt werden, aber es klappte nicht. Ich kann so schlecht denken. Was macht er hier drin, wie sieht er aus? Es ist mein fundamentales Menschenrecht, über die Gründe für meine Angst Bescheid zu wissen. Ich will nichts mehr spüren und nur reden in meinem Kopf, bis er davonfliegt, ich will nicht wissen, daß jemand hier ist und mich vielleicht sogar berühren kann, ich will mir nicht anmerken lassen, daß ich weiß, er ist hier. Ich könnte verrückt werden. Vielleicht sitzt er nur in der anderen Ecke des Raumes, an die kühlen Kacheln gelehnt, und wichst sich einen ab. Paul, unser kleiner Perverser, hat das oft gemacht, sich seine stöhnenden Opfer ansehen und dabei wichsen, das machen die meisten Perversen. Hoffentlich fliegt mein Kopf bald weg, dann ist endlich Ruhe. Wenn das Paul ist hier drin, werde ich ihm später die Eier abschneiden. Das ist nicht Paul. Soweit geht nicht einmal er, und er geht sehr weit. François hatte schon immer eine weiche Birne, das steht fest. Zum Beispiel soff er sich einen an und hielt dann große Reden, der Alkohol brachte seinen Ehrgeiz zum Glühen, und er entwickelte uns seinen Traum von der Internationale der Kriminellen. »Eine Kampforganisation brauchen wir, die sich für alle Kriminellen einsetzt, für unsere Brüder und Schwestern in der Polizei, auf der Straße, in der Regierung, für jeden kleinen Taschendieb und für jeden großen Gangster in der Politik. Für jeden, der stiehlt und killt, um zu leben und zu überleben. Warum brauchen wir so etwas? Weil ich davon überzeugt bin, daß eine Weltregierung der Kriminellen ein Segen wäre für die Menschen. Keine kleinlichen Gesetze mehr, die umgangen werden müssen, kein verstecktes Haschen mehr im Dunkeln nach ein paar miesen Kröten, sondern der große Stil, fressen-und-gefressen-werden für alle. Wir haben schon viele Gleichgesinnte, überall, in den Behörden, beim Militär, in den Religionen und Sekten, in den Elendsvierteln, bei der Schickeria, sogar in der Kunst, überall. Aber uns fehlt noch die Durchschlagskraft, um das Joch der öffentlichen Moral abzuwerfen. Laßt uns das ändern. Was schon immer zusammen kommen wollte, aber durch falsche Vorsicht noch getrennt war, der Minister in seinem Landsitz und der Scheckbetrüger in seinem billigen Hotelzimmer, es soll zusammenkommen! Kriminelle aller Länder vereinigt euch, und ihr werdet die Welt beherrschen! Vorwärts zu einem Zeitalter der Vernunft und der Ehrlichkeit!« Ich sehe ihn noch, wie er vor uns steht, das Hemd offen, schwankend und schwitzend, eine leere Flasche Schampus in der Hand, die Linke zur Decke gestreckt, als wolle er mit dem Zeigefinger in den Himmel stoßen, und in den Augen ein besoffenes Glitzern wie von eingefetteten Edelsteinen. »Warum klatscht ihr nicht?« schrie er, als wir uns nicht muckstén, »Hä, warum klatscht ihr miesen, kleinen Arschgeigen nicht?« Er versuchte an seiner Pulle zu nuckeln, und als er merkte, daß sie leer war, warf er sie an die Wand, und da fingen wir ein bißchen an zu klatschen, und er sackte plötzlich um, schrammte die Wand ab, an der die Bilder von Ludwig dem XIVten und Buddha hingen, und fing sofort an zu schnarchen, als er auf dem Boden angekommen war. Aber er versteht etwas vom Geschäft. Und mit den kleinen Fotzen aus der Provinz hat er absolut recht. Man muß diesen Hühnchen nur ein bißchen was pfiffig dahererzählen, und dazu das Lächeln des wilden Mannes lächeln, und schon glauben sie, sie erleben die große weite Welt, und es ist wirklich so, die Weiber fliegen auf mich, wenn ich sie so frisch rasiert angrinse. Und, das ist finster, die jungen Hühner wollen alle sterben. Da kann man natürlich leicht sagen, das ist meine berufsbegleitende Entschuldigungstheorie, aber das ist ein Irrtum. Mit siebzehn wollen sie alle Neapel sehen und sterben, das ist die Schwermut der Jugend. Zum Beispiel sagte mir François eines Abends: »Wir brauchen Augen, Marcel, junge, blaue Augen, laß alles, woran du arbeitest stehen und liegen, und halt Ausschau nach Augen. Kommt von oben der Auftrag, von ganz oben.« Das interessierte mich gar nicht, von wie hoch oben der Auftrag kam, aber mein Ehrgeiz war angespornt. Ich warf mich in die Uniform der Ducs: Cowboystiefel, Hosen aus Schlangenleder, Rüschenhemd und Pferdeschwanz. An den Fingern dicke Ringe, wenn du damit zuschlägst, das reicht dann schon. Das waren wir, die die Ganguniform eingeführt hatten, nach dem Krieg mit den Subhumans, und alle hatten jetzt eine, ob sie zu den ›Dämonen‹ gehörten, die die U-Bahnschächte kontrollierten, oder zur ›Gelben Gefahr‹, die im Hafen aktiv war. Und dann hinaus in die klirrende und klickende Stadt; die Stadt war ein feingesponnener maschineller Dschungel, und ich ein metallenes kleines Tier darin, böse, bissig und *dangéreux*, na ja, ich gebe zu, ich war voller Koks. Und dann traf ich, kaum daß ich das Maschinentaxi weggeschickt hatte, diese kleine süße Mietze, höchstens siebzehn, ich sah in ihre Augen, die zusammen größer waren als das ganze Gesicht, und ich wußte, das würde ein one-night-kill. Im Moctezuma, meiner Stammkneipe, trafen wir auf Conan, den Schlepper der ›Sumpfpäpste‹, die damals den halben Norden um die Sundbrücke herum kontrollierten, und er begrüßte mich mit: »Hi, Ladykiller!« Ich versetzte ihm einen kleinen scharfen Schlag in die Herzgegend, und er wurde bleich und still und trollte sich, ein guter Schlepper, aber ein zu großes Maul. Ich brauchte nicht einmal eine meiner Standardnummern runterzureißen, à la ›Wie schön, dich zu treffen, meine Freundin hat mich gestern verlassen‹, oder ›Ich bin neu hier in der Stadt, möchtest du sie mir zeigen?‹, wir saugten uns nach fünf Minuten die Zungen aus dem Hals, und nach zehn gingen wir nach oben. Die Kleine war so versaut, daß mir die Spucke wegblieb. Sie sagte danach: »Ich weiß, daß du ein Schlepper bist.« Ich sagte: »Wir werden dir die Augen herausreißen.« Sie sagte: »Das ist in Ordnung, wenn es schnell geht.« Sie *wollte* eindeutig sterben, das war ganz klar, und es machte mir schon fast keinen Spaß mehr, weil alles so schnell und glatt ging. Ich betäubte sie, und am Hinterausgang wartete Aristide schon mit unserem Leichenwagen. Außer den Augen konnten wir nichts von ihr brauchen. »Alles voll«, sagte Etienne, und so ging sie in den Fluß, die blinde Ophelia. Das war ein großer Fehler, denn sie wurde gefunden, und die augenlose Tochter eines Großindustriellen macht sich in den Schlagzeilen immer schlecht, vor allem für uns Fleischfresser. François ließ mich fünf Stunden lang auf faustgroßen Kieseln knien, und dabei mußte ich unablässig das ›Vater unser‹ beten, und dann mußte ich lange, lange ganz umsonst für ihn arbeiten, bis ich mir zwei neue Knie abschießen durfte. Bis dahin klickten meine künstlichen Knie bei jedem Schritt. Das Vater unser kann ich immer noch.

…er hat mich berührt, natürlich hat er mich berührt, ich bin ja nackt und kann mich nicht wehren und sitze hier angebunden und blind in meiner eigenen Scheiße. Meine Cowboystiefel haben sie mir gelassen, jedenfalls fühlen sich die Galoschen an meinen Füßen so an wie meine Stiefel, damit ich wie ein Mann sterbe, sehr witzig. Jeder weiß, wie wir Ducs auf unsere Stiefel stehen, und wie wir für sie kämpfen, wenn es sein muß. Einer von der ›Gelben Gefahr‹ hat mal im ›Ramses‹ an der Bar François auf den Stiefel gespuckt, wir pumpten ihn dann später in unserem Keller so mit Luft auf, daß er platzte und steckten ihn im Hafen in eine Mülltonne. François klebte einen Zettel obendrauf, auf dem ›Guten Tag!‹ stand, das machte er immer, das war sein Markenzeichen, sein running gag. Einmal haben mich die Bullen geschnappt, und ein kleiner ehrgeiziger Leutnant träumte von Beförderung und wollte mich sogar nicht freilassen, als unser Schutzengel bei ihm anrief. François und die Jungs holten mich raus, und wir ließen niemand am Leben. Ich durfte das kleine Bullenschwein von oben bis unten aufschlitzen, und François nagelte ihm eine Pappe an die Stirn, auf der ›Guten Tag!‹ stand. Das ist lange her. Aber dieses stinkende Vieh, das mich hier in der Mache hat, würde ich auch gerne aufschlitzen und zwar kreuz und quer. Er hat mich berührt, weil ich nackt bin, er hat meinen Schwanz angefaßt und gewichst und gelutscht, und ich bin gestanden und gekommen, während ich in meiner Scheiße sitze und eine Schrotflinte im Maul stecken habe. Ich war oft genug bei Folterungen dabei, die Paul immer ›Sitzungen‹ nennt, aber es hat mir nie besonderen Spaß gemacht. Mein Ehrgeiz war der Abschuß, aber François langweilte sich mit der Zeit, weil er bei seiner Arbeit verfettete und nicht mehr an die Front kam und suchte deswegen nach einem Kitzel, er stellte Paul ein, unseren Perversen. François steht auf Folterungen, er sagt, es inspiriert ihn. Ich bin anders, ich suche lieber nach Opfern und habe noch ein bißchen Spaß mit ihnen, bevor sie in den Keller gehen. François hatte schon immer ein Auge für die Begabungen der Leute. Aber François war auch immer der erste in unserer Branche, und weil er einen perversen Hofnarr hatte, brauchten die anderen Gangchefs auch einen, und der

Fluß füllte sich mit verstümmelten Leichen. Überhaupt der Fluß wäscht alles ab, was wir geschehen lassen, nagt die Knochen ab, säubert sie und bringt sie ins Meer, wo sie hingehören. Und jetzt sitze ich hier und werde gefoltert und gewichst, und die Meute sitzt vor einem Videoschirm und sieht meinem langsamen Abgang zu. Ich habe versucht, die beiden Läufe der Flinte zuzuspeicheln, damit vielleicht das Pulver in den Patronen feucht wird, aber mein Mund ist so trocken, ich habe schon keine Spucke mehr, weil ich schon so ausgetrocknet bin vom Pissen und Scheißen, und weil ich nichts zu trinken bekomme. Es geht mit mir zu Ende, je schneller je besser, aber man hat noch nicht den Spaß an mir verloren, und deswegen fliegt mir der Kopf erst ab, kurz bevor ich verdurstet bin, das kann noch zwei Tage dauern. Ich bin wieder allein, das spüre ich überdeutlich. Allein mit der Scheiße und dem Gewehr und der Videokamera. Sterben will heute jeder, und jetzt ist die Reihe an mir. Wir Fleischfresser leisten einen Dienst an dieser ganzen todessüchtigen Gesellschaft, indem wir die Todessüchtigsten aussondern und abschlachten, aber wir kommen der Todessehnsucht gar nicht hinterher. Radikal könnten dieses Problem nur die Militärs lösen, aber sie sind zu feige, jetzt schon fast sechzig Jahre. Ich habe keinen getroffen bei meiner Arbeit, der nicht wirklich sterben wollte, und jetzt ist die Reihe an mir.

... und dann die *Wende*, du heilige Scheiße, wer ist nur auf diesen Namen verfallen, wahrscheinlich wieder einer dieser gehirnamputierten Journalisten, die auch die brüllend komischen Filme über uns machten und im Abendprogramm zeigten, damit die kleinen Fotzen wußten, wo sie zum Sterben hingehen konnten. Dabei hat sich gar nichts gewendet, der Effekt war ungefähr der, als würde man einen Topf mit Scheiße ein bißchen mehr anheizen als bisher. Zuerst kam es langsam, dann kam es schnell, alles schoß zusammen, Biotechnik, Medizin, der Computerkram, alles schoß in einem heißen Punkt zusammen, in der Politik gab es wieder starke Töne und in Übersee wieder kleine und zähe Kriege, es gab neue Drogen und virtual reality, es gab neue Abenteuer auf der Straße, das alte Geld verschwand und wurde durch Plastikkärtchen ersetzt, überall fiepte und zwitscherte es plötzlich elektronisch, Verkehr, Industrie, Information, alles rückte noch ein bißchen näher zusammen und ergab dann einen *supercluster*, noch so ein Scheißbegriff, der einem nekrotischen Journalistengehirn entsprungen sein muß, ›Gesellschaftlicher *Supercluster*‹ oder, wenn's ganz dick kam: *Superclustergesellschaft*. Mann – o – Mann, ich unterhielt mich oft mit meinen Opfern über diese komische *Wende*, wenn sie mich noch für irgendeinen gelangweilten Dandy oder bloß einen Stricher hielten, der ihnen um den Bart ging. Die einen meinten, die Presse hätte einen schicken Begriff erfunden, um wieder was zum Schreiben zu haben, die anderen waren begeistert von den neuen Möglichkeiten, und einer, rückblickend gesehen, mein Liebling, wenn es um die *Wende* geht, sagte: »Weißt du was, chérie? Diese *Wende* macht aus uns allen etwas, das für mich wie ein summendes und piepsendes Kraftwerk mit vielen bunten Lichtern aussieht, das auf meilenlangen Stelzen in einem Riesenhaufen Scheiße steht.« Ich sah ihn begeistert an und überlegte mir, ob ich ihn wegen diesem gelungenen Spruch verschonen sollte. Er verstand mich falsch und winkte mich mit den Augen zur Treppe nach oben, und ich wußte genug, auch er wollte Neapel sehen. Schmales Bürschchen, Intellektueller, ich habe sein ID heute noch. François war von der *Wende* begeistert. Sie brachte so viel neue Möglichkeiten für *politique*, daß François schon beinahe nicht mehr wußte, wo er ansetzen sollte. Er versuchte auf das Fernsehen Druck auszuüben, um Filme über uns abzusetzen, das ließ er dann bleiben, als sich herausstellte, daß diese Filme unserer Sache dienten. Wir hatten wirklich mehr Abschüsse, wenn einer dieser Horrorfilme über uns im Fernsehen gelaufen war, wie zum Beispiel ›Kannibalen‹ oder ›Ein Uhr nachts‹ oder ›Der Termitenhaufen‹ usw. usw. Man erinnerte sich an uns, und legte uns den Wunsch zu sterben direkt in die Hände. In gewissem Sinn handeln die Leute, die sich uns in die Arme werfen sehr vernünftig, zumindest Teile von ihnen werden recycelt und haben auf dieser Weise eine Zukunft, das wäre nicht der Fall, wenn sie einfach von der Sundbrucke springen würden, wie so viele das tun. Ich habe oft zu François gesagt: »Ein Netz bräuchten wir, ein großes Netz, um es unter der Brücke zu spannen, und in manchen Sommernächten könnte ich meinen Beruf an den Nagel hängen.« Es ist so, jedes Jahr werden die Zäune etwas höher, und jedes Jahr springen mehr Leute hinunter, von dem summenden Kraftwerk hinunter in den Riesenhaufen Scheiße. Aber François mit seiner *politique* habe ich nie verstanden, ich sagte einmal zu ihm: »Les hommes politiques je ne cherche pas comprendre«, und er antwortete: »Ja, weil du ein Frontschwein bist, und ein dummes dazu. Aber du brauchst mich nicht zu verstehen, du brauchst mir nur Abschüsse zu bringen.« So ist François, höflich, freundlich, kameradschaftlich. Er machte also weiter mit *faire de l'amour, faire de la politique,* und dazu brauchte er in der neuen Zeit vor allem eins: Computersupport. Und der stellte sich ein in Form von Lucile, blind, gescheit und mit einem Interface im Kleinhirn. Ich mochte Lucile, sie sprach nie, sondern saß immer nur in ihrem Kabuff, schaltete die Verbindungen und ließ die Elektronen summen. Ich habe sie sogar einmal gefragt, warum sie das machte und ausgerechnet für uns, und sie sagte: »Das kann auch nur ein Sehender fragen. Die Maschine gibt mir hier Farben hier drin!«, sagte sie und zeigte auf ihre Stirn, während sich das graue Kabel vom Hals aus über den Nacken und ihre flachen Brüste zog, bis in den kleinen Kasten auf ihrem Schoß. François hatte sich für viele Lungen, Lebern und Hirnanhangdrüsen eine saubere Computeranlage hingestellt, er hatte einen erstklassigen Computermann geordert, und als er Lucile zum erstenmal sah, hatte er gelacht und sie sofort hinauswerfen wollen, aber sie hatte sich nur eingestöpselt und ihm in Sekundenschnelle fünf der zehn wichtigsten denkbaren Verbindungen hergestellt, unser Fräulein vom Amt, très vite. Die Datenbanken öffneten sich vor ihr wie ein Buch, das man aufklappt, und François war so beeindruckt, daß er ihr eine Art Pilotenkanzel in unser Hauptquartier einbauen ließ, irgend jemand kam auf den Begriff ›Katzenklo‹, und es blieb dabei. Wir fanden sie eines Tages in ihrem Katzenklo, die Zunge hing ihr blau heraus, die blinden Augen geplatzt, irgend jemand hatte ihr eine logische Bombe ins Gehirn gelegt, neurosensorischer Kurzschluß, war alles durchgebrannt in ihrem Schädel, wie Pudding, sagte Etienne. Alle, die nach ihr kamen, waren mehr oder weniger nur Angestellte, die Tastendrucker für François und seine *politique*. François verlangte von Luciles Nachfolger, ihren Tod zu rächen, nach allem, was man hörte, schaffte er es, denn der Computermann der ›Golems‹ verschwand in einer Irrenanstalt, allerdings unserer auch, mit nach oben gedrehten Augen. Mich widerte diese Überzüchtung an, ich blieb auf der Straße, und die geänderten Sitten in der Gang ließen mich hinter sich, weil ich der einfache Schlepper einer Fleischfresserbande blieb. Weswegen ich eben jetzt auch nackt auf einem Stuhl in meiner eigenen Scheiße sitze, die langsam von meinem Arsch abbröckelt, und mich frage, wie das alles kommt. Es ist kalt hier drin. Ich stelle mir vor, daß es draußen Nacht ist, und hier drin meine Fingerspitzen langsam blau werden. Und wie anstrengend es ist, nichts zu tun und ruhig zu bleiben, nur weil eine Schrotflinte es von einem verlangt. Meine Haut wird langsam wund unter den Mullbinden, obwohl ich mich so gut wie nicht bewegt habe, ein rauhes und trockenes Kratzen, als hätte man mir eine trocknende Gipsbindenmaske aufgesetzt, ist das wirklich Mull um meinen Kopf herum? Eine Frage der Erkenntnistheorie.

… da muß ich wohl geträumt haben. Schwarz, schwarz, schwarz, einszweidreivierfünfsechssie-ben, unsre kleine Hex kocht Rüben, einszweidreivierfünfsechsacht, hat sich in die Hos' gemacht. Wir waren in einem Haus, François und ich jagten einen Abschuß, der uns durch die Lappen gegangen war, wie in unserer Kampfzeit, und wir jagten ihn, den schwarzen Schatten quer durch die ganze Stadt, vom Hafen über die Cité, durch Zentralfriedhof und Freiheitspark, durch das Nutten- und die Elendsviertel, wir jagten ihn überall zugleich. Endlich setzten wir ihn fest, dieses Haus hatte keinen Hinterausgang, er war gefangen. Wir fegten hinein wie die Furien, aber wo wir auch suchten in dem Haus, er war nicht da, obwohl er da sein mußte. Statt seiner fanden wir im obersten Stock eine alte Frau im Rollstuhl, die uns lächelnd ansah, wir standen vor ihr in schwarzen Rüstungen, die in der Dunkelheit schimmerten wie Insektenpanzer, und sie sah uns an und versuchte zu lachen, und ihre Zunge rollte in ihrem Mund umher wie ein kleiner Wurm, der nicht weiß, wo er hin soll, und ich schüttelte sie und fragte sie, ob sie unser Opfer gesehen hätte. »Wo ist er«, fragte ich sie, »wo ist er hin«, und sie versuchte zu lachen, und plötzlich legte sie die Hand über ihre Augen wie eine Weinende. François traf ich erst vor dem Haus wieder; er war wütend, er wollte eine Strafe über mich verhängen. »Was ist mit der Frau?« fragte er. »Was soll mit ihr sein?« fragte ich. »Sie hat uns gesehen. Mach sie kalt.« Ich suchte sie in dem Haus, fand aber auch sie nicht mehr; weil ich Angst hatte, François würde mich bestrafen, schoß ich zweimal in die Luft. »Du Schlappschwanz«, sagte er zu mir, als ich wieder draußen war, zündete das ganze Haus an und tanzte vor den schwarzen Flammen. Meine ganze Haut juckt, obwohl ich nackt bin, sie juckt, als würden mir unter der Epidermis kleine Tiere entlangkriechen, wie Käfer, die ihre Gänge bohren. Ich habe Durst. Ich muß etwas trinken. Mein Hintern ist durchgesessen und wund von der getrockneten Scheiße, mein Mund ist entzündet von der Schrotflinte. Ich habe vorhin ein bißchen gebrummt, um die Höllenmaschine auszulösen, aber sie wird nicht von Schall gesteuert, sondern wahrscheinlich von Zeit. Ich habe bisher noch nicht herausfinden können, wer mich hier gefangen hält, aber ich denke, daß François es mir sagen könnte. Ich bin fest davon überzeugt, daß die Versuchsanordnung mit dem Gewehr in meinem Mund einen subtilen Hinweis auf die Verletzung meiner sexuellen Pflichten ihm gegenüber darstellt. Wenn ich mich nur an die Zeit erinnern könnte, bevor ich hier aufgewacht bin. Vieles würde dadurch verständlich, und das Verstehen erleichtert das Leben, das hat schon Diderot gesagt. Ah, der Philantropismus der Aufklärung, was würde er sagen zur Menschheit als *supercluster*? Mir wird so philosophisch. Der arschfickende François verkauft mich an seine neuen Freunde, damit er freies Geleit durch ihr Stammesgebiet hat. Oder für sonst eine miese Vergünstigung. So sieht es aus. Das große Zeitalter des Arschfickertums hat begonnen. Arschgefickte Arschkriecher warten jede gefickte Arschnacht in dieser arschfickenden Stadt, die Teil einer arschfickerischen Gesellschaft von dummdämlich fickenden Ärschen ist, auf den tickend schönen Arschfickeraufgang der fickärschigen Sonne, und wenn sie am Arsch gefickt aufgeht, ist sie tatsächlich, Arschfick noch mal, nichts anderes als ein Arsch, der gefickt werden will. Das fehlt uns noch wirklich, die Theorie über das Leben als gefickter Arsch. Halleluja. Kuhnacht in Jerusalem. Ich brauch was zu trinken.

... da war diese: ... ich war am Fluß, an einer Brücke, und der Fluß schmierte wie dünnes Öl an mir vorbei ... ich stand auf der Brücke und lehnte mich ans Geländer ... ein sehr flüssiger Tag. Eine flüssige Nacht. Ich wollte meine Ruhe haben. Es gab nichts zu tun. Die Arbeit konnte bis morgen warten, mir hing alles zum Hals raus, wie schon oft, der Fluß schmierte an mir vorbei wie dünnes Öl, und in der Ferne ragten die Krüppelarme eines aufgegebenen Kraftwerks in den Himmel, oder einer Raffinerie, was weiß ich. Ich wollte mich auflösen, damit es ein Ende hat, mir war alles kreuz und quer zum Kotzen, ich wollte mit dem dünnen Öl unter mir weggehen, zum Meer, mit all dem Abfall, den die Stadt hineinwirft. Nimm mich mit Kapitän, auf die Reise. Im Armageddon tanzen gewesen, aber rausgeschmissen, weil ich gegen eine der Lautsprecherboxen getreten hatte, Scheißmusik, die Muskelpakete zerrten mich mit einem gewissen Respekt hinaus, weil das Armageddon auch die Stammdisco von François ist, aber ich konnte machen was ich wollte, ich war rausgeschmissen. J'étais très malheureux. Fotze aufgerissen da drin, mit der ich außerberuflich ficken wollte, zog auch ihretwegen eine Mordsshow ab auf der Tanzfläche, und das mit dem Lautsprecher war auch wegen ihr. Schöne Fotze. Und dann ... ja natürlich! Sie war das! Ich ... kann mich erinnern! Hat mich abgeschleppt. War eine Schlepperin. Verdammt, ich habe sogar mit ihr darüber gequatscht, bevor mir so komisch wurde, ich sagte: »Du bist eine Schlepperin!« und lachte dazu, eine Frau als Schlepperin! »Und wenn schon«, sagte sie und küßte mich auf den Mund, und ihre spitze Zunge schlüpfte durch meinen Hals und stach mit Gift, und jetzt sitze ich hier. So eine Scheiße. Besiegt von einer Frau. Gab es nur Gerüchte drüber, eine Frauengang ... wie sollten die noch mal heißen? ›Weathergirls‹. So hießen sie angeblich. Wußte niemand nichts genaues drüber. Nur Gerüchte. So eine Scheiße. Ich bin hier im

Keller der Weathergirls. Aber was hat François mit denen zu schaffen? De la politique, mit Weibern? Die werden mich aufschnitzeln wie eine Schweineseite. Und vorher … es ist wieder jemand hier. Ich spüre es. Eine von diesen perversen Weibern. Wahrscheinlich dieselbe, die mich vorhin gewichst hat. Vielleicht sogar meine Bekanntschaft aus dem Armageddon. Unwahrscheinlich. Schlepper sind lieber draußen auf der Straße. Schlepper machen den Abschuß, und wenn die Gang funktioniert, dann ist es mit Schlepperinnen … was … was ist das? Feucht … auf meinem Kopf … Benzin? Stecken sie mich an? … Nein, kein Benzin. Das würde ich riechen. Es ist ein bißchen Wasser. Ein bißchen Wasser über meinen eingewickelten Kopf. Kommt nicht in den Gewehrlauf. Ist zu wenig. Kühlt mich ab. Es hat keinen Zweck. Ich kann zwar sprechen, aber es hat keinen Zweck, ihnen Versprechungen zu machen. Sie kühlen mich ab, damit ich noch nicht schlappmache, damit ich zapple, bis die Knarre losgeht.

… mein erstes Radio … mein erstes Radio war vom Müll, ich zog es aus einer Mülltonne, und es funktionierte, ich wohnte bei Madame et Monsieur, ich hörte nachts Radio mit einem Ohrstöpsel, oh, Gott, das Mittelalter der Elektronik, und ich hörte die *Stimmen*, es war wunderbar, und ich paßte auf, daß Madame und Monsieur nichts merkten, es war nachts, und ich hatte das Radio auf einem Regal über meinem Bett, und ich hörte *Töne* und *Stimmen*. Man lebt nur einmal, und das immer wieder. Das Radio war so alt, daß auch die Musik alt war, die herauskam, und die Stimmen waren alt, es war einfach alles alt daran, und es roch nach ausgelaufenen Batterien und altem Plastik. Und einmal riß ich meinen Kopf herum, weil ich glaubte, daß Monsieur die Treppe heraufkäme, um nach dem Rechten zu sehen, ich hatte so ein Knarren gehört in meinem freien Ohr, und ich zog das Radio mit der Schnur von dem

Ohrstöpsel vom Regal, und es fiel mir auf den Kopf, und davon bin ich so dumm … hier ist alles so still. Keiner da. Ich und das Gewehr und die Videokamera … hihi … es ist keiner da, und die Zeit vergeht, und ich … ich … erzähle mir Geschichten, bis es knallt, einszweidreivierfünfsechssiebenachtneunzehnneunachtsiebensechsfünfvierdreizweieins … ich bin schneller mit zählen als die anderen, ich …

Copyright © 1996 by Marcus Hammerschmitt • Originalausgabe • Mit freundlicher Genehmigung des Autors

Gábor Csaba Trenka · Ungarn

FRÜHLINGSANFANG, OBEN IM RABENTAL

Manchmal tummelten sich graue Schwaden von riesigen, mit Wasser gefüllten Wolken am Himmel, und unten im Tal glänzte vom grünen Tau der Goldregen. Die Äste tropften, und prall vor Wasser präsentierte sich jedes Blatt, jede Knospe. Auch der Boden war durch das grüne Naß rutschig. Langsamer Regen klatschte regelmäßig gegen die Bäume, silbrige Schauer besuchten die Bergabhänge und ließen in ihrem Schweif hin und wieder die Sonne durch die sprießenden Grashalme aufblitzen. Der kleine, trübe Fluß, der sich unten durch das Tal schlängelte, wurde immer breiter. Und über dem Becken auf den Ästen putzten sich schlechtgelaunte, nasse Raben das Gefieder.

In einer Krümmung des Bächleins stand in der Mitte einer breiten Lichtung eine alte Holzhütte. Die vorbeihuschenden, unsichtbaren Wolkenfische warfen durch die grüne Dunsthaube bisweilen leichte Schatten auf das Haus. Es wurde als Wochenendbleibe erbaut, damals, als es noch Wochen, Wochenenden und natürlich die Zeit zum Verweilen gab. Die Wände der Hütte platzten vor Feuchtigkeit. Durch die quietschende Tür trat ein junger Mann ins Freie. Er war höchstens fünfundzwanzig, in seiner Rechten baumelte eine Axt. *Das ist die Ursuppe. Aus mir entstehen irgendwann die Saurier, wenn die Zeit reif ist, ans Ufer zu kriechen,* dachte der

Junge. Er umrundete das Haus und starrte dabei auf den Himmel. *Es wird wieder regnen. Macht nichts, dann wachsen die Bäume.*

An der steilen Böschung stand ein Schuppen. Strahlende, schimmernde Regentropfen hingen am Rand des Daches. Unter den rostigen Platten, auf denen sich bereits grünes Moos breitgemacht hatte, lagen frisch gesägte Holzscheitel in einem riesigen Haufen. Aus seiner Lagerstätte kroch ein großer, struppiger wolfähnlicher Hund unter den Scheiteln hervor und rannte auf ihn zu.

»Na endlich hast du mich bemerkt«, sagte er und streichelte dem Tier über das Fell. »Wie geht es dir?« brummte er. Der Hund wedelte wie verrückt mit dem Schwanz, sprang auf und umarmte mit seinen dreckigen Pfoten die Taille des Jungen. »Aha, du bist also hungrig. Essen gibt's trotzdem nicht. Brauchst gar nicht rumzuspringen.« Den Hund kümmerte das wenig, er tobte weiter.

Der junge Mann suchte sich einen noch ungeschnittenen, trockenen Baumstamm aus, lehnte ihn an den schäbigen, zweibeinigen Bock und holte aus dem Schuppen eine beeindruckende Säge. *Die Büsche sind ausgeschlagen. Gestern war alles noch kahl... Nett von ihnen.* Er arbeitete mit kräftigen, regelmäßigen Bewegungen. *Ich muß demnächst eine neue Säge klauen.* Glitzernde Schweißperlen erschienen am Ansatz seines schwarzen, gekräuselten Haars und krochen dann einzeln sein sauberes, aber unrasiertes Gesicht herunter. Er hatte große Augen, dunkel und glänzend, wie die verlassenen Baggerseen zwischen den Bergen, wo keiner mehr die vergangenen Jahre zählt.

Nach zwei Stunden hielt er eine kurze Pause. Er zog sein zerrissenes und geflicktes Sakko aus und legte es auf eines der Scheite. *Früher ging man in so einem Aufzug ins Theater... Ich darf daran nicht denken! Es gibt kein Früher. Der Goldregen grünt schon, wie nett von ihm.* Er fing wieder an zu arbeiten. Vorsichtiger, jetzt mehr auf seine Sachen achtend. Der gleichfalls geflickten braunen Cordhose konnte nichts mehr passieren, ebenso wenig seinen schweren, verdreckten Stiefeln, aber der dicke, graublaue gestrickte Pullover war unersetzbar. *Eigentlich hat das nichts mit nett sein zu tun. Sie blühen, weil sie nichts daran hindert. Vor einigen Millionen Jahren hatten sie sich so entwickelt, weil es möglich war, weil es zufällig so kam. Seitdem blühen sie, wenn es geht. Wenn nicht, dann wächst nichts an ihnen, gehen nur ein. Was gibt's noch? Menschenpflanzen und Hundepflanzen. Hauspflanze, Stadtpflanze, Axtpflanze. Und ich bin eine Peterpflanze. Sinn oder Kausalität gibt es nicht. Höchstens Wachstum, sofern es gerade möglich ist.*

Er hörte auf zu sägen, gerade, als sich zum zweitenmal die silbergraue Regenpflanze auf das Tal niederließ. Fünf große Stämme hatte er geschafft. *Nicht viel und nicht wenig.* Er packte einen Korb voll mit Holzscheiten und machte sich auf den Weg zum Haus.

»Mist!« knurrte er, da er beinah über den Hund gefallen wäre. Der allerdings scherte sich einen Dreck um ihn. Wedelte nur grimmig mit dem Schwanz und ließ durch seine nassen, hübschen Augen die ganze Leere seines Magens erahnen.

»Verschwinde! Später!« herrschte ihn der Junge an. Der Hund ließ den Schwanz hängen und trottete enttäuscht zu dem Holzhaufen.

Das Zimmer im Erdgeschoß war geräumig. In der Ecke stand ein altes Bett, davor ein Nachttischchen. Unter der Holztreppe, die in die zwei engen Kammern unter dem Dach führten, stand ein demolierter, gepanzerter Kühlschrank. Er war wie ein verlorenes Sternbild der Silurzeit, das nie mehr auf irgendeinem Himmel erscheinen wird. Über dem Bett hing ein Regal, bepackt mit über dreißig Büchern. In der anderen Ecke thronte der Prometheus: Ein alter Eisenofen, auf dem man, obwohl nicht für diese Zwecke gebaut, in den schäbigen Blechtöpfen auch kochen konnte. Peter machte Feuer, setzte Wasser an und kochte aus Beutelinhalten und frischen Pflanzen eine dicke Suppe. Die Flüssigkeit war grün, dampfte, wie ein Zaubertrank. ›Götter und Sternbilder umgeben mich. Ich lebe zwischen heiligen Büchern, aus denen ich die Zauberkunst erlernte.‹ Mit einem Holzlöffel rührte er um, kostete ab und zu. Er holte gerade schwarzes Brot aus dem prähistorischen Kühlschrank, als er von der Tür ein Geräusch vernahm. Er packte die Axt, die er immer griffbereit hielt. Wieder erklang das seltsame Kratzen, und dann heulte klagend der Hund auf.

»Was trompetest du denn so herum? Du bist doch kein Elefant«, sagte Peter, als er ihn einließ. Der Hund kümmerte sich nicht um ihn. Er schnüffelte hungrig am Kochtopf.

»Heute gehen wir nach Nordosten«, sagte der junge Mann nach dem Mittagessen. Der Hund lauschte erregt, wartete auf Nachschlag. Peter hingegen griff nach seiner armeegrünen Leinentasche, schwang in der Rechten die Axt und ging auf die Tür zu. Der Hund legte sich verdrossen zurück neben den Prometheus.

»Komm schon!« rief der Junge, mit seinem Fuß die Nase des Tieres anstubsend.

Systematisch durchstreiften sie das Gebiet. Peter fällte zwei ausgetrocknete Bäume. An glitschigen Stämmen kroch er hinauf zu den verkorksten Ästen. Die nassen, mißmutigen Raben krächzten empört. Derweil jagte der Hund enthusiastisch den Hasen nach. Er konnte keinen erwischen. In der frühen Dämmerung überzog ein silbergraues, diamantenes Glitzern die Bergkämme. Mit tiefem, monotonem Rauschen tummelten sich die Wolken über dem Tal. Die Schatten verschmelzten und erschienen abwechselnd wieder.

Der junge Mann beobachtete das wachsende Unterholz. Manchmal riß er kleine Blätter oder Blumen ab und verstaute sie in der Tasche. Hin und wieder kniete er sich neben eine Pflanze, zog ein Buch hervor und versuchte zu bestimmen, auf was er da gestoßen und ob es eßbar war.

Auf der Bergkuppe untersuchte er die Baumstämme genauer. Auf fast jedem blitzte das mit drei scharfen Schnitten geschnitzte Kreuz. Mit der Axt verstärkte er die verblaßten Zeichen. Auch der Hund beschnüffelte jeden einzelnen Busch und Stamm, setzte dann sein eigenes Zeichen. Auf einer größeren Lichtung steckte Peter einen trockenen Ast in den Boden und schnitzte den Stern ins Holz. Der Hund roch sorgenvoll daran, pinkelte ihn schließlich an. Ihr Ritual war präzise und mystisch, wie der Weg der Sternbilder auf dem schweigenden Himmel der Karbonzeit. Sie fanden auch Stämme mit einem eingeritzten Dreieck. Der Junge hielt dann an, schaute sich aufmerksam um und beobachtete mit zusammengezogenen Augenbrauen das Nachbartal. *Ob er noch lebt? Wenn nicht, wird bald jemand kommen, und dann gibt es wieder einen Kampf.*

In der späten Dämmerung machten sie sich auf den Weg nach Hause. Die Tiefen der Wälder füllten sich mit tropfenden, nassen Gespenstern. Peter griff sich die zuvor abgehackten Äste und Zweige. Er schleppte, so viel er nur konnte, und machte dann kehrt, um den Rest zu holen. Regenhelle Nacht brach herein, bis er auch den letzten Stamm neben die Scheune geworfen hatte. Der Hund sprang ihn an, schwänzelte aber nicht. Er verlangte sein Essen.

»Laß uns heute nacht feiern«, sagte Peter und zündete eine Kerze an. Der Hund war glücklich, weil er sich daran erinnerte, daß die Kerze, entfacht anstelle der üblichen Lampe, ein besonderes Ereignis war, meistens sogar ein doppeltes Abendmahl einleitete. Peter setzte in der alten Kanne Wasser auf. Sie ähnelte der vorzeitlichen Rüstung eines Silur-Gottes. Auf dem Schnabel der Kanne hatte er einen Gummischlauch gezogen, der zu einem seltsamen, amateurhaft zusammengefügten Dampfgenerator führte. Der Stromerzeuger war perfekt und hübsch, wie die Saurier aus der Kreidezeit. Er lieferte gerade genug Elektrizität, um den alten Walkman mit dem Wackelkontakt und dessen tragbare Boxen zum Leben zu erwecken. Es gab lediglich zwei Kassetten im Haus, die eine von Vangelis, die andere verewigte die Musik von Brian Eno. *Brian Eno … als ob ich sagen würde: Brontosaurus. Oder Kopffüßer.* Als das Wasser anfing zu kochen, schaltete Peter den Generator ein. *Was wohl mit Thomas ist? … Nein, das darf ich nicht. Der Generator ist da, Thomas ist weg. Es gab ihn auch nie.*

Im Zimmer stand auch ein großes Radio. Es funktionierte aber nur, wenn der Leitungsstrom erwachte, einmal in der Woche. Am Tag der Sendung, wenn die Nachrichten durchgegeben wurden.

Peter begutachtete lange die Bücher, suchte sich eins aus. Der Hund döste schon, vor der Nase mit dem blankgeleckten Topf. Auf dem dunklen Fell, dem Gesicht des Jungen, den Seiten des Buches und den Wänden tänzelte verspielt das Kerzenlicht. – Ich verstecke mich im Schatten einer Zisterne oder in einem Korridorgang und spiele, daß man mich sucht. Es gibt Dächer, von denen ich mich so oft runterfallen lasse, bis ich voller Blut bin. Ich kann jederzeit spielen, daß ich schlafe, meine Augen zumache, tief einatme. (Manchmal schlafe ich wirklich ein, der Tag wechselt die Farben, bis ich die Augen öffne.) Aber von all den Spielen spiele ich am liebsten, daß ich ein anderer Asterion bin. – Diese Sätze las er zuletzt, bevor er einschlief. Dann verkochte das restliche Wasser, der Generator erstarb, genauso wie die fernen, Unendlichkeit überbrückenden Weltraumklänge von Brian Eno. Als die Kerze herunterbrannte und die Dunkelheit immer kälter werdend vom Haus Besitz ergriff, stand der Hund von seinem Platz neben Prometheus auf und legte sich auf das Bett neben die Füße des Jungen. Er war wunschlos glücklich: fast sattgefressen brauchte er nicht einmal in der Scheune zu übernachten. Er senkte die Augenlider, schlummerte, schlief vielleicht sogar ein, aber seine Ohren hielten weiter Wache. In seinem Kopf entstand aus Geräuschen und Stillen eine Landkarte des Hauses mitsamt der Umgebung, und das Gefahrenzentrum seines Gehirnes wachte aufmerksam über jeden Quadratzentimeter dieser Karte.

Es war ein beunruhigender früher Vormittag, der dem Regen der Nacht folgte, an dem Peter hinter der Scheune den alten Karren hervorholte. Er bepackte ihn mit Holz, soweit er konnte, und zog dann entlang des trüben, reißend gewordenen Baches auf dem alten Feldweg davon. Der Steig war längst mit Gras und wilden Blumen überwuchert. Naßschwarzer und glänzendgrauer Wald umarmte den Jungen. *Keine Spur von Menschen. Gut.* Die Axt hing auch diesmal an seinem Gürtel. Den Hund hatte er mit einem Zischen zurückgeschickt, nachdem dieser ihm bis zu der Biegung, hinter der zurückblickend die Lichtung, die Hütte und die umgrenzenden Regenpflanzen verschwanden, gefolgt war.

Der von einem Hauch Grün überzeichnete Weg mündete am Auslauf des Rabentales in eine dreckige, von Panzerketten lädierte Asphaltstraße. Neben der Fahrbahn stand ein etwa zwölfjähriger, mit Jogginghose und einem schweren Überrock bekleidete Junge. *Leichte Kinderpflanze zwischen den jahrhundertealten Baumstämmen.* Sein Gesicht hatte eine gesunde rote Farbe, aber sein Hals wies Zeichen von Hautkrankheiten auf. Die Jacke aufgeknöpft pfiff er vor sich hin, bis er Peter auf dem Pfad näherkommen sah. Daraufhin zog er sich schnell hinter eine Tanne zurück und schrie: »Sein du Pita?«

»Du könntest mich ruhig erkennen«, rief Peter ärgerlich zurück, da der Karren gerade in einer Pfütze steckengeblieben war.

»Sein du Pita?« kreischte das Kind erneut.

»Ja, ja, der bin ich. Pita«, meinte Peter. Er setzte den Stecken auf dem Boden auf und wischte sich den Schweiß von der Stirn. »Dein Vater?«

»Gehen, um machen jetzt Boden. Ich sein mit Holz«, antwortete der Kleine.

»Hast du Geld mit?«

»Haben geben!« reichte er stolz seine Hand. Zwischen den dreckigen Fingern verbargen sich einige hellblaue und hellrosa Banknoten, die der Wind jetzt zerzauste.

»Das ist nicht gut. Ist nichts wert. Ich sagte doch, ich will Gold.«

»Nur holb. Di hobm rummocht un jetze neu. Für di oltn rotn«, leierte der Junge in einem fremden Tonfall. Anscheinend machte er seinen Vater nach.

»Dann ist es in Ordnung«, willigte Peter ein. Mehr Worte brauchten sie nicht. Zusammen packten sie das Holz neben die Straße. In der Kurve erschien plötzlich ein offener Militärjeep. Er näherte sich ziemlich schnell, obwohl die Fahrbahn durch den nassen Dreck sehr glitschig war. Hinten saßen bis auf die Zähne bewaffnete, schmutzige Soldaten, gleich den erschöpften, unbesiegbaren Engeln des Devon. Das Fahrzeug spritzte die beiden gründlich naß, aber sie kümmerten sich nicht drum. Schauten nicht einmal auf.

»Mußt du hier alleine auf deinen Vater warten?« erkundigte sich Peter, als sie fertig waren.

»Was das?« fragte der Junge nervös.

»Alleine warten Vater?« versuchte er es erneut.

»Jo. Alleine warten.«

»Keine Angst?«

»Ne. Haben Messer.« Der Kleine zeigte das Abstechmesser in seiner Hosentasche. Peter schnappte sich die Deichsel des leeren Karrens, drehte sich wortlos um und trottete zurück zum Rabental. In der Rechten baumelte die Axt.

Den restlichen Vormittag verbrachte er mit Sägen. Tropfend nasser Sonnenschein füllte das Tal zwischen den Bäumen. Am frühen Nachmittag verzogen sich die Wolken. Peter holte sich einen alten Liegestuhl aus der Scheune. Der Hund sprang um ihn herum.

»Es gibt kein Mittagessen«, sagte Peter. »Gestern haben wir alles aufgegessen. Morgen gehe ich runter, einkaufen«, erklärte er und ließ sich auf die Liege sinken. Den Hund befriedigte die Erklärung wohl nicht, er stupste weiter Peters Hand mit seiner feuchten Nase an. »Geh und schnapp dir ein Kaninchen!« brummte ihn der Junge an und schlummerte langsam ein. Das Tier ließ sich deprimiert neben dem Stuhl nieder.

Er wachte durch das Brummen und Winseln auf. Ohne sich umzuschauen hatte er schon die Axt in der Hand. Er stand auf und folgte dem Hund. Es war noch hell, erstickendes gelbgrünes Licht entlud sich aus den Quellwolken. Peter konnte die Axthiebe immer deutlicher vernehmen. Jemand hackte Holz in der Gegend.

Als er am Rand einer Lichtung den Fremden erblickte, schickte er den Hund zurück. *Das Haus ist wichtig. Vielleicht sind sie zu zweit,* sagte er sich. Der stämmige Kerl mit den bedächtigen Bewegungen hatte schon zwei junge Bäume auf dem Gewissen und war gerade dabei, die beiden Stämme wegzuschleppen. *Stark. Sehr stark, wenn er die beiden Riesendinger gleichzeitig ziehen kann.* Peter folgte ihm unauffällig von Busch zu Busch. Die Schatten verschwommen um sie herum, silbrige Dunststreifen zogen sich zusammen, die Blätter raschelten im leichten Wind. *Gut. Er kann nichts hören.*

Hoffentlich verliere ich ihn nicht. Als die ersten Grenzbäume mit dem Stern auftauchten, schlich sich Peter von hinten an ihn heran und schlug ihn mit einem schnellen Hieb seiner Axt nieder. Der Fremde wollte etwas sagen, konnte aber nur röcheln. *Mindestens fünfzig. Oder dreißig. Heutzutage werden sie schnell alt.* Blut strömte aus der Kopfwunde des stämmigen Mannes. Es dampfte, die kleinen Schwaden verloren sich schnell im nassen Grau des Waldes. Peter schlug ein zweites Mal zu. Das Röcheln erstarb.

Am Hals zog er den Fremden auf dem Bergkamm bis weit über die letzten mit Sternen gekennzeichneten Bäume hinaus. Er machte mehrmals eine Pause, wischte sich die Stirn ab, weil der Tote schwer war, wie die Bäume im Frühling. Es wurde immer dunkler. *Um diese Zeit werden die Götter geboren.* Kalte Dunstwolken wirbelten im verwilderten Wald, inmitten der erwachenden Bergspitzen herum. Am Ende des felsigen Bergrückens öffnete sich eine breite Schlucht. Peter schaute hinunter. Im Unterholz schienen Knochen, Leichen zu phosphoreszieren. Aber den Jungen kümmerte das nicht. Er stieß den Fremden in die Tiefe, blickte ihm gar nicht nach. Als er den dumpfen Aufprall hörte, drehte er sich um und ging zurück. Unterwegs holte er sich noch den Proviantsack und die Axt des anderen und schleppte auch nacheinander die beiden jungen Baumstämme nach Hause.

»Es gibt doch Abendbrot!« verkündete er dem Hund, nachdem er den Beutel öffnete und darin trockenes Schwarzbrot und Zwiebeln fand. Der Hund hob den Blick auf das Wort ›Abendbrot‹ und wedelte mit dem ganzen Körper. Sie speisten wild drauflos, als plötzlich die nackte Glühbirne an der Decke aufleuchtete. Der Junge und der Hund blickten auf, vergaßen das Essen und starrten auf die Lampe. Die brannte für eine halbe

Minute und erlosch dann wieder. Beruhigt wandten sich die beiden wieder ihrer Mahlzeit zu.

In der Nähe des Dorfes mäßigten sich die Berge zu kleinen Kuppeln. An den sanften Abhängen wuchs Unkraut und ein wenig wildes Gemüse. Inmitten eines Ackers stützte sich ein alter Bauer auf einen Spaten, sein Schatten zog sich weit über den unebenen Boden hinaus. Seinen debilen Kopf zur Straße wendend beobachtete er Peter mit starren Reptilienaugen. Der Junge schleppte sich auf der zerstörten Straße mit dem reichlich vollbepackten Karren ab.

Zwischen den ruinösen Hütten war der aufgeweichte Boden knöcheltief. In den Seitengassen konnte man hier und da noch die alte, brüchige Asphaltdecke erkennen; aus den Ritzen wuchsen Unkraut und junges Gestrüpp. Peter klopfte an einer Tür an, die beinahe aus den Angeln fiel. Das Haus gehörte einem wohlhabenden Landwirt; eines der Fenster war anstelle der sonst üblichen schäbigen Decken aus echtem Glas, und auf dem Hof stand ein uraltes, schäbiges aufgebocktes Auto.

»Kommen mit Holz. Gut«, sagte der schmächtige Bauer zu Peter, während er das Tor öffnete. Er hatte einen großen schwarzen Schnurrbart, bewegte sich ziemlich langsam, da er wegen des Grauen Stars kaum noch etwas sehen konnte.

»Hier. Geld.« Er reichte Peter einige Scheine, als sie im Hof standen, und bedeutete ihm, abzuladen.

»So nicht.« Peter richtete sich auf. »Ich will Gold. Wir waren uns einig.«

»Halt nicht. Haben umwandeln. War auch sammeln«, begann der Meister spitzfindig seine Litanei. »Seit letzte Ernte viermal schon.«

»Geht mich das etwas an?« antwortete der Junge ruhig. »Aber dann nehme ich Kartoffeln. Einen Sack.«

»Alles zu Ende.« Der Landwirt breitete seine Arme aus. »Haben Augen! Also was wollen?«

»Einen Sack. Keiner ist so billig wie ich«, sagte Peter bestimmt. Der Alte drehte sich ohne ein weiteres Wort um und watschelte mit seinen krummen Beinen ins hintere Gebäude.

Als Peter das Holz abgeladen hatte, erschien er mit einem Sack Kartoffeln. Er packte ihn selber auf den Karren, und das entging auch Peter nicht.

»Du kommen noch?«

»Wann?« fragte Peter teilnahmslos zurück, als ob es ihn nichts angehen würde.

»Wenn Mond zweimal werden breit.«

»Aber für Gold.«

»Jo, Gold«, willigte der Bauer ein.

Auf der Hauptstraße wimmelte es nur so von Menschen. Viele zogen genauso wie Peter einen Karren hinter sich her, andere schleppten Taschen oder Beutel. Ein paar verwilderte Bauern zogen ein altes Gespann durch den Schlamm. Vor den heruntergekommenen Häusern standen Frauen und tratschten leise. Sie hielten sich neben den Eingängen oder Zäunen auf, jederzeit bereit zu verschwinden. Ihr Blick schweifte auch beim Reden unentwegt über die Straße. Im Mittelpunkt des Dorfes, neben der Ruine der Kirche, lagen auch einige flache, abgenutzte Betonhäuser: der ehemalige Laden, die Schule, Werkstatt, Kino und Lagerhaus. Und das Gemeinschaftsgebäude. Aus manchen Schornsteinen stiegen schwere Rauchwolken gen Himmel, und der feine Staub legte sich auf die Straße nieder.

Die Sonne schien, doch es fing an zu regnen, als Peter in eines der Betonhäuschen eintrat. Er gelangte in einen kleinen, mit Brettern abgegrenzten Raum.

»Kommis verhauen eigene Frau«, brummte der alte, fast blinde Verkäufer mehr zu sich selbst, wurde aber sofort still, als er die Gegenwart des Jungen bemerkte. Peter kümmerte sich nicht um ihn. Er trat zu den Regalen, auf denen zwei Sorten Konserven, einige Beutel und große, trockene Brote in großen Mengen aufgehäuft waren. Er bediente sich reichlich. Es blieb ihm kaum noch Geld übrig. Der Verkäufer hob jede Banknote gegen das Licht, um deren Farbe und damit den Wert festzustellen. Peter wartete geduldig das Ende der Zeremonie ab. Währenddessen trat ein etwa zwanzigjähriges Mädchen durch die Hintertür ein, auf den Armen Konservendosen balancierend. Peter trat ihr aus dem Weg und beobachtete sie interessiert dabei, wie sie die Dosen ungeschickt auf ein Regal hievte. *Wirklich nicht häßlich. Scheint gesund zu sein.* Das Mädchen hatte dunkelblondes, zerzaustes Haar und einen großen, breiten Mund. Sie wies keine der üblichen Merkmale einer Hautkrankheit, eines Geschwürs oder Abszesses auf. Sie blickte ihn nicht an.

»Wer ist das?« wandte sich Peter an den Ladenbesitzer, als das Mädchen wieder im Lager verschwunden war.

»Wurf von Bela Grey. Jetzt sein hier un mach was in Lager.«

»Wo war sie bis jetzt, daß ich nicht von ihr wußte?«

»Was das?« fragte der Alte verwirrt.

»Sein wo bis jetzt? Ich nicht wissen«, versuchte er es erneut.

»Wer?«

»Na, das Mädchen. Der Wurf von Bela Grey.«

»Jo! Was gehen an?« brauste der Verkäufer auf. »Sein da. Aber jetzt nicht brauchen mehr.«

»Jo«, sagte Peter, als ob ihn das Thema nicht mehr interessieren würde.

Es hörte auf zu regnen. In den Gärten leuchteten unter der Staub- und Rauchschicht die blühenden Goldregen und Obstbäume auf. Peter bog gerade fluchend wegen des immer tiefer werdenden Matsches in eine Seitenstraße ein, als in der Ferne, wo die Hauptstraße eine

Kurve machte, zwei Panzer auftauchten. Mit hohem Tempo durchquerten sie das Dorf, spritzten den Schlamm weit zur Seite, auf ihren Frontplatten zerlief der Sonnenschein. Die Menschen rannten auseinander, zogen sich an die Häuserwände oder hinter die Zäune und in die Seitenstraßen zurück. ... *Manche kletterten auf den Flöz des Fackeltempels ... Ich glaube, jemand versteckte sich unter dem Ozean ...,* fielen ihm die Zeilen ein. Gegenüber von dem Laden kämpfte eine alte Frau mit ihrer bepackten Karre, alleine konnte sie sie nicht von der Straße ziehen. Die Panzer rasten hinein, und einen Augenblick später lagen Schrott und dampfende, gräulichrote Fleischfetzen im Straßengraben. Der Mann, ihr Sohn, Bruder oder Ehemann, erreichte erst jetzt die Stelle. Er sank in den Schlamm, hob schreiend die Faust und schüttelte sie den Kettenfahrzeugen hinterher. Die Dorfbewohner sahen teilnahmslos zu. Die ganze Umgebung war binnen weniger Sekunden wie leergefegt. In der Kuppel des hinteren Panzers nahm der Offizier ein Gewehr in die Hand, zielte lange, ruhig und, trotz der Erschütterungen des Fahrzeuges, genau. Der Mann sank in den Matsch. Peter drehte sich um und setzte seinen Weg fort. Der Himmel war perlmuttfarben. Am Horizont ballten sich schwere Gewitterwolken.

Peter blieb noch in der Tür stehen, um sein Auge an das trübe Halbdunkel zu gewöhnen, das drinnen herrschte. Von den Wänden blätterte der Putz, davor hingen an Eisenhaken trostlose Rindfleischstücke. In der Mitte des Raumes saß eine alte Frau mit unglaublich verfilztem grauen Haar untätig auf einem Stuhl. Peter trat vor sie hin und holte aus seinem Bund die linke Axt heraus; diejenige, welche dem anderen Holzfäller gehört hatte.

»Willst du sie haben?« Er schob sie ihr unter die Nase. Die Frau schien an Peter gemessen unermeßlich dick zu sein. »Eine gute Axt. Hat eine echte Schneide.«

»Geklaut, Pita?« Sie hob den Kopf.

»Was geht dich das an? Sie wird nicht mehr gesucht«, antwortete der Junge. »Vier Goldstücke. Weil sie scharf ist. Aus Stahl.«

»Zwei«, sagte die Schlachterin lakonisch und ordnete mit der Eleganz einer feinen Dame ihre Lumpen zurecht. Und antwortete dann, seinen fragenden Blick bemerkend: »Schon hören, umwandeln? Haben Ohren. Keine mehr. Zwei, und ein blau Note.«

»Drei«, sagte der Junge versöhnlich.

»Wenn nicht haben?«

»Sag mal, ist Martha da?« wechselte Peter scheinbar das Thema und deutete mit dem Kopf auf die Hintertür. Die Stimme der Frau wurde härter.

»Sollen austrocknen dein Schwanz!«

»Ist er aber noch nicht«, antwortete er grinsend. »Zwei Goldstücke und drei blaue Scheine, aber einer davon bleibt hier für Martha.«

Die alte Frau dachte nach, holte dann aus dem Plunder die besagte Summe hervor und ließ die Axt verschwinden.

»Hol den Karren in den Hof!« befahl Peter. »Du hast billig eine Axt bekommen.«

»Nicht kommen unter Augen!« drohte die Frau, verschwand aber dann in der Tür nach draußen. Ihr Holzbein klopfte dumpf widerhallend auf dem dreckigweißen Holzboden.

In der vorderen Hälfte der Scheune zeugten türlose Schränke, Gerümpel, Strohbetten und große Säcke davon, daß dieser Teil als Wohnung genutzt wurde. Hinten befand sich der Stall und das Lager. Als Peter eintrat, zeigten die Ziegen mit schlaffem Gemecker an, daß sie den Geruch eines Fremden spürten. Die Lattenwände ließen durch die Ritze schwüle Lichtstreifen herein, die die Umgebung in sanfte, dünne Schichten teilten. Auf einem Sack saß, beleuchtet von einem Lichtbündel, eine etwa fünfundreißigjährige Frau und nähte. Ihr schwarzes Haar wurde schon lichter, aber ihr Gesicht hatte eine feine, glatte Haut. *Früher muß sie hübsch gewesen sein. Aber heute sind selbst die Kinder nicht mehr hübsch.* Martha blickte auf, zeigte aber nicht, daß sie ihn erkannt hätte.

»Komm, Martha«, sagte Peter und schob ihr einen blauen Schein in die Hand. Die Frau stand wortlos auf und zog ihren schmutzigen, geflickten Pullover aus. Mehr hatte sie auch nicht darunter. Peter griff ihr an den Hintern und knetete mit der anderen Hand ihre vollen Brüste. So schob er sie in den hinteren Teil der Scheune zu dem Heuhaufen, wo die verstörten Ziegen blökten.

Der Hund knabberte gerade an den Überresten eines Junghasen, als Peter heimkehrte.

»Siehst du, du kannst also doch auf die Jagd gehen«, sagte der Junge, aber der Hund kümmerte sich nicht um ihn und knabberte weiter. Bei Einbruch der Dunkelheit zogen sich beide ins Haus zurück. Peter setzte Wasser für die Suppe auf, auch die verbeulte Teekanne kam auf den Ofen, und dann verstaute er seine Einkäufe. Das Schwarzbrot packte er in den gepanzerten Kühlschrank, den er diesmal verriegelte, damit der Hund nicht an die Vorräte kam. Der Vierbeiner neben dem brummenden Prometheus kratzte sich gerade selbstvergessen.

Plötzlich ging das Licht an, und das Radio schaltete sich ein. Peter und der Hund starrten die Lampe an. Im knackenden-knisternden Äther des Empfängers rang eine metallene Männerstimme um Atem. Er jubilierte von irgendeinem großen Sieg, der vor hundert Jahren errungen worden sei, dann von denen, die aus den Trümmern eine neue Welt geschaffen und damit letztendlich den Grundstein für das heutige Wohlergehen und die Sicherheit gelegt hatten. Dann beschimpfte die

Stimme den Feind, darauf erklang Marschmusik, Akkordschiffchen gleich, die sich wie besoffen auf dem stürmischen Ozean der Funkwellen verirren. Die Dunkelheit kam plötzlich, begleitet von der einbrechenden Stille. Peter rührte sich ganz langsam, setzte seine Arbeit fort. Der Hund schaute sich träge um und kratzte sich dann gemütlich weiter.

Und doch muß ich mir dieses Mädchen holen, sagte er sich. Er fegte das Haus sauber, packte dann seinen Karren wieder voll mit Holzscheiten. Um die Hütte herum bogen sich die Pflanzen unter dem Wind. Aus dem Speicher holte er halb verarbeitete Tierfelle, wickelte sie zusammen und band sie sich unter den Pullover auf den Bauch. Er wollte gehen, als der Hund nervös brummte. Sofort hielt er die Axt in der Hand. Dem Tier folgend kam er den Fremden schnell auf die Spur. Er wollte seinen Augen nicht trauen, als er aus dem Dickicht spähte. *Urlauber. Habe ich auch schon lange nicht mehr gesehen.* Der Mann, die Frau, die beiden Kinder trugen Jogginganzüge aus dem alten Jahrtausend, mit Klettverschlüssen. Natürlich war ihre Bekleidung abgenutzt und an mehreren Stellen mit Flicken verunziert. Peter schickte den Hund zurück und folgte geräuschlos der Familie. *Wie ruhig sie sind.* Die offene Pistolentasche am Gürtel des Mannes entging ihm aber auch nicht. Er begleitete die Fremden bis zu den Grenzbäumen und blickte ihnen noch lange nach. Erst als auf dem anderen Bergkamm ein anderer Schatten, der Nachbar-Holzfäller, der Familie folgte, drehte er sich um. Im schiefen weißgoldenen Licht, das sich zwischen den Baumkronen durchschlängelte, schien alles zu verdampfen: die Büsche, das Unterholz, das trockene Vorjahreslaub, selbst der aufgeweichte Boden.

Am Nachmittag trat er in die Spelunke ein. Der große, niedrige Raum wurde von zwei offenen Feuern beleuchtet, mit unruhigem, übersinnlich rötlichem Licht. Die ehemaligen Fenster waren mit Holzplatten verdeckt. Das Gasthaus war voll. Auf der uralten metallenen Oberfläche blitzte das rußige Licht hin und wieder auf. Blech- und Glasbecher glühten in den Händen. *Hormuz, oder Babylon. Vor tausend Jahren. Oder in tausend Jahren.* Peter bestellte Wein, der von dem Wirt aus schwarzverfärbten Plastikkanistern ausgeschenkt wurde. Den ausgesprochen bläulichen Schnaps konnte er trotz mehrmaliger Versuche nicht trinken. *Ein neuer Schankwirt.* Peter versuchte den Mann hinter der Theke zu erfassen. Er hatte kleine Schweinsaugen. Auf seiner Glatze vibrierten die rötlichen Lichtfunken der Feuer. Die halbe Hals- und Kinnpartie wurde von einem riesigen, dunklen Geschwür verdeckt, als ob er sich einen neuen Kopf wachsen lassen würde.

»Ich suche den Bela Grey«, sagte Peter.

»Nicht da«, sagte der Wirt knapp und drehte sich um. Peter trank den sauren, dickflüssigen Wein und wollte gerade gehen, als die Tür der Schenke eingetreten wurde. Soldaten stürmten herein, schufen mit Faust und Gewehrkolben Platz für einen zivilgekleideten, rundlichen Mann mit Brille. Die Menschen drängten sich an die Wände zurück, jemand schrie auf, weil er ins Feuer gefallen war. Ansonsten war es still. Der Dicke holte eine Pistole aus der Tasche, erschoß zwei Männer in einer Ecke und ging wieder auf die Tür zu.

»Ihr wißt schon, warum. Lernt also daraus! Lernt!« rief er, bevor er von den Soldaten gefolgt auf die Straße trat. Als die Tür wieder zu war, erwachte die übliche Geräuschkulisse. Der Lärm geriet in Wallung und schlängelte sich unter der verrußten, niedrigen Decke, wie das Licht der Feuerstellen.

»Jule! Saubermachen!« rief der dicke Wirt nach hinten. Aber er löste seinen Blick nicht für eine Sekunde von den Toten. Außer ihm kümmerte sich keiner mehr um sie.

Blumenduft und Jauchengeruch vermischten sich in dem Hof, den Peter betrat. Millionen von Wasserperlen glänzten auf den Setzlingen, den frischen Blättern und Blüten der Bäume und auf dem rostigen Blechdach der Nebengebäude. In dem offenen Schuppen, der vor der Zeitrechnung vielleicht eine Garage gewesen war, kaute eine dünne Kuh gedankenverloren ihre Mahlzeit wieder. Daneben saß ein gebeugter, aber großer alter Mann mit struppigem Schnauzer auf einem Hocker und molk das Tier.

»Sind Sie der Bela Grey?« erkundigte sich Peter.

»Un wenn?« Der Alte blickte auf, doch seine Worte verloren sich in dem starken Husten eines Lungenkranken.

»Ist das Ihre Tochter, die neuerdings im Laden arbeitet?«

»Was gehen dich an, Bube?«

»Nichts, kann aber noch werden«, erwiderte Peter.

»Nu...«, zog der Alte das Wort in die Länge. »Du wollen mir nehmen?«

»Können Sie nur Fragen stellen? Ich bin gekommen, um zu verhandeln.«

»Du sein Pita, Holzfälla, he?«

»Der bin ich.«

»Du wollen mein Wurf, aus Laden? Gewunsel in dein...«, brummte er siegessicher, mußte dann aber wieder abhusten. Er schnappte nach Luft, sagte dann: »Mein. Können für bekommen sogar acht Goldstücke. Un du sein arme Ratte. Was wollen noch, Pita?« und damit drehte er sich wieder zur Kuh um; für ihn war die Sache erledigt. In dem dreckigen Eimer dampfte die schäumende, frische Milch. Ein Windhauch erfaßte den Garten, Diamanttropfen fielen von den Bäumen.

»Ich arbeite gut, Bela Grey«, sagte Peter langsam, fast jede Silbe einzeln betonend. »Und dann sagen Sie mal, ob Fuchspelz und Marderfell keine acht Goldstücke wert sind?!«

»Hoho!« Der Alte blickte auf. »Un wem verkaufen ich? Verboten. Nur die.« Er deutete mit dem Kopf in eine unbestimmte Richtung. »Na, verschwinden, Pita!«

Peter eilte mit schnellen Schritten auf das Dorfzentrum zu. *Und doch wird sie mir gehören!* In dieser späten Dämmerungszeit waren die Straßen gespenstisch leer. Rote, rußige Schatten spiegelten sich in den Pfützen wider. Die abgewirtschafteten Häuser setzten zum Flug an: der Wind hob und senkte die vor die Fenster gehängten alten Decken. In seinem Magen rumorte der saure Wein.

Das wird ein gefährliches Spiel. In die Zentrale geht man nicht gerne aus eigenem Antrieb. Da wird man höchstens eingeliefert … Obwohl früher oder später sowieso die Sache mit der freiwilligen Zugabe zu klären wäre. Peter hielt vor dem großen dunklen Gebäude für einen Moment inne, dann nahm er sich zusammen und trat ein. Nach nur vier Ohrfeigen schon stand er vor dem Präsidenten, in einem geschmacklos aber luxuriös eingerichteten Zimmer. Die Fenster waren aus Glas, vor ihnen hingen leichte, weiße Seidengardinen. Vor dem Schreibtisch bedeckte ein mit Blutspuren verzierter Perser den Boden.

»Dich habe ich heute schon gesehen!« bemerkte der dicke, in Zivil gekleidete Präsident, Peter durch seine Brille begutachtend.

»Sein Pita, Holzfälla.« Der Junge versuchte darauf zu achten, daß er wie ein dummer Bauer redete. Sonst würde er sich noch verraten.

»Du willst Rabatt auf die Freiwillige Zugabe. Oder, du Bauer?« leierte er leise, fast schon melodisch.

»Gerade bringen für Präsidenten, jo. Hier he«, und holte einen roten Schein aus der Tasche.

»Damit willst du uns blenden, du Schwein?! Weißt du denn, was es die Nation kostet, dich durchzufüttern und dein dreckiges Leben zu beschützen, du Idiot? Drei rote ist deine Zugabe. Ein Goldstück und ein roter. Wann bezahlst du?« fragte der Dicke seltsam leise. Er nahm sich nicht einmal die Mühe, aufgebracht zu wirken.

»Ich... ich... nicht wissen, vielleicht...«, stotterte Peter und mußte die Angst noch nicht einmal vorspielen. Vorsichtig spähte er zu den zwei Soldaten hinüber, die mit geladener Maschinenpistole am Eingang postierten. Der Präsident beobachtete ihn dabei interessiert, und gab schließlich nach kurzem Nachdenken einen Wink.

»Also, was willst du?« fragte er Peter, als sich die Tür hinter den beiden Wachposten schloß.

»Kein mehr Geld, aber bringen andere«, sagte der Junge, zog seinen Pullover hoch und band die Felle ab. Er breitete sie neben dem Teppich auf dem schwarzen Parkett aus.

»Aha. Du bist also ein Schwarzhändler!«

»Aber nein! Kennen Gesetz. Die nur für Sie!« wehrte sich Peter. *Sollte es wirklich so einfach sein?*

Der Präsident kam näher, bückte sich, rümpfte dann die Nase.

»Die stinken ja.«

»Nicht können fertig machen.«

»Du kannst auch normal mit mir reden, Peter«, bemerkte der beleibte Mann nebenbei, als er sich aufrichtete und ihn erwartungsvoll anstarrte. Peters Rückenmuskeln zogen sich zusammen. *Woher weiß er es? Oder blufft er nur? Ich muß es verheimlichen... aber dann bleibt der Verdacht, und er wird sich an mich erinnern. Ich müßte es bestätigen, ohne damit irgend was zuzugeben.*

»Ich nicht können anderes... Sie dann bestätigen Freiwillige Zugabe?« Er holte seinen verwaschenen Ausweis hervor. »In paar breite Mond ich können neu kommen«, fügte er vorsichtig hinzu. *Schnapp ihn dir, den Köder! Schnapp ihn dir! Er schmeckt gut!* Der Präsident begutachtete den Jungen erneut. Wortlos nahm er das Dokument, ging zum Schreibtisch und schaltete die Leselampe ein. *Natürlich. Die haben einen eigenen Generator. Mit Benzinmotor.*

»Wie viele Häute willst du denn noch von einem einzigen Fuchs abziehen, du Nichtsnutz?« brummte der Präsident. »Ich rate dir, den Rest so schnell wie möglich zu bezahlen.«

»Kommen, wenn haben«, versicherte Peter schnell, und verstaute seinen Ausweis. »Wald sehr reich. Machen schnell, wenn können…« Die letzten beiden Worte betonte er besonders. »Die hier bringen runter Wirtschaftabteilung?« deutete er mit unschuldiger Miene auf die Felle. Der Dicke schaute ihn sich noch einmal prüfend an, bevor er antwortete: »Laß nur, du Idiot. Das machen wir schon.«

Vielleicht hat es geklappt, vielleicht nicht. Peter schloß die Holzläden der Hütte und sicherte die Eingangstür mit der Kette. *Kann man sich Unabhängigkeit sichern, indem man Abhängigkeit in Kauf nimmt?*

»Kein Abendbrot«, brummte er den fröhlich wedelnden Hund an. »Sei du nur hungrig und böse. Das brauche ich für meine Falle.«

Die Frage ist natürlich, auf welche Art und in welchem Umfang Bela Grey von der Zentrale abhängig ist. Er befahl dem Hund, in der Nähe des Hauses zu bleiben, und machte sich über die im außerirdischem Blau schimmernde Lichtung auf den Weg zum Wasserriß. Der Vollmond stand über den Baumkronen und erleuchtete selbst die weit entfernten Wolkengruppen im Westen. Dort in der Ferne blitzte es, aber das Donnern konnte man noch nicht hören. *Vielleicht gibt es ein Gewitter,* sagte sich Peter. *Das ist gut, sehr gut… Der mächtige Adler der Frühzeit, seine Augen Lichtkanonen, und wohin er schaut, brennen unter seinem Blick die Wälder…*

Alles brauste und schüttelte sich, als er das Dorf erreichte, aber es regnete noch nicht. Die magischen

Augen der Adler nahmen die eine oder andere Hütte ins Visier. Peter stahl sich zum Gemeinschaftsgebäude und spähte in die Eingangshalle. Er hatte richtig vermutet: die allabendliche Zeremonie dauerte noch an. Im schwachen elektrischen Licht zeigte der in einen feierlichen Anzug gekleidete Präsident das mit rotem Leder verhüllte, vergoldete Verfügungsbuch des Gründergeistes auf, und die in der riesigen Vorhalle zusammengepferchten, müden Männer, Frauen und Kinder hoben willig ihre zur Faust geballte rechte Hand. Sie schrien muntermachende Parolen. Man konnte durch das näherkommende Donnern noch ihre Stimmen vernehmen, nicht aber den Sinn ihrer Parolen.

Peter versteckte sich in der Nähe von Bela Greys Hütte zwischen verwilderten Rosenbüschen. Wie große Lampen leuchteten ihn die Rosenblüten durch den dunklen Regen an. Er erkannte mit Leichtigkeit das Ende der Zeremonie. Im immer heller werdenden Licht der Blitze wurde es lebendig. Dunkle, zerlumpte Gestalten wanderten durch den herabfallenden Ozean. *Der Regen hätte noch ruhig etwas warten können. Ich muß sie aufs Erste erkennen.* Er hatte Glück. Die Tochter von Bela Grey hatte kein Tuch auf dem Kopf. Die Blicke der Lichtadler blitzten auf ihrem nassen, blonden Haar. Peter sprang aus dem Rosengebüsch. Er schnappte sich ihren Arm, mit der anderen Hand hielt er ihr den Mund zu, zog sie hinter die Büsche und drückte sie zu Boden. Er blickte vorsichtig durch die dünnen Zweige: keiner hatte was bemerkt. *Jetzt habe ich zehn Minuten.* Er holte sein Messer heraus und hielt es ihr vor die Augen. Das Licht eines Blitzes zuckte über die Klinge und blendete sie für einen Moment.

»Nicht bewegen. Du kommen mit mir«, zischte Peter. An ihren Händen zog er sie aus dem Schlamm und ging mit schnellen Schritten auf das Dorfende zu. Das Mädchen sträubte sich nicht. Wie ein Wasserfall ergoß sich der Regen über sie. Es war stockdunkel. Das Mädchen stolperte, rannte gegen ein, zwei unsichtbare Bäume, aber Peter hielt das Tempo bei. Im immer seltener erscheinenden Licht der Blitze erkannten sie zwar die Baumstämme, die aber wechselten im strömenden Regen scheinbar immer wieder ihre Plätze.

Nach unendlich scheinendem Rennen machten sie eine erste Pause.

»Wie heißt du?« schrie er das Mädchen an. Und dann blitzten plötzlich so nah an ihrem Gesicht seine Augen auf, daß sie zurückfuhr.

»Sara ... Sein Sara«, stöhnte sie schließlich. Peter horchte, konnte aber durch den Regenvorhang nichts hören oder gar erkennen, ob sie verfolgt werden oder nicht. *Macht nichts. Bleiben wenigstens keine Spuren.*

Der Wolkenbruch ließ ein wenig nach. Die Blitze schlugen weiter entfernt ein, als der Junge endlich wieder stehenblieb.

»Das ist es«, sagte er. Die Ecke, wo sie standen, war trocken. Das Mädchen konnte in der Dunkelheit nichts erkennen, nur zwei Betonwände ertasten. Irgendwo weit oben mußte es ein schützendes Dach geben, aber selbst das war nicht zu sehen. Ein seltsames, ausgewogenes Brausen brachte die dunkle Luft ins Wallen, dessen Kraft sie erst richtig spürten, als sie miteinander sprechen wollten.

»Hier warten wir bis morgen früh. Wenn du versuchst zu fliehen, stirbst du!« schrie Peter, ließ sich dann neben der Wand nieder und zog das erschöpfte Mädchen an sich. Sara hatte gar keine Kraft zu fliehen. Sie schlief sofort ein.

Als Peter sich bewegte, wachte auch das Mädchen auf. Ein sanftes Flimmern, das den morgendlichen Regenschauern folgt, füllte das vor ihnen liegende große Tal. Die blaugrünen Bäume dampften, leichte Schwaden ließen die kleineren Gewächse in die Luft steigen. Sara blickte sich um und traute ihren Augen nicht. Ein gut zwanzig Meter hohes, zersplittertes Betongewölbe ragte über ihnen auf. An den riesigen Wänden hatten sich Moospflanzen angesiedelt, am Boden blühten kleine Büsche und Bäumchen.

»Was das? Un was das Ton?« las Peter dem Mädchen die Worte von den Lippen ab.

»Komm mit! Ich werde es dir zeigen«, schrie er zurück, damit es Sara auch verstehen konnte. Auf verfallenen Treppenstufen kletterten sie nach oben, umgingen eingebrochene Schächte, und endlich oben angekommen, spazierten sie über die ganze Mauer. Am Ende des Weges fanden sie Bauschutt, riesige zersplitterte, verrostete Stahlträger. Dahinter kam eine vielleicht fünfzig Meter breite Schlucht, dann kam wieder die riesige Betonmauer. Auf der einen Seite der Stauanlage wuchs der Fluß zu einem Riesen an, über die Kluft ergoß sich das Wasser mit gewaltiger Kraft nach unten, um dann dort zwischen den Bäumen wieder das alte Flußbett aufzufüllen. Sara und Peter betrachteten eine Weile stumm das Schauspiel. Es wäre überflüssig gewesen, etwas zu sagen, sie hätten einander doch nicht gehört. Sie gingen zurück und blieben erst auf einer benachbarten Anhöhe stehen.

»Das war mal die Talsperre. Erzeugte Elektrizität. So wie der Benzinmotor in der Zentrale. Nur ein wenig mehr.«

»Wovon sterben?«

»Es gab ein Erdbeben. Die Erde bewegte sich und sprengte die Mauer.«

»Du wohnen hier?«

»Nein«, sagte Peter. »Sechs Stunden von hier entfernt.«

»Warum dann kommen hier?«

»Wirst du schon noch mitkriegen.«

»Wie heißen du, he?«

»Ich bin Peter. Holzfäller… Und lebe im Rabental.

Ich habe einen Hund. Er ist ein wenig bescheuert und immer hungrig, aber ein guter Hund. Wir wohnen in einer Holzhütte neben einer Krümmung des Baches. Wenn du willst, kannst du mit mir kommen. Es ist Platz genug auch für dich.«

»Was denn?« fragte Sara erstaunt. Selten durfte sie selber entscheiden.

»Wenn du willst, kannst du jetzt zurückgehen zu deinem Vater. Oder mit mir kommen«, wiederholte Peter, damit sie begriff. Sara schwieg. Zog ihren durch den nächtlichen Regen immer noch durchnäßten Pelzrock und breitete ihn auf den Rasen aus.

»Müssen trocken werden«, sagte sie und blickte zu dem Jungen auf.

»Gute Idee«, erwiderte Peter.

Der Hund lag im Rasen vor dem Haus. In einer Blutlache. Als er Peter entdeckte, winselte er leise und versuchte mit dem Schwanz zu wedeln. Es gelang ihm nicht sehr überzeugend. Peter holte einen Schlüssel aus der Tasche und reichte ihn dem Mädchen. Auf dem kleinen Eisen blitzte das alles umarmende Sonnenlicht.

»Geh in das Haus. Drinnen findest du Töpfe. Hol Wasser von dem Fluß«, zählte Peter auf, beugte sich zum Hund nieder, streichelte ihm den Kopf und untersuchte seine Wunden. Zwei große Einschnitte entdeckte er an der Schulter und am linken Hinterbein. Sie waren tief, schienen aber keinen Knochen verletzt zu haben. Unweit von der blutigen Stelle lag zwischen Sonnenscheinflecken und gelben eine abgebissene Hand. Am Stumpf konnte er die Gebißspuren des Hundes erkennen. Peter holte einen Spaten und begrub die Hand. *Die Falle war gut. Sehr gut. Bleibt nur noch der letzte Akt.* Sara sah es zum Glück nicht. Sie kam herbei, stellte den Topf auf den Boden, und der Hund trank glücklich aus dem Behälter.

»Gib mir dein Hemd«, begutachtete er das einigermaßen saubere Kleidungsstück.

»Aber ... das nicht dürfen ...«, entgegnete sie bestimmt. Peter gab ihr keine Antwort. Er riß ihr mit einer schnellen Bewegung den Fetzen vom Leib.

»Du gehst die Treppe hoch. Links auf dem Regal findest du Blusen. Sie sind schmutzig, aber du kannst sie ja waschen«, sagte der Junge und zerriß das weiße Leinenstück in schmale Streifen. Vorsichtig wusch er die Wunden des Hundes aus, verband sie schließlich. Das Tier wimmerte, ließ ihn aber gewähren. »Gleich bekommst du was zu essen«, brummte Peter. »Du kannst fressen, was in dich reinpaßt. Wenn es sein muß, fange ich dir mit eigenen Händen einen Hasen.«

Es dämmerte. Sie saßen auf der Terrasse auf dem Boden und löffelten dicke, grüne Suppe aus den verbeulten Töpfen. Der Hund lag neben ihnen und schnarchte leise.

»Verstehst du jetzt, warum wir nicht sofort hierher gekommen sind?«

»Nein«, gestand Sara.

»Hier hat man zuerst nach uns gesucht, während wir bei der Talsperre waren. Und haben nur den Hund gefunden.«

»Wie er heißen?«

»Er hat keinen Namen. Er ist der Hund. Der einzige.«

»Ich auch sehen andere Hunde«, sagte sie ungläubig. »Er brauchen Namen.«

»Kann sein«, erwiderte Peter und wurde plötzlich traurig, doch das Mädchen bemerkte das nicht.

»Was jetzt machen?« fragte Sara später.

»Du wirst kochen, waschen und sauber machen. Und ich hacke Holz und gehe auf die Jagd. Das wird romantisch.«

»Was das?« wurde sie nervös.

»Abends, bevor wir schlafen gehen, werden wir lesen.«

»Du können lesen?« Sie zuckte unmerklich zusammen.

»Hast du denn nicht die Bücher gesehen?«

»In Schule lernen? Ich nicht können, aber waren alle drei Jahre. Wer lernen, wegbringen, nie wieder sehen. Dich nicht wegbringen?«

»Du siehst ja, hier bin ich. Ich tat so, als ob ich nichts gelernt hätte. Sie glaubten, ich kann weder lesen noch rechnen, also wurde ich auch nicht mitgenommen«, erklärte Peter, und Sara merkte gar nicht, daß er log.

»Wenn Kind lernen, Vater ausprügeln. Wohin bringen denn? Sagen, werden daraus Präsidenten.«

»Und Soldaten.«

»Ich nicht können.«

»Und trotzdem hat man dich mal mitgenommen.«

»Das anderes.« Ihr Gesicht wurde ernst. »Das wir lassen.«

Dunkle Dämmerdünste lagen über der Lichtung, als der Hund plötzlich aufwachte und leise knurrte. Peter hatte sofort die blitzende Axt in der Hand.

»Komm«, sagte er leise. Der Hund wollte aufstehen, war aber zu schwach.

»Was das?« fragte Sara erschrocken.

»Der letzte Akt«, flüsterte Peter, wovon sie natürlich nicht schlauer wurde. »Kein Wort. Komm!« Er steckte die Axt in den Gürtel und gab ihr dann einen Wink, zusammen mit ihm den Hund hochzuheben. Sie schleppten ihn hinter den Schuppen und legten ihn unter eine blaßgrüne Staude. Peter deutete auf eine Bergkuppe auf der anderen Seite des Flusses und gab ihr einen Klaps auf den Hintern. Er selber umging das Haus. Zwei Männer traten auf die Lichtung heraus. Sie waren vorsichtig, blieben aber zusammen und gingen direkt auf die Hütte zu. *Das ist gut. Ich dachte, es kommen mehr.*

Im großen Bogen umging er die Waldlichtung, um nachzusehen, ob nicht jemand im Verborgenen lauert. Er konnte niemanden entdecken. Von hinten schlich er sich an die Fremden heran. Einen erledigte er sofort. Auch der andere hatte etwas abbekommen, konnte sich aber umdrehen. Wie Saurierzähne der Tertiärzeit blitzten Messer und Äxte in ihren Händen.

»Sara! Du kannst rauskommen!« hallte die Stimme des Jungen durch den Wald. *Die Drachen haben grünes Blut. Grünes Drachenblut dampft zwischen den Bergen … So fangen die Legenden der Vorzeit an.*

»Hilf mir, die wegzuschaffen.« Er zeigte auf die Toten und warf sich den kleineren über die Schulter.

»Sein nicht mein Vater?« fragte Sara, als sie den zertrümmerten Kopf sah, aus dem noch immer Blut tröpfelte.

»Doch. Nimm den Kragen des anderen, und wir ziehen ihn zusammen … Tut es dir leid? Mochtest du deinen Vater?«

»Nicht wissen. Ja, leid tun.«

»Jetzt ist es egal. Gehen wir.«

»Wieso nicht auf Karren?«

»Wo wir hinwollen, ist der Wald zu dicht.«

Sara blickte noch lange in die Schlucht, die die Leichen aufgenommen hatte. Zwischen den dunklen Felsen aus dem Unterholz blitzten Schädel, weißen Muscheln aus der Vorzeit gleich.

»Un wenn suchen?« flüsterte das Mädchen besorgt. »Uns schnappen un erschießen.«

»Einen Dreck«, sagte Peter. »Das Dorf wird still sein, weil sie nicht sicher sein können, ob nicht **die** sie mitgenommen haben.«

»Un wenn finden hier … **die**?«

»Hier bringen nur **die** ihre Toten hin … und ich. Aber davon weiß keiner. Um die, die hier liegen, kümmert sich keiner mehr«, erklärte Peter. Er beobachtete dabei die weit entfernten Hügel. Dort, wo der Horizont in die Nacht überging, erwachte der Wald zwischen zwei Bergkuppen zum Leben. Eine dunkelgrüne Panzerkolonne fuhr nach Nordwesten.

Als Peter die Augen aufschlug, sah er durch das Fenster seine Lichtung im Sonnenschein baden. Hin und wieder verblaßte das Bild, wenn Wolken über den Himmel zogen. Der Junge kroch aus dem Bett, streichelte Saras Schulter und deckte sie wieder zu. Der Hund lag neben Prometheus. Er versuchte erst gar nicht, aufzustehen, konnte aber schon äußerst erfolgreich mit dem Schwanz wedeln.

»Ich weiß, ich weiß«, murmelte Peter, weil das Tier mit leisem Wimmern versuchte, ihn nachdrücklich auf seinen leeren Magen aufmerksam zu machen. Der Junge nahm ein Buch, setzte sich gegenüber dem Mädchen auf den Liegestuhl und wartete lesend darauf, daß auch Sara aufwachte.

»Heute gehe ich nach Südwesten«, sagte Peter dem Mädchen nach ihrem einfachen aber reichlichen Frühstück. »Der Hund wird auf dich aufpassen. Mach mir Mittagessen.«

»Werden mir vorlesen?« fragte Sara.

»Warum bist du mit mir gekommen?« fragte Peter zurück. »Bei dem großen Staudamm …« Das Mädchen dachte nach. Sie versuchte gar nicht, seinen Gedankensprüngen zu folgen.

»Weil hassen Dorf. Sehr schlecht dort.«

»Nun gut. Heute abend lese ich dir vor«, sagte Peter leise.

»Aber so was ohne Dorf. Anderes lesen.«

»Ich habe nur Bücher, die nichts mit dem Dorf zu tun haben«, beruhigte er Sara, stand auf und hängte sich die armeegrüne Leinentasche über die Schulter. Dann packte er sich die Axt und ging los. Der stärker gewordene Bach zischte durch das Tal. Auf den Zweigen putzten schlechtgelaunte Raben ihr Gefieder. Der Goldregen glühte, naßgrün tropften die Zweige. Jedes Blatt, jede Knospe war prall gefüllt mit Wasser, und durch die grüne Feuchtigkeit war der Boden ganz glitschig. Stummer Sonnenschein und silbergrauer Dunst schwebten zwischen den Laubkronen, und dickbäuchige, dunkelblaue wasserbeladene Wolken schwammen über die Berge hinweg.

Originaltitel: ›KORATAVASSZAL, FENN A VARJÚVÖLGYBEN‹ • Copyright © 1995 by Gábor Csaba Trenka • Erstmals erschienen in ›Nexus‹, Ausgabe 12/95, Budapest • Mit freundlicher Genehmigung des Autors und Sheliak, Literary & Art Agency, Arenshausen • Copyright © 1996 der deutschen Übersetzung by Wilhelm Heyne Verlag, München • Aus dem Ungarischen übersetzt von Roberto Kohlstedt

---

Michael Blumlein · USA

DAS VERSPRECHEN VON WÄRME

Der weiche, kühle Bauch beginnt sich langsam zu erwärmen. Der Leib schmiegt sich dicht an die Borke des Baums. Hunger. Wärme. Ein Augenlid hebt sich. Ein spähender Blick. Warten.

In der Ferne rollt ein dumpfes Dröhnen. Die Lichtung ist hell und still. Kein Vogel kreischt, kein Tier bewegt sich in der brütenden Mittagshitze. Schweigen.

Ein Schmetterling flattert vorbei und verschwindet hinter einem breiten Blatt. Mit blitzenden blauen Flügeln taucht ein anderer Falter aus dem Schatten auf. Ein wunderschönes Geschöpf mit simplen Bewegungsabläufen, die von einem Insektengehirn gesteuert werden. Der Schmetterling taumelt durch einen Vorhang aus Ranken und läßt sich auf einer roten Blume nieder. Ein-, zweimal schlägt er mit den Flügeln, dann erhebt er sich abrupt wieder in die Luft und nähert sich dem wartenden Ast.

Ein Sonnenstrahl fällt durch das belaubte Geäst, berührt den Schmetterling und spießt ihn auf. Ein Flügel wackelt. Die Zunge schnellt vor, schlägt zu und zuckt zurück. Der Schmetterling ist weg. Das Auge schließt sich, der Hunger ist gestillt. Der Körper ist zufrieden und kann sich erwärmen.

»Ich bin nervös«, sagte Roger. Jill hantierte mit ihrem Portemonnaie herum und versuchte, die übergroßen

Geldscheine in das Fach zu zwängen, das für die langen, schmalen US-Dollarnoten bestimmt war.

»Wirklich.«

Sie blickte hoch, um festzustellen, ob er es ernst meinte. Er schien tatsächlich nicht zu scherzen. Sie stopfte die Geldscheine mitsamt der Börse in die Tasche.

»Na komm, es wird schon nicht so schlimm werden.« Sie legte eine Hand auf seinen Arm, doch seine Miene entspannte sich nicht. Sie änderte die Taktik.

»Du hast ja recht, es wird schrecklich sein. Wahrscheinlich hocken wir den ganzen Tag lang am Strand, wenn es nicht regnet, ist es bestimmt zu heiß, und wenn es nicht zu heiß ist, dann fressen uns die Moskitos bei lebendigem Leib. Wenn es da keine Moskitos gibt, krabbelt sicher irgend was anderes im Sand herum, Flöhe, Larven, oder noch was schlimmeres. Unsichtbares, tropisches Kroppzeug, mit einem Gift, das einen zwar nicht umbringt, aber einen fürchterlichen Juckreiz verursacht. Die Bißstellen schwellen an und hören gar nicht mehr auf zu jucken…« Sie holte Luft und wollte weitermachen.

Von Natur aus lag es ihr nicht, den Clown zu spielen, bei ihren anderen Beziehungen hatte sie das nicht nötig gehabt. Aber sie hatte gelernt, womit sie Roger zum Lachen bringen konnte. Und wenn er lachte, ging er manchmal aus sich heraus.

»Stimmt«, knurrte er. »Genauso stelle ich es mir vor.« Seine Falten vertieften sich, aber plötzlich erhellte sich sein Gesicht. Er lachte und nahm Jill in die Arme.

»Ich bin verrückt«, sagte er, sie an sich drückend. »Ich weiß.«

»Du spinnst wirklich.«

»Ich kann nichts dafür. Ich mach mir halt Sorgen, es könnte uns vielleicht nicht gefallen.«

»Entspann dich.« Im Weitergehen nahm sie seine Hand. »Trink ein paar Margaritas.«

»Es gefällt dir wohl, wenn ich blau bin, oder?«

»Ich mag es, wenn du ein bißchen lockerer wirst.«

»Das glaub ich dir gern.« Er blieb stehen, grinste und küßte sie auf die Wange. Während seine Lippen langsam zu ihrem Ohr hinaufwanderten, gab er leise schnalzende Geräusche von sich, und seine Zungenspitze schob sich in ihre Ohrmuschel.

»Nicht hier, Roger. Laß uns doch ins Hotel zurückgehen.«

»Komm, wir stehlen uns hinter die Büsche. Einen auf die Schnelle. Au naturel.«

»Und wenn uns jemand sieht ...«

»Na und, wir haben nichts zu verbergen.« Er umfaßte ihren Arm, aber sie schob ihn von sich.

»Hör auf mit dem Gealber.«

»Entspann dich«, äffte er sie nach. »Sei doch nicht so verkrampft.«

Sie erstarrte. Gekränkt und verärgert wandte sie sich ab und ging.

Roger sah ihr nach. Die Geräusche des Dorfs, das Geschrei der Kinder, das Gackern der Hühner und die Musik aus der Jukebox hingen in der Luft. Er verwünschte sich selbst.

»Jill!« rief er. »Jill!«

Er rannte ihr hinterher, Staubfontänen auf der Straße hochwirbelnd. Einen Stein sah er noch rechtzeitig, am nächsten stieß er sich den Zeh wund. Als er sie eingeholt hatte, marschierte er neben ihr her, Entschuldigungen murmelnd. Sie ignorierte ihn demonstrativ. Zum Schluß lief er ein Stück voraus und machte kehrt, um ihr den Weg zu verstellen. Ihr blieb gar nichts anderes übrig, als stehenzubleiben.

»Es tut mir leid«, sagte er. »Wirklich. Ehrenwort. Ich wollte nicht so fies sein.«

»Warum machst du so was?«

»Ich weiß es nicht. Aber ich will dir nicht weh tun.«

»Nein?«

»Nein, ich mag mich selbst nicht leiden, wenn ich so gemein zu dir bin.«

»Ist das dein Ernst?« fragte sie überrascht.

»Mein voller Ernst.«

»Dann hör doch auf damit. Sei nett zu mir.« Sie streichelte seine Wange.

»Ich geb mir ja Mühe. Es klappt nicht gleich, aber ich versuche wirklich, mich zu ändern.«

»Dann beeil dich ein bißchen, ja?« Versöhnt umarmte sie ihn. Roger atmete auf.

Ein paar Augenblicke verstrichen.

»Laß uns ins Hotel zurückgehen«, murmelte Jill.

»Ja. Eine gute Idee.«

»Aber zuerst gibst du mir einen Kuß.« Sie hob ihm bereits ihr Gesicht entgegen.

Sie küßten sich; Hand in Hand spazierten sie zurück.

Die Hängematte hing zwischen zwei Ästen, die hinter dem Holzbalken zusammengebunden waren, der als Empfangspult des Hotels diente. Ein Mann mit schläfrigen Augen lag darin und ließ ein Bein lässig über den Rand baumeln. Hinter ihm waren zwei Bretter an die Wand genagelt. Das oberste war weiß gestrichen, und mit kühnen, unregelmäßigen Buchstaben hatte man den Namen des Hotels daraufgekritzelt: *Las Tres Cabezas*.

Das andere Brett bestand aus rohem verwitterten Holz. In Spanisch und Englisch stand darauf: ›Die Zimmer müssen um 14.00 geräumt werden. Seien Sie bitte pünktlich.‹

Seitlich neben dem Pult befand sich ein großer Kühlschrank mit Modelo, Superior, Corona, Tecate und verschiedenen alkoholfreien Getränken. Ein Kind, ein junges Mädchen, drückte sich in einer Ecke herum und nuckelte an einer Coca-Cola. Ihre dunklen Augen folgten Roger, als er an das Pult trat. Er legte den Schlüssel hin, beugte sich vor und lächelte dem alten Mann in der Hängematte zu.

»Buenos días.«

»Días.« Der Mann gab einen grunzenden Laut von sich.

»Como está?«

»Aquí, no más.«

Roger nickte und lächelte, während er sich überlegte, was er als nächstes sagen sollte. Letzten Nachmittag hatte er sich schon einmal mit dem Mann, Carlos, unterhalten. Sie plauderten über das Dorf, wie friedlich es hier war, und über die ausländischen Touristen. Es war ein angeregtes Gespräch gewesen, und Carlos hatte einen lebhaften Eindruck gemacht. Nun jedoch schien er erschöpft zu sein, obwohl es erst früh am Morgen und die Hitze noch nicht drückend war.

»Heiß heute, was«, sagte Roger; er lüpfte seinen Strohhut und fuhr sich durch das bereits feuchte Haar.

»Wird später noch heißer werden«, rang sich der Mann mit Mühe ab.

»Anstrengende Nacht gehabt?« erkundigte sich Roger; seltsamerweise interessierte es ihn, wieso der Mann frühmorgens so apathisch wirkte.

Carlos bewegte den Kopf ein winziges Stückchen, nur so weit, wie es seine Trägheit gestattete, und peilte schräg zu Roger hinüber. Der Mund klappte auf, die Zunge fuhr heraus und befeuchtete die trockenen Lippen. Ein tiefes, hallendes Geräusch kam aus seiner Kehle, und Roger brauchte einen Augenblick, um zu begreifen, daß der Mann sprach.

»Ich bin müde, hijo. Noch am schlafen. Komm später wieder, wenn es heißer ist. Manche macht die Hitze …« – er seufzte – »lebendig.« Er fing wieder an zu dösen.

Roger starrte ihn an. Dann erhaschte er einen Blick auf das Mädchen. Sie beobachtete ihn.

»Geht es ihm gut?« fragte er. »Está bien?«

Sie nippte an der Cola.

»El«, er zeigte auf Carlos. »Bien? Está bien?«

Sie hörte nicht auf, an der Cola zu nippen. Schließlich nickte sie.

Stirnrunzelnd wandte sich Roger ab. Als Jill die Treppe zu seiner rechten herunterkam, schüttelte er den Kopf.

»Was ist los?«

»Der alte Mann.« Er wedelte mit der Hand. »Carlos. Er sieht krank aus.«

»Hast du mit ihm gesprochen?«

»Ja. Er sagte, er sei nur müde. Später würde er wach sein, wenn es heißer wird.«

»Komisch. Mich macht die Hitze schläfrig.«

»Mich auch.«

Sie gingen los.

»Machst du dir Sorgen um ihn?«

»Eigentlich nicht. Ich will das nur verstehen.«

»Klar. Na ja, warte einfach ab. Vielleicht geht es uns genauso, wenn wir erst mal eine Weile hier sind.«

»Vielleicht«, erwiderte er skeptisch.

»Zerbrich dir darüber nicht den Kopf.« Sie umschlang seine Taille. »Wir sind unseretwegen hier, Roger, Carlos geht uns nichts an.«

»Du hast sicher recht.«

Eine Zeitlang gingen sie schweigend weiter.

»Was sollen wir heute unternehmen?«

»Was hältst du vom Strand?« schlug Roger vor, aus seiner Versunkenheit gerissen. »La Piel.«

»Schön. Unterwegs gehen wir über den Markt und kaufen ein paar Sachen für später.«

»Klingt gut.«

Sie steuerten auf das Stadtzentrum zu, kamen an einem wasserlosen Springbrunnen vorbei und bogen rechts in die kopfsteingepflasterte Straße ab, die zum Markt führte. Sie begegnetem einem Esel, der ein Bündel Holz schleppte, und ein Stückchen weiter einer Frau, die ein Schwein trug. Das Schwein quiekte, und die Frau setzte es auf den Boden; an einem kurzen

Strick, der um den Hals des Tieres gebunden war, hielt sie es fest. Jill bückte sich und schnalzte mit der Zunge, um das Schwein auf sich aufmerksam zu machen. Die Frau warf ihr einen erstaunten Blick zu und zerrte das Schwein fort. Jill stand auf und kam sich blöd vor.

Auf der anderen Straßenseite befand sich ein Friseurladen; draußen stand ein einfacher Holzstuhl, und an einem Baum daneben hing eine Spiegelscherbe. Etwas weiter entfernt lag ein längliches weißes Gebäude, auf dem in großen schwarzen Lettern ›Funerales‹ geschrieben stand; an einer Seite des Schuppens waren eine Anzahl offener Holzsärge aufgereiht. Vor der Tür verkaufte ein Mann Erdnüsse, die er mit einer alten Suppendose von Campbell abmaß. Gleich gegenüber befand sich der Markt.

Sie schoben sich durch das Gedränge und schlängelten sich an überladenen Ständen vorbei, bis sie den freien Platz in der Mitte erreichten. Frauen standen oder saßen neben Tischen, auf denen sich Berge von Gemüse und Obst türmten. Ein paar Frauen hockten im Schneidersitz auf dem Boden, vor sich Nahrungsmittel auf einer alten Decke oder einem Stück Musselin ausgebreitet.

Auf dem Platz wimmelte es von Menschen, und es herrschte ein gewaltiger Lärm. Jill und Roger arbeiteten sich von einem Stand zum nächsten vor, prüften die Waren mit Fingern und Nase, bis Roger sich davon überzeugt hatte, daß sie die besten Papayas auf dem Markt gefunden hatten. Er bezahlte, und sie wollten kehrtmachen, doch plötzlich erregte etwas sein Augenmerk.

Ganz in der Nähe kauerte auf dem staubigen Boden ein dunkler, drahtiger Mann. Er trug ein zerlumptes Hemd und einen ramponierten Hut, den er sich tief in die Stirn gezogen hatte. Zu seinen Füßen lag ein derber Jutesack. Mit einer Hand hielt er ihn offen, mit der anderen suchte er darin herum. Die Frau, die vor ihm stand, bückte sich und beobachtete seine Bewegungen. Der Mann sagte kurz etwas zu ihr, und sie nickte. Dann zog er die Hand zurück. Mit festem Griff umklammerte er zwei Eidechsen. Große Tiere. Ihre Klauen waren nach hinten gebunden, und die geschwollenen weißen Bäuche pumpten wie kleine Blasebälge. Die Reptilien lebten.

Gebannt schaute Roger zu, wie der Mann die Eidechsen an den Schwänzen hochhielt und sie in Richtung der Frau pendeln ließ. Die Frau streckte eine Hand aus, und mit den Fingerspitzen strich sie über die grüngesprenkelten Rücken und Köpfe der Tiere. Sanft drückte sie auf die Bäuche. Roger erschauerte, und die Frau blickte hoch. Ihr verhutzeltes Gesicht spannte sich im morgendlichen Sonnenglast. Plötzlich lächelte sie. Die wenigen Zähne, die sie noch im Mund hatte, waren an den Rändern mit Gold gefaßt.

Sie sagte etwas, das er nicht verstand, aber er murmelte eine Erwiderung. Sie lächelte wieder, dann wandte sie sich an den Mann und schnatterte hektisch auf ihn ein. Ein paarmal zeigte sie in Rogers Richtung. Als sie fertig war, nickte der Mann. Er gab ihr die Tiere und stand auf, dabei sah Roger, daß er ziemlich klein war. Mit einer Hand winkte er Roger näher an sich heran.

Seine Augen waren schwarz, die Lider unbewimpert und kaum zu sehen. Als er grinste, sah sein Gesicht aus wie eine zerklüftete Wüste.

»Qué necesita, Señor?«

»Nada«, murmelte Roger.

Der Mann schmunzelte. »Nada?«

Roger schüttelte den Kopf; ihm wurde übel.

Der Mann legte eine Hand auf seine Schulter und kniete nieder, während er Roger mit sich zog. Jill stand daneben, gelangweilt und unbeteiligt.

Mit einer Hand griff der Mann nach dem Sack, die andere schob er tief hinein. Langsam zog er sie wieder heraus.

Rogers Herz begann zu rasen; auf seiner Lippe bildeten sich Schweißperlen. In der Hand des Mannes erschien ein dicker, kräftiger Schwanz. Gefesselte Beine, dann folgte der höckerige, grüne Rücken. Unbewußt streckte Roger die Hand danach aus. Er berührte die kühle, runzlige Haut und strich sachte über den Rückenkamm. Vorsichtig betastete er die Stirn und das stumpfe Maul; dann hob er das Kinn der Echse an und drehte ihren Kopf, bis er seinem eigenen Gesicht gegenüber war.

Die Augen blinzelten und blieben offen. Die Zunge tänzelte aus dem Maul, streifte seine Hand und verschwand wieder. Roger starrte betroffen. Die Sonne prallte auf seinen Nacken; vage nahm er die sengende Hitze wahr.

Eine Hand legte sich auf seinen Rücken. Er erschrak.

»Was ist?«

»Ich sagte, ich habe keine Lust, noch länger hier herumzustehen. Wenn du bleiben willst, dann treffen wir uns später am Strand.«

Er schüttelte den Kopf und versuchte, seine Gedanken zu klären. »Nein, warte. Ich bin fertig, ich komme mit.« Als er aufstand, fühlte er sich plötzlich schwach. Mit der Hand stützte er sich auf Jills Schulter.

»Hast du was?«

»Mir ist ein bißchen schwindelig ...«

Er wartete, bis der Schwindelanfall vorbei war.

»Jetzt geht's wieder.«

»Bestimmt?«

»Klar. Mir fehlt nichts.«

»Schön. Dann laß uns gehen.«

Sie marschierte los, und einen Augenblick später folgte ihr Roger. Nach ein paar Schritten blieb er kurz stehen und schaute zurück. Hinter ihm wog eine Frau ein Büschel Bananen aus, und eine andere neben ihr verscheuchte die Fliegen von Ananasscheiben. Überall wimmelte es von Menschen, doch mitten in dem Gedränge erhaschte er noch einen Blick auf den alten Mann und die Frau, die über dem Jutesack kauerten. Er drehte sich um und beeilte sich, Jill einzuholen.

Selbst im Schatten war es brütend heiß. Die Hitze schwebte in der Luft wie eine Decke aus Watte. Jill wischte sich den Schweiß von der Stirn und legte ihr Buch zur Seite. Sie trank einen Schluck Bier. Es war lauwarm, trotzdem kühlte es ihre Kehle. Auf dem Dosendeckel quetschte sie eine Limone aus, schlürfte den Saft vom Rand und kippte den Rest des Bieres hinterher. Nachdem sie sich den Schaum von den Lippen gewischt hatte, griff sie nach einer neuen Dose. Sie war zufrieden.

»Roger, du kriegst einen Sonnenbrand.« Sie schaute auf den Körper, der bäuchlings neben ihr im Sand lag.

»Mmm.«

»Deine Waden sind schon ganz rot.« Unbewußt rückte sie ihren Stuhl in die Mitte des wandernden Schattens der Jalapenwinde.

»Du solltest dich vor der Sonne schützen. Wenigstens eincremen.«

»Keine Lust. Zu anstrengend«, grunzte er.

»Also wirklich. Du *mußt* dich eincremen.«

»Hmm.«

»Du bist stur.«

»Was?«

»Ach, nichts.«

Er rührte sich und hob den Kopf. »Du hast gesagt, ich sei stur.«

»Das bist du auch.«

»Ich entspanne mich gerade.«

»Gut.«

»Ich bin schon ganz gelöst.« Sein Kopf kippte in den Sand zurück.

»Ich bin glücklich.«

»Ich auch.« Er stieß einen Seufzer aus; dann warf er sich mit einem plötzlichen Ruck herum, so daß sein Gesicht und der mit Sand gesprenkelte Bauch nach oben wiesen.

»Woran denkst du?«

»An nichts.«

»Ein Peso für deine Gedanken.«

Er schmunzelte. »Ich denke gerade an Eidechsen.«

»Was ist denn so Besonderes an denen?«

»Sie wissen, wie man sich entspannt. Wenn es heiß ist, liegen sie einfach nur in der Sonne. Wenn sie hungrig sind, dann fressen sie. Und bei Kälte tun sie überhaupt nichts.«

»Schönes Leben.«

»Ja.«

»Es sei denn, sie werden von einem Vogel gefressen.«

»Vögel fressen nur kleine Eidechsen. Keine großen.«

»Wie zum Beispiel einen Leguan.«

»Genau. Einen Leguan würden sie nicht fressen. Der wäre zu groß.«

Jill nippte an ihrem Bier. »Wieso denkst du ausgerechnet an Eidechsen?«

»Ich weiß auch nicht. Sie scheinen es gut zu haben. Ihr Leben besteht aus Fressen, Schlafen, Sonnenbaden …«

Sie lachte. »Ich glaub, der Urlaub tut dir gut.«

»Und noch etwas«, sagte er, während er sich zu ihr herüberbeugte. »Sie haben eine flinke Zunge.«

Seine Zunge schnellte aus dem Mund, und er fing an, ihre Wade zu lecken. »Igitt!« Er spuckte auf den Boden. »Du schmeckst abscheulich!«

»UV-Blocker, Schutzfaktor Sechs«, lachte sie. »Versuch's demnächst mit meinem Mund.«

Er versuchte, den schlechten Geschmack mit Bier hinunterzuspülen, dann sprang er hoch und rannte zum Wasser. Plantschend wie ein Kind, schwamm er davon. Kopfschüttelnd sah Jill ihm hinterher. Es war mittag, und die Sonne brannte unerträglich heiß. Roger war der einzige im Wasser.

Wenig später erspähte sie einen Mann, der ein Tablett mit Getränken trug. Von einem Kiosk weit hinten am Strand war er hierhergestapft. Sie hob die Bierdose und zeigte mit dem Finger darauf.

»Una más«, sagte sie.

Der Mann nickte, und Jill trank die Dose leer. Dann lehnte sie sich zurück, schloß die Augen, und ließ sich von der Hitze und dem Alkohol einlullen.

Gegen abend, als es Zeit war zum Gehen, faltete Jill die Handtücher zusammen und warf die Überreste der Papayas weg. Dann machte sie sich auf die Suche nach Roger. Zwischendurch war er zurückgekommen, hatte ein wenig geplaudert, mit ihr geschmust und war wieder davongehüpft.

Sie rief seinen Namen. Noch einmal, voller Ungeduld. Keine Antwort. Sie war schon halb entschlossen, allein zurückzugehen, als sie die Spuren im Sand entdeckte. Genaugenommen waren es keine einzelnen Spuren, sondern eher eine breite Rinne, als sei ein großes Objekt den Strand entlang geschleift worden. Die Rinne begann ungefähr dort, wo Roger in der Sonne gelegen hatte. Jill schulterte die Strandtasche und folgte der Schleifspur.

Eine kurze Strecke weit verlief sie parallel zum Wasser, überquerte einen Sandhügel und bog dann scharf zum Meer hin ab. Die Spur verlor sich am Fuß eines niedrigen Felsens, dem ersten in einer Kette von Gesteinsbrocken, die sich in einer Linie bis in die Bucht hinein erstreckten. Die Felsen in Ufernähe waren mit Seeigeln und winzigen Mollusken übersät. Um diese Zeit, kurz vor Sonnenuntergang, herrschte Ebbe, und die Steine waren trocken. Sie kletterte hinauf.

Der Fels war nicht steil, aber die Oberfläche war scharfkantig, und sie lag im Schatten. Sich vorsichtig einen Weg suchend, erreichte sie nach wenigen Minuten die Spitze. Die tiefstehende Sonne schien ihr ins Gesicht und blendete sie vorübergehend. Als sich ihr Blick wieder klärte, spähte sie zur anderen Seite hinunter.

Hier war der Hang flacher und endete in der Brandung. Ein paar Kormorane und Pelikane waren dabei, sich die Schwingen zu ölen. Daneben lag Roger bäuchlings auf dem Stein. Sein Gesicht hielt er der sterbenden Sonne zugekehrt.

»Roger? Roger? Ist alles in Ordnung?«

Sie kraxelte nach unten, ohne auf die Felsvorsprünge zu achten, die spitz aus dem Gestein ragten. Laut kreischend flatterten die großen Vögel von ihrem Ruheplatz hoch.

»Roger!«

Sie erreichte ihn und berührte seinen Rücken.

»Roger?« Sie hob seinen Kopf an. »Roger! So antworte mir doch!«

Er blinzelte und räkelte sich gemächlich. Dann spreizte er die Arme ab und stemmte sich hoch.

Seine Brust und der Bauch waren mit Kratzern übersät, lauter Striemen aus angetrocknetem Blut. Der Kopf pendelte von rechts nach links.

»Jill«, sagte er träumerisch.

Sie wartete mit angehaltenem Atem.

»Es war so friedlich; die Felsen waren so warm.«

Ihre Kehle schnürte sich zusammen. »Geht es dir gut?«

Er blinzelte. »Ist was passiert?«

»Hör auf, mich zu veralbern, Roger!«

»Nein, wirklich, ich mach keine Witze. Was hast du denn?« Er sah sie an und merkte, wie sie vor Wut zu kochen anfing. »Jill …«

»Hör auf!« kreischte sie. »Hör auf, hör auf!« Sie brach in Tränen aus.

»Ich versteh dich nicht«, sagte er hilflos. »Was hab ich denn getan?«

»Das will ich gerade von *dir* wissen!«

»Ich weiß nicht, was du meinst.« Er versuchte, sich

zum Nachdenken zu zwingen. »Bist du mir böse, weil ich dich allein gelassen hab?«

Sie zitterte.

»Ich wollte nicht so lange wegbleiben, Jill. Aber es ist halt passiert. Ich muß eingenickt sein. Die Sonne tat mir so gut...«

»Ich dachte schon, du seist tot.«

»Ich hätte dir Bescheid sagen sollen«, gab er zu. »Ich hätte mich abmelden sollen, bevor ich wegging.«

»Was hast du getan, bist du den ganzen Weg auf dem Bauch gekrochen?«

Neugierig sah er sie an. »Ich glaube, ja.« Er betastete ein paar Abschürfungen und grinste dann dümmlich. »Verrückt, was?«

»Irgend was stimmt nicht mit dir. Roger. Du machst mir Angst.«

»Das ist nicht meine Absicht.«

Kopfschüttelnd schaute sie ihn an.

»Es tut mir leid«, sagte er leise. »Ehrlich.«

»Laß uns jetzt zurückgehen, ja?« Sie wischte sich die Augen und half ihm beim Aufstehen. »Du mußt die Schrammen auswaschen.«

»Sie tun gar nicht weh.«

»Fang nicht schon wieder an, Roger.«

»Also wirklich...«

Sie warf ihm einen scharfen Blick zu, und er hielt den Mund. Dann drehte sie sich um und kletterte langsam und vorsichtig den Felsen hinauf. Roger wartete, bis sie auf der anderen Seite war, dann flitzte er hurtig hinterher.

Bis sie geduscht und sich umgezogen hatten, war die Sonne längst untergegangen. Das Pink des Himmels verdunkelte sich zu einem Violett, das von hellglitzernden Sternen durchbrochen war. Müde Fischer kehrten mit ihren Booten spät in den Hafen zurück. In der Bucht, wo die Ebbe auch die letzten seichten Wasserrinnen ausgetrocknet hatte, steckten Ruderboote im Schlamm fest, die am Strand an Pfählen oder Ästen vertäut waren.

Frauen und Kinder feilschten um den Fang des Tages, Vela, Calamare, Huachenango. Ein kleiner Junge spielte mit einem Fächerfisch, indem er die hohe, lange Rückenflosse spreizte und wieder zusammenklappte.

Auf der Veranda vor ihrem Zimmer stand Jill mit einer Büchse Bier. Sie trank einen Schluck, lehnte sich gegen das Geländer und starrte vor sich hin.

Roger erschien, barfuß und ohne Hemd; er ging zu ihr und schlang die Arme um sie. Dann küßte er sie auf den Hals. Sie murmelte etwas und drehte sich zu ihm um. Ihre Lippen berührten sich flüchtig, dann wandte sich Roger gähnend ab.

»Ich bin müde.«

»Du warst zu lange in der Sonne. Wie fühlt sich deine Brust an?«

Er strich sich mit der Hand über den Rumpf. »Ich merk nichts.«

»Hast du dich eingecremt?«

Er nickte, aber Jill fand, er brauchte noch mehr Creme. Seine Haut wirkte verschrumpelt und faltig, wie wenn die obersten Schichten sich ablösten.

»Du fühlst dich so trocken an«, meinte sie und fuhr mit dem Finger über seine Rippen. Die Haut warf Blasen, und ein Fetzen schälte sich ab. Ihre Hand zuckte zurück, und erschrocken starrte sie auf den Hautlappen, der langsam zu Boden segelte.

»Ja, nicht?« Er rieb sich einen Arm, und ein Sprühregen von Schüppchen löste sich.

Behutsam berührte sie die Stelle, an der die Haut abgegangen war. »Tut das weh?«

»Nein. Nicht im geringsten.«

Sie furchte die Stirn. »Du hast irgend was, Roger. Du solltest zu einem Arzt gehen.«

»Ich fühl mich gesund.«

»Du hast zuviel Sonne abgekriegt. Du benimmst dich ganz seltsam.«

»Ich mag die Sonne.«

»Du bist nicht daran gewöhnt.«

»Darüber mache ich mir keine Sorgen.« Er unterdrückte ein Gähnen.

»Na schön«, sagte sie. »Mach, was du willst.« Sie nahm einen Schluck und starrte nach draußen auf das Wasser.

»Komm, Jill, sei doch nicht so.«

Sie wollte antworten, hielt jedoch inne. Statt dessen seufzte sie. »Ich bin deinetwegen besorgt, Roger. Die Geschichte heute am Strand hat mich erschreckt.«

»Mir fehlt nichts.« Er umarmte sie. »Das schwöre ich dir.«

»Geht es dir wirklich gut?«

»Ganz bestimmt. Ich bin nur ein bißchen müde.«

»Vielleicht fühlst du dich besser, wenn du etwas gegessen hast. Zieh dich an, und dann gehen wir los.«

Im Zimmer zog er sich ein Hemd und Sandalen an; die kurze Strecke zum Restaurant gingen sie zu Fuß. Sie bestellten sich frischen Fisch, Reis und Tortillas. Jill langte herzhaft zu, während Roger seinen Teller kaum anrührte. Er hätte lieber geschlafen als gegessen, und zum Schluß übermannte ihn die Müdigkeit. Sein Kopf neigte sich zur Seite, und er schloß die Augen.

Jill aß schnell zu Ende, bezahlte die Rechnung und schüttelte ihn wach. Es war nicht leicht, doch dann schaffte sie es, ihn auf die Füße zu stellen. Zum Hotel mußte sie ihn halb tragen, halb schleifen.

Es war noch früh, und die Kinder waren noch auf. Ein Junge hinter dem Empfangspult gab ihr den Zimmerschlüssel. Schmunzelnd quirlte er mit dem Finger die Luft. Jill erwiderte sein Lächeln; sie nahm an, die Geste sollte ›betrunken‹ oder etwas ähnliches bedeuten. Schwerfällig bugsierte sie Roger zur Treppe. Aus dem Augenwinkel erhaschte sie einen Blick auf den alten

Mann, der völlig schlaff in der Hängematte lag. Neben ihm stand das Mädchen mit den dunklen Augen und gaffte.

Jill biß sich auf die Lippe und wandte sich ab; tief Luft holend schulterte sie Roger und schleppte ihn aufs Zimmer.

Als sie aufwachte, war es im Zimmer dunkel, aber es war nicht Nacht. Schmale Lichtstreifen mogelten sich durch die hölzernen Fensterläden, die vor die Fliegengitter geklappt waren. Die Läden dämmten die Hitze nur wenig ein, geschweige denn den Lärm, aber es war besser als nichts.

Sie kickte das Laken weg und tappte zur Toilette. Dann ging sie ans Fenster und drückte den Hebel herunter. Licht flutete herein, viel zu viel Licht. Sie knallte den Laden wieder zu.

Sie rieb sich die Augen und suchte ihre Bekleidung zusammen. Roger lag im Bett und schlief.

Sie zog sich an und verließ leise das Zimmer. Es war vormittag, und die Fischerboote waren bereits ausgelaufen. Die Flut kam herein. Jill streckte sich und gähnte. Es war Zeit zum Frühstücken.

In einem Restaurant ganz in der Nähe bestellte sie sich Eier, Speck, Toast und Kaffee. Während sie gemächlich aß, dachte sie über Roger nach. Sie beschloß, ihn zu einem Arzt zu schleppen, falls sein Zustand sich nicht gebessert hätte. Das hob ihre Stimmung. Sie bezahlte und kehrte in ihr Hotel zurück.

Als sie die Tür aufmachte, sah sie, daß Roger wach war. Mit dem Rücken zu ihr, stützte er sich gegen eine Wand. Die Arme hielt er ausgestreckt, und die Handflächen ruhten an der glatten Mauer. Ein knirschendes Geräusch, wie wenn Fingernägel über Verputz kratzten, spaltete die Luft.

»Was machst du da?«

Seine Arme pumpten nach innen und außen.

»Roger?«
»Was?«
»Ich will wissen, was hier vorgeht.«
»Nichts.«
»Ich kann dich nicht verstehen.«
»Nichts geht hier vor.« Seine Stimme klang rauh.
»Dreh dich bitte um, ich kann dich kaum hören.«
Sein Kopf neigte sich zur Seite. »Eine Sekunde noch.«
Während sie dastand und wartete, beobachtete sie ihn mit wachsendem Unbehagen. Sein Kiefer zuckte vor und zurück, und er rieb die Handflächen an der Wand. Langsam drehte er sich um, sichtlich mühsam die Arme senkend. Seine Zungenspitze zuckte heraus, beleckte die Lippen und schnellte in den Mund zurück. Er lächelte schüchtern.
»Morgen.«
»Es ist fast Mittag.«
»Kein Wunder, daß ich so hungrig bin.«
»Was hast du bloß gemacht, Roger?«
»Was meinst du?«
»Wieso hast du dich an der Wand abgestützt?«
»Keine Ahnung. Wahrscheinlich habe ich nur herumgespielt; um zu fühlen, wie es ist.«
»Und wie *war* es?«
»Ich weiß es nicht.« Er zuckte die Achseln. »Ist auch nicht wichtig. Eine Bagatelle.«
»Das gefällt mir nicht, Roger. Irgend was stimmt nicht mit dir. Ich bringe dich zu einem Arzt.«
»Es liegt einfach am Urlaub, Jill.«
»Du benimmst dich richtig unheimlich.« Sie ging zu ihm und faßte ihn an. Mit einem Ruck zog sie die Hand zurück. Als sie ihn abermals berührte, zitterten ihre Fingerspitzen.
»Was hast du?«
»Deine Haut …«
»Was? Was ist mit meiner Haut, Jill?«
»Sie … sie fühlt sich so anders an.«

»Ja.«

»Kalt. Sie ist ganz kalt, Roger.«

»Dann mach sie warm.« Er rückte dichter an sie heran. »Bitte.«

Seine Nüstern blähten sich, und er blies ihr stoßweise seinen trockenen Atem gegen die Wange. Seine Zunge schlängelte heraus und betastete ihr Haar und ihr Ohr. Zitternd schmiegte sie sich an ihn. Unbeholfen begann er, sie auszuziehen. Seine Finger waren klamm, und sie mußte ihm helfen. Sie streifte ihr T-Shirt ab und schlüpfte aus den Shorts.

Nackt standen sie sich gegenüber. Tief in seiner Kehle machte Roger ein Geräusch. Sein Atem ging schnell. Jill hob die Arme und streckte sie aus. Sie umfing Roger und drückte ihn an sich. Ohne auf die winzigen Krallen zu achten, die sich in ihren Rücken gruben, und trotz seines hohlklingenden Atems und der sich schuppenden Haut, zog sie ihn aufs Bett.

Sie kam schnell, stimuliert durch die Zunge, die sie zwischen den Beinen kitzelte. Es war ein eigenartiges Gefühl, aber ein sehr angenehmes, und sie kam sich vor, als treibe sie über warme Weizenfelder dahin. Ihr Gesicht kühlte wieder ab, aber die Wonne hielt noch eine Weile vor.

Roger lag neben ihr und beobachtete, wie sich ihre Brust leise hob und senkte. Der drängende Trieb in ihm war abgeebbt, und auf seinem Gesicht lag ein Ausdruck tiefster Ruhe. Seine Augen blickten starr, sein Verstand arbeitete träge. Mit heiseren Kehllauten murmelte er Jill etwas zu.

»Ich liebe dich, Jill.« Sie rührte sich, als habe eine kalte Brise sie gestreift.

»Danke, daß du mich hierhergebracht hast...« Sanft hob er die Arme. »Und mir halfst, Frieden zu finden...« Mit federleichter Zunge berührte er sie ein letztes Mal.

»Endlich Ruhe...«

Dann glitt er von ihr herunter und rutschte vom Bett auf den Fußboden. Zwei hurtige Sätze, ein rascher Griff nach dem Riegel, und er huschte durch die Tür. Mit schräg geneigtem Kopf kauerte er auf der Treppe. Plötzlich preschte er mit unregelmäßigen Sprüngen die Stufen hinauf, emporgeschnellt von seinen kräftigen Gliedmaßen. Er griff nach der Kante des Dachs und stemmte sich nach oben, wo er bis zur Mitte trippelte. Die hochstehende Sonne tauchte ihn in Hitze und versprach, ihn ewig zu wärmen.

Dicht vor seinem Gesicht surrte eine Libelle vorbei; seine Augen flitzten ihr hinterher.

»Hunger«, dachte er. »Fressen.«

Die Zunge peitschte vor, berührte einen Flügel und rollte sich wieder ein. Das Sirren verstummte, die Augen blickten starr, und kauend hockte die Kreatur in der Sonne.

Originaltitel: ›THE PROMISE OF WARMTH‹ • Copyright © 1988 by Montcalm Corporation • Erstmals erschienen in ›Twilight Zone‹, 1988 • Mit freundlicher Genehmigung des Autors und Uwe Luserke, Literarische Agentur, Stuttgart • Copyright © 1996 der deutschen Übersetzung by Wilhelm Heyne Verlag, München • Aus dem Amerikanischen übersetzt von Ingrid Herrmann • Illustriert von André Janout

---

Brian Stableford · England

WAS WILL CHLOË?

Während ihre Eltern in ihrer üblichen pedantischen Weise miteinander sprachen, sah Chloë den Ferkeln zu, die am Gesäuge des Mutterschweins nuckelten. Sie verstand ohnehin nicht, worum es eigentlich ging. Es machte nur selten Sinn. Meistens versuchte sie gar nicht hinzuhören, indem sie ihre Gedanken auf irgend etwas anderes richtete. Im Moment gab es nur das Mutterschwein mit den Ferkeln, und so widmete sie diesen ihr ganzes Augenmerk. Die Schweine und Ferkel, die sie aus ihren Bilderbüchern kannte, waren rosa. Aber diese hier waren nicht rosa. Ihre Haut hatte fast dieselbe Farbe wie die ihres Papas: leicht gebräunt.

Das Schwein war riesig. Wenn es auf seinen Hinterbeinen hätte stehen können, wäre es fast zwei Fuß größer als Papa gewesen. Und der war wirklich kein kleiner Mann. Tatsächlich aber konnte das Schwein überhaupt nicht stehen. Es war zu fett. Deswegen mußte es über einen Schlauch gefüttert werden.

Wie es wohl sein muß, dachte Chloë, wenn man die ganze Zeit liegen muß und ständig Futter in sich hineingepumpt bekommt? Wahrscheinlich fühlte man sich wieder vollkommen als Baby. Und obwohl es jetzt den eigenen Nachwuchs nährte, hatte sich der Kreis des Lebens für dieses Schwein geschlossen; am Anfang war es nichts weiter als ein kleines hilfloses Bündel Fleisch gewesen, und jetzt endete es als ein riesiges hilfloses Bündel Fleisch.

Chloë wußte, daß eines Tages nur noch das Fleisch

blieb: Speck, Schinken und Würste. Sogar die Augen und die Knochen konnte man für Würste zermahlen; so hatte es ihr einer der Jungen in der Schule erzählt. Vielleicht hatte er auch nur gelogen. Trotzdem, ein Teil dieser riesigen Fleischmasse würde sich zu Menschenfleisch verwandeln, wenn man es aß. Ein Teil davon könnte sogar zu ihrem Fleisch werden – ein verblüffender, wenn nicht sogar leicht widerlicher Gedanke.

Der elterliche Disput verebbte, zumindestens für diesen Augenblick. Mama wirkte verschlossen und schwieg. Papa hatte sich dem rotgesichtigen Mann, der sie in den Stall geführt hatte, zugewandt, um mit ihm zu plaudern. »Können Sie es nach draußen bringen?« fragte er. »Ich möchte gern, daß sie es anfaßt – es hält – wenn Sie nichts dagegen haben.«

»Natürlich«, sagte der rotgesichtige Mann. »Warum nicht?« Er kletterte über das Geländer, um sich eines der Ferkel zu greifen. Es quiekte, als er es von der Mutterzitze nahm. Er kam heraus und kniete nieder, damit Chloë das Ferkel anfassen konnte.

Chloë war sich nicht schlüssig darüber, ob sie das Ferkel anfassen wollte, aber offensichtlich lag Papa sehr viel daran. Sie berührte das Ferkel, wie um zu probieren, mit einem Finger, fuhr damit an der Seite entlang und zupfte es am Ohr. Es fühlte sich warm an, und die Haut war weich und glatt. Das Ganze fühlte sich angenehmer an, als sie es erwartet hatte.

»Sie will nicht, Mike«, sagte ihre Mutter. »Das siehst du doch.«

»Sie ist nur ein bißchen aufgeregt«, sagte ihr Papa, nahm das Ferkel an sich und wiegte es in seinen großen Händen. »Mach nur weiter, Liebling, es ist schon in Ordnung. Du kannst es ruhig streicheln.«

Chloë streichelte das Ferkel. Sie war ein braves Mädchen. Sie tat immer, was ihr gesagt wurde.

»Das muß doch nicht sein«, sagte Mama. »Wirklich nicht.«

»Sie soll die Gelegenheit bekommen, um das zu begreifen«, antwortete ihr Vater eigensinnig.

»… es begreifen! Sie ist erst sieben, Mike! Wie soll sie überhaupt damit anfangen, es zu begreifen?«

»Sie wird nicht sieben bleiben. Willst du es halten, mein Liebes? Nur zu – nimm es.«

Chloës Hände waren zu klein, um es so zu halten, wie es ihr Vater getan hatte. Sie mußte die kleine Kreatur mit ihren Ärmchen umklammern, als wäre es eine ihrer Puppen – nur mit dem kleinen Unterschied, daß das Ferkel sich dagegen wehrte. So mußte sie es fest umklammern, damit es sich nicht aus ihrem Griff befreien konnte. Sie versuchte, es an sich zu drücken, so wie es Mama immer mit ihr tat, aber das Ferkel wollte nicht gedrückt werden. Das Ferkel wollte zurück an die mütterliche Zitze.

»Paß auf ihren Mantel auf, Mike«, beschwerte sich Mama. »Sie macht sich schmutzig. Bitte, nimm es weg – es ist für beide kein Spaß.«

Chloë trug ihren himmelblauen Regenmantel, mit einem Gürtel. Sie hatte ihn schon öfters beschmutzt, und Mama hatte sich darüber nicht sonderlich aufgeregt. Als der rotgesichtige Mann ihr die Hände entgegenstreckte, um ihr das Ferkel wieder abzunehmen, tat es ihr nicht leid, es wieder los zu sein.

»Dieses Ferkel, das du gerade in den Händen gehalten hast, wird dir das Leben retten«, sagte ihr Vater, als sie es freigab.

»Mike!« schrie Mama, in äußerster Verzweiflung. »Muß das denn unbedingt sein?«

»Ja«, sagte Vater mit Nachdruck. »Es ist wichtig. Sie soll lernen, was geschieht, so gut sie es kann.« Aber er versuchte nicht, es ihr zu erklären – nicht damals.

Das nächste Mal, als Vater sie mitnahm, um das Ferkel zu besuchen, blieb Mama zu Hause. Das war besser. Denn es bedeutete, daß Papa nicht immer über ihren

Kopf hinweg sprach – außer er unterhielt sich mit den Männern in den weißen Mänteln. Alles andere war nur für sie bestimmt. Sie mochte das.

Das Ferkel war nicht mehr länger im Koben der Mutter. Es hatte jetzt seinen eigenen Koben, nicht mehr im Stall, sondern im großen Gebäude. An einem Platz, wo sich alle Arten von Geräten befanden und alles sauber war. Das Ferkel rannte jetzt vor und zurück, nahm seine Umgebung auf, und es quiekte auch nicht mehr. Als sich Chloë und ihr Vater auf der Außenseite des Kobens hinknieten, kam es auf sie zu und blickte sie mit seinen schönen dunklen Augen an. Chloë fragte sich, ob es sie wiedererkannte.

»Kann man es anfassen?« fragte Papa den Mann im weißen Mantel. Als der Mann das bejahte, nahm Papa ihre kleine Hand in seine und führte sie durch die Stangen des Kobens. Dem Ferkel schien es diesmal nichts auszumachen, gestreichelt zu werden, und Chloë schien es nichts auszumachen, es zu streicheln.

»Es bekommt hier die beste Pflege«, sagte Papa, »denn es ist ein ganz besonderes Ferkel. Alle Ferkel hier sind etwas Besonderes. Sie haben alle menschliche Herzen.«

»Wieso?« fragte Chloë – nicht weil sie es unbedingt wissen wollte, sondern weil etwas im Gesichtsausdruck ihres Papas ihr sagte, daß er erwartete, danach gefragt zu werden.

»Sie züchten hier Herzen für Menschen, deren Herzen nicht mehr so gut arbeiten. Auch dein Herz arbeitet nicht so gut – deswegen bist du so oft krank und nicht so robust, wie die anderen Kinder in der Schule. Du brauchst ein neues Herz. Aber es ist nicht so leicht, an ein neues Herz zu kommen. Manchmal können die Ärzte ein Herz aus einem kleinen Jungen oder Mädchen, die bei einem Unfall ums Leben gekommen sind, herausnehmen. Aber nicht alle Herzen sind gleich. Wenn ein Junge oder ein Mädchen ein anderes Herz bekommen, geschieht es gelegentlich, daß deren

Körper dagegen reagiert. Zwar gibt man ihnen Medizin, damit die Abwehrreaktion zum Stillstand kommt. Aber diese Medizin macht den Körper noch anfälliger für alle Arten anderer Krankheiten. Das beste Ersatzherz für jemanden wie dich ist ein Herz, das aus den eigenen Genen gezüchtet wurde – Gene sind Dinge in dir, die dich zu dem werden lassen, was du bist, und zu nichts anderem – und der einzige Weg, zu so einem Herzen zu kommen, besteht darin, einige deiner Gene in ein Schweinebaby einzupflanzen, lange bevor es geboren wird. Dann entwickelt sich im Ferkel ein Herz, das genau dem deinen gleicht, nur daß es eben gesünder ist. Das ist das Ferkel, das dein Herz hat, Chloë.«

Chloë zog ihre Hand zurück und sah das Ferkel an, das ihr Herz hatte. Das Ferkel erwiderte den Blick. Sie wußte, daß Papa eine weitere Frage erwartete, so daß er ihr noch mehr erzählen konnte, aber sie wußte nicht, was sie ihn fragen sollte. Dies war das Ferkel, das ihr Herz hatte. Was gab es da sonst noch zu sagen? Aber es gab mehr, und Papa wollte offensichtlich sicher gehen, daß sie alles wußte.

»Das Ferkel muß Medikamente zu sich nehmen, um sehr schnell zu wachsen«, sagte Papa geduldig. »Alle Ferkel bekommen diese Medikamente, weil die Farmer wollen, daß sie so schnell wie möglich heranwachsen, um so mehr Fleisch zu erzeugen. Aber dein Ferkel bekommt zusätzlich ein spezielles Medikament. Denn es hat dein Herz, und es soll ein starkes Herz werden. In nicht viel mehr als einem Jahr muß das Ferkel ein Herz haben, das so groß und stark ist, wie das von Jungen und Mädchen, die acht oder neun Jahre alt sind. Es ist sehr geschickt von den Wissenschaftlern, daß sie das können – obwohl nicht so geschickt, wie in einem Schwein ein menschliches Herz heranwachsen zu lassen.«

»Wann werden sie die Operation vornehmen?« fragte Chloë. Sie hoffte, daß es bis dahin noch lange dauern würde, denn sie mochte nicht gerne ins Krankenhaus.

»Nächstes Jahr«, sagte Papa. Chloë war erleichtert. Nächstes Jahr war noch so weit weg.

»Wird das Ferkel dann mein Herz bekommen?« fragte Chloë. Sie wußte, die Antwort war Nein. Aber sie fragte trotzdem, um ihrem Vater zu versichern, daß es sie interessierte. Er mochte es, wenn sie Fragen stellte, auch dumme Fragen – speziell dumme Fragen, wie es manchmal den Eindruck erweckte.

Papa legte beschützend einen Arm um ihre Schulter. »Das wäre nutzlos, Liebes«, sagte er. »Sie müssen das Ferkel sterben lassen. Aber das ist das Schicksal aller Schweine. Sobald sie groß genug sind, müssen sie wegen ihres Fleisches sterben. Ich möchte, daß du das verstehst, Chloë.«

Sie begriff es. Schweine waren Fleisch, oder Lieferanten menschlicher Herzen; so oder so, ein Teil ihres Fleisches wurde zu menschlichem Fleisch. Was sie nicht verstand, war, wieso Mama gegenüber Papa so verschlossen reagierte, weil er sie mitnahm, um das Ferkel zu besuchen, das ihr Herz hatte – oder, warum sie diesbezüglich auf alles so verschlossen reagierte. Es war sinnlos, danach zu fragen. Es war die Art von Fragen, die einfach nicht dumm genug waren, um darauf eine Antwort zu bekommen.

Chloë erzählte ihrer besten Freundin Alice von ihrem Besuch bei dem Ferkel, das ihr Herz hatte. Die Neuigkeit verbreitete sich in der Schule innerhalb weniger Stunden wie ein Lauffeuer. In der Pause riefen einige Kinder, »Chloë hat ein Schweineherz! Chloë hat ein Schweineherz!« Es war durchaus nicht so, daß sie nicht verstanden hätten, wie die Dinge wirklich lagen, aber die Wirklichkeit interessierte sie zuwenig, als daß sie sich davon einen so schönen Spottvers hätten zerstören lassen. Ein Lehrer, der das mit angehört hatte, war sehr verärgert, so wie Lehrer immer reagierten, wenn andere Kinder gemein zu Chloë waren. Er erzählte ihrer

Mutter von dem Vorfall, die den Vater dafür verantwortlich machte.

»Stell dir bloß vor«, beschwerte sich Mama, »demnächst werden uns noch durchgedrehte Tierschützer die Autoreifen aufschlitzen.«

»Mir liegt sehr daran, daß sie es begreift«, sagte ihr Vater eigensinnig. »Ich will, daß sie weiß, was ihr widerfahren ist. Dies wird nicht das letzte Mal gewesen sein, daß sie sich mit einer dummen Hänselei auseinanderzusetzen hat. Ich will, daß es ihr gelingt, ihr inneres Gleichgewicht zu bewahren, wenn sie mit dummen Ängsten und idiotischen Witzen anderer konfrontiert wird. Ich will, daß sie ihr seelisches Gleichgewicht bewahrt.«

»Ich weiß das alles, und ich weiß, was du willst«, gab Mama zurück. »Aber was will Chloë? Das ist es, was mich beschäftigt.«

Was Chloë in diesem Augenblick wollte, war – nicht gefragt zu werden, was sie wollte. Sie haßte es, wenn ihre Eltern fragten, was sie wolle, weil sie wußte, der eine Teil wollte, daß sie dies sagte, während der andere Teil wollte, daß sie jenes sagte. Sie haßte es, gezwungen zu werden, den einen zufriedenzustellen und den anderen enttäuschen zu müssen. So blieb sie meistens still. Auch wenn das bedeutete, daß sie nun beide enttäuscht waren.

»Sie ist ein intelligentes Mädchen«, sagte Papa. »Sie ist durchaus in der Lage, damit fertig zu werden. Sie muß wissen, was auf sie zukommt.«

»Deswegen muß sie dieses verdammte Ferkel nicht alle vierzehn Tage sehen! Man muß sie nicht da hinschleppen und zwingen, ihm auch noch ins Auge zu sehen! Sie muß ja auch nicht reihenweise Mastfarmen und Schlachthöfe besichtigen, um zu sehen, wo ihr Essen herstammt. Warum muß sie dann in dieses schreckliche Laboratorium und diesem verdammten Ferkel bei seinen Übungen zusehen?«

Das verdammte Ferkel machte wirklich Übungen.

Papa hatte ihr erklärt, daß es nicht wie die anderen Schweine beschaffen war, die Herzattacken bekamen, wenn sie sich zu sehr anstrengten. Ihr Ferkel mußte fit bleiben. Ihr Ferkel mußte in einem Tip-top-Zustand sein, denn es hatte ihr Herz. Man mußte nach ihm sehen, um sicher zu sein, daß das Herz gesund und stark war, bevor man es transplantierte.

»Sie interessiert sich dafür«, drängte Papa. »So ist es doch, mein Liebling? Du besuchst das Ferkel gerne, nicht wahr?«

Chloë schwieg. Sie konzentrierte sich fest auf den Bildschirm, auf dem ein Tom & Jerry-Cartoon zu sehen war. Tom war gerade von einer Dampfwalze plattgewalzt worden und kämpfte verzweifelt darum, seine alte Gestalt wieder anzunehmen.

»Wie du siehst, Liebes«, sagte Papa, legte die Hand auf ihre Schulter und versuchte sie vom Fernseher wegzudrehen, »bist du ein Teil von etwas sehr Wichtigem. Eine Menge Menschen sind wie diese albernen Kinder in der Schule – sie lassen sich lieber von ihren Gefühlen leiten, und so sind sie der Meinung, daß transgene Tiere etwas Gruseliges sind. Für die Wissenschaftler, die dein Leben retten, wirst du eine wandelnde Werbung sein. Es ist sehr wichtig für dich, daß du verstehst, was auf dem Spiel steht.«

»Warum erzählst du ihr das?« verlangte Mama zu wissen. »Du glaubst wohl, sie hat nicht schon genug darunter zu leiden, daß sie ein schwaches Herz hat, so daß sie nicht auch noch als wandelnde Werbung für die Wunder der modernen Medizin herumlaufen muß! Um Gottes willen, sie ist ein sieben Jahre altes Mädchen! Wenn es soweit ist, kannst du es der ganzen Reportermeute erzählen! Aber ihr kannst du das ersparen!«

»Es ist aber besser, als wenn man sie verstecken muß«, sagte Papa. »Es ist besser für sie, wenn sie für sich selbst sprechen kann. Wenn sie versteht, worum es geht, wird sie auch in der Lage sein, mit allen Fragen fertig zu werden, und die Vorurteile dieser Idioten können ihr nichts anhaben.«

Es war nicht leicht herauszufinden, wer denn nun recht hatte. Aber wenigstens verlangten sie nicht, daß sie Partei ergriff. Als sie sich dann alle zum Abendessen begaben, war aus dem Streit eisiges Schweigen geworden. Chloë machte sich nichts daraus, denn eisiges Schweigen bedeutete für sie weniger ein gegenseitiges Abschätzen, vielmehr hielt sie es für höfliche Konversation. Trotzdem nahm Papa sie am nächsten Tag wieder mit, um das Ferkel zu besuchen, während Mama zu Hause vor Wut schäumte.

Das letzte Mal, als Chloë das Schwein sah, das ihr Herz hatte, war es ganz sicher kein verdammtes Ferkel mehr. Es war größer und schwerer als sie, obwohl sie damals noch dünner als sonst war. Es ging ihr nicht gut, und sie hatte eine ganze Woche Unterricht versäumt. Weihnachten kam und ging vorbei, und aus ›nächstem Jahr‹ war ›dieses Jahr‹ geworden, die Aussicht darauf näher gerückt.

Das Schwein, das ihr Herz hatte, war mager und lebhaft; es sah ganz und gar nicht wie die rundlichen Schweine in ihrem Bilderbuch aus. Die Haut war rauher geworden, und die einstmals so weichen Ohren waren so stachelig, daß Chloë begriff, warum die Leute manchmal sagten, daß man aus einem Schweineohr keine Seidentasche machen könne. Das Schwein sah aus, als hätte man es draußen lassen sollen, wo es auf einem Feld hätte herumwühlen können. Statt dessen wurde es immer noch drinnen gehalten. Man ließ es noch nicht einmal in den Stall. Es hatte einen Auslauf im fensterlosen Keller, von grellen Streifenleuchten erhellt, wo alles genauso sauber war wie in dem alten Laboratorium.

Diesmal war es Chloë nicht mehr gestattet, das Schwein zu berühren. So stand sie am Ende des Auslaufs und beobachtete das Schwein durch das Gitter. Es galoppierte auf sie zu, und sie stellte fest, daß es sie wirklich erkannte. Es wußte, daß es sie schon früher gesehen, daß es sie schon von klein auf regelmäßig besucht hatte. Was es natürlich nicht wußte, war der Umstand, daß es ihr Herz hatte. Aber es wußte, daß es etwas zwischen ihnen beiden gab, daß sie nicht einfach Fremde waren.

»Du brauchst dir keine Sorgen um sie zu machen, Chloë«, sagte der Mann im weißen Mantel freundlich zu ihr. »Sie wird nichts spüren. Sie schläft einfach ein und wacht nicht mehr auf. Sie hatte ein besseres Leben als die meisten lebenden Kreaturen – und besser als das der meisten Menschen. Du brauchst wegen ihr nicht traurig zu sein.«

Wenn ich aus allen Dingen geworden bin, die ich gegessen habe, überlegte Chloë, als sie sah, wie man gerade das Mengfutter und den Gemüsemix in den Trog des Schweins schüttete, dann sind sogar die kleinsten Teilchen von mir, die nicht direkt von frischem Gemüse stammen, von verarbeitetem Gemüse. Aber woraus besteht Gemüse? Erde und Wasser? Ich bin aus Schlamm, wirklich, und mein Herz ist auch aus Schlamm. Alles Schlamm, ein- oder zweimal gegessen.

»Es schadet nicht, wenn sie ein bißchen Gefühl zeigt«, sagte Papa zu dem Wissenschaftler. »Es ist nur gut, daß sie erfährt, was geschieht – daß ihr Leben nur durch das Opfer einer anderen lebenden Kreatur gerettet werden kann. Ihre Mutter möchte alles von ihr fernhalten. Aber ich möchte, daß sie alles begreift, und Chloë möchte das auch. Jedes sieben Jahre alte Kind möchte alles wissen. Ich war genauso. Und so bin ich noch heute.«

»Ich möchte nicht ins Krankenhaus«, sagte Chloë, obwohl sie genau wußte, daß das nichts half.

»Ich weiß, daß du das nicht willst, meine Schöne«, sagte Papa. »Keiner will gerne hin. Aber die Ärzte müssen dich gesünder machen. Sie müssen das neue Herz in deinen Körper einsetzen, bevor das alte ganz aufgibt. Wir wollen alle gesünder werden, nicht wahr?«

Das Schwein tat sich schon an dem Futter gütlich, das man ihm in den Trog geschüttet hatte. Es fraß gierig, wie man es von einem Schwein auch erwarten konnte. Schließlich war es auch ihr Herz, das das Schwein mit Begeisterung und Energie erfüllte. Wenn sie nun ihr neues Herz bekam, dann wäre es ihre Energie und Begeisterung.

»Ich möchte Football spielen«, sagte sie nachdenklich, »für die Queens Park Rangers.«

Papa und der Wissenschaftler lachten. »Das kommt davon, wenn man wegen Arbeit in den Süden zieht«, sagte ihr Vater.

»Es könnte schlimmer sein«, bemerkte der Mann im weißen Mantel. »Sie könnte auch für Millwall spielen wollen.«

Nach der Operation mußte sie für endlose Wochen im Hospital bleiben. Sie versäumte ein halbes Schuljahr, was gut war. Sie wußte, wenn sie zu den anderen Kindern zurückkam, würden diese schon mit dem Reim auf sie warten: ›Chloë hat ein Schweineherz! Chloë hat ein Schweineherz!‹ Was nun auch stimmte. Sie besaß ihr eigenes Herz, liebevoll gezüchtet nach Maßgabe ihrer eigenen Gene und nicht mit dem Fehler behaftet, wie das, mit dem sie geboren wurde.

»Bald«, sagte Mama, als der Tag ihrer Entlassung endlich da war, »wirst du überall hingehen können, wohin du willst. Du wirst wieder rennen, klettern und alles tun können, was du nur willst.«

»Außer für die Queens Park Rangers zu spielen«, warf Papa ein, denn er liebte kleine Anspielungen.

»Das ist ein neuer Anfang«, sagte Mama, »jetzt fängt dein Leben erst wirklich an.«

»Und du verdankst das alles der Wissenschaft«, sagte Papa, »und der anderen Chloë.«

»Ich wünsche, daß du endlich damit aufhörst, Mike«, sagte Mama gereizt. »Und ich wünsche, daß du das verdammte Schwein nicht dauernd die andere Chloë nennst. Was willst du eigentlich? Willst du dem armen Kind einen Komplex einpflanzen?«

»Du bist es, der ihr einen Komplex einredet!« gab Papa scharf zurück. Chloë hoffte, daß sie sie nicht danach fragten, wer ihr denn nun einen Komplex einredete, denn sie wußte nicht, was sie hätte sagen sollen.

»Sie ist noch ein kleines Mädchen, Mike«, sagte Mama. »Um Himmels willen, ich bin ihre Mutter!«

»Sie ist nicht einfach ein kleines Mädchen«, beharrte Papa. »Sie ist unser kleines Mädchen – ganz zu schweigen von einem Wunder der modernen Wissenschaft und einer Heldin der genetischen Revolution.«

»Ich möchte nicht, daß sie ein Wunder der Wissenschaft und eine Heldin der genetischen Revolution ist!« sagte Mama. »Ich will, daß sie ein kleines Mädchen wie alle anderen ist, das von ihren Schulkameraden nicht verspottet, von Sensationsreportern nicht belagert wird und ihren Kopf frei hat von morbiden Phantasien über Schweine.«

»Man bekommt nicht immer, was man will«, wies sie Papa zurecht, »und es gibt keinen Weg, sie gegen die Neugier der Umwelt zu panzern – aber wir können sicherstellen, daß sie keine morbiden Phantasien bekommt, und die Art und Weise, das zu tun, ist sicherzustellen, daß sie begreift, was ihr geschehen ist und wie und warum.«

»Die Schwester sagte, sie hatte erst gestern einen Alptraum«, berichtete Mama aufgebracht.

»Alle Kinder haben Alpträume«, sagte Papa entschieden. »Hattest du einen Alptraum, Liebling? Wovon hattest du geträumt?«

»Ich kann mich nicht erinnern«, sagte Chloë wahrheitsgemäß, fürchtend, daß die Wahrheit nicht genügte.

»Es ist gut, Liebes«, sagte Mama und legte beruhigend einen Arm um Chloës Schulter. »Du bist bald zu Hause, und dann wird alles wieder gut, nicht wahr?«

»Natürlich wird alles gut«, sagte Papa. »Alles.«

Später, als sie mit ihrem Wagen weggefahren waren – zwar nicht mehr miteinander streitend, aber auch nicht gerade miteinander plaudernd – dachte Chloë über das Schwein nach. Sie wußte, Papa wollte, daß sie an das Schwein dachte, während Mama genau dies nicht wollte. Aber sie hatte nicht das Gefühl, daß sie Partei ergriff. Bloß, nicht an das Schwein zu denken, war ihr nicht möglich, ohne doch daran zu denken. Trotzdem fragte sie sich, was wohl mit dem Rest des Schweines geschehen war, nachdem sie das Herz entnommen hatten.

Wahrscheinlich war jetzt alles zu Schinken und Würsten geworden; und falls man doch ein kleines bißchen von ihr zurückgelassen hatte, als man das Herz herausschnitt, dann wäre auch das zu Würsten geworden – und indem es Würste waren, könnten sie wieder zu einem kleinen bißchen eines anderen Herzens werden. Wahrscheinlich gab es in ganz London niemanden, außer Vegetariern und Mädchen, die Kopftücher trugen und ihre Knie nicht zeigen durften, der ein Schwein ansehen konnte – irgendein Schwein – und dem dabei der Gedanke kam: Es könnte wohl ein wenig von mir in diesem Schwein sein.

Sie überlegte, was wohl geschehen würde, wenn eines dieser Mädchen mit Kopftüchern, denen nicht gestattet war, irgendeine Art von Schweinefleisch zu essen, mit einem schwachen Herzen geboren worden wäre? Wahrscheinlich müßte dann ihr Herz in einem Lamm wachsen – was furchtbar war, denn auf eine ganz besondere Weise waren Lämmer so süß. Schweine waren mehr menschlich: schlauer, weniger wollig, und in Kinderreimen kamen sie auch nicht vor.

Chloë war ein kleines Schwein, fiel ihr ein. Sie hatte ein menschliches Herz. Aber als sie sich den schnell auf Herz passenden Reimen zuwandte, schien es doch besser zu sein, nicht damit fortzufahren.

Will ich wirklich ein Wunder der modernen Medizin sein? fragte sie sich und gab sich selbst die Antwort: Warum, um Himmels willen zur Hölle nicht? Sie fluchte gerne, aber sie tat es nie laut. Sie war ein braves Mädchen, auch wenn sie das Herz eines Schweins hatte.

Sie dachte daran, ob Mama und Papa sich vielleicht scheiden ließen, und falls sie es täten, wem sie dann zugesprochen werden würde. Sie entschloß sich, daß es ihr, falls es dazu käme, nichts ausmachte, so lange sie sie nicht zwängen, sich zu entscheiden.

Später warf sie ihre Puppe aus dem Bett. Denn jetzt, wo sie ein neues Herz besaß, war sie zu alt für Puppen geworden. Dann entschied sie sich, daß es besser wäre, für Millwall anstatt für die Queens Park Rangers zu spielen, wenn das Männer in weißen Mänteln dazu brachte, aufzusehen und Notiz zu nehmen. Dann dachte sie wieder an das Schwein: die andere Chloë; die Kreatur, die für ihr Wohlbefinden gestorben war, wie ein Held in einer Fernsehshow; das Tier, das viel zu schnell aufgewachsen war, damit es ihr ein neues Herz bescherte.

Wenn ich groß bin, so überlegte sie vor dem Einschlafen, werde ich Gen-Ingenieur. Ich halte mir kopflose Hühnchen und züchte Kartoffeln, so groß wie Bungalows, und ich werde Bäume haben, auf denen Herzen und Gehirne anstatt Äpfel und Birnen wachsen, und ich werde machen, daß mein Mann die Kinder bekommt, und ich werde sie nie, nie, niemals fragen, was sie wollen, es sei denn, ich will es wissen.

Originaltitel: ›WHAT CAN CHLOË WANT?‹ • Copyright © 1994 by Dell Magazines, Division of Bantam Doubleday Dell • Erstmals erschienen in ›Asimov's Science Fiction‹, März 1994 • Mit freundlicher Genehmigung des Autors • Copyright © 1996 der deutschen Übersetzung by Wilhelm Heyne Verlag, München • Aus dem Englischen übersetzt von Karl Veit

---

Michael F. Flynn · USA

DAS GEMEINSCHAFTLICHE ZIEL DER NATUR

Es gibt Dinge in der menschlichen Natur, die so fundamental sind, daß wir sie selten auch nur bewußt wahrnehmen. Aber was, wenn sie nun anders wären …?

Hinterher war ihm selbst nicht mehr klar, warum genau er beschlossen hatte, sie um Hilfe zu bitten. Möglicherweise hing es mit der Frau zusammen, die im Central Park gleich von einer ganzen Bande vergewaltigt worden war. Vielleicht auch mit dem Junkie, der sich eine Überdosis gespritzt hatte und tot, der Länge nach ausgestreckt, an der Ecke Maiden und Nassau lag. Oder mit der Flut behäbiger Bettler, die sich im Washington Park ausbreitete; und mit dem Miasma aus Urin und billigem Schnaps in der Pennsylvania Station. Was auch immer – er war zu dem Schluß gekommen, daß die Menschheit unter einem lebenden Abfallhaufen begraben wurde, daß die Situation eindeutig immer schlimmer wurde und daß es nichts gab, was irgendein menschliches Wesen dagegen tun konnte.

Irgendein *menschliches* Wesen.

Prolegomenon

Was Ralph Hugo Winterman morgens bei Arbeitsantritt am meisten haßte, war das Betreten des Winterman

Building. Nicht, daß er das Gebäude selbst haßte; natürlich nicht. Schließlich trug es seinen Namen; und es war sozusagen das Kind seiner Lenden – etwas, das an eine glücklichere Zeit erinnerte, in der er noch von einer gewissen Hoffnung erfüllt gewesen war, etwas ändern zu können. Es hing nicht einmal mit der Tatsache zusammen, daß dieses Gebäude früher einmal ein Symbol der Hoffnung dargestellt hatte und statt dessen wenn nicht eines der Niederlage so doch der Bedeutungslosigkeit geworden war. Während der Bauarbeiten hatte sich das menschliche Treibgut geteilt, das die Stadt überschwemmte, die Flut war an den Rändern des Geländes entlang vorbeigeschwappt wie pure Säure – doch dann hatte sie sich wieder vereinigt und die Straße, den Vorplatz, manchmal sogar die Halle selbst erneut in Besitz genommen; allen Bestrebungen des neuen Baus gegenüber so gleichgültig, wie sie gegenüber der Verzweiflung des alten gewesen war.

Nun, das alles war schlimm genug – dieser Spießrutenlauf von der Limousine hinüber zum Portal. Die in Lumpen gehüllten, vor Dreck starrenden Menschen, die auf diesem Durcheinander von auf den Lüftungsgittern ausgebreiteten Pappkartons lebten und diejenigen, die stehenblieben und sie anstarrten, mit Zoten und manchmal auch mit Fäkalien bewarfen. Die Belästigungen durch die Bettler; die vorgereckten, geöffneten Hände, das *gib-gib-gib* fordernde Fingerschnippen. Die Nutten, die selbst bei Tageslicht ohne jedes Schamgefühl mit ihren Morgen-Sonderangeboten hausieren gingen und in Gedanken bereits beim Mittagsansturm waren. Die Pusher und ihre Süchtigen – die hastig ausgetauschten Päckchen mit dem weißen Pulver, die dicken Bündel schmutziger, von Gummibändern zusammengehaltener Banknoten. Ja, das alles war schlimm genug.

Aber der schlimmste Teil kam jedesmal unmittelbar bevor er die hellen, gläsernen Zehnfußportale öffnete.

»Morgen, Captain.«

Winterman erstarrte wie immer, die Hand auf dem polierten Messingtürgriff, mit angespannten Armmuskeln, bereit, die Tür zu öffnen. Die Berater-Meute umringte ihn. Die Neuen erwarteten begierig ihre Anweisungen. Die älteren warteten ganz einfach nur so.

Winterman wandte den Kopf und schaute auf den Mann hinab, der auf einem Steinpfeiler der Granittreppe hockte, die zum Winterman Building emporführte. Storchenbeine baumelten aus Dschungelshorts mit Aufschlag. Braun und gelb verfärbte Zähne waren hinter einem spärlichen, ungepflegten Salz- und Pfeffer-Bart zu einem Lächeln gebleckt. Eine Khaki-Buschjacke, fleckig und zerrissen und nach viel zu langem Gebrauch riechend; dunkler am Ärmel, an dem drei winkelförmige Schatten die Vergangenheit heraufbeschworen.

»Sergeant Oakes«, erwiderte Winterman mit einem Nicken.

»Schöner Tag, Captain. Meinen Sie nicht auch?«

»Es zieht ein Hochdruckgebiet auf. Kommt von Ohio herüber«, berichtete Winterman. »Der Regen hat sich südlich an uns vorbeigedrückt, über Virginia.«

»Oh, danke, Captain.« Die Lippen verzogen sich noch weiter, aus dem Lächeln wurde ein zahnlückenhaftes Grinsen. »Ich wüßte nicht, was ich ohne Ihre Wetterberichte tun würde.« Oakes' Atem roch entsetzlich nach billigem Wein.

»Es wird heiß werden, heute. Bis 38 Grad. Sie sollten nicht draußen in der Sonne sitzen, Sergeant.«

Oakes tupfte sich die Stirn ab. »Ach, zur Hölle, Captain. Sie und ich, wir waren bei verdammt schlimmeren Temperaturen unterwegs. Erinnern Sie sich an Bluefields? Man hätte unseren Schweiß absaugen und zu Bewässerungszwecken verkaufen können.« Er feixte Winterman an.

Winterman lächelte knapp und riß das Portal zur

Halle auf. Kühle Luft wogte wie ein arktischer Windstoß heraus und an ihm vorbei. Oakes klopfte mit dem Becher seines Eßgeschirrs auf den Granit, ein blechernes Geräusch, das seltsam weit entfernt schien. »Wie steht's mit einem kleinen Obolus, damit ich diesen Tag über die Runden kriege, Captain?«

Winterman pflegte ihm nicht in die Augen zu sehen. »Besorgen Sie sich einen Job«, sagte er und trat in die Kälte hinein.

Er konnte die flüsternden Stimmen hinter sich hören. *»Wer war das?« – »Warum hat der Mann ...?« – »... Mosquito Coast ...«*

Winterman preßte die Kiefer zusammen und erreichte seinen Privat-Aufzug; eifrige Hände streckten sich aus und drückten die Tasten für ihn.

Morgens gab es stets eine Menge zu tun. Die Vormittage gehörten niemals ihm selbst. Er saß am Kopfende des breiten Mahagoni-Konferenztisches und fällte Urteile über die Vorschläge einer Prozession von *brillanten* jungen Männern und ihren Gegenstücken, den BMWs* – wie sie von den abgestumpften alten Männern und Frauen genannt wurden, die diese Phase ihres Lebens schon lange hinter sich hatten. Die BMWs und die Juppies waren alle eifrig und dynamisch und ehrgeizig und entschlossen, ihm, Winterman, zu zeigen, wie sehr sie sich doch von der restlichen Horde ihres Jahrgangs unterschieden.

(Es war keinesfalls so, daß Winterman Eifer mißbilligt hätte. Früher, vor langer Zeit, war er selbst voller Eifer gewesen, und deshalb war er diesbezüglich tolerant genug. Aber all jene, die er um sich behielt, würden darüber hinauswachsen; genau wie er. Natürlich würden sie dynamisch und ehrgeizig und entschlossen

---

* BMW: Brillant Middleaged Women

bleiben, aber es würde sich zu einer geduldigen Dynamik entwickeln, zu einem frostigen Ehrgeiz, einer kalkulierten Entschlossenheit. Es war ein mörderisches Spiel, das er betrieb. Das Spielbrett war die ganze Welt, und die Spielsteine waren Wirtschaftsriesen und Konzernmultis, die erworben und mit anderen Spielern getauscht wurden – Leuten, so gerissen und schlau wie er selbst. Geduld und strategisches Denken waren gefordert, niemals Eifer.)

»Man gewinnt nicht beim Schach«, informierte Winterman den jungen Mann, der nervös inmitten einer Unzahl von Computerausdrucken am fernen Ende des Vorstandstisches saß, »wenn man jeden sich anbietenden Bauern schlägt.«

»Aber … diese Firma ist absolut unterbewertet«, protestierte der, wobei er einen Ausdruck emporhielt, den zu lesen sich Winterman nicht die Mühe machte. »Wenn wir uns jetzt einkaufen, dann könnten wir …« Seine Stimme bröckelte, als er begriff, daß Winterman gar nicht mehr zuhörte.

Winterman nickte, und von der polierten Tischplatte her nickte ihm ein Schatten-Winterman aus anderen Schatten heraus zu. »Nehmen Sie's nicht so schwer …« Er berührte eine Taste, und über den im Mahagoni eingelassenen Bildschirm flimmerte der Name des jungen Mannes – »… Bill. Die Investition scheint wirklich verlockend – auf den ersten Blick.« Er hob die Stimme und betonte den letzten Teil des Satzes kaum merklich. »Die Firma ist neu und mit zu geringem Kapital ausgestattet. Ihre Current Ratio* ist so ungesund wie ihre Quick Ratio.** Auf dem Papier sieht es nach einer

---

* Laut ILT Euro-Business: »The ratio between current assets and liabilities used in appraising credit worthiness of a business«; also »Das Verhältnis zwischen vorhandenen Vermögenswerten und Verbindlichkeiten«. – *Anm. d. Übers.*

** Das Verhältnis von flüssigen Mitteln und fixen Kosten. – *Anm. d. Übers.*

guten Erwerbung aus. Wir könnten uns leicht die Mehrheit der Anteile sichern, indem wir einige der nervöseren Investoren unter Druck setzen. Allerdings ...« – und er hob schulmeisterhaft einen Finger – »Allerdings, wenn Sie tiefer gegraben hätten, so wäre Ihnen nicht entgangen, daß die Quotienten in Wirklichkeit nicht gar so günstig sind, wie sie scheinen. Ihr Management hat einen wesentlichen Teil der flüssigen Firmenmittel in spekulative Forschungsunternehmungen der NG-Produktion gesteckt. Dies mag lobenswert sein im Sinne des menschlichen Stolzes, aber ihre Chancen stehen deutlich schlecht, meinen Sie nicht auch?«

»Das Potential ist gewaltig«, beharrte der junge Mann. »Und selbst wenn sie Pech haben – unsere Verluste wären minimal.«

Insgeheim bewunderte Winterman den Mut des jungen Mannes. Es gehörte eine ganze Portion Courage dazu, dem Alten Mann in dieser Art entgegenzutreten. Winterman hielt nichts von Speichelleckern, und diejenigen, die zu schnell klein beigaben, hieß er schneller einpacken als alle anderen. Diejenigen allerdings, die ihm zu lange die Stirn boten, packten unmittelbar danach. Die Trennlinie zwischen Gehorsam und Trotz war schmal, besonders für den Unerfahrenen, aber der Sichtungsprozeß mußte rasch und mitleidslos vonstatten gehen. Dieses Spiel hieß Baseball, die Konkurrenz war groß. Nur die besten überlebten. Diejenigen, die den Anforderungen nicht gewachsen waren, mußten ausgesondert werden – zu ihrem eigenen Wohl, wie auch dem der Firma. Später würden sie ihm dankbar sein dafür, daß er sie vom falschen Weg abgebracht hatte, von einem Beruf, in dem es für sie keine Zukunft gab. Die Gesellschaft hatte ihnen genügend würdige Aufgaben zu bieten; Aufgaben, bei deren Bewältigung sie sich nützlich machen konnten. Es gab stets ausreichend Bedarf an guten Verkäufern, Busfahrern, Rundfunk- und Fernsehmechanikern. Genau wie es für jede Spezies eine Nische gab, in der sie dem gesamten Ökosystem zuträglich war, hatte auch jeder Mensch eine vorbestimmte Nische, in der er zum Wohle der Gesellschaft wirken konnte. Nützlichkeit war, wie Lewis Thomas es einmal ausgedrückt hatte, das gemeinschaftliche Ziel der Natur.

»Vielleicht, Bill. Vielleicht«, antwortete er dem jungen Mann. »Doch haben die Winterman Companies ihre gegenwärtige Position nicht durch den Aufkauf von Verlierern erreicht, ganz gleich, wie gering der Verlust auch sein mag. Wenn es Ihnen allerdings aufzuzeigen gelingt, wie die im Augenblick für die Forschung vorgesehenen Vermögenswerte in verkaufsfördernde Werbung oder, noch besser, direkt in Dividenden umgemünzt werden könnten, so wäre Ihr Vorschlag immerhin eine zweite Überlegung wert.«

Nachdem der junge Mann gegangen war, wandte sich Winterman einer Frau zu, die bisher nur still am Tisch gesessen war. »Nun?« erkundigte er sich und rieb sich die Hände. »Was halten Sie von Bills Vorschlag, Dr. Morton? Gibt es eine Aussicht auf Erfolg?«

Hellrote Fingernägel klopften auf die lackierte Tischplatte. »Haben Sie mich deshalb an seiner Präsentation teilnehmen lassen?« Ihre Hände beschrieben eine zuckende Geste. »Nein, Mr. Winterman, eine solche Aussicht gibt es nicht. In Sachen Null Grav-Produktion hat eine menschliche Company nicht den Hauch einer Chance gegen die Hraani.«

Winterman nickte bedächtig. »Ja. Der Tiefe Raum ist schließlich ihr Element. Aber das war es nicht, was ich mit ›Erfolg‹ meinte. Erfolg ist, wenn die Winterman Companies mit Spekulationen Geld verdienen. Wobei der Ausgang des Spekulationsunternehmens selbst nicht von Belang ist.«

Die Morton sah ihn an. Große, glänzende Augen, durch die geschickte Verwendung von Kosmetika noch zusätzlich vergrößert. »Ich bin Anthropologin«, wies sie ihn zurecht, »keine Geschäftsfrau. Sie haben mich wegen meiner Hraani-Studien eingestellt.«

»Ja.« Winterman lehnte sich zurück und betrachtete ihr Gesicht. »Kommen wir also zum Geschäft. Ich erwarte von Ihnen ein tägliches Briefing zum Thema Hraani – für mich und mein leitendes Personal. Ein Seminar, wenn Sie so wollen. Wir werden zu fünft sein. Wird eine halbe Stunde pro Tag genügen?«

Sie lächelte und schaffte es, dabei nur einen Mundwinkel zu bewegen. »Eine Stunde dürfte angemessener sein. Dreimal die Woche.«

Winterman vertrat die Meinung, daß es nur von Gewinn sein konnte, Experten im Bereich ihres Fachgebietes genügend Spielraum zu belassen. »Nun gut. Diese Zeit läßt sich finden. Sprechen Sie mit meiner Sekretärin passende Termine ab.«

Die Morton stützte ihre Ellbogen auf den Tisch und faltete die Finger wie im Gebet. »Mr. Winterman – haben Sie vor, Geschäfte mit ihnen zu machen?« fragte sie frei heraus.

»Mit ihnen ...?«

»Den Hraani. – Wenn, dann rate ich Ihnen nachdrücklich davon ab. Was wir an fundiertem Wissen über sie haben, paßt auf eine Karteikarte. Eine kleine Karteikarte. Wir wissen, daß es zwei Hauptrassen gibt. Wir wissen, daß sie Sonnenlicht verwerten können – wie Pflanzen. Wir wissen, daß ihre Sprache eine gewisse Ähnlichkeit mit den semitischen Sprachen hat. Wir wissen, daß sich ihre Sinne in mehrerer Hinsicht von den unseren unterscheiden, insbesondere, was ihren Mangel an Eigenwahrnehmung betrifft. Aber wir wissen wenig von wirklicher Bedeutung. Wie verhält es sich mit ihrem Gesellschaftssystem? Welche Literatur bevorzugen sie? Ich habe einige ihrer Gedichte gelesen – glaube ich. Aber ich habe keine Ahnung, *warum* es Gedichte sind. Was für eine Bedeutung hat dieser

Dolch, den sie alle tragen? ›Zum Durchtrennen der Verbindungen‹, sagen sie, aber was bedeutet das? Und warum werfen sie Elfenstaub in die Luft?« Sie ruckte die Hand in einer für die Hraani typischen Geste empor, ließ sie einen Moment verharren, zuckte dann die Achseln und kauerte sich in ihren Sessel zurück. »Wir wissen so wenig über sie«, wiederholte sie.

Er wartete geduldig, bis sie schwieg. »Wir wissen, daß sie Wesen mit militärischer Disziplin sind«, ergänzte er dann.

»Tatsächlich?«

»Ich habe noch keinen Hran ohne Uniform gesehen«, sagte er. »Sie etwa?«

»Johnny Starbuck.«

Er wischte es mit einer Geste beiseite. »Der zählt nicht.«

Die Morton spitzte ihre Lippen und starrte nachdenklich in die Ferne. »Also gut«, gab sie zu. »Dann habe ich auch noch keinen Hran ohne Uniform gesehen. Aber was besagt das schon? Wie viele Hraani haben wir hier unten schon zu Gesicht bekommen? Ein paar Tausend? In den Transpluto-Artefakten leben Millionen.«

Winterman hob die Schultern. »Selbst wenn sie da oben wirklich Zivilisten haben – zu uns schicken sie ausschließlich ihre Militärs, also sind das diejenigen, mit denen wir umgehen können müssen.«

Sie runzelte die Stirn und betrachtete ihre Fingernägel. »Wenn Sie mein Rat interessiert«, sagte sie, »dann empfehle ich Ihnen, überhaupt nicht mit ihnen umzugehen.«

»Sie haben es vorhin selbst gesagt – Sie sind Anthropologin, keine Geschäftsfrau.« Sie starrten sich in die Augen; es war ein Duell der Blicke, und die Morton verlor es; sie sah weg.

»Wenn das alles war?« versuchte sie das Thema zu beenden.

»Noch etwas. Eines möchte ich noch geklärt wissen.«

»Und das wäre?«

»Sind sie ehrlich?«

Sie bedachte ihn mit einem seltsamen Blick. »Ehrlich?«

»Die Hraani? Wenn sie in einen Handel einwilligen, halten sie sich an die Abmachungen?«

Sie hob eine Augenbraue. »Ich nehme an, was das betrifft, sind sie wie alle anderen. Manche halten sich an getroffene Absprachen, manche nicht. Sie sind Individuen, müssen Sie wissen, keine rassischen Stereotypen. Sie variieren, genau wie wir.«

»Aber sie haben wie wir den *Begriff* der Ehrlichkeit, oder?«

»Sie haben eine Art Wort dafür in ihrer Hauptsprache. Nur …«

»Eine ›Art Wort‹?«

Die Morton seufzte. »Hat das Seminar bereits begonnen? Erwarten Sie eine Sprachlektion in *B'niire*? Wenn, dann bin ich nicht vorbereitet. Meine Unterlagen …«

»Beantworten Sie meine Frage!« Wintermans Stimme war von schneidender Schärfe. Er hatte absolut keine Geduld mit Mietlingen – und mit wankelmütigen schon gar nicht. »Erklären Sie mir nur, was Sie mit ›eine Art Wort‹ meinen.«

Die Morton trommelte auf die Tischplatte. Ihre Fingernägel verursachten ein Geräusch wie winzige fallende Kieselsteine. »Soweit wir dies von Johnny Starbuck und seinesgleichen erfahren haben, besteht *B'niire* gänzlich aus Nomen.«

»Nomen.«

»Ja. Beschreibende Worte.«

»Ich weiß, was ein Nomen ist«, erwiderte er unwirsch und lehnte sich in seinem Sessel zurück. »Wie beschreiben sie dann Handlungen?«

»Sie verbalisieren ihre Nomen.«

»Was, zum Teufel …? Oh, ich verstehe.«

»Ja. Nehmen Sie beispielsweise ein Wort wie … wie ›Tisch‹.« Sie pochte mit ihren Fingerknöcheln auf das glänzende Mahagoni. »Das wäre *lf t*. Das Wort *alf t* würde in etwa ›das Erstellen eines Tisches‹ bedeuten, und *alfeit* ›das Legen auf einen Tisch‹. *Lfet* bedeutet ›tischähnlich‹ – also ›eben‹, ›flach‹. Und so weiter. Es gibt sechzehn Formen dieses Wortes, und jede gibt dem Grundbegriff eine andere Bedeutung. Sie werden modifiziert, indem man die Vokale verändert.«

»Ah ja. Das klingt sehr logisch.« Rational, dachte er. Geordnet. Genau das, was er von einem disziplinierten Volk wie den Hraani erwartet hatte. »Und Ehrlichkeit?«

Die Morton ballte ihre Hände zu einer Kugel. »Da kommen wir bereits in eine Grauzone. Ihre Psychologie. Die Weltanschauung eines Volkes – seine Seele – findet sich in seinen Adjektiven, und die Hraani haben keine, *per se*. Eine ausschließlich auf Nomen reduzierte Sprache impliziert ein weitgehend auf das Konkrete beschränktes Vorstellungsvermögen, nicht wahr? Eine Sprache also, der Abstraktionen fehlen – oder vielleicht fehlen. Es gibt ein Wort, das ›Ehrlichkeit‹ bedeuten könnte: *X'rt*.«

Für Winterman klang es, als habe sie sich geräuspert. »Die Mehrheit der Fachleute ist allerdings der Ansicht, daß es eher so etwas bedeutet wie ›eine ehrbare Handlung‹. – Also wiederum eher das Berührbare als das Nichtberührbare. *X'rit* ist die sogenannte ›adjektivische‹ Form. Es könnte als ›ehrlich‹ oder, genauer: ›die Kennzeichen einer ehrbaren Handlung‹ begriffen werden.«

»Ich verstehe.«

»Es gibt noch ein Wort, *sgl*, das ›Übereinkunft‹ oder ›Geschäft‹ bedeutet. ›Ein ehrliches Geschäft‹ hieße also *sgl x'rit*.« Sie sprach es in einer raschen Folge von Zischlauten aus.

Winterman lachte. »*Möwen-Shit*. Nun, das wäre alles. Danke, Dr. Morton. Ich war mir nicht sicher, ob der Begriff in ihrer Sprache vorhanden ist oder nicht.«

»Ja«, sagte die Morton. »Aber sgl x'rit shu x'rt sgöl.«

Winterman überlegte einen Moment, dann lächelte er dünn. »Ich werde Ihren Rat beherzigen.« Er zog ein Blatt Papier aus der Westentasche, entfaltete es und strich es glatt. Er las die Worte, die er daraufgekritzelt hatte. »Noch eine Frage, Dr. Morton«, bat er. »Was bedeutet ›advaydy shew chosen‹?«

Ihr Gesicht war völlig ausdruckslos. »Das ergibt keinen... Oh. Sie müssen *adveidv shu-ch'sen* meinen!« Sie musterte ihn mit schräggestelltem Kopf. »Warum?«

Er sah sie über den Konferenztisch hinweg an. »Das hat Sie nicht zu interessieren. Ich habe Sie eingestellt, um Fragen zu beantworten.«

»Sie wären besser beraten, wenn Sie mich eingestellt hätten, um Fragen zu *stellen*.«

»Antworten Sie – bitte!« platzte er heraus.

Dr. Mortons Augen verengten sich. »Es ist eine der geschmackloseren Hraani-Redewendungen. Es bedeutet ›nutzlose Leute‹.«

Winterman erwiderte ihren Blick gelassen. »Und warum finden Sie diese Redewendung so geschmacklos? Gewiß können Sie nicht abstreiten, daß es auf dieser Welt nutzlose Leute gibt. Man muß sogar über sie hinwegsteigen, wenn man dieses Gebäude betreten will. Versager. Nieten. Parasiten.«

»Es ist mir bewußt, daß es solche Unglücklichen gibt...«

»Kommen Sie, Doktor. Ein Pik-As ist ein Pik-As, und nutzlos ist nutzlos. Nehmen wir doch kein Blatt vor den Mund.«

Die Morton sah weg. »Ich würde keinen Menschen als nutzlos bezeichnen.«

Winterman schüttelte den Kopf. »Sie sind sentimental, Doktor. Aber Ihre Einstellung spielt keine Rolle. Die Natur entscheidet. Gäa. Natürliche Selektion. Sie prüft uns ohne Unterlaß auf Eignung. Wer den Test nicht besteht, bleibt auf der Strecke. Herzlos? Vielleicht, aber andererseits … die Natur *ist* herzlos. Sie oder ich, wir kümmern uns nicht um den gesamten Verlauf; wir übertünchen ihn mit klebrigen menschlichen Emotionen. Wir betrauern höchstens den endgültigen Ausfall eines längst verkümmerten Organs, das Aussterben einer längst bedrohten Art, den Tod einer Person; vielleicht arrangieren wir sogar noch ein gut gemeintes, aber letzten Endes vergebliches Hilfsprogramm, um den Prozeß zu stoppen. Aber so oder so – am Ende gewinnt doch immer die Natur.«

»Und Sie, nehme ich an, stehen nur zu gern auf der Seite der Gewinner.«

»Von den beiden zur Wahl stehenden Möglichkeiten halte ich diese für die entschieden angenehmste. Niemand verliert gern.«

»Das habe ich nicht gemeint.«

»Nein?«

»Nein. Ich meine – wenn die Natur letzten Endes doch immer gewinnt, dann braucht sie unsere Hilfe doch gar nicht.«

»Ich verstehe.« Für einen Sekundenbruchteil verspürte Winterman Unbehagen. *Weiß die Morton Bescheid?* Unmöglich. Sie war eben erst angekommen. Nein, sie reagierte nur auf seine Äußerungen. Er hätte nicht so offen mit ihr sprechen dürfen. Die meisten Menschen schreckten davor zurück, sich den harten Realitäten des Lebens zu stellen, der unbarmherzigen Selektion, auf der Gäa basierte. Sie waren zu sentimental. Er war schon lange der Meinung, daß Sentimentalität eine Schwäche war, eine Eigenheit, die ein Leben in Harmonie mit der Natur unmöglich machte. »Advaydy shew chosen«, wiederholte er und lenkte die Diskussion wieder der Sprachlektion zu. »Advaydy bedeutet demnach also ›nutzlos‹?«

Dr. Morton zögerte, akzeptierte dann jedoch seine verbale Führung. Winterman sah den Widerwillen um ihre Lippen, in ihren Augenwinkeln. Doch er war nicht in diesem Geschäft, um gemocht zu werden; auch nicht von attraktiven Frauen.

»Nein«, antwortete sie. »Sie müssen das gesamte Satzgebilde übertragen, nicht nur einzelne Worte. *Adveidy* …« Sie betonte die Aussprache – »bedeutet ›Rolle oder Funktion‹. *Ch'sen* bedeutet ›das Attribut des Seins‹. *Shu* ist die allgemeine Negation. Also lautet das Satzgebilde wörtlich ›Rolle oder Funktion nicht existent‹.«

»Aha.« Winterman faltete die Hände wie bei einem Gebet. Sechzehn Formen des Grundbegriffes, hatte sie gesagt. Die Vokale modifizieren den Grundbegriff. Dann ist ›adveidy‹ eine abgewandelte Form von … »Sagen Sie, Dr. Morton: Was bedeutet … äh … ›dvd‹?«

Sie biß sich auf die Unterlippe, und die Kirschfarbe wurde heller unter dem Druck ihrer Zähne. »›Dv'd‹ ist eine Person«, sagte sie. »Ein Individuum.«

»Nutzlose Leute«, sagte Winterman. Er sprach es langsam aus. Seine Zunge, seine Lippen formulierten es ganz behutsam. »Adveidy shu-ch'sen.« Er bemühte sich sehr gezielt darum, die Phantom-Vokale auszumerzen, die seine Kehle auszusprechen verlangte. »Danke, daß Sie mich hinsichtlich des Hraani-Denkens beruhigt haben«, faßte er zusammen und erhob sich hinter seinem Direktionstisch.

Dr. Morton blieb noch eine Sekunde lang sitzen und beobachtete ihn. Dann schob sie ihren Sessel zurück, nahm ihre Aktenmappe an sich und stand ebenfalls auf. Winterman ergriff flüchtig ihre Hand und registrierte, wie fest ihr Griff war.

Sie ging zur Tür, blieb dann jedoch, eine Hand bereits am Türknauf, stehen. »Mr. Winterman, ich bin mir nicht sicher, ob ich Sie beruhigen *wollte*. Ich habe Ihnen bestätigt, daß *B'niire* Worte für ›Handel‹ und ›Ehrlichkeit‹ enthält. Das besagt jedoch nicht zwangsläufig, daß die Individuen, mit denen Sie Handel treiben wollen, *esvgl x'riit* – also ehrliche Geschäftsleute – sind. Ebenfalls besagt es nicht, daß ›ein ehrlicher Handel‹ für sie dasselbe bedeutet wie für uns.«

Als die Tür fest hinter ihr geschlossen war, schwang Winterman mit seinem Sessel herum und blickte zum Fenster. Er plazierte die Ellbogen auf den Armlehnen des Sessels und legte die Fingerkuppen gegeneinander. Das Hraani-Wort für ›Funktion‹ war also eine abgewandelte Form des Wortes für ›Person‹.

Winterman lächelte. Fremdartig? Nun, die Hraani waren nicht fremdartiger als er selbst.

I: These

Winterman hielt seine Kaffeetasse in der Hand und nippte von Zeit zu Zeit daran, während er die Menschenmassen in den Straßen unten beobachtete. Nicht so sehr die geschäftigen Ameisen, die mit der Erfüllung ihrer Aufgaben befaßt waren – nicht die Banker und Botenjungen und U-Bahn-Monteure – sondern die anderen. Diejenigen, die in den Gassen und Gebäudenischen hockten wie Steine oder Schutt in einem Strom. Arbeit erforderte Bewegung – das war ein Grundgesetz der Physik –, und dort unten gab es zu viele Gestalten, die Bewegung *blockierten*. Sie ruhten sich nicht einfach nur aus, o nein. Sie waren überhaupt nicht in Bewegung. Sie *gingen* nirgendwo hin; sie behinderten die anderen, diejenigen, die das taten. Es wäre besser, wenn ...

Das gedämpfte Echo einer Polizeisirene wehte aus der Ferne zu ihm empor, und der Abschaum in den Straßen trieb wie zufällig in die entgegengesetzte Richtung. Winterman knurrte humorlos. Reiz und Reaktion. Es war fast, als beobachte er eine Art Bakterienkultur. Manche Organismen ordneten sich dem Licht hin zu. Phototrophisch, war das nicht der Begriff dafür? Es müßte ein Wort für Organismen geben, die vor Polizeisirenen zurückwichen.

Versager, dachte er. Parasiten. Nutzlos und schlimmer noch als nutzlos. Sie waren gefährlich. Eine Krankheit, ein Krebsgeschwür, das sich in den Körper der Gesellschaft hineinfraß. Sie halten sich in den Randgebieten auf, dachte er, sie ernähren sich von uns. Sie verkaufen Drogen oder Sex – und genaugenommen verkaufen sie Krankheit. Betteln um *milde Gaben*. Und produzieren selbst nichts von bleibendem Wert. Darwin hatte recht. Das Überleben der Besten verbessert die Rasse. Und was passiert, wenn die Schlechten, die Ungeeigneten unterstützt, verhätschelt – verdammt, richtiggehend *ermutigt* werden?

Degeneration, das ist es. Anständige Frauen können nicht einmal mehr über die Straße gehen, ohne befürchten zu müssen, vergewaltigt zu werden. Gute, produktive Bürger können zwischen die Fronten eines Bandenkrieges geraten. Irgendwelche Passagiere werden gefährdet, nur weil der Fahrer oder Pilot zufällig high ist. Diese Ölpest, oben in Alaska. Die erste, die große. Wann war das noch? '90? '89? Der Skipper war Alkoholiker, nicht wahr? Ein weiterer Parasit. Und man besehe sich das Ergebnis: Fischgründe ruiniert, die Küste, die Fauna. Millionensummen waren nicht mehr *Einkommen*, sondern mußten abgezweigt werden für Reinigungsmaßnahmen und Wiederherstellung des ursprünglichen Zustandes. Drei Mann auf des toten Mannes Kiste – und 'ne Buddel voll Rum.

Er trank den Rest seines Kaffees und stellte die leere Tasse samt Untertasse auf das Serviertischchen. Mit einer raschen Drehung des Handgelenks sah er nach der Zeit. Es war 10:50 Uhr, und er hatte die Versammlung für elf anberaumt. *Sie* müßten inzwischen hier sein. Er stieß die Hände in die Taschen und ging auf und ab.

Damals, im Corps, war alles anders gewesen. Keine

menschlichen Parasiten, keine ›nutzlosen Leute‹. Die waren schnell und wirksam vom Dschungel, vom Feind oder von anderen Marines ausgemerzt worden. Alle hatten ihren Teil beigetragen, hatten einander dabei geholfen, zu überleben. Wer sich absonderte, war erledigt. Kugeln. Todesfallen. Giftige Schlangen. Endlose Mangrovensümpfe mit dampfenden Moosen und weichem Schlamm, der einen in die Tiefe saugte... Es gab viele Arten, zu sterben, wenn die Gefährten nicht auf einen aufpaßten. In Bluefields... Nun, Bluefields war nicht schlecht gewesen. Und Greytown. Und Monkey Point. Das Durcheinander der sandinistischen Gegenoffensive. Die Schreie und gebrüllten Kommandos. Männer, die scheinbar blindlings davonstürzten. Die Granaten, die ringsum Feuer und Dreck herabregnen ließen. Der Blitz, der die Nacht in strahlendes Weiß verwandelte. Sergeant Oakes...

Der Interkom summte.

»Ja, Janet?« meldete er sich von seinem Standort am Fenster her. Die Stromkreise wurden durch den Klang seiner Stimme aktiviert. Er verschränkte die Arme vor der Brust.

»Mr. Winterman?« (Winterman hörte das Stocken in ihrer Stimme.) »Ihre Besucher sind da. Die Hraani sind soeben aus dem Aufzug getreten.«

Er vergewisserte sich erneut, wie spät es war – 10:59:55 Uhr – und lächelte. Pünktlich. Tüchtig. Und höflich. Sie hätten sich auch direkt in sein Office ›herunterbeamen‹ können, doch sie hatten es vorgezogen, in der geschlossenen Aufzugskabine zu materialisieren und wie ganz normale menschliche Besucher einzutreffen. Er klopfte auf seine Jackentasche, spürte das gefaltete Blatt Papier darin. *Adveidy shu-ch'sen.* Er ging davon aus, daß er und die Hraani bei einer Vielzahl von Themen völlige Übereinstimmung konstatieren würden.

Der eine Hran trug die seidigen, blaugrünen Nadeln zur Schau, der andere die breiten, flachen ›Eichenblätter‹; womit die beiden dominierenden Hraani-Rassen gekennzeichnet waren. Der eine pelzig, der andere geschuppt; beide mit farbenprächtigen Uniformen herausgeputzt; sie registrierten ihre Umgebung mit der Intensität von Touristen. Die rollenden Augäpfel und, im Kontrast hierzu, die steife Förmlichkeit der Haltung verliehen den Hraani ein schreiend komisches Aussehen. Winterman klemmte die Unterlippe zwischen die Zähne, um nicht aufzulachen.

Als Winterman jedoch den dritten in ihrem Bunde sah, lächelte er doch. »He, Johnny«, begrüßte er ihn. »›Was nützt es‹?«

Es fiel schwer, Johnny Starbuck (aus Las Vegas und Atlantic City) als Hran zu betrachten. Der Herumtreiber lebte schon so lange auf der Erde, und sein Gesicht und seine Possen und ganz besonders der berühmteste Spruch aus seiner spätabendlichen Fernsehshow waren so allgegenwärtig bekannt, daß er ihm fast wie ein Einheimischer erschien. Er trug einen Freizeitanzug aus Goldlamee, den Reißverschluß bis dorthin geöffnet, wo normalerweise ein Nabel hätte sein müssen; er präsentierte die pelzige Brust voller Stolz; sein Hals und seine Arme waren schwer behängt mit Goldringen und Ketten. Eine bekannte, clownhafte Gestalt. Die halbe Nation ging fünf Nächte die Woche mit ihm ›zu Bett‹.

Janet war ihnen mit nur mühsam aufrechterhaltener Distinguiertheit gefolgt. Nun versuchte sie Winterman und die Hraani gleichermaßen im Auge zu behalten. »Werden Sie Dr. Morton benötigen?« erkundigte sie sich.

Winterman winkte ab. »Nein. Wir werden sie nicht brauchen. Ich habe darum ersucht, daß die Hraani ihren eigenen Dolmetscher mitbringen, und …« Ein Lächeln – »Schauen Sie nur, wen sie mitgebracht haben!«

Janet errötete. »Ich weiß. Glauben Sie, er würde mir ein Autogramm geben?«

Winterman nickte, und Janet drängte dem Fernsehstar ihren Terminkalender auf. Johnny besah sich den Kalender, dann Janet, dann rollte er mit den Augen. »Was nützt es?« brummte er, und Janet lachte und klatschte in die Hände. Die beiden Hraani-Offiziere beobachteten schweigend, wie Johnny den Kalender signierte sowohl in englischen wie auch in B'niire-Buchstaben. Ihren Gesichtern war keinerlei Gefühlsregung zu entnehmen. Hundegesichter. Bärengesichter. Wie beides zusammen. Wie keines von beiden.

Nachdem Janet den Raum verlassen hatte, bedachten die Hraani-Besucher Winterman mit einem langen, stummen Blick. Bei jedem Menschen hätte er dies als unverschämt und anmaßend gewertet, jedoch war diese langsame, stumme Taxierung, wie Winterman wußte, die traditionelle Hraani-Begrüßung. Johnny erzielte stets große Lacherfolge, wenn er sie bei neuen Gästen anwandte; besonders bei neuen weiblichen Gästen.

Um höflich zu sein, tat Winterman es ihnen gleich. Uniformen faszinierten ihn seit jeher, und die Hraani putzten sich mit Kostümen heraus, die jeden Großherzog beschämt hätten. Sie verwendeten Farben, Schärpen, Abzeichen, Bänder, Tressen, Ordensbänder, heraldische Sinnbilder: ein sinnverwirrendes Durcheinander von Emblemen und Stilrichtungen. Jede menschliche Uniform verblaßte im Vergleich hierzu.

Der links stehende Hran, der pelzige, trug einen hellroten Overall, dicht behängt mit Insignien verschiedener Farben und Formen. Schultern, Ärmel, Brust. Es schien, als sei jeder Zollbreit seiner Uniform mit einer Art Abzeichen besetzt. Doch damit nicht genug, trug der Hran auch noch eine ›Verdienstabzeichen-Schärpe‹ über der linken Schulter – wie ein wahnsinniger, übereifriger Pfadfinder. An der Gürtelmitte baumelte eine Scheide; darin steckte der zeremonielle Hraani-Dolch mit juwelenbesetztem Griff. Der Geschuppte war auf ähnliche Art und Weise geschmückt, nur, daß er (sie? es?) einen schießpulverblauen Kittel übergeworfen hatte, der an der Hüfte mit einer schwarzen Kordel zusammengerafft war.

Beide Hraani griffen übereinstimmend in ihre Gürteltaschen und warfen mit einem Rucken des Handgelenks ›Elfenstaub‹ in die Luft. Eine glitzernde und blinkende Wolke zarter Farben schwebte auf Winterman herab und verging. Niemand wußte, weshalb sich die Außerirdischen mit diesen schwebenden, mikroskopisch kleinen Partikeln umgaben, aber alle irdischen Kinder liebten sie dafür. Sie pflegten hinter jedem Hran, dessen sie angesichtig wurden, herzulaufen und zu lachen und zu applaudieren, sooft er dieses funkelnde Zeug verstreute.

Nach einigen weiteren Minuten warf der Geschuppte den Kopf herum – wie ein Pferd. »J'wn ab'nse' ot'ngut.«

Winterman lächelte und erwiderte die Begrüßung so gut er konnte. »Jewan abensay oatingut.«

Der Geschuppte stieß ein Fauchen aus. Starbuck drehte sich hastig um und griff mit pelzigen Fingern nach den Handgelenken der beiden Hraani, bevor diese ihre Dolche mehr als nur zur Hälfte aus der Scheide gerissen hatten. Die Klingen schimmerten im Sonnenlicht, das vom Fenster heranflutete; mehr noch: sie funkelten, als seien sie elektrisch geladen. Winterman wich in plötzlichem Erschrecken zurück und taumelte gegen die scharfe Kante seines Schreibtisches. Adrenalin jagte durch seine Adern.

Starbuck sprach in leisen Knurrlauten, einer Mischung aus Zischeln und Husten zu ihnen – B'niire war keine schöne Sprache – und allmählich entspannten sich die beiden Hraani wieder, stießen die Dolche wieder in die Scheiden zurück und zeigten Winterman die leeren Handflächen. Winterman schluckte; doch er wagte diese Geste nicht zu beantworten.

Starbuck drehte sich zu ihm herum. »He, ein dummes Gekrächz, nicht wahr? Mon Dieu. Hören Sie: Die Rede des Übersetzers. Frage: Warum das Zahnfleisch bewegen, Kumpel?«

Johnnys bizarres Vokabular und seine ebensolche Grammatik hatten ihn auf dem gesellschaftlichen Parkett zum großen Hit gemacht – noch bevor er seine eigene Show bekam. Die Leute hatten großen Spaß an seiner gebrochenen Syntax, aber in diesem Augenblick fragte sich Winterman sehr ernsthaft, wie gut er den Herumtreiber wirklich verstand.

»Ich habe doch nur ...« Er hielt inne und schluckte noch einmal. »Ich habe doch nur ihre Begrüßung erwidert.«

»Tödliche Beleidigung, Mann. Winterman im eigenen Saft.«

»Hätten sie mich wirklich getötet?« *Mich? Ralph Winterman? Tot wegen eines Grammatik-Fehlers?*

Starbuck hob die Hand. Die beiden gegenüberstellbaren Daumen näherten sich einander wie die Backen eines Mikrometers. »So nah«, sagte er. »Winterman visa-vis Nicht-Winterman. Comme ci, comme ca. Que' sera', sera'.«

»Aber warum? Ich verstehe nicht!«

Starbuck sah ihn an, hob in einer sehr menschlichen Geste die Schultern und ließ sie wieder sinken; dann sprach er kurz mit seinen Prinzipalen. Der ›Pelzige‹ zog eine Art Schaufel aus seiner Tasche und wedelte damit ruckartig hin und her. Drei rasche Schläge: das Läuten einer hölzernen Glocke. Daraufhin führte Starbuck sie zu Wintermans plüschbezogenen Besuchersesseln, die sie sorgfältig in Augenschein nahmen. Der Pelzige vermaß seinen Sessel sogar mit einem Maßband, bevor er die Augen schloß, sich umdrehte und mit ausgebreite-

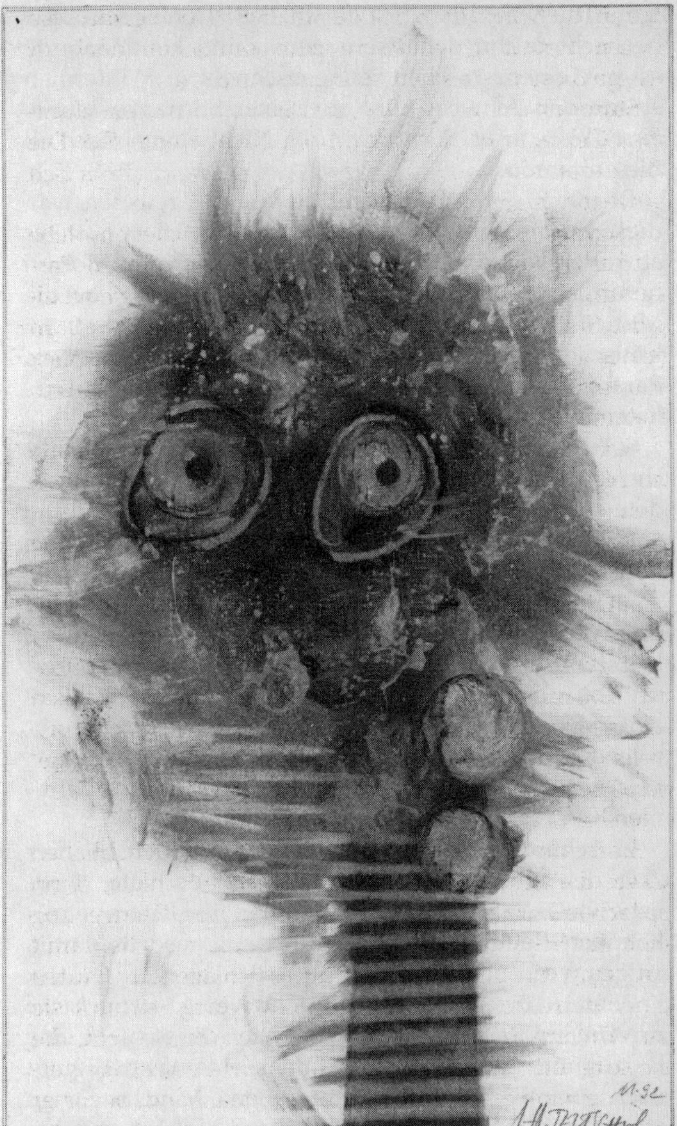

ten Armen auf den Sitz fallen ließ. Der Geschuppte beobachtete ihn dabei sehr genau und kommentierte es mit einem raschen Zungenschnalzen. Winterman spürte den Schweiß kühl auf seiner Stirn. *Wir kennen diese Wesen nicht, überhaupt nicht.* Nicht einmal nach all diesen Jahren.

Er fragte sich, ob es nicht zu voreilig gewesen war, diese Zusammenkunft einzuberufen. Vielleicht hätte er abwarten sollen; noch ein wenig mehr mit der Morton herumdiskutieren sollen. Aber nein. Zögern war die Mutter von Hintergedanken. Und die Morton war zu kritisch. Winterman zitterte allein bei dem Gedanken daran, was sie alles aus ihrer kurzen Unterhaltung ableiten mochte.

»Okay-dokey«, sagte Johnny Starbuck, die lächerliche Karikatur eines Las Vegas-Salonlöwen, der gestrandete Herumtreiber mit dem ewigen, törichten Grinsen. *Und was,* fragte sich Winterman unvermittelt, *bedeutete dieses Grinsen auf Hrana?*

Starbuck gestikulierte mit beiden Händen. »Eine Pause in der Handlung. Schnitt!« Er klatschte in die Hände, und der Geschuppte wandte sich ihm zu und sah ihn mit seinen riesigen dunklen Augen an. »Ihre Ankunft«, sagte Starbuck. »Dein Anblick. Keine Abzeichen. Eine Katze im Sack. Ihr Staunen. Ihre Frage: Wer bist du? Deine Frage zurück, trotz ihrer Uniformen.«

Er schüttelte langsam den Kopf, ein menschlicher Zug, den er wohl großzügig übernommen hatte. »Tödliche Beleidigung.« Er warf seinen Begleitern einen knappen Blick zu, schaute dann mit ausdruckslosen Augen weg.

Winterman entspannte sich ein wenig. *Hätte meine alte Uniform tragen sollen.* Das Ganze war weniger eine Begrüßung gewesen als vielmehr eine Erkundigung nach ›Name, Rang, Dienstnummer‹. Manche Dinge waren universell. Die Hraani waren Militärs und bevorzugten den Umgang mit Militärs. Sie legten ihre Dienstgrade und Tätigkeitsbereiche offen dar – auf ihren Uniformen. Er, Winterman, trug nicht einmal eine Uniform, und so hatten sie sich danach erkundigt. Ihre Frage zu wiederholen, konnte in der Tat leicht als Beleidigung aufgefaßt werden. »Haben Sie Ihnen erklärt, daß ich Ihre Rang- und Feldabzeichen nicht zu lesen weiß?«

»Hraani-Wort. Bedeutet elende Scheiße.«

Winterman ruckte den Kopf in den Nacken. Normalerweise distanzierte er sich von einer derartigen Ausdrucksweise, insbesondere, wenn sie ihn selbst betraf, doch unter diesen Umständen… Berücksichtigte man sein eigenes mangelhaftes Verständnis in B'niire, so konnte er, was die Sprachgewohnheiten eines Johnny Starbuck betraf, wohl kaum spitzfindig sein.

»Was also müßte ich jetzt tun?« fragte er Starbuck.

»Zeit zeigen und sagen. Was ist mein Stichwort? Lassen Sie den rätselhaften Gast sich eintragen, bitte. Die Bedeutung des Wesens Winterman.«

»Sie wollen alles über mich wissen, ist es das?«

»Leben besteht darin, seine Aufgabe zu erfüllen. Erfordernis der Natur.«

Winterman blinzelte – verblüfft darüber, seine ureigensten Gedanken von Starbucks dunkelblauen Lippen ausgesprochen zu hören. »Das ist eine Hraani-Überzeugung, nicht wahr?« vergewisserte er sich.

»Nützlichkeit und Natur. Mir sind Gerüchte zu Ohren gekommen. Habe Schlüsse aus einigen ihrer Monologe gezogen. Deshalb habe ich um diese Zusammenkunft gebeten.«

»Des Advokaten Ungeduld.« Starbuck deutete auf die beiden Offiziere.

Mit Johnnys Unterstützung erklärte Winterman sorgfältig die Gesetzmäßigkeiten von Hochfinanz und Arbitrage. Er berichtete von seinem langen Kampf und davon, wie er schließlich seine heutige Bedeutung an der Wall Street zur Folge gehabt hatte. Seine Gäste lauschten gleichmütig Starbucks Übersetzungen; sie stellten keine Fragen, zeigten keinerlei Reaktion. Ihre Augen waren in ständiger Bewegung, rollten in den Höhlen, feuerten ihre Blicke hierhin und dorthin. Fixierten Winterman, betrachteten den Boden, sogar die eigenen Arme und Beine. Es war keine Unaufmerksamkeit. Winterman wußte das, weil er Johnnys Show kannte. Die Hraani mieden jeden längeren Blickkontakt.

Doch bereits wenige Minuten nach Beginn seiner von Starbuck übertragenen Rede stellte Winterman schockiert fest, daß sich der Geschuppte deutlich aus dem Lot bewegte, und daß der linke Arm des Pelzigen seltsame Winkbewegungen vollführte, als sei er von einer Meeresströmung erfaßt.

»Großes Kompliment«, beruhigte ihn Starbuck auf seine Frage hin. »Volle Aufmerksamkeit. Die Bande sind gelöst.«

Diese Erklärung sagte Winterman überhaupt nichts. Allerdings – wenn es die Hraani-Entsprechung für höfliches Nicken darstellte, so konnte er es akzeptieren; so beunruhigend es auch war. Für einen Moment fragte er sich, ob er diese Geste wenigstens erwidern sollte; dann jedoch erinnerte er sich nachdrücklich daran, welche Folgen sein erster Ausflug in die interstellare Kommunikation beinahe gezeitigt hatte. *Überlassen wir also Starbuck die Handhabung dieser Zusammenkunft.* Er hatte den Fuß in beiden Türen.

Winterman beendete seinen Lebenslauf und betrachtete die beiden Hraani erwartungsvoll – und erhielt keinerlei Reaktion. Er wandte sich an Starbuck. »Haben sie verstanden, was ich ihnen erzählt habe? *Gibt* es auf Hran überhaupt so etwas wie Gesellschaften und Hochfinanz?«

Starbuck sagte zwei, drei Sekunden lang gar nichts;

dann sagte er: *Dvaadi-q'pang-eq' panga-erds.* Unser Name dafür.«

»Gut. Dann verstehen sie, was ich mache?«

»*Dv' d-q' png-ubsn.* Leute teilen Besitz. Kaufen-Verkaufen. Besitz. Winterman-Funktion: Kaufen-Verkaufen-Besitz en masse. Nicht wahr? Große Sache, großes Tier. Hey, was nützt es?«

Winterman gluckste. »Sie haben eine Art, gewisse Dinge auszudrücken, Johnny.« Abwesend rieb er die Hände aneinander, eine Geste, die die beiden Hraani zu faszinieren schien. Einer von ihnen beugte sich vor und starrte – erst auf Wintermans Hände, dann auf seine eigenen. Winterman deutete auf die beiden Offiziere. »Also, was ist nun mit Ihren Freunden? Werden Sie mich mit Ihnen bekannt machen?«

Starbuck schüttelte den Kopf. »Keine Namen.«

Winterman schob die Unterlippe vor. »Aha. Nun, vielleicht ist es so am besten. Aber …« Plötzlicher Schrecken. Schweiß befleckte seine Stirn. »Sie wissen, wer ich bin. Kann ich darauf vertrauen, daß sie dieses Treffen vertraulich behandeln? Das Wort *vertraulich* ist ihnen doch ein Begriff, oder?« Das hatte er die Morton zu fragen vergessen! Er war zu voreilig gewesen, er hatte zugelassen, daß seine Begeisterung die Oberhand gewann.

Übereifrig.

Überhaupt nicht sein üblicher modus operandi.

»Sie sind Advokaten. Jene-die-auf-einen-Vorschlag-sprechen.«

»Rechtsanwälte?«

»Ja-nein … Rechtsanwälte. Schnüffler. Gelehrte. Geheime Agenten …« (Letzteres sang Starbuck.) »Die Gesamtheit der Wachskugel.«

»Aber sie *werden* dies alles vertraulich behandeln?« Winterman betonte das, was ihm, auf den Punkt gebracht, wichtig war. Er wollte keine Mißverständnisse. »Alles, was wir hier besprechen, unterliegt der Schweigepflicht. Unseren Advokaten ist es nicht gestattet, irgend etwas von dem zu verraten, was ihnen ein Klient mitgeteilt hat.« Sollten die Hraani derlei Rechtsverständnis nicht respektieren, so würde er das Ganze abblasen müssen. Oder war das in ihren Augen eine Beleidigung? Er zupfte ein Taschentuch aus seiner Brusttasche und wischte sich über die Stirn.

»Überraschung!« Starbuck klatschte in die Hände, und Winterman fuhr hoch. »Klient *shu* Winterman; Klient *aa* Anliegen. Das Anliegen! Was nützt es, Baby! Er ist gut, er gewinnt. Wer sagt es? Wer paßt auf?«

»Moment. Moment.« Winterman gestikulierte mit beiden Händen. »Verstehe ich Sie richtig? Es spielt keine Rolle, wer ihnen einen Vorschlag macht? Diese beiden werden für ihn als rein abstraktes Prinzip eintreten?«

»Eintreten für, eintreten gegen. Die Fahne die Fahnenstange hochziehen und sehen, wer salutiert.« Er zeigte auf den Geschuppten. »Der Advokat für den Wechsel.« Zum Pelzigen. »Der Advokat für den Status Quo. Eröffnungstag.« Starbuck hielt eine Hand vor den Mund, wie ein Mikrophon. »Ihre Rolle: Das Auswerfen der ersten Kugel. Aufschlag Advokaten. Ein Duell. Wählen Sie Ihre Waffe.« Und Starbuck hielt eine Hand hoch und formte mit Finger und Daumen eine Pistole. Und er grinste. »Sieger *eq'png adveid*. Gründet Gesellschaft. Verkauft Bestand. Beginnt Geschäft.«

»Und mein Name bleibt zur Gänze aus dem Spiel?« Winterman erlaubte sich ein Lächeln. Nun, dies konnte sich als besser erweisen, als er gehofft hatte!

Er führte seine Gäste ans Fenster und zeigte auf die Menschenmengen in den Straßen hinab. »Stimmen Sie mit mir überein«, sagte er und tippte gegen die Scheibe, »daß ein jeder etwas von Nutzen tun muß, soll die Gesellschaft insgesamt gedeihen?«

Starbuck übermittelte diese seine Meinung den beiden Advokaten. Der Pelzige sah Winterman an und strich über seine Schärpe. »Dv' d aa adveidy«, zischelte er. »Jwn ch'seno; drak T'raani.«

»Der Advokat für den Status Quo pflichtet bei«, dolmetschte Starbuck.

Winterman nickte und befeuchtete die Lippen. Er sah Hraani nicht mehr direkt an, sondern ihre Spiegelbilder im Glas. Es war unmöglich festzustellen, wie seine Argumentation aufgenommen wurde. Die Körpersprache war vollkommen falsch. Überaktive Augen in steifen, unbeholfen dastehenden Körpern. Keiner der Außerirdischen stand aufrecht. Sie standen schräg; sie hielten die Arme in seltsamen Winkeln vom Körper ab. Was *das* nur zu bedeuten hatte!

»Es gibt zu viele menschliche Wesen«, sprach er es nach einem weiteren kurzen Zögern aus. »Zu viele, die nichts zum Wohle der Gesellschaft beitragen. Oder die ihr schaden. Penner. Kriminelle. Süchtige. Leute von der Straße. Die Nutzlosen. Gibt es die auch bei den Hraani?«

Johnny zögerte. »Manchmal«, sagte er zu Winterman. »Adveidy shu-ch'sen.«

Winterman unterdrückte ein Lächeln. Er nickte, wobei er noch immer aus dem Fenster starrte. »Viele?«

Starbuck schwieg sehr lange. Winterman wandte sich vom Fenster ab und sah ihn an.

»Nicht viele.«

Der Advokat für den Wechsel äußerte etwas. Starbuck lauschte ihm und berührte die eigene Brust. »Die Rückfrage des Advokaten. Komm zur Sache, Junge.«

»Nun gut. Sache ist: Was macht ihr mit euren ›adveidy shu chosen‹?«

»Nutzlosigkeit in eine Richtung, in zwei Richtungen. Du kratzt meinen Rücken, Baby, ich kratz deinen. Aktion, Reaktion. Wie du mir, so ich dir. Dein mir, gesellschaftliches Dir. Keine Mir's, keine Dir's. Das Abtrennen von der Gesellschaft.« Er deutete mit zwei Fingern eine schnippende Bewegung an. »Die Gesundheit des Ganzen kommt der Zurechtstutzung gleich.«

Winterman nickte. »Zurechtstutzen. Ja. Eine passende Umschreibung.« Er stieß beide Hände in die Taschen und betrachtete erneut die Menschenmengen in den Straßen. »Wir haben Orte, wohin wir solche Leute schaffen. Gefängnisse. Heime. Aber es gibt zu viele menschliche advaydy shu chosen; viel zu viele; und viel zu wenige Orte, an denen sie untergebracht werden können. Deshalb bevölkern sie die Straßen. Wir können sie nicht mehr selbst stutzen. Was uns heutzutage fehlt, ist... Disziplin. Und so habe ich mich gefragt...« Er sah die Advokaten geradeheraus an; dann Starbuck, der ein wenig zurückversetzt zwischen ihnen stand und seinen Blick über ihre Schultern hinweg erwiderte. »Ich habe mich gefragt, ob es nicht möglich wäre... daß sich die Hraani vertraglich verpflichten, dieses Zurechtstutzen für uns zu übernehmen. Sie zu entfernen. Sie aus den Straßen zu entfernen.« Er nahm einen tiefen Atemzug und ließ ihn wieder herausströmen. Also! Nun war es ausgesprochen. »Das ist das Anliegen«, schloß er. »Wie Sie sehen können, hat es überhaupt nichts mit mir persönlich zu tun. Keine Nebenabsprachen. Keine Haken.«

Starbuck erwiderte nichts. Er starrte Winterman an... und begann plötzlich wie eine Bauchtänzerin zu schwanken; und der pelzige Advokat wandte sich ihm zu und blaffte etwas; ein rascher Wortwechsel folgte.

»Nun?« erkundigte sich Winterman. Seine Handflächen waren feucht, und er rieb sie verstohlen an der Hose ab.

Plötzlich schlugen sich die beiden Advokaten auf die Brust. Starbuck zischte ihm, Winterman, zu: »Das Schwanken deines Körpers. Eine verbindliche Antwort.«

Winterman zögerte für den Bruchteil einer Sekunde, doch als er sich an die vorherige Empfindlichkeit der

Hraani erinnerte, kam er der Forderung rasch genug nach. Er tat, als sei er benommen, oder betrunken. »Warum mache ich das?« fragte er Starbuck durch ein zähnebleckendes Lächeln.

»Ihr Salut an Winterman. Die Selbstlosigkeit deines Vorschlags. Yrapl aa yrapilo.«

»Heißt das, sie akzeptieren meinen Vorschlag?« Sein Herz klopfte aufgeregt, und er beugte sich leicht vor.

»Um des Themas willen. Der Sieger? Wer weiß! Bleiben Sie eingeschaltet, Sportsfreunde!«

Es dauerte nicht lange, die Details herauszuarbeiten. Winterman bat um die Zusicherung, daß die Hraani Kinder, Studenten oder Pensionäre nicht als ›nutzlos‹ betrachteten. Die beiden ersten Gruppen stellten kein Problem dar. »Die Entwicklungsmöglichkeiten des Auszubildenden«, bestätigte Starbuck. »Großer Wert.« Der Begriff der Ruheständler allerdings schien sie zu verwirren, und so war er gezwungen, das Konzept der Pensionierung und der sozialen Absicherung mehrmals zu erklären. »Amortisation persönlichen Überschusses zum verlängerten Gebrauch« – wie es Starbuck schließlich dolmetschte.

Zu Wintermans Erstaunen unternahmen die Hraani keinerlei Versuch, um den Preis zu feilschen. Zuerst ging er davon aus, daß sie den Job noch gar nicht kalkuliert hatten, doch Johnny versicherte ihm, daß es völlig andere Gründe gebe. »Öffentlicher Nutzen«, beteuerte er. »Geht aufs Haus.«

Winterman war darauf vorbereitet gewesen, *in extremis* das gesamte Vermögen seines Unternehmens für diese Aufgabe einzusetzen. Doch so sehr es ihn danach verlangte, die allgemeine Lebensqualität zu verbessern – wenn dies zudem kostenfrei vollbracht werden konnte, so war ihm dies doch eine gewisse Erleichterung.

Die Hraani brachen auf; an der Bürotür hielt der Geschuppte jedoch noch einmal inne. Er wandte sich Starbuck zu, sprach kurz zu ihm und drückte ihm etwas in die Hand. Dann folgte er seinem Kollegen zum Aufzug.

Winterman sah den Herumtreiber fragend an. »Aber ... gehen Sie denn nicht mit ihnen?«

Johnny starrte noch immer auf seine Handfläche hinab und zappelte wie Weidenäste im Wind. Sein Fell plusterte sich auf; wellenförmige Bewegungen entstanden darin; er gab rasche, hohe Quietschlaute von sich. Als er Wintermans Blick bemerkte, streckte er die Hand aus.

Auf der nach oben gereckten Innenseite war ein kleines rundes Abzeichen aus leichtem, flexiblem Material zu sehen. Ein weißes Abzeichen, mit einem darauf befindlichen blauen, rautenförmigen Symbol. Winterman hob seinen Blick zu Starbucks Gesicht – aber dort sah er nichts, was für ihn einen Sinn ergeben hätte.

»Dovdy ng-adveidy-echsan«, wimmerte Starbuck. »Ng-echsan.« Und danach quietschte er weiter.

II: Antithese

Die Morton wartete in der Halle auf ihn und wurde Zeuge des ganzen Vorfalls.

Winterman kämpfte sich durch die Flut der Penner und Bettler und eilte, von einem Konvoi seiner Assistenten umgeben, die Stufen empor. Er konnte die Morton direkt vor sich sehen, hinter den Glastüren; sie erwartete ihn in der klimatisierten Kühle. Ihr Gesicht war modisch blaß, das Rot ihrer Lippen leuchtete darin wie eine Wunde. Sie trug ein dunkles, sehr geschäftsmäßiges Nadelstreifenkostüm; ihr Rock war auf halber Wadenhöhe gesäumt; sie hielt ihren Aktenkoffer mit beiden Händen, so daß ihre Arme vor ihrem Körper ein V bildeten und das Weiß ihrer Bluse noch betonten. Das morgendliche Sonnenlicht – Spiegelungen aus zweiter Hand von benachbarten Wolkenkratzern – vergoß seinen Schimmer über das Glas und versah sie mit einer weißglühenden Aura.

Winterman war so beeindruckt von diesem Anblick, daß er Oakes auf den Stufen zu seinen Füßen nicht einmal bemerkte; jedenfalls, bis dieser an seinem Hosenaufschlag zupfte und ihn am Vorbeigehen hinderte.

Winterman befreite sich von der ungewohnten Berührung, und einer seiner Helfer war bereits in Bewegung, um sich zwischen den Boss und diesen unwillkommenen Eindringling zu stellen. Doch als Winterman erkannte, wer ihn da bremste, hielt er den jungen Mann zurück. »Es ist in Ordnung«, versicherte er ihm.

»Nun, Captain«, begrüßte ihn Oakes. »Keinen Gruß übrig für ihren alten Kasino-Kameraden?« Oakes hielt eine zerrissene und schmutzige Papiertüte mit der Faust umfaßt.

»Guten Morgen, Sergeant. Ich fürchte, ich war ein wenig zerstreut.«

Ein breites Grinsen teilte Oakes' Gesicht und entblößte die geschwärzten, gelben Zähne. Er ruckte mit einem Daumen über seine Schulter. »Yeah, hab sie auch bemerkt. Da lohnt es sich, zweimal hinzusehen, wahrhaftig. Hätte Angst, so was anzufassen, man würde wahrscheinlich Flecken hinterlassen. Vielleicht irgend was verdrehen. Zu empfindlich … nein …« Ein nachdenkliches Stirnrunzeln. »Nicht zu empfindlich. Sie sieht aus, als sei sie ziemlich kompliziert, ja. Zu … vorsichtig. Yeah, das ist es. Vorsichtig. Ansehen, aber nichts berühren.« Er gackerte plötzlich los. »Nicht wie die Miskito-Frauen, was, Captain? Von denen hab ich ein paar angefaßt, aber, Jesses, denen möchte man zuerst eine Tüte über den Schädel ziehen. Braun und vierschrötig, hab ich recht?« Er schüttelte den Kopf, hob die Papiertüte an den Mund und trank aus der Flasche darin. »Das war berühren, aber nicht hinsehen. Richtig?«

Winterman schob die Lippen vor. Er konnte es förmlich spüren, wie es seine Helfer aufnahmen. Sich wunderten. Nacktärsche im Dschungel bumsen? *Hat der Alte wirklich …?* Unangemessene Gedanken, im Grunde genommen. Und es war zu lange her, um noch Bedeutung zu haben. »Heute nachmittag wird es bedeckt sein«, erstattete er Oakes vielmehr seinen üblichen Wetterbericht. »Sie sollten eine Pause einlegen.« Er wedelte einen Mückenschwarm beiseite.

»Captain?« Oakes spähte durch den Flaschenhals.

»Was?«

»Vergessen Sie den Wetterbericht. Nehmen Sie mich mit rein.«

»Was?«

»Tun Sie's?« Oakes richtete einen flehenden Blick auf Winterman.

»Da hinein?« Winterman umfaßte das helle, hygienische Gebäude mit einem einzigen raschen Blick. »Weshalb?«

»Weil es hier draußen nicht mehr sicher ist. Es … In den letzten Nächten sind Leute verschwunden. Spurlos. Keine Hinweise. Jimmy Quick und seine beiden Mädchen. Niemand hat sie gesehen. Clarence. Wohnte da drüben an der Bank. Verschwunden. Ein Kerl und seine Bande sind heute nacht um null-dreihundert in die Gasse da 'rein. Sie kamen nie wieder heraus. Kein Blut. Keine Schreie. Keine Hinweise.« Oakes' Hände zitterten, und er stellte seine Flasche vorsichtig auf den Pflastersteinen ab. »Es war wie damals, auf Vorposten, in Greytown. Wissen Sie noch, wie die dressierten Regierungs-*Zambos* jede Nacht ins Lager eingedrungen sind? Man wußte nie …« Er umfaßte mit seiner rechten Hand krampfartig die linke, brachte ihr Zittern jedoch erst zum Versiegen, als er sie gegen die Brust drückte. »Man wußte nie, wer am nächsten Morgen noch da sein würde.«

Winterman schmunzelte. »Ich bin sicher, in New York gibt es keine *Zambos*.«

Oakes stieß ihm einen Finger entgegen. »Sie denken, ich bin noch immer krank, was?« rief er. »Sie denken, ich gebe nur an! Nein, mach ich nicht! Ich sage Ihnen, die Leute verschwinden von der Straße!«

Winterman schürzte die Lippen und ließ die Zunge über seine Zahnreihen huschen. Er spähte die schmale Gasse entlang. *So bald?* dachte er – und langte bereits nach den Türgriffen. Seit seinem Treffen mit den Hraani-Advokaten waren erst drei Tage vergangen. Konnten sie tatsächlich so schnell entschieden und gehandelt haben? Vielleicht. Er hatte sie als entschlossene, sachliche Leute kennengelernt. Militärische Tüchtigkeit. Keine Zeit in dumme Diskussionen verschwendet. Keine Politik. »Ich bin sicher, es ist ihnen nichts passiert. Tatsächlich kann ich Ihnen sogar versichern, daß sie lediglich … nun, entfernt worden sind.« *Entfernt – wohin?* überlegte er kurz. Nun, die Hraani-Artefakte in TransPluto waren gigantisch – eine embryonische Ringwelt hatte man ihm gesagt, was immer das bedeuten mochte. Tausend Erdkugeln würden sich darin verlieren; ganz zu schweigen von dem Straßenkehrricht, den die Hraani dorthin schafften. Mit einem Achselzucken tat er die Spekulationen ab. Es war ihm herzlich gleichgültig, wo die Hraani das menschliche Treibgut endlagerten, das sie hier einsammelten.

»Wer ist dieser Mann?« fragte die Morton, nachdem die Türen hinter ihm zugeglitten waren. »Kennen Sie ihn?« Sie blickte noch einmal rasch über die Schulter auf den Vorplatz hinaus und ging dann eilig neben ihm her.

Winterman antwortete höchst unwillig. »Ich habe ihn einmal gekannt, vor langer Zeit.«

»Sie kommen, Captain! Runter!«

Sterngranaten tauchten das Lager in entsetzliches, farbloses Licht. Das Nähmaschinenrattern von Sturmgewehren.

Winzige Geysire aus Erdreich, dort, wo die Geschosse einschlugen. Das dumpfe, fleischige Klatschen, wenn sie menschliche Körper trafen. Das Pfeifen nahender Salven. Schreie. Gebrüllte Kommandos. Männer, die wie von Sinnen rannten. Die Werfergranaten, die ringsum Dreck herunterregnen ließen. Der Blitz direkt vor ihm, ein Etwas, das die Nacht in strahlendes Weiß verwandelte. Er wurde emporgeschleudert, und er flog und stürzte auch schon wieder ab. Die Erde, die sich ihm entgegenbäumte, ihm wie ein Hammer in den Rücken schlug. Durch Lücken im Dschungeldach der Anblick ferner Sterne. Sergeant Oakes' Gesicht, das auf ihn herunterstarrte –

»Vor langer Zeit«, wiederholte er. »In einem anderen Leben.«

»Er war Ihr Freund?«

Winterman sah sie an; überlegte, ob er ihr sagen sollte, daß sie das nichts anging. Die Aufzugstüren öffneten sich mit einem Seufzen, und sie betraten die Kabine. Winterman bedeutete seinem Gefolge, ihn und die Morton alleinzulassen und nachzukommen; er wartete, bis sich die Aufzugstüren geschlossen hatten.

»Ein Freund«, murmelte Winterman und beobachtete, wie die Nummern der Stockwerke der Reihe nach aufleuchteten. »Ja, das war er. Er war mein Sergeant. Wir waren zusammen im Einsatz. Die meisten von uns kamen ohne psychische Schäden zurück, aber Oakes hat sich nicht mehr sonderlich gut in das Zivilleben eingepaßt.«

Dr. Mortons Augen verdunkelten sich; ihre Lippen formten ein ›O‹.

Winterman haßte es, von Leuten Verständnis signalisiert zu bekommen, die unmöglich verstehen konnten. Die Morton war nicht dabeigewesen, und das war der Punkt. »Es gab keinen tapfereren Mann als Jonathan Oakes«, murmelte er. »Nicht, wenn es zum offenen Kampf kam. Aber wir alle haben unsere Achillesferse, und bei ihm waren das die Zambo-Angriffe.« *Heimlich.*

Nie ein Zeichen. Nur jeden Morgen die Leichen herausholen. Und sich fragen, warum der Mann links oder rechts von mir? Wie haben sie entschieden, wen sie töten? Nun, vielleicht haben sie Münzen geworfen.

»Die Zambos haben ihn nervlich völlig überfordert. Er konnte nachts nicht mehr schlafen. Er wurde nervös; er zitterte; man konnte sich nicht mehr auf ihn verlassen. Am Ende ist er daran zerbrochen, und ich war gezwungen, ihn verlegen zu lassen. Seitdem ist er nicht mehr derselbe Mensch.«

»Und Sie werden ihm nicht aus dieser Situation heraushelfen?«

»Ein Almosen ist keine Hilfe.«

»Sehr zungenfertig.«

»Ich denke, Sie überschreiten Ihre Grenzen, Doktor. Sie sollten sich auf Anthropologie beschränken.«

»Trotzdem, wenn er Ihr Freund war …«

Sie waren oben, und der Aufzug signalisierte es mit einem dezenten Gong; Winterman lehnte sich gegen die ›Türen schließen‹-Taste.

»Mein Freund«, sagte er, »war ein tapferer, zuverlässiger Soldat. Er hatte scharf umrissene persönliche Wertvorstellungen, sowohl geistig als auch in seiner persönlichen Hygiene. Er war *kein* Penner oder Trunkenbold. Er hockte nicht an Straßenecken herum, halb kaputt und mit Flöhen verseucht, und nur eines im Sinn: irgendwelchen fremden Leuten ihre Dollars abzuschwatzen!«

»Aber es muß doch etwas geben, das Sie für ihn tun können.«

»Er muß es für sich selbst tun.« Winterman betrachtete die Anzeigentafel. Er ließ seine Fingerspitzen über die Braille-Punkte gleiten. »Ich habe es versucht«, räumte er einen Moment später ein. »Als ich ihn das erste Mal da draußen auf meinen Stufen entdeckte. Ich gab ihm einen Job im Wachdienst. Er hätte sich gut darin gemacht. – Er hätte sich gut darin machen *müssen*. Aber es hat nicht funktioniert.«

»Was meinen Sie mit ›es hat nicht funktioniert‹?«

»Es ist Zeit für unser Briefing, nicht wahr?« Er drückte die ›Öffnen‹-Taste. Die Aufzugstüren teilten sich, und er schritt hinaus, ohne abzuwarten, ob ihm die Morten folgte oder nicht.

»Die Hraani«, berichtete Dr. Morton den Managern während der Morgenbriefings, »sind blind.«

Winterman legte die Hände zusammen, Fingerspitzen an Fingerspitzen. Er blickte seinen Mitarbeiterstab an, sah die Leute flüstern oder einfach nur mit einem Ausdruck der Verwirrung dasitzen. »Doktor Morton«, warf er schließlich ein, »ich hatte bereits mit den Hraani zu tun. Sie sind keinesfalls blind.«

Die Morton bedachte ihn mit einem herausfordernden Blick; einem, der besagte, daß sie liebend gern gewußt hätte, um was für Geschäfte es dabei gegangen war. »Beantworten Sie mir die folgenden Fragen«, forderte sie. »Ist Ihnen aufgefallen, wie starr und unbeholfen ihre Körperhaltung war? Wie sie sich ständig umsehen, bis zu einem Punkt gar, den wir als unverschämt erachten würden? Wie gelegentlich ihre Arme, ja ihr gesamter Körper, eine Art Eigenleben entwickeln?«

Natürlich waren es nur rhetorische Fragen. Winterman beugte sich über den Konferenztisch vor. »Ja. – Warum ist das so?« Er war noch immer verärgert über den Streit im Aufzug, doch er hatte sie aufgrund ihres Wissens eingestellt; ihre Persönlichkeit war zweitrangig.

»Weil sie blind *sind*«, antwortete sie ihm. »Allerdings auf eine ganz besondere Art und Weise. Würden Sie bitte alle die Augen schließen? Danke. Nun führen Sie auf Armeslänge vor sich Ihre Zeigefinger zusammen. Sehen Sie? Es bereitet Ihnen wenig Mühe, Ihre Finger zu ›finden‹, trotz Ihrer geschlossenen Augen. Den Hraani gelingt dies nicht, denn ihnen fehlt ein Sinn, den wir so sehr als gegeben voraussetzen, daß wir ihn selten überhaupt wahrnehmen. Sherrington hat ihn ›unseren geheimen Sinn‹ genannt. Es ist das unablässige automatische Erfühlen und Registrieren unserer jeweiligen Körperposition und -haltung; auch die Fähigkeit zur zielgenauen Steuerung unseres Körpers. Wir nennen diesen Sinn ›Propriozeption‹, Eigenwahrnehmung, nach dem Lateinischen *proprius*, das ›selbst‹ bedeutet. Es ist dieser Sinn, der uns den ›Besitz‹ unseres Körpers spüren läßt. Er sagt uns, daß wir direkt hinter unseren Augäpfeln leben.« Sie tippte sich mit einem spitzen Fingernagel gegen den Kopf. »Die Hraani besitzen diesen Sinn nicht. Und das prägt ihren gesamten Ausblick.« Sie lächelte, wie über einen heimlichen Scherz. »Buchstäblich Aus-Blick, meine Herren.«

»Letztes Jahr habe ich etwas darüber auf PBS gesehen«, sagte die O'Donnell. »Damals habe ich es allerdings nicht verstanden.« Ein paar andere am Tisch nickten zustimmend, als auch sie sich erinnerten. Winterman war auf ihre Antwort gespannt. Er zog es vor, seine Manager Fragen stellen zu lassen. Sollen *sie* schlecht informiert dastehen. Schweigen wurde als Verstehen interpretiert.

»Ja«, erwiderte Dr. Morton. »Damals haben wir überhaupt erst begriffen, wie sehr sich die Sinne der Hraani von den unseren unterscheiden. Einem Neurologen, der sich Johnnys Show ansah, fiel sein Verhalten auf; es hatte Ähnlichkeit mit demjenigen körperblinder Leute; Leute, die er behandelt hatte. Bis dahin ging man davon aus, daß er sich nur der Lacherfolge wegen so aufführte.«

»Körperblind«, wiederholte Winterman. »Eine passende Formulierung.«

»Ich bin Anthropologin«, stellte sie es ihnen gegenüber klar. »Aber genau so lautete der Schluß der Neurologen. Das, was Sie gerade mit Ihren Fingern gemacht haben, würden die Hraani als übernatürliche Fähigkeit einstufen.«

»Interessant«, meinte Gunn. »Normalerweise vermitteln uns die Hraani eher ein Gefühl der Unterlegenheit. Es ist schön, zu wissen, daß wir ihnen doch etwas voraus haben. Warum ist es nicht allgemein besser bekannt?«

»Weil sich die Menschen, wie üblich, an den Oberflächlichkeiten aufhalten. Mit photosynthetischem Fell, oder Uniformen.« Sie fixierte Winterman, als sie das sagte, und Winterman erwiderte ihren Blick ohne mit der Wimper zu zucken. »Wir sind so daran gewöhnt, ›in unseren Körpern zu leben‹«, fuhr sie fort, »daß es uns nie in den Sinn gekommen ist, bei den Hraani könnte es anders sein. Und natürlich haben es die Hraani aus exakt dem gleichen Grund niemals erwähnt. Ich bezweifle sogar, ob sie diesen Sachverhalt überhaupt verstehen könnten – wie erklären Sie einem Augenblinden die Farbe Orange?«

Die O'Donnel schaute von ihren Notizen auf. »Ich bin mir nicht ganz sicher, Doktor Morton, ob ich verstehe, was Sie meinen, wenn Sie sagen, die Hraani würden ›nicht in ihrem Körper leben‹.«

Die Morton nickte bedächtig. Sie verschränkte die Hände hinter dem Rücken und schlenderte zum Fenster hinüber. »Körperblindheit ist bei uns Menschen eher die Ausnahme, doch es gibt sie. Vor vielen Jahren gab es einen klassischen Fall; eine Frau namens ›Christina‹ wurde körperblind, während sie im Krankenhaus darauf wartete, operiert zu werden. Es wurde niemals mit Sicherheit geklärt, was ihren Zustand ausgelöst hatte, aber das Resultat war aufsehenerregend und dramatisch. Sie konnte nicht mehr aufrecht stehen; ihre Hände flatterten umher. Wenn sie nach etwas griff, griff sie ziellos daneben. Ihr Gesicht erschlaffte, ihre Stimme wurde monoton. ›Ich kann meinen Körper nicht mehr spüren‹, erzählte sie den Ärzten. ›Ich fühle mich unheimlich – wie entkörperlicht.‹«

»Entkörperlicht«, wiederholte Winterman.

»Ja. Eine Aussage, die tief blicken läßt. Sie hatte – buchstäblich – das Gefühl verloren, *in* ihrem Körper zu leben. Sie war *nicht* betäubt oder gelähmt. Sie konnte fühlen, sehen, sprechen, die Arme bewegen. Aber das ›Sehen‹ war zu etwas geworden, das dem Betrachten eines Monitors gleichkam, das ›Hören‹ dem Lauschen an Lautsprechern. Sie pflegte es so auszudrücken: ihr Körper sei ›blind und taub gegen sich selbst‹ geworden. Wäre ›Christina‹ eine weniger starke Persönlichkeit gewesen, hätten die psychologischen Auswirkungen katastrophal sein können.«

»Was ist aus ihr geworden?« fragte Vermeers. »Hat sie sich jemals davon erholt?«

Die Morton schüttelte den Kopf und wandte sich vom Fenster ab. »Nein, hat sie nicht. Aber sie hat gelernt, damit zurechtzukommen. Und darin liegt der einzige Hinweis, den wir zum Verständnis der Hraani-*Weltanschauung* haben. Wie andere sinnesblinde Leute lernte sie schließlich, ihren Verlust durch den Einsatz ihrer übrigen Sinne auszugleichen. Die nun fehlende *Proprio*-zeption ihrer Körperhaltung ersetzte sie durch visuelle Wahrnehmung. Sie mußte tatsächlich beobachten, wohin sie Arme und Beine setzte.« Die Morton demonstrierte es; sie kehrte Schritt für Schritt zum Tisch zurück – und *vor* jeder Bewegung blickte sie wiederholt auf ihre Füße hinab. Winterman erkannte die Ähnlichkeit zum Verhalten der Hraani. Kein Wunder, daß ihre Augen in ständiger Bewegung waren! Sie waren ununterbrochen mit einer Art körperlichen Inventur beschäftigt.

»Auf ähnliche Weise«, schloß die Morton, »lernte ›Christina‹ ihr Gehör zu nutzen; mit ihm als Kontrolle konnte sie ihre Stimme modulieren; und ihr Mittelohr-Sinn übernahm einen Teil der Gleichgewichtsfunktion. Aber die Empfindung der Körperlosigkeit verlor sie niemals. Alles, was sie tat, wurde zur Pose, jede Bewegung war ein Kunstgriff. Die Tatsache, daß es im Laufe der Zeit und mit genügend Übung unbewußter und automatischer vonstatten ging, darf nicht über die Tatsache hinwegtäuschen, daß sie nicht mehr in ihrem Körper ›wohnte‹ – sondern ihn nur noch ›bediente‹.«

»Wie ein Puppenspieler«, sagte die O'Donnell, »der eine Marionette bedient.«

Dr. Morton überlegte kurz, dann nickte sie. »Das ist ein sehr gutes Bild, Mrs. O'Donnell. Wir gehen davon aus, daß die Hraani ihr Bewußtsein als ›außerhalb‹ ihres Körpers liegend betrachten. Sie handhaben ihre Körper. Der Unterschied zwischen ›Christina‹ und Johnny Starbuck liegt also in der Auffassung ein und derselben Sache; das, was für uns eine Funktionsstörung des Rückenmarks ist, ist für sie völlig natürlich. Sie haben – wie sollen wir's nennen? – eine intensivere Konzentration entwickelt, schnellere Reflexe. Dennoch können sie sich nicht auf die unbewußte und automatische Koordination ihres Körpers verlassen – die wir als gegeben voraussetzen. Sind sie also abgelenkt und auf etwas anderes konzentriert, so ›verlieren‹ sie die Kontrolle über Gliedmaßen und Haltung. Das ist auch der Grund, weshalb sie sich nie dafür entschuldigen, wenn sie irgend etwas umstoßen – sie halten eine gelegentliche Unbeholfenheit ganz einfach für normal.«

»Oh!« Das war Gunn. Die Morton sah ihn an. »Ich wüßte gern eines. Besuchen sie deshalb so begeistert Konzerte, Ballettvorführungen und dergleichen? Ich meine, wie kann man Musik machen, wenn man ständig bewußt entscheiden muß, wohin der Finger zu setzen ist, um diese oder jene Note zu spielen? Und dasselbe trifft auf das Tanzen zu. Vielleicht sogar noch auf viel mehr.«

»Sport, zum Beispiel«, ergänzte die O'Donnell. »Erinnern Sie sich an Wimbledon, letztes Jahr? Hraani bevölkerten sämtliche Tribünen. Tennis- oder Basketballspielen muß ihnen fast übernatürlich vorkommen.«

Dr. Morton nickte. »Richtig, und viele in unserer Forschungsgemeinschaft sind davon überzeugt, daß die Hraani hauptsächlich unserer ›Superkräfte‹ wegen an uns interessiert sind. Und ich überlege mir...« Sie lehnte sich gegen den Tisch und schaute jeden einzelnen von ihnen an. »Was bewirkt dieser angeborene Mangel an Eigenwahrnehmung? Wie steht es um ihren Glauben, wie um ihr Wertesystem? Wie funktionieren ihre zwischenpersonellen und sozialen Beziehungen? Wir wissen es nicht. Wahrscheinlich *können* wir es gar nicht wissen. Alles, was wir tatsächlich wissen, ist, daß ihr ›Aus-Blick‹ unmöglich mit unserem identisch sein kann, ganz gleich wie ähnlich die Standpunkte oberflächlich betrachtet auch sein mögen.« Und während sie dies sagte, fing sie Wintermans Blick erneut ein und gab ihn nicht mehr frei.

III: Synthese

Es war nicht so, daß die Menschenmengen in den Straßen spärlicher wurden. Das wurden sie nicht. Doch wie die Tage vergingen, bemerkte Wintermans geübtes Auge die Ausdünnung an den Rändern. An einem Tag kauerte eine alte Frau auf einem Heizungsgitter und murrte ärgerlich vor sich hin. Am nächsten war sie verschwunden. Schnell und diskret entfernt. Da war eine Bande schwarzer Jugendlicher, die am Eingang einer Seitengasse herumlungerte und von Passanten ›Wegezoll‹ forderte. Tag für Tag nahm ihre Zahl ab, und die, die übrigblieben, wirkten sehr gehetzt.

Alles in allem, dachte Winterman, geht das Zurechtstutzen ganz zufriedenstellend voran.

Schließlich bemerkten es die Medien.

Es folgte eine Flut von Artikeln und Nachrichtenkommentaren über den plötzlichen Rückgang der Obdachlosenzahlen und Verbrechen. Politiker wurden interviewt. (Und sie zeigten auf, wie sehr doch gerade ihre Politik für diese Verbesserung verantwortlich war.) Polizeibeamte wurden interviewt. (Und sie zeigten auf, wie effizient doch gerade ein durchgreifender, sachlicher Gesetzesvollzug war.) Soziologen wurden interviewt. (Und sie zeigten auf, wie sehr sich ihre Theorien und Analysen doch nunmehr auswirkten.) Ein- oder zweimal wurden sogar ›Leute von der Straße‹ interviewt – obwohl sie nur wilde Geschichten erzählten, von Leuten, die unerklärlich verschwunden waren, und von Kobolden, die binnen eines Augenblinzelns auftauchten und wieder verschwanden. Eigentlich *zu* wild für die Abendnachrichten.

»Guten Morgen, Sergeant«, grüßte Winterman fröhlich, während er frohgemut die Stufen hinaufging.

Oakes wandte ihm triefende, rotgeränderte Augen zu. Er blinzelte Winterman ein paar Sekunden lang an. »Oh, Sie sind's, Captain.« Obwohl er saß, schwankte er leicht auf dem Endpfeiler hin und her.

»Sie sehen nicht gut aus, Sergeant.«

»Hab seit Tagen nicht mehr geschlafen«, erwiderte er. »Kann nicht schlafen. Nicht, solange die Zambos herumschleichen.« Er schlug beiläufig nach einem Fliegenschwarm.

»Es gibt keine …«

»Hab erst neulich einen gesehen«, lallte er, ärgerlich und triumphierend gleichermaßen. »Hab einen gesehen. Früher Morgen. Noch dunkel. Er trug Tarnkleidung, war voller Blätter. Hab ihn erst bemerkt, als er direkt da neben mir stand. Er zeigte auf meinen Ärmel und sagte: ›Welche Funktion? Welche Funktion?‹ Einfach so. Wußte gleich, daß es ein Zambo war, weil, der hatte so einen komischen Akzent.«

Winterman fuhr sich unbehaglich über die Lippen. »Was haben Sie ihm geantwortet?«

Oakes setzte sich mit ein wenig gestraffterem Rücken zurecht und legte eine Hand an die Augenbraue. »Ich hab ihm meinen verdammt besten USMC-Salut* hingelegt; ich hab zu ihm gesagt: ›Artilleriesergeant Jonathon Oakes, fünftes Marinepionierbatallion, zu Ihren Diensten.‹ Der Bastard wollte mir Sand ins Gesicht werfen. Sagte: ›Was nützt es?‹. Dann war er weg.« Oakes' Zunge befeuchtete die Lippen. Er blinzelte wieder zu Wintermans Gesicht herauf. »Ich hab ihn verjagt, Captain. Und ob ich das habe. Ich hab mich dem verfluchten Zambo gestellt, und er ist abgehauen.«

Winterman spürte Eissplitter in seinem Bauch. »Das haben Sie gewiß, Sergeant. Gewiß.« *Aber ..., fragte er sich, wie lange werden sie sich täuschen lassen?* Wie lange wird es dauern, bis sie herausfinden, daß Oakes keine produktive Funktion mehr innehat?

»Sie kommen, Captain! Runter!«

Sterngranaten tauchen das Lager in entsetzliches, farbloses Licht. Das Nähmaschinenrattern von Sturmgewehren. Winzige Geysire aus Erdreich, dort, wo die Geschosse einschlagen. Das dumpfe, fleischige Klatschen, wenn sie menschliche Körper treffen. Das Pfeifen nahender Salven. Schreie. Gebrüllte Kommandos. Männer, die wie von Sinnen rennen. Die Werfergranaten, die ringsum Dreck niederregnen lassen. Der Blitz direkt vor ihm, ein Etwas, das die Nacht in strahlendes Weiß verwandelt. Er wird emporgeschleudert, und er fliegt und stürzt auch schon wieder ab. Die Erde, die sich ihm entgegenbäumt, ihm wie ein Hammer in den Rücken schlägt. Durch Lücken im Dschungeldach der Anblick ferner Sterne. Sergeant Oakes' Gesicht, das auf ihn herunterstarrt. Arme, die ihn hochziehen; ihn tragen. Über Oakes' Schultern ... Der Anblick des aufgewühlten und qualmenden Erdreichs. Eine Granate explodiert und überschüttet sie mit Schlamm und Gesteinsbrocken. Oakes taumelt, aber er fällt nicht. Er rennt; rennt. Sprünge, die ihn bis ins Mark erschüttern, die ihn von einer Seite zur anderen werfen. Dann ...

---

* USMC = US-Marine Corps. – *Anm. d. Übers.*

Winterman hatte seine Entscheidung getroffen. »Kommen Sie mit, Sergeant. Ich nehme Sie mit hinein.«

»Sie meinen, ich werde abgelöst? Wird verdammt Zeit.« Er rutschte von seinem Treppenpfeiler herab und hielt sich sehr unsicher auf den Füßen. Winterman legte ihm einen Arm um die Schulter und stützte ihn. »Vorsichtig.« Hinter sich hörte er das Gemurmel seiner Helfer. Seine Lippen bildeten einen harten Strich. Sollten sie tuscheln!

Er führte Oakes auf die riesigen, gläsernen Portale zu. Während er noch an den Griffen hantierte, zupfte ihn Oakes am Ärmel. »Wissen Sie, die sind doch nicht so hartgesotten, Captain. Diese Zambos. Ich kann's kaum glauben, daß ich jemals Angst vor denen hatte.«

Er führte Oakes zum Aufzug und fuhr mit ihm nach oben, in die Verwaltungsbüros; überraschte und verwunderte Angestellte lugten vorsichtig über die Ränder ihrer Trennwände. Sie begegneten der Morton, als diese gerade mit einer dicken Mappe in den Händen ihr Büro verließ. Sie wich zurück, erschreckt durch die schmutzige, übelriechende Erscheinung; sie hielt beide Arme hoch, bereit, jede noch so zufällige Berührung abzuwehren. Winterman blieb stehen.

»Was stimmt jetzt wieder nicht, Doktor Morton?« erkundigte er sich spöttisch. »Sie haben mir doch geraten, ich solle ihm helfen.«

»Ja, aber …«

»Ja, aber doch nicht hier. In einem staatlich anerkannten Obdachlosen-Asyl, vielleicht. Bringen Sie ihn irgendwohin, Hauptsache, er ist von der Straße weg. Irgendein Heim, das vor allem nicht in der Nähe ist.« Winterman wartete ihre Antwort nicht ab. Vermutlich war er nicht sehr fair zu ihr. Und doch … *Was, wenn ich ihn auf den Schultern hier herauf getragen hätte?*

Janet saß wie gelähmt an ihrem Schreibtisch und starrte Oakes an. »Mister Winterman!« hauchte sie.

»Zerbrechen Sie sich darüber nicht den Kopf, Janet.« Er wandte sich an Oakes. »Dort hinten liegt mein Büro. Es verfügt über einen separaten Waschraum. Darin gibt es eine Duschkabine. Ich würde sagen, Sie säubern sich erst einmal.« Er schlug Oakes auf die Schulter.

Oakes drehte sich um und sah ihn an. »Mächtig gutes Gefühl, wieder unter Ihrem Kommando zu stehen, Captain.« Er streckte eine knochige Hand mit rissigen und geschwärzten Fingernägeln aus. Winterman zögerte nur kurz, bevor er sie ergriff.

»Gutes Gefühl, Sie wieder in der Kompanie zu haben.« Dann wandte er sich wieder Janet zu.

Sie hatte seinen Terminkalender aufgeschlagen, ihr Zeigefinger markierte eine offensichtlich wichtige Uhrzeit, doch sie starrte Oakes hinterher, der in Wintermans Büro verschwand.

»Janet!« sagte er schneidend.

»Oh!« Sie konzentrierte sich wieder auf den Terminkalender. »Zwei Ihrer heutigen Termine wurden abgesagt. – Mr. Rollins' Sekretärin hat angerufen und gebeten, die für den Vormittag angesetzte Telefonkonferenz zu verschieben. Und als ich in Mrs. Thurlows Büro anrief, um die Nachmittags-Besprechung zu bestätigen, sagte man mir, daß sie schon seit vorgestern nicht mehr im Büro gewesen sei.«

»Das ist jetzt gleichgültig«, kommentierte er und dachte kurz daran, daß er diese Termine ohnehin hätte streichen lassen müssen. »Holen Sie mir sofort Johnny Starbuck ans Telefon. Sagen Sie ihm, es ist dringend. Ich bestehe darauf, die Pläne zu modifizieren. Sagen Sie ihm das. Dann schicken Sie mir jemand, der für Sergeant Oakes Kleider einkaufen geht. Freizeitkleidung dürfte wohl genügen, denke ich.«

»Jawohl, Sir!« Janet ging mit Feuereifer daran, seine Anweisungen auszuführen; eher beiläufig sagte sie noch: »Wissen Sie, seit einer Woche oder so gefällt mir Johnny überhaupt nicht mehr so gut wie früher.«

Winterman hielt unmittelbar vor der Tür zu seinem Allerheiligsten inne. »Wie?«

»Seine Show.« Sie klemmte sich den Telefonhörer mit einer hochgezogenen Schulter ans Ohr, damit sie beide Hände frei hatte, um ihre Flip-Kartei durchblättern zu können. »Die Einschaltquoten sinken, habe ich gehört. Irgendwie klingt sein ›Was nützt es?‹ überhaupt nicht mehr komisch. So, wie er es jetzt sagt, meine ich. – So was sagt man einfach nicht über den König von England, nicht einmal im Spaß.«

Winterman schüttelte den Kopf. Die Einschaltquoten der *Johnny Starbuck Show* waren im Moment seine geringste Sorge. Er marschierte in sein Büro.

Die Tür zum Waschraum war angelehnt. Er konnte das Geräusch strömenden Wassers hören. Dunststreifen schlangen sich um die Türkante. Winterman ging hinüber und schloß die Tür, um das Rauschen des Wassers zu dämpfen.

Oakes. Er hatte nie beabsichtigt, daß Oakes... Nur, was *hatte* er dann beabsichtigt? Nutzlos? Natürlich. Oakes hatte der Nutzlosigkeit eine neue Bedeutung verliehen. Doch sooft er über das Problem der Straßenleute nachgedacht hatte – an Sergeant Oakes im speziellen hatte er dabei nie gedacht. Ein blinder Fleck. Warum? *Und warum jetzt diese plötzliche Dringlichkeit?* Oakes jedenfalls wäre bei den Hraani besser aufgehoben. Ein neuer Anfang. Sentimentale Anwandlungen? Wenn die Natur Oakes als Überschuß deklarierte, was für einen Sinn hatte es dann noch, sich dagegen zu wehren? Hatte er einen solchen Kampf nicht gerade eben verloren? War das nicht die Lektion gewesen, die er soeben gelernt hatte? Es war sinnlos, Berufung einzulegen gegen den Urteilsspruch der Natur. Er starrte die Tür des Waschraums an. Er konnte Oakes' unter der Dusche singen hören, doch er erkannte die Melodie nicht. – Nur: Spielte das, was er heute tat, überhaupt eine Rolle? In einer Woche würde Oakes wieder dort sein, wo er ihn aufgegabelt hatte.

Genau wie das letzte Mal.

Das Interkom summte. »Ja, Janet?« sagte er Richtung Schreibtisch.

»An der Küste ist es erst fünf Uhr morgens«, meldete sie sich. Ihre Stimme klang blechern und fern. »Außer dem Nachtwächter ist niemand in Johnnys Studio.«

»Sehen Sie zu, daß ihn seine Leute aufspüren«, wies er sie an. *Muß ich denn hier für alle denken?* »Es ist äußerst wichtig!«

»Jawohl!« Janet schaltete ab, und Winterman fand sich selbst in der Mitte seines Büros stehend – mit nichts anderem beschäftigt als warten. Warten, bis Oakes aus der Dusche kam. Warten, bis Janet Starbuck ausfindig gemacht hatte.

Er wippte von einem Fuß auf den anderen, entschied, daß man dagegen wohl machtlos war, und setzte sich an seinen Schreibtisch. Kaum hatte er sich den ersten Aktenordner hergenommen, um die Details der bevorstehenden Geschäftsübernahme aufzufrischen, als ihm Janets Hinweis einfiel. Rollins' Sekretärin hatte den Termin abgesagt.

Versuchte sich Rollins vor dem Handel zu drücken? Sechs Monate Vorbereitung, bis alles so weit war, und jetzt...

Um Janet nicht mit einer weiteren Aufgabe zu überfordern, griff Winterman selbst zum Telefon und tippte die Nummer ein.

»Rollins, Corona und Moffett«, meldete sich eine angenehme Stimme. »Was können wir für Sie tun?«

»Ja, hier ist Winterman. Verbinden Sie mich mit Rollins.«

Es folgte ein Moment schockierten Schweigens, als sich der Telefonist mit einem Chef auseinanderzusetzen hatte, der seinen Anruf *höchstpersönlich* erledigte. Dann hatte er sich offenbar entschlossen, den Schwarzen Peter, wie es das Protokoll vorschrieb, weiterzugeben. »Ich verbinde Sie mit Mr. Rollins' Sekretärin.«

Ein kurzer Summton war zu hören, bevor die Sekretärin abnahm. »Mr. Rollins …?«

»Nein, hier ist Winterman von den Winterman Companies. Ich rufe wegen unseres heutigen Termins an.«

»Oh, Mr. Winterman, ich habe bereits Ihr Büro benachrichtigt und ihn verschieben lassen.«

»Das weiß ich«, erwiderte er ruppig. »Ich rufe an, weil ich wissen möchte, weshalb. Kann ich ihn sprechen?«

»Er ist noch nicht da.«

Winterman sah auf die Uhr und schnaubte. »Unsinn. Jim Rollins ist schon vor sieben in den Startlöchern, und jetzt ist es nach acht. Die Börsen eröffnen gleich.«

»Das weiß ich, Sir. Aber er ist wirklich noch nicht da. Wir haben bei ihm zu Hause angerufen, aber sein Personal sagt, er sei bereits fort gewesen, als sie aufgewacht sind. Offen gesagt, Mr. Winterman, wir machen uns schreckliche Sorgen um ihn.«

»Ich verstehe. Haben Sie irgend etwas von einem Unfall gehört? Er kommt über den Sawmill River Parkway, nicht wahr?«

»Nein, Sir. Kein Wort – überhaupt nichts.«

»Nun … Wenn Sie doch noch etwas hören, würde ich mich über einen Anruf freuen.«

»Ja, Sir.«

»Danke.«

Winterman legte sehr bedächtig auf. Er schürzte die Lippen. Sein Blick fiel auf die zweite Akte. Das Thurlow-Projekt. Und sie war, Janet zufolge, bereits seit zwei Tagen nicht mehr gesehen worden. Rollins. Die Thurlow. Plötzlich hatte Winterman das Gefühl, abzustürzen. Er legte die Hände auf seinen Schreibtisch, um sich festzuhalten. Dann zog er das Telefon zu sich heran und drückte die Eilruf-Tasten.

Fünfzehn Minuten später war er fertig. Von den dreiundzwanzig anderen Börsianern und Finanziers, mit denen er häufig geschäftlich zu tun hatte, waren bis 8 Uhr 22 dreizehn nicht in ihren Büros erschienen. Sechs davon waren seit zwei Tagen nicht in Erscheinung getreten, vier bereits seit drei Tagen. Winterman faltete die Hände zu einer Kugel und beobachtete, wie sich die Ränder seiner Fingernägel weiß verfärbten.

Adveidy shu-ch'sen. Nutzlose Leute.

Er drückte die Interkom-Taste. »Dr. Morton?«

»Ja, Mr. Winterman. Kann ich Ihnen behilflich sein?«

»Bei zwei weiteren Sätzen, wenn es Ihnen recht ist.« Er schloß die Augen und konzentrierte sich; versuchte sich zu erinnern. »Dvaadi-q'pang-eq'panga-erds, und … äh … dv'd-qping-ubesn. Präzise – worin besteht der Unterschied?«

»Könnten Sie das bitte wiederholen? Sie müssen ›ubsn‹ meinen, nicht ›ubesn‹. Einen Augenblick. Ich muß in meinen Notizen nachsehen.« Es folgte eine kurze Stille, dann war ihre Stimme wieder da. »Da haben wir's. Dv'd bezeichnet, wie Sie bereits wissen, eine Person, ein Individuum. Q'png ist eine Vereinigung, Dvaadiq'pang sind Individuen, mit der Eigenschaft einer Vereinigung. Eine Vereinigung mit beschränkter Haftung etwa; die Begriffe *Gemeinschaft* oder *Gesellschaft* wären allerdings noch treffender.«

»Und erds und ubesn? Was bedeuten sie?«

»Ein Anfangsvokal in der ersten Deklination bedeutet das Schaffen einer Sache. *Erds* bedeutet die Schaffung von *rds* oder Produkt – Produktion, während *ubsn* die Schaffung von *bsn* oder Besitztümern bedeutet – Erwerb. Dementsprechend bedeutet die erste Formulierung ›eine Gesellschaft, die Güter produziert‹ und die zweite ›ein Individuum, das Gesellschaften besitzt‹. Warum interessiert Sie das so?«

»Dann unterscheiden die Hraani also sehr wohl zwischen besitzen und produzieren.«

»Natürlich. Wer tut das nicht?«

Es gibt Leute da draußen, die nichts produzieren. Sie sind nutzlos. Sie haben keine Funktion. »Ah, aber die Nuancen, Doktor«, sagte er traurig. »Die Nuancen.«

Er unterbrach die Verbindung und blieb minutenlang sitzen, ohne etwas Spezielles anzusehen. Er empfand nichts. Keine Überraschung. Keinen Zorn. Er fragte sich, ob er in einer geheimen Ecke seines Verstandes nicht immer damit gerechnet oder es sogar beabsichtigt hatte. Dann stemmte er sich hoch und schritt zur Tür des Waschraums und klopfte an.

»Oakes? Oakes!« Er öffnete und beugte sich durch den Türspalt. »Wenn ein Hran Sie je fragt, was Ihre Funktion ist, dann sagen Sie ihm, daß Sie mein Kundschafter sind. Sagen Sie, daß Sie auf meiner Treppe herumgesessen sind, weil Sie einen Geheimauftrag von mir hatten; Sie sollten auf Verbrechen achtgeben, die mich gefährden könnten. Sagen Sie, daß das Ihr *adveidy* war.« Um das Rauschen des Wassers zu übertönen, rief er ihn. »Oakes, haben Sie mich verstanden?«

Doch außer dem Zischen der Handbrause war absolut nichts zu hören. Winterman betrat den Waschraum. »Sergeant?«

Durch das Glas der Duschkabine war nichts zu sehen. Eine Entschuldigung auf den Lippen, zog Winterman sie auf.

»Sergeant?«

Die Kabine war leer.

Wasser strömte aus dem Duschkopf. Es sprühte auf die Fliesen heraus und besprenkelte Winterman wie der Weihwedel eines Priesters. Es prasselte in die Duschwanne, wirbelte schäumend und blubbernd in den Abfluß. Winterman lehnte sich mit dem Gesicht gegen das Glas. Es war kalt und naß. »Jonathan«, flüsterte er.

IV: Apotheose

An diesem Punkt seines Lebens angelangt, stellte Winterman fest, daß es nur sehr wenige Dinge gab, auf die er stolz sein konnte; und dann auch nur Kleinigkeiten. Eine davon war, daß ihm selbst nach so vielen Jahren seine alte Gala-Uniform noch paßte. Er stand im Ankleideraum seines Besitzes in Connecticut vor dem großen Spiegel und strich die Falten glatt. Carlos hatte sie hervorragend gereinigt und gebügelt. Der Geruch nach Zedernholz war kaum mehr wahrnehmbar.

Er rückte die weiße Schirmmütze auf dem Kopf zurecht. Der Adler-Globus-Anker, der vorne daran befestigt war, bestand aus dunklem Messing. Er fragte sich kurz, was sein Personal wohl von seiner unerwarteten Rückkehr aus der Stadt hielte; von der telefonischen Bitte, seine Uniform bereitzulegen. Jetzt hat er doch noch seinen Knacks bekommen; er konnte sich gut vorstellen, daß sie genau das dachten.

Er starrte in den Spiegel. In seine Augen. Dann drehte er sich abrupt um und schritt davon.

Es war sehr still im Haus – er hatte dem Personal für den Rest des Tages freigegeben –, und er beschloß, im Wohnzimmer im Erdgeschoß zu warten. Fotografien und Gedenktafeln füllten die Wand. Winterman mit Präsidenten. Winterman mit Scheichs und Filmstars. Preise. Anerkennungen. Winterman ging von einem zum anderen; und vor jedem blieb er für einige Augenblicke stehen.

Plötzlich spürte er das Wirbeln der Luft; eine Störung, wie von einer Feder verursacht. Ein leichter Luftzug kitzelte seine Wange.

»Hallo, Johnny«, sagte er in den Raum hinein. »Ich habe Sie erwartet.«

Mit einem Ruck drehte er sich um und sah sich Starbuck gegenüber; Starbuck in seinem Goldlamee-Freizeitanzug. Er hatte sich das weiße Abzeichen mit der darauf befindlichen blauen Raute an die rechte Brustseite geheftet. Auf der linken trug er ein größeres, quadratisches Abzeichen, das Winterman nun zum erstenmal sah. Es war voller gewundener Linien und Striche; eine Art chinesisches Ideogramm. Der zeremonielle Dolch der Hraani steckte in einer Scheide an seiner Gürtelmitte.

»Sie sind wieder Teil ihres Volkes geworden, nicht wahr, Johnny?«

Der Hraani-Fernsehstar sah ihn ausdruckslos an; er antwortete nicht. Aus dem Handgelenk heraus streute er Elfenstaub – etwas, das ihn Winterman nie zuvor hatte tun sehen. Winzige Partikel wirbelten einem Fliegenschwarm gleich durch die Luft.

»Was sind Sie?« fragte Winterman. »Ein Abenteurer? Übermittler? Ein Taugenichts, das schwarze Schaf der Familie? Nun, ich nehme an, es spielt keine Rolle mehr. Vermutlich hatte es seinen Reiz, unter uns Eingeborenen zu leben, doch es muß ein gutes Gefühl sein, wieder von der zivilisierten Gesellschaft akzeptiert zu werden. Wieder in die Uniform zu kommen.«

Johnny tastete über seine Abzeichen. »Ng-adveidyechsan, Winterman-dv'd. Meine Funktion. Mein Platz. Mein Platz oder deiner. Dolmetscher ...« Er berührte die Raute, die, wie Winterman nun bemerkte, die stilisierte Wiedergabe eines Hraani-Lippenpaares war. »Die Zeit, der Ort, der Zweck, n'est pas? Das Verstehen dessen. Mein Leben. Mein Stolz. Das Kennen meiner Person durch andere.«

So viele Details in einem derart simplen Emblem verschlüsselt? dachte Winterman. Vielleicht. Wenn man aufmerksam genug war, die Feinheiten in Größe, Krümmung und Färbung wahrzunehmen. Und Dr. Morton zufolge war den Hraani ein gnadenloses Ausmaß an Aufmerksamkeit eigen. Immerhin erklärte dies die lange, langsame Art der Begrüßung. Es dauerte seine Zeit, neue Bekannte zu erfassen, ihren Lebenslauf zu ›lesen‹. Trotz der hochentwickelten Technologie der Hraani hatte ihre Sitte des Abzeichenlesens überlebt; wie auch das Händeschütteln der Menschen als eine Notwendigkeit zum Nachweis leerer – unbewaffneter – Hände überlebt hatte. »Und das größere Abzeichen?« fragte er.

Starbuck strich sich über die Brust. »Unterhalter von Erdlingen. Neue Funktion. Neuer Platz im Leben. Erstes Abzeichen.« Er deutete auf einen einzelnen Punkt in der rechten oberen Ecke. »Jean le Premier. Sie dürfen meine Füße küssen.«

Plötzlich fuhr es Winterman durch den Sinn, daß Starbuck nicht einmal einen Bruchteil dessen, was er sagte, auch tatsächlich verstand; er war nur eine Art Papagei, er wiederholte lediglich irgendwann gehörte Formulierungen. Eine Art sprechender Zauberkasten. *Diese* Worte lösten *jene* Antwort aus. Und was den *Inhalt* dieses Zauberkastens betraf... Starbuck hatte keine Ahnung von der tieferen Bedeutung der Worte.

Winterman lächelte traurig. Es war ein melancholischer Gedanke: festzustellen, daß Johnny nie versucht hatte, komisch zu sein. »Was nützt es?« war stets als ernsthafte Frage gedacht gewesen.

Starbuck ruckte den Kopf empor. »J'wn ab'nse' ot'ngut, Winterman.«

Winterman nahm Haltung an. »Ralph Hugo Winterman, Captain, fünfte Pioniere, USMC.« Er deutete auf die kleine, bunte Ordensspange. »Drei Jahre im Corps.« Auf das Kreuz. »Schützen-Dienstgrad.« Auf die anderen militärischen Bänder und Streifen, die sie immer nur als *Obstsalat* bezeichnet hatten. »Expeditionstruppe Mosquito Coast. Ehrenvolle Erwähnung der Einheit für den Sturm auf den Brückenkopf auf Corn Island. Medaille für gute Führung.« Winterman spürte, daß ihm vor lauter Unsicherheit am ganzen Körper Schweiß ausbrach. »Silberner Stern für das Zerschlagen des sandinistischen Panzerangriffs bei Monkey Point. Purpurnes Herz, verwundet durch eine Werfergranate in Bluefields. Die gleiche Schlacht«, fügte er hinzu, »an deren Anschluß Sergeant Jonathan Oakes die Ehrenmedaille des Kongresses erhielt.«

»Ehemaliger Captain«, sagte Johnny Starbuck schlicht und endgültig.

Wintermaß schloß kurz die Augen. Er hatte nicht wirklich erwartet, daß es funktionierte. Die Hraani waren ein sehr methodisch vorgehendes Volk, und sie lernten schnell. Doch obgleich er den genauen Grund nicht hätte benennen können, war es wie ein Zwang gewesen, die alte Uniform anzulegen. »Ich nehme an, Sie sind gekommen, um mich zu holen«, sagte er.

»Der Antragsteller hat beantragt. Ein ehrlicher Handel.«

Winterman spürte, wie ihn ein Frösteln durchlief. Echos von Dr. Mortons Warnung. Alle Hintergedanken zu spät. Es war, als würde er bergab rollen, und die Geschwindigkeit nahm ständig zu. Humpty Dumpty: Wenn ich etwas sage, dann *meine* ich es auch genau so, Wort für Wort. Das ist es nicht, was *ich* mit ›Erfolg‹ gemeint habe, hatte er zu der Morton gesagt. Mit den Advokaten reden, aber ohne echten Kontakt, ohne echten Kontakt. Etwas sagen und etwas völlig anderes hören. Person und Funktion – die beiden Seiten ein- und derselben Münze. Nutzlose Leute. Aber nicht Oakes! Er ist nicht nutzlos. Hat mir das Leben gerettet, damals. *Und ich habe mich geschämt, von seinesgleichen gerettet worden zu sein.* Die Wahrheit dieser Erkenntnis war wie ein Messerstich im Herzen. Zu stolz, zu stolz. »Was …?« Er schluckte. »Was ist ein ehrlicher Handel?«

»Wahrheit oder Konsequenz. Wahrheit und Konsequenz. Wahrheit *ist* Konsequenz.« Johnny sah ihn an. Sein grünes Fell kräuselte sich. »Achtung! Der Salut!« Johnny strich sich über die Brust.

Winterman lächelte still in sich hinein, legte die Hand an den Mützenschirm und grüßte zackig.

»Die größte Selbstlosigkeit«, lobte Johnny. »Das Stellen eines Vorschlags gegen sich selbst. Das Entfernen nutzloser Leute von der Straße. Winterman, der große Mann von der Straße, was?« Er hielt sich einen Zeigefinger an den Kopf, bildete mit dem Daumen einen Pistolenhahn, mit dem Mittelfinger einen Abzug. »Die Ehre: ihre Erfüllung, mein Privileg.«

Winterman stand in Parade-Ruhestellung. »Haben Sie sich das erbeten? Meine ›Ehre‹ erfüllen zu dürfen?«

Johnny schwieg. Sein Körper kippte leicht. »Sei es je so demütig. Hallo, Schatz, ich bin wieder da! Fünf Jahre, T'rran. Fünf Jahre hier auf T'rrana. Das Denken der T'rraani. Die arithmetische Summe.« Ein Schlag gegen die Brust. »Das Denken des t'rran-hran.« Er machte eine Pause, zischte wie ein Dampfkessel kurz vor der Explosion. »Ich wußte, was Ihr Vorschlag zu bedeuten hatte, Winterman.«

Winterman war so gewaltig über den in perfektem Englisch ausgesprochenen Satz verblüfft, daß es ihm für einen Moment die Sprache verschlug. »Was ... er zu bedeuten hatte?«

»Sie von der Straße entfernen«, zitierte Johnny. »Sie wegschaffen. So lautet das Anliegen. Keine Nebenabsprachen. Keine Haken.« Er strich sich abermals über die Brust.

Winterman atmete tief durch. Er ließ einen weiteren Blick durch sein Haus schweifen. Der Reichtum der Hölzer, die Weichheit der Teppiche. Die Eleganz der Lüster. Schimmerndes Kristall, poliertes Messing. Der schwarze, blitzsaubere Flügel in der Ecke, die grotesk verzerrten Reflexe darauf – er fühlte sich wie in ein Spiegel-Kabinett versetzt. Es war soweit, er würde gehen, um unter denen zu leben, die er stets verachtet hatte. Penner, Prostituierte, Süchtige.

Sergeant Oakes.

Er hielt sich gerade. Das schuldete er Oakes ... Jonathon. Sich selbst. Es war gerecht. Die gerechte Strafe für sein Versäumnis. Er würde sie ohne zu jammern hinnehmen. Man fühlte sich den gefallenen Kameraden nahe; es war eine Art Verpflichtung, und, verdammt, diese Verpflichtung bestand weiter, auch wenn man die Uniform nicht mehr trug. Ganz gleich, wie sehr man sich auch anzuerkennen schämte, ausgerechnet einem Stadtstreicher etwas zu schulden. Wenn das bloße Gefühlsduselei war, ein vergebliches Ankämpfen gegen Entropie und Natur – auch gut. »Ich bin bereit. Wir können gehen.«

Johnny warf den Kopf in den Nacken. Seine rechte Hand bewegte sich, und der Kristalldolch schien wie von selbst aus der Scheide zu gleiten. Starbuck kam auf ihn zu. Wintermans Herz übersprang einen Schlag. *Aber …*

Aber – *was*? Hast du wirklich geglaubt, sie bringen sie zu den TransPluto-Habitaten? Warum hättest du das glauben sollen? Kein Hran hat das je behauptet. ›Sie entfernen.‹ Er wußte, was er damit gemeint hatte; was er in jenem dunklen und frostigen und nie erforschten Teil seines Herzens stets damit gemeint hatte. ›Sie entfernen.‹ Er hatte sich niemals zu genau nach den Plänen der Hraani erkundigt; so daß er es jederzeit leugnen konnte, sogar vor sich selbst.

Trotzdem wollte er es wissen.

»Wofür brauchst du das Messer, Johnny?«

»Zum Durchtrennen der Verbindungen«, teilte ihm Johnny mit. »Keine Nebenabsprachen. Sie verlangen nichts für sich selbst.«

Exkurs

»Bist du dir ganz sicher?« vergewisserte sich Cynthia Morton.

»So sicher, wie's nur geht, Cyn«, erwiderte die Stimme am Telefon. »Wir haben unser komplettes Bildmaterial per Computer-Vergleichstests ausgewertet und das Ganze noch einmal stichprobenweise überprüft. Jeder Zweifel ist ausgeschlossen. Manche Unterschiede sind haarfein, trotzdem: Nicht eine Hraani-Uniform gleicht der anderen. Zumindest keine derjenigen, die wir gesehen haben.«

Cynthia Morton dankte dem Anrufer und legte auf. *So,* dachte sie. *Also sind es im Grunde genommen gar keine Uniformen, wenigstens nicht in unserem Sinne des Wortes. Sie sind Ausdruck von Individualität, nicht von Gleichförmigkeit.* Sie blickte aus ihrem Bürofenster Richtung Wintermans Büro. Sie konnte es kaum erwarten, es dem faschistischen Bastard zu erzählen.

Sie würden sich für die Hraani-Kleidung einen neuen Begriff einfallen lassen müssen. ›Uniform‹ war wirklich nicht angemessen. Ein neues Wort. Wenn aus ›Gleichförmigkeit‹ ›Uniform‹ wurde, dann wurde aus ›Individualität‹ …

Individuum.

Dv'd.

Die Aufregung durchraste sie wie ein Feuer. Ja, ja! Dieses Wort bedeutete nicht einfach nur ›Person‹. Es umfaßte Nuancen, Resonanzen. ›Das, was eine Person von anderen unterscheidet.‹ Es mußte sich sowohl auf das Kleidungsstück als auch auf die Person beziehen, die es trug!

Sie zog ihr Notizbuch heran, schlug ihre *dv'd* betreffenden Aufzeichnungen auf und begann hastig zu schreiben. Die Unterscheidung zwischen dv'd und hrn hatte sie schon lange verwundert. Warum sich die Außerirdischen ›Hraani‹ nannten, statt ›Dveieida‹. Die allgemein akzeptierte Erklärung lautete, daß die beiden Worte vergleichbar waren mit ›Terraner‹ und ›Menschen‹. Allerdings hatte *sie* diese Erklärung niemals zufriedengestellt. Sie hatte immer das hartnäckige Gefühl gehabt, daß es da eine feine, jedoch bedeutsame Nuance gab, die ihr aufgrund der psychologischen Verschiedenartigkeit der beiden Rassen entging. Worte waren stets verbunden mit dem Begriff der Individualität; die Frage war also: wie sah es bei körperblinden ›Personen‹ damit aus? Cynthia Morton war davon überzeugt, daß es nur terranischen Wissenschaftlern gelingen konnte, die Dichotomie zwischen den beiden Rassen zu verstehen. Die Hraani würden nicht einmal begreifen können, daß eine solche Dichotomie überhaupt existierte... und selbst wenn, dann war dieses Verstehen in der physischen Tatsache terranischer ›Superkräfte‹ verwurzelt statt in der abstrakten Vorstellung eines ›geheimen Sinnes‹.

»Man ist, was man tut«, kritzelte sie in ihr Notizbuch. Sie hielt kurz inne und las, was sie geschrieben hatte. Ihr assoziatives Notieren erbrachte oft genug weniger als nichts, doch manchmal...

Ja, es paßte. Man ist, was man tut. Das Konkrete gegen das Abstrakte. Dv'd. Aber Person-Sein war eine Abstraktion, der Geist, der sich selbst erfuhr. Das Hraani-Konzept mußte konkreter sein. War nicht mehr ›Person‹ als ›Uniform‹. – Waren ›Person‹ und ›Funktion‹ aus diesem Grund buchstäbliche Synonyme?

Aber jeder Hraani-Verstand mußte sich als konkrete Wesenheit begreifen, als dv'd. (Sie stellte sich einen ›Hraani-Descartes‹ vor, der sprach: *»Ich denke, also bin ich«* – und war verblüfft, als ihr klar wurde, daß der Aphorismus in B'niire eine Tautologie war.) Das war konkret genug, doch was war mit anderen Individuen? Dem Hraani-Verstand war es unmöglich, andere konkret zu erfahren.

Nun, dem menschlichen ebenso. Wo also lag der Unterschied? War der Verstand anderer deshalb irgendwie weniger real?

Nicht für Menschen. Menschen lebten in ihrem Kopf, daher *wußten* sie aus ureigenster Erfahrung, daß jeder Körper ein Ich beherbergte. Ich denke, also bist *du*. Anders bei den Hraani: Sie lebten nicht einmal ›in‹ ihren

Körpern. Sie empfanden ihre Körper als Dinge, Besitztümer. Als *hrn*, dachte sie triumphierend, der von einem *dv'd* gehandhabt… gesteuert wurde!

Ja. Hrn und dv'd. Körper und Ich. Ähnliche Begriffe, jedoch mit völlig verschiedenen Vorstellungen verbunden.

Konnte sich ein dv'd in seinem tiefsten Inneren tatsächlich vorstellen, daß andere Hraani – Freunde, Gefährten, Bekannte, Fremde – mehr waren als nur physische Objekte? Vielleicht. Aber nur als abstraktes Prinzip, etwas, das man vom eigenen Ich her ableitete und verallgemeinerte. Und die Hraani waren, was Abstraktionen betraf, notorisch schwach.

Gütiger Himmel, eine ganze Rasse von Solipsisten!

Wie mochte es sein, niemals Kontakt mit einer anderen Person zu haben – außer durch die mechanische Vermittlertätigkeit zweier Hraani-Körper? Wenn man zwei Maschinen miteinander koppelte – war dann so etwas wie ›miteinander schlafen‹ möglich? Und wie war das mit einer tröstenden Berührung, einer Geste der Zärtlichkeit; des Miteinanders? Sie waren sinnvoll, weil ›man‹ wußte, am anderen Ende dieser *Kommunikationsverbindung* war eine Person… ein Wesen wie du und ich. Weil uns unsere Eigenwahrnehmung, unsere Propriozeption, sagt, daß jeder Körper ein Ich beherbergt. Was aber, wenn andere Wesen niemals etwas anderes gewesen waren als Stimmen in einer Membran, oder Leuchtpunkte auf einem Bildschirm?

Sie müssen, dachte sie, die einsamste Rasse des ganzen Universums sein. Sie können sich nicht berühren, wie wir Menschen das können. Obwohl (sie blickte kurz zu Wintermans Büro hinüber) es uns oft genug schwer fällt. Deshalb drapieren sie ihren hrn mit konkreten Darstellungen ihrer dv'd-heit, es ist, als würden sie eine Fahne aus einem Fenster hängen. In der verzweifelten Hoffnung, Kontakt zu bekommen? Oder begann sie bereits zu anthropomorphieren? Wenn man niemals eine andere Seele kennengelernt hat, konnte man sie dann vermissen?

Vor ihrem geistigen Auge sah sie bereits ihre Monographie Gestalt annehmen. Es würde eine folgenreiche Arbeit werden, eine, die sie als herausragende Persönlichkeit dieses Forschungsgebietes etablieren würde. Oh, sie würde so viele lose Enden miteinander verknüpfen. Die heute zum Aussterben verurteilten Hraani-Religionen enthielten einen gemeinsamen Glauben an die Seelenwanderung. Ja, natürlich. Es war ein logischer Schluß für ein *körperfernes* Volk. Und das komplette Fehlen von Beerdigungsbräuchen. Der Tod konnte ihnen nicht mehr bedeuten als einem Lastwagenfahrer ein Motorschaden. Leicht zu glauben, wenn man den Körper als Maschine erlebte, als etwas, das ›bedient‹ werden mußte – wie eine Marionette.

Sie blickte wieder zu Wintermans Büro hinüber; sie fragte sich, wohin er vorhin in so großer Hast gegangen war – und wann er wieder zurück sein würde. Es war längst Zeit für ihr regelmäßiges Briefing. Sie schob ihre Notizen zusammen. Dann nahm sie die aktuelle Ausgabe der *Zeitschrift für Anthropologie* zur Hand und lehnte sich zurück. Sie würde warten. Und wenn er wieder im Hause war, würde sie ihm eine Menge zu erzählen haben. Sie war schon mächtig darauf gespannt, ob er zugeben würde, daß ihre Folgerungen ganz einfach faszinierend waren.

Originaltitel: ›THE COMMON GOAL OF NATURE‹ • Copyright © 1990 by Davis Publications, Inc. • Erstmals erschienen in ›Analog‹, April 1990 • Mit freundlicher Genehmigung des Autors • Copyright 1996 der deutschen Übersetzung by Wilhelm Heyne Verlag, München • Aus dem Amerikanischen übersetzt von Uwe Luserke • Illustriert von Jobst Teltschik

---

Michael K. Iwoleit · Deutschland

WACHABLÖSUNG

Für David I. Masson

Er war einer von Millionen Keimen in der extrauterinen Plazenta. Während er über die Monate vom Vielzellerstadium zum Fötus heranreifte, lösten sich in den Ebenen über und unter ihm unzählige Individuen aus dem Verband der Matrix. In regelmäßigen Abständen wälzten Stoßwellen wie Kontraktionen einer künstlichen Muskulatur die Gallerte um und führten neuen, mit Aminosäuren, Nukleotiden, Kohlehydraten und Sauerstoff angereicherten Nährsirup an die Zellknäul heran. Vom Zeitpunkt, da die Differenzierung seines Körpers in Nervensystem und innere Organe, dann in Kopf, Leib und Gliedmaßen einsetzte, diffundierten von ausgeschütteten Enzymen aktivierte RNA-Stränge aus dem Umgebungsmedium ins Innere seiner Zellen und modifizierten sein Genprogramm um die jüngsten Resultate der autoevolutiven Prozesse. Im fünften Monat begann eine Membran ihn von der Umgebung abzuscheiden und einen Raum zu umschließen, der im Laufe des vierwöchigen Transfers zum Ort seiner Geburt zur Keimzelle seines künftigen Lebensraums werden sollte.

Signalhormone beschrieben präneuronale Bahnen durchs Innere der Kammer, die ihn transportierte. Er vollführte erste Bewegungen, spürte erste Sinneseindrücke in ihm aufblitzen, die sich allmählich zu einem Uruniversum aus Wärme, Feuchtigkeit und Halbdunkel verdichteten. Sein vegetatives System stimmte die Muskeln, Sehnen und Gelenke durch Zuckungen und unwillkürliche Bewegungen auf die Strapazen der nahen Säuglingsphase ein. Er tastete mit den Händen durch eine zähe stoffliche Leere, stieß an die Membran und drückte kleine Beulen nach außen. Das Schlingern vor seinen Augen gewann Konturen. Er begann zwischen dem Fruchtwasser, in welchem er schwebte, und dem, was hinter dem wächsernen Vorhang auf ihn zu- und von ihm wegrollte, als zwei Sphären seiner Existenz zu unterscheiden. In den letzten Wochen wucherte ein Bündel von Axonen durch die Poren seiner Schädeldecke, bildete im Verzweigen neue Sinneszellen aus und bereicherten seine Wahrnehmungen um die Dimensionen höher aufgelöster Bilder und genauer unterscheidbarer Strömungen.

Die Kammer pflügte breite Schneisen durch die Keimbeete, gelangte über abschüssige Grate auf tiefere Ebenen und schließlich an die Peripherie des Zuchtkomplexes, wo die Matrix an eine ausgedehnte, in unzählige sechseckige Parzellen unterteilte Kristallebene grenzte. Indem sie amöbenartige Scheinfüßchen ausstülpte, folgte die Zelle einer chemischen Spur, die sie an ihren Bestimmungsort führte. Unter der Ebene schwemmte ein Ozean aus gesättigter Silikatlösung frisches Baumaterial an die entleerten Parzellen heran und bereitete sie auf die Aufnahme neuer Föten vor. Hier und dort wölbten sich Kammerdeckel unter dem Druck, platzten auf und entließen zur Hallendecke in raschem Wachstum begriffene Säulengebilde, hinter deren transparenten Wänden sich menschliche Körper abzeichneten. Wo sie die Scheidewand zur äußeren Welt durchstießen, tanzten Lichtstrahlen über die optocybernetische Brutstätte.

Die Zelle nistete sich in einem Gebiet einige Kilometer abseits einer Ballungszone ausgereiften Wachstums ein. Ihre Außenhaut löste mittels abgesonderter Feuchtigkeit einen Kanal in den Kristall, wurde von den scharfkantigen Rändern aufgeschlitzt und entließ ihr Inneres, durch Gewebewachstum inzwischen halb geronnen, in die neue Umgebung. Während durch Porenkanäle überschüssige Flüssigkeit in den Ozean abfloß, bildete die absterbende Hülle einen luftdurchlässigen und lichtdämpfenden Deckel, unter dem der Säugling strampelnd und kreischend seine ersten Atemzüge tat. Von den Wucherungen seines Gehirns in allen Bewegungen beschnitten, spielte seine Aktivität sich in den nächsten Tagen zwischen immer kürzeren Schlafperioden auf ein Niveau ein, das ihm hinreichende Robustheit verlieh, um den Stoffwechsel des Gehirns zu optimieren.

Während Myriaden Neuronen mit den Kristallwänden zu feingefächerten Synapsenschaltfeldern verhefteten, über die sie ihre genetischen Informationen auf die replikativen Mechanismen der Elementarkristalle übertrugen, beließen die Entwicklungsprozesse seine Sinne noch einige Tage in ihrer anfänglichen Funktionstüchtigkeit. Er nahm das Frühstadium seiner Heimstatt als eine in schwaches Licht getauchte und von warmen Luftströmungen erfüllte Kammer wahr, in der irgend etwas seinen Körper in der Schwebe hielt. Hinter der Hülle schimmerte ein Sechseckmuster, das fortwährend schrumpfte und in einem Winkel abflachte, daß er es nicht mehr wahrnahm. Den Durchstoß ins Tageslicht erlebte er nur mittelbar. Zu diesem Zeitpunkt waren seine sich rückbildenden Augen, Innenohrapparate und die Zunge, vergängliche Rudimente wie die Kiemen eines Embryos, vom Ausquellen der Hirnmasse bereits von ihrem Platz verdrängt worden. Ihre Wahrnehmungen reduzierten sich auf ein Minimum, und nach einer reizlosen Zwischenphase erlebte er in Form von Lichtblitzen, glockenhellen Tönen und süßlichen Geschmacksempfindungen die Geburtswehen neuer Sinnesorgane.

An den Schnittstellen lösten sich die DNA-Doppelstränge seiner Zellkerne unter Abspaltung von Enerqiequanten voneinander, schrieben den Bauelementen der Kristallgitter in seiner organischen Physis unwirksam gebliebene Gene ein und differenzierten das Material zur einen Hälfte in ein Netz optischer Transistorzellen, zur anderen in mineralische Gerüstsubstanzen. Nervenimpulse wurden an den Axon/Kristall-Synapsen in Lichtblitze umgewandelt, die seine psychischen Prozesse in den in stetigem Wachstum begriffenen Computer hineintrugen. Freigewordene Fluor- und Kohlenstoffatome diffundierten aus dem Siliciumoxidgefüge an die Oberfläche und schieden sich als wenige Atomlagen dicke, fluorierte Diamantfolie ab, die an der heißen Luft in unzählige Partikel zerspellte. Mit ihnen lösten sich Kristallsplitter, wurden umhüllt und chemisch verändert, bis an der Spitze der Kristallsäule ein Milliardenschwarm von Nanoautomaten haftete. In ihrem Innern polymerisierten überschüssige Atome zu Karbin-Leisten, Kohlenstoffketten mit abwechselnden Ein- und Dreifachbindungen, in die verschiedene Pyridazin-Ringe als Schaltelemente eingegliedert waren. Sie organisierten sich zu mechanischen Äquivalenten des optischen Computers ihres Wirts, von dem sie mittels statischer Entladungen ihre Funktionsanstöße erhielten. Bevor die Basis der Säule zu einem Skelett aus Polysilikatleisten zerfiel, bildeten die Mikromaschinen Zangen, Greifer und Fortbewegungsmechanismen aus und fingen umherwirbelnde Staubteilchen ein.

Die Kristallsäule war indessen bis in eine Höhe emporgewachsen, wo ein Netzwerk aus Stahl- und Aluminiumfäden das Dach des Brutkomplexes überwölbte, das als Ring von einigen Kilometern Breite die flache Kuppel der Zuchtanlage umschloß. Ringsum nisteten sich Neuankömmlinge in den Poren ein, durchfuhren Windstöße die Schächte und Korridore, zeichneten Glasfaserbündel und Energieanlagen farbige Muster, glühten in der Ferne regelmäßig laserinduzierte Fusionsbrennkammern auf. Photozellen an der Säulenspitze reagierten auf die Signale, indem sie vermehrt Steuerimpulse auslösten, die die Tätigkeit der Mikroautomaten beschleunigten. Binnen zweier Tage hatten die Nanomaschinen aus aufgefangenem Eisen- und Aluminiumstaub einen scharfkantigen Ring um die Kapsel mit dem Säugling gelegt, der sie zwischen drei Verstrebungen festhielt, als die ausgetrocknete Kristallschale unter ihr wegknickte und in die Kammer zurückstürzte, wo die Strömung ihre Überreste fortwusch.

Inzwischen büßte der Säugling sein Körpergefühl ein, und der organische Anteil im Innern der Kapsel hörte auf zu wachsen. Während die Betriebs- und Baustoffwechsel des Außenkörpers sich mit seinem Blutkreislauf kurzschlossen, die Speicherchromosomen der Schnittstellenneuronen abgelesen wurden, setzten Polymersationsprozesse in den Kristallschichten der Außenhülle molekularen Sauerstoff frei, der in allen Teilen des Gitters ausgefällte Silkontropfen zu Häutchen blähte, die von den Laserblitzen aus der Umgebung so in ihrer Mikrostruktur beeinflußt wurden, daß sich aus ihnen holographische Speicher bildeten. Bald entstand ein reger Datenfluß zwischen den mineralischen und den organischen Teilen seines Körpers, und in dem Maße, wie bei der Zeugung verschlüsselte Informationen übersetzt wurden, prägten sich den Speichern die Umrisse seiner Persönlichkeit ein. Zu dem Zeitpunkt, als die Reste an Nährflüssigkeit aufgebraucht waren, die das Hirngewebe aufgesaugt hatte, drangen Schlauchsonden in die Kapsel ein und schlossen sie an externe Versorgungseinrichtungen an.

Noch befand er sich in einem Stadium des Vorbewußtseins. Sein Wissen und seine Sprache würden bis zur Eingliederung in das virtuelle Universum latent bleiben. Seine organischen Sinne verkümmerten, dafür stimmte sein Hirn sich mit Halluzinationen, um die

Leere zu überbrücken, auf künftige Anforderungen ein. Er sah kaleidoskopische Muster, vernahm Töne jeder Höhe und Lautstärke, verspürte Wärme- und Kälteschauer und witterte süßliche bis faulige Düfte, all dies abstrakte, an kein Körperempfinden gebundene Eindrücke.

Weit unter ihm klaffte Wunde an Wunde in dem opaleszenten Dachmaterial, zwischen Trümmern und Resten zerfallener Säulen. An der Südseite grenzte der Ring an eine Steilklippe, an der sich in achtzig Metern Tiefe phosphoreszierende Schaumkronen brachen. Die Kunststoffroste aneinandergekoppelter Landerschließungssysteme bedeckten bis in einige Kilometer Entfernung die Meeresoberfläche, durchsetzt mit Schaufelradbaggern, von denen Förderbänder ausgingen, durchwoben mit Glasfaserleitungen und bedeckt mit einem Film homöostatischer Vorrichtungen, die aus Biochips bestanden. An der Westseite führten mit Steigstufen versehene Felshänge, an denen Servomechanismen emporkletterten, zu den Gebäudekomplexen hinauf, deren Labyrinth sich bis in unabsehbare Entfernung fortsetzte.

Nichts davon würde er je wahrnehmen. Seine Welt konstituierte sich in jener Phase, als Dendriten des Glasfasernetzes sich an seinen Außenkörper hefteten und erste Impulsfolgen die Sinneszentren seiner Hirnrinde erreichten. Seine vegetativen Systeme antworteten mit Bewegungsreizen, schickten ihn durch ein kurzes pränatales Trauma, ehe er zu scheinbarer Selbständigkeit erwachte.

Ganz am Anfang war es ein Schwarm psychischer Partikel, Brennpunkte körperloser Empfindungen, in denen eine Ahnung seines künftigen Selbst dämmerte. Noch hatte das Bewußtsein die Welt nicht in Sinnesreize aufgesplittert, und statt Gerüchen, Klängen, Licht gab es nur ein schwingendes, ätherisches Medium, in dem Bewußtseinsspuren wie Funken stoben. Als formlose Masse mit verschwommenen Rändern, als Nebel von Vibrationen durchraste er die Leere und rührte sich doch nicht, spürte er Reize auf sich einstürmen und blieb doch taub, ertastete er Strukturen, die sich doch vom Nichts nicht unterschieden. In diesem Alles-und/oder-Nichts war Zeit die einzig bestimmende Größe – Zeit, in der er fester, deutlicher, schärfer wurde, in der zwischen seinen Sub-Ichs Banden geronnen, in der er sich zu einem Kristall, einer Formel zusammenzog und die elementarste aller Erfahrungen machte, die Unterscheidung zwischen dem Ich, das empfindet, und dem Außen, das empfunden wird. Dieses Außen reagierte zugleich widerspenstig und nachgiebig auf seine ersten Regungen. Es gab keine Grenze für die Anstrengungen, die er unternehmen konnte, um es zu einer Reaktion zu provozieren. Doch es schluckte sein Sich-Blähen, Zittern, Schwingen widerstandslos. Die Leere, das Schweigen, das Dunkel flüsterte, flackerte und bebte unaufhörlich und blieb doch stumm, passiv und düster, bot ihm nicht den kleinsten Ansatzpunkt. So wandte sich seine Aufmerksamkeit nach innen, dem punktgroßen Abgrund in ihm zu, aus dem mit leichtem Druck, leisem Summen, sanftem Pusten etwas an seine Bewußtseinsschwelle empordrängte, ein Urgedanke, ein erstes Wort, eine erste Erkenntnis, eine Erinnerung. Es wurde zu einem Fundament, das er in und unter sich spürte und dessen Größe er nur erahnen konnte. Es strahlte schwaches Licht und Wärme aus, sprach mit einer beruhigenden Stimme. Irgendwann gewann ein Teil der Schwingungen tatsächlich eine Qualität eigener Art, die ihn aus einer besonderen Richtung, einem besonderen Raum- oder Frequenzbereich anrührte und ein vordem unbemerktes Sensorium in seinem Innern weckte. Dieser endlose Monolog schien nie begonnen zu haben und nie enden zu wollen, machte jedoch in unmerklichen Verschiebungen eine Entwicklung durch. Das anfangs fast statische Rauschen modulierten immer deutlichere Rhythmen und Phrasierungen zu einem Flüstern, das an körperloser Resonanz gewann, alles Rauhe, Kratzige verlor und nach Ewigkeiten in eine warme, tief in ihn hineinreichende Stimme überging, deren sinnlose Litanei ihm nichts vermittelte als jenes Urvertrauen, jene selbstverständliche Hinnahme seiner eigenen Existenz, in die er nun hineinwuchs. Die Stimme wurde zum ersten ordnenden Strang seines Daseins, an dem sich alle anderen Empfindungen aneinanderreihten, rieben und verschlissen. Von ihr gingen Verwerfungen in die Leere aus, Sprünge und Brüche, die dem Äther Struktur abrangen, die Schwingungen in einen Regenbogen von Reizen zerfächerten, den Prototypen von Farben, Gerüchen, Klängen und Geschmäcken. Die anhaltende Erschütterung, die sie verursachte, enthüllte auch Strukturen in ihm selbst, ließen ihn seine Ausdehnung und sein Volumen spüren, Adern, Saiten und Ströme, die ihn durchzogen und aus dem Umgebungsmedium nur bestimmte Anteile einsaugten und auf verschiedenen Wegen in den Brennpunkt seines Wucherns leiteten. Zunächst erlebte er die Stimme nur als Störung ohne Zweck und Richtung in einem Ozean der Gleichförmigkeit. Dann wurden Wirkungen spürbar, die ihn schon einige Zeit geformt haben mußten. In dem Maße, wie die Silben, Wörter, Phrasen an Ausdruck und Dramatik gewannen, erweckten sie Erinnerungen an bereits Gekanntes. Er lernte Lautfolgen zu erkennen, die er mit Farben, Klängen, Schmerzen, Widerständen assoziierte. Er lernte sie so zu verknüpfen, daß neue Bedeutungen auf noch unbekannte Erfahrungen vorauswiesen. In dieser Phase wurde ihm das wahre Ausmaß des Fundaments bewußt, auf dem er ruhte, in dem er wurzelte. Es glich einem gewaltigen Bau, einem Netz, einem unendlich dichten Gewebe miteinander verbundener Wörter, Symbole und Bedeutungen, das er nur aufreißen mußte, um mehr zu erfahren. Die Stimme, so konnte er nun verstehen, reihte in lockerer, scheinbar regelloser Folge Bericht an Bericht, erzählte von Räumen, Reizen und Erfahrungen, die ihm zugleich bekannt und unbekannt waren. Er verstand immer etwas mehr, als er erklärt bekam, so als sei das ganze Wissen schon latent in ihm vorhanden und bedürfe nur eines Schlüssels, um ihm zur Verfügung zu stehen. Er entwickelte die Instanz der Vorstellungskraft, um sich in imaginäre oder zukünftige Situationen zu versetzen. Und er erfuhr von seinesgleichen, von den Begrenztheiten früherer Epochen, denen sie nicht mehr unterworfen waren. Er bedurfte keiner längeren Übung, um zu begreifen, wie er seine Umgebung aus eigenem Antrieb umgestalten und mit Gebilden eigener Kreation erfüllen konnte. Die Stimme verlor ihren Sinn und wurde langsam leiser, als er sich zu dem Charakter entfaltete, der er längst, seit seiner Zeugung schon war. Zu diesem Zeitpunkt erst spürte er die Gemeinschaft, die ihn bereits aufgenommen hatte, Millionen Individuen wie er selbst als irisierende Quellen von Klängen, die er aussondern, Gerüchen, die er ausfiltern, Gedanken, die er lesen konnten; Knotenpunkte, geometrische Gebilde, Schwingungsberge in einem unermeßlichen Raum, der vor neu erschaffenen und vergehenden Gebilden schillerte. Und er begriff, daß dies die Menschheit im Zeitalter der Imagination war, von der ihm die Stimme erzählt hatte.

Von Anfang an stand er im Mittelpunkt besonderer Aufmerksamkeit. Er fühlte sich von anderen betastet und beflüstert, die scheu und neugierig seine Nähe suchten. Noch vermieden sie verbale Kontakte, schmeichelten ihm mit prachtvollen abstrakten Bildern, beruhigten ihn mit hauchzarten Klängen. Wie er selbst, der sich noch zu einer verschwommenen Kugel zusammengeduckt hielt, gewannen sie nie eine konkrete, dauerhafte Gestalt, doch lernte er sie bald am Charakter ihrer Ausdrucksformen zu unterscheiden. Er gab solche, um die der Raum in Bildern aus der früheren, materiellen Menschheitsgeschichte explodierte, die Landschaften entstehen und in Beben von Lärm und Farbe untergehen ließen. Es gab andere, die die Strukturlosigkeit des Äthers mit unmerklichen Brechungen, Trübungen versahen und wohlig in seine Außenschicht sickerten. Wieder andere mühten sich spürbar, keine Worte zu gebrauchen, und blieben blaß in allen anderen Äußerungen. Es dauerte nicht lang, bis er seine Scheu ablegte und aktiv an ihren Spielen teilnahm. Als einer von Dutzenden, zuweilen von Hunderten und Tausenden modellierte er an Landschaften mit, improvisierte dreidimensionale Entsprechungen mathematischer Theoriegebäude, wurde zu einem von unzähligen Instrumenten, die in eine kolossale Symphonie einstimmten. Die ersten Worte seit seiner Reifezeit hörte er als melodische Fetzen, in seiner Nähe wie unbeabsichtigt hingehauchte Laute. Er wäre damit zufrieden gewesen, hatte nun keinen Anlaß mehr, sich von etwas ausgeschlossen zu fühlen. Unter den Milliarden Wesenheiten, die in alle Richtungen den Raum durchwimmelten, hatte er sein Nest, seine Geborgenheit gefunden. Der Respekt, die Behutsamkeit der anderen sollte ihn noch in der Ahnung bestärken, daß er trotz allem etwas Besonderes blieb.

Die unbekümmerte Zeit, die man ihm ließ, um seine Erfahrungen zu sammeln, ging schnell vorüber. Es bereitete ihm keine Mühe, die Ausführungen jenes ungemein komplexen und statischen Schwingungsgebildes zu verstehen, das sich irgendwann zu ihm gesellte oder zu dem er hingetrieben wurde. Andere Individuen, in deren Eigenarten er etwas von seinen eigenen Besonderheiten wiederfand, vor allem einen Fundus vielfältigster Kenntnisse und Artikulationsformen, kamen hinzu. Er begriff schnell, daß sie für eine besondere Aufgabe ausersehen, ja geschaffen waren. Ihr Lehrer, ein Brennpunkt von Informationen, die sich über Jahrhunderte angesammelt haben mußten, vertiefte zunächst den befremdlichsten Teil der in ihrem Gedächtnis gespeicherten Kenntnisse. Sie nahmen es als gegeben hin, auch wenn es ihr Vorstellungsvermögen überstieg, daß es eine Epoche gegeben hatte, in der die Menschheit den immanenten Gesetzmäßigkeiten einer physischen Welt unterworfen gewesen war, statt selbst eine Welt zu sein. Und es ging bis an die Grenzen der Nachvollziehbarkeit, als es hieß, daß diese physische Welt noch bis in ihre heutige Sphäre hineinwirken konnte. Es wurde von Implosionen berichtet, die urplötzlich Millionen von Individuen auslöschen konnten, wenn Teile dessen ausfielen, was ihr Lehrer als die Hardware bezeichnete. Sie staunten über den Gedanken, daß dem Wachstum ihres Universums Grenzen auferlegt waren, weil auch die Hardware, auf der es beruhte, auf der begrenzten Oberfläche eines Planeten nicht endlos wachsen konnte. Keine Wellengleichung der Quantentheorie hätte ihnen abstrakter und kurioser vorkommen können. Konzepte wie Müdigkeit, Verschleiß, Fehler, Verbrauch fanden in ihrem Denken einen Platz als bloße Auswüchse des schier Denkbaren, logische Paradoxa, denen keine praktische Bedeutung zukam. Auch das Projekt, zu dem sie sich zusammengefunden hatten, wenn es auch der Erforschung eines physischen Himmelskörpers galt, versprach vor allem ein geistiges Abenteuer. Die Bemerkung ihres Lehrers, daß sie es als einzigartiges Privileg werten konnten, etwas zu sehen, zu spüren, zu riechen, das tatsächlich existierte (wie immer das gemeint sein mochte), quittierten sie mit Unverständnis. Auch an dem Verfahren, wie sie in Psychosonden umgewandelt werden sollten, fanden sie nichts, was es grundlegend von schon gelernten geistigen Techniken unterschied.

Er war ein gelehriger Schüler, vergaß augenblicklich die Vergnügungen der Durchschnittswesenheiten. Die Erläuterungen ihres Lehrers über die Projektdaten, die gegenwärtigen Kenntnisse, die Vorgehensweise fielen bei ihm auf einen fruchtbaren, durch den Wissenschatz aus seiner Reifephase bereiteten Boden. Er erkannte, was ihn und seine Gefährten über den Rest der Menschheit erhob, seine Bestimmung, den Zweck seiner Existenz. Mit jedem neuen Informationspartikel, das ihm zuflog, wurde ihm bewußt, wie sehr sein innerstes Wesen, seine Beschaffenheit auf die bevorstehende Aufgabe abgestimmt war. »Wir nehmen an«, lautete eine der letzten Ausführungen ihres Lehrers, »daß über den Kontinent, den wir uns zur Untersuchung herausgegriffen haben, ein evolutionärer Gradient von der südöstlichen Landzunge in nordnordwestlicher Richtung verläuft, wofür wir noch keine vollständige Erklärung wissen. Die ersten stichprobenartigen Erhebungen unserer Meßsonden und Probennehmer gaben Aufschluß darüber, daß die Entwicklungsstadien der vorgefundenen Organismen und ihrer geochemischen Vorläufer in dieser Richtung auf eine Weise aufeinanderfolgen, die kaum als zufällig zu bezeichnen ist. Es scheint, ziehen wir das statistische Mittel zu Rate, als sei die Entwicklung an unterschiedlichen Orten tendenziell zu unterschiedlichen Zeitpunkten gestartet oder zumindest nicht gleichmäßig schnell verlaufen. So werden unsere Psychosonden in den südlichsten Gebieten, wo sie ihre Arbeit beginnen, auf frühe Mineralgene lange vor der Entstehung organischen Lebens stoßen. Bis zur subarktischen Zone, wohin unsere Kenntnisse noch nicht reichen, dürften die bekannten Molekülbausteine ihre genetischen Ahnen längst abgelöst haben. Das Medium, in der sich diese Entwicklung vollzieht, ähnelt in seiner Zusammensetzung der irdischen Uratmosphäre. Es bietet sich uns also, indem wir unsere Untersuchungen der Genese aufwärts des Gradienten folgen lassen, die einzigartige Gelegenheit, die sukzessive Einbeziehung organischer Moleküle in den Prozeß der Evolution zu verfolgen, die Entstehung der RNA und ihre Verselbständigung bis zur Ausbildung des genetischen Codes.

Über die Umstände, der wir diese Chance verdanken, gibt es bislang nur Hypothesen. Beobachtungen sprechen dafür, daß der kleine, massenreiche Mond des Planeten bei seinem raschen Umlauf einen ›Gezeitengürtel‹ aufwirft, der auch geologische Prozesse beeinflussen könnte. Simulationen ergaben, daß dieser Gezeitengürtel aufgrund von Präzessionsbewegungen und gravitativen Wechselwirkungen mit anderen Himmelskörpern seinen Neigungswinkel auf der Planetenoberfläche in Zyklen von Millionen Jahren ändert. Wo sein Einfluß wirksam ist, unterbindet er alle präbiologischen Prozesse. Die Zeit, bis der Neigungswinkel, bezogen auf den Äquator, seinen maximalen Ausschlag erreicht hat, läßt in den nördlichsten Zonen Freiräume für die Entwicklung einer elementaren Biochemie, der nach Südosten hin die Breiten nachhinkender Evolution folgen. Das Leben auf diesem Planeten wird sich so nie über das Stadium primitiver Prokaryonten hinausbewegen, denn der rückläufige Ausschlag des Gezeitengürtels wird in einigen Millionen Jahren alle bis dahin entstandenen Organismen wieder ausgelöscht haben …«

In einem üppiger mit Ressourcen und Energieanlagen bestückten Bereich jenes über den ganzen Kontinent ausgebreiteten Bauwerks aus Säulen, Verstrebungen und den darin eingebetteten Organismen setzten ungewöhnliche Aktivitäten ein. Im Umkreis eines Schachts, der bis zum offenen Himmel hinaufreichte, ließen korrosive Winde aus mächtigen Ventilen das Metall mutieren. Überall sprossen Dornen aus der Patina, verzweigten und bildeten Knospen aus, die zu kelchartigen Gebilden anschwollen. Über Kilometer hinweg verschmolzen sie mit benachbarten Trieben zu gerillten Rutschen und Weichen. Binnen weniger Wochen waren die Nährkapseln sämtlicher für das Projekt ausersehener Organismen über abschüssige Bahnen mit dem Schacht verbunden. Die Säurewinde bewirkten zugleich Veränderungen in den Außenschichten der Kapseln, führten zu sonderbaren Symbiosen zwischen dem Quarz und den umliegenden Streben, aus denen spinnenartige, bewegungsfähige Beine und Klauen entstanden. Sie zerrten sich von dem Netzwerk frei und waren, von Solarzellen mit Energie versorgt, in der Lage, die Kapseln anfangs nur zentimeterweit, später bis zu den Mündungen der Rutschen zu tragen. Derweil glühte am Grunde des Schachts eine mehrere Tausend Grad heiße Titanschmelze, aus der Magnetfeldanlagen unentwegt Normteile schöpften und auskühlen ließen, um mit ihnen die Wände des Schachts auszukleiden. In dem zylinderartigen Projektil, das so entstand, kletterten Servomechanismen umher, die an einem kleineren Nutzlastzylinder bauten. Die Arbeiten waren längst nicht vollendet, da schwärmten aus allen Richtungen kleine, spinnenartige Roboter in den Schacht und suchten sich, noch während er montiert wurde, in dem Nutzlastzylinder zwischen Wasser-, Sauerstoff- und Nährstofftanks einen Platz.

Die Angehörigen des Projekts hatten als die einzigen Vertreter ihrer Generation zur Unabhängigkeit ihrer Säuglingstage zurückgefunden. Die Verbindungen zum Glasfasernetz waren gekappt, die Teilnahme am virtuellen Universum aufgehoben. Sie schliefen traumlos in ihren neuen Körpern zwischen Dutzenden von ihresgleichen. Während ihr Trägergefährt fertiggestellt wurde, harrten in ihren organischen und cybernetischen Speichern Myriaden Informationen und Anweisungen dem Zeitpunkt ihrer Freisetzung. Ihre neuen, eng an den Körper angelegten Gliedmaßen wucherten weiter, spalteten sich und fransten aus, zerfaserten in ein wattiges Drahtgespinst, das die Kapsel umhüllte. Aus der Kristallschale sprossen Dornen, durchbohrten das Gewebe und verwuchsen mit ihm zu einer Masse, deren Wachstumskraft nur auf die geeigneten Bedingungen wartete. Eine einzige der Psychosonden, die so entstanden, verfügte über mehr Informationen über das Universum als Millionen menschliche Individuen zusammengenommen. In den Neuronen und Genen ihres organischen Kerns war ein Plan, eine Matrize gespeichert, die die gesamte Geschichte des Lebens nachvollziehen konnte. Und eben dies war ihre Aufgabe. Es sollte ihre letzte sein.

Nach einer Reise von vierzehn Lichtjahren, nach vierundachtzig Jahren in der Nutzlast eines Photonensegels, landete er als formloser Klumpen an einem Fallschirm auf einer Sandbank. Der Fluß, der an ihm vorbeitoste, entsprang einer Bergkette, die sich als schartiger Rand unter den Wolkenbergen des südlichen Horizonts dahinzog. Blitze durchzuckten die rauch- und dunstgetränkte Schwärze des Himmels. Schauer prasselten wie Dunstwalzen über die heiße Landschaft. Jenseits des Tals sprühten Vulkankrater Glutfontänen wie ferne Bessemerbirnen. Den Psychosonden, die über eine Fläche von mehreren Quadratkilometern verteilt niedergingen, konnten diese Bedingungen jedoch nichts anhaben.

Sie hatten in den Jahren der Untätigkeit ihre Reife erlangt. Nach wenigen Tagen an Luft, Wind und Regen platzten die filzigen Schalen auf, und die Eindrücke, denen ihre jungfräulichen Sinne nun ausgesetzt wurden, erinnerten die Insassen der Sonden an ihre Säuglingszeit. Der erste Lichtstrahl, den er sehen, der erste Tropfen Nässe, den er spüren konnte, der erste Hauch Kälte, der ihn frösteln ließ, überwältigten ihn, drängten auf einen Schlag alle Erinnerungen an das virtuelle Universum in den Hintergrund und versetzten ihn in ein ganz neues Hier und Jetzt. Er wurde eins mit dem Ort und seiner Aufgabe. Seine Physis und sein Wesen atmeten auf in einem neuen Drang nach Handeln und Entfaltung. Ein Kontinent des Wissens breitete sich zur Eroberung vor ihm aus, und über den Äther, der ihnen erlaubte, sich miteinander zu verständigen, unterrichtete er seine Gefährten, die als graue Flecken auf die Landschaft ringsum niederschwebten, über seine Beobachtungen.

– Wir befinden uns am Nullpunkt der Evolution, einige hundert Kilometer nördlich eines Gebirges, das den Grenzbereich des Gezeitengürtels berührt. Vulkanische Aktivität bezeugt die geologischen Einflüsse des Gravitationssoges. Die Atmosphäre besteht aus einer Mischung aus Methan, Ammoniak und Wasserstoff mit Spuren von Sauerstoff, Kohlendioxid und Edelgasen. In der Wolkenfront, die sich über den Vorgebirgen staut, erzeugen Blitzentladungen einfache organische Moleküle. Sie werden vom Regen ausgewaschen und fließen durch zahllose Wasserläufe ins Tal. Die Flüsse führen auch Material zur Auskristallisierung von Tonmineralien mit sich.

Ich werde mich einen Fluß entlang nach Norden vorarbeiten, dessen Uferbereich ideale Bedingungen für die Vorgänge bietet, die wir beobachten wollen. Der schnellströmende Fluß, der selbst zu sauer und in seinem Mineralgehalt zu stark verdünnt ist, um die Synthese von Ton zu erlauben, schwillt durch Unwetter periodisch an und ab, so daß der Grenzbereich zum Sandsteinfufer mal feucht und mal trocken ist, was das Wachstum von Tonkristallen stark begünstigt. Die heftigen Fluktuationen, denen diese Zone unterworfen ist, könnten dabei als primitive Frühform einer natürlichen Auslese fungieren. Hier dürfen wir die fernen Vorläufer des organischen Lebens erwarten.

Zum erstenmal seit Beginn seiner Existenz erfuhr er die Belastungen physischer Anstrengung. Er empfand die äußeren Teile seines Körpers mit einer solchen Intensität als Träger seiner selbst, wie er es nie für möglich gehalten hätte. Erst jetzt begriff er, was es bedeutete, anderen Gesetzen als denen der eigenen Vorstellungskraft unterworfen zu sein. Auf unzähligen dünnen Spinnenbeinen, die aus der drahtigen Hülle sprossen, schleppte er sich Meter um Meter das Flußufer entlang. Er fühlte bei Tag die sengende Sonne, bei Nacht die eisigen Winde aus dem Süden. Er konnte spüren, wie er durch Poren Luft einsog, mittels kleiner Schläuche aus dem Fluß Wasser einsaugte. Regengüsse ließen sein Blickfeld verschwimmen. Durch das Schlingern der dichten Atmosphäre sah er Himmelskörper über sich wandern. Ihm wuchsen Meßfühler an den Klauen, chemische Instrumente, die ihm Aufschluß über die Zusammensetzung des Flußwassers gaben, mikroskopische Augen. Doch jedes Partikel Information mußte durch harte Anstrengungen errungen werden. Es dauerte eine Zeit, bis er nicht mehr jede Regung seines Körpers bewußt wahrnahm und dadurch vom Denken abgelenkt wurde. Und die Mühen wurden geringer. Nach einer Woche und einigen Dutzend Kilometern Weg sprengten neu gewachsene Glieder, Roboterbeine und -arme, die Außenhülle. Er mußte sich beherrschen, um ob der neuen Möglichkeiten nicht übermütig zu werden.

Von einer wichtigeren Seite seines Entwicklungsprozesses spürte er nichts. Vom Zeitpunkt, da seine Lebenserhaltungssysteme Gase, Flüssigkeit und Mineralien aufnehmen und verwerten konnten, schickten die optischen Schaltelemente der Kristallschale Impulse in seine Nervenzellen. Sie lösten einzelne Umwandlungen seiner DNA aus, die als Kettenreaktion genetischer Aktivität sämtliche Zellen seines organischen Körpers erfaßten. Endlich war es soweit, daß in seinen Genen verwahrte Informationen abgelesen werden konnten, und sie entfachten ein Feuerwerk von Impulsen an den Axon/Kristall-Synapsen. Bislang ungenutzte Teile des optischen Computers erwachten zum Leben und übernahmen die Kontrolle über die Entwicklung der äußeren Mechanik und Sensorik. Der Metall- und Glasfaserfilz, der zwischen den Roboterbeinen haftete, konnte nun seine Funktion als fruchtbares Rohmaterial erfüllen. Die Metamorphose hatte begonnen.

Ihm blieb wenig Zeit, mit seinen Gefährten zu kommunizieren. Seine ganze Aufmerksamkeit galt, als er die Überwältigung durch die Sinne einmal überwunden hatte, den Spuren von Leben, die er im Sandstein des Flußufers zu finden hoffte.

– In den Rissen, Spalten und Fugen des Flußufers schwebt jeder neu entstandene Tonkristall in Gefahr, von der nächsten Überschwemmung wieder fortgespült zu werden. Der Selektionsdruck bevorzugt daher solche Kristallformen, deren charakteristische Baufehler, Sprünge und Verwerfungen im Kristallgitter, es ihnen ermöglicht, wie eine Folie am Sandstein zu haften. Wenn solche Kristalle wachsen und sich später Stücke von ihnen abspalten, haben die ›Nachkommen‹ die Eigenschaften der ersten Generation geerbt, und die Selektion kann an ihnen ansetzen, um beim Auftreten neuer Fehler weitere, differenziertere Eigenschaften auszusondern. Dieser Vorgang ist in den Gebieten, die ich in den letzten Tagen untersucht habe, bereits zu beobachten. Auf dem Weg nach Norden werden immer mehr primitive Tonorganismen unter meinen Greifern zu finden sein.

Der Fluß wand sich zwischen zwei Gebirgsketten in den Schlund eines endlosen Tals. Kleinere Ströme flossen ihm zu und ließen ihn zunehmend anschwellen. An den Ufern häufte sich das Geröll vom Wind abgetragener Moränen, doch es stellte kein Hindernis mehr dar. Mit jedem Tag gewann der Mensch in der Psychosonde größere Sicherheit im Umgang mit seinen neuen Gliedern, drei Paaren flossenfüßiger, seitlich abgeknickter Beine und zwei langen, vielgelenkigen Greifarmen. Er konnte mehr und schärfer sehen, weil ihm neue Augen wuchsen. Seine Sinneszentren kompensierten Brechungen durch Temperatur und Atmosphäre und präsentierten ihm ein klares Bild seiner Umgebung. Aus dem Rauschen von Wind und Wasser hörte er ungeahnte Nuancen heraus. Der Abstand zwischen Analyse und Auswertung verkürzte sich. Er brauchte nur seine Fühler in Substanzen zu stecken, um ihre Zusammensetzung zu erkennen. Auf Wunsch konnte er das Gelände im infraroten Frequenzbereich betrachten. Für mikroskopische Ansichten der Risse und Poren im Sandstein bedurfte es schon keiner bewußten Anstrengung mehr.

Inzwischen hatten sämtliche Psychosonden ihre Arbeit aufgenommen, und ein Chor von Stimmen erfüllte den Äther. Von den Erstgelandeten wurden die Nachzügler an vielversprechende Einsatzorte geschickt, wo sie die Untersuchungen der Pioniere vertiefen sollten. Nur wenige hatten Aussicht auf das Privileg, dem evolutionären Gradienten bis zur Phase der genetischen Wachablösung folgen zu dürfen. Er gehörte dazu.

– Die Population wird dichter, der Konkurrenzdruck höher. Es beginnen sich solche Tonkristalle durchzusetzen, die Hohlräume umschließen, in denen bestimmte Säure- und Konzentrationsgradienten das geeignete Milieu zur Synthese sekundärer Tonsorten schaffen. Diese wiederum können die Haftfähigkeit und Durchlässigkeit des Überzugs positiv beeinflussen und den Zwei-Komponenten-Systemen Vorteile im Konkurrenzkampf verschaffen. Der Trend in Richtung höherer Komplexität ist unübersehbar.

Ganze Enzyklopädien mußten aus seinen genetischen Speichern abgelesen werden, um ihn aus einem zottigen, unbeholfen daherstaksenden Gebilde in das geschmeidig-schlanke, stählern glänzende Wesen zu verwandeln, das wenige Tage später über die Felsen am Flußufer klomm. Sein Körper teilte sich nun in Segmente wie die eines Insekts, gespickt mit Solarzellen, Facettenaugen und künstlichen Tracheen. Seine Fühler tasteten unermüdlich über den Boden, ermittelten eine Flut von Informationen über das Mikroklima der belebten Poren, das chemische Milieu, Temperatur- und Säuregrade. Damit er in dieser Flut nicht ertrank, verselbständigten sich Teile seiner Hardware zu informationsverarbeitenden Instanzen mit eigenem Entscheidungsspielraum und filterten aus, was ihm an relevanten Sinnesdaten zugänglich blieb. Inzwischen verfügten seine Kommunikationsanlagen über stärkere Sender und ermöglichten es ihm, seine Berichte in die Speicher der Orbitstation zu übermitteln.

Die Psychosonden ähnelten nun schlanken Käfern, die wie auf Nahrungssuche die Ritzen, Spalten und Pfützen des Ufergeländes befühlerten. Doch das nächste Stadium der Metamorphose deutete sich bereits an. Aus zwei Einbuchtungen an ihrer Vorderseite wuchsen Puffer, mit denen sie Hindernisse beiseite räumen konnten, und die Segmente an ihren Unterseiten zergliederten sich weiter zu flexiblen Bändern wie Raupenketten.

– Die Kristallorganismen sind zum Hort für eine Vielzahl organischer Moleküle geworden. Aminosäuren und Di/Tricarbonsäuren erhöhen die Löslichkeit von Metallionen und fungieren so als Katalysator bei der Entstehung von Tonen. Heterozyklische Basen und Polyphosphate haften an den Oberflächen und verbessern die physikalischen Eigenschaften des Überzugs. Andere Moleküle verhindern das Wachstum an Bruchflächen und bestimmen die äußere Gestalt der Kristalle. Die Kristallorganismen haben somit schon komplexe Phänotypen entwickelt, von denen sich die unter den gegebenen Bedingungen widerstandsfähigsten durchsetzen.

Allmählich entwickelten sich die Untersuchungen, die seine nicht-organischen Körperteile durchführten, zu einem automatischen, seinem bewußten Eingreifen kaum mehr zugänglichen Prozeß. Anfangs entging seiner durch ständig neue Eindrücke geforderten Aufmerksamkeit, wie sich eine Körperfunktion nach der anderen seiner Kontrolle entzog. Er wurde zum Beobachter seiner selbst, der mit Erstaunen feststellen mußte, wie viel geschicktere Mechanismen die Bewegungen seiner Beine steuerten, ihn im Gleichgewicht hielten, gefährlichen Strömungen nahe des Flußufers auswichen. Seine Wahrnehmungen verflachten zusehends. Die scharfen Kanten der Felswände, die zu beiden Seiten näherrückten, schienen hinter einem Nebel zu verschwimmen. Er spürte keine nennenswerten Temperaturunterschiede mehr. Alle Gerüche gingen in einer einzigen modrigen Ausdünstung auf. Von unerkannten Vorgängen in seinem Innern wurden ihm lediglich noch die Ergebnisse der Untersuchungen zugetragen, und seine letzte Arbeit bestand darin, sie auszuformulieren und an die Orbitstation zu senden. Die Stimmen der anderen Psychosonden wurden leiser.

– Wir beobachten die Bildung und Einbindung der RNA. Zunächst nur als Strukturelemente haften die negativ geladenen Phosphat-Zucker-Rückgrate an den positiv geladenen Rändern geeigneter Tonorganismen, während sich organische Basen zwischen die Tonschichten schieben und die Informationen an den Rändern ablesen. Im Milieu der Tonkristalle entwickelt sich die RNA zu einem selbstreproduzierenden Molekül, einer Sub-Erbmasse, die nun ihrerseits dem Wirken der Selektion unterliegt. Es setzen sich jene RNA-Stränge durch, die die Bauinformationen für geeignete Enzyme und Proteine in sich tragen. Noch dienen die Tone als unspezifische Katalysatoren, später wird die RNA ihre eigenen Enzyme produzieren.

Die genetischen Aktivitäten in seinen Zellkernen ließen nach. Seine organischen Speicher waren erschöpft, die cybernetischen gefüllt. Bis auf wenige Reste verkümmerten seine extrakortikalen Nervenzellen und lösten sich von den Kristallflächen. Die Schlauchsonden, die ihn mit Nährstoffen versorgten, verringerten ihre Zufuhr. Abfallstoffe wurden nicht mehr abgeführt und begannen seine Organe zu vergiften. Seine Wahrnehmungen verebbten, und er versank in einen Zustand zunehmender Empfindungsarmut, in dem er nur mehr das Echo ferner Geräusche hören und dumpfe Vibrationen wie vom Heben und Senken schwerer Massen spüren konnte. Hilflos versuchte er einen letzten Bericht abzuschicken, den er seiner schwindenden Vorstellungskraft abringen mußte, doch sogar seine Stimme hatte sich verselbständigt, und die wenigen Wortfetzen, die zu ihm durchdrangen, nahmen vorweg, was er sagen wollte.

Der Moment der Wachablösung: Die RNA hat ihren eigenen Phänotypus ausgebildet, produziert einfache Enzyme, Membran- und Stützproteine und erweist sich auch außerhalb des Milieus der Tonorganismen als lebensfähig. Bald werden die organischen Lebensformen die mineralische Konkurrenz überflügeln – ihre Anpassungsfähigkeit ist wesentlich größer. Der Quantensprung ist vollzogen, und es ist nur eine Frage der Zeit, bis es in den Pfützen am Flußufer von primitiven Einzellern wimmeln wird.

Der Moment der Wachablösung: Zwei Monate nach der Landung hatten die Psychosonden das nördliche Ende des evolutionären Gradienten erreicht. Unter einem kobaltblauen Himmel pflügten sie durch die Untiefen am Flußufer, zermalmten sie Felsen und Geröll auf ihrem Weg zum Meer, tonnenschwere, schillernde Käfer auf Raupenketten, angetrieben von mächtigen Turbinen, die Schutt und Gase verbrannten, gekrönt von Kränzen aus tausenden Fühlern, Greifern und Tentakeln, die durch die Luft zuckten, durchs Wasser peitschten, den Grund befingerten. Wie Vorboten künftiger Lebensformen fielen sie in dem Delta ein. Für einige endete die Fahrt auf den Klippen, die im Westen anstiegen, andere schafften es bis zu den Stränden. Hier wurden sie Zeuge, wie das Leben ins Meer ausschwärmte.

Eine Sonde, die die Führung übernommen hatte, entledigte sich als erste ihres überflüssig gewordenen Ballastes. Durch eine Öffnung in ihrem Hinterteil schied sie ein Bündel organischer Materie aus, das in einem Schwall Blut und Wasser in den Fluß rutschte. Eine Weile wurde es von den flachen Wellen hier- und dorthin geschwemmt, auf Sandbänke geworfen und wieder fortgespült. Es lebte noch, als es schließlich nahe der Flußmündung zwischen zwei Felsen hängenblieb. Das Wesen starrte aus leeren Augenhöhlen unter einer geborstenen Schädeldecke zur Sonne empor. In einer Lache aus Blut und Körpersäften verlieh ihm ein letzter, verzweifelter Impuls die Kraft, zum erstenmal aus eigenem Antrieb zu atmen, die dürren Glieder anzuheben, mit dem Kopf hin- und herzurucken. Es verdrehte eine Hand, als wollte es eine Geste vollführen, die für anders beschaffene Gliedmaßen gedacht war. Sein geschundener Körper hielt der Kälte und dem Salzwasser nicht lange stand.

Originaltitel: ›WACHABLÖSUNG‹ • Copyright © 1996 by K. Iwoleit • Mit freundlicher Genehmigung des Autors • Originalveröffentlichung

---

Stephen Baxter · England

LIESERL

Lieserl befand sich im Innern der Sonne.

Sie breitete die Arme weit aus und hob den Kopf. Sie war tief innerhalb der Konvektionszone der Sonne, dem breiten Mantel aus turbulenter Materie unterhalb der glühenden Protosphäre; Konvektionszellen, größer als die Erde und von magnetischen Flußlinien durchsetzt, erfüllten die Welt um sie herum. Sie hörte das Brüllen der großen Konvektionsquellen und roch die fahlen Photonen, die aus dem entfernten Fusionskern nach draußen in den Weltraum strebten.

Sie fühlte sich wie in einer großen Höhle. Wenn sie nach oben schaute, sah sie die Photosphäre, die etwa achtzigtausend Kilometer über ihr ein glühendes Dach bildete, und die Grenze der inneren Strahlungszone hing als ein leuchtender, undurchdringlicher Boden wiederum achtzigtausend Kilometer unter ihr.

Lieserl? Kannst du mich hören? Ist mit dir alles in Ordnung?

Der Capcom. Er klang wie die Stimme ihrer Mutter, dachte sie.

Sie schwang die Arme an der Hüfte vorbei und stieg auf, wobei sie den Boden und das Dach der Höhlen-Welt um sich rotieren ließ. Sie öffnete ihre Sinne, so daß sie die Turbulenz als ein Flüstern auf der Haut vernahm und das Glühen harter Photonen aus dem Kern als sanfte Wärme auf dem Gesicht spürte.

Lieserl? Lieserl?

Sie erinnerte sich, wie ihre Mutter sie immer in

die Arme genommen hatte. »Die Sonne, Lieserl. *Die Sonne …*«

Schon in dem Moment, als sie geboren wurde, erkannte sie, daß etwas nicht stimmte.

Ein Gesicht hing groß über ihr: breit, mit glatter Haut, lächelnd. Die Wangen waren feucht und die glitzernden Augen groß. »Lieserl. O, Lieserl …«

Lieserl. So hatte sie mich genannt.

Sie erkundete das Gesicht, studierte die Linien um die Augen, die humorvoll nach oben gezogenen Mundwinkel, die kräftige Nase. Es war ein intelligentes, lebenserfahrenes Gesicht. *Dies ist ein gutes menschliches Wesen, überlegte sie. Gute Zucht …*

Gute Zucht? Was sind denn das für Gedanken?

Das war unmöglich. Sie erschrak vor ihrem eigenen explosiven Bewußtsein. Sie hätte eigentlich noch nicht einmal in der Lage sein dürfen, ihre Augen zu fokussieren …

Sie versuchte das Gesicht ihrer Mutter zu berühren. Ihre Hand war noch feucht vom Fruchtwasser – aber sie wuchs sichtlich, die Knochen verlängerten und verbreiterten sich und füllten die lose Haut wie einen Handschuh aus.

Sie öffnete den Mund. Er war trocken, und das Zahnfleisch war bereits wund wegen der zum Vorschein kommenden Milchzähne.

Sie versuchte zu sprechen.

Die Augen ihrer Mutter schwammen in Tränen. »O, Lieserl. Mein unmögliches Baby.«

Starke Arme umfaßten sie. Sie fühlte sich schwach, hilflos und durch den Wachstumsprozeß erschöpft. Ihre Mutter hob sie hoch. Knochige, erwachsene Finger gruben sich in das schmerzende Fleisch des Rückens; ihr Kopf fiel nach hinten, denn die sich ausbildenden Muskeln waren noch zu schwach, um das zunehmende Gewicht des Kopfes zu stützen. Sie nahm weitere Erwachsene in ihrer Nähe wahr, das Bett, in dem sie das Licht der Welt erblickt hatte, die Konturen eines Zimmers.

Man brachte sie zu einem Fenster, wobei ihr Körper in Schräglage gehalten wurde. Ihr Kopf taumelte; Speichel benetzte das Kinn.

Ein intensives Licht blendete ihre Augen.

Sie schrie auf.

Ihre Mutter legte die Arme um sie. »Die Sonne, Lieserl. *Die Sonne …*«

Die ersten Tage waren am schlimmsten. Ihre Eltern – unglaublich große, dräuende Gestalten – brachten sie in hell erleuchtete Räume und einen Garten, der vom Sonnenlicht überflutet war. Sie lernte, sich aufzusetzen. Ihre Rückenmuskeln verbreiterten sich und pulsierten, während sie wuchsen. Um sie von dem endlosen Schmerz abzulenken, hampelten Clowns vor ihr über den Rasen, kicherten aus dicken roten Lippen und beendeten ihre Existenz dann in einer Pixel-Wolke.

Sie wuchs explosionsartig, aß fortwährend und speicherte Millionen Eindrücke in ihrem zarten Sensorium.

Dieser Ort, dieses Haus schien über eine unbegrenzte Anzahl von Zimmern zu verfügen. Langsam begann sie zu verstehen, daß einige der Räume Virtuelle Kammern waren – Bildschirme, auf die beliebig viele Bilder projiziert werden konnten. Doch auch so mußte das Anwesen noch Hunderte von Zimmern umfassen. Und sie zusammen mit ihren Eltern – lebte nicht allein hier, wie sie langsam realisierte. Es gab auch noch andere Leute, die sich zunächst jedoch außer Sichtweite hielten und sich nur durch ihre Handlungen bemerkbar machten: die Mahlzeiten, die sie zubereiteten, die Spielzeuge, die sie ihr hinstellten.

Am dritten Tag nahmen ihre Eltern sie auf einen Flug in einem Gleiter mit. Es war das erstemal, daß sie das Haus und das Grundstück verließ. Sie starrte aus den großen Fenstern und drückte die Nase an erwärmtes

Glas. Der Flug führte bogenförmig über eine Spielzeuglandschaft; ein kurvenförmiger Ausschnitt blauen Ozeans grenzte an das Land um sie herum. Ihre Mutter sagte ihr, daß dies die Insel Skiros wäre, und das Meer wurde Ägäis genannt. Ihr Anwesen war das größte auf der Insel; es war ein Konglomerat aus weißen, kubischen Gebäuden, die durch Gänge miteinander verbunden und von Gärten umgeben waren – Gras und Bäumen. Weiter draußen gab es Brücken und Straßen, die sich über dem Boden durch die Luft schwangen, und Häuser durchsetzten wie Bauklötze die glühenden Hänge.

Die ganze Szenerie war in schweres, flüssiges Sonnenlicht getaucht.

Schließlich landete der Gleiter auf einer grasbewachsenen Fläche an der Küste eines Meeres. Lieserls Mutter hob sie aus dem Gleiter und stellte sie – auf ihren wachsenden, wackeligen Beinen – auf das harte, sandige Gras.

Hand in Hand ging die kleine Familie über eine niedrige Düne zum Strand hinunter. Die Sonne brannte von einem unerträglich blauen Himmel durch die ausgedünnte Luft. Ihr Sehvermögen schien über eine Zoomfunktion zu verfügen. Sie betrachtete in der Entfernung spielende Gruppen von Kindern und Erwachsenen weit weg, auf halber Strecke zum Horizont – und es war, als ob sie sich direkt in ihrer Mitte befände. Ihre noch unsicheren Füße drückten sich in körnigen, feuchten Sand. Sie schmeckte das Salz in der Luft; es schien durch jede Pore ihrer Haut zu dringen.

Sie fand Muscheln, die an einer verfallenen Pier klebten. Sie brach sie mit einer Spielzeugschaufel los und betrachtete fasziniert ihre schleimig tropfenden Füße.

Sie saß mit ihren Eltern im Sand und spürte, wie sich ihr leichtes Kleid über den rasch wachsenden Körper spannte. Sie spielten diverse Computer-Spiele mit Spielsteinen, Leitern und Schlangen. Sie lachten, wobei ihr Vater zum Spaß herumquengelte, und taten so, als ob sie sich gegenseitig betrügen wollten.

Sie war regelrecht elektrisiert. Es war ein wundervoller Tag, voller Licht und Freude und außergewöhnlich intensiver Wahrnehmungen. Ihre Eltern liebten sie – sie sah das an der Art, wie sie sich bewegten, zu ihr kamen und mit ihr spielten.

Sie mußten wohl wissen, daß sie anders war; aber es schien sie nicht zu stören.

Sie wollte nicht anders sein – *falsch* sein. Sie verbannte diese Gedanken aus ihrem Kopf und konzentrierte sich auf die Schlangen, die Leitern und die funkelnden Steine.

Jeden Morgen wachte sie in einem Bett auf, das zu klein für sie war.

Lieserl liebte den Garten. Sie liebte es, die Blumen zu betrachten, wie sie ihre winzigen schönen Gesichter auf die Sonne richteten, während das große Licht geduldig über den Himmel kletterte. Das Sonnenlicht ließ die Blumen wachsen, hatte ihr Vater ihr erklärt. Vielleicht war sie ja selbst wie eine Blume, dachte sie, die in diesem Sonnenlicht zu schnell wuchs.

Am fünften Tag wurde sie in ein großes, unregelmäßig geschnittenes und buntes Klassenzimmer gebracht. Dieser Raum war voller Kinder – *anderer Kinder!* – und Spielzeugen, Zeichnungen und Büchern. Sonnenlicht durchflutete das Zimmer; vielleicht wölbte sich eine durchsichtige Kuppel über die offenen Wände.

Die Kinder saßen auf dem Boden und spielten mit Farben und Puppen oder sprachen mit leuchtend bunten, virtuellen Figuren – lächelnden Vögeln und winzigen Clowns. Die Kinder drehten sich zu ihr um, als sie mit ihrer Mutter eintrat, mit runden und fröhlichen Gesichtern, wie Punkte aus Sonnenlicht, das durch Blätter fällt. Noch nie zuvor war sie anderen Kindern so nahe gekommen. Waren diese Kinder etwa auch *anders*?

Ein kleines Mädchen schnitt ihr eine Grimasse, und Lieserl klammerte sich an das Bein ihrer Mutter. Aber die legte nur ihre vertrauten warmen Hände auf ihren Rücken. »Geh weiter. Es ist alles in Ordnung.«

Als sie in das verzerrte Gesicht des fremden Mädchens blickte, schienen sich Lieserls Fragen, ihre altklugen, konstruierten Zweifel in Luft aufzulösen. Plötzlich zählte nur noch für sie – das einzige, was überhaupt zählte –, daß sie von diesen Kindern akzeptiert wurde und sie nicht erfuhren, daß sie *anders* war.

Ein Erwachsener kam auf sie zu: ein Mann, jung und schlank, mit jugendlichen Gesichtszügen. Er trug einen Overall in einem lächerlichen Orange; im Sonnenlicht nahm sogar sein Kinn noch diese Farbgebung an. Er lächelte sie an. »Du bist doch sicher Lieserl? Ich heiße Michael. Wir freuen uns, daß du hier bist.« »Stimmt doch, Leute?« ergänzte er dann in einem lauten, übertriebenen Tonfall.

Die Antwort war ein einstudiertes, konzertiertes »Ja«.

»Komm mit. Du bekommst jetzt eine Aufgabe«, sagte Michael. Er führte sie über den mit Kindern bedeckten Fußboden zu einer Stelle neben einem kleinen Jungen. Der Junge – rothaarig, mit stahlblauen Augen – betrachtete eine virtuelle Puppe, die sich unablässig neu gestaltete: Figur zwei zerfiel in zwei Schneeflocken, zwei Schwäne, zwei tanzende Kinder; Figur drei verwandelte sich in drei Bären, drei in der Luft schwimmende Fische und drei Kuchen. Der Junge sagte die Zahlen auf, wobei er der blechernen Stimme der Projektion folgte. »Zwei. Eins. Zwei und eins ist drei.«

Michael stellte sie dem Jungen vor. Er hieß Tommy, und sie setzte sich zu ihm. Zu Lieserls Erleichterung war Tommy so von der Darstellung fasziniert, daß er ihre Anwesenheit kaum zur Kenntnis nahm – ganz zu schweigen ihre *Andersartigkeit*.

Die Zahlendarstellung durchlief ihren Zyklus und erlosch dann. »Tschüß, Tommy! Tschüß, Lieserl!«

Tommy legte sich auf den Bauch und stützte das Kinn auf die Handfläche. Unbeholfen imitierte Lieserl seine Positur. Jetzt wandte Tommy ihr seine Aufmerksamkeit zu – er sah sie schweigend an, mit unbewußter Akzeptanz.

»Können wir es nochmal sehen?« fragte Lieserl.

Er gähnte und bohrte in einem Nasenloch herum. »Nein. Laß uns etwas anderes anschauen. Es gibt da was sehr Interessantes über die Explosion im Präkambrium…«

»Das was?«

Er wedelte lässig mit einer Hand. »Den Burgess-Schiefer und das alles, weißt du. Warte einmal ab, bis du erst die *Hallucigenia* über deinen Nacken krabbeln spürst…«

Die Kinder spielten und lernten und machten Nickerchen. Später fing das Mädchen Ginnie, das Lieserl die Grimasse geschnitten hatte, Streit an. Sie mokierte sich darüber, wie Lieserls knochige Handgelenke aus den Ärmeln hervorschauten (Lieserls Wachstum verlangsamte sich bereits, aber sie wuchs noch immer täglich aus ihren Sachen heraus). Dann – unerwartet und erstaunlich – begann Ginnie loszubrüllen und behauptete, daß Lieserl über ihre Projektion gelaufen wäre. Als Michael herbeikam, wollte Lieserl ihm ruhig und rational erklären, daß Ginnie sich irren mußte; aber Michael sagte ihr, daß sie nicht solchen Ärger machen sollte, und zur Strafe mußte sie zehn Minuten isoliert von den anderen Kindern sitzen, ohne Stimulation.

Das alles war in höchstem Maße unfair. Es waren die längsten zehn Minuten in Lieserls Leben. Sie schaute Ginnie düster und voller Abneigung an.

Am nächsten Tag freute sie sich darauf, wieder mit den Kindern im Klassenzimmer zu sein. Sie ging mit ihrer

Mutter durch sonnenbeschienene Gänge. Dann erreichten sie den Raum, an den Lieserl sich erinnerte – da waren Michael, der sie ein wenig melancholisch anlächelte, und Tommy, und das Mädchen Ginnie – aber Ginnie wirkte jetzt anders: kindlich, unentwickelt …

Wenigstens einen Kopf kleiner als Lieserl.

Lieserl versuchte, die Feindschaft des Vortages wieder aufleben zu lassen, aber es gelang ihr nicht mehr. Ginnie war nur ein Kind.

Sie hatte den Eindruck, als ob ihr etwas gestohlen worden wäre.

Ihre Mutter drückte ihre Hand. »Komm mit. Wir suchen einen anderen Raum, in dem du spielen kannst.«

Jeder Tag war einzigartig. Lieserl verbrachte jeden Tag an einem neuen Ort, mit neuen Leuten.

Die Welt erstrahlte im Sonnenlicht. Endlos zogen leuchtende Punkte über den Himmel: Raumstationen in niedrigen Umlaufbahnen und Kometenkerne, die als Energie- und Treibstoffquellen verankert waren.

Menschen bewegten sich durch ein Meer aus Informationen und hatten Zugang zu allen global verfügbaren virtuellen Bibliotheken, die sie durch subvokale Befehle öffnen konnten. Lieserl lernte schnell. Sie informierte sich über ihre Eltern. Sie waren Wissenschaftler und erforschten die Sonne. Damit standen sie nicht allein; viele Leute befaßten sich mit der Untersuchung der Sonne, wofür umfangreiche Mittel bereitgestellt wurden.

Die Bibliotheken enthielten eine Menge Material über die Sonne, von dem sie jedoch nur das wenigste verstand. Aber dennoch erfaßte sie einige wesentliche Aspekte.

Früher hatten die Menschen die Sonne als selbstverständlich betrachtet. Nun aber nicht mehr. Jetzt – aus irgendeinem Grund – *fürchteten* sie sich vor ihr.

Am neunten Tag betrachtete Lieserl sich in einem virtuellen Holospiegel. Sie ließ das Bild sich drehen, so daß sie die Form ihres Kopfes und den Fall des Haares sehen konnte. Sie befand, daß ihr Gesicht noch immer kindlich weich wirkte, aber die Frau in ihr entwickelte sich bereits, als ob die Ebbe ihrer Kindheit eingesetzt hätte. Sie würde das Gesicht ihrer Mutter Phillida haben, mit der kräftigen Nase und den großen, verletzlichen Augen; aber sie würde den sandfarbenen Teint ihres Vaters George aufweisen.

Lieserl hatte das Aussehen einer Neunjährigen. Aber sie war erst neun *Tage* alt.

Sie brach die Darstellung ab; sie zerfiel in Millionen winziger Abbildungen ihres Gesichts, die wie Fliegen im Sonnenschein davonflogen.

Phillida und George waren gute Eltern, dachte sie. Sie verbrachten ihre Zeit mit der Bearbeitung technischer Unterlagen – die wie herabfallende Blätter durch die Luft rollten – und der Untersuchung komplexer, ringförmiger Simulationen von Sternenmodellen. Obwohl beide sichtlich beschäftigt waren, kümmerten sie sich trotzdem hingebungsvoll um sie. Sie bewegte sich in einer glücklichen Welt aus Lächeln, Sympathie und Förderung.

Ihre Eltern liebten sie vorbehaltlos. Aber das war nicht immer genug.

Irgendwann begann sie, kompliziertere und detailliertere Fragen zu stellen. So z. B. diese, warum sie derart schnell wuchs. Sie schien nicht mehr zu essen als die anderen Kinder, denen sie begegnete; was konnte also für ihren absurden Wachstumsprozeß verantwortlich sein?

Woher *wußte* sie so viel? Sie war bei vollem Bewußtsein zur Welt gekommen, wobei sie sogar schon ansatzweise über Sprachvermögen verfügte. Die virtuellen Darstellungen, mit denen sie sich im Unterricht beschäftigte, waren zwar lustig, und sie lernte wohl auch immer etwas dazu; aber das waren dennoch nur Bruchstücke im Vergleich zu dem Erkenntniszuwachs, mit dem sie jeden Morgen aufwachte.

Woher hatte sie das Wissen im Mutterleib bezogen? Woher bezog sie es jetzt?

Darauf hatte sie keine Antworten. Aber vielleicht – irgendwie – hatte es alles mit dieser merkwürdigen, globalen Fixierung auf die Sonne zu tun. Sie erinnerte sich an ihre kindlichen Phantasien – daß sie eine Blume wäre, die zu schnell der Sonne zustrebte. Vielleicht, so überlegte sie jetzt, lag doch ein Körnchen Wahrheit in dieser Vision.

Die seltsame kleine Familie hatte einige schlichte, intime Rituale entwickelt. Lieserls Steckenpferd war, jeden Abend das Schlangen- und Leiterspiel zu spielen. George hatte ein altes Spiel mitgebracht – ein *echtes* Brett aus Pappe mit Spielsteinen aus Holz. Eigentlich war Lieserl schon zu alt für dieses Spiel; aber sie liebte die Gesellschaft ihrer Eltern, die intelligenten Witze des Vaters, die einfache Herausforderung des Spiels und das Gefühl der abgenutzten, antiken Steine.

Phillida zeigte ihr, wie sie sich selbstdefinierte Brettspiele programmieren konnte. Ihre am elften Tag erfolgten ersten Bemühungen erbrachten schlichte, regelmäßige Formen, im Grunde Kopien der handelsüblichen Spiele, die sie bereits kannte. Aber bald begann sie zu experimentieren. Sie konzipierte ein großes Brett mit einer Million Feldern, das einen ganzen Raum bedeckte – sie konnte über das Brett laufen, eine waagrechte, etwa in Hüfthöhe befindliche Ebene aus Licht. Sie bestückte das Brett mit komplexen, gewundenen Schlangen, großen Leitern und kräftig glühenden Feldern – alles höchst detailliert.

Am nächsten Morgen ging sie voller Vorfreude in das Zimmer, in dem sie das Brett aufgebaut hatte – und war sehr enttäuscht. Ihre Bemühungen wirkten blaß, statisch, wie kopiert – offensichtlich das Werk eines Kindes, trotz der Unterstützung durch die virtuelle Software.

Sie leerte das Brett und hinterließ ein in der Luft schwebendes Gitter aus hellen Feldern. Dann schickte sie sich an, es erneut zu bevölkern – diesmal jedoch mit bewegten, halbmenschlichen Schlangen und mobilen ›Leitern‹ in hundertfacher Ausprägung. Sie hatte gelernt, sich Zugang zu den Virtuellen Bibliotheken zu verschaffen, und sie plünderte die Kunst und die Geschichte Dutzender Jahrtausende, um das Brett zu beleben.

Natürlich war es jetzt nicht mehr möglich, auf dem Brett zu spielen, aber darauf kam es auch gar nicht an. Das Brett war das Ziel, eine kleine Welt für sich. Sie zog sich etwas von ihren Eltern zurück und verbrachte viele Stunden mit intensiven Recherchen in den Bibliotheken. Sie gab den Unterricht auf. Ihre Eltern schienen keine Einwände zu haben; sie unterhielten sich regelmäßig mit ihr, interessierten sich für ihre Projekte und respektierten ihre Privatsphäre.

Auch am nächsten Tag galt ihr Interesse noch dem Brett. Aber jetzt konzipierte sie komplexe Spiele, unterteilte das Brett durch willkürlich gezogene Grenzen aus glühendem Licht in Länder und Reiche. Bei der schematischen Rekonstruktion der großen Ereignisse der Menschheitsgeschichte stießen Armeen aus Leitern auf Legionen von Schlangen.

Sie schaute zu, wie die Symbole über das virtuelle Brett flackerten, aufleuchteten und verschmolzen; sie entwarf ausführliche Chroniken der Geschichte ihrer imaginären Länder.

Am Ende des Tages begann sie sich indessen mehr für die historischen Texte selbst zu interessieren als für ihre Interpretation. Sie ging zu Bett und konnte es kaum erwarten, daß der nächste Tag anbrach.

Sie erwachte im Dunklen, verkrampft vor Angst.

Sie forderte Licht an, das ohne eine erkennbare

Quelle den Raum durchflutete. Sie setzte sich im Bett auf.

Die Bezüge waren blutbefleckt. Sie schrie auf.

Phillida setzte sich zu ihr und wiegte ihren Kopf. Lieserl schmiegte sich an die Wärme ihrer Mutter und versuchte, das Zittern zu unterdrücken.

»Ich glaube, es ist Zeit, daß du mir deine Fragen stellst.«

Lieserl schniefte. »Welche Fragen?«

»Die Fragen, die du seit dem Augenblick deiner Geburt mit dir herumträgst.« Phillida lächelte. »Ich sah es in deinen Augen, schon in jenem Moment. Du armes Ding... mit soviel *Bewußtsein* belastet zu sein. Es tut mir leid, Lieserl.«

Lieserl rückte von ihr ab. Plötzlich verspürte sie Kälte und Verletzlichkeit.

»Sag mir, warum es dir leid tut«, verlangte sie zu wissen.

»Du bist meine Tochter.« Phillida legte die Hände auf Lieserls Schultern und kam mit dem Gesicht dicht an sie heran; Lieserl spürte ihren warmen Atem, und das weiche Licht des Zimmers betonte das Grau im blonden Haar ihrer Mutter und verlieh ihm den Anschein eines Leuchtens. »Vergiß das nie. Du bist so menschlich, wie ich es bin. Aber...« Sie zögerte.

»Aber was?«

»Aber du wirst – *gebaut*.«

Phillida sagte, daß Nanobots durch Lieserls Körper schwärmten und die Entstehung neuer Zellen und Kraftzuwachs stimulierten – sie ließen ihren Körper wie eine absurde menschliche Sonnenblume erblühen – sie implantierten sogar Erinnerungen und synthetische Lerninhalte direkt in ihren Kortex.

Lieserl war versucht, die Haut aufzukratzen und diese künstliche Infektion zu beseitigen. »*Warum*?

Warum habt ihr zugelassen, daß so etwas mit mir geschieht?«

Phillida rückte dicht zu ihr auf, aber Lieserl blieb steif und sträubte sich. Phillida vergrub das Gesicht in Lieserls Haar; Lieserl spürte das leichte Gewicht der Wange ihrer Mutter auf dem Kopf. »Noch nicht«, sagte Phillida. »Noch nicht. Noch ein paar Tage, mein Liebes. Das ist alles …«

Phillidas Wangen wurden feucht, als ob sie leise in das Haar ihrer Tochter weinte.

Lieserl kehrte zu dem Brettspiel mit den Schlangen und Leitern zurück. Ihr wurde bewußt, daß sie ihr Werk mit Freude, aber auch mit einer nostalgischen Traurigkeit betrachtete; sie distanzierte sich emotional von dieser ausgeklügelten, leicht obsessiven Kreation.

Sie war bereits zu alt dafür.

Sie ging in die Mitte des funkelnden Brettes und ließ eine dreißig Zentimeter durchmessende Sonne aus dem Zentrum ihres Körpers entstehen. Licht überflutete das Brett und zerbrach es.

Sie war indessen nicht die einzige Erwachsene, die solche Phantasiewelten erschaffen hatte. Sie erfuhr von den Brontës, die zurückgezogen im Norden Englands in einer gemeinsamen Welt aus Königen und Prinzen und Reichen gelebt hatten. Und sie informierte sich über die Herkunft des simplen Spiels der Schlangen und Leitern. Es stammte aus Indien, wo es als pädagogisch wertvolle Lernhilfe mit der Bezeichnung *Moksha-Patamu* entwickelt worden war. Es basierte auf zwölf Sünden und vier Tugenden, und das Ziel war das Eingehen ins Nirwana. Man konnte auf jeden Fall eher verlieren als gewinnen … Die Briten hatten es im neunzehnten Jahrhundert zu einem ›Knigge‹ für Kinder mit der Bezeichnung *Kismet* modifiziert. Lieserl starrte auf die Abbildungen klaustrophobischer Bretter und unheimlicher Schlangen. Dreizehn Schlangen und acht

Leitern demonstrierten den Kindern, daß sie, wenn sie artig und folgsam wären, ein gutes Leben erwarten konnten.

Aber schon nach wenigen Jahrzehnten hatte das Spiel seine moralische Konnotation verloren. Lieserl stieß auf Bilder aus dem frühen zwanzigsten Jahrhundert, die einen traurig dreinblickenden Clown zeigten; er rutschte hilflos an Schlangen hinab und kletterte tapfer Leitern hinauf. Lieserl betrachtete ihn und versuchte zu ergründen, was an der ausgebeulten Hose, dem Spazierstock und dem kleinen Schnauzbart so witzig gewesen sein sollte.

Das Spiel hatte mit seinem Charme und seiner Unkompliziertheit die zwanzig Jahrhunderte überdauert, die seit dem Tod jenes vergessenen Clowns mittlerweile vergangen waren.

Sie entwickelte Interesse für die in den verschiedenen Versionen des Spiels enthaltenen *Zahlen*. Das Zwölf-zu-Vier-Verhältnis von *Moksha-Patamu* machte es eindeutig zu einem anspruchsvolleren Spiel als die Dreizehn-zu-Acht-Relation von *Kismet* – aber um wieviel schwieriger?

Sie begann neue Bretter in die Luft zu projizieren. Aber diese Bretter waren Abstraktionen – schlicht, farblos, wenig mehr als Skizzen. Sie ließ Hochgeschwindigkeits-Simulationen ablaufen und studierte die Ergebnisse. Sie experimentierte mit verschiedenen Schlangen-Leitern-Relationen und mit ihrer Plazierung. Phillida setzte sich zu ihr und führte sie in die Stochastik und die Spieltheorie ein – jeder Bereich ein Wunder für sich.

Am fünfzehnten Tag wurde sie ihrer selbst überdrüssig und besuchte wieder die Schule. Sie betrachtete die Art, wie andere die Dinge rezipierten, als einen erfrischenden Kontrapunkt zu ihrem eigenen Hochgeschwindigkeits-Lernen.

Die Welt schien sich um sie herum zu entfalten; es

war eine Welt voller Sonnenlicht, endloser Informationsströme und stimulierender Menschen.

Sie begann sich mit Nanobots zu beschäftigen.

Die Körperzellen waren darauf programmiert, Selbstmord zu begehen. Eine Zelle produzierte selbst die Enzyme, die ihre DNA in schöne Stücke tranchierten, und starb dann einfach ab. Der Suizid der Zellen stellte einen Schutz gegen unkontrolliertes Wachstum – Tumore – dar sowie ein Werkzeug zur Formung des sich entwickelnden Körpers: in der Gebärmutter ließ das Absterben unbrauchbarer Zellen Finger und Zehen aus amorphen Gewebeknospen entstehen.

Tod war der Grundzustand einer Zelle. Der Körper mußte chemische Signale aussenden, welche die Zellen anwiesen, am Leben zu bleiben.

Die nanotechnologische Manipulation dieses Prozesses machte Unsterblichkeit möglich.

Sie machte auch die Konstruktion von Lieserl möglich.

Lieserl nahm dieses Wissen in sich auf und kratzte sich abwesend an den belebten, konstruierten Armen. Noch immer wußte sie nicht, *warum*.

Mit einem Klassenkameraden namens Matthew verließ sie das Haus und machte einen Ausflug – zum erstenmal ohne ihre Eltern. Sie flogen in einem Gleiter zu der Küste, an der sie als Kind gespielt hatte, vor zwölf Tagen. Sie fand die verfallene Pier, wo sie die Muscheln entdeckt hatte. Der Ort wirkte jetzt nicht mehr so lebendig – nicht mehr so magisch – und mit nostalgischer Traurigkeit registrierte sie den Verlust ihrer frischen, kindlichen Sinne.

Aber dafür gab es einen Ausgleich. Ihr Körper war kräftig und geschmeidig, und das Sonnenlicht floß wie warmes Öl über die Haut. Sie lief umher und schwamm und genoß das Prickeln der ozongeschwängerten Luft in den Lungen. Sie und Matthew rangelten zum Spaß und jagten sich in die Brandung wie junge

Affen, wobei sie sich umschlangen … – wie Kinder, dachte sie, aber nicht mehr ganz so unschuldig …

Als die Sonne unterging, wiesen sie den Gleiter an, sie nach Hause zu bringen. Sie verabredeten sich für den nächsten Tag, vielleicht um noch einen Ausflug zu unternehmen. Matthew küßte sie beim Abschied sanft auf die Lippen.

In dieser Nacht konnte sie kaum schlafen. Sie lag in der Dunkelheit ihres Zimmers, den Salzgeruch noch in der Nase und das Bild Matthews vor Augen. Heißes Blut schien durch ihren Körper zu pulsieren, in seinem unaufhörlichen, stetigen Wachstum.

Am nächsten Tag – dem sechzehnten – kam Lieserl schnell aus dem Bett. Noch nie zuvor hatte sie sich so lebendig gefühlt; ihre Haut glühte noch vom Salz und Sonnenlicht des Strandes, und es war eine heiße Spannung in ihr, ein Schmerz tief im Innern, wie ein Knoten.

Als sie den Gleiterstellplatz vor dem Haus erreichte, wartete Matthew schon auf sie. Er hatte ihr den Rücken zugewandt, und das Licht der aufgehenden Sonne ließ die Härchen am Halsansatz erglühen.

Dann drehte er sich zu ihr um.

Unsicher streckte er eine Hand nach ihr aus und ließ dann beide Hände an den Hüften herabfallen. Er schien nicht zu wissen, was er sagen sollte; unmerklich veränderte sich seine Körperhaltung, und die Schultern sackten leicht ab; unter ihrem Blick bekam er Angst.

Sie war größer als er. Merklich *älter*. Abrupt registrierte sie die noch kindlichen Rundungen seines Gesichts, sein unsicheres Auftreten. Der Gedanke, ihn zu berühren – die Erinnerung an ihre fiebrigen Träume in der Nacht – schien jetzt absurd.

Sie spürte, wie sich die Halsmuskeln anspannten; sie glaubte schreien zu müssen. Matthew schien vor ihr zurückzuweichen, als ob sie ihn durch einen Tunnel sähe.

Erneut hatten die emsigen Nanobots – die verdammte, endlose nanotechnologische Infektion ihres Körpers – ihr ein Teil ihres Lebens genommen. Sie weitergetrieben ins Erwachsensein.

Diesmal aber konnte sie es nicht mehr ertragen.

»*Warum? Warum?*« Sie wollte ihrer Mutter Beschimpfungen entgegenschreien – sie verletzen.

Phillida hatte noch nie so alt ausgesehen. Die Haut schien sich straff über die Wangenknochen zu spannen, mit tief eingegrabenen Falten. »Es tut mir leid«, sagte sie. »Glaube mir. Als wir – George und ich – uns zu diesem Programm meldeten, wußten wir, daß es schmerzlich werden würde. Aber wir hätten uns nie träumen lassen, wie sehr. Keiner von uns hatte vorher schon Kinder gehabt. Sonst hätten wir vielleicht ermessen können, wie du dich jetzt fühlst.«

»Ich bin ein Freak – ein absurdes Experiment«, schrie Lieserl. »Ein *Konstrukt*. Warum habt ihr einen Menschen aus mir gemacht? Warum nicht ein gefühlloses Insekt? Warum keinen Virtuellen?«

»Oh, du mußtest schon ein Mensch werden. So menschlich wie möglich …« Phillida schien zu einer Entscheidung gelangt zu sein. »Ich hatte gehofft, dir ein paar Tage mehr – Leben, Normalität – zu geben, bevor es enden mußte. Du schienst ja auch etwas Glück zu finden …«

»Bruchstückhaft«, meinte Lieserl bitter. »Das ist kein Leben, Phillida. Es ist *grotesk*.«

»Ich weiß. Es tut mir leid, mein Liebes. Komm mit mir.«

»Wohin?«

»Nach draußen. In den Garten. Ich möchte dir etwas zeigen.«

Mißtrauisch und feindselig gestattete Lieserl, daß ihre Mutter sie an der Hand nahm; aber sie ließ die Finger starr und kalt in Phillidas warmem Griff liegen.

Es war jetzt Vormittag. Das Licht der Sonne überflutete den Garten; Blumen – weiß und gelb – richteten sich gen Himmel.

Lieserl schaute sich um; der Garten war leer. »Was soll ich mir denn anschauen?«

Phillida deutete feierlich nach oben.

Lieserl legte den Kopf in den Nacken und beschirmte die Augen, um das Licht auszublenden. Der Himmel war eine strahlend blaue Kuppel, die nur in großer Höhe von einem Kondensstreifen und den Lichtern der Raumstationen durchbrochen wurde.

»Nein.« Sanft zog Phillida Lieserls Hand vom Gesicht, legte eine Hand unter ihr Kinn und richtete ihr Gesicht wie eine Blume auf die Sonne.

Das Licht des Sterns schien ihren Kopf auszufüllen. Geblendet schlug sie die Augen nieder und starrte Phillida durch einen Schleier verschwommener, gestreifter Netzhautabbildungen an.

»Die Sonne, Lieserl. Die Sonne.«

Die Sonne. Natürlich …

Der Capcom sagte, *verdammt, Lieserl, du mußt vernünftig sein. Die Dinge sind auch so schon kompliziert genug …*

»Ich weiß. Es tut mir leid. Wie geht es *dir* überhaupt?«

Mir? Mir geht es gut. Aber das ist auch gar nicht der Punkt, stimmt's? Jetzt mach schon, Lieserl, das Team hier steigt mir sonst aufs Dach; laß uns die Testreihe durchführen.

»Du meinst, daß ich überhaupt nicht hier unten bin, um mich zu amüsieren?«

Der Capcom, in seinem sicheren Habitat weit oberhalb der Photosphäre, antwortete nicht.

»Genau. Die Tests. Okay, zuerst den elektromagnetischen.«

Sie stellte ihr Sensorium ein. »Ich werde in die Dunkelheit gestürzt«, stellte sie trocken fest. »Im ganzen Frequenzbereich gibt es fast keine freie Strahlung –

höchstens noch schwache Gammastrahlung aus der Photosphäre; es wirkt ein wenig wie der Abendhimmel, kurz bevor die Sonne ganz untergeht. Und ...«

Wir wissen, daß die Systeme funktionieren. Ich muß wissen, was du siehst und was du fühlst.

»Was ich fühle?«

Sie breitete die Arme aus und segelte rückwärts durch die ›Luft‹ der Kaverne. Die großen Konvektionszellen kollidierten und verschmolzen wie Lebewesen, Wale in diesem amorphen Meer aus Gas.

»Ich erkenne Konvektionsquellen«, sagte sie. »Sie füllen eine ganze Höhle aus.«

Sie rollte sich auf den Bauch, so daß sie mit nach unten gewandtem Gesicht das Plasma-Meer überschaute. Sie öffnete die Augen und wechselte den Wahrnehmungsmodus. Die Konvektionswaben traten in den Hintergrund ihrer Sinne, und dafür erschienen die magnetischen, aus der Luft materialisierenden Flußröhren im Vordergrund; das Konvektionsmuster stand als grob konturiertes Gerüst im Hintergrund. Die Röhren hatten jeweils einen Durchmesser von hundert Metern und zogen sich als Kanäle durch die Luft; sie waren Tausende von Meilen lang und erstreckten sich überall um sie herum, bis hinunter zum Plasma-Meer.

Lieserl tauchte in eine dieser Röhren ein und verspürte das Prickeln eines starken Magnetfeldes. Die Wandung raste an ihr vorbei und krümmte sich leicht. »Es ist wundervoll«, kommentierte sie. »Ich bin im Innern einer Flußröhre. Sie ist ein riesiger Tunnel; es ist wie eine Fahrt in der Achterbahn. Ich könnte diesem Pfad um die ganze Sonne folgen.«

Vielleicht. Ich weiß aber nicht, ob wir es so blumig ausdrücken sollten, Lieserl. Der Capcom hielt inne, und als er weitersprach, klang er betont verbindlich, als ob er angewiesen worden wäre, nett zu ihr zu sein. *Wir freuen uns, daß du dich ... äh ... in deinem Ich glücklich fühlst, Lieserl.*

»In meinem neuen Ich. Kann sein. Nun, gegenüber dem alten stellt es durchaus eine Verbesserung dar; das mußt du zugeben.«

Ja. Ich möchte, daß du dich daran erinnerst, wie du in das System geladen wurdest. Schaffst du das?

»Das Laden? Warum?«

Komm schon, Lieserl. Das ist doch nur ein weiterer Test.

»Was wird denn da getestet?«

Deine Spur-Funktionen. Wir wollen wissen, ob …

»Meine Spur-Funktionen. Du meinst mein Gedächtnis.«

… Ja. Immerhin war er so taktvoll, verlegen zu klingen. *Denke zurück, Lieserl. Kannst du dich erinnern?*

Das Laden …

Es war ihr neunzehnter Tag, ihr neunzehntes physikalisches Jahr. Sie war unglaublich schwach – sie konnte nicht einmal gehen, essen oder sich waschen.

Sie hatten sie zu einer Raumstation in der Nähe der Sonne gebracht. Fast hätten sie sie noch zu spät geladen; sie waren in größter Sorge, als sie sich irgendwie eine Lungeninfektion zuzog, die sie beinahe umgebracht hätte.

Sie wollte sterben.

Physikalisch war sie der älteste Mensch im gesamten Sonnensystem. Sie fühlte sich, als ob sie unter Wasser wäre: Sie konnte kaum etwas fühlen, schmecken oder sehen, als ob sie in einer dämpfenden, viskosen Flüssigkeit eingeschlossen wäre. Und sie erkannte, daß ihr Verstand ausfiel.

Es ging so schnell, daß sie es *spüren* konnte. Es war wie ein gespenstisches Zurückspulen ihrer beschleunigten Kindheit. Bei jedem neuen Erwachen stellte sie einen fortschreitenden Verfall fest. Sie fürchtete sich mittlerweile vor dem Schlaf, konnte ihm aber nicht entrinnen.

Sie konnte die Würdelosigkeit des Vorgangs nicht ertragen. Alle anderen waren unsterblich und jung; und die Technologie, die das geleistet hatte, wurde nun eingesetzt, um Lieserl zu töten. Sie haßte alle, die sie in diese Lage gebracht hatten.

Ihre Mutter besuchte sie ein letztesmal, ein paar Tage vor dem Laden. Lieserl konnte mit ihren zerstörten, rheumatischen alten Augen Phillida kaum erkennen – diese junge, weinende Frau, war nur ein paar Monate gealtert, seit sie ihr Baby in die Sonne gehalten hatte.

Lieserl verfluchte sie und schickte sie weg.

Schließlich wurde sie in ihrem Bett zu einer Transmutationskammer im Zentrum der Station gebracht.

Erinnerst du dich, Lieserl? War es – kontinuierlich?

»… Nein.«

Es war eine Explosion der Sinne.

Mit einemmal war sie wieder jung, alle Sinne waren wieder wie neu. Ihre Augen waren scharf, ihr Gehör unglaublich fein. Und langsam, ganz langsam spürte sie neue Sinne – übermenschliche Sinne. Sie konnte das düstere infrarote Glühen der Rümpfe und Köpfe der Leute erkennen, die an der Hülle ihres aufgegebenen Körpers arbeiteten, das Funkeln der Gammateilchen aus der Photosphäre der Sonne, die den Schirm der Station durchdrangen.

Sie hatte ihre menschlichen Erinnerungen zwar behalten, aber sie unterschieden sich qualitativ von den Erinnerungen, die sie jetzt anhäufte. Begrenzt, partiell, subjektiv, unvollständig gespeichert: wie verblassende Bilder, dachte sie.

… Mit Ausnahme vielleicht dieses einen, goldenen Tages am Strand.

Sie musterte die Hülle ihres Körpers. Jetzt implodierte sie fast sichtbar, leer …

»Ich erinnere mich«, meldete sie dem Capcom. »Ja, ich erinnere mich.«

Nun beschrieb die Flußröhre eine Rechtskrümmung; und als sie ihr folgte, erkannte sie, daß sie sich auf einer spiralförmigen Bahn bewegte. Sie entspannte sich, ließ sich einfach treiben und beobachtete, wie sich die Höhlenwelt unter der Röhre um sie drehte. Sie sah, daß die benachbarten Flußröhren sich auch zu Spiralen verdreht hatten; sie folgte einem Strang in einem Tau aus verdrillten Flußröhren.

Lieserl, was ist los? Wir stellen fest, daß sich deine Flugbahn schnell ändert.

»Mir geht es gut. Ich bin jetzt in einer Flußröhre, das ist alles ...«

Lieserl, du solltest dort verschwinden ...

Sie ließ sich von der Röhre herumwirbeln. »Warum denn? Das kommt doch gut.«

Vielleicht. Aber es war keine gute Idee von dir, die Oberfläche zu durchbrechen; wir machen uns Sorgen wegen der Stabilität des Wurmlochs ...

Lieserl seufzte und verlangsamte ihren Flug. »O verdammt, du Langweiler. Es hätte mir echt gefallen, mitten aus einer Sonne herauszukommen. Was für ein großartiger Trip.«

Wir haben die Tests noch nicht abgeschlossen, Lieserl.

»Was soll ich tun?«

Nur noch einen ...

»Sag's mir einfach.«

Laß einen kompletten Selbsttest laufen, Lieserl. Nur ein paar Minuten ... Stoße die Virtuellen Konstrukte ab.

Sie zögerte. »Weshalb? Die Systeme funktionieren doch einwandfrei.«

Lieserl, du solltest es mir nicht so schwer machen. Der Capcom klang defensiv. *Das ist eine Standard-Testreihe für jeden KI, der ...*

»Na schön, verdammt.«

Sie schloß die Augen, und mit einer plötzlichen, impulsiven Willensanstrengung ließ sie ihr Virtuellbild –

die Illusion eines sie umhüllenden menschlichen Körpers – zerfallen.

Es war wie das Erwachen aus einem Traum: ein leichter, angenehmer Kindheitstraum, und als sie aufwachte, war sie in einer Maschine eingeschlossen, einem kruden Konstrukt aus Schrauben und Kabeln und Stangen.

Sie mußte erst einmal überlegen, wo sie überhaupt war.

Das viereckige Interface des Wurmlochs war im Innern der Sonne fixiert. Das dünne, extrem heiße Gas der Konvektionszone strömte in seine vier dreieckigen Seiten, so daß das Interface von einer Skulptur aus einfließendem Gas umgeben war, einer Blume, die dynamisch aus der Masse der Sonne geformt wurde und die das Interface selbst fast verdeckte. Sie wußte, daß Sonnen-Materie durch das Wurmloch zum zweiten Interface in der Sonnenumlaufbahn gepumpt wurde; aus dem driftenden Tetraeder stiegen flammend Gase aus der Konvektionszone auf und verwandelten es in eine zweite, kleine Sonne, um die herum menschliche Habitate errichtet werden konnten.

Durch das Abpumpen des Gases und die von ihm abgeführte Wärme kühlte sich das Interface selbst ab und konnte so seine Existenz sichern – mit seiner wertvollen, empfindlichen Fracht an Datenbeständen...

Die Bestände, die ihr, Lieserls, Bewußtsein enthielten.

Sie inspizierte sich auf vielen Ebenen gleichzeitig.

Auf der physikalischen Ebene studierte sie sich verschiebende und miteinander verschmelzende Datenmatrizen. Darüber befand sich die logische Struktur der Datenspeicherung und Zugriffspfade, welche die Komponenten ihres Geistes darstellten.

Gut... Gut, Lieserl. Du schickst uns gute Daten. Wie fühlst du dich?

»Das fragst du mich laufend, verdammt. Ich fühle mich…«

Verstärkt…

Nicht länger gefangen in einem einzigen Punkt, in einem Knochengerüst hinter Augen aus Gelatine.

Was machte ihr Bewußtsein aus? Es war die Fähigkeit, die Vorgänge in ihrem Geist und in ihrer Umwelt zu erkennen und zu begreifen, was sich in der Vergangenheit ereignet hatte.

Jeder Test hatte belegt, daß sie über ein höheres Bewußtsein als alle anderen Menschen verfügte – weil sie eine größere *Maschinerie* des Bewußtseins hatte.

Sie hatte ein überragendes Bewußtsein – jedem Menschen überlegen, der bisher gelebt hatte.

Falls sie, wie sie mit Unbehagen sinnierte, überhaupt noch menschlich war.

Gut. Gut. In Ordnung, Lieserl. Wir müssen weiterarbeiten.

Erneut ließ sie ihr Bewußtsein in eine virtuell-menschliche Form implodieren. Sofort verengte sich ihr Wahrnehmungsspektrum wieder. Der Blick durch quasi-menschliche Augen war tröstlich – und doch, so dachte sie, eingeschränkt.

Vielleicht würde es nicht mehr lange dauern, bis sie bereit war, auch diesen letzten Rest Menschlichkeit abzulegen. Und was dann?

Lieserl?

»Ich höre dich.«

Sie richtete das Gesicht auf den Kern.

»Die Sache hat einen Sinn, Lieserl«, sagte ihre Mutter. »Eine Rechtfertigung. Du bist nicht nur ein Experiment. Du hast eine Mission.« Sie deutete auf die ausgedehnten, freundlichen Gebäude, aus denen das Anwesen bestand. »Die meisten Leute hier, besonders die Kinder, wissen nichts von dir. Sie haben Jobs, Ziele – sie leben ihr eigenes Leben. Aber sie sind für *dich* hier.«

»Lieserl, deine Erfahrungen sind konstruiert worden – George und ich wurden sogar dafür ausgewählt – um sicherzustellen, daß dir in den ersten paar Tagen deiner Existenz die Menschlichkeit *eingeprägt* wurde.«

»Die ersten paar Tage?« Plötzlich war die ungewisse Zukunft wie eine schwarze Wand, die sich vor ihr auftürmte; sie glaubte, genau so wenig Kontrolle über ihr Leben zu haben, als ob sie ein Stein auf einem riesigen, unsichtbaren Brett mit Schlangen und Leitern gewesen wäre.

»Ich will das nicht. Ich will einfach nur ich sein. Ich will meine Freiheit, Phillida.«

»Nein, Lieserl. Ich befürchte, daß du nicht frei bist; du kannst nie frei sein. Du hast ein Ziel.«

»Welches Ziel?«

»Hör mir zu. Die Sonne hat uns das Leben gegeben. Ohne sie – ohne die anderen Sterne – könnten wir nicht überleben.«

»Wir sind eine starke Spezies. Ich glaube, daß wir so lange wie die Sterne existieren können – noch Dutzende von Milliarden Jahren. Und vielleicht noch länger. Aber wir haben – Ausblicke auf die Zukunft gehabt, die entfernte Zukunft ... Beunruhigende Ausblicke. Die Menschen beginnen bereits mit Planungen für diese Zukunft – mit Arbeiten an Projekten, die Jahrmillionen bis zu ihrer Vollendung benötigen werden ...«

»Lieserl, du bist eines dieser Projekte.«

»Ich verstehe nicht.«

Phillida nahm ihre Hand und drückte sie sanft; dieser banale menschliche Kontakt schien unpassend, der sie umgebende Garten unwirklich, eine Schimäre, angesichts dieser Unterhaltung über Megajahre und die Zukunft der Spezies.

»Lieserl, etwas stimmt nicht mit der Sonne. Du mußt herausfinden, was es ist. Die Sonne stirbt; etwas – oder jemand – tötet sie.«

Phillidas Augen standen groß vor ihr, musterten sie und suchten nach Verständnis. »Hab keine Angst. Mein Liebling, du wirst ewig leben. Und du wirst Wunder schauen, von denen ich – und alle anderen Menschen – nur träumen können.«

Lieserl lauschte kalt ihrer Stimme und analysierte sie. »Aber du beneidest mich nicht. Stimmt's, Phillida?«

Phillidas Lächeln verflog. »Nein«, bestätigte sie leise.

Lieserl legte den Kopf zurück. Intensives Licht blendete ihre Augen.

Sie schrie auf.

Ihre Mutter nahm sie in die Arme. »Die Sonne, Lieserl. *Die Sonne …*«

Originaltitel: ›LIESERL‹ • Copyright © 1993 by Stephen Baxter • Erstmals erschienen in ›Interzone‹, Dezember 1993 • Mit freundlicher Genehmigung des Autors und Thomas Schlück, Literarische Agentur, Garbsen • Copyright © 1996 der deutschen Übersetzung by Wilhelm Heyne Verlag, München • Aus dem Englischen übersetzt von Martin Gilbert • Illustriert von Manfred Lafrentz

---

Kristine Kathryn Rusch · USA

PAS DE DEUX MIT EINEM TOTEN

Greta umklammerte das Geländer und spähte über die Brüstung. Vor zwanzig Jahren war er hier heruntergestürzt, langsam kreiselnd, bis er fünf Stockwerke tiefer mit einem dumpfen Knall aufschlug, der durch den ganzen Hof hallte. Sie hatte damals die Hände gerungen, sie mit den Innenflächen gegeneinandergepreßt und gerieben, um das Gefühl seines seidenen Hemdes von den Fingern zu wischen; dabei dachte sie die ganze Zeit über, daß jemandem, der sich so anmutig bewegen konnte wie Karl, ein Sturz eher wie ein Fliegen vorkommen mußte.

Wenigstens hatte er nicht geschrien.

»Greta!«

Sie zuckte zusammen, und ihre Kehle schnürte sich zu. Timothy öffnete die Glastür und trat auf den Balkon.

»Du solltest nicht hier draußen stehen«, ermahnte er sie. »Du wirst dir noch den Tod holen.« Dann lief er in diesem Purpurrot an, das offenbar typisch für Rothaarige ist. »Ich meine, du ...«

»Ich weiß genau, was du meinst«, erwiderte Greta. Sie rieb sich die Schultern, auf denen sich eine Gänsehaut gebildet hatte. »Es ist kalt hier draußen.«

Er nahm sie in den Arm und wärmte sie, während er sie ins Haus zurückführte. Drinnen war die Luft immer noch abgestanden und muffig. Das halbe Ensemble streckte in dem vertieft angelegten Wohnzimmer alle viere von sich. Großgewachsene, graziöse Menschen räkelten sich auf den weißen Sofas. Bloße Füße mit Hühneraugen, entzündeten Ballen und Bandagen ruhten auf Schemeln. Von den Körpern nahm sie immer zuerst Notiz. Für sie waren ihre Tänzerinnen und Tänzer weniger Menschen, sondern in erster Linie Instrumente.

Timothy schloß die Glastür. Von seinem Platz in der Ecke blickte Sebastian hoch, den Arm um die neue Brünette gelegt, Amanda Thigopolos. Er versuchte, Gretas Aufmerksamkeit auf sich zu ziehen, indem er sie eifersüchtig machte. Statt dessen konzentrierte sie sich auf die Brünette. Das Mädchen war vielleicht achtzehn, kam gerade aus der High School, und konnte tanzen, als sei sie mit Spitzenschuhen auf die Welt gekommen. Amanda war in Ordnung. Thigopolos mußte weg – zu lang und zu griechisch. Sie konnte den Namen abkürzen, wenn er erst einmal im Programmheft stand. Solange sie noch im *Corps de ballet* tanzte, war an Thigopolos nichts auszusetzen.

»Ich nehme an, ihr habt euch alle häuslich eingerichtet«, sagte Greta. Die Truppe wandte sich ihr zu. Gesichter – weiße, schwarze und braune, die meisten Augen dunkel umschattet, die Haut grau vor Schmerzen – starrten ihr entgegen. Schmerzen gehörten zum Tanzen dazu, das hatte sie von Karl gelernt. *Ballett ist das Unmögliche,* pflegte er zu sagen. *Schmerzen sind ein geringer Preis dafür, daß man das Unmögliche möglich macht.* Die Erschöpfung und Überanstrengung der Tänzer ignorierend, funkelte sie sie wütend an. »Heute ist nicht Sonntag. Von einem freien Tag hatte ich nichts gesagt. Unterricht in zwei Stunden.«

Sie stöhnten. Dale hatte etwas an einem Schuh genäht, machte einen Knoten, biß den Faden ab und gab Katrina die Nadel zurück. Lisa massierte sich die Füße. Sebastian sah Greta stirnrunzelnd an. Sie beachtete ihn nicht. »Nun, was ist?« fragte sie. Sie standen auf, streckten sich und verließen das Zimmer in einer ungeordneten Reihe, die sich an der Tür staute; sie glichen einem Ensemble am ersten Probentag der Saison, und nicht einer Truppe, die schon seit fast sechs Monaten zusammen war. Sie seufzte und schob das Tuch zurück, das ihr angegrautes schwarzes Haar bedeckte. Nein. Das Haar hatte silberne Strähnen, keine grauen. Sie alterte mit Eleganz, wie Karl es vorhergesagt hatte.

Karl. Er füllte die Zimmer aus. Fast erschnupperte sie sein Eau de Cologne, einen Duft, der genauso intensiv und überwältigend war wie Karl selbst. Manchmal glaubte sie, ihn aus dem Augenwinkel zu sehen. Eins neunzig groß und sehr schlank, mit Beinmuskeln, die bald die Jeans zu sprengen schienen, silbernem Haar und funkelnden braunen Augen. Seine Augen kannte sie eigentlich nur, wie sie vor Zorn geblitzt hatten, und kaum, wie sie entspannt dreinschauten. Sie erinnerte sich an seinen Zorn und an diesen wilden, leidenschaftlichen Hunger, mit dem er sie begehrte, und vor dem sie sich fürchtete, weil er sie zu vernichten drohte.

»Tut es dir jetzt leid, daß du zurückgekommen bist?«

Timothy. Den hatte sie ganz vergessen. Er stand ihr zur Seite, wie immer, ihr Halt und ihre Stütze, der stille Partner, der am liebsten im Hintergrund blieb.

»Es ist der fünfzigste Jahrestag des Ensembles«, sagte sie. »Es gehört sich so, daß wir die Jubiläumsvorstellung hier geben.«

Sie leierte die Worte mechanisch herunter. Sie wiederholte sie, seit sie beschlossen hatte, nach Grayson Place zurückzugehen. Normalerweise gab sich Timothy mit dieser Antwort zufrieden, doch dieses Mal berührte er ihren Arm. »Ich dachte dabei an dich, Greta.«

Sie nickte. Sie erinnerte sich, wie sie Timothy von dem Telefon neben dem Kamin angerufen hatte; ihre Hände zitterten so heftig, daß sie kaum die Nummer wählen konnte.

Karl ist tot, hatte sie gesagt. *Hast du die Polizei benachrichtigt?* wollte er wissen. *Ich möchte, daß du das übernimmst,* hatte sie entgegnet. Timothy war immer für sie da, angefangen vom Prozeß, bis zu ihrem Kampf, die Truppe zu retten, und auch später noch; unermüdlich kümmerte er sich um sie, ohne selbst Ansprüche zu stellen.

»Wenn wir das Haus behalten wollen, müssen wir es wohl renovieren lassen«, meinte sie. Sie faßte über den Tisch, neben dem sie stand, und berührte den runden Lampenfuß; der aufdringliche braune Farbton und der orangerote Glasschirm waren ein Gipfel der Geschmacklosigkeit aus den sechziger Jahren. »Es kommt mir vor, als sei die Zeit hier stehengeblieben.«

»Vielleicht ist sie das«, erwiderte Timothy. In Gedanken sah sie wieder Karl, wie er nach unten stürzte, die Arme nach ihr ausstreckte, während er sich langsam im Kreis drehte; sein Hemd flatterte im Wind, sein Blick, der so stark war wie Karl selbst, heftete sich auf sie und riß einen Teil von ihr mit.

Sie fröstelte. Das lag fünfzig Jahre zurück. Timothy legte die Arme um sie, doch sie machte sich von ihm frei.

»Unterricht in zwei Stunden«, sagte sie, ein Lächeln andeutend. »Und ich möchte etwas essen.«

Als sie wegging, sah Timothy ihr hinterher. Greta bewegte sich immer noch wie ein junges Mädchen. Aus der Nähe betrachtet, verriet ihr Körper jedoch ihr wahres Alter. Ihre Haut war ein wenig runzlig; die Falten verliehen ihren Zügen Eleganz, doch es war die Eleganz des Alters. Für eine Tänzerin war sie alt, besonders für eine, die die Kunst noch aktiv ausübte, aber sie war stark.

Greta war stark.

Timothy wandte sich dem Balkon zu. Selbst jetzt noch konnte er die Kälte jener Nacht spüren. Es war bitterkalt gewesen, als Karl starb. Obwohl es Frühling war, lag die Temperatur um den Gefrierpunkt. Bei seiner Ankunft fand Timothy Greta vor, wie sie mit flatternden Händen immer noch über dem Telefon kauerte.

Er war durch die offene Glastür getreten, ging vorbei an den Patiomöbeln aus Plastik und den fransenbesetzten Sonnenschirmen, vorbei an den Liegestühlen, dem tragbaren Plattenspieler und dem kleinen Fernsehgerät, vor dem sie gesessen und sich den Film *The Wizard of Oz* angeschaut hatten, weil Karl zu gern Roy Bolger tanzen sah.

Der Balkon kam Timothy fast eine Meile lang vor, und Zoll für Zoll quälte er sich weiter, wissend, daß er nach unten blicken mußte, wenn er schließlich vor dem schmiedeeisernen Geländer angelangt war.

Das Geländer schien immer noch zu vibrieren, doch das Beben kam von der Kälte und seiner eigenen Angst. Vorsichtig berührte Timothy die metallene Brüstung.

Vierundeinhalb Stockwerke tiefer, beleuchteten die imitierten Gaslaternen auf dem Hof Karls zerschmetterten, verrenkten Körper. Karl, der in seinem ganzen Leben nicht eine einzige linkische Bewegung vollführt hatte, sah aus wie ein junger Bursche, der seinen ersten *Tour en l'air* versucht hat, dabei stolperte, hinfiel und sich weigerte, es noch einmal zu probieren.

»Steh auf, Karl, es ist alles in Ordnung«, hätte Timothy am liebsten geflüstert; doch er wußte, daß Karl nie wieder aufstehen, und daß nie wieder alles in Ordnung sein würde. Karl war tot, und im Wohnzimmer rieb Greta ihre Hände aneinander wie Lady Macbeth.

Timothy erschauerte. Als Greta plante, nach Grayson Place zurückzukehren, hatte er versucht, es ihr auszureden, doch sie hörte nicht auf ihn. Sie wollte die Jubiläumsvorstellung geben, und zwar hier, und nichts, was er vorbrachte, vermochte sie umzustimmen.

Seit der Nacht, in der Karl starb, war sie nicht mehr

in Grayson Place gewesen. Obwohl sie das Anwesen zusammen mit Karls anderem Besitz geerbt hatte, überließ sie es Timothy, sich darum zu kümmern. Er vermietete es an Freunde und Tänzer, so daß es ständig benutzt wurde, war selbst jedoch auch nicht zurückgekehrt. Nicht seit der Nacht, als er sich dazu entschied, für sie zu lügen; der Nacht, bevor er das erstemal mit Gretas Anwalt sprach, zwei Wochen nach Karls Tod und fast ein Jahr vor seinem Auftritt als Zeuge bei dem Mordprozeß.

»Mr. Mason?«

Die Brünette, die Neue, mit der Sebastian flirtete, stand in der Tür. Timothy zog die Stirn kraus, konnte sich jedoch nicht an ihren Namen erinnern.

»Mein Zimmer ist kalt«, sagte sie.

Das ganze Haus ist kalt, dachte Timothy, sagte hingegen: »An den Heizkörpern befindet sich ein Thermostat. Sie müssen ihn höher einstellen.«

»Ich hab ihn bereits ganz aufgedreht, und die Heizungen sind warm. Das Zimmer ist trotzdem eiskalt.« Sie zuckte die Achseln.

Timothy seufzte innerlich. Das Ensemble zu managen, lief immer mehr darauf hinaus, daß er das Kindermädchen spielte. Wenn er mehr Vertrauen in andere Leute setzte, würde er jemanden einstellen, der diesen Teil des Jobs übernähme, die Betreuung der Truppe unterwegs und den alltäglichen Kram. Er lächelte. Mit Mißtrauen hatte das nichts zu tun. Er konnte Greta nicht alleinlassen.

»Wo ist Ihr Zimmer?« fragte er.

»Im dritten Stock, das letzte links.«

Gretas altes Zimmer. Timothy wußte nicht, wieso sein Herz plötzlich wie wild klopfte. Er folgte dem Mädchen die Treppe hinauf, eine Stufe hinter ihr gehend. Ihr langes Haar duftete nach einem blumigen Shampoo, und er sah, daß sich ihre Arm- und Beinmuskeln bereits kräftig ausgebildet hatten.

Der dritte Stock war angefüllt mit leichtem Geplauder und mitunter auch Lachen. Ein paar Türen standen offen, im Korridor türmten sich Taschen, Leotards hingen über Türklinken.

Als er an einem Zimmer vorbeikam, hörte er eine Frau keuchen. Ehe er einen Blick hineinwerfen konnte, fiel die Tür ins Schloß. Eigentlich wollte er sowieso nicht hinsehen. Ihm war nichts Menschliches fremd – seit fünfundzwanzig Jahren nicht mehr.

»He, Amanda ist unterwegs zur Besetzungs-Couch«, rief jemand durch eine halboffene Tür.

Das Mädchen vor ihm errötete leicht, ging jedoch unbeirrt weiter. Das bewunderte Timothy an ihr. Sie hatte Schneid. Sie. Amanda. In Gedanken wiederholte Timothy ihren Namen, damit er ihn nicht wieder vergaß. Amanda die Griechin, deren Nachnamen Greta nicht ausstehen konnte.

»Hier ist es«, sagte das Mädchen. Vor der Tür des letzten Zimmers blieb sie stehen; es war der Raum unter den Dachbalken.

Timothy ging hinein. Das Zimmer war kalt. Eiskalt. Oder das Frösteln aus dem Wohnzimmer war zurückgekehrt. Seit über zwanzig Jahren hatte er diesen Raum nicht mehr betreten. Nicht seit der Nacht *(er und Greta hatten sich auf dem breiten Doppelbett unter der Dachschräge geliebt. Am Verputz hatte er sich den Rücken wundgescheuert, doch es machte ihm nichts aus, weil er mit Greta zusammen war. Solange Greta bei ihm war, war alles gut)*, als Karl Greta aus dem Zimmer geholt hatte. Erst am nächsten Morgen erfuhr Timothy, daß sie direkt in Karls Bett gestiegen war, obwohl er es sich hätte denken können, es hätte wissen müssen. Karl, der großartige Tänzer, der ein noch berühmterer Choreograph geworden war. Greta pflegte seinen Namen nur zu flüstern. *Karl sagt … Karl will … Karl glaubt …*

»Ich stell mich wohl ziemlich albern an, was?« fragte das Mädchen.

Timothy schwenkte herum, halb damit rechnend, Greta in der Tür zu sehen. Amanda sah aus wie Greta – groß, schlank, mit langem, dunklem Haar. Aber hier hörte die Ähnlichkeit schon auf. Seit zwanzig Jahren hatte Greta nicht mehr so jung, so unschuldig, ausgesehen. »Nein«, entgegnete er. »Hier zieht es wirklich. Wir müssen Sie in einen anderen Teil des Flügels umquartieren.«

»Das ist nicht nötig«, meinte Amanda. »Irgendwie gefällt mir das Zimmer, und es ist ja nur für ein paar Tage. Es macht mir nichts aus, hierzubleiben.«

Aber mir macht es etwas aus, dachte Timothy. Er ging in die Hocke und berührte die Heizkörper. Sie waren heiß, und aus den Schlitzen strömte warme Luft. Doch offenbar konnte sie die Kälte nicht aus dem Zimmer vertreiben – eine Kälte, die wie ein Eisberg mit eigenem Kühlsystem zu sein schien. »Die Heizung funktioniert. Ich könnte jemanden holen …«

»Nein.« Das Mädchen zuckte die Achseln. Oft werde ich mich hier ohnehin nicht aufhalten. Ich brauche nur ein paar zusätzliche Decken.«

»Ist gut.« Timothy verließ das Zimmer. Der Korridor kam ihm vor wie eine Sauna. Ein Schauer lief ihm über den Rücken. Er hätte nicht nach Grayson kommen dürfen. Auf ihn lauerten hier genauso viele Erinnerungen wie auf Greta; vielleicht sogar noch mehr. »Ich sorge dafür, daß jemand vom Hauspersonal Ihnen noch ein paar Decken bringt.«

Falls das Hauspersonal vollständig da war. Timothy seufzte. Er war mit Arbeit überlastet. Er würde nicht einmal dazu kommen, beim Unterricht zuzuschauen. Manchmal wünschte er sich, er hätte nie mit dem Tanzen aufgehört. Die Schmerzen und die dauernde körperliche Erschöpfung waren leichter zu ertragen als die Unzahl winziger Details, mit denen er sich Tag für Tag beschäftigen mußte. Er ging durch den Korridor und fragte sich, ob es der Jubiläumsvorstel-

lung sehr schaden würde, wenn er einfach wieder heimflöge.

Als Greta die Treppe hinaufschritt, kam sie sich wieder vor wie mit zwanzig. Diese Treppe hatte sich kaum verändert. Viele Füße waren über den weißen Teppich gegangen, der Flor war abgewetzt und plattgedrückt. Der hölzerne Handlauf des Geländers fühlte sich frisch poliert an. Wenn sie die Augen schloß, konnte sie sich vorstellen, daß Karl im Probenraum auf sie wartete.

Sie war gern in seiner Nähe, konnte es nicht abwarten, ihn zu berühren. Der Duft seines Eau de Cologne jagte ihr Schauer über den Rücken. Aber das war zu Anfang gewesen, als sie sich gerade erst kennengelernt hatten. Ständig verlangte er etwas von ihr, formte sie nach seinen Wünschen, und sie merkte, daß sie es Karl niemals recht machen würde.

Biege dich, Greta. Noch mehr – nein, nein, nein, mit Gefühl. Verdammt noch mal, Mädchen, du könntest eine gute Tänzerin sein, wenn du deinen Körper nur richtig beherrschen würdest. Und jetzt biege dich. Nein, doch nicht so …

Es wurde noch schlimmer, als sie erst seine Primaballerina war, der Star seiner Truppe, und zu ihm nach Grayson zog. Manchmal holte er sie mitten in der Nacht aus dem Bett, um neue Schritte einzuüben, oder eine Variante zu probieren, die ihm im Traum eingefallen war.

Sie war ständig müde gewesen, wund, hatte mit chronischen Schmerzen im linken Knöchel getanzt, doch das war nicht das schlimmste. Das schlimmste war die Choreographie.

Sie holte tief Luft, um sich zu beruhigen, und bog um die Ecke. Der Tanzflügel von Grayson Place stand hinter Bäumen verborgen. Als Karl Grayson bauen ließ, hatte er befürchtet, andere Choreographen, seine Rivalen, könnten Spione ausschicken, oder Ballettkritiker würden versuchen, sein Werk schon vor der Premiere zu sehen. Deshalb hatte der Tanzflügel keine Fenster. Tannen und wild wucherndes Gestrüpp schützten die Außenmauern. Jeder, der ins Auditorium oder in die Probenräume wollte, mußte mitten durchs Haus gehen.

Nach Karls Tod war der Flügel geschlossen und seither nie wieder benutzt worden, aber irgendwer hatte hier geputzt und alles auf Hochglanz gebracht. Greta erinnerte sich, daß die weißen Wände früher mit Abdrücken von schwitzenden Fingern übersät waren, und mit langen schwarzen Streifen, die entstanden, wenn die schmutzigen Taschen daran entlangscheuerten. Hier fühlte sie sich zu Hause.

Sie betrat den Probenraum. Die Tänzer nahmen bereits vor dem Spiegel am hinteren Ende Aufstellung. Mike, der Probenpianist, spielte aufs geratewohl Akkorde, um zu prüfen, ob das Klavier gestimmt war. Der Fußboden glänzte. Ein paar Tänzer wärmten sich an der Stange auf. Einige machten Streckübungen auf dem Boden. Andere saßen an den Seiten, nähten Schuhe oder bandagierten sich die Knöchel. Es roch nach Schweiß und medizinischer Lotion.

Greta kündigte ihr Kommen nicht an. Sie trat hinter Amanda und umfaßte die Taille des Mädchens, um sie gerade zu biegen. Kein Wunder, daß Sebastian mit ihr flirtete. Ihre Haut war glatt und weich, und sie bewegte sich anmutig. Dann nahm Greta Amandas rechten Arm und führte ihn über den Kopf des Mädchens. »Deine Bewegungen müssen fließender werden«, sagte Greta.

Sebastian beobachtete sie. In seinen dunklen Augen vermochte sie nicht zu lesen. Langsam wurde sie ihn leid. Allmählich bekam sie alle jungen Männer satt. Seit fast zwanzig Jahren hatte sie keinen Liebhaber gehabt, der älter als vierundzwanzig war. Sie mußte aufhören, sich hinter diesen Jünglingen mit den schönen Körpern und den quecksilbrigen Allüren zu verstecken, und endlich wieder das Risiko einer echten Beziehung wagen.

Sie wußte, daß Timothy nur darauf wartete.

»Wie immer«, sagte sie. »*Battement tendu.*«

Mike spielte die *Battement tendu*-Musik. Die Tänzer nahmen die fünfte Position ein, die Füße berührten einander, und die Ferse des rechten Fußes stand vor der linken Zehe. Dann streckten sie ein Bein aus und bewegten die Fußspitze nach vorn, bis sie direkt vor dem Körper den Boden berührte.

Greta sah zu, erkannte die Unterschiede in den Bewegungen, die Variationen im Stil. Die Tänzer nahmen den linken Fuß zurück und zur Seite, und stellten ihn hinter den rechten Fuß. Die Bewegungen schienen nur den Bruchteil einer Sekunde zu dauern, aber Greta entging nichts.

»Sebastian«, sagte sie, »du schluderst. Kopf hoch.«

Er sah sie nicht an, sondern starrte unverwandt in den Spiegel, während sie das Kommando zum *Battement tendu jeté* gab. Man hörte ein leises, dumpfes Klopfen, wenn die Füße auf den Boden klatschten. Greta ging zu Sebastian hin und kickte seinen linken Fuß in die richtige Stellung. »Nicht nach unten schauen«, sagte sie. Er furchte die Stirn.

Sie bewegten sich zum *Battement frappé, Battement fondu, Rond de jambe.* Der Geruch nach Schweiß wurde penetranter. Greta beobachtete, korrigierte hier einen Arm, dort ein Bein. Schließlich klatschte sie in die Hände, und die Musik hörte auf.

»Nur Sebastian. *Grand battement*«, sagte sie. Die Tänzer neben Sebastian rückten zur Seite. Auf Gretas Kommando streckte er seinen Fuß nach oben. »Bleib so«, sagte sie.

Er behielt die Position bei, das Bein in einem Winkel von einhundertunddreißig Grad in die Höhe gereckt. Sein ganzer Körper fing an zu zittern, und der Mund öffnete sich zu einem kleinen »o«.

»Weitermachen«, sagte Greta. Ein Bein bog er nach unten zu einem tiefen *Plié*, das andere streckte er nach vorn. »So bleiben.« Sie stellte sich neben ihn. »Schlampig, Sebastian. Deine Linie ist nicht sauber.«

»Was machst du mit mir?« flüsterte er. Schweiß perlte von seiner Nase und tropfte auf den Boden. Er zitterte immer noch.

Sie gab keine Antwort. »Schluß«, sagte sie. Er stellte die Füße zurück in die fünfte Position. Dann richtete er sich auf, beugte sich vornüber und umklammerte die Kniekehlen; während er sich dehnte und streckte, atmete er tief durch. Greta legte ihm die Hand auf den Rücken. Sie konnte seine Wirbelsäule fühlen. »Du atmest zu schwer. Deine Haltung ist schlecht, und du siehst aus, als würdest du an deine Füße denken. Du bist faul, Sebastian.«

»Warum schikanierst du mich?« flüsterte er. »Was machst du, Greta?«

Ärger stieg in ihr hoch. Wenn sie nicht mit ihm geschlafen hätte, hätte er ihr diese Frage niemals gestellt. Sie war Madame, die Leiterin des Ensembles, und keiner durfte sie kritisieren.

»Ich gebe Unterricht.« Sie klatschte in die Hände. »Alle zusammen.«

Die Tänzerinnen und Tänzer kehrten an die Stange zurück. Sie begann von neuem: *Battement tendu, Tendu jeté, Frappé, Fondu, Rond de jambe.* Aber sie beobachtete die Truppe nicht mehr. In Gedanken sah sie Karl, wie er sich unter den Tänzern bewegte, einen Arm hochriß, ein Bein ausstreckte. Jemand schrie auf, wie vor Schmerzen, doch Greta ließ unbeirrt weitermachen.

»Wie lange wollen Sie dieses Muster noch wiederholen?« fragte Mike. Es klang gereizt, als hätte er diese Frage schon öfter gestellt.

Gretas Herz klopfte. Sie wollte sich nicht länger im Probenraum aufhalten. Wenn sie noch bliebe, würde Karls Geist sich ihrer bemächtigen und sie triezen, wie sie Sebastian getriezt hatte. Sich einen Tänzer herauszugreifen und ihn zu piesacken, war Karls Trick gewesen. Er hatte immer auf ihr herumgehackt, um zu beweisen, daß sie von ihm nicht bevorzugt wurde.

Ihr drehte sich der Magen um, und einen Augenblick lang glaubte sie, ihr würde schlecht. Sie klatschte in die Hände, und die Tänzer hielten inne. »Katrina, du übernimmst den Unterricht«, sagte Greta und verließ den Raum.

Sebastian stand unter der Dusche; das heiße Wasser war eine Wohltat für seine müden Muskeln und linderte die Schmerzen in den Beinen. Er öffnete den Mund und lauschte, wie die Tropfen in seine Kehle prasselten. Das Wasser hatte einen rostigen Beigeschmack, doch das störte ihn nicht. Stirnrunzelnd dachte er daran, wie seltsam herrisch Gretas Stimme geklungen hatte. *So bleiben … Weitermachen … So bleiben …*

Ein Stück Seife traf ihn in den Rücken und rutschte über die Kacheln. Sebastian spuckte das Wasser aus, das er im Mund hatte, und drehte sich um. Dale hängte ein flauschiges blaues Handtuch, das er aus dem Hyatt gestohlen hatte, auf den Haken neben seiner Dusche. »Ist das nicht toll?« sagte er. »Ein Duschraum in einem Privathaus.«

»Das hier ist kein Haus«, meinte Sebastian. Seine Rückenmuskeln zuckten, wo ihn die Seife getroffen hatte. »Es ist eine gottverdammte Festung.«

»Nein, im Ernst. Nicht mal das American Ballet Theater hat so gute Einrichtungen.«

»Das American Ballet Theater hatte auch nicht mehrere hundert Millionen Dollar *und* Karl Grayson.« Sebastian hob die Seife auf, rieb sie zwischen den Händen, bis sie schäumte, und wusch sich dann die Brust.

»Ich wundere mich nur, warum wir nicht öfter hier sind.«

Sebastians Hände bewegten sich zu seinem Bauch. Die letzten drei Nächte, bevor sie nach Grayson gekommen waren, hatte Greta im Schlaf *Neeiiin!* geschrien und ein paar Minuten später mit tonloser Stimme gesagt: *Karl ist tot, Timothy.* Sie zitterte am ganzen Körper, und als Sebastian versuchte, sie zu wecken, kreischte sie wieder. »Grayson ist hier gestorben«, sagte er.

»Ach so! Hat jemand Angst, daß es hier spukt?« Dale hielt den Kopf unter die Brause und verspritzte Wasser in alle Richtungen.

Greta vielleicht, dachte Sebastian, sagte jedoch nichts. Nachdem er seine Beine eingeseift hatte, nahm er sich die Füße vor. Zwischen den ersten beiden Zehen seines rechten Fußes schmerzte eine neue Stelle, es war fast wie eine Quetschung.

»Madame war heute wieder ein richtiges Biest, was?« Dale schüttelte das Wasser aus seinem Haar. »Kannst du mir mal die Seife geben?«

Sebastian richtete sich auf. Er warf das Seifenstück mit voller Wucht und traf Dale in den Bauch. Die Seife prallte ab und schlitterte weg, wie vorhin, als Dale sie nach ihm geschmissen hatte. »Ich glaube, Greta gefällt es hier nicht.«

»Greta, Greta, Greta«, äffte Dale ihn nach, während er nach der Seife fischte. »Mit dir scheint sie aber auch nicht besonders zufrieden zu sein.«

»Stimmt.« Sebastian zog die Stirn kraus. Wieder hörte er Gretas Stimme. *So bleiben ... Weitermachen ... Schluß ...*

»Wenn du ein paar Tage lang die Finger von der Kleinen läßt, dann behandelt Madame dich vielleicht wie alle anderen von der Truppe.«

»Kann sein«, sagte Sebastian, doch er hörte gar nicht richtig zu. Amanda war nicht das Problem. Greta war nicht eifersüchtig, nicht auf die übliche Art. Sie wußte, daß keine andere Frau an sie heranreichte, und sie wußte auch, daß Sebastian ein bißchen Schmeichelei brauchte.

Sie regte sich nur auf, wenn seine Liebeleien respektlos wurden, und in diesem Fall war noch nichts Nennenswertes passiert. Nein, etwas anderes machte ihr Sorgen, etwas, von dem sie ihm nichts erzählt hatte.

Sebastian drehte die Brause zu. Er wickelte sich ein Handtuch um die Taille, patschte über die Fliesen und trippelte auf Zehenspitzen über den eiskalten Zementboden des Ankleideraums. Heute abend würde er Amanda links liegen lassen und mit Greta sprechen. Vielleicht erfuhr er dann, was los war.

Greta blickte über den langen, polierten Holztisch im Eßzimmer. Darauf verteilt standen vier dünne weiße Kerzen. An den Seiten war für zwanzig Personen gedeckt. Ein weiteres Gedeck befand sich am Kopfende der Tafel. Greta starrte darauf. Das war jetzt ihr Platz. Sie war die Chefin der Truppe. Sie setzte sich auf Karls Stuhl. Im Grunde hatte sie es sich nie richtig klargemacht, aber seit dem Prozeß, und seit Timothy einen guten Anwalt gefunden hatte, der den Nachlaß regelte, nahm sie Karls Rang ein. Doch noch nie zuvor war ihr so deutlich bewußt geworden, was es wirklich hieß, Karls Stellung zu bekleiden.

Schüsseln und leere Weingläser reihten sich auf der Anrichte hinter dem Tisch. Die dunkelroten Vorhänge waren zugezogen und versperrten den Blick auf den See. Karl hätte die Vorhänge offengelassen, um die mondbeglänzte Wasserfläche sehen zu können.

Sie schüttelte den Kopf. Das stimmte ja gar nicht. Nur wenn er mit ihr allein war, pflegte er durch die Fenster zu schauen. Wenn die Truppe sich hier aufhielt, blieben die Vorhänge geschlossen, damit sich niemand von Karls läppischen Spielchen und Vorträgen ablenken ließ.

Der Duft von Rinderbraten überlagerte alle anderen

Gerüche, die aus der Küche kamen. Greta lief das Wasser im Mund zusammen. In ihrem Alter erlaubte sie es sich wieder, Sachen wie dunkles Fleisch zu essen, doch sie wußte, daß die meisten Mitglieder des Ensembles solches Zeug nicht anrühren würden.

Tänzer ernährten sich normalerweise vegetarisch und achteten darauf, möglichst wenig Kalorien zu sich zu nehmen, damit sie schlank blieben. Sie war schlank, und meistens fror sie – besonders hier, in diesem Haus. Schlank, aber stark. Ihre Arm- und Beinmuskeln waren noch genauso kräftig wie damals, mit vierundzwanzig – als Karl starb.

In der Diele wurde gelacht. Greta zuckte zusammen und wandte sich von der leeren Tafel ab. Sie wollte nicht hier unten sein, wenn die Truppe eintrudelte. Sie wollte einen großen Auftritt haben, um Aufmerksamkeit zu erregen. In dieser Hinsicht glich sie Karl, doch das kümmerte sie nicht. Vieles, was sie hier tun würde, mußte sie einfach an Karl erinnern. Es ging gar nicht anders. Bei Karl hatte sie angefangen. Er war ihr erster Choreograph und der Leiter ihrer ersten Balletttruppe gewesen. Während des Prozesses, und auch noch hinterher, hatte sie in verschiedenen anderen Ensembles getanzt, doch keines war so gut geführt gewesen wie das von Karl. Sie hatte viel von ihm übernommen, was sie jetzt in ihrer eigenen Truppe praktizierte. Kein Wunder, wenn ihr hier, in seinem Haus, noch manches andere wieder einfiel.

Sie ging in die Küche. Ein Mann in der weißen Uniform eines Küchenchefs drapierte Brokkoli-Röschen auf eine Schicht Reis. Eine Frau öffnete den Backofen und zog den Rinderbraten heraus. An dem Herd daneben legte eine andere Frau gefüllte Pilze auf eine Servierplatte.

Schon einmal war Greta durch die Küche gegangen, um aus dem Eßzimmer zu flüchten. Aber in jener Nacht floh sie vor Karl und Timothy, die sich ihretwegen stritten. Damals war Timothy jung und aufbrausend gewesen. Der perfekte Tänzer, pflegte Karl zu sagen, temperamentvoll, leidenschaftlich und sehr gewissenhaft. Ihr Verhältnis mit Karl hatte Timothy dazu gebracht, mit dem Tanzen aufzuhören. Und Karls Tod hatte Timothy wieder in die Welt des Balletts zurückgeführt.

Sie stieß die andere Tür auf und ging über die Hintertreppe zu ihrem Zimmer hinauf. Timothy war so umsichtig gewesen, sie in der Gästesuite unterzubringen, möglichst weit weg von Karls altem Zimmer. Im Spiegel prüfte sie ihr Aussehen.

Sie war zu blaß, und unter den Augen hatte sie dunkle Ringe. Die lange, burgunderrote Hemdbluse, die sie offen über der Untertaille aus schwarzer Seide trug, ließ sie größer erscheinen. Die dazu passende burgunderrote Hose schlug eine Falte über dem Spann. Wenn man ihr nicht ins Gesicht sah, glaubte man, eine bedeutende, mächtige, an Luxus gewöhnte Frau vor sich zu haben.

Wieso fühlte sie sich dann wieder wie ein gefangenes kleines Mädchen? Das Haus brachte ihre ganze Hilflosigkeit, ihre ganze Wut, erneut zurück. Sie ballte die Fäuste. Ihre Fingerspitzen waren kalt.

Ein scharfes Klopfen an der Tür erschreckte sie, und um ein Haar hätte sie aufgeschrien. Sie schwenkte herum und stierte auf die Fläche aus Mahagoni.

»Greta?«

Es war Sebastian.

»Kann ich dich mal sprechen?«

Sie blickte auf die goldene Uhr an ihrem linken Handgelenk. »In einer knappen Viertelstunde essen wir zu Abend, Sebastian.«

»Ich weiß. Es dauert nicht lange.«

Sie seufzte und machte auf. Er sah fabelhaft aus. Sebastian, der Star der Truppe, in einem Smoking aus schwarzem Satin, der seine Schultern betonte, und in dem seine ohnehin schmalen Hüften noch graziler wirkten. Ihre Wangen brannten plötzlich, als sie von der Tür zurücktrat. »Komm rein.«

Er beugte sich vor, um sie zu küssen, und sie drehte den Kopf so, daß seine Lippen ihre Wange streiften. »Du siehst hinreißend aus«, sagte er.

»Danke.« Sie rückte von ihm ab und trat an den Tisch neben dem Fenster. Dann legte sie die Hände auf den ledernen Sessel und bedeutete ihm, wo er sich hinsetzen sollte. Er blieb jedoch stehen.

»Was war heute nachmittag los?« fragte er.

Ganz der junge Macho. So besitzergreifend. Beim Tanzen überließ er ihr die Führung, doch kaum waren die Türen geschlossen, bildete er sich wohl ein, daß er das Kommando hatte. »Du meinst, weil ich dich im Unterricht härter rangenommen habe als alle anderen? In letzter Zeit hast du dich geschont, mein Lieber. Du bist der Star der Truppe, der Zuschauer anziehen soll. Wenn du nichts bringst, dann leidet das ganze Ensemble darunter.«

Sebastian fuhr sich mit der Hand durch das dunkelbraune Haar und zerzauste es ein bißchen; dadurch sah er verwegen aus, und noch attraktiver als vorher. »Das ist es nicht«, sagte er. »Mir ist noch einiges mehr aufgefallen. Seit ein paar Tagen bist du nicht mehr du selbst.«

Er hatte es also gemerkt. Für so sensibel hatte sie ihn gar nicht gehalten. Sie kehrte ihm den Rücken zu und schaute aus dem Fenster. Hohe Tannen wiegten sich sacht im Wind. Das Haus selbst hatte sie so in Anspruch genommen, daß sie kaum wahrnahm, was sonst noch rings um sie her vorging.

»Du kennst mich doch gar nicht richtig, mein kleiner Bub«, erwiderte sie und hörte Karl aus den Worten heraus. Damals stand er im Eßzimmer, die Hände tief in die Taschen seiner Jeans geschoben. *Du verstehst mich überhaupt nicht, Greta,* hatte er gesagt. *Aber das ist auch nicht nötig. Für dich bin ich der große und schreckliche Oz;*

ich habe nur Angst, daß du eines Tages den Vorhang zurückziehst und siehst, wer ich wirklich bin, ein kleiner alter Mann ohne Zauberkräfte, dafür mit der Weisheit des Alters und der Erfahrung; vielleicht verläßt du mich dann, weil du nicht begreifst, daß Weisheit unendlich viel mehr wert ist als eine Illusion.

»Ich kenne dich gut genug, um zu wissen, daß du gereizt und durcheinander bist.«

Sie schnaubte durch die Nase und stützte sich auf den Sessel. Das Wort »durcheinander« beschrieb nicht im mindesten, wie sie sich fühlte. Seit Karls Tod war sie nicht mehr in dem Haus gewesen – Timothy hatte sich um alles gekümmert – und sie fürchtete sich. »Ich bin ungern hier.«

»Warum sind wir dann überhaupt gekommen?«

»Um die Jubiläumsvorstellung zu geben.« Sie betrachtete ihre kurzen, stummeligen Fingernägel. Selbst der burgunderrote Nagellack konnte nicht kaschieren, daß sie mit vierundvierzig Jahren immer noch an den Nägeln kaute.

Sebastian legte einen Finger unter ihr Kinn und hob ihr Gesicht an. Er duftete schwach nach Cologne. »Was ist der wahre Grund, Greta?«

Sie konnte die braunen Sprenkel in seinen Augen erkennen, die Art, wie sich seine Wimpern nach oben bogen, und die winzigen Krähenfüße, die sich bildeten, als er die Augen leicht zusammenkniff und ihr zeigte, wie besorgt er war.

Der wahre Grund. Was war der wahre Grund für ihre Rückkehr nach Grayson Place? Die Jubiläumsvorstellung hätten sie auch in New York geben können, vor einem weniger exklusiven, dafür um so größeren Publikum. Es lag an etwas, das Karl gesagt hatte; es war in der Nacht, bevor er starb …

Sie zuckte die Achseln, wie um die Erinnerungen abzuschütteln. »Ich weiß es selbst nicht genau«, sagte sie, und zu ihrer eigenen Überraschung kamen ihr die Tränen. Sebastian nahm sie in die Arme. Sein Körper fühlte sich fest an, und der Satin lag warm auf ihrer Haut.

»Bleib heute nacht bei mir«, flüsterte sie. Aus ihr sprach das kleine Mädchen, das ein Bestandteil dieses Hauses zu sein schien, und das sich vor dem Alleinsein fürchtete.

Sebastian drückte ihr einen Kuß auf das Haar. »Ich bin für dich da«, sagte er.

Amanda lief das Wasser im Mund zusammen. Das Essen duftete köstlich – Rinderbraten, Sauce, mit Käse überbackenes Gemüse, und dazu frisches Brot. Seit sie ihren Job als Kellnerin aufgegeben hatte, um der Truppe beizutreten, hatte sie nicht mehr gut gegessen. Ein Apfel und Rühreier ersetzten ihr oft alle drei Mahlzeiten am Tag. Tänzerinnen mußten schlank sein, aber nicht magersüchtig. Sie sah zu, wie die Bedienung durch die Schwingtür eilte und die appetitanregenden Häppchen hereintrug. Amanda überlegte, wieviel sie wohl essen konnte, ohne daß ihr später übel würde.

Jemand berührte ihre Schulter. Amanda blickte hoch. Katrina lächelte sie an. »Hübsches Kleid.«

Amanda wurde rot. Das Kleid war nicht hübsch. Zum Dinner hatte Madame auf formeller Kleidung bestanden, und Amanda besaß lediglich das Kleid, das sie beim Schulball getragen hatte. Sie kam sich albern vor in dem engen, schulterfreien Fähnchen, das sie vor einem Jahr in der Turnhalle ihrer High School todschick gefunden hatte, und das jetzt unpassend und kindisch wirkte. Katrina, die zierliche Primaballerina, die seit sechs Jahren bei der Truppe war, trug eine elfenbeinfarbene Bluse über einer schwarzen Seidenhose. »Du siehst wunderschön aus«, sagte Amanda.

Katrina reichte Amanda ein Glas Wein. »Ich verrate dir ein Geheimnis«, flüsterte sie. »Nur, wenn man sich wohl fühlt, ist man schön. In Abendgarderobe sehen alle Menschen lächerlich aus. Du brauchst dir nur Dale anzuschauen.«

Amanda blickte durchs Zimmer. Dale stand am Fenster und unterhielt sich angeregt mit Lisa. Ständig befingerte er seinen Hemdkragen, als ob er zu eng säße, und als er sich vorbeugte, bauschte sich der Kummerbund um seine schmale Taille. Sie sah wieder Katrina an, die lächelte. »Mängel gibt es überall«, sagte Katrina. »Man muß sich nur so geben, als würden sie niemandem auffallen. Du siehst wirklich bezaubernd aus.«

Sie berührte Amandas Arm und ging weg. Amanda holte tief Luft. Sie sah bezaubernd aus. Katrinas Kompliment verlieh ihr ein Gefühl von Macht.

Timothy nahm sich ein Appetithäppchen von einem Tablett und gab somit das Zeichen, daß alle zugreifen durften. Mehrere Tänzerinnen und Tänzer bedienten sich. Amanda ging ans Büfett. Gefüllte Pilze, Gemüse und verschiedene Dips. Cracker und alle möglichen Sorten Käse – das Essen hätte ihr für eine Woche gereicht. Sie stellte das Weinglas ab, nahm sich eine Serviette und füllte sie. Ihr Magen knurrte.

»Ich liebe solche Sachen. Ich sehe es jedem gleich an, ob er der Kunst zuliebe hungert.«

Um ein Haar hätte Amanda die Serviette fallengelassen, doch Timothy hielt ihre Hand fest. »Vorsicht«, mahnte er. »Es wäre doch schade um das gute Essen.«

Seine Hand war warm, und sein Blick verständnisvoll. Sie lächelte, um zu überspielen, daß sie wieder rot wurde. »Danke«, sagte sie.

»Ist es in Ihrem Zimmer immer noch so kalt?«

Sie nickte. Erst allmählich verlor sie die Gänsehaut. Beim Umziehen war es ihr vorgekommen, als stünde sie nackt auf einer Skipiste.

»Dann sollten wir Sie vielleicht doch umquartieren.«

»Nein.« Sie antwortete ohne nachzudenken. Trotz der Kälte gefiel ihr das Zimmer. Mit seiner schrägen

Decke und dem Blick auf die Tannen erinnerte es sie an ihr Schlafzimmer in ihrem Elternhaus.

Timothy zuckte die Achseln. »Wie Sie wollen.«

Sie steckte sich einen gefüllten Pilz in den Mund. Ihr Magen grummelte anerkennend. Die Füllung bestand aus Spinat, Rahmkäse, Zwiebeln und verschiedenen Gewürzen; der Pilz selbst war in Knoblauchbutter gebraten. Noch nie hatte ihr etwas so gut geschmeckt.

Plötzlich schien Timothy neben ihr zu erstarren. Sie folgte seinem Blick.

In der Tür stand Sebastian, den Arm schützend um Greta gelegt. Madame trug das Haar zu einem Knoten aufgesteckt; einzelne Strähnen umrahmten ihr Gesicht und ließen sie jünger und verletzlicher aussehen. Sebastian hatte nur Augen für Greta, und selbst aus der Entfernung konnte Amanda den Ausdruck von Liebe, Bewunderung und Besorgnis auf seinem Gesicht erkennen.

Sie schluckte den Pilz hinunter. Er fühlte sich an wie ein Klumpen in ihrer Kehle. Plötzlich schämte sie sich für ihr Kleid, für ihre schlechte Frisur, und für ihr ungeschickt aufgetragenes Make-up. Sie bewegte sich in Richtung Küche, doch Timothy hielt sie am Ellbogen fest.

»Bleiben Sie doch«, bat er leise.

Sie blickte zu ihm hoch und sah, daß sich ihre eigenen Gefühle in seinen Augen widerspiegelten. Nur gingen seine Empfindungen tiefer, und sie waren älter. Etwas regte sich in ihr, ein Gefühl innerer Verbundenheit vielleicht, dann wandte sie den Blick wieder ab.

Amanda beobachtete, wie Sebastian Madame durch den Raum geleitete. Was konnte man an dieser Frau schon lieben? Gewiß, sie war schön. Ihre Magerkeit ließ ihre Augen größer erscheinen und verlieh ihr eine Aura von Macht, die allein für die osteuropäischen Frauen typisch zu sein schien. Sie bewegte sich mit der kraftvollen Grazie, wie sie allen Tänzerinnen eignet. Doch unter dieser exquisiten Fassade war Madame kalt. In den sechs Monaten, seit Amanda bei ihrem Ensemble war, hatte sie noch kein einziges freundliches Wort zu ihr gesagt, und die Art, wie sie Sebastian im Unterricht behandelte, grenzte an Unverschämtheit. Als Amanda in die Truppe kam, hatten ihre Zimmergenossinnen sie vor Madame gewarnt; sie behaupteten, sie sei die grausamste Choreographin in der gesamten Branche. Sie verlangte Perfektion. Aber da sie sie für gewöhnlich erreichte, zog ihr Ensemble die Zuschauer an.

Während Madame den Raum durchquerte, blieb sie hin und wieder stehen, um mit einer Tänzerin oder einem Tänzer zu sprechen. Ihre Bewegungen schienen weniger fließend zu sein als sonst, ein bißchen nervös, und Sebastian machte eine ungewohnt sorgenvolle Miene. Ich sollte mir nicht so überflüssig vorkommen, und nicht eifersüchtig sein, dachte sie. Sie hatte von Anfang an gewußt, daß seine Zuneigung in erster Linie Madame galt. Aber Amanda hatte geglaubt, diese Liebe würde erlöschen, wenn er sich erst einmal einer Frau zuwandte, die besser zu ihm paßte; wenn er sie erst einmal richtig kannte.

Auch eine Berufstänzerin hing noch kindischen Tagträumen nach. Sie holte tief Luft. Timothy drückte ihren Arm. Sie nickte, wie um ihm zu sagen, daß sie bleiben würde.

Madame nahm ihren Platz am Kopfende der Tafel ein. Sebastian setzte sich zu ihrer Rechten. Die anderen von der Truppe nahmen sich ihre Getränke und suchten sich ihre Plätze aus. Timothy ließ Amandas Ellbogen nicht los. Er führte sie zu einem Stuhl neben seinem, links von Madame.

Sebastian nickte ihr zu. In seinem Blick lag kein Ausdruck von Entschuldigung. Es war, als würde er sie gar nicht sehen; vielleicht nahm er sie auch nicht wahr. Vielleicht war sie immer Luft für ihn gewesen. Amandas Magen krampfte sich zusammen. Die Bedienung stellte eine große Platte mit Rinderbraten auf die Mitte des Tisches, dazu zwei Saucieren und Schüsseln mit Kartoffeln, doch Amanda war der Appetit vergangen. Sie konnte spüren, wie Timothy sie beobachtete.

Er beugte sich zu ihr herüber und legte ihr in einer vertraulichen Geste die Hand auf ihren bloßen Rücken. »Sie müssen etwas essen«, flüsterte er. »Sie müssen lächeln, und Sie müssen sich gut amüsieren.«

Die Worte waren gut gemeint, und sie wußte, daß er recht hatte. Wenn sie mit Madame nicht auskam, würde sie, Amanda, gehen müssen. In New York lebten tausend Tänzerinnen und Tänzer, aber das Ensemble hatte nur eine Madame.

Timothy nahm seine Hand von Amandas Rücken. Schauer jagten über ihre Haut. Er reichte ihr die Platte mit dem Braten. Das Porzellan war warm. Sie nahm sich zwei Scheiben und reichte die Platte weiter.

»Mir ist kalt«, sagte Madame.

Amanda sah sie an. Tiefe Ringe lagen unter ihren Augen, und aus der Nähe wirkte ihr Gesicht blaß und verhärmt.

»Ich frag mal, ob sie die Heizung höherdrehen können.« Timothy legte seine Serviette auf den Tisch.

Madame bedeckte seine Hand mit der ihren. »Ich glaube, mit der Heizung hat das nichts zu tun.«

Sie tauschten einen Blick des Einverständnisses, als teilten sie ein Wissen, von dem Amanda nichts ahnte. Timothy nickte. Er griff nach einem Löffel und füllte seinen Teller mit Brokkoli und Reis. Danach bediente er Amanda.

Während sie aß, wurde es in dem Raum rings um sie her immer kälter.

Karl hockte auf der Balkonbrüstung, einen Knöchel auf sein Knie gelegt, die Hände auf die Schenkel gestützt. Er sprach mit ihr, aber Greta konnte ihn nicht hören. Eine eisige, leichte Brise spielte mit ihrem Haar. Ihr

Knöchel schmerzte, und ihre Muskeln waren wund. Körperlich und geistig fühlte sie sich erschöpft, wie ausgelaugt. Sie war es leid zu kämpfen, und mit Karl hielt sie es nicht mehr aus.

Hinter ihm standen die hohen Tannen als blaue Silhouetten in der Dunkelheit. Durch die Bäume sah sie das Mondlicht auf dem See schimmern. Dann merkte sie, daß es nicht der Mond war, sondern das Nordlicht.

Karl redete unentwegt und fing auch noch an zu gestikulieren. Aber sie konnte ihn immer noch nicht hören. Sie fühlte sich nicht wie eine vierundzwanzigjährige Frau. Sie kam sich vor, als sei sie fünfzig, kraftlos und abgekämpft. Ihr Leben schien vorüber zu sein, noch ehe es begonnen hatte; wie eine Gefangene lebte sie in diesem Haus, unter diesem Himmel, diesen Sternen, zusammen mit diesem Mann.

»Karl«, sagte sie mit leiser, rauher, verführerischer Stimme.

Er hörte auf zu sprechen und sah sie an. Sie ging zu ihm und stieß ihm mit voller Wucht die Handflächen gegen die Brust; so heftig, daß er über das Geländer kippte, verzweifelt nach ihr griff, sie jedoch verfehlte. In einem lichten Moment dachte sie, daß er nicht gestürzt wäre, wenn er statt dessen nach dem Geländer gegriffen hätte.

Aber sie hatte mit der richtigen Kraft an der richtigen Stelle zugestoßen, so daß er hinunterfallen mußte, um die eigene Achse kreiselnd, mit flatterndem Hemd, die Hände nach ihr ausgestreckt, bis er auf den gefliesten Patio prallte, und der dumpfe Knall über den ganzen Hof zu hören war. Sie umklammerte die Balkonbrüstung und beugte sich hinunter. Sein Körper war verrenkt, er lag in einer Stellung, die selbst für einen Tänzer unnatürlich war, und ein dunkler Fleck breitete sich auf den Steinplatten aus.

Eine Minute lang dachte sie, er würde sich verstellen, nur darauf lauern, daß sie zu ihm gerannt käme, dann ihr Handgelenk packen und ihr den Arm nach hinten drehen, um sie für die Schmerzen, die sie ihm zugefügt hatte, büßen zu lassen. Aber er rührte sich nicht. Er rief auch nicht nach ihr. Er war tot.

Als sie das begriff, fühlte sie sich – frei. Sie war frei. Sie mußte Timothy anrufen.

Auf einmal war er neben ihr und hielt sie im Dunkeln in den Armen. Aber es war nicht Timothy, sondern Sebastian. Wie kam Sebastian in ihr Zimmer? Dann fiel ihr wieder ein, daß sie ihn hereingelassen hatte, weil das Haus ihr Angst machte.

»Du hast etwas von Nordlicht gemurmelt und Timothy gerufen«, sagte er. »Ist alles in Ordnung?«

Sie strich sich das Haar aus dem Gesicht. Das Haar reichte ihr über den halben Rücken und umhüllte sie warm. Das weiche, glatte, glänzende Haar, war in ihrer Zeit mit Karl manchmal ihr einziger Trost gewesen. »Ein Alptraum«, sagte sie.

»Seit wir beschlossen haben, hierher zu kommen, hast du oft Alpträume.«

»Nicht *wir* beschlossen es«, stellte sie richtig, »sondern *ich.*«

Und dann wußte sie, was an dieser Aussage nicht stimmte. Während Karls magerer Körper sich an sie schmiegte, und seine Hände die Innenseiten ihrer Schenkel liebkosten, hatte er zu ihr gesagt: *Ich wünsche mir nichts sehnlicher, als in zwanzig Jahren zurückzukommen, zum fünfzigsten Jahrestag der Gründung der Truppe …*

Für dich wäre es erst der fünfunddreißigste, hatte sie erwidert. *So lange bist du dabei.*

Wegwerfend zuckte er die Achseln. *Wir geben hier, in Grayson, eine Galavorstellung und zeigen das beste, was die Truppe zu bieten hat. Dann wirst du die Choreographin sein, Greta …*

Wenn ich bis dahin noch lebe, dachte sie.

… und wir schwelgen in Erinnerungen.

Darüber hatte er gesprochen, als sie ihn von der Brüstung stieß. Der Gedanke, in zwanzig Jahren immer noch bei Karl zu sein, unter seiner Fuchtel, sich für ihn und seine Launen aufzuopfern...

Sie fröstelte. Sebastian zog die Decke hoch. »Das muß ja ein schlimmer Alptraum gewesen sein.«

Sie nickte und erinnerte sich, wie Karls Hände sich auf ihrer Haut angefühlt hatten. »Hast du auch manchmal diese Träume, die einem zuerst Angst machen, dann weniger beklemmend, freundlicher, werden, um sich zum Schluß wieder in einen noch viel schrecklicheren Alptraum zu verwandeln?«

Ihre Stimme zitterte. Sie war sich nicht sicher, ob sie über ihren Traum, oder über ihr Leben redete. Sebastian hielt sie immer noch umschlungen, doch sein Griff hatte sich ein wenig gelockert. »Sollen wir wieder abreisen?« schlug er vor.

Sie lachte, doch es klang gekünstelt. »Wegen der Alpträume? Sei nicht albern!«

Er legte sie sachte auf das Kissen zurück und streichelte ihr Haar, wie wenn sie ein Kind wäre; sie klammerte sich an ihn und überlegte, was sie tun mußte, um die Galavorstellung zum fünfzigsten Jahrestag abzublasen. Die Anzeigen waren aufgegeben, die Promotionscampagne lief seit fast zwei Jahren. Sie befanden sich in der Abschlußphase. Wenn sie jetzt einen Rückzieher machte, würde die Truppe ein Vermögen verlieren.

»Wir bleiben«, flüsterte sie an Sebastians breiter, behaarter Brust. Doch kurz vor dem Einschlafen glaubte sie wieder, Karl lachen zu hören.

Timothy hockte auf der Bettkante, die fest ineinanderverschränkten Hände wärmesuchend zwischen die Schenkel geschoben. Er wartete darauf, daß Amanda aus dem Bad zurückkam. Eigentlich sollte er gar nicht auf dem Bett sitzen, er sollte das Zimmer inspizieren und nach der Ursache für den eisigen Luftzug forschen. Aber jetzt fand er das Zimmer schon ein bißchen wärmer als vorhin, und er fragte sich, ob die Heizkörper vielleicht eine gewisse Zeit brauchten, um richtig zu funktionieren. Der gesamte Flügel war geschlossen gewesen und erst vor einem Monat wieder geöffnet worden. Man hätte mehr Probleme erwarten dürfen als ein einziges Zimmer, in dem es einfach nicht warm werden wollte.

Er hörte ein Geräusch auf dem Flur, und sein Herz fing heftig an zu klopfen. Wie er so dasaß und auf ein Mädchen wartete, das seine Tochter hätte sein können, kam er sich vor wie ein Trottel. Es wäre so einfach, zu sagen, er habe nichts gefunden und dann zu gehen; er konnte so tun, als habe es nie einen anderen Grund gegeben, weshalb er sie zu ihrem Zimmer begleitete. Doch da war dieser Ausdruck auf ihrem Gesicht gewesen, als sie sah, wie Greta zusammen mit Sebastian das Speisezimmer betrat. Was dieser Ausdruck bedeutete, kannte er aus eigener Erfahrung, er hatte sich tief in seine Züge eingegraben. Er hatte es zugelassen, daß dieses Gefühl ihn innerlich zerfraß, von ihm Besitz ergriff, während er immer und immer wieder betrogen wurde. Diesem kleinen Mädchen durfte das nicht passieren.

Amanda. Wenn ihm wirklich etwas an ihr lag, mußte er sie mit ihrem Namen anreden. Timothy stand auf und zupfte die Falten seiner Satinhose glatt. Er sollte lieber gehen, ehe er noch mehr Schaden anrichtete. Er wußte, was es hieß, in einer Beziehung immer den kürzeren zu ziehen. Amanda brauchte nicht zwei verschiedene Männer, um diese Lektion zu lernen.

Die Tür ging auf, und er sah Greta, die junge Greta, in die er sich verliebt hatte. »Was gefunden?« fragte sie.

Die Stimme gehörte eindeutig Amanda, doch sie zerstörte die Illusion nicht gänzlich. Er sah zwei Frauen, wie übereinandergeblendet; die reale, und die geisterhafte, die aus seinen Erinnerungen.

»Nein«, sagte er. Er nahm sie bei der Hand und führte sie in den Raum, die Tür hinter ihr schließend.

Dann nahm er sie in die Arme und atmete tief ihr nach Blumen duftendes Parfüm ein. Sie streichelte seinen Rücken und zog ihn näher an sich heran. Er spürte ihr Begehren.

Das Zimmer schien warm zu sein, beinahe zu warm, als er den Kopf neigte, um sie zu küssen. Ihre Hände wanderten zu seinem Haar, und sie hielt ihn fest, als ihre Küsse leidenschaftlicher wurden. Seine Finger fanden den Rückenausschnitt ihres Kleides, er öffnete den Verschluß, und das Kleid glitt zu Boden. Sie knüpfte sein Hemd auf und zog es ihm aus. Er hob sie hoch, ihr dunkles Haar fiel über seine Arme, und legte sie auf das Bett.

Er fühlte sich wieder jung, wie ein Tänzer, stark und verliebt. Als er in sie eindrang, scheuerte er sich den Rücken am Verputz der schrägen Decke auf, doch der Schmerz störte ihn nicht; dieser Augenblick machte alles wieder wett, Greta, die sich unter ihm wand und seine Liebe erwiderte. Schließlich wurde das Drängen, wurde die Liebe zu stark, und er ergoß sich in sie, immer wieder ihren Namen rufend. Dann sank er aufs Bett zurück, mit wundem, schmerzendem Rücken, seinen verschwitzten Körper gegen den ihren pressend.

Etwas Warmes perlte gegen sein Ohr. Er stützte sich auf die Ellbogen. Das Mädchen sah ihn an. Mascara hatte sich um ihre Augen geschmiert und hinterließ auf ihren Wangen schwarze Streifen.

»Großer Gott«, sagte er. »Amanda.« Er empfand tiefstes Mitleid mit ihr. Er hatte alles nur noch schlimmer gemacht. Sie hatte zweimal an einem Tag gegen Greta verloren. Die Kälte kehrte zurück, wie wenn sie aus Amandas Körper strömte und sich rings um sie her verteilte.

»Es tut mir leid.« Timothy vergrub sein Gesicht in ihre Achselhöhle. Ihre Haut war feucht, ob von Tränen oder Schweiß, konnte er nicht sagen. »Es tut mir ja so schrecklich leid.«

Greta wickelte sich fest in ihren Veloursbademantel. Sie hob ihr Haar an, schüttelte es ein bißchen und ließ es dann den Rücken hinunterrieseln. Sebastian gab einen grunzenden Laut von sich, seufzte und rollte sich auf die Seite. Sie blickte zum Bett hinüber. Eine Faust hatte er gegen seine Wange gedrückt. Er sah aus wie ein übermüdetes Kind, das mitten in einer Ballettaufführung eingeschlafen ist. Armer Junge. Sie hatte ihn die halbe Nacht lang wachgehalten.

Die Alpträume wurden schlimmer. Sie hatte geglaubt, nach dem Prozeß seien sie vorbei, doch seit sie beschlossen hatte, nach Grayson zurückzukehren, beherrschte Karl wieder ihre Gedanken.

Sie öffnete die Schlafzimmertür und trat hinaus auf den Korridor. Es war dunkel, doch vage Umrisse vermochte sie noch zu erkennen. Der Teppich kratzte unter ihren bloßen Füßen.

Hier hatte sie ihre Jugend gelassen. Nicht nur Karl war bei dem Sturz vom Balkon gestorben, er hatte alle ihre Träume mitgenommen. Seltsam, daß sie trotzdem weiter danach gestrebt hatte, sie zu verwirklichen. Und sie hatte etwas erreicht. Sie war eine berühmte Choreographin, leitete ihre eigene Ballett-Truppe, war über alle Maßen reich und fühlte sich trotzdem unausgefüllt.

Licht sickerte durch die Balkontüren und spiegelte sich auf den weißen Möbeln im Wohnzimmer. War es der Vollmond? Oder das Nordlicht? Sie durchquerte das Zimmer, stieß sich die Zehe an einem Tischbein und zuckte vor Schmerzen zusammen. Als sie vor der Balkontür stand, befühlte sie das Glas. Es war kalt.

Hier war für sie der Mittelpunkt des Hauses, der Ort, den sie nicht vergessen konnte. Beim Prozeß hatten die Experten behauptet, hier habe die seelische Grausamkeit stattgefunden, und sie hätte im Affekt gehandelt, weil sie die Quälereien nicht mehr ertragen konnte; die klassische Reaktion eines Opfers, das zur Verzweiflung getrieben wird.

Alles, woran sie sich noch erinnerte, waren die blinde Wut und der schiere, blanke Haß. Als Karl wieder einmal von der Jubiläumsvorstellung sprach, begriff sie, daß er sie nie und nimmer loslassen würde, ihr niemals die Freiheit ließe, für jemand anderen zu tanzen. Er würde weiterhin von ihren choreographischen Vorschlägen profitieren und sie keinesfalls selbständig arbeiten lassen. Auf ewig würde sie sein Spielzeug sein, ihm untertan, Karls Greta, ein Geschöpf, das er nach seinen eigenen Vorstellungen formte.

Ihre Füße waren kalt.

Auf dem Zementboden des Balkons stehend, spähte sie über die Brüstung. Man hatte sie freigesprochen. Der beste Strafverteidiger in New York hatte Zweifel in die Gemüter der Geschworenen gesät – es gab keinen echten Beweis dafür, daß sie Karl getötet hatte –, und Timothy hatte für sie gelogen, als er behauptete, er sei die ganze Zeit über mit ihr zusammengewesen. Jeder hatte sie freigesprochen, nur sie selbst nicht.

Auch nicht dieses Haus.

Ihre Nackenhärchen sträubten sich; jemand stand noch mit ihr auf dem Balkon. Sie drehte sich um und sah neben dem Patriotisch etwas Weißes, Durchsichtiges schimmern. Eine Gänsehaut lief ihr über die Arme. Das Schimmern besaß eine annähernd menschliche Gestalt.

»Karl?« flüsterte sie. Ihr Herz wummerte. Ihre Hände zitterten, und sie spürte, wie sie gefährlich gegen das Geländer gedrängt wurde. Wollte Karl sich an ihr rächen, indem er sie umbrachte?

Die Gestalt schien sich zu verfestigen; gespreizte Hände reckten sich Greta entgegen. Sie unterdrückte einen Aufschrei und rückte von der Brüstung ab, dabei stolperte sie und wäre um ein Haar gefallen. Aus den Handgelenken wuchsen schlanke, muskulöse Arme. Die Hände griffen nach Greta, stießen jedoch durch sie hindurch und hüllten sie in einen kalten Nebel. Erschauernd prallte sie zurück, doch dann fiel ihr das Geländer ein. Sie wollte nicht hinunterfallen und sich zu Tode stürzen. Wenn das passierte, dann wäre sie hier mit Karl für alle Ewigkeit eingesperrt. Aber Karl konnte sie nicht packen, Karl hatte keine Kraft.

Sich im Kreis bewegend, wich sie seinen Händen aus, bis ihr Rücken die Glastür berührte. Sie drückte die Klinke hinunter, einen Augenblick lang klemmte die Tür. Die Hände faßten nach ihr, Nebel und Kälte verströmend. Greta zerrte an der Klinke. Die Tür ging auf, und sie stürzte ins Zimmer, auf den dicken Teppich.

Die Hände schwebten in der Dunkelheit. Greta atmete schwer. Sie schluckte, dann flüsterte sie: »Es tut mir leid, Karl, wirklich. Wenn es einen anderen Ausweg gegeben hätte ...«

»Karl verzeiht dir.« Es war eine heisere, weibliche Stimme. »*Ich* aber nicht.«

Greta stand auf. Ihre Beine zitterten, als wollte sie anfangen zu tanzen. Sie griff nach der Balkontür und schlug sie mit einem lauten Knall zu.

Die Hände verblaßten. Mit wehendem Morgenmantel rannte Greta aus dem Wohnzimmer. In ihrem Zimmer wäre sie sicher. Dort war Sebastian; er würde sie aufwecken, sie trösten und vergessen machen.

Sie sehnte sich danach, zu vergessen.

Sebastian hatte das Gefühl, als hätte er Sand in den Augen. Sein ganzer Körper schmerzte. Wenigstens schlief Greta jetzt. Eiskalt, zitternd und zu Tode erschrocken, war sie zu ihm ins Bett gekrochen. Was ihr solche Angst machte, wollte sie ihm nicht erzählen – vielleicht war es der laute Knall, der ihn aus dem Schlaf gerissen hatte – und er brauchte fast eine volle Stunde, um sie zu beruhigen. Danach fiel er in einen unruhigen Schlummer und wachte erst auf, als die Sonne ins Zimmer schien.

Das Frühstück, teils auf Tabletts, die auf Wärmeplatten standen, stand auf dem Tisch, und auf der Anrichte stapelten sich benutzte Teller. Es sah aus, als sei der größte Teil der Truppe schon wach. Wahrscheinlich stromerten sie jetzt durchs Haus oder machten im Unterrichtsraum Streckübungen. Der einzige, der noch im Eßzimmer saß, war Timothy. Sebastian nahm sich einen Teller und füllte ihn mit Rührei, Würstchen und Obst. Er schenkte sich ein Glas Orangensaft ein und setzte sich neben Timothy.

Timothy sah alt aus an diesem Morgen. Sein Haar war zerzaust, und Falten zerfurchten sein Gesicht. Als Sebastian zu ihm kam, blickte er nicht hoch, sondern fuhr fort, in seine Kaffeetasse zu starren.

»Greta hat letzte Nacht kaum geschlafen«, sagte Sebastian.

Timothy hob den Kopf. Zum erstenmal richtete sich sein Blick auf Sebastian, der erkannte, daß Timothy ihn vorher gar nicht wahrgenommen hatte. »Was?« fragte er.

»Ich sagte, Greta hat die letzte Nacht kaum geschlafen. Alpträume. Sie scheinen immer schlimmer zu werden. Ich glaube auch, daß sie schlafwandelt.«

»Toll.« Timothy stand auf, griff nach der silbernen Kaffeekanne und füllte seine Tasse nach.

»Ich finde, sie sollte nicht länger hierbleiben.«

Timothy setzte sich wieder hin. »Ich finde, wir alle sollten nicht länger hierblieben …« Er zuckte die Achseln. »Aber es geht nun mal nicht anders. Wir sind gebunden.«

»Könnten wir nicht wenigstens Greta von hier wegschaffen? Das Haus ist schlecht für sie.« Sebastians Hände zitterten. So offen hatte er vorher noch nie mit Timothy gesprochen.

»Dieses Haus ist schon immer schlecht für sie gewesen. Ich wüßte keinen Grund, weshalb das jetzt anders sein sollte.«

Sebastian schluckte und merkte, wie sich ein Gefühl

von Frustration in ihm aufstaute. »Ich bin wirklich der Ansicht, daß sie von hier weg muß, Timothy.«

»Wenn das Ensemble bleibt, bleibt sie auch. Das weißt du.«

»Dann laß uns die Vorstellung abblasen.«

Timothy deutete ein Lächeln an. »Wir haben schon zu viel Zeit und zu viel Geld in diese Vorstellung investiert. Wir können gar nicht mehr absagen, selbst wenn wir es wollten. Morgen ist ja alles vorbei. Ich denke, daß wir solange noch durchhalten werden.« Er trank einen letzten Schluck Kaffee und stand auf. Sebastian sah ihm nach, als er das Zimmer verließ. Noch nie war Timothy zu ihm so kurzangebunden gewesen. Vielleicht lag es daran, daß er die gemeinsame Nacht mit Greta erwähnt hatte. Jeder nur halbwegs aufmerksame Beobachter merkte gleich, was Timothy für Greta empfand.

Sebastian seufzte und nahm die Gabel in die Hand. Am Tellerrand sammelte sich eine wäßrige Brühe vom Rührei. Er schob den Teller weg, holte sich eine Orange aus dem Obstkorb und steuerte auf den Übungsraum zu.

Greta erwachte mit dem Gefühl, als drückten ihr Hände die Kehle zu. Sie faßte nach ihrem Hals, doch da war nichts. Dann suchte sie Sebastian. Er war weg.

Mit wild klopfendem Herzen richtete sie sich auf. Es war ein Traum gewesen, nur ein Traum. Aber sie wußte, daß sie sich selbst etwas vormachte. Als sie sich anzog, bemerkte sie einen losen Hautlappen an dem Zeh, den sie sich gestoßen hatte. Ihr Veloursbademantel war schmutzig. In der Nacht mußte sie auf dem Balkon gewesen sein – und jemand war bei ihr gewesen …

Sie band sich das Haar mit einem Tuch zusammen und blickte auf die Uhr. Sie hatte verschlafen. In fünfzehn Minuten begann der Unterricht. Sie beschloß, nichts zu essen – sie brauchte kein Frühstück. Sie würde nach unten gehen und sich mit den Tänzern aufwärmen. Das Training würde ihr die Gänsehaut schon vertreiben. Und die Erinnerung an die Stimme.

Karl verzeiht dir.

Ich aber nicht.

Die Stimme hatte sie vorher schon einmal gehört, sie wußte nur nicht, wie sie sie einordnen sollte. Sie klang halb vertraut, wie die Sprechstimme einer berühmten Sängerin. Um sich zu beruhigen, atmete sie tief durch. Es war heller Tag. Bei Tag erschienen keine Gespenster. Und morgen fand die Vorstellung statt. Bis dahin würde sie es noch aushalten.

Doch als sie die Treppen hinunter zum Probenflügel ging, war sie sich nicht mehr so sicher. Sie hatte das Gefühl, als schliche jemand hinter ihr her, als würde sie verfolgt. Zweimal blieb sie auf der Treppe stehen und hörte, wie hinter ihr eine Stufe knarrte. Als sie sich umdrehte, war nichts zu sehen.

Meine Phantasie ist überreizt, sagte sie sich. *Wenn Karls Geist mich nicht verfolgt, wer dann?* Ihr konnte nichts passieren, solange sie nur daran dachte, daß das Ding, das hinter ihr herpirschte, kein faßbares Wesen war; es wollte sie lediglich dazu verführen, von selbst einen falschen Schritt zu tun, der ihr den Tod brächte.

Die meisten Mitglieder des Ensembles waren bereits im Probenraum. Greta streckte sich und nahm dann einen Platz an der Stange ein. Ihre Beine schmerzten – sie hatte ihr übliches Training vernachlässigt – aber sie zwang sich zu Übungen, die sie sich jahrelang nicht mehr abverlangt hatte.

Das Gesicht der Frau, das ihr aus dem Spiegel entgegenblickte, war zu alt, und dann fiel es ihr wieder ein. Genauso hatte sie sich angestrengt, wenn sie von Karl genug hatte, oder wenn der Prozeß in eine schwierige Phase geriet. Dann beugte und verrenkte sie ihren Körper auf eine fast unmenschliche Weise, um sich durch physische Schmerzen von ihren seelischen Qualen abzulenken.

Timothy warf ihr immer vor, sie würde ihre Emotionen bewußt unterdrücken.

Im Spiegel blitzte etwas auf, etwas Weißes, Unstoffliches. Sie wirbelte herum, verlor um ein Haar die Balance und mußte sich an der dicken Holzstange festhalten. Sie sah nichts außer Tänzerinnen und Tänzern, die genauso probten wie sie. Sebastian war nicht da, also befand sich auch niemand mit einem weißen Trikot im Raum.

Greta schöpfte tief Atem. Sie war müde und viel zu verspannt. Gegen Ende einer Saison fühlte sie sich immer so. Jetzt kamen noch der Stress durch das Haus und die Erinnerungen hinzu, kein Wunder, daß sie mit den Nerven am Ende war.

Sie sah schon Gespenster. Sie beugte die Knie zu einem *Plié* und spürte, wie ihre Beinmuskeln zitterten. Hier hatte sie Karl getötet, hier hatte sie ihn mit voller Kraft vom Balkon gestoßen. Eine *Frau* durfte hier nicht spuken. Wenn es in diesem Haus einen Geist gab, dann den von Karl.

Eine eisige Hand berührte ihre Schulter. Greta schwenkte erschrocken herum. Hinter ihr stand niemand.

»Alles in Ordnung, Madame?« fragte Dale.

Greta nickte und kam sich ziemlich albern vor. »Ist dir kalt?«

Dale lächelte und wischte sich mit der Hand über das erhitzte Gesicht. »Um Gottes willen, nein. Ich finde, in diesem Raum könnten wir die Heizung ruhig abschalten.«

Sie drehte sich wieder um und umklammerte die Stange; bei ihrem nächsten *Plié* beugte sie sich so tief, daß die Schenkel beinahe eine horizontale Linie bildeten. Sie war die einzige, die die Kälte spürte, die einzige, die das Gespenst sah. Sie war ganz auf sich allein gestellt.

Amanda stand in der Tür zum Probenraum und beobachtete Greta. Die ältere Frau bewegte sich mit einer Perfektion, die Amandas junger Körper nie erreichen würde. Amanda rieb die Hände an ihrem Leotard. Ihr war kalt. Sie fror, seit sie allein aufwachte – Timothy war schon weg. Timothy, der »Greta« geschrien hatte, in einem Augenblick, von dem Amanda sich gegenseitigen Trost versprach. Greta. Madame. Das Biest.

Amanda stellte ihren Beutel zu den anderen Taschen; im Raum hing der vertraute Geruch nach Schweiß, Leder und Lotion. Sie streckte sich, rieb etwas Puder auf die Innenseiten der Schuhe, und stellte sich an die Stange.

Mit spitzem, ängstlichem Gesicht, wirbelte Madame herum. Sie schien nach etwas Bestimmtem Ausschau zu halten. Amanda spürte, wie etwas sie berührte, als ob kalte Hände ihren Rücken abtasteten. Einen Moment lang erschien vor ihrem geistigen Auge das Bild eines Mannes, der nach unten stürzt, um die eigene Achse kreisend, die Hände ausgestreckt. Ein Schwindel packte sie, und ihr war zumute, als fiele sie mit ihm, an ihn geklammert, weil er sie nicht loslassen wollte.

»Fehlt dir was?« Katrina legte die Hände auf ihre Schultern. Blinzelnd sah Amanda sie an, sie hatte das Gleichgewicht noch nicht wiedergefunden.

»Mir war auf einmal schwindlig.«

»Setz dich hin.« Katrina führte sie an die Seite. »Du hast nicht richtig gegessen, was?«

Amanda wollte es abstreiten, doch Katrina hob die Hand. »Ich hab gesehen, daß du gestern abend wie ein Spatz gegessen hast. Essen mußt du. Du brauchst deine Kräfte zum Tanzen.«

Amanda nickte. Es lag nicht am Essen. Sie mußte sich irgendwo aufwärmen. Die Kälte hatte sich in ihrem Bauch eingenistet wie ein kleiner Eisbergfötus. Stirnrunzelnd dachte sie an den eisigen Windzug, der an ihren Ohren vorbeigerauscht war, und an das Gefühl des Fallens. »Es geht schon wieder«, sagte sie.

»Ist gut.« Katrina stand auf und nahm ihren Platz an der Stange ein. Amanda verschränkte die Arme und schloß die Augen. Sie lag auf den Steinfliesen, mit Blut besudelt – es war das Blut eines Mannes. Als sie nach oben blickte, sah sie sich selbst auf dem Balkon stehen, über die Brüstung gebeugt. Dann hob sie eine Hand, doch die bestand aus Nebel, nicht aus fester Materie.

Irgend etwas steckte in ihrem Körper. Das waren nicht ihre eigenen Erinnerungen. Über die Balkonbrüstung gelehnt stand Madame – eine junge Madame, erschrocken und verletzlich aussehend. »Laß mich in Ruhe!« flüsterte Amanda, doch die eisigen Finger festigten nur ihren Griff, und sie stand auf, obwohl sie es gar nicht wollte.

Es war in diesem Raum. Greta konnte es nicht länger ignorieren. Sie drehte sich um und beobachtete im Spiegel die Tänzer. Sie hatte nichts Weißes mehr aufblitzen sehen, auch keine Hände, die geheimnisvoll aus der Luft erschienen. Wenn sie hier bliebe, *mußte* sie etwas derartiges sehen. Der Geist würde sich ihr zeigen, und sie würde sich vor der Truppe blamieren. Dieses Risiko ging sie nicht ein.

Wenn sie den Probenraum verließ, würde der Geist ihr folgen. Sie richtete das Tuch, das ihr Haar zusammenhielt, trat von der Stange zurück und ging durch den Übungsraum in den Flur.

Amanda kam ihr hinterher.

Amanda. Das zerbrechliche, junge Ding. Greta blickte sie über die Schulter hinweg an. In den Augen des Mädchens lag ein sonderbarer Ausdruck. Angst? Das Mädchen schaute sie an, und einen Moment lang glaubte Greta, sie sähe sich selbst. Nein. Vor ihr stand bloß ein langbeiniger, dunkelhaariger Teenager. Alle neuen Tänzerinnen und Tänzer hatten diesen ängstlichen Ausdruck, besonders in Gegenwart ihres Choreographen.

Amanda vergessend eilte Greta durch den Flur. Sie wollte ins Wohnzimmer. Um diese Zeit wäre sie dort allein. Sie hetzte die Treppen hinauf. Ihre Knöchel fühlten sich brüchig ein, besonders der linke mit der alten Verletzung. Sie erinnerte sich, wie ihr in jenen letzten Tagen mit Karl zumute war – diese bleierne Schwere, die Niedergeschlagenheit, dazu die Gewißheit, daß sie zusammenbrechen würde, wenn sich nicht bald etwas änderte.

Als sie auf dem obersten Treppenabsatz um die Ecke bog, wäre sie um ein Haar mit Sebastian zusammengeprallt. Er fing sie in seinen Armen auf. »Greta, geht es dir gut?«

»Bestens!« schnauzte sie ihn an. Für Sebastian und seine Sorgen hatte sie keine Zeit. Sie wollte dem Spuk ein Ende machen. Das Gespenst folgte ihr auf den Fersen wie ein böser Traum, es lauerte ihr auf und drohte, Dinge zu enthüllen, die besser verborgen blieben. Greta öffnete die Tür zum Wohnzimmer.

Im Sessel hockte Timothy und stierte das stumme Telefon an. Er blickte hoch, einen gehetzten Ausdruck in den eingesunkenen Augen. Hier konnte sie auch nicht bleiben. Timothy würde versuchen, die Angelegenheit für sie zu regeln, doch das ging nicht. Dieses Problem mußte sie selbst lösen.

Greta riß die Balkontür auf; ein Schwall eisiger Luft wehte ihr entgegen. Panik wallte in ihr hoch, doch sie kämpfte sie nieder. Sie hatte geglaubt, an dieser Stelle einen Schlußstrich gezogen zu haben; nun mußte sie es ein zweites Mal versuchen. Die Gespenster suchten den Balkon heim, nicht das Innere des Hauses. Die Erinnerungen konzentrierten sich auf diesen Vorsprung aus Zement mit dem schmiedeeisernen Geländer.

Sie trat auf den Balkon, ging an den Patiomöbeln vorbei, und spürte, wie der Luftstrom an ihrem Tuch zerrte. Hinter ihr schloß sich die Tür. Da stand Amanda, jung, stark und zornig aussehend.

»Laß mich allein«, sagte Greta.

»So wie du mich all die Jahre alleingelassen hast?«

Es war nicht Amandas Stimme. Es war die Stimme, die Greta in der letzten Nacht im Dunkeln gehört hatte. Ein dünner Schleier schob sich vor Amanda und verhüllte sie ganz. Blinzelnd, erkannte Greta die Gestalt.

Kein Wunder. Vor Jahren hatte sie sie oft genug im Spiegel gesehen, ihr gegenüber tanzend, jede ihrer Bewegungen nachäffend. Die Tänzerin. Die Primaballerina. Das Mädchen, das Karl liebte, benutzte und mißbrauchte. Die Frau, die zu Karl hingegangen war und ihn mit den Händen von der Balkonbrüstung gestoßen hatte.

»Du hast ihn getötet«, sagte die Stimme. »Dann hast du *mich* mit ihm hier alleingelassen. Und ich kann mich nur von ihm befreien, indem ich *dich* zu ihm schicke.«

Amanda schien schwächer zu werden. Greta griff mit den Händen nach ihr und hielt inne, als sie die Kälte spürte, die Amandas Körper umhüllte.

»Wer bist du?« fragte Greta.

»Ist es schon so lange her, daß du dich nicht mehr an mich erinnerst?« Die Stimme klang schmerzerfüllt. Amanda kam näher.

Greta rührte sich nicht vom Fleck.

»Ich zeige dir, wer ich bin«, sagte die Stimme. Amanda berührte Gretas Arm. Die Kälte strömte in sie hinein und füllte sie aus. Die Kälte verursachte ihr Schmerzen. Zuerst körperliche Schmerzen, die daher rührten, daß ein noch nicht voll entwickelter Körper zu unnatürlichen Tanzübungen gezwungen wurde. Dann kamen die Träume, eine Primaballerina zu sein, vergöttert vom Publikum, von Freunden, von Menschen, die ihr nahestanden.

Schließlich tauchte Karl auf, nahm diese Träume und zerstörte sie einen nach dem anderen. *Du könntest eine*

Tänzerin sein, wenn du nur deinen Körper beherrschen würdest, hatte er ihr auf dem Höhepunkt ihrer Karriere gesagt. Sie war ein Star, aber sie konnte es nicht genießen. Sie war begabt, begehrt, aber unvollkommen. Karl bog sie und bog sie, bis sie glaubte, sie müsse zerbrechen; bis sie wußte, sie würde zerbrechen. Deshalb stieß sie ihn mit beiden Händen vom Balkon …

Die Balkontür öffnete sich mit einem leisen Klicken. Greta wich zurück. Sie wollte nicht, daß Timothy oder Sebastian sie so sähen. Sebastian blieb in der Tür stehen, aber Timothy kam auf sie zu. Timothy, der das Mädchen geliebt hatte, würde den Geist erkennen, der von Amanda Besitz ergriff.

Plötzlich wich die Kälte aus Gretas Körper, trennte sich von ihr, und sie spürte Hände, die gegen ihre Brust stießen; Amandas Hände, eiskalte Hände. Greta verlor die Balance, und sie wußte, daß sie hinabstürzen würde. Sie griff nach Amandas Handgelenken, doch die Kälteschicht war zu dick. Gretas Finger glitten von Amandas Haut ab.

Das eiserne Geländer grub sich in Gretas Schenkel, und sie fiel nach unten, um die eigene Achse kreisend. Timothy beugte sich über die Brüstung, und sie streckte die Arme nach ihm aus – *Timothy!* – er hatte sie immer gerettet, immer. Doch dann spürte sie den Aufprall auf die Steinplatten, einen stechenden Schmerz, der sich in ihrem ganzen Körper ausbreitete *(der letzte Tanzschritt, die unmögliche Schlußposition),* und sie fühlte, wie Karls Hände sie hochhoben.

Alles wird wieder gut, sagte er mit freundlicher, trauriger Stimme.

Sie blickte hoch und sah sich selbst – ihr anderes Ich, den Teil, der aus Träumen und Hoffnungen bestand, und den sie für ihr besseres Ich hielt – als einen Nebel, der Amanda umhüllte. Noch während sie schaute, löste sich der Nebel auf.

Karl streichelte über ihr Haar. *Silberne Strähnen,*

meinte er. *Wie ich es dir gesagt habe.* Er legte den Arm um sie. Nach unten schauend, sah sie ihren Körper, der blutend und verrenkt auf den Steinfliesen lag. *Du brauchst deinen Körper nicht mehr,* sagte Karl. *Ohne ihn wirst du viel besser tanzen. Komm mit. Wir haben viel Arbeit vor uns.*

Arbeit. Mit Karl. *Timothy!* schrie sie, aber Timothy wandte sich ab, und sie wußte, daß er sie nicht hören konnte; nie wieder würde er sie hören oder ihr helfen können.

Du gehörst mir, Greta, sagte Karl. Er führte sie ins Innere des Hauses, zum Zuschauerraum. Als sie durch die offene Tür schritten, glaubte Greta, hinter sich eine Frau lachen zu hören.

Das rostige Eisen schnitt ihm in die Handflächen. Timothy beugte sich über das Geländer. In einer letzten, obszönen Verrenkung lag Greta da, zum Schluß hatte ihr Körper doch versagt. Er seufzte. Das gleiche Bild hatte er schon einmal gesehen, vom selben Balkon aus, und er wußte, daß sie tot war. Aber dieses Mal war es für ihn kein Schock. Irgendwie hatte er immer gewußt, daß Greta sterben würde, vielleicht, weil sie gar nicht richtig lebendig schien, nicht mehr seit Karls Tod.

Timothy drehte sich um. Sebastian lehnte mit dem Rücken an der Glastür, die Augen weit aufgerissen. Amanda schwankte und krallte sich am Geländer fest. Sie war leichenblaß, und das Gesicht mit den hohlen Wangen wirkte wie gemeißelt. Er verstand nicht, wieso er einmal fand, daß sie Greta ähnlich sehe. Amanda war ein ganz anderer Typ.

Timothy schloß die Augen und sah in Gedanken noch einmal die junge Greta, wie sie ihr älteres Ich vom Balkon stieß. Amanda war lediglich ein Werkzeug gewesen, nichts weiter.

»Hast du es gesehen?« fragte Timothy. Er machte die Augen wieder auf.

»Amanda hat sie hinuntergestoßen«, flüsterte Sebastian.

»Nein!« schrie Amanda. Ihre Stimme bebte. Timothy bedeckte ihre Hand mit der seinen. Ihre Haut fühlte sich klamm und kalt an, als habe sie im Schnee gewühlt.

»Madame ist gestürzt«, sagte Timothy. Die zweite Lüge fiel ihm leichter als die erste, vielleicht, weil es dieses Mal keine richtige Lüge war. »Greta ist ausgerutscht und gestürzt.«

Einen Moment lang starrte Sebastian ihn an, dann wandte er in schweigendem Einverständnis den Blick ab.

Timothy holte tief Luft. Es wurde Zeit, ans Telefon zu gehen und die Polizei über einen zweiten Todesfall in Grayson zu unterrichten. Danach mußte er entscheiden, was aus der Truppe und aus der Vorstellung werden sollte *(es würde keine Jubiläumsgala, sondern eine Gedenkfeier werden),* und wie man die Publicity handhabte. Seltsamerweise fühlte er sich nicht müde, auch nicht traurig, oder leer.

Er fühlte sich frei.

Originaltitel: ›WALTZING ON A DANCER'S GRAVE‹ • Copyright © 1991 by Davis Publications, Inc. • Erstmals erschienen in ›Isaac Asimov's Science Fiction Magazine‹, März 1991 • Mit freundlicher Genehmigung der Autorin und Uwe Luserke, Literarische Agentur, Stuttgart • Copyright © 1996 der deutschen Übersetzung by Wilhelm Heyne Verlag, München • Aus dem Amerikanischen übersetzt von Ingrid Herrmann • Illustriert von Manfred Lafrentz

---

Diane Mapes · USA

WEIBSTEUFEL

»Ein Sammelsurium von Geschöpfen wurde ans Licht gebracht, die den schlimmsten Alpträumen eines Methylalkoholikers hätten entsprungen sein können; Geschöpfe mit riesigen Mäulern und Nadeln als Zähnen ... Diese und andere Monster ...«

– John Crompton, *The Sea (1957)*

»Hmmm. Scheint, daß wir spät dran sind, Katie. Ich hoffe, die guten Sachen sind noch nicht alle fort.« Allen blickte stirnrunzelnd auf seine Uhr, dann auf sie, und begann die Hologramme zu studieren. Oder vielleicht auch die Beine der Blondinen vor ihnen in der Reihe.

Offensichtlich würde Allen sie für die zusätzlichen fünf Minuten büßen lassen, in denen sie Make-up draufgeklatscht hatte, um nicht so käsig auszusehen wie die Madenwürmer, die sich in dem Holo an ihrem Ellbogen wanden. Sie hatte fast einen geschlagenen Monat am Keyboard gesessen und versucht, ihrer Fantasia rechtzeitig zum bevorstehenden Künstlerfest der Kammer fertigzustellen, und das Ergebnis war ebenso unbefriedigend wie Allens kleinliche Reaktion. Er kam niemals damit heraus und *sagte* etwas über die Zeit, die sie beim Komponieren verbrachte, aber schaffte es immer, sie irgendwie dafür büßen zu lassen. So lud er ein halbes Dutzend Leute zum Abendessen ein, wenn sie sich mit der widerspenstigen Streicher-Gruppe ihres Computers abquälte; weigerte sich mit ihr zu schlafen, wenn sie ausgelassen vor Freude über eine neue Passage ins Bett kam. Allen war ein Meister passiver Aggression. Manchmal glaubte Kathie, Allen sei eifersüchtig auf ihre Musik, auf ihre Kreativität. Aber schließlich arbeitete er doch in der Werbebranche, wo auch dieselben Ideen immer wieder hin- und hergeschoben wurden wie Module, bis was Neues dabei herauskam. Aber er schien nur allzu gern ihre Stipendium-Gelder für Abendessen von frischem Lachs und Ausflüge wie diesen zum ViRo-Plex auszugeben. Allen mißgönnte ihr vielleicht ihre Zeit am Keyboard, aber er war kein Dummkopf, der Mann einer erfolgreichen Komponistin zu sein, hatte seine Vergünstigungen.

»Haben Sie den Maulwurf schon ausprobiert?« fragte eine Frau hinter ihr. »Sie sind blind und haben diese Schaufeln als Arme. Sie schwimmen praktisch auf der Suche nach Würmern durch Erde; es ist phantastisch. Ich habe es sechsmal gemacht und werde es heute abend wieder tun, wenn ich hineinkommen kann.« Ihr Begleiter äußerte beifällige Laute. Katie dachte an die Zeit, als sie und Allen versucht hatten, Maulwürfe zu sein, und schauderte. Sicher, man hatte Schaufeln als Arme und dünnhäutige Regenwürmer schmeckten wie die beste Pasta in der Stadt, aber die messerscharfen Zähne steckten fest in ihrem Gedächtnis. Oder vielmehr Schultern. Allen hatte sich hinterher bei ihr für den Angriff entschuldigt und versprochen, sie könnten von nun an bei Bauchfüßern und Weichtieren bleiben, wenn sie wollte. Aber sie hatte ihm gesagt, er brauche sich nichts vorzuwerfen. Kathie wußte, er hatte nur getan, was sich natürlich ergab – für einen Maulwurf. Sie hoffte zumindest, daß das bösartige Verhalten zu den Datensystemen von ViRo-Plex gehörte, und nicht zu ihm. Manchmal fragte sie sich, wer wohl wen beherbergte, und ob Allen *ganze* Aggressionen von passiver Art waren.

»Flöhe, Fische und Krebs.« Allen drehte sich um und seufzte. »Hast du den Kerl da oben gehört? Es sind nur noch Flöhe, Fische und Krebse übrig. Ich möchte kein Krebs sein, Kathie. Sich die ganze Nacht an den Felsen klammern. Wie weit kann man die Langeweile treiben?«

»Du brauchst kein Krebs zu sein, Allen«, sagte sie. »Du brauchst überhaupt nichts zu sein, wenn du nicht willst. Wir könnten nach Hause gehen und uns ein Video anschauen.« Sie stupste ihn mit dem Ellbogen, versuchte, ihn aufzumuntern. »Wir könnten in ein Motel gehen, und uns unter falschem Namen eintragen.«

Er lächelte über ihren Vorschlag, und der Ärger verflog. Und plötzlich war er da – ihr Allen, der Mann, der sie vor drei Jahren bezaubert hatte, als sie davon überzeugt war, nie wieder etwas zustande zu bringen, keine Musik, kein Baby. Allen, der sie schnell heiratete, ehe er es sich mit ihr oder dem Kind, das sie sich so sehr wünschte, anders überlegen konnte. Der warmherzige, sexy, ironische Allen. Der im Bruchteil einer Sekunde der kalte, ärgerliche, mißbilligende Allen werden konnte. Es war eine Verwandlung, die sie nie erwartet hätte, ein Wechsel, der sie kränkte, aber faszinierte. Sie hatte versucht, Allens Verwandlung in ihrer Musik einzufangen, aber niemals mit Erfolg. Gebündelte Akkorde, dies das Keyboard hinauf- und hinunterstolzieren, Variationen des Ablaufs, die zu einem langsamen, flirtenden Rhythmus verschmelzen. Ein langsamer Walzer – mit einer kleinen Dissonanz. Was soll das heißen du *willst nicht* tanzen? Oh, laß es gut sein, ich bin müde. Wir wollen einfach hier sitzen und zuhören, meine Hand so in deiner Bluse. Ich *sagte*, so.

Das kam der Sache nahe, traf sie aber nicht genau. Was sie ausdrücken wollte, aber nicht konnte, waren seine Augen. Man konnte Noten einfach nicht in etwas verformen, das von Allens kalten Augen sprach. Oder von den grünen Fransen am Ende von Karotten im Garten. Oder vom Geschmack des Blutes. Zumindest *sie* konnte es nicht, bei den Auffassungen, mit denen sie geboren wurde. Hauptsächlich deshalb hatte sie begonnen, ViRo-Plex zu besuchen. Als Mensch hatte sie bestimmte Begrenzungen in ihren Gedankenstrukturen. Als Maulwurf, Venusmuschel oder Mücke würden sich die Begrenzungen erweitern und verengen, verbiegen oder verschieben, wie farbige Glasstücke in einem Kaleidoskop. Was sie als Mensch nicht hören konnte, vernahm sie vielleicht als Vogel oder Wanze. Oder als Felsen, Baum oder Stern; das hing alles davon ab, welche Show es in der Stadt gab. Und Kathie wußte, wenn sie es erst einmal hören konnte, war sie auch imstande, es niederzuschreiben und zu spielen.

Natürlich ging sie auch hin, weil es Allen gefiel, so wie Allen jedes Spielzeug schön fand, das neu auf den Markt kam. Er konnte nicht anders; der kleine Junge in ihm starb für die Chance, die 21. Jahrhundert-Version von G. I. Joes in die Hand zu bekommen. Ein kleiner Junge, der tagelang – wochenlang – schmollte, wenn er seinen Willen nicht durchsetzen konnte. Kathie war nicht scharf auf die billige Werbung für die Vergnügungsstätte: *Kackt ein Bär in den Wäldern? Stellen Sie es selbst fest in der Virtuellen Tiershow!* Auch nicht auf die davon angelockte Samstagabend-Masse gelangweilter Spießer, aber wie die meisten konnte sie sich eine Heimanlage nicht leisten. Jedenfalls noch nicht.

»Mein Gott, das wird aber auch Zeit«, murrte Allen, als die Menge endlich wieder ein Stück vorrückte. Sie passierten ein Holo von stromaufwärts schwimmenden Lachsen, und sie dachte an kalte Gebirgswasser, das durch ihre Kiemen strömte, an das Zerren des Hakens und die Explosion der Eier aus ihrem Bauch. Zu laichen und zu sterben. Welche Einfachheit. Welche Schönheit. Sie hatte versucht, es in der Komposition eines Notturno einzufangen, jedoch mit wenig Glück. Die Noten befleckten ihr Manuskript wie Regentropfen und verflüchtigten sich ebenso schnell wieder.

»Ich hätte nichts dagegen, den Fisch heute abend zu versuchen«, sagte sie zu Allen, mit dem Gedanken, das unvollendete Notturno wiederaufleben zu lassen, die Melodie vielleicht als Teil ihrer Fantasia auszuschlachten, aber es war zu spät. Seine Augen ruhten auf dem nächsten Holo.

»Das wäre etwas«, sagte er, und deutete mit einem Kopfnicken auf einen zimtfarbenen Grizzlybären, der den Lachs zerriß, der sie vor einem Augenblick noch gewesen war. »Ich dachte schon, ein Schwarzbär wäre gut; aber ein Grizzlybär! Da soll doch einmal jemand etwas von Kraft erzählen.«

Seine Nackenmuskeln spannten sich, und sie spürte förmlich, wie er auf der Suche nach langsamem Wild und Baumstämmen voller Honig schwerfällig durch den Wald tappte. Im Geist hörte sie Kontrabässe und Kesselpauken.

»Was ist heute abend erhältlich?« fragte der Mann mit der langbeinigen Blondine vor ihnen den Kartenverkäufer. »Sind noch Adler da? Oder Grizzlybären?«

Der Mann an der Kasse schüttelte den Kopf. »Beides seit einer Stunde ausverkauft. Wollen mal hier sehen.« Er tippte ein paar Tasten und zuckte die Achseln. »Wir haben einige Plätze offen für Krebse, Anglerfisch, Bauchfüßer – hauptsächlich Schnecken. Ein paar Seesterne, einige Insekten. Wollen sie in Libellen? Wir haben immer eine Menge Flöhe offen.«

»Nein, hm, richtige Tiere?« fragte die Blondine mit unsicherer Stimme.

»Sie meinen Säugetiere?« sagte der Verkäufer.

Kathie hatte dies früher schon gesehen. Einige Leute waren beunruhigt darüber, in einem nicht warmblütigen Tier zu hausen, auch wenn es sich nur um eine Computersimulation handelte. Sie nahm an, daß sie Angst hatten, sich schlechte Gewohnheiten anzueignen – oder vielleicht ein paar Fühler. Seit Eröffnung der Vergnügungsstätte hatte es immer wieder wilde Geschichten von Leuten gegeben, die mit einem Schnabel oder Kiemen aus den ViRo-Plexen herausgekommen waren, aber diese Geschichten waren natürlich alle unsinnig. Es waren Gerüchte, von derselben Art Menschen in die Welt gesetzt, die vor hundert Jahren Blindheit und Wahnsinn als Folgen von Onanie an die Wand malten. Dieselbe Art engstirniger Leute, die heutzutage die Verteilung staatlicher Kunst-Stipendien bestimmten, sagte sie sich. Allen mochte ihre Geduld auf eine harte Probe stellen – und die Grenzen ihrer Eheversprechen – aber er war zumindest gut für das Kreuz in dem Kästchen neben der Rubrik *verheiratet* in ihrem jährlichen Stipendium-Antrag.

»Nein, Madam, keine Säugetiere«, sagte der Verkäufer und schürzte die Lippen, während er die Menge hinter ihr betrachtete. »Was soll es also sein?«

Es folgte eine flüsternde Beratung zwischen der Blondine und ihrem Begleiter. Sie wollte gehen; er drängte sie, die Schnecken zu nehmen. Kathie hätte sich gern vorgebeugt und ihr gesagt, ihm seinen Willen zu lassen – es lohnte sich, um dann sein Gesicht zu sehen, wenn er erkannte, daß ihm sein Penis, wie nach der Begattung bei Schnecken üblich, angenagt wurde – aber sie hielt den Mund.

Ihr war an diesem Abend nicht sehr nach Sprechen zumute; sie hatte eine Notenfolge im Kopf, oder sie umtanzte sie vielmehr. Ein schwer erfaßbares kleines Aufflackern einer Melodie, die vom Sonnenschein durch Regen zu singen schien, oder vielleicht waren es auch Allens Augen durch ihre Tränen, etwas, das sie oft genug nach einer ihrer dummen Auseinandersetzungen wegen seiner spätabendlichen *Meetings* gesehen hatte. Sie beschloß, ihr den Titel *Der Teufel schlägt seine Frau* zu geben, eine Wendung, die sie beim Durchblättern von *Südliche Memoiren,* einem verstaubten Buch aus der ersten Hälfte des 20. Jahrhunderts, gefunden hatte. Sie hatte das Gefühl, daß viele Frauen wußten, was das besagte.

»Keine Grizzlybären, ha?« sagte Allen, als die Blondine und ihr Begleiter mit den Tickets in der Hand durch die Tür eilten. »Wie steht es mit Fledermäusen, haben sie irgendwelche?«

Der Mann an der Kasse schüttelte den Kopf. »Ich habe Flöhe, Schnecken, Krebse und Anglerfisch. Treffen Sie Ihre Wahl, Mister.«

»Nun, wir sind Schnecken gewesen«, sagte Allen streitlustig. »Und ich möchte kein Floh sein.«

»Tun Sie, was Ihnen beliebt«, sagte der Mann, während er über Allens Schulter blickte.

»Der Anglerfisch ist nicht schlecht«, sagte eine Stimme hinter ihnen. Es war der Freund der Maulwurf-Frau. Kathie drehte sich um, und die Frau schenkte ihr ein verstohlenes Lächeln, als ob sie ein Geheimnis teilten, nur sie beide. Allen war überrumpelt, und er wußte es nicht. Sie lächelte zurück, und die Noten in ihrem Kopf klangen reiner. Sie drehten eine vergnügte kleine Pirouette, gingen wieder in die Hocke und schaukelten langsam und leicht hin und her. Eine Country-Ballade, träge wie ein Bach in Alabama. Omni in einem Sessel, reich mir meine Stickerei dort, Schätzchen. Dies hier ist ein wattiertes Bild deines Opas. Ihn verewigen? Zum Teufel, nein. Ich steche ihm zweihundertmal täglich die Nadel ins Gesicht.

Die Frau hinter ihr sagte: »Um die Wahrheit zu sagen, der Anglerfisch ist das Beste, was hier läuft. Warum versuchen sie ihn nicht?«

Sie war schön – schwarze Haare, schwarze Augen und ein groschengroßer Schönheitsfleck nahe ihrem Mund – das allein erklärte Allens Reaktion. Kathie wußte, was er darüber dachte, ein Fisch zu werden.

»Das Beste, was hier läuft, ha?« sagte er, und schenkte der Frau ein breites Grinsen. Er schnippte lässig ein Stückchen Plastik in den Schalter des Kartenverkäufers – mein Stückchen Plastik, dachte Kathie – und blickte zurück, um sich zu überzeugen, daß die schwarzhaarige Frau es auch sah. »Okay, geben Sie mir zweimal Anglerfisch, Standardprogramm männlich und weiblich. Baby, wir wollen schwimmen gehen.« Letzteres war an Kathie gerichtet, wenn auch nur am Rande. Sie blickte sich nach der Frau um, als Allen sie aus der Reihe zur Tür bugsierte. Die Frau winkte.

»Was in aller Welt ist ein Anglerfisch?« fragte der Freund der Frau hinter ihnen.

»Weibsteufel«, war die Antwort, ein halbes Flüstern, das über die Noten in Kathies Kopf huschte, sie mit einem Stups der Nase und einem Schlag des Schwanzes hochschleuderte. Dann schwang die Tür zu, und sie waren drinnen.

> »Die heutigen Bewohner kamen von oben, wie so viele vom Himmel gefallene Teufel. Ebenso wie die Fische, die zuerst an Land gingen, Ausgestoßene waren, so sind es auch die meisten Tiefseebewohner, denn kein Fisch oder irgendeine andere Lebensform würde freiwillig die angenehme, wohlgenährte Existenz in den oberen Stockwerken zugunsten einer elenden Existenz im Kellergeschoß verlassen. In ihrer neuen schrecklichen Umwelt veränderten sich die Fische... Sie nahmen neue Formen an...«
>
> – JOHN CROMPTON, *The Sea*

Die Vorhalle war wie gewöhnlich überfüllt, die Leute lungerten außerhalb der Studios herum wie Krähen, die über einer Mülldeponie kreisten. ViRo-Plex hatte im vorigen Sommer aufgemacht und seither immer eine große Menschenmenge angezogen. Die Show-Programme wurden zusammengestellt in Vororten wie diesem, in dem sie und Allen lebten, und dann landesweit verbreitet, wie es immer mit Filmen geschah. Viele der ViRo-Plex waren umgebaute Kinos, die versteckt zwischen den Espressobars und Boutiquen der Promenade lagen. Der Eintrittspreis war mindestens viermal so hoch wie für einen Film, aber der Plex besaß immer noch dieselben billigen Teppiche, dieselben Zementwände und die grelle Neonbeleuchtung. Hie und da waren ein paar weitere Zementwände hinzugefügt worden; die harten, unbequemen Sitze waren herausgerissen und durch harte, unbequeme Couches ersetzt worden. Platzanweiserinnen in kastanienbraunen Gewändern nahmen die Tickets der Besucher an der Tür entgegen, wiesen sie in die Studios ein und halfen ihnen, falls notwendig, sich an die Kopfhörer anzuschließen. An der Snackbar draußen vor den Studios verkauften sie sogar Popcorn und Konfekt, und für ein paar Dollar mehr konnte man eine Snackbuchse mieten, die die Erfahrung simulierte, *Junk Food* zu essen, ohne sich um die Folgen kümmern zu müssen. Diese letzte Neuerung war sofort ein großer Erfolg gewesen, und Kathie hatte vor drei neuen Speise-Plexen gehört – VR-Restaurants, die erst im vorigen Monat in diesem Gebiet aufgemacht hatten und ausschließlich nichtexistierende Mahlzeiten servierten.

Da VR eine verhältnismäßig neue Form der Unterhaltung darstellte, handelte es sich bei den meisten ViRo-Plex-Shows um primitive Simulationen, verstärkt durch sensorische Eingabe von niederen Lebensformen entnommenen Prägungen. Mein Leben als Hund, und so weiter. Es hieß jedoch, daß der Öffentlichkeit schon bald kompliziertere Shows zur Verfügung stehen würden: Raumfahrt, simulierter Tod, Trips ins Jenseits. Die letztere Möglichkeit hatte einen Protest der Fundamentalisten hervorgerufen, die gegenwärtig den Kongress beherrschten, dieselbe Gruppe, die die Verteilung der staatlichen Kunst-Stipendien überwachte, die Kathie während der letzten drei Jahre erhalten hatte. Sie hatten mit allen Mitteln versucht, sich gegen den Himmel und die Hölle von VR durchzusetzen, die sie ein Greuel und

sostenuto

Schlimmeres nannten, aber da keine Staatsgelder in die Entwicklung und Verbreitung der Shows flossen, konnte sie nicht viel daran ändern. Noch nicht.

Auch so plante Kathie nicht, irgendeine der umstritteneren Shows zu besuchen, wenn sie in ihre Umgebung kamen, obwohl Allen sie bereits mehrmals erwähnt hatte. Die Tier-Shows waren ihr wirklich genug. Sie konnte sich keine Simulation des Himmels vorstellen, die auch nur irgendwie an die kreative Zufriedenheit herankam, die sie fühlte, wenn sie stromaufwärts schwamm, um zu lachen, oder wenn sie eine Fliege in Seide einspann. Noch wichtiger war, daß sie an ihre Zukunft denken mußte. Man konnte nie wissen, wer einen beim Besuch einer zweifelhaften VR-Show gesehen hatte und es weitererzählte. Die Welt der Kunst war unbarmherzig. Und wenn man Erfolg haben wollte, gab es keine andere Wahl, als die Spielregeln zu beachten. Entweder das, oder auf das Stipendium verzichten und für den Rest seines Lebens von Reis, Bohnen und seiner Integrität zu leben.

Als sie erst einmal drin waren, verzichteten Kathie und Allen auf das Popcorn – das echte und das simulierte – und eilten hinter einem kastanienbraun gekleideten jungen Mädchen mit einer Taschenlampe durch die Vorhalle zum Anglerfisch-Studio. Kathie war aufgeregt, voll prickelnder Energie, mit der sie die lachenden Augen der schwarzhaarigen Frau angesteckt hatten.

»Anglerfisch«, sagte Allen und schnaubte. »Ich hoffe sehr, das macht mehr Spaß, als ein Lachs zu sein. Die Fischleiter hinaufzuklettern tat echt weh im Hintern. Und wozu? Nur um meine Ladung loszuwerden und dann abzukratzen. Ich bekam nicht einmal Gelegenheit zu erfahren, wie meine Kinder aussahen.«

»Ich dachte, das würde dir zusagen«, sagte Kathie, und verlangsamte ihren Schritt, um die Schrift auf dem Bildschirm über der Tür zu lesen. Vorsichtig jetzt, Mädchen, warnte sie sich. Vorsichtig hier. »Ich weiß, wie du über Kinder denkst.« Salamander, verkündete der Bildschirm, klettere auf einen Baum. Hast du die Schnecke gesehen? Wenn du den Schwanz verloren hast, laß dir einen neuen wachsen.

»Oh, ich weiß nicht«, sagte Allen und legte seinen Arm um sie, während sie zur nächsten Tür weitergingen. Wolf. Heulen. Den Mond anheulen. Frischer Fleisch-Schlick. He, *ich habe* hier das Sagen. »Es wäre vielleicht nicht so schlimm, ein Kind zu haben.«

Kathie blickte zu ihm auf, versuchte den Ausdruck seiner Augen zu deuten, was, wie immer, unmöglich war. Neckte er sie? Meinte er es ernst? Ein tiefer, ominöser Triller dröhnte in ihrem Kopf. Gedämpftere Begleitstimmen, in tiefem Baß, wie ferner Donner. »Du möchtest ein Kind?« fragte sie.

Ihre Stimme klang neutral, verriet keine Emotion. Sie hätte die Platzanweiserin sein können. Möchten sie Popcorn? Möchten Sie ein Cola? Der Triller wurde lauter. Verminderte Akkorde begannen die Tonlagen auf und ab zu schreiten, zuerst langsam, dann immer rascher. Gebrochene Akkorde mit Noten wie Glas. Sie lauschte ihnen und den Klängen ihrer Schritte und der langen Stille, die aus Allen kam. Eine Melodie kräuselte sich aus der Stille, eine verstohlene Melodie – zugleich angenehm und schrecklich.

Der Teufel schlägt seine Frau.

Er hielt an der Tür inne, blockte auf sie herunter und lachte. Seine Augen hatten die Farbe von Treibsand.

»Also los mit uns«, sagte er.

Kathie blickte auf die Anzeige. Anglerfisch, las sie, und darunter in leuchtender Kursivschrift: *Warziger Weibsteufel.*

Folgen Sie mir bitte, sagte die Platzanweiserin, und schlüpfte zwischen sie, um die Tür zu öffnen. Kathie eilte hinter ihr hinein, Allen folgte.

Der Raum lag im Halbdunkel, wie immer vor Beginn des Films. Ungefähr ein Dutzend Leute, die Augenklappen, Kopfhörer und Handschuhe trugen, lagen auf flachen Couches. Kabel verbanden sie mit einer kleinen Bedienkonsole neben der Couch. Abgesehen von ihren Bärten, Falten, den kalten Stellen und Bäuchen sahen sie aus wie Kinder, die eingeschlafen waren, während sie altmodischen Walkmans lauschten. Nichts dergleichen, seinen Partner in neuem Licht zu sehen und wieder Interesse an ihm zu gewinnen. Eine weißhaarige Frau in einer karierten Jacke setzte sich gerade auf, der Zeitmesser neben ihrer Couch blinkte rot.

»Dies über die Augen, dies über die Ohren und dies an die Hände. Das dort einstecken«, erklärte die Platzanweiserin und deutete auf die Ausrüstung und die Stecker. Sie händigte ihnen die Standardformulare des Verzichts auf Schadenersatz aus; sie unterschrieben im Schein der Taschenlampe und gaben sie ihr zurück. Dann sah die Platzanweiserin emotionslos zu, wie Kathie und Allen sich hinlegten und den Steckkontakt herstellten.

Wasser erfüllte den Raum, und die Platzanweiserin war verschwunden.

Dunkelheit. Kälte, Kathie schwamm in der Tiefe des Meeres, sie fühlte sich hungrig. Sie suchte in der Schwärze nach Nahrung. Ein Flackern von Licht drang in die Dunkelheit. Farmer von Nebraska, die mit Laternen zu ihren Scheunen gingen? Nein, sie sah jetzt, daß es Fische waren. Aufblitzendes Grün, Rosa, Weiß und Farben, die sie nicht benennen konnte. Auseinanderstehende Augen, blinkende, phosphoreszierende Lichter, monströse Mäuler. Und sie war einer von ihnen. Hungrig und lebendig, bereit zuzuschnappen, bereit zu fliehen. Ein kleinerer Fisch huschte neben ihr umher, rieb seine Schuppen an ihre Flossen. Sie schmeckte salziges Fleisch und war im Begriff, zuzuschnappen – aha! da war Nahrung – und hielt inne. Seine Augen! Allen?

Der kleinere Fisch schwamm wie in Bewunderung ihrer Größe um sie herum. Sie war leicht doppelt so groß wie er. Sie schnellte ihren Schwanz, und der kleine Fisch wurde von der Strömung fortgetragen. Sie wandte sich ihm zu und bewegte heftig ihr überbreites Maul. Der Ausdruck seiner Augen verwandelte sich in etwas, das sie gut kannte: Angst. Gut so!

Kathie schwamm. Wenn der kleine Fisch näherkam, stupste sie ihn, schleuderte ihn fort, schwamm dann näher heran und kitzelte ihn mit dem zweigeteilten pflaumenförmigen Gebilde, das in der Nähe ihrer Lippen herabhing. Das Wasser war kalt und gut. Die Dunkelheit randvoll mit Leben, überall Lichter. Da gab es etwas zu fressen, etwas zu meiden. Sie fraß und schwamm. Ließ den kleinen Fisch herankommen und an ihren Schuppen saugen. Als er in ihren Hals biß, fühlte sie Freude.

»Nahrung war knapp, so daß diejenigen, *welche voneinander lebten*, es sich nicht leisten konnten, eine Gelegenheit zu verpassen, und ihnen wuchsen ungeheuerliche Mäuler und bösartige Zähne.«

– JOHN CROMPTON, *The Sea*

Als Allen am nächsten Tag zur Arbeit gegangen war – er kämpfte bei dem neuen SapierTaco-Unternehmen im Lebensmittelring um einen Urhebervertrag – sah Kathie den Anglerfisch im Computer nach. Während sie auf die Tasten tippte, Menüs aufrief, Bezugnahmen überflog, schwamm ein nasser Song durch ihren Kopf. Nasse Akkorde, in denen Tränen und Meerwasser, Tang und Garnelen und Babyschuhe vibrierten.

Die Melodie erklang immer wieder, erinnerte sie an das Wasser in der vergangenen Nacht, an Allens Zähne, die sich in ihr Fleisch gruben und den Ausbruch von Schmerz und Befriedigung, den sie dabei empfand, an die unbeschreibliche Macht, die sie gefühlt hatte, als sich seine kleinen zangenartigen Kiefer um ihre Schuppen schlossen.

Diese unaussprechliche Freude war noch lange in ihr geblieben, nachdem sie die virtuelle Couch, die überfüllte Vorhalle und den Parkplatz voller Heckflossen-Autos verlassen hatten. Sie hatte sie erwärmt, zum Lachen gebracht, während sie über Belanglosigkeiten plapperte: die Käsepreise, die *Nase* jenes Mannes. Allen war dagegen bedrückt gewesen. Er fühlte sich immer besser auf dem Land als im Meer. Er war rein der Typ des Säugetiers, bis in seine Seele, seine Atome hinein.

»Was ist los mit dir? Gefiel es dir nicht?« hatte Kathie gefragt, als er aus dem ViRo-Plex-Parkplatz herausfuhr. Sie war von der Schönheit des tiefen Wassers durchdrungen gewesen. Die Kälte schien etwas in ihr erweckt zu haben. »Ich dachte, es war großartig. Echt lebendig.«

»Es war lebendig, richtig«, sagte er. »Die Hinrichtung auf dem elektrischen Stuhl ist wahrscheinlich auch lebendig. Selbstopferung, Blitzschlag. Ich bin sicher, das ist alles umwerfend lebendig.« Für den Rest der Heimfahrt würde er nicht mehr sprechen. Er schmollte wieder einmal, obwohl er das niemals zugäbe. Kopfschmerzen, würde er ihr erzählen. »Ich fühle mich in letzter Zeit einfach nicht wohl. Nein, es gibt nichts, was du tun kannst.« Kein Liebesspiel, keine Massagen, kein Betteln, Flehen, Schreien. Sie hatte das alles versucht und gelernt, daß ihn zu ignorieren die einzige Möglichkeit war, ihren Verstand zu bewahren.

Die Stille im Auto machte ihr nichts aus. Sie füllte sie leicht mit ihren Melodien, an denen sie immer reich war nach dem Eintauchen in den Geist einer anderen Spezies. Goldene Noten, die wie Wasser fließen. Muntere Triller, wie flinke Aale, schnellende Fische. Sie verfolgte die Melodien, als wären sie tief in einer Harmonie verborgene Strahlen, Schlangen und spritzende Seeigel, um auch den letzten Brösel einer schmackhaften Note zu erhaschen.

Zu Hause war ihr Hunger eher prosaisch. Beim Durchsuchen des Kühlschranks hatte sie eine Dose Ölsardinen gefunden und sich auf sie gestürzt, und ihnen mit raschen und sicherem Zuschnappen die Köpfe abgebissen. Allen hatte sie von einem dunklen Stuhl aus beobachtet und war jedesmal zusammengezuckt, wenn ihre Zähne sich klickend schlossen.

Kathie lächelte, während sie an sein verstimmtes Schweigen dachte. Vor einem Jahr hätte es sie niedergeschmettert. Ihr schöner Allen, unglücklich. Vielleicht sogar wütend auf sie. Jetzt fand sie es kindisch. Und nicht ein bißchen beunruhigend. Sie holte die benötigte Datei auf den Bildschirm und vergaß ihn völlig.

Die Information über den Anglerfisch war skizzenhaft. Darin wurde der zweite Name gebraucht, wie sie ihn am Abend zuvor im ViRo-Plex gesehen hatte – warziger Weibsteufel – jedoch überhaupt nicht erklärt. Die Bezeichnung *Angler* wurde jedoch erläutert – ein Spitzname, der von seiner Gewohnheit abgeleitet war, ahnungslose kleine Fische mit einem Fleischstrang zu *angeln,* der sich von seinem Kopf bis unter die Lippen erstreckte, eine tanzende Schlange aus einer mutierten Rückenflosse. Obwohl er gewöhnlich in zweitausend Meter Tiefe zu finden ist, wurde der Anglerfisch gelegentlich mit dem Netz eines Fischers aus den oberen Bereichen der nordwestlichen Gewässer gezogen. Ein solcher Fisch war zwölf Jahre vor der Jahrhundertwende von einem Garnelenfischer gefunden worden. Ein dreißig Zentimeter langes Weibchen. Mit ihm zusammen ein fünf Zentimeter langes Männchen, das permanent mit seinem Maul an ihrem Kopf befestigt war.

Kathie las den Rest der Information schnell und blieb dann noch lange am Computer-Terminal sitzen. Eine Idee stichelte sie, verlockte sie eben außerhalb ihrer Wahrnehmung wie ein Stückchen baumelndes Fleisch, das vor einem hypnotisierten kleinen Fisch tanzt.

»Das Leben in dieser Unterwelt muß ziemlich wie das Nachtleben in den Slums bestimmter Städte während früherer Zeiten sein: einzelne Meuchelmörder, die Messer tragen, schleichen in der Dunkelheit umher. Ähnlich schleichen die Meuchelmörder in der Meerestiefe umher, meistens jedoch erfolglos, und sie werden hungrig. Wenn sie also ein Opfer finden, muß es lange Zeit für sie vorhalten.«

– JOHN CROMPTON, *The Sea*

Allen kam von seinem Nachmittags-Meeting nach Hause; Kathie arbeitete eifrig am Kompositions-Keyboard und wußte nicht, wie spät es war, als er hereinkam, um sie zu küssen – und eine entscheidende Passage zu unterbrechen. Allen hatte offensichtlich beschlossen nachzuholen und gerade rechtzeitig ein bißchen Inspiration aus ihrem Kopf zu scheuchen, wie es sein Stil war. Allen war selten offen feindselig. Seine Unterbrechungen waren tatsächlich gewöhnlich sehr freundlich, dadurch fühlte sie sich nur noch frustrierter. »Ich vermißte dich gerade und dachte, du hättest gern einen kleinen Snack«, würde er sagen, einen Teller mit Weintrauben und Käse auf ihren Stromschalter stellen und damit die Arbeit eines Nachmittags löschen. »Oh, nein, habe *ich* das getan?« Nein, Allen *beabsichtigte* niemals, irgendeinen Schaden anzurichten. Seine Absichten waren stets die besten, edelsten. Es sei denn, natürlich, daß sie ihn verärgerte.

»Ich bin in ein paar Minuten fertig«, rief sie, als sein Herumknallen in der Küche nicht länger zu ignorieren war. Noch ein wenig lauter, und es würde sich in ihren Aufzeichnungen niederschlagen. Sie hatte früher schon Proben davon verwendet, war jedoch nicht an Allens gereizten Darbietungen interessiert. »Ich muß nur noch ein paar Holzbläser eingeben.«

Sie tippte schnell Tasten auf ihrem Keyboard an. Oboe, Klarinette, Flöte, und ja, noch etwas mehr Geige – sie arbeitete den Klang heraus, den sie brauchte, und überblendete sie auf die vier, fünf – oder waren es sechs? – Klangspuren, die sie an diesem Nachmittag hinzugefügt hatte, erzeugte hier die Resonanz eines vollen Orchesters, dort einen ganz neuen Klang. Klaviernoten, wie eine Flöte gespielt. Trompetenstöße, wie von einer Trommel geschlagen. Kathie stellte die Musik durch Überlagerungen auf die Weise zusammen, wie sie es als Kind in den Enzyklopädien gesehen hatte, wo Zellophandiaphragmen der Knochen, des Muskelgewebes und der Blutgefäße so übereinandergelegt waren, daß Schicht für Schicht ein Mensch entstand.

Die Fantasia würde ein Erfolg sein, dachte sie, als sie die Arbeit des Tages abspielte, und hier eine fehlende Note nachtrug, dort eine schwache Passage nachbesserte. Würde sie aber gut genug sein, um ein weiteres Stipendium sicherzustellen? Würde ihre Musik allein überhaupt noch *genügen,* jetzt, wo der Konkurrenzkampf immer härter wurde? Die Stipendien schienen an die gefestigsten und frömmsten Bewerber zu gehen: an einen frommen Bildhauer mit fünf zu Hause erzogenen Kindern, eine Malerin der Mormonenkirche, die seit 51 Jahren mit demselben Mann verheiratet war.

Sie gab ein paar weitere Notenaufzeichnungen in die Zusatztastatur ein, kritzelte sich ein paar Noten auf das Blatt des Ausdrucks, den sie beim Komponieren immer vor sich liegen hatte, und schaltete ab. Das Stück mochte ein kommerzieller Erfolg sein, aber künstlerisch war es leer, wußte sie. Die Melodie, mit der sie es erfüllen wollte, war ihr entschlüpft, wie in der vorigen Nacht die kleinen Fische in zweitausend Metern Tiefe. Manchmal fragte sie sich, ob es der *wahre* Grund war, aus dem sie sich ein Kind wünschte, daß sie sich beweisen wollte, tatsächlich etwas von Wert und Schönheit erschaffen zu können, und wenn nicht mit ihrer Musik, dann doch mit ihren Genen.

Oder gab es einen *anderen* Grund dafür, flüsterte eine Stimme in ihrem Innern. Einen weitaus selbstsüchtigeren Grund.

Sie brachte die Stimme zum Schweigen, dachte an ein Kind. Ihr Kind. Es würde winzig sein, zart wie ein Walzer von Chopin. Getrappel von Füßen auf Hartholz. Gurren und Geplapper. Lachen und Milch. Kleine Hände, die an ihr Halt suchten. Wiegenlieder, rosa Flanell. Das würde ihr Kind sein. Nur… Nur… Allen. Er sträubte sich jetzt trotz seiner vor dem Eheversprechen gemurmelten Versicherungen gegen die Idee ihrer Schwangerschaft. Allen hatte ihr vor einigen Monaten tatsächlich gesagt, daß er nicht beabsichtigte, ein Kind zu zeugen – ein Umstand, der durch das in seinen Bizeps eingebettete samentötende chemische Implantat garantiert wurde.

Kathie hatte gelernt, das Stäbchen in seinem Arm zu verachten, und manchmal auch Allen dafür, daß es existierte. Es wölbte sich leicht unter der glatten Haut – ein spöttischer Hinweis auf lustversteifte Genitalien, auf einen von einem Kind erfüllten Bauch. Sie hatte es oft nachts gestreichelt, wenn er eingeschlafen war, und sich gefragt, wann seine Wirkung wohl nachließe; Allen würde es niemals sagen. Manchmal – hauptsächlich, wenn sie aus einem Traum erwachte, und merkte, daß sie nur ihr verschwitztes Bettzeug an sich drückte – preßte sie die Erhebung sanft zwischen Daumen und Zeigefinger und überlegte sich, was es für Folgen hätte, den harten Knoten aus Chemikalien an seinem Arm wie Eiter aus einem Pickel auszuquetschen.

> »Eine bestimmte Spezies aus der Anglerfisch-Familie bestand, nach allen sichergestellten Exemplaren zu urteilen, nur aus Weibchen. Es wurden niemals Männchen gefunden, auch wenn sich solche hätten herumtreiben sollen. Es war ein ungelöstes Rätsel. Wo befand sich das Männchen dieses Weibchens, das regelmäßig voll befruchtete Eier produzierte?«
>
> – JOHN CROMPTON, *The Sea*

ostenuto

»Ich habe eine Idee«, sagte sie, als sie aus ihrem Studio kam. Es war die erste, die sie in den drei Tagen hatte, seit Allen von SquirTaco zugunsten eines Konkurrenten aus dem Geschäft gedrängt worden war, und beschlossen hatte, *sich nützlich zu machen,* indem er ihr einen neuen Arbeitstisch anfertigte. »Warum gehen wir nicht zu ViRo-Plex und schauen, ob ein Paar Grizzlybären frei ist?«

Allen zuckte die Achseln, hielt den Blick auf den Hobel gerichtet, mit dem er die Tischbeine glättete. Er spielte wieder einmal mit ihr, wartete darauf, daß sie zu ihm käme, ihn verhätschelte, ihn anbettelte und anflehte und ihm schmeichelte, ihm versicherte, daß er der einzige war, auf den es ankam, und daß das, was sie tat, nebensächlich, unwichtig war. Sie stand auf der Schwelle ihres Studios und sah zu, wie er das Werkzeug über das seidige Holz bewegte, Späne auf dem Boden verstreute, wo sie liegenbleiben würden, bis sie sie beseitigte, ebenso wie das Geschirr auf der Arbeitsplatte, die Staubflocken auf dem Boden, das Schamhaar und der Urin neben der Toilettenschüssel.

Sie hatte versucht, sein Hämmern, Klopfen und Sägen zu ertragen, jedoch für ihre Bemühung nur Kopfschmerzen bekommen. Eine Weile im ViRo-Plex zu verbringen, könnte ihr die benötigte Inspiration geben und auch Allens zerknittertes Ego besänftigen. Das war das Beste, was sie tun konnte. Das war *alles,* was sie tun würde.

Allen schien das zu ahnen. »Ich weiß nicht«, sagte er, und nahm die elektrische Säge zur Hand. »Ich will dich nicht von deiner Arbeit abhalten. Ich weiß, wie wichtig sie für dich ist.« Er schaltete die Säge ein und berührte das Holz, ein scharfes Kreischen löcherte Kathies Geduld, wie es bereits den ganzen Nachmittag ihre Konzentration gelöchert hatte. Genau, wie von Allen beabsichtigt.

Er stellte die Säge ab und setzte sie auf den Linoleumboden, neben die ledernen Arbeitshandschuhe, die er am Tage zuvor in einem Eisenwarengeschäft gekauft hatte. Auf ihre Rechnung, natürlich. Sie hielt den Atem an und zählte. Als sie ihn wieder anblickte, nickte er zum Boden hin. Im Sägemehl stand eine Botschaft: K + A.

Sie lächelte ihn an, obwohl ihr Mund schmerzte. Sie liebte Allen nicht mehr; so einfach war das. Sie *mochte* ihn nicht einmal mehr. Das Wissen erfüllte ihren Kopf wie der Geruch des Sägemehls. Irgendwie angenehm, irgendwie irritierend.

»Komm schon«, sagte sie, und versuchte, den Ärger nicht ihrer Stimme anmerken zu lassen. »Ich könnte eine Pause vom Keyboard vertragen.« Und von dir, Allen. *Und von dir.*

Ihr Komponieren hatte darunter gelitten, weil er von einem Zimmer ins andere latschte und ihr – und seinen Freunden am Telefon – lauthals seine häuslichen Verbesserungsprojekte auseinandersetzte. Und die Frist bis zu dem von der Kammer festgesetzten letzten Ablieferungstermin für ihren Beitrag zum Künstlerfest wurde immer knapper. Ein jetzt versäumter Ablieferungstermin würde sie als unzuverlässig brandmarken. Ein Schandfleck in ihrer an die Nationale Kunstkommission weitergeleitete Akte. Das konnte sie sich nicht leisten. Nicht, wenn es da draußen so viele hungrige Künstler gab. Allen ruinierte sich selbst, aber er war zu sehr in sich vertieft, um das zu sehen. Es war wichtiger, sie leiden zu lassen.

In gewisser Weise war es ironisch. Sie hatte ihn um ein Kind gebeten, und er hatte ihr statt dessen sich selbst gegeben, aber sie war jetzt nicht in der Stimmung für Ironie. Sie brauchte Noten, Melodien, Rhythmen und Variationen. Sie mußte Musik schreiben, bevor sie verrückt wurde.

»Wie ist es also mit ViRo-Plex?« Ihre Stimme klang schärfer, als beabsichtigt.

Allen blickte auf, kniff seine schönen Augen zusammen. »Ja, sicher. Warum nicht«, sagte er nach einer Pause. »Ich könnte einen Szenenwechsel gebrauchen.« Er hätte lächeln können, ein selbstzufriedenes Lächeln, denn dies hatte er ja nur gewollt, aber Kathie war bereits aus dem Zimmer gegangen, um ihre Handtasche zu holen.

Sie hielt sich nur für einen Moment im Bad auf, aber es war lange genug, um die Falten zu bemerken, die ihre Stirn furchten, sich um ihre Augen vertieften. Sie begann alt auszusehen, zu alt, um auf einen anderen Mann anziehend zu wirken. Nicht, daß sie Allen verlassen wollte und wieder heiraten; man konnte sein Stipendium ebenso leicht durch eine Scheidung wie durch eine homosexuelle Begegnung verlieren. Es stand nichts geschrieben, daß man nicht leben konnte, wie es einem beliebte; das hieße, das Grundgesetz mit Füßen zu treten. Aber jeder wußte, daß traditionelle Familienwerte von der Kommission gern gesehen wurden. Und großzügig belohnt. Sie hatte das gewußt, als sie Allen heiratete. Sie fragte sich, ob das der wahre Grund war, weshalb sie Allen geheiratet hatte. Es war jetzt ein strittiger Punkt. Sie liebte ihn nicht mehr, wußte jedoch auch, daß sie es sich nicht leisten konnte, ihn zu verlassen.

An dem Wochentagabend war es fast leer im ViRo-Plex. Keine Schlange vor der Kasse, keine nervösen Blondinen, keine ausgelassene Maulwurf-Frau. Kathie sah sich nach der schwarzhaarigen Frau um, die den Anglerfisch empfohlen hatte; sie war nicht da. Selbst der gewohnte Kartenverkäufer fehlte; eine Frau mit ingwerfarbenem Haar saß am Schalter und schob ihnen wortlos zwei Tickets für das Grizzlybären-Studio zu.

Sie gingen hinein und legten sich auf die Couches, enthoben mit ihrer Unterschrift ViRo-Plex jeglicher Verantwortung für ihr Leben. Befriedigt schloß die Platzanweiserin sie an und verschwand. Zusammen mit einem halben Dutzend anderer in dem Raum wurde Kathie ein Bär.

Während sie schwerfällig durch den Wald tappte, versuchte sie die Musik heraufzubeschwören, die immer ein Teil der Erfahrung gewesen war, aber mit wenig Erfolg. Für einen Augenblick wurde das Summen der Bienen zu einer gleichmäßigen Vibration, die den Baß auf und ab kletterte, verwickelt und gewunden, wie ihre Gefühle Allen gegenüber in den letzten Monaten gewesen waren; aber dann war es fort, flüchtig wie der Stich einer Biene durch ihr dichtes Fell. Sie jagte nach der Melodie, planschte durch Wasser, scharrte im Klee, aber sie weigerte sich, wiederzukehren. Resigniert verzehrte sie Maden und beobachtete Allen aus geschlitzten Augen.

Er schien als Bär zufrieden zu sein, durchwühlte die Erde mit dem gleichen Vergnügen nach einem zitternden Murmeltier wie nach einer verfaulenden Maiglöckchenzwiebel. Kathie sah, wie er einen Elch mit einem Tatzenhieb niederstreckte und beinahe eine Kiefer entwurzelte, als er sich den Rücken kratzte. Es war unvermeidlich, daß er sich ihr zuwandte, und sie fühlte Kälte, als er sich ihr mit kleinen tückischen Augen näherte. Er beschnupperte sie, stupste sie, und sie entzog sich, nur um von einer mächtigen Tatze geschlagen zu werden. Sie wich zurück, er drängte nach, schnüffelnd, forschend. Er wollte sie, der Ausdruck seiner Augen verriet es, er wollte sie *ganz,* nicht nur ihre Vagina, sondern auch ihre Musik, ihre Seele. Alles. Sie wimmerte, als er in sie eindrang, sie in den Nacken biß, tief in ihr Ohr brummte. Sie schloß die Augen, versuchte sein Grunzen, sein Grapschen zu ignorieren, aber es gelang ihr nicht. Er fraß die Melodien in ihrem Geist, fraß sie so sicher, wie er auch ihre Jungen fressen würde, wenn sie sie zur Welt gebracht hätte.

Als ihre Zeitmesser die Verbindung trennten, und Kathie sich auf der harten Couch wiederfand, umgeben von vorhangbespannten Zementwänden, schien Allen in besserer Stimmung zu sein und sprach angeregt über die Idee einer neuen Werbekampagne, während sie an den ViRo-Studios entlangschlenderten. Als sie an dem Anglerfisch-Studio vorbeikamen, zögerte Kathie, dachte an die Melodien zurück, die sie nach dem Verlassen des Studios erfüllt hatten.

»Allen, ich möchte da noch mal rein«, sagte sie, und er schlang lachend seinen Arm um sie.

»Kalter Fisch«, sagte er und knabberte an ihrem Ohr. Sie dachte an sein kleines Maul, das durch ihre Schuppen biß, und schauderte. Abwesend rieb sie einen Hautfleck in der Nähe ihres Mundes. Er fühlte sich trocken an. Schuppig.

»Komm schon«, sagte sie. »Ich brauche es. Für meine Musik. Laß es uns noch einmal tun. Bitte, ja?«

»Was, jetzt? Zwei an einem Abend?« Er blickte auf die Uhr, gähnte. Heuchelte überlegen. Schauspielerei, immer Schauspielerei bei Allen.

»Ich hoffte, wir könnten früh ins Bett gehen«, sagte er. »Ich wollte früh aufstehen und einen Rundgang machen. Ich habe heute mit einigen Leuten darüber gesprochen, eine selbständige Tätigkeit aufzunehmen. Du willst doch, daß ich was zu unserem Haushalt beisteuere. Ich weiß, ich habe dich verrückt damit gemacht, so zu Hause herumzuhängen. Ich bin nur glücklich, wenn ich arbeite, Kathie. Genau wie du. Du willst doch, daß ich glücklich bin, nicht wahr?«

»Ja«, sagte Kathie, und berührte die Tür. »Das will ich.« Sie konnte das Wasser fast durch die Maserung des Holzes fühlen. Kalt, schwarz, salzig. Eine Notenreihe wallte in ihrem Unterbewußtsein auf, brach durch. Allens Augen durch Tränen, nein, Regen, nein, Wasser. Sein spöttisches Lächeln, während er sie bestieg, noch mit dem Moschusgeruch der anderen behaftet.

Der Teufel schlägt seine Frau.

»Nun, ich nehme an, du verstehst, daß ich hinaus

und die Straßen abklappern muß. Ich meine, du bist es doch immer, die davon spricht, Kinder zu haben, eine Familie zu gründen. Du weißt, was das für ein Geld kostet.«

Sie drückte das Gesicht ans Holz, hoffte, die Musik wieder zu hören, das Wasser wieder durch ihre Kiemen strömen zu fühlen, ihre Sinne mit nichts als Kälte zu beruhigen. Sinne mit nichts als Kälte zu beruhigen. Allen mit seinen bequemen Lügen, seinen Rücken auszusperren. Er würde ihr niemals ein Kind machen – nicht, solange sich das Stäbchen in seinem Arm befand, und er hatte nicht die Absicht, es entfernen zu lassen – und sie konnte kein Kind von einem anderen kriegen und doch weiterhin die Stipendien bekommen. Das Risiko war zu groß, es gab zuviel Konkurrenz von anderen Künstlern, die der Kammer, und schließlich der Nationalen Kunst-Kommission, nur zu gerne abträglichen Klatsch zutragen würden. Allen könnte ihr das sogar selbst antun. Sein Haß auf ihre Musik schien groß genug dafür zu sein. Katie wußte, daß sie in der Falle saß. Kathie brauchte ihre Musik, aber um sie zu erschaffen, benötigte sie das Geld. Und das hieß, ihre Spielregeln zu befolgen. Sie sehnte sich nach einem besseren Leben, ein Leben mitten in der Tiefe, der Kälte. Dem Wasser. Ein Mensch konnte in einem so tiefen Wasser für lange Zeit verlorengehen. Vielleicht für immer. Die schwarzhaarige Frau hatte recht gehabt. Es gab nichts Besseres, als den Biß der Kälte.

»Ich möchte den Anglerfisch noch einmal machen«, sagte sie. »Es ist wichtig für mich, Allen. Ich muß das Lied wieder hören, es wiederfinden.«

»Sicher, sicher, Baby, wir werden es wieder tun. Ich verspreche es«, sagte Allen, aber seine Gedanken waren bereits bei der Frau vor ihnen, die auf den Ausgang zueilte. »Vielleicht am Wochenende.« Er lachte. »He, niemand sonst wird die Anglerfische wollen.«

»Die Wahrheit, die ans Licht kam, war wirklich überraschend. Das noch sehr junge und kleine Mädchen beißt in die Haut des Weibchens und hält sich daran fest. Es hält sich so hartnäckig fest, daß es mit der Zeit in ihr Fleisch eingebettet wird, ihre Haut über die Öffnung wächst und es einschließt. Es wird ein Teil von ihr und allmählich wird es sogar noch mehr. Es wird zu einem Organ. Seine Venen vereinigen sich mit den ihren. Sein Herz und seine Verdauungsorgane werden zurückgebildet ...«

– JOHN CROMPTON, *The Sea*

Sie gingen natürlich nicht. Allen hatte Pläne – geschäftliche Pläne, wie er sie mit einem gerissenen Lächeln nannte.

»Charlie vergibt ständig Verträge«, erzählte er ihr. »Meine Ideen gefallen ihm, aber ich muß ihm schmeicheln. Ihm ein paar Drinks spendieren, ein paar Witze. Komm schon, Kathie, sei kein Stockfisch. Du weißt, wie es in meiner Branche zugeht.«

Sie wußte es, auch wenn Allen keinen Begriff davon hatte, wie es auf ihrem Gebiet zuging; er hörte sich ihre Musik niemals mehr an, kam niemals zu den Auftritten. Und im Augenblick lag sie auf ihrem Gebiet ernstlich hinter dem Zeitplan zurück, wie der geschäftsführende Sekretär der Kammer sie informierte, als er am Samstagmorgen anrief.

»Wenn die Vollendung dieser Fantasia Ihre Kreativität auf eine zu harte Probe stellt, Katherine, würde die Kammer sehr gern einen Mitarbeiter vorschlagen«, erzählte er ihr, in einem Ton so kühl wie Tang. Kathie wußte, daß es wahrscheinlich Hunderte von bereitwilligen Mitarbeitern gab, die in den Kulissen standen, und auf ihren Sturz warteten. Aber sie würde sie enttäuschen.

Sie versicherte dem geschäftsführenden Sekretär, daß ihr Beitrag fast vollendet sei – schmeckte die Lüge auf ihren Lippen, als sie es sagte – und akzeptierte erfreut den Vorschuß auf ihr vierteljährliches Stipendium, das er als ein Zeichen guten Glaubens anbot. Und genauer gesagt, als Geld für ein schlechtes Gewissen. Es war nicht viel Geld im Vergleich damit, was sie für die fertige Fantasia bekommen würde, aber es war genug für sie beide, um mehrere Monate in relativem Komfort zu leben, selbst wenn Allen keine Arbeit aufnahm. Es war mehr als genug, um bis zur Verleihung der neuen Reihe von Stipendien zu reichen, wobei sie bedacht werden würde, wie der Sekretär andeutete – vorausgesetzt, die Fantasia hielt, was sie versprochen hatte. Es reichte auch, um eine ViRo-Heimanlage zu kaufen.

Kathie wählte letzteres.

Als Allen am nächsten Tag nach Hause kam, war er entzückt.

»Mein Gott, du hast sogar ein Grizzlybären-Programm besorgt«, sagte er, während er die Auswahl durchblätterte. »Lachs, Otter, Aal, Ente … Irgendwie hast du dich mit dem Meeresfauna überschlagen, nicht wahr? Warum hast du nichts Neues genommen? Du weißt doch, daß ich das außerirdische Zeug ausprobieren will, das sie jetzt verkaufen. Ein wenig Abwechslung dann und wann schadet dir nicht, Kathie.«

Kathie schenkte ihm ein lustloses Lächeln, und sah zu, wie er die Bedienungsanleitung durchlas. Sie hatte sie, und auch all die schönen erhältlichen Projektionen, einige legal, andere nicht, bereits viele Male selbst gelesen. Sie fand sie beinahe so befriedigend wie Komponieren selbst. Sie hatten eine gewisse Schönheit, eine wellenartige elektronische Melodie, die sie leise vor sich hin sang. Aale, die durch das aufgeladene schwarze Wasser glitten. Sie glitt mit ihnen. Stechen und Gleiten, die Dunkelheit durchschneiden. Licht dort. Fangen und Quetschen und das Licht.

»Wie bist du zu dem Entschluß gekommen, dies zu erwerben?« fragte Allen. Er stand mit dem Rücken zu ihr über die Anlage gebeugt und streichelte sie.

»Ich dachte, es könnte einige Ideen in uns aufrütteln«, sagte sie. »Bei uns beiden.« Sie dachte an ihre Fantasia als einen immerwährenden Fötus, der im Speicher ihres Kompositions-Computer schwamm. Ein Fötus, der sie zerstören würde, wenn sie ihn nicht gebären konnte, ebenso wie vor Jahren Frauen durch Beckenendlagengeburten zerstört wurden.

Allen nickte, schnippte Schalter. »Ja, eine gute Idee. Ich habe mich in letzter Zeit ziemlich stumpf gefühlt. Ich vermute, du auch. Ich habe bemerkt, daß du in den letzten zwei Tagen nicht in deinem Studio gewesen bist.«

»Nein, nicht viel«, gestand sie, während sie über Allens Schulter blickte. Das Wasser befand sich dort, im Innern der Anlage. Das Wasser, das die Noten enthielt, die Melodien, die Musik, die sie brauchte. Und was sonst noch? Ein neues Leben für sie? Sie hatte kaum an etwas anderes gedacht, seit sie die ViRo-Anlage nach Hause gebracht hatte.

»Sieht so aus, als ob alles angeschlossen ist«, sagte Allen, und setzte den gutsitzenden elektronischen Kopfhörer auf die Ohren. »Sind sie herausgekommen und haben alles installiert, während ich in der Stadt war?«

Kathie schüttelte den Kopf, fühlte sich wie betäubt. Fühlte man sich betäubt bei einer Geburt, oder fühlte man Schmerz? Sollte sie jetzt Schmerz empfinden? Sie wußte es nicht.

»Ich hab's angeschlossen«, sagte sie und beobachtete ihn. Er hatte, wie zu erwarten, das Grizzlybären-Programm bereits eingesteckt. So sehr Allen auch die Kreatur verehrte, hatte er doch nicht viel Ähnlichkeit mit ihr. Grizzlybären waren wild, unberechenbar. Allen war beides nicht. Er war jedoch grausam. Es war die Art hartäugige Grausamkeit, die Schönheit gern nur um ihrer Existenz willen zerstörte, so wie Allen ihre Musik. Weil sie ihm im Weg war. Weil sie ihre Musik liebte, und er sie zerstören *konnte.*

»Komm schon«, sagte er, und reichte ihr einen Kopfhörer. »Wir wollen es ausprobieren.« Er hatte noch nicht geduscht nach der Nacht, in der er ausgewesen war; sie bemerkte noch den Geruch von Tequila an ihm, und auch von fadem Parfüm. Allen liebte sein Spielzeug, aber Kathie konnte es sich nicht mehr länger leisten, es ihm zu beschaffen. Sie mußte jetzt an sich denken, ihr eigenes Überleben.

Sie schüttelte den Kopf. »Mach du weiter«, sagte sie. »Ich will versuchen, eine Weile am Keyboard zu arbeiten.«

»Jetzt weiß ich, warum du dieses Ding beschafft hast.« Allen grinste, die Augenklappen verdeckten ihr schuldbewußtes Zögern. »Du willst mich nur aus dem Weg haben, während du dort hineingehst, und deine Songs schreibst.«

»Meine Songs«, sagte sie und seufzte, dachte daran, wie oft sie ihm schon gesagt hatte, es wären *keine* Songs, waren es niemals gewesen. »Du mochtest meine Musik nie, nicht wahr, Allen?« Er grinste sie an, wie ein kleines Kind, das mit zwei Augenklappen Pirat spielte. »He, sie bringt die Miete ein«, sagte er. »Ich beklage mich ja nicht. Auch wenn sie klingt wie das Zeug, das sie überall spielen.«

»Ja, sie bringt die Miete ein«, sagte Kathie. Und sie würde sie auch weiterhin einbringen, solange sie die Spielregeln einhielt. Künstlerin. Ehefrau. Mutter. Sie konnte all das sein; sie *wollte* all das sein. Nicht wahr? Sie hatte keine andere Wahl mehr. Es war die einzige Möglichkeit. »Sie hält mich jedoch auch bei Verstand. Ich muß Musik schreiben, Allen. Ich muß etwas erschaffen. Daran liegt mir sehr viel. Das weißt du doch.«

»Sicher, Baby. Ich weiß das«, sagte er, und legte sich auf die Couch. »Und du weißt, woran mir etwas liegt. Und woran nicht. Ist der Zeitmesser eingestellt?«

»Es ist alles bereit für dich«, sagte sie, und sah zu, wie er den Kontakt herstellte. Sein Gesicht entspannte sich unter den Augenklappen. Sein Körper schien in die Kissen zu sinken.

Sein Gesicht veränderte sich, und Kathie stellte fest, daß sie wieder einen jüngeren Allen anblickte, den Allen, den sie vor drei Jahren im Amphitheater des *Lake District* getroffen hatte. Er hatte ihr damals unter anderem erzählt, daß er ihre Musik liebte. Sie fragte sich, ob das damals eine Lüge war, ob er nur die Maske des hingerissenen Bewunderers trug, oder ob er sich irgendwie in seine jetzige Persönlichkeit verwandelt hatte, so wie tropische Fische sich in andere Kreaturen verwandelt hatten, die in zweitausend Meter Tiefe im kalten, dunklen Wasser schwammen. Und in welche Art von Kreatur hatte sie sich verwandelt? Und was mochte sie noch werden? Sie zitterte, fühlte sich aber glücklich.

Kathie beobachtete ihn eine Zeitlang und ging dann in ihr Studio, um an der Fantasia zu arbeiten. Das Haus war still, und das Geräusch der fahrenden Autos und der spielenden Kinder auf der Straße wurde gedämpft, als müßten sie sich durch Erde oder Wasser bewegen. Bald erstarben auch diese Geräusche; das Haus wurde zu einer winzigen Hütte auf dem Boden des Goldfischglases, und sie war der Fisch, der im kalten Wasser umherflitzte, während Musik wie Luft aus ihr hervorsprudelte. Sie nahm eine einfache Melodie, kehrte sie um, weitete die Noten aus zu Akkorden, transponierte sie in eine andere Tonart, fand ihre Seele. Spielte sie, spielte mit ihnen. Eine tiefere Melodie begann aus den Wellen der Noten aufzusteigen. Heimlich und zögernd, angenehm und schrecklich zugleich. Ein Song von Wasser und Schmerz, Schönheit und Täuschung. Der Teufel schlägt seine Frau? Vielleicht war sie mit diesem Titel voreilig gewesen. Es gab schließlich viel Arten Teufel. Einige mit Ehefrauen, und einige mit Ehemännern.

Sie tanzte die Melodie das Keyboard entlang in einer prahlerischen Polonaise; nahm sie in die Arme und

walzte mit ihr durch den Ballsaal; sie reduzierte sie bis auf ihre Gräten, winzige, zarte Fischgräten, ja, und schaukelte sie mit einem Wiegenlied in den Schlaf.

Sie fing einen Teil der Melodie, kritzelte die Noten in ihr Manuskript, speicherte den Abschnitt in ihrem Computer, um ihn später zu bearbeiten. Zu streicheln, zu hätscheln und zu füttern, wie ein Kind. Ihr Kind. Sie wußte, die Fantasia würde bald vollendet sein. Und danach eine weitere. Als sie auf die Uhr blickte, waren drei Stunden vergangen.

Als sie das Wohnzimmer betrat, lag Allen immer noch auf der Couch. Er wirkte absolut beruhigt, seine Züge waren geglättet, befreit von Lust und Leid und der Gier nach den Beinen von Blondinen. Es war so einfach gewesen, die Programme neu zu etikettieren, und seinen Grizzlybären mit ihrem Anglerfisch auszuwechseln. Den automatischen Alarmmechanismus der Anlage zu demontieren hatte sich als schwieriger erwiesen, aber mit genug Geld an der richtigen Stelle war einem jede benötigte Information zugänglich.

Sie stellte sich Allen vor, wie er durch die kalte Tiefe schwamm und ein Weibchen suchte, um sich daran festzubeißen; flitzte er jetzt auf der Suche nach ihr durch das Wasser? Sie würde sich bald genug mit ihm vereinigen. Kathie löste seinen Gürtel, zog den Reißverschluß seiner Hose auf und begann ihn zu streicheln. Wie sie erwartet hatte, reagierte er augenblicklich. Sie griff in seine Shorts und umfaßte sein Glied, das in ihrer Hand hart und fest wurde. Bereit, ihr zu geben, was sie haben wollte.

Sie zog ihre Hand zurück und ging hinaus in die Küche, um sich irgendeine Mahlzeit zu suchen – eine Dose Thunfisch, eine Scheibe Walnußbrot. Allen würde bald hungrig werden, dachte sie, während sie das Messer betrachtete, das durch das Brot schnitt. Allen würde hungrig werden, und sie mußte etwas dafür tun.

Sie setzte das Messer des Öffners an den Rand der Thunfischdose, drückte, und klarer Saft spritzte über ihre Finger. Es würde nicht so schwer sein, eine Vene zu finden, durch die sie ihm die benötigte Ernährung verabreichen konnte, dachte sie, während sie den Griff des Öffners betätigte, bis der Dosendeckel abgetrennt war; sie würde es lernen, eine Infusion in die Vene anzulegen, wie auch seine Ausscheidungen zu entsorgen.

Sie dachte an sein in den linken Arm eingebettetes chemisches Stäbchen und lächelte, während sie mit der Messerspitze ein Stückchen Walnuß aus dem Brot puhlte. Nein, es würde nicht schwer sein, für ihren Mann zu sorgen, vielleicht nicht schwerer, als Mittel und Wege zur Befruchtung ihrer Eier sicherzustellen. Sie war jetzt ein Anglerfisch, ein Weibsteufel, ein Bewohner der Tiefe.

Und in der Tiefe tat man, was sein mußte, um zu überleben.

> »In dem beinahe leeren Körper des Männchens vergrößern und entwickeln sich die Hoden wie eine krebsartige Wucherung, bis sein ganzes Innere von ihnen angefüllt ist. Er ist jetzt in jeder Hinsicht nur noch ein Beutel voll Sperma, und man kann sagen, daß das Weibchen nun Eierstöcke *und* Hoden enthält. Denn sie kann nach Belieben von seinem Sperma Gebrauch machen, wann immer sie ihre Eier legt.«
>
> – JOHN CROMPTON, *The Sea*

Originaltitel: ›SHE DEVIL‹ • Copyright © 1992 by Diane Mapes • Erstmals erschienen in ›Interzone‹, September 1992 • Mit freundlicher Genehmigung der Autorin • Copyright © 1996 der deutschen Übersetzung by Wilhelm Heyne Verlag, München • Aus dem Amerikanischen übersetzt von Kamala Kiel

---

Ralph Sander · Deutschland

BRUXELLES-MIDI

Mißmutig blickte Walken auf die Schilder am Straßenrand, die seit einigen Kilometern im Abstand vor exakt einhundert Metern in großen roten Leuchtbuchstaben vor File, einem Stau, warnten. Einen Moment lang mußte er unwillkürlich grinsen.

»Wenn es etwas zu lachen gibt, lassen Sie mich das bitte wissen«, sagte Stewart, als er die Veränderung auf Walkens Gesicht bemerkte. Sein Tonfall war wie immer so emotionslos, daß niemand zu sagen vermochte, ob er das, was er sagte, auch so meinte, oder ob es sich um eine sarkastische Bemerkung handelte.

»Diese Schilder sind eigentlich ein Witz. Auf dem Brüsseler Ring herrscht genaugenommen immer Stau«, entgegnete Walken und beendete vorzeitig seine Erwiderung. Er hatte wenig Interesse, sich mit Stewart auf eine seiner penetranten Haarspaltereien einzulassen. Natürlich waren die normalen Staus nicht so wie dieser, da es immer noch in Schrittgeschwindigkeit weiterging, während sie diesmal seit über einer Stunde keinen Meter vorangekommen waren. »Die Behörden sind eben unfähig, den Anforderungen unserer Zeit gerecht zu werden«, bemerkte Stewart beiläufig. Wieder verhinderte seine sonore Stimmung eine Bewertung seiner Aussage. Vielleicht haßte er Behörden, vielleicht galt sein Haß auch allen Belgiern, vielleicht fühlte er sich einfach nur in seiner Meinung über Behörden bestätigt.

Obwohl er es nicht wollte, setzte Walken die spärliche Unterhaltung fort: »Auf der sechsspurigen Autobahn zwischen Brüssel und Oosteinde kann man schließlich auch vierzig Stundenkilometer im Durchschnitt erreichen. Das sollte wohl rund um Brüssel auch möglich sein.«

Walken warf einen weiteren Blick auf das Display, das links oben die Uhrzeit, 14.27 Uhr, anzeigte. Direkt unterhalb befand sich das Fenster, das den Terminplan enthielt. Zwar hatte Walken den Signalton ausgeschaltet, aber das beharrliche Aufblinken der roten Schrift erinnerte ihn unbarmherzig an den Termin um 15.00 in Tongeren. Es war praktisch unmöglich, daß Stewart und er ihr Ziel rechtzeitig erreichen würden.

Wieder startete er einen Versuch, ein Fax an das Konferenzzentrum zu senden, aber die Leitung war nach wie vor gestört. Stewart beobachtete Walkens vergebliche Bemühungen. »Keine Ahnung, wo der Fehler liegt«, sagte Walken schließlich, als müsse er sich bei seinem Mitfahrer entschuldigen.

Stewart erwiderte nichts, sondern wandte sich der Blechlawine vor ihnen zu, in die mit einemmal Leben gekommen war. Walken schloß dicht zu seinem Vordermann auf, um keinem der links und rechts fahrenden Wagen die Chance zum Spurwechsel zu geben, der ihn etwa fünf Meter kosten würde.

»Da vorne steht ein Polizist«, sagte Stewart, einen Moment später hatte auch Walken ihn erblickt. Der uniformierte Mann (war es wirklich ein Mann?), dessen Kleidung von weitem erkennen ließ, daß er zur Autobahngendarmerie gehörte, bemühte sich redlich, die endlose Fahrzeugschlange zu einer provisorischen Ausfahrt zu lotsen, die vermutlich erst in den letzten Stunden gebaut worden war. Sie führte auf eine bereits überfüllte achtspurige Ausfallstraße, für die der zusätzliche Fahrzeugfluß von der Autobahn den sicheren Infarkt bedeuten würde. Eine Viertelstunde verging, dann hatte Walkens Wagen den Polizisten erreicht. Walken schaltete die Sprechanlage ein, als er sich neben dem Uniformierten befand, und fragte: »Was ist los, warum müssen wir die Autobahn verlassen?«

Der Polizist empfand Walkens Frage offensichtlich als Vorwurf und erwiderte etwas Unverständliches, dann antwortete er: »Een vrachtwagen is omgevallen.« Sowohl Walken als auch Stewart machten in diesem Augenblick offenbar den Eindruck, als hätten sie ihn nicht verstanden. »Un camion...«, setzte der Polizist nach einer kurzen Pause an, wurde aber von Walken gereizt unterbrochen: »Ja, ja, ist gut, ich habe schon verstanden.« Zu Stewart gewandt sagte er: »Dieser Sprachenstreit wird wohl niemals ein Ende finden.«

Er schaltete die Sprechanlage aus und konzentrierte sich auf den Verkehr, während der Polizist noch immer den Mund bewegte. Kopfschüttelnd fuhr Walken langsam weiter, der Verkehr wälzte sich jetzt dem Atomium entgegen, jenem Überbleibsel einer längst vergessenen Weltausstellung. Das einstige Wahrzeichen der Stadt war völlig verwahrlost, man konnte es nur noch vom Autobahnring kommend sehen, da man zu allen übrigen Seiten Bürogebäude errichtet hatte, neben denen das Atomium so unbedeutend wirkte wie jenes Eisenkristall, das es tausendfach vergrößert einmal dargestellt hatte.

Vor Jahren war eine der großen Kugeln heruntergestürzt, die übrigen waren mit einer dicken Dreckschicht überzogen. Das, was einmal eine Attraktion für Touristen gewesen war, diente mittlerweile nicht einmal mehr als Orientierungspunkt, da es fast nicht mehr zu sehen war.

Walken legte die zwei Kilometer bis zum Verteiler am Atomium überraschend in weniger als einer halben Stunde zurück, dann kam der Verkehr erneut zum Stillstand. Auf dem Display war die elektronisch gesteuerte Umleitung zu sehen, die genau in die Richtung verlief, in die ein Weiterkommen in den nächsten Stunden unmöglich schien. Zwar hatte man die üblicherweise siebenspurige Straße, die eigentlich den aus der Stadt fließenden Verkehr aufnahm, für die Umleitung um vier Notfahrbahnen erweitert. Dennoch war sie angesichts der zahllosen Fahrzeuge, die von der gesperrten Autobahn herüberkamen, hoffnungslos überlastet.

»Wir kommen in keinem Fall rechtzeitig an«, sagte er schließlich an Stewart gewandt. »Was halten Sie davon, wenn wir versuchen, quer durch die Stadt zu einer anderen Auffahrt zu gelangen?« Stewart sah auf die Uhr und nickte zustimmend.

Obwohl sich Walken in der Stadt nicht auskannte, scherte er aus der Fahrzeugschlange aus und bog in Richtung Zentrum ab. Die Straße zur Stadtmitte war zwar stark befahren, dennoch erreichte Walkens Wagen die für diese Verhältnisse beachtliche Durchschnittsgeschwindigkeit von nahezu 15 Stundenkilometern. Nach rund drei Kilometern endete die Straße vor einer Baustelle, der Verkehr wurde zu beiden Seiten in kleinere Straßen umgeleitet. Automatisch blickte Walken auf das Display, das aber seit dem Verlassen der vorgegebenen Route nur noch eine Übersichtskarte über den Großraum Brüssel anzeigte, die ihm keine Orientierung ermöglichte.

»Und nun?« fragte Stewart, der Walkens aufkeimende Panik bemerkt hatte.

»Keine Angst, ich werde mich schon zurechtfinden«, erwiderte Walken.

»Was nützt Ihnen ein Chevrolet Chateau für 300 000 Dollar, wenn Sie sich verfahren haben?« warf Stewart ein.

»Chalet. Chevrolet Chalet. Nicht Chateau. Und er hat 550 000 Dollar gekostet«, berichtigte Walken seinen Beifahrer, der trotz der Emotionslosigkeit seiner Stimme ganz offensichtlich amüsiert war. Walken vermutete, daß es sich trotz der für sie beide unerfreulichen Situation um Schadenfreude handelte.

Als die hinter ihnen fahrenden Wagen zu hupen begannen, da Walken sich nicht für eine der beiden Richtungen entscheiden konnte, bog er nach rechts in eine kleine, lediglich dreispurige Seitenstraße ein. Hatten bis dahin mit Spiegelfassaden verkleidete Bürogebäude die Straße gesäumt, so waren es nun kleine, entsetzlich schmutzige und zum Teil stark verfallene Wohnhäuser.

Ihre Fassaden waren im Lauf der Jahrzehnte dunkelbraun bis schwarz geworden, die Fenster waren inzwischen so dreckig, daß sie das wenige Sonnenlicht, das durch die dicke Abgasschicht über der Stadt drang, nicht mehr reflektierten.

Ein Schauer lief Walken über den Rücken, er fühlte kalten Schweiß auf der Stirn. Erst jetzt fiel ihm auf, daß nirgendwo Wegweiser zu sehen waren. Immer stärker wurde die Gewißheit, daß es keine gute Idee gewesen war, die eingerichtete Umleitung zu verlassen und auf eigene Faust weiterzufahren. Er hoffte, daß Stewart von seiner steigenden Nervosität nichts merkte. Der Verkehr war unverändert dicht, aber es ging so zügig voran, daß Walken keine Zeit blieb, sich eine ungefähre Orientierung von ihrer gegenwärtigen Position in der Stadt zu verschaffen.

Am Straßenrand entdeckte Walken hin und wieder einige heruntergekommene Gestalten, die einfach nur dort herumstanden. Er fragte sich, ob die meisten Einwohner von Brüssel so aussahen. Walken erinnerte sich, daß Teile der Stadt bereits vor Jahren wegen Seuchengefahr für Besucher gesperrt worden waren. In den besonders schlimmen Gebieten war sogar die Durchfahrt verboten.

Eine weitere Baustelle, auf der sich wohl schon seit Jahren kein Arbeiter mehr hatte blicken lassen, beendete die Fahrt in die bisherige Richtung. Die sich nach rechts anschließende zweispurige Straße verlief so kurvenreich, daß Walken auch den letzten Rest an Orientierung verlor. Der Verkehr geriet abermals ins Stocken, weil ein paar in Schutzanzüge gekleidete Menschen sich an dem Kanalisationssystem zu schaffen machten. Warum machten sie sich überhaupt die Mühe, irgend etwas zu reparieren? Die Stadt trieb ohnehin ihrem Untergang entgegen, wen kümmerte es da noch, ob irgendwo ein Abwasserrohr defekt war? Walken starrte gedankenverloren die Gruppe an, als ihn ein Krachen und ein leiser Schrei von Stewart in die Realität zurückholten. Walken drehte sich um und sah, daß ein Kleinlaster in die Beifahrerseite gefahren war. Der Fahrer des Transporters machte eine beschwichtigende Handbewegung, aus seiner Sicht war der Schaden wohl nicht so groß. Walken schaltete die Sprechanlage ein und überschüttete den Unfallfahrer mit einem Schwall Beschimpfungen. Dann verlangte er die Herausgabe der Versicherungsnummer und der Id-Card. Der Fahrer hatte seine Aufmerksamkeit längst wieder auf den wieder in Bewegung kommenden Verkehr gerichtet und schenkte Walken keine Beachtung. Nach knapp fünfzig Metern bog er in eine Seitenstraße ab.

»Haben Sie sein Kennzeichen gesehen?« fragte er Stewart.

»Ich glaube, er hatte überhaupt kein Kennzeichen«, erwiderte der.

»Ich werde die Polizei informieren«, sagte Walken und schaltete das Telefon ein. »Polizei«, sagte er und überließ es dem Bordrechner, die richtige Telefonnummer zu finden. Aber bereits im nächsten Augenblick teilte ihm der Text auf dem Display mit, daß keines der städtischen Telefonnetze in Betrieb war.

Er gab Gas und schloß auf seinen Vordermann auf, um das Hupkonzert zu beenden, das augenblicklich losbrach, als er nicht weiterfuhr, weil er dem Kleinlaster nachgesehen hatte.

Es war nicht anzunehmen, daß seine Versicherung sich zur Bezahlung der Reparatur bewegen lassen würde. Das Display zeigte eine Vielzahl von Fehlermeldungen, die alle von dem Schaden auf der Beifahrerseite ausgelöst wurden. Mit Schrecken dachte er darüber nach, was ihn eine neue Tür kosten würde.

Nach ein paar hundert Metern verengte sich die Fahrbahn abermals auf nunmehr eine einzige Fahrspur und endete nach etwa einem Kilometer auf einem großen Platz, auf dem ein unglaubliches Chaos herrschte. Von allen Seiten führten Straßen zusammen, die Autos verschmolzen zu einer homogenen Masse, die die Stadt fest im Griff hatte.

»Sehen Sie, dort drüben ist der Bahnhof«, sagte Walken und deutete auf ein verfallenes Gebäude in der Mitte des Platzes. Stewart nahm es zur Kenntnis, sah aber dann seine Gelegenheit, dem strapaziösen Walken zu entkommen. »Was halten Sie davon, wenn ich mit dem Zug weiterfahre. Vielleicht komme ich noch mit vertretbarer Verspätung in Tongeren an«, schlug er vor und griff nach seinem Laptop. Walken war von der Schnelligkeit seines Beifahrers so überrascht, daß er nicht reagierte. Im nächsten Moment sah er Stewart nach, wie er sich durch die dicht an dicht stehenden Autos einen Weg in Richtung Bahnhofsgebäude suchte. Walken wollte ihm noch nachrufen, daß seit Jahren kein Zug mehr durch Brüssel fuhr, nachdem mehrere Züge spurlos verschwunden waren, aber Stewart war schon zu weit entfernt. Walken erinnerte sich an die wilden Spekulationen, die auf ein Monster hinausliefen, das in den unterirdischen Fahrröhren sein Unwesen trieb. Er vermied es sich vorzustellen, auf wen oder was Stewart in dem verfallenen Gebäude stoßen würde. Irgend etwas gab Walken das Gefühl, daß er Stewart nie wiedersehen würde. Aber es war zu spät ihn aufzuhalten, zumal die Blechlawine wieder in Bewegung geriet und er um jeden Zentimeter kämpfen mußte, wenn er jemals aus diesem Moloch herauskommen wollte. Kurzentschlossen scherte er – zum zweitenmal an diesem Tag – aus der Fahrzeugschlange aus. Der einzige Ausweg führte in eine schmale Gasse, die er zufällig entdeckt hatte. Irgendwie mußte er eine Straße finden, die zurückführte zur Autobahn. Zu welcher Autobahn, war ihm gleich. Er brauchte nur den Bereich zu finden, den der Rechner auf der Karte wiedererkennen konnte, dann war alles wieder gut.

Die Gasse war schmal, zu beiden Seiten des Chevrolet verblieben nur wenige Zentimeter Platz bis zu den schmutzigen Hauswänden. Langsam rollte der Wagen über das Kopfsteinpflaster, das aus historischer Sicht wohl ganz interessant sein mochte, der empfindlichen Elektronik des Wagens war es auf jeden Fall nicht förderlich. Walken überließ dem Autopiloten die Weiterfahrt, der immer wieder die Spur korrigierte, wenn sich der Wagen zu sehr einer Hauswand näherte. Die Gebäude zu beiden Seiten waren nicht sehr hoch, dennoch fand das Sonnenlicht nicht den Weg bis nach unten, so daß eine düstere und unwirkliche Atmosphäre herrschte, die durch den allgegenwärtigen Schmutz noch verstärkt wurde. Walken bemühte sich, nicht auf die Umgebung zu achten, da er sich vor den Alpträumen fürchtete, die ihr Anblick sicherlich mit sich bringen würde. Plötzlich stürmte von links aus einem Hauseingang eine Gestalt, die Walken nur schemenhaft erkennen konnte. Vor Schreck griff er ins Lenkrad, um ihr auszuweichen, und setzte damit den Autopiloten außer Funktion. Die heftige Bewegung der Vorderräder ließ den Wagen rutschen, mit einem metallischen Kreischen schrammte der Chevrolet an der linken Hauswand entlang.

Eine ohnmächtige Wut überkam Walken. 550 000 Dollar hatte er ausgegeben, um ein Fahrzeug zu besitzen, das über jedes nur erdenkliche Extra verfügte. Und nun drohte der Wagen sich langsam aber sicher in ein Wrack zu verwandeln. Das Display ließ erkennen, daß dieser Schaden noch gravierender war als die Beule, die der Kleinlaster verursacht hatte. Walken rechnete die beiden Unfälle der destruktiven Atmosphäre zu, die über der Stadt lag und die versuchte, alles zu zerstören, was nicht dem Charakter der Stadt entsprach.

Er fuhr langsam weiter und zwang sich, seine Hände vom Lenkrad fernzuhalten, um nicht ein weiteres Mal dem Autopiloten in die Quere zu kommen.

Die Gasse schien kein Ende zu nehmen und sie wurde immer schmaler. Jedenfalls empfand Walken das so, vielleicht lag es auch daran, daß er kein Ende absehen konnte und allmählich wieder von Platzangst heimgesucht wurde, die er in zahllosen Sitzungen bei diversen Psychiatern allmählich in den Griff bekommen hatte.

Dann rannte ein zweiter Passant genauso unvermittelt aus einem der finsteren Hauseingänge, nur diesmal war die Geschwindigkeit des Wagens höher und der Abstand zu der Gestalt geringer. Der Bordcomputer leitete im gleichen Sekundenbruchteil, in dem er das Hindernis erkannt hatte, das Bremsmanöver ein. Aber die breiten Reifen fanden nicht genug Halt auf der schmierigen Schicht, die das Pflaster überzog.

Als der Wagen die Gestalt erfaßte, drehte sie sich um, und Walken blickte in das schmutzige Gesicht einer jungen Frau, für die alles so schnell ablief, da sie nicht verstand, was geschah. Der rutschende Wagen traf zuerst ihre Beine und riß sie hoch, sie wirbelte herum und stürzte kopfüber zurück auf die ausladende Windschutzscheibe, deren Panzerglas ihr Gesicht zu einer blutigen Masse zerdrückte. Dann rutschte sie über das Wagendach, schlug noch einmal mit voller Wucht gegen den großen Heckspoiler, dann landete sie auf dem Kopfsteinpflaster und blieb reglos liegen. Während der Wagen zum Stillstand kam, starrte Walken entsetzt auf die roten Schmierer, die sich auf der Scheibe abzeichneten. Dann endlich fand er die Kraft, sich umzudrehen. Die Frau bewegte sich nicht, aber selbst unter den schlechten Lichtverhältnissen konnte er erkennen, daß ihr schmutzigbrauner Umhang blutig war. Die Kamera, die der Beobachtung des nachfolgenden Verkehrs diente, holte das Bild heran und übertrug es auf das Display vor Walken. Jetzt konnte er noch deutlicher sehen, daß die Frau nur noch eine blutverschmierte, verkrümmt daliegende Masse war. Er wollte nicht länger auf dieses Bild sehen, sonst hätte er womöglich wahrgenommen, daß ihr Brustkorb bei dem Aufschlag auf de Spoiler aufgerissen worden war und mehrere Rippen herausragten. Walkens Unterbewußtsein spielte ihm einen Streich und ließ ihn einen Moment lang glauben, daß die Frau noch lebte und vor Schmerzen schrie.

Er schüttelte den Kopf und redete sich ein, daß sie tot war. Tatsächlich hörte er nichts, aber das lag an der perfekten Schallisolierung des Wagens, die kein Geräusch eindringen ließ. In den Fenstern der Häuser entdeckte Walken vereinzelt schmutzige, geschlechtslos wirkende Gesichter, die zwar neugierig, aber teilnahmslos heruntersahen. Die tote Frau veranlaßte niemanden zu einer Reaktion. Walken wartete ein paar Minuten lang, unschlüssig, wie er nun vorgehen sollte.

Da sich niemand ernsthaft um den Zwischenfall zu kümmern schien, fuhr Walken schließlich weiter. Der Körper der Frau wurde auf dem Monitor allmählich kleiner. Walken wollte nicht glauben, daß niemand der Frau zur Hilfe eilte. Er selbst hatte ja nicht aussteigen können, das Infektionsrisiko außerhalb seines Wagens war viel zu groß. Aber die Menschen, die hier wohnten, hätten ihr helfen müssen. Sie waren doch moralisch dazu verpflichtet. Er schüttelte den Kopf, als der Wagen endlich die schmale Gasse verließ und auf einen weiten Platz rollte. Erschrocken trat Walken auf die Bremse, obwohl der Autopilot den Wagen bereits gestoppt hatte. Der Platz war bevölkert mit Hunderten, vielleicht Tausenden von Menschen, die einfach nur dastanden und in eine Richtung starrten. Walken konnte nicht erkennen, was ihre Aufmerksamkeit so fesselte.

Rings um den Platz standen mittelalterliche Häuser, deren Zustand so miserabel war wie der der anderen Häuser. Die Menschen auf dem Platz waren in dreckige Lumpen gekleidet, deren Anblick allein Walken schon zum Erbrechen reizte. Wie konnte man in solch unhygienischen Zuständen leben? Frauen, Kinder, Männer, alte Menschen, junge Menschen, alle standen herum und schienen auf etwas zu warten.

Langsam ließ er den Wagen weiterrollen. Er mußte den Wagen wenden und durch die Gasse zurückfahren oder eine andere Straße finden. Das Wendemanöver erwies sich als kompliziert, da die Menschen auf den Wagen erst reagierten, wenn er sie berührte. Sobald er sie passiert hatte, nahmen sie wieder ihren alten Platz ein und warteten weiter. Die Tatsache, daß jemand versuchte, mit einem Auto hier weiterzukommen, schien niemanden zu interessieren. Die Passanten blickten geistesabwesend auf das Fahrzeug, mehr geschah nicht. Als sich die entstandene Lücke hinter dem Wagen schloß und Walken längst nicht mehr sicher war, wo sein Wendemanöver enden würde, wurde ihm klar, daß er doch auch rückwärts durch die Gasse hätte zurückfahren können. Da sich einzelne Gestalten überhaupt nicht regten und Walken bereits davon überzeugt war, daß sie nicht mehr lebten, konnte er nicht einfach einen Kreis fahren. Wie befürchtet, fand er nicht zu der Gasse zurück. Er sah sich um und versuchte eine Lücke zwischen den Fassaden zu entdecken, um irgendeine Gasse zu finden, die ihn von diesem Platz fortbrachte. Plötzlich blinkte eine rote Kontrolleuchte auf dem Display auf und meldete den Ausfall der Klimaanlage sowie eine Störung in der internen Sauerstoffversorgung.

Walken verfluchte wieder den Augenblick, als er sich dazu hatte hinreißen lassen, die Umleitungsstrecke zu verlassen. Dem Bordcomputer blieb eine knappe halbe Stunde für die automatische Reparatur des gemeldeten

Schadens, dann würde Walken die unverbrauchte Luft ausgehen.

Die Orientierung an der Baulücke erwies sich als erfolgreich, da sie ihn wirklich zu einer Gasse führte. Walken fühlte jedoch, wie sich seine Kehle zuschnürte, als er sah, daß sich dort etliche Autowracks türmten, die kein Entkommen ermöglichten. Er mußte also versuchen, in die Gasse zurückzufinden, durch die er hergekommen war. In diesem Moment fiel der Motor aus. Walken verfluchte die Unzuverlässigkeit des Wagens, die in keinem Verhältnis zu seinem Preis stand. Er würde den Wagen zurückgeben und sein Geld sowie einen beträchtlichen Schadenersatz fordern.

Aber es war nicht nur der Motor, der nunmehr ausgefallen war. Bei einer derartigen Störung sollte der Bordcomputer ein Signal senden, das über Satellit an die Chevrolet-Zentrale weitergeleitet wurde. Von dort aus sollte der nächste Pannendienst alarmiert werden, der sich sofort um das defekte Fahrzeug kümmern würde. Nichts geschah. Lediglich eine weitere Fehlfunktion wurde angezeigt, als der Computer darauf hinwies, daß keine Verbindung zu einem Satelliten hergestellt werden könne.

Er versuchte, den Motor wieder zu starten, aber es gelang ihm nicht. Da er vermutete, irgend etwas in der Eile falsch gemacht zu haben, rief er die Bedienungsanleitung auf. Auf den ersten Blick hatte er nichts falsch gemacht, ein intensiveres Studium war Walken aber nicht möglich, da das Display die Anzeige beendete.

Walken startete den Bordcomputer neu, im nächsten Moment erschien auf dem Reservemonitor in der Mittelkonsole das Wort ›Totalausfall‹.

»Das darf doch nicht wahr sein!« rief Walken entrüstet.

Chevrolet Corporation versprach in der Werbung, daß ein Totalausfall des Fahrzeugs praktisch unmöglich sei. Allenfalls ein kleinerer, schnell behebbarer Schaden war nach einer Motorleistung von 80 000 Meilen möglich, wenn auch äußerst unwahrscheinlich. Walkens Wagen hatte noch nicht einmal 2500 Meilen zurückgelegt, und nun wurde er mit einem Totalausfall konfrontiert. Mitten in einer verseuchten Stadt!

Er mußte ein Telefon finden. Es blieb ihm also nichts anderes übrig, als den Wagen zu verlassen. Zum Glück war dieser für Fälle, in denen man den Wagen in einer nicht sterilen Umgebung verlassen mußte, serienmäßig mit einer Atemschutzmaske sowie einem Paar Einweghandschuhen im Handschuhfach ausgerüstet.

Walken zog sich Maske und Handschuhe an und öffnete die Wagentür. Der Filter der Maske erwies sich als machtlos gegen den Gestank, der ihm entgegenschlug. Eine Mischung aus Verwesung, Fäulnis und allen möglichen Körperausscheidungen ließ seinen Magen revoltieren. Er ließ die Tür zugleiten, aber er hätte den Wagen genausogut mit offenstehenden Türen zurücklassen können, da die Zentralverriegelung ebenfalls ausgefallen war. Walken blieb neben dem Wagen stehen, noch unschlüssig darüber, welche Richtung er einschlagen sollte. Dabei fiel ihm auf, daß immer noch niemand von ihm Notiz nahm. Er sah sich um und stellte fest, daß die Menschen auf einen weit entfernten Punkt starrten, der jenseits der Häuserzeilen liegen mußte. Vermutlich verteilte auch hier die Stadtverwaltung kostenlos Drogen, damit sie nicht gegen die Verhältnisse aufbegehrten.

Als er den rechten Fuß vorsetzen wollte, bemerkte er einen leichten Widerstand. Er blickte zu Boden und erkannte, daß er in einem bräunlichgelben Schlamm stand, über dessen Zusammensetzung er nicht nachdenken mochte, um sich nicht übergeben zu müssen.

Langsam ging er auf die Häuser zu, dabei mußte er immer wieder Umwege machen, da die Menschen wie angewurzelt dastanden und zwischen ihnen manchmal so wenig Raum war, daß er sich nicht hindurchzwängen konnte. Als er endlich die Häuser erreicht hatte, mußte er enttäuscht feststellen, daß es keine Geschäfte gab, wo er zweifellos ein Telefon gefunden hätte. Es waren ausschließlich Wohnhäuser, die aber so wie der Platz von Menschen überfüllt waren, daß es unmöglich war, auch nur hineinzukommen.

Verdrossen ging er weiter und stieß auf ein Gebäude, das in deutlich besserem Zustand war als die anderen. Im nächsten Moment wurde ihm der Grund klar, als er das Schild ›Police‹ entdeckte.

Die Eingangstür bestand aus einem schweren Eisengitter, durch das Walken einen Polizisten im Schutzanzug erblickte. Er näherte sich der Tür, als der Polizist auf ihn aufmerksam wurde. Mit einem langen Stock versuchte er durch die Gitterstäbe hindurch Walken fernzuhalten. »C'est interdit!« herrschte der Polizist ihn an. »Ich muß telefonieren«, entgegnete Walken und hielt den Schlagstock fest. »Weg hier! Weg«, rief der Polizist, aber Walken wich nicht zurück, sondern legte seine Hand auf den metallenen Türgriff. Im gleichen Moment traf ihn ein starker Stromschlag, und Walken landete der Länge nach in der stinkenden Brühe.

Der Morast drang durch den Filter der Atemschutzmaske und geriet in Walkens Mund. Er riß sich sofort die Maske vom Gesicht und erbrach sich, bis sein Magen nur noch Flüssigkeit herauspreßte. Er richtete sich stöhnend auf und kehrte zu dem Polizisten zurück.

»Ich muß telefonieren«, rief Walken ihm zu, aber der Beamte schien ihn nicht zu verstehen oder er wollte ihn nicht verstehen. Er brüllte etwas, doch Walken verstand wiederum ihn nicht. Er sah, daß der Polizist eine Waffe zog und auf ihn richtete. Walken ergriff die Flucht und suchte Schutz zwischen den Menschen. Ein Schuß zerriß die Stille, die auf dem Platz herrschte, aber niemand reagierte. Lediglich Walkens Herz raste wie verrückt, als er im Schutz der Menschen den Abstand zwischen sich und dem Polizisten vergrößerte.

Walken bemerkte, daß sein Maßanzug mittlerweile die gleiche schmutzigbraune Farbe angenommen hatte, wie die Kleidung der anderen. Als er den Schreck überwunden hatte, konzentrierte er sich wieder darauf, ein Telefon zu finden.

Eher zufällig entdeckte er an einem der Häuser ein Schild, auf dem in von der Sonne ausgebleichten Buchstaben das Wort ›Supermarché‹ stand. Walken war sicher, daß es dort nichts Eßbares gab, aber er hoffte, dort ein Telefon zu finden. Er versuchte, durch die verschmutzten Scheiben einen Blick in das Innere des Geschäfts zu werfen, aber es gelang ihm nicht. Er zwängte sich durch die Menschenmenge, die vor der Tür stand, und erreichte endlich die Eingangstür.

Er öffnete die Tür und stellte erstaunt fest, daß der Supermarkt leer war. Wieso drängelten sich die Menschen hier nicht so wie in den anderen Häusern? Kühle Luft schlug ihm entgegen, die nach Fäulnis und Verwesung roch. Es mußten verdorbene Waren sein, Fleisch in abgeschalteten Kühltruhen.

Im nächsten Moment rannte Walken in panischer Angst auf den Platz zurück. In dem unbeleuchteten Raum wimmelte es von Ratten, die sich von den restlichen Lebensmitteln ernährten und von Toten. Walken vermutete, daß es sich um Menschen handelte, die hier auf dem Platz gestorben waren. Da es offenbar keine Möglichkeit gab, sie zu begraben, überließ man sie den Ratten und anderem Ungeziefer. Als er sich wieder ein wenig gefaßt hatte, setzte er seine Suche nach einem Telefon fort. Wenn Stewart den Bahnhof erreicht und überlebt hatte, würde er sicherlich einen Weg gefunden haben, nach Tongeren zu gelangen. Dieses Telefonat konnte er sich sparen. Aber er mußte umgehend eine Chevrolet Service Station informieren, die ihn hier herausholte.

Während er sich bemühte, nicht an all die Infektionen zu denken, gegen die er unmittelbar nach seiner Rettung geimpft werden mußte, bemerkte er eine Rauchwolke. Er schenkte ihr zunächst keine Beachtung, erst als er sich umsah und vertraute Häuserfassaden erkannte, kam Panik in ihm auf. So schnell wie die Menschenmenge es erlaubte rannte er auf die Rauchwolke zu, die womöglich von seinem Wagen verursacht wurde.

Er kam zu spät. Der Chevrolet Chalet stand in Flammen, das wageninterne Löschsystem war so wie alles andere ausgefallen und hatte das Feuer nicht bekämpfen können. Mit Tränen in den Augen mußte Walken mitansehen, wie die mit Holzvertäfelungen versehene Inneneinrichtung verkohlte, wie die Kunststoffteile zerschmolzen und wie schließlich die Scheiben durch die Hitze platzten.

Walken hatte jegliches Zeitgefühl verloren, als das Feuer endlich erlosch, da es keine Nahrung mehr fand. Das Wrack glühte und verbreitete so große Hitze, daß er sich dem Fahrzeug nicht nähern konnte. Hilflos schüttelte er den Kopf. Wie hatte er das verdient? Weshalb mußte ihm so etwas widerfahren? Wer wollte ihn bestrafen? Und wofür? Wer nahm sich das Recht heraus, ihn zu bestrafen?

Während er in Gedanken versunken dastand, registrierte er auf einmal ein Geräusch, das vertraut klang und das er schon seit Ewigkeiten nicht mehr gehört hatte. Ein Motor!

Er drehte sich um und erblickte einen Wagen – ein älterer Honda –, dessen Fahrer sich so wie Walken mühsam einen Weg durch die wie angewachsen dastehenden Menschen bahnte.

Walken rannte los, auf den Wagen zu. Endlich kam Rettung. Walken erkannte an der kurzen Antenne auf dem Wagendach, daß es sich bei dem Honda um ein Fahrzeug handelte, das mit einem Telefon ausgerüstet war. Der Fahrer hielt ein recht hohes Tempo und nahm wenig Rücksicht auf die Menschen, die ihm im Weg standen.

Walken rannte auf den Wagen zu, obwohl er bereits spürte, daß dessen Fahrer nicht rechtzeitig anhalten würde. Viel zu spät verstand Walken, warum der Fahrer nicht langsamer wurde. Er selbst sah seit seinem Sturz in den Morast des Platzes nicht anders aus als alle anderen. Für den Mann im Honda war er nur eine weitere der zahllosen Gestalten. Ihm war, als würde er von weitem zusehen, als er durch die Wucht des Aufpralls mit dem Kopf voran auf die Motorhaube schlug. Er spürte keinen Schmerz, lediglich das Blut, das ihm warm über das Gesicht strömte, registrierte er. Seine von der Frontpartie des Honda zerschmetterten Unterschenkel schlugen hart auf dem Wagendach auf, nachdem er einen skurrilen Salto beschrieben hatte. Die kleine Antenne, die gegen jeden Beschädigungsversuch immun war, bohrte sich in seinen Rücken und riß ihm den Brustkorb auf, während er dem Heck entgegenrutschte. Für einen Augenblick schien er einfach zu schweben, während der Wagen schon ein paar Meter weitergefahren war, dann landete sein Körper im Morast. Ein rosiger Schimmer legte sich über Walkens Augen, während er dem Wagen nachsah. Überall an seinem Körper fühlte er Blut, das seinen verdreckten Anzug rasch rot zu färben begann. Schmerzen spürte er nicht. Er öffnete den Mund, um zu schreien, aber er war nicht sicher, ob seine Stimme versagte oder ob seine Trommelfelle geplatzt waren, jedenfalls reagierte keiner der Umstehenden auf seine Hilferufe. Vielleicht hatten sie aber auch schon längst erkannt, daß für ihn jede Hilfe zu spät kam. Er blickte zu dem Heck des Wagens, dessen rückwärtige Kameras zweifellos die Szene ins Wageninnere übertrugen.

Sein Bewußtsein trübte sich, doch plötzlich riß ihn der entsetzliche Gedanke, von Ratten aufgefressen zu werden, noch einmal in die Wirklichkeit zurück. Dann wurde ihm schwarz vor Augen. Er nahm nicht mehr wahr, wie der Honda mit dem ausgebrannten Wrack des Chevrolet kollidierte. Der Fahrer des Honda hatte das Hindernis zu spät gesehen, wohl auch, weil er zu schnell versucht hatte, den Platz zu überqueren. Der Mann fluchte über seine eigene Unachtsamkeit und griff nach dem Telefon. Er würde den Service anrufen, der ihn in spätestens einer halben Stunde aus dieser mißlichen Lage befreien würde. Überrascht blickte er auf das Display, das den Ausfall aller Funktionen anzeigte.

Originaltitel: ›BBRUXELLES-MIDI‹ • Copyright © 1996 by Ralph Sander • Erstveröffentlichung mit freundlicher Genehmigung des Autors

Paul di Filippo · USA

DRITTER WELTKRIEG – REVIDIERTE FASSUNG

Ist Geschichte persönlich oder statistisch?

– T. PYNCHON

Die Sache passierte in Hamburg. Am Vorabend des J-Day, an dem Abend, als dieser inzwischen schon legendäre Dreifach-Gig der U.S.O über die Bühne ging: die Beatles als Anheizer für die Supremes und dann noch Elvis – so was wie die Elitetruppe des gemischten Chors der Unsterblichen des Pop auf einem Haufen, ein Aufmarsch, den die Hohen Tiere für uns, die ordinären G. I. Joes* und die Teerjacken von der Navy organisiert hatten, bevor sie uns per Fußtritt über den Rand des

* *G. I. Joes:* Mit Ausnahme der zeitversetzten historischen Figuren wie etwa *Einstein* und anderer Physiker, oder *Bundy and Gacy* (berüchtigte Serien- oder Massenmörder, von denen der eine, J. Wayne Gacy, am 10. Mai 1994 hingerichtet wurde), stammt der Großteil der im Text genannten Namen (etwa: ›the idiotic camp commander Gerasimov‹ aus ›Hogan's Heroes‹) aus dem Comic Strip – entweder aus Serien, die im/während des Zweiten Weltkrieg[s] entstanden (die Bezeichnung *G. I. Joe* verdankt der *Private*, der *Gemeine Soldat*, dem Strip *Private* [Joe] *Breger* von Dave Breger), oder aus bereits eingeführten Serien, deren papierene Helden als Propagandaarmee an die Front geschickt wurden: zum Beispiel die Superhelden der ebenfalls im Text genannten *Fantastic Four* und ihre Kollegen *Superman, Captain America* u. a. – die komplette Mannschaft der auf die Produktion von Superheroes spezialisierten *Marvel Comics Group*.
Cf.: Fuchs, Wolfgang J./Reitberger, Reinhold C.: *Comics. Anatomie eines Massenmediums.* Reinbek bei Hamburg, 1973 [rororo 1594]

Höllenschlunds schicken wollten, hinein in den weit aufgerissenen Rachen der konzentrierten Streitmacht der Warschauer Pakt Staaten, die man zwar erst vor kurzem aus Westdeutschland verjagt, zur Hölle geschickt und aufgerieben hatte, die aber keineswegs schon restlos zerstört am Boden lag.

Es sah damals so aus, als würde gut die Hälfte der NATO-Flotte seit zwei Tagen in Kiel vor Anker liegen, um Treibstoff, Proviant und sonstige Vorräte zu bunkern. Keiner durfte mehr vom Schiff, Landurlaub war gestrichen. Es ging das Gerücht, daß wir alle (zumindest aber mein Schiff, die U.S.S *Rainbow Warrior*) schon bald nach Gdansk zu einem gigantischen Landemanöver abdampfen sollten, zu einem Angriff, für dessen erfolgreiche Durchführung – angenommen die Polen hielten sich unter der Führung des mittlerweile schon legendären, jungen Major Walesa zur Verteidigung ihrer Häfen bereit – ungefähr die gleichen Erfolgsaussichten bestanden, wie sie sich auch die Republikaner ausrechnen konnten, wenn sie in den nächsten Wahlen J.F.K. und Stevenson schlagen wollten. Oder Woody Allen, wenn er es sich in den Kopf gesetzt haben sollte, die Rolle des Liebhabers von Sinatras Frau Mia zu spielen.

So etwa standen unsere Chancen – wenn uns nicht die U-Bootpatrouillen der Ruskis schon vorher versenkten …

Diese Aussichten paßten Pig Bodine und mir nicht sonderlich. Nicht so sehr deswegen, weil wir etwa Angst vorm Sterben gehabt hätten. Du lieber Himmel! Wirklich nicht: Drei Jahre Krieg hatten uns diese kindische Furcht ausgetrieben, hatten uns immun gemacht durch den Universalimpfstoff, der unter dem Namen *Die Anarchie des Krieges* bekannt ist. Wir wollten lediglich die große Show drunten in Hamburg nicht verpassen.

»Ich hab die Beatles vor dem Krieg gesehen«, sagte

Pig. »War auch in Hamburg. Im Star Club. Mann, die ham's gekonnt. Die konnten echt rocken. War mir ganz sicher, daß sie's schaffen. Aber dann hab ich nix mehr von ihnen gehört. Hab nicht mal gewußt, daß die noch zusammen spielen.«

Bodine lag auf dem Rücken auf seiner Pritsche und ließ den Kopf über die Bettkante nach unten hängen. Sein Versuch, auf die billige (und einzig mögliche) Art ›high‹ zu werden. Durch den Blutandrang im Hirn – Physiologie statt Pharmakologie. Über der Koje hing ein ramponiertes Filmplakat: James Dean und Brigit Bardot in *From Russia With Love*. Der Präsident, Liebhaber von Fleming-Romanen, hatte das gleiche im Oval Office hängen. Allerdings mit Autogramm.

Pigs bombastischer, behaarter Bauch lag frei, wölbte sich unter – oder genauer gesagt eigentlich *über* – seinem dreckigen Hemd. Sein Nabel war mit ekligem Smegma verstopft, mit einem Klitsch, der wie eine Mixtur aus Wagenschmiere und Werg aussah.

Dieser Stöpsel in Bodines Bauchnabel faszinierte mich und widerte mich gleichzeitig an. So wie ich aufgewachsen war, fade und wohlgeordnet, illustre Puritanervorfahren und dergleichen, gute Schule, Ausbildung mit Einstiegsgarantie in die Unternehmensfamilie von Boeing – in dieser Welt war mir nie jemand wie Bodine begegnet. Für mich war er so etwas wie ein Unwesen, die personifizierte rohe Kraft der Erde, ein Troll von mythischem Zuschnitt, bei dem man jeden Augenblick damit rechnen mußte, daß er ein Gewitter aus Rülpsern und Fürzen entfesselte, das mit einem Platzregen aus Schweiß und Sperma niederging.

Ich kannte Bodine jetzt seit zehn Jahren; seitdem ich die Uni in Cornell geschmissen und mich 55 zur Navy gemeldet hatte. War Frieden damals. Friedenszeiten – scheinen ewig lang gedauert zu haben, und sind doch so schnell vergangen. Zwanzig Jahre zwischen den er-

sten beiden, dann wieder zwanzig Jahre bis zum dritten. Vielleicht entsprach das ja dem Zeitplan, den die da oben aufgestellt hatten, vielleicht waren es ja nur die Atempausen, die sie brauchten, bis die Wunden verheilt waren und bis Gras über die Sache gewachsen war. Die nötigen Erholungsphasen, um die Fabriken wieder mit neuen Maschinen auszurüsten, die die R & B Labs für ihre Spekulationen brauchten? War Frieden, genaugenommen – wie die Diplomatie –, nichts anderes als die Fortsetzung des Kriegs mit anderen Mitteln?

Bodine ist während der ganzen Zeit mit mir durch Dick und Dünn gegangen. Auch damals, als ich es bis zum Offizier geschafft hatte. Vorübergehend – bis sie mich dann wieder degradiert haben. (Aber das ist eine völlig andere Geschichte. Allerdings eine, an deren Verlauf Pigs Erscheinung nicht ganz unschuldig war – schließlich sieht er nicht nur so aus wie ein leibhaftiger germanischer Todesbote.) Wir beide hatten schon einen ganzen Haufen verrückter Situationen überstanden. Aber trotzdem: Auch wenn ich ihn kannte (und gekannt habe ich ihn wirklich!) – den Vektor des Irrsinns, in den wir jetzt steuern sollten, den habe ich nicht vorausberechnen können. Auch sein fatales Ende nicht.

»Irgendwann hab ich noch mal von ihnen gehört. Vor ein oder zwei Jahren, glaub ich«, sagte ich. Und malte mir aus, wie es wäre, wenn Pigs Mund auf seiner Stirn und seine Augen auf dem Kinn sitzen würden … Trug auch nicht gerade zur Verbesserung seines Aussehens bei, diese Vorstellung. »Dieser McCarthy …«

»McCartney«, ging Pig dazwischen.

»Meinetwegen McCartney. Also den haben sie wegen Verstoß gegen das Sittengesetz verknackt. Sie haben ihn mit einer Minderjährigen erwischt. Und sein Kumpel, dieser Lemon …«

»Lennon.«

»Jawoll, Herr Oberlehrer. Willst du die Geschichte

jetzt hören oder nicht? Lennon hat angefangen, Heroin zu schießen, als der Krieg ausbrach, und war eine Zeitlang in einer Klinik. Das Ganze muß also eine Comback-Veranstaltung sein. So eine Art Wiederauferstehungsfeier.«

»Wiederauferstehung. Klingt gut. Würd mir auch gut tun, mal wieder einen auferstehen zu lassen«, grunzte Pig. »Hab im letzten Hafen zuviel verschossen – *Har, Har, Uuahaha, Bruaaah.*« Letzteres eine ungefähre, annähernd lautgetreue Wiedergabe von Piggygelächter. »Herrgott, mich packt langsam der Schiffskoller. Ich muß zu dieser Show und eine aufs Kreuz legen. Übrigens: Hast du eigentlich noch diese Montur? Diese Uniform von der Küstenwache, die wir geklaut haben?«

»Hab ich. Warum?«

»Hör zu...«

Ein paar Stunden später war es dann soweit: Wir haben uns kostümiert und die Verteidigungslinien unserer eigenen Streitmacht durchbrochen.

Es war dunkel. Benny Yoyodyne, König der Schnellmerker, hatte Wache an der Gangway. Ich trug die Armbinde der Küstenwache, Uniform und Gummiknüppel, hatte das Seitengewehr umgeschnallt. Pig ging in Handschellen.

»Halt!« Yoyodyne, diensteifrig wie ein Erstsemestler an der Militärakademie in Annapolis, fuchtelte drohend mit dem Gewehr. »Keiner verläßt das Schiff. Landurlaub verboten. Für alle.«

»Schon gut, Benny. Aber Bodine muß an Land. Sie brauchen ihn dort: Er muß morgen vors Kriegsgericht.«

Yoyodyne ließ das Gewehr sinken und kratzte sich unter seinem Käppi. »Kriegsgericht? Mann, tut mir leid, das zu hören. Was hat er denn angestellt?«

»Kannst du dich noch an die Suppe letzte Woche erinnern? Die so fies geschmeckt hat? Er hat reingepißt. Sie sind ihm draufgekommen, als sie den charakteristischen Urinfraß in den Kochtöpfen entdeckt haben. Der

Captain hatte sich Nachschlag genommen und wär beinahe gestorben.«

Sechs Sorten Grün – sie wanderten eine nach der anderen über Yoyodynes Gesicht. »Herrgott noch mal! So eine … so eine *Drecksau!*«

»Komm schon, Bodine. Wird Zeit, daß du deinem Schicksal ins Auge siehst.«

Pig fing an zu zappeln, sträubte sich: »Nein, Nein! Tut mir das nicht an. General LeMay hängt mich an den Eiern auf.«

Yoyodyne pikte mit dem Gewehr auf ihn ein. »Hör auf zu meutern, und benimm dich wie ein Mann! Kannst jetzt wenigstens einmal in deinem miserablen Leben was mit Anstand erledigen!«

Pig richtete sich auf: »Benny … Durch dich hab ich meine Fehler und Vergehen erkannt. Los, Tom: Jetzt bin ich bereit.«

Ich führte Pig die Rampe hinunter auf den Kai. Er ging wie ein Märtyrer, verströmte gottgefällige Leidensbereitschaft in einem Ausmaß, daß ich um ein Haar Mitleid mit ihm bekommen hätte.

Aber kaum waren wir außer Sicht, waren um die nächste Ecke und hinter einem Lagerschuppen, ließ Pig die Handschellen aufschnappen und brach über einer Tonne zusammen. Kollaps: Lachkrampf. Er lachte sich krumm und schief.

»Wie Bugs Bunny sagen würde«, kommentierte ich, »Iiihhh, was für'n Knaller!«

»Der hat doch tatsächlich geglaubt, ich hätt mich innerhalb einer Sekunde bekehrt. Jesses! Gibt schon Typen, die verdienen nix besseres als die Navy. Machen wir uns auf den Weg, Jack Kerohwack-wack-wack und wacker drauflos!«

Es war ein Abend im Juli. Die Luft war sanft und warm, wir hatten *wg. eigenmächtige Abwesenheit* dafür gesorgt, daß der Militärgerichtsbarkeit die Arbeit nicht ausging, und am Tag darauf sollte der King spielen – hundertfünfzig Kilometer weiter südlich. Uncle Sam hing wie der Rest der westlichen Welt für eine kleine Verschnaufpause in den Seilen. Wie ein blödgeschlagener Boxer nutzte er den kurzen Scheinfrieden zwischen der vorletzten und der letzten Runde in einer unsinnigen Schlägerei, ließ sich den Mund ausspülen und das Blut von den Augenbrauen wischen, bevor er sich wieder ins Gemetzel werfen, aufs neue den Kampf mit dem knautschhäßlichen, blumenkopfohrigen Papa Nikita und seinen roten Robotniks aufnehmen wollte.

Noch nie hatte ich so intensiv gefühlt, daß ich am Leben war. Und wahrscheinlich werde ich es auch nie wieder so intensiv fühlen.

In Kiel wimmelte es von Patrouillen der Küstenwache und Militärpolizei (blödsinnige Unterscheidung – genau besehen alles ein und dieselbe Brut). Majestätisch und achtunggebietend pflügten sie durch die Massen der Flüchtlinge, Schwarzmarkthändler und NATO-Zivilbullen. Durch das Volk der heimatlosen Kriegswaisen, die uns flehentliche Blicke zuwarfen; die in Lumpen daherkamen und lästig waren wie die Zecken, weil selbst wir (Wir! Pig und ich!) ihnen wie die Erretter aus ihrer Not erschienen. Kids in Carnaby-Street-Fetzen, zusammengeklaubt von irgendwelchen Klofrauen und Bandenbräuten in Swinging London: getüpfelte Mützen, Paisleyhemden, gestreifte Hosen – todschickes Zeug.

Pig und ich mußten uns immer wieder schleunigst von einer dunklen Ecke in die andere verdrücken, durch kleine Gassen abhauen, in denen knietief Geröll und Schutt lagen. Mußten uns in Hauseingängen, in den Ruinenresten von Fassaden verstecken, die einmal zu einem Gebäude gehört hatten. Mußten Treppen hinauf, die im Nichts endeten – um den Schwärmen der Kriegswaisen zu entkommen, die über uns herfallen wollten, um zu verhindern, daß die Bullen uns abschleppten. Mit dem Mond als Kompaß schlugen wir uns nach Süden durch, raus in die Vorstädte. Auf der Autobahn hatten wir dann endlich Glück: Wir reisten per Armeelastwagen weiter – Marke Mustang, Planwagen mit Tarnanstrich.

Am Steuer saß ein englischer Leutnant: Jane ›Sugarbunny‹ Lane, blond, englisch und – weiblich! Die knuddlige Copilotin war dunkelhaarig: rumänische Exilantin, die auf den Namen Viorica Tokes hörte und mittlerweile ebenfalls Mitglied der britischen Streitkräfte war. Jane plus Viorica – das ergab zusammengezählt zwei Hände voll Auszeichnungen: Einsätze im Kongo, in Panama, Algerien, Finnland, in der Mandschurei … Hatten Erfahrung, die zwei; hatten mehr Kriegsschauplätze gesehen als Hopes, Berns und Berle zusammen. Die Mädels waren, wie sich herausstellte, unterwegs zur Presley-Show. Ohne Erlaubnis. Wie wir. Nur hatten sie sich – wir nicht – einen Auftrag besorgt, der ihnen erlaubte, ganz offiziell nach Hamburg zu fahren: Sie mußten die Ladung, die sie hinten in ihrem Laster hatten, in das große Umsiedlerlager bei Hamburg bringen.

Viorica langte quer über meine Schenkel zum Handschuhfach und holte eine Flasche schwedischen Wodka heraus – die ihr Pig, ohne mit der Wimper zu zucken, wegschnappte. Ich knipste das Autoradio an und suchte den NATO-Sender. Fades Gedudel, stellte sich heraus, als ich ihn endlich gefunden hatte, Anti-Kriegssongs: Streisand mit *A Pox on Marx (And Lenin Too);* Barry Sadler mit *The Day They Took Moscow.* Und Barbara Warwick: sie sang den Bacharach-Titel *Do You Know The Way To Riga Bay?* – aber klar doch! Wer, wenn nicht ich? Ich knipste denn Kasten wieder aus.

»Was für milde Gaben sind'n das eigentlich, die ihr da hinten draufhabt?« fragte Pig, nachdem er sich einen Schluck genehmigt hatte. Und machte dabei an Sugarbunnys Schenkel rum. Um es mir ein wenig bequemer zu machen (der Türgriff drückte mir den Dienstrevolver gegen den Hüftknochen) legte ich einen Arm um Viorica … Wirklich bezaubernd dieser charmante Akzent, mit dem sie Englisch sprach …

»Ist das ein Gummiknüppel, der mich da an der Hüfte drückt, oder freust du dich bloß, weil du mich siehst«, kommentierte das rumänische Herzchen meine Annäherung und löste damit eine Lachsalve aus: Pig prustete Wodkadämpfe. Als Bodines Geschnaube langsam nachließ, stellte ich seine Frage noch einmal – ein wenig anders formuliert:

»Genau: Was habt ihr eigentlich da hinten drauf? Decken, Medizin? Eipulver?«

Sugarbunny lächelte. »Was viel wichtigeres. Propaganda: Comics.«

Mir blieb beinahe das Herz stehen. »Amerikanische?« Ich konnte es kaum glauben, traute mich kaum, es auch nur zu hoffen. »Neue?«

Viorica nickte. »Amerikanski Komix. Brandneu das meiste.«

»Anhalten! Sofort!« Es war wohl nicht zu überhören, wie ernst ich es meinte. Sugarbunny hielt den Wagen an. Schneller als es sich erzählen läßt, saß ich mit einem eingeschweißten Paket auf dem Schoß wieder vorne in der Fahrerkabine. Ich konnte mein Glück kaum fassen. Der ganze Vorfall erinnerte mich zunehmend mehr an eine Episode aus *Hogan's Heroes:* Hogan überredet den idiotischen Lagerkommandaten Gerasimow, ihm und den Jungs einen Lastwagen zu borgen, um eine Ladung roter Rüben in eine Borschtschfabrik zu liefern. Sie machen einen kleinen Abstecher zur Panzerfabrik, sprengen sie in die Luft und holen unterwegs eine Wagenladung wunderschöner junger Sowjetpionierinnen aus dem Straßengraben.

Mit zitternden Händen riß ich die Plastikfolie ab.

Die *Fantastischen Vier* waren im Mittleren Osten im

Fronteinsatz. *The Human Torch* schwirrte mitten durch ein Geschwader rotägyptischer Jets und ließ glühende Metallsplitter auf die Sphinx regnen … Mehr brauchte es nicht, und die US-Medienmaschinerie, deren Segnungen ich so lange vermissen hatte müssen – sie hatte mich wieder. *The Invisible Girl* verliebte sich in einen hübschen israelischen Soldaten, und *The Thing* gab einer Bande russischer Generäle zu verstehen, daß es seinen Schlachtruf noch nicht vergessen hatte: *It's Clobbering Time.* Zwischenzeitlich ging *Superman* im Pazifik seinen Geschäften nach, fischte Stück für Stück kommunistische Flugzeugträger aus dem Meer, warf sie vor der Küste Japans – das sich, um den Schein seiner vorgeblichen Neutralität zu wahren, totstellte – wieder ins Wasser, verursachte dadurch versehentlich eine Flutwelle, mit der er dann um die Wette laufen, die er wieder einholen mußte, bevor sie über die Ruinen von Tokio hinwegraste. Aber das war noch nicht alles. *The Flash* schnappte sich General Westmoreland und schleppte ihn quer durch China, damit er noch rechtzeitig zum Treffen mit Tschiang Kai-schek kam. *The Submariner* in Australien, *Captain America* in Tibet, *Green Lantern* in Französisch Indochina …

So versunken war ich in meine Lektüre, daß ich es beinahe nicht mitbekam, als der Lastwagen von der Straße und auf das Gelände eines aufgegebenen Bauernhofs fuhr.

»Los! Wer als erster im Heuschober ist!« brüllte Pig. Er schnappte sich Sugarbunny und verschleppte sie in den Schuppen. Der Bau war noch leidlich intakt, war voll mit vergammeltem, aber weichem und bequemem Heu – der ideale Sündenpfuhl. Ich durfte mir mit Viorica eine Ecke in den Ruinen des Bauernhauses suchen, wo wir uns verkriechen konnten. Wir richteten uns in einem Winkel ein, in dem noch zwei Mauern stehengeblieben waren und bauten uns ein Bett unter den Resten des ehemaligen Dachs. Wie Champagnerbläschen prickelte die Luft auf unserer nackten Haut, und die Sterne wurden eifersüchtig, als sie sahen, was wir sie sehen ließen. Nachdem wir unseren Spaß gehabt hatten, erzählte sie mir ein bißchen von sich.

»Ich überlebe Arbeitseinsatz in Sowjetmunitionsfabrik in Timisoara, bis ich es nicht mehr aushalte. Ich schleich über Grenze von mein Vaterland – schon bald drauf Ex-Vaterland –, schlag mich durch ganz Jugoslawien bis an Adria, geh alle mögliche böse Menschen aus dem Weg und verschaff mir Überfahrt auf Wanderarbeiterschiff, was sinkt dann vor Küste von Sizilien. Sechs Monate bin ich Gefangene von Bergbanditen. Benutzen mich wie Sexpuppe. Rettung dann bei großer Schießerei mit Engländer: Special Forces suchen ihren entführten Botschafter und finden statt Botschafter mich. Wie ich ankomme in London, komm ich grad rechtzeitig zu – no, wos glaubts?«

»Doch nicht etwa zur Napalm-Nacht?«

»Und ob! Ganze Stadt und viele Menschen verbrennt in Flammen von Russensoße. Richtig große Schweinerei.«

Damit hatte sie den Zustand, in dem sich die Welt damals befand, ziemlich präzis in drei Worten zusammengefaßt. Wir schliefen ein.

Am nächsten Morgen weckte uns in aller Herrgottsfrüh das Geplärr eines anmaßenden Gockels, der uns einreden wollte, daß das Leben doch lebenswert wäre. Wir drehten ihm den Hals um, stöberten seinen Harem auf und organisierten uns ein paar Eier. Die Mädels zauberten ein regelrechtes Staatsbankett, wir frühstückten gepflegt in den Ruinen der Zivilisation, und Pig fraß für zwei. Zwei Pferde, mein ich damit.

Wir machten uns wieder davon und rissen die paar restlichen Meilen bis Hamburg runter. überholten Tanks, Lastwagen, Jeeps und Panzerwagen – alle waren sie unterwegs in die Stadt, nicht einer fuhr in die umgekehrte Richtung. Es war, als liefen anläßlich der Show die Wege aller Truppen, die irgendwo in Europa im Einsatz waren auf dem Gebiet der alten Hansestadt zusammen, als würde die Sonne, die dort strahlte – *der King* – ihre Marschrouten ablenken und auf sich ziehen. Wir sahen Teams von allen drei amerikanischen Rundfunkstationen; Teams vom BBC. Einmal meinte ich, ich hätte Walter Cronkite erkannt.

»Wenn ihr einen Star braucht, meldet euch, Leute!« schrie Pig, als wir an ihnen vorbeizischten.

Die Mädchen setzten uns lang vor Mittag im Zentrum der vom Krieg verwüsteten Stadt ab. »Wir müssen erst unsere kapitalistischen Bilderbibeln unter die Leute bringen, die sie wirklich brauchen, Jungs«, sagte Sugarbunny. »Wir finden euch schon wieder – heut abend bei der Show. Danke für die Begleitung.«

»Lady Jane«, sagte ich und tat mein Bestes, um wie Jagger zu klingen, »darf ich Ihnen die Hand küssen?«

Huldvoll hielt sie die Hand aus dem Fenster der Fahrertür. »Hätt'st sicher noch mehr küssen dürfen, wenn du dich fragen getraut hätt'st«, sagte Pig. *»Har, Har, Uuahaha, Bruaaah.«*

»Pig! Es hieße die Menschheit beleidigen, wenn man behaupten würde, du wärst eins ihrer erbärmlichsten Exemplare.«

»Aufpassen auf Tretminen«, empfahl uns Viorica noch, als Sugarbunny schon den Gang einlegte. »Hat Iwan ausgelegt vor Rückzug.«

Mißtrauisch geworden durch Vioricas Abschiedsworte, schlichen wir vorsichtig in der Mitte der leeren Straße dahin – zwei argwöhnische Spechte auf dem Weg nach Cuxhaven.

»Und jetzt?« fragte ich Pig.

»Vollaufen lassen natürlich. War doch einer der Gründe für unsre unerlaubte Entfernung von der Truppe, Schon vergessen?«

Wir fanden einen *Ratskeller,* der noch in Betrieb war: *Der Eiserne Stein.* Das Etablissement lag im behelfsmäßig überdachten Keller eines Gebäudes, von dem ansonsten nicht mehr viel geblieben war. In dieser Restauration, die mit ein paar trüben Funzeln illuminiert war, quirlten diverse Einheimische mit vom Dienst befreiten Truppenangehörigen aller Nationen durcheinander: ein kanadischer Kader hatte sich mit einem Haufen Kiwis zusammengetan, ein schnatternder Trupp Ghurkas ließ sich im Verein mit einer Horde Portugiesen vollaufen. Dann waren da noch – am unteren Ende der Hierarchie – die B-Girls und Bauernfänger. Pig und ich hatten ausreichend Besatzungsgeld in der Tasche – wir knallten das Bare auf die Theke und ließen ein paar von den besten Hausbränden auffahren, die *Herr Feldverein* zu bieten hatte.

Pig stand rechts von mir am Tresen und kippte sich die Rachenputzer einen nach dem anderen hinter die Binde, mit einer Geschwindigkeit, bei der ich nicht mithalten konnte: Er hatte jedesmal den zweiten drunten, wenn ich noch an meinem ersten nuckelte. Es dauerte nicht lange, und er hing über der Theke und schnarchte sanft. Sugarbunny hatte ihm vermutlich nicht allzuviel Schlaf gelassen... Ich hatte jenen Zustand erreicht, in dem der Dusel durch Fusel Phantasie und Vorstellungskraft enorm steigert, und die Gedanken so flott und zügig durchs Hirn flitzen wie Hunde in einem Song von Dylan.

Der Typ links neben mir war mir bereits aufgefallen. Jetzt fing er an, mich zu interessieren. Zunehmend mehr zu interessieren, bis schließlich meine Aufmerksamkeit nur mehr um ihn kreiste: ein älterer Mann, deutlich über sechzig, aber gut in Form. Trug Bart, steckte in einer Art Safarikluft, wie sie etwa Korrespondenten oder andere Weiße schätzen, die es in die exotischeren Klimaregionen auf unserem Planeten verschlagen hat. Von diesem Burschen ging etwas aus, das...

etwas, wie … so etwas wie melancholische Weisheit … In jedem Fall etwas, wie ich es noch nie im Leben gespürt und empfunden hatte. Mein benebeltes Hirn brachte mich dazu, ließ es mir besser gesagt geradezu als meine Pflicht erscheinen, den Versuch zu unternehmen, ihn ein wenig aufzuheitern.

»Mister Hemingway, nehme ich an?« Ich hob mein Glas, prostete ihm zu und spielte den, der es schon einmal gewußt hatte, dem es aber jetzt eben erst wieder eingefallen war.

»Tut mir leid, mein Junge – aber der erledigt seinen Propagandaauftrag bei den Besatzungstruppen in Kuba.«

Seiner Stimme war anzuhören, daß er stocknüchtern war. Möglicherweise war er der einzige Mensch im Saal, der nicht bedudelt war … »Aber Sie sind doch Journalist, oder?«

»Ja. *Herald Tribune*. Du auch?«

Es war mir unerklärlich. Ein Schauer lief mir, Wirbel für Wirbel, das Rückgrat runter – ein Erlebnis, als würde mir jemand dort hinten einen Reißverschluß öffnen. Hatte ich seine Frage falsch verstanden? Und wenn nicht – warum stellte er mir diese Frage? Meine Uniform war so wenig zu übersehen wie die Bruchnarben von Senator Johnson. Aber abgesehen davon – ich hätte nie geglaubt, daß jemand den dunklen, wunden Punkt meiner fehlgelaufenen Existenz erahnen könnte. Ich nahm einen Schluck Bier und sagte: »Nein, leider nicht. In einem anderen Leben vielleicht. Oder wenn ich die Uni nicht abgebrochen hätte …«

Er lachte. So bitter, wie ich noch keinen lachen gehört hatte. »Ein anderes Leben … Es würde dir nicht gefallen. Glaub mir.«

»Woher wollen Sie das so sicher wissen?«

Er packte mich am Jackenärmel und starrte mich so böse an, daß mir das Reden verging. »Ich werd dir jetzt eine Geschichte erzählen, mein Junge. Und wenn ich fertig bin, kannst du dir die Antwort selbst geben.«

Er ließ mich los und fing an.

»1985 war ich achtzehn …«

Auch wenn ich es nicht gewollt hatte – ich mußte ihn einfach unterbrechen: »Das ist in zwanzig Jahren! In der Zukunft!«

»In deiner Zukunft. War mal meine Gegenwart. Und jetzt – Zukunft gibt's nicht mehr. Auf alle Fälle: Halt die Klappe. ich erzähl das nicht oft und könnt mich möglicherweise wieder anders entscheiden. 1985 war ich achtzehn und gemeiner Soldat. Ich lebte in einer Welt, die du dir vermutlich nicht vorstellen kannst. Zum Beispiel waren in meiner Welt die Vereinigten Staaten und die Sowjetrepublik bis an die Zähne bewaffnet. Mit Atombomben. Irgendeine Vorstellung, was Atombomben sind?«

»Irgendwas, das mit Atomen zu tun hat. Möcht ich drauf wetten.« Noch brachte ich es fertig, den Klugscheißer rauszukehren.

»Richtig. Explosivwaffen, die durch Atomspaltung eine unvorstellbare Zerstörungskraft freisetzen. Sie wurden im Zweiten Weltkrieg entwickelt …«

»Sie *wurden?*«

»Wurden. In meiner Welt, ja. Und nach dem Krieg hat man Tausende davon hergestellt und Raketen damit bestückt …«

»Raketen auch noch«, sagte ich. »Tolle Geschichte. Raketen haben mir schon immer gefallen. Nur – eine, die so groß ist, daß man eine Bombe damit transportieren könnte, hab ich noch nie gesehen. Bestenfalls Feuerwerkskörper.«

»Glaub mir, sie können so groß sein, daß sie Kontinente überqueren können. Kannst du dir so eine Welt vorstellen? Eine Welt, die zwei wahnsinnigen Supermächten ausgeliefert ist, die mit Sprengkraft in der Größenordnung von Megatonnen gerüstet sind, genug, um die ganze Ökosphäre zu vernichten?«

Megatonnen? – dachte ich. *Ökosphäre?* Das Gebrabbel eines Irren ... Aber der vermeintliche Spinner sollte mit seiner Geschichte alle meine Befürchtungen noch um einiges übertreffen.

»Ja, und 1985 war es dann endlich soweit. Der sowjetische Ministerpräsident hieß Juri Andropow. Ein mieser Scheißkerl, ehemaliger KGB-Mann. Die Russen verloren in Afghanistan ...«

»Afghanistan? Hatten da die Briten nicht auch ein Wort mitzureden?«

»Das Britische Weltreich ist nach dem Zweiten Weltkrieg – *meinem* Zweiten Weltkrieg – in die Brüche gegangen. Die Briten hatten nichts zu sagen. Nicht mehr. Nein – die geopolitische Szenerie, das war ausschließlich USA gegen Rußland. Die beiden waren die einzigen Figuren, die wirklich zählten. Ja also ... also die Russen überfielen Pakistan, unseren Verbündeten, und in Pakistan hatten die afghanischen Rebellen ihre Stützpunkte. Wir antworteten mit konventionellen Waffen, und dann ging's los, der Konflikt eskalierte. Das einzige, was wir noch mitkriegten: Sie setzten die Marschflugkörper in Marsch. Der Dritte Weltkrieg hatte begonnen.

Ich hatte einen Posten als einfacher Wachmann in der Kommandozentrale in den Rocky Mountains. *Unter* den Rockies! Das war die einzige Chance, der tödlichen Zerstörungskraft dieser Bomben zu entgehen: Wenn wir unseren Arsch retten wollten, dann blieb uns nichts anderes, als uns unter was weiß ich wieviel Tonnen Gestein, Felsen, ganzen Gebirgen in die Erde zu wühlen. Also ... In den ersten paar Kriegsminuten (die ganze Sache dauerte höchstens zwei Stunden) lief alles wie am Schnürchen. Die Generäle gaben ihre Feuerbefehle an die Mannschaften in den unterirdischen Raketenabschußrampen, lasen anschließend die Schadensberichte, die man ihnen lieferte, zählten die Verluste zusammen und starteten den Gegenschlag: die nächste

Ladung Raketen ... Aber dann ging's bergab. Über die Glasfaserleitungen bekamen wir zwar nach wie vor gelegentlich Bildmaterial rein ... Viel war's nicht: Die Atmosphäre kochte und brodelte wie ein elektromagnetisches Impulsgewitter ... aber es reichte: Was wir noch zu sehen bekamen ...«

Der Mann fing an zu weinen. Weinte wegen einer Katastrophe, die noch gar nicht eingetreten war und allem Anschein auch nie eintreten würde; war so aufgewühlt, daß sein Gesicht sich verzerrte, in kurzen krampfhaften Zuckungen. Das reichte. Mir wurde es endgültig zuviel. Es hatte ja nicht schlecht angefangen. Hatte sich angelassen wie ein amüsanter, streckenweise auch etwas nervender Plausch mit einem geistreichen Schwindler. Aber jetzt schwallte ein amtlich bescheinigter, fanatischer Irrer auf mich ein, heulte mir die Ohren voll mit Schauermärchen aus der schwarzen Welt eines Coleridge.

Noch war sein Bart naß von den Tränen, die er geweint hatte, da riß sich mein alter Reporter wieder zusammen. Ganz so, als könnte er von einem offensichtlich unerschöpfbaren Reservoir an Willenskraft zehren. Er packte mich am Ellbogen. Es war, als hätte der Blitz eingeschlagen. Schlagartig war mir klar – waren alle Zweifel verflogen – wußte ich mit Bestimmtheit: Mit jedem Wort, das er sagte, sagte er die Wahrheit. Alles was er erzählte, hatte er so und nicht anders erlebt.

»Es war ein grauenhaftes Gemetzel. Ganz gleich, ob Techniker oder Soldaten – alle drehten sie durch. Alle ohne Unterschied. Keiner hat damit gerechnet. In der Kommandozentrale brach eine Meuterei aus, herrschte Rebellion: Es kam zu Schießereien, es gab Selbstmorde. Die einen wollten den Krieg auf Teufel komm raus fortsetzen, die anderen wollten ihn auf der Stelle beenden.

Ich konnte mich nicht entscheiden, konnte mich keiner Seite anschließen. Mein Verstand war wie gelähmt.

Ich warf mein Gewehr weg und rannte davon, floh immer weiter, immer tiefer hinab in die riesige Bunkeranlage.

Als ich wieder zu mir kam, war ich in einem Labor. Kein Mensch war mehr am Leben. Selbstmord. Ich warf die Tür zu und schloß mich ein.

Dann sah ich die Apparatur. Eine Zeitmaschine.«

»Jesus!« Ich schüttelte seine Hand ab, sah mich um – gab's denn keinen, der mich von diesem Irren erlöste? Es gab keinen. Alle waren emsig bemüht, besoffen zu werden. Nur Pig nicht – aber der schnarchte noch immer glückselig. Ich war ausschließlich und ganz allein auf mich selbst angewiesen. »Atombomben, Raketen ... okay, vielleicht ... Aber eine Zeitmaschine! Sie erwarten doch nicht von mir ...«

»Ich erwarte gar nichts, Nur zuhören sollst du. Sobald ich herausgefunden hatte, was da vor mir stand – ein Versuchsmodell, eine Maschinerie, die sich nur in einer Richtung bewegte, und die noch keiner getestet hatte; ein Einwegmodell, mit dem ich unausweichlich in der Sackgasse landen würde ... Sobald ich das herausgefunden hatte, wußte ich, was ich zu tun hatte.

Ich wollte noch einmal in der Zeitspanne meines Jahrhunderts leben, die in dem Jahr zu Ende ging, in dem der letzte, alles vernichtende Krieg ausbrach. Ich wollte also ein zweites Mal den größten Teil des Jahrhunderts durchleben und stellte deshalb die Zeitmaschine um siebzig Jahre in meiner Vergangenheit zurück, auf das Jahr 1915. Mit der Wahl dieses Zeitpunkts, rechnete ich mir aus, könnte ich es möglicherweise bis zu meinem Achtzigsten schaffen. Und im zweiten Jahrzehnt des Jahrhunderts war ich früh genug dran, um zu erreichen, daß gewisse Dinge etwas anders ablaufen konnten.

Die Maschine ließ sich auch räumlich programmieren. Ich versetzte mich nach New York. Im Handumdrehen war ich dort – es funktionierte reibungslos, absolut perfekt. Da stand ich also dann in New York: völlig daneben, was meine Garderobe betraf, achtzehn Jahre jung, mit tränenverschmiertem Gesicht... was aber mein Vorhaben anging – in dieser Hinsicht hatte ich nicht die geringsten Zweifel.

Ich habe mir schon sehr bald als Journalist einen Namen gemacht. Unvorstellbar, welche Knüller man landen kann, wenn die Zukunft wie ein aufgeschlagenes Buch vor einem liegt. Und dann machte ich mich an meine eigentliche Arbeit: die systematische Ermordung gewisser, äußerst bedeutender Persönlichkeiten.

Einstein war der erste. Er hatte zwar schon das eine oder andere publiziert, doch ich habe seinen Tod auf eine Art und Weise inszeniert, daß seine Arbeit so gut wie vollständig in Mißkredit geriet. Ich reiste in die Schweiz, mit jenem Gift im Gepäck, das für die Laborangestellten vorgesehen war. Die sich ja dann auch damit umgebracht hatten. Ich hatte es mir vor Antritt meiner Zeitreise unter den Nagel gerissen – ein äußerst wirksamer, nicht nachweisbarer Stoff. Es war ein Kinderspiel, ein wenig davon in seine Tasse zu schmuggeln, als ich mit Einstein Kaffee trank. Dann habe ich mir noch in Zürich einen Waisenknaben gekauft, der in den Untersuchungen der Behörden aussagte, dieser ›jüdische Perverse‹ wäre beim Liebesspiel mit ihm gestorben. Es gab einen eminent aufsehenerregenden Skandal. Keiner unter den seriösen Wissenschaftlern, der sich noch mit seinen Theorien befassen wollte, der das Zeug auch nur mit einer drei Meter langen Feuerzange noch einmal angefaßt hätte.«

»Walesa auch nicht?« Es sollte witzig sein. Ging aber daneben. Er beachtete mich gar nicht.

»Um das Ganze etwas unauffälliger zu halten, fing ich dann an, mich durch eine Liste all derer zu arbeiten, die ihre Finger entweder in der Entwicklung der Kernspaltung oder in der Forschung zur Raketentechnik hatten.

Bohr, Lawrence, Fermi, Dyson, Alvarez, Feynmann, Panofsky, Teller, Oppenheimer, Goddard, Sacharow, die Joliot-Curies, von Braun, Wigner, Ley, Dirac – ich radierte die Namen aller Atomphysiker des 20. Jahrhunderts aus dem Buch der Geschichte. Daß es so einfach ging, hätte ich mir nicht träumen lassen. All diese Leute waren namhafte, außerordentlich bedeutende und einzigartige Genies. Und dabei so unglaublich vertrauensselig. Wissenschaftler lieben es eben, mit Journalisten zu reden. Ich konnte mir bei allen Zutritt verschaffen – ohne große Anstrengung, es war kinderleicht. Und als mein Giftvorrat zu Ende war … In der Armee hatte man mir beigebracht, wie man tötet, ohne Spuren zu hinterlassen. Dieses Wissen wandte ich jetzt an. Und wieder war alles sehr einfach, fast erbärmlich primitiv. Mein einziges, ein wenig schwierigeres Problem war, meinen Namen sauberzuhalten; dafür zu sorgen, daß ich nicht mit diesen Vorfällen in Verbindung gebracht werden konnte. Also suchte ich meine Opfer nur nachts, üblicherweise in ihren Wohnungen und immer ohne Zeugen auf. Ich nannte fiktive Auftraggeber, falsche Namen, eine falsche Nationalität. Doch, doch – ich war ziemlich clever, ein formvollendeter Serienmörder. Verglichen mit mir waren Bundy und Gacy Stümper. Ich hab sie schließlich ja auch überrundet. Aber was ich getan habe, habe ich getan, um die Welt zu retten!«

Keiner der Namen, die er genannt hatte, sagte mir etwas. Mit Ausnahme der von Einstein. An ihn konnte ich mich erinnern: ein verrückter Jude, der irgendwo in der Schweiz eines unwürdigen Todes gestorben war. Und trotzdem blieb mir nichts anderes übrig, als davon auszugehen, daß es die Namen von Menschen waren, die wirklich gelebt hatten, die tatsächlich, wie er behauptete, Schlüsselfiguren gewesen waren. »Aber warum mußten Sie denn *Wissenschaftler* töten? Warum sind Sie denn nicht den politischen Weg gegangen?

Warum haben Sie nicht versucht, die politischen Strukturen zu verändern, die zum Krieg geführt haben? Oder bestimmte Führerfiguren zu eliminieren?«

»Es hätte viel zu lange gedauert. Politik und Politiker gab es seit Jahrzehnten. Seit Jahrhunderten. Die Naturwissenschaften waren gerade erst im Entstehen. Und abgesehen davon – es war sowieso alles nur die Schuld der Wissenschaftler. Sie hatten es verdient, zu sterben! Diese arroganten Mistkerle, die Kräfte entfesselten, die sie kaum verstehen, geschweige denn kontrollieren konnten! Wie Kinder, die nur so zum Spaß und des Nervenkitzels wegen einen Damm einreißen. Außerdem – welchen Unterschied hätte es schon gemacht, wenn durch meine Tätigkeit irgendein anderer zum Präsidenten oder zum Premierminister gewählt worden wäre? Diese Typen sind austauschbar. Wäre Rußland unter einem anderem Präsidenten, der nicht Andropow geheißen hätte, demokratisch geworden? Hätte es seine Satellitenstaaten freigegeben? Sich aus Afghanistan zurückgezogen? Verdammt unwahrscheinlich. Aber ich habe die Politik ja auch nicht vollständig außer acht gelassen. Ich habe positiv und äußerst wohlwollend über die Gründung eines wissenschaftlichen Beratergremiums durch den Präsidenten (Roosevelt hat es eingerichtet) berichtet und mich bei den Mitgliedern des Gremiums lieb Kind gemacht. Ich habe schönfärberische Geschichten geschrieben, in denen ich gleichzeitig jede Bestrebung ins Lächerliche gezogen habe, die möglicherweise darauf abzielte, Mittel für etwas zur Verfügung zu stellen, das auch nur im entferntesten mit Raketentechnik oder Atomkraft zu tun hatte. Nicht daß es nach der Verwüstung, die ich angerichtet hatte, noch viele Bestrebungen dieser Art gegeben hätte. Trotzdem habe ich natürlich weiter getötet: Ich habe so viele wie möglich aus der zweiten Garnitur umgebracht, die jetzt aus ihren Höhlen gekrochen kamen, um auf die Plätze der dahingegangenen Genies nachzurücken.

Die Geschichte verlief zunächst, das heißt bis zum Zweiten Weltkrieg, im großen und ganzen so, wie ich sie in Erinnerung hatte. Die Atomphysik spielte bis in die vierziger Jahre keine nennenswerte Rolle im Leben der Menschen. Als Hitler dann in Polen einmarschierte, war ich mir sicher, daß ich mein Ziel erreicht hatte: Ein atomares Ende des Krieges würde es nicht geben, ich hatte die totale Vernichtung der Erde verhindert.

Zugeben muß ich allerdings, daß die Vereinigten Staaten bei der Invasion von Japan wegen meiner Aktionen gewaltige Verluste an Menschenleben hinnehmen mußten. Hunderttausende von Toten, Opfer, die es sonst nicht gegeben hätte, die alle unmittelbar meinem Eingreifen in den Ablauf der Geschichte geschuldet waren. Glaub bloß nicht, ich hätte nicht Nacht für Nacht an diese Menschen gedacht, hätte nicht immer wieder ihr Leben aufgewogen gegen das der wehrlosen Zivilbevölkerung in Hiroshima und Nagasaki; gegen das Leben einer jeden Zivilbevölkerung aller Städte auf dem Globus, die es in der Folge möglicherweise auch noch treffen hätte können. Aber die Schalen der Waage senkten sich immer auf die gleiche Weise: Ein nuklearer Vernichtungsschlag war in jedem Fall und immer die unendlich schlechtere Alternative.«

Er sprach inzwischen eher zu sich selbst, versuchte immer verzweifelter sein Leben zu rechtfertigen. Ich und meine Unfähigkeit zu verstehen, wir spielten bei diesem Monolog keine Rolle mehr. Pig hatte aufgehört zu schnarchen.

»Nach dem Krieg aber wich der Gang der Ereignisse immer mehr von dem ab, was ich kannte. Die ganze Angelegenheit glitt mir aus den Fingern. Die permanente Präsenz der Amerikaner in einem zerstörten Japan führte dazu, daß die USA zunehmend mehr die chinesischen Republikaner im Kampf gegen Mao und seine Guerilla unterstützten, die schließlich auch eine

Niederlage erlitten. Und woher hätte ich wissen sollen, daß es die Russen so paranoid und schießwütig machte, daß sie die Amerikaner an ihrer mongolischen Grenze stehen hatten? Schließlich kann man von mir nicht verlangen, daß ich alles voraussehen hätte müssen, hab ich recht? Nimm nur mal den Grenzzwischenfall, der *euren* Dritten Weltkrieg ausgelöst hat: ein absolut irrer, nicht kalkulierbarer Zufall, für den mich kein Mensch verantwortlich machen kann! Aber was bedeutet schon ein kleines Weltengeplänkel, solange es keine Atombomben gibt? Und es gibt keine, stimmt's? Du hast doch noch nie eine gesehen, oder?«

Ich war unfähig, irgend etwas anderes zu tun, als ihn mit großen Augen anzustarren. Er packte mich an der Hemdbrust.

»Ich hab dir, verdammt noch mal, deinen Arsch gerettet! Hab dich davor bewahrt, daß man dich zu einem Haufen Asche zerstrahlt hat!« zischte er. »Ich bin bedeutender als Jesus! Ihr steht alle in meiner Schuld, ihr Arschlöcher! Ich habe eure Welt …«

Ein Schuß. Dann Geschrei, das Klappern von Stühlen, splitterndes Glas. Der Zeitreisende ließ die Hände von mir und sank zu Boden.

Pig Bodine hatte meinen Dienstrevolver in der Hand. Er zitterte.

»Mein Dad ist beim Angriff auf Japan gefallen«, sagte er.

»Bodine«, meinte ich, »ich glaube, du hast eben Gott getötet.«

»Wir haben Krieg, Mann. Warum sollte es *ihn* nicht auch erwischen?«

Wir hauten schleunigst aus dem *Eisernen Stein* ab. Verdrückten uns, bevor irgend jemand seine fünf Sinne wieder soweit zusammen hatte, daß er uns drankriegen konnte. Wir fanden Shugarbunny und Viorica und verzogen uns mit den beiden in eine stille Ecke. Bis zur Show. Im Schutz der Dunkelheit, dachten wir, könnten wir es durchaus riskieren, uns die Sache anzusehen. Nach allem, was wir durchgemacht hatten, war's eine Schande gewesen, wenn wir sie verpaßt hätten.

Die Beatles waren exzellent. Ganz besonders Pete Best am Schlagzeug. Die ganze Meute vergaß ihren J-Day-Bammel und kam schön langsam in Stimmung. Bei ihrer letzten Nummer – einem harmlosen Liedchen mit dem Titel *Tomorrow Never Knows* – packte mich das heulende Elend. Es packte mich so sehr, daß ich vom Auftritt der Supremes nichts mitbekam. Und genausowenig von den ersten paar Takten, als der King *Mystery Train* anstimmte.

Aber die Musik von Presley bewirkte schließlich eines: Ich kehrte wieder in die Welt zurück – in die *wirkliche* Welt zurück. Nie zuvor hatte sie mir jemals so viel bedeutet.

Nach dem Konzert schlenderten wir zu viert und Hand in Hand durch die nächtlichen Straßen, über der nur die Sterne leuchteten. An einer Stelle des Raums leuchteten, der so hoch oben und so weit entfernt war, daß noch nie eine mit ›Atombomben‹ bestückte ›Rakete‹ ungebeten bis dorthin vorgedrungen war. Wir spazierten zurück zum Lastwagen, der jetzt keine Vierfarbdruck-Lieferung mehr geladen hatte, der so leer war wie mein Hirn, in dem nichts geblieben war von den Plänen und Vorhaben, mit denen es einmal angefüllt gewesen war.

Eine Verfassung, die mich trotzdem ganz zufrieden machte.

»Und wohin jetzt, Jungs?« fragte Sugarbunny.

»Ab in die Zukunft«, sagte ich. »Wohin sonst?«

»Hä, hä«, näselte Pig. »Wie war's mit einem Trip in die Vergangenheit? Ich wär ganz gern noch mal in dieser Scheune.«

»Wenn du irgendwann mal die Chance kriegst, dann versuch das niemals, Pig. In einer Welt zu leben, die ein moralischer Idealist geschaffen hat, ist schlimm genug.

Aber ein Leben in einer Welt, die von einem hemmungslosen Epikureer eingerichtet ist – ich versuch lieber erst gar nicht, mir so was vorzustellen.«

Die Mädels hatten keinen Schimmer, wovon die Rede war. Pig war es ein Anliegen, sie aufzuklären. Er tat es auf seine Art und ging beiden gleichzeitig an den Hintern, bis sie quiekten.

»Wär's denn wirklich so schlecht, Tom? Wirklich so schlecht? *Har, Har, Uuahaha, Bruaaah!*«

Originaltitel: ›WORLD WAR III‹ • Copyright © 1992 by Paul di Filippo • Erstmals erschienen in ›Interzone‹, Januar 1992 • Mit freundlicher Genehmigung des Autors • Copyright © 1995 der deutschen Übersetzung by Wilhelm Heyne Verlag, München • Aus dem Amerikanischen übersetzt von Jakob Leutner • Illustriert von André Janout

---

Ian McDonald · Nordirland

SONDERWÜNSCHE

19. November 1990: 22.30 Uhr

Der *hru-tesh* ist ein wunderschönes Stück Handwerkskunst. Mutter sagt, er könne sich erinnern, wie Großmutter ihn mitnahm, als er noch klein war, um Josias Cunningham, einem Designierten Büchsenmacher in der Fleet Street, bei der Arbeit zuzusehen. In der kleinen Werkstatt bastelte Josias Cunningham spätnachts daran, wenn die Stadt schlief; im Schatten der Türme und Kuppeln von Wrens Traum von London, die aus der Asche des Großen Feuers emporragten, ziselierte, feilte und bohrte er; zum Schluß kamen die Intarsien. Ich vermute, er tat es aus Liebhaberei, er fertigte ein Meisterstück an, das er keiner lebenden Seele zeigen durfte, denn es war das Werk von Dämonen. Auf dem Schaft mit dem beinernen Griff befindet sich an einer drehbaren Nadel ein silbernes Plätzchen; darunter die Inschrift: *Diabolus me fecit*. Der Teufel hat mich gemacht.

Natürlich war er ein *ul-goi,* dieser Josias Cunningham, Designierter Büchsenmacher aus der Fleet Street.

Auch nach dreihundert Jahren ist der Schießmechanismus immer noch stabil und präzise. Er gibt ein klares, elegantes Klicken von sich, als ich den Bolzen zurückziehe und sperre.

In dem Appartement auf der anderen Straßenseite brennt Licht. Der weiße BMW duckt sich regennaß unter seinen privaten gelben Lichtkegel. Kennen Sie jemand, der einen weißen BMW fährt und wirklich etwas Bedeutendes macht oder darstellt? – Ich auch nicht.

Ich puste auf meine Finger; sie dürfen nicht kalt werden. Ich kann es nicht zulassen, daß ihr Griff um den *hru-tesh* schwach wird und erlahmt. Beeil dich und erledige deine Geschäfte, *goi,* damit ich meine Sache zu Ende bringen und wieder ins Trockene und Warme zurückkann.

Der kalte Regen erwischt mich in meinem Schlupfloch auf dem Dach und durchdringt meine gesteppte Jacke wie mit Nadeln. Aber keine ist so kalt wie die Nadel, die ich für dich reserviert habe, *goi.* Ich berühre die Thermosflasche neben mir, es soll mir Glück bringen, Sicherheit geben und den Segen der *hahndhavi* erbitten.

Komm schon, *goi,* wann bist du endlich fertig mit dem, was du tust, und ziehst los, um die Tageseinnahmen deiner Jungen abzukassieren? In dem hellen Appartement auf der anderen Seite der gelbbeleuchteten, kopfsteingepflasterten Straße werden Stimmen laut; Männerstimmen. Die Worte kann ich nicht verstehen, ich höre nur die Stimmen.

Selbst auf meinem Dachfirst auf der gegenüberliegenden Straßenseite ist der Schlag fast noch spürbar. Und dann das Weinen. Eine Tür knallt ins Schloß. Ich öffne die Thermosflasche und schüttele einen winzigen Eissplitter in den Verschluß des *hru-tesh.*

Die Haustür geht auf. Er trägt teure, lederne Sportkleidung. Im Dunkeln kann ich die Etiketten nicht erkennen. Er dreht sich um und beschimpft ein letztes Mal den Jungen oben auf der Treppe.

Von meiner Zunge lasse ich einen Tropfen Speichel auf die Eisnadel fallen, die in der Kammer liegt. Dann schiebe ich den Verschluß zu. Vorsichtig verlasse ich meine Deckung. Die Waffe mit beiden Händen haltend, visiere ich über das Geländer der Feuertreppe mein Ziel an.

Koptische Kreuze und Friedensmedaillons fangen das gelbe Licht der Straßenlaterne ein, als er sich bückt und die Wagentür aufschließt. Im selben Licht glitzert auch die silberne Filigranarbeit des *hru-tesh,* geschaffen von der Hand des seit dreihundert Jahren toten Josias Cunningham, einem Designierten Büchsenmacher.

Ich drücke auf den Abzug.

Man hört nur ein leises *Tok*.

Zusammenzuckend richtet er sich auf und faßt sich an den Nacken. Sein fleischiges Gesicht wirkt verstört. Verwirrung unter der ach-so-coolen Baseballmütze, die im ideologisch korrekten Winkel sitzt. Dann wirft es ihn um. Er kippt vornüber gegen das Auto. In sonderbarer Verrenkung ruht sein Kopf auf dem regennassen Metall. Totale Lähmung der Motorik.

Ich bin schon halb die Feuertreppe hinunter. Flache Schuhe ohne Absätze. Ich habe alles genau geplant. Wie ich mir bereits gedacht hatte, besteht der schwierigste Teil der Operation darin, ihn auf den Beifahrersitz zu verfrachten. Ich glaube, ich brach ihm einen Finger, als ich ihm gewaltsam die Schlüssel entriß. Aber bald ist das nur noch eine akademische Frage.

Während ich durch Bethnal Green und Hackney nach Epping Forest fahre, begegnen mir mindestens zwanzig andere weiße BMWs. Ich prüfe seine CD-Sammlung, dann suche ich auf allen Kanälen, bis ich einen anonymen Benelux-Sender finde, der Schlager aus den Vierzigern spielt. Melodien aus der Kindheit begleiten dich dein Leben lang.

Beim Fahren plaudere ich mit ihm; es ist eine ziemlich einseitige Konversation, aber ein anregender Gesprächspartner wäre er auch unter anderen Umständen sicher nicht gewesen. Jetzt gießt es wirklich in Strömen; als wir den Parkplatz erreichen, arbeiten die Scheibenwischer auf Hochtouren. Ich werde patschnaß werden, und daran bist du auch schuld, *goi.*

Es ist herrlich, wieviel die Augen allein ausdrücken

können. Wut, Verständnislosigkeit, Hilflosigkeit. Und *Entsetzen,* als ich die Spritze aus meiner Gürteltasche ziehe. Mit dem Finger klopfe ich ein paarmal gegen das Röhrchen. Seinen Blicken entnehme ich, daß er noch nie so viel in einer Nadel gesehen hat. Er darf sich geehrt fühlen. Wir haben zwar unsere eigenen diskreten Quellen, aber wir müssen genauso bezahlen wie ihr. Ich kauere über ihm. Mein Bild wird er in die Dunkelheit mitnehmen; ich will es so.

»Höre diese Worte: Du sollst uns nicht berühren, du sollst uns nicht schikanieren, du sollst nicht versuchen, uns für deinen Stall anzuwerben oder mit Drohungen einzuschüchtern. Wir sind *tesh,* wir sind älter und mächtiger, als du es dir vorstellen kannst. Jahrhundertelang haben wir überlebt; jahrhundertelang.«

Nicht mal zurückzucken kann er vor der Nadel.

Ich suche mir einen geschützten Platz zwischen den Büschen und plattgedrückten Bierdosen, ein gutes Stück weit weg von den Autos mit den beschlagenen Scheiben, und gehe in *tletchen.* Ich ziehe mich aus. Dann schlüpfe ich in die Jeans und die Blousonjacke, die ich in meinem Rucksack mitgebracht habe. Die vom Regen durchweichte Kleidung stopfe ich zusammen mit dem *hru-tesh* in den leeren Beutel.

Zu Fuß laufe ich zu der Telefonzelle, die eine halbe Meile weiter an der Straße steht, und bestelle ein Minitaxi, das mich am nahegelegenen Pub abholen und nach Shantallow Mews zurückbringen soll. Der Fahrer freut sich über das großzügige Trinkgeld. Es fällt leicht, das Geld von Leuten auszugeben, die es nicht mehr brauchen.

Den *hru-tesh* lege ich in sein Versteck unter den Dielenbrettern in der Eingangshalle zurück. Mögest du dort für eine lange Zeit ruhen, du schönes Ding. Die unbenutzten Nadeln landen in der Küchenspüle, wo sie schmelzen, zerrinnen und sich in den Abwässerkanälen Londons verlieren. Die nasse Kleidung kommt in die

Waschmaschine, die Jacke muß in die chemische Reinigung. Ich brühe Tee für meine Schwester und trage ihn auf dem Tablett von Harrods mit der Brandente darauf nach oben.

Das einzige Licht im Zimmer stammt vom tragbaren Fernseher neben dem Bett. Die Fernbedienung ist meiner Schwester aus der Hand geglitten. Seine Finger ruhen in der Nähe des Knopfs, mit dem man den Ton abstellt. Es läuft gerade ein Spätnachts/Frühmorgens-Horrorfilm. Vampire, Werwölfe, Freddies. Ein bißchen Speichel ist von seinen Lippen auf das Kissen getropft. So friedlich, so hübsch sieht er aus.

Auf dem blaßblauen Bildschirm wird Blut getrunken, werden Gliedmaßen abgehackt, Körper mit Kettensägen zerteilt. Ich möchte, daß der Friede noch ein wenig länger dauert, bis ich ihn wecke.

Im Licht des Bildschirms wandere ich durch das Zimmer, arrangiere die Wächter und Beschützer, die kleinen Schreine und Votivgaben an die Fünf Gebieter der *tesh,* die spirituell über meine Schwester wachen.

Père Teakbois, der Ausgleichende; Tulashwayo, der Scharfsinnige; Filé Legbé, der Prinz der Wechselnden Pfade; Jean Tombibié mit seinen hervorquellenden Augen und den auf der Wampe überkreuzten Händen; St. Semillia, der Gnädige: die fünf *hahndhavi.*

Ich schneuze Kerzendochte, klopfe Asche von langen Kringeln brennenden Weihrauchs, gieße kleine Trankopfer aus Bier und Urin ein. Ich glaube zwar nicht, daß die *hahndhavi* den Charakter des Universums verkörpern; ich habe lange genug unter den *goi* gelebt, um zu wissen, daß das Universum weder einen Charakter noch ein Gesicht hat. Aber ich glaube an die Macht, die von Symbolen und Ritualen ausgeht.

Er ist wach. Der Glanz in seinen Augen rührt von den Lichtreflexen des Bildschirms her. Wenn er wach ist, wirkt er selbst wie ein Ding des Grauens, mit seinen eingefallenen Wangen, dem ausgemergelten Körper,

I. WIEGAND 94

der durchscheinenden Haut, die sich über vogelzarte Knochen spannt; die Finger zucken krampfhaft, als sie nach dem Rand der Bettdecke greifen. Er ist gefangen im Endzustand des *tletchens,* und zu schwach, um die Verwandlung endgültig zu vollziehen. Seine Brüste sind schlaff und welk wie das Gesäuge einer alten Hündin.

»Ich habe Tee gemacht, aber mittlerweile ist er sicher kalt geworden.« Ich schenke eine Tasse ein und gebe Zucker und Milch hinzu. Dann halte ich die Tasse fest, als er sie an die Lippen führt, Der Tee ist kalt, aber er scheint ihn trotzdem zu genießen.

»Du warst weg.« Seine Stimme ist ein groteskes Flüstern.

»Geschäftlich.« Er versteht. Unsere Kunden, seien sie nun *ul-goi* oder *goi,* sind nichts ›Geschäftliches‹.

»Dieser Zuhälter.«

»Er wird dich nie wieder belästigen, das verspreche ich dir.«

»Es ist nicht mehr wie vor vierzig Jahren. Jetzt arbeiten sie mit Computern und genetischen Fingerabdrücken.«

»Falls man mich auf dem Parkplatz überhaupt bemerkt hat, werden die Leute sagen, eine Frau sei aus dem Auto gestiegen. Und der Taxifahrer wird schwören, er hätte einen Mann befördert.«

»Trotzdem ...«

Ich nehme seine Hand und moduliere meine Pheromonmuster, um Ruhe, Sicherheit und Einsicht auf ihn zu übertragen. Es ging nicht nur darum, daß ein Zuhälter uns erpressen wollte, für ihn zu arbeiten, daß er in dieses Appartement eingebrochen war, meine kranke Schwester terrorisierte, die Einrichtung verwüstete und die Schreine der *hahndhavi* entweihte; es ging um unseren Schutz, um den Schutz der *tesh,* der gewaltiger und paranoider ist, als ein *goi* es sich vorstellen kann, denn er wurzelt in Zehntausenden von Jahren der Geheimhaltung.

Ich biete ihm einen Penguinkeks an. Er schüttelt den Kopf; zu schwach und zu müde. Ich ziehe den Ständer hinter dem Kopfende des Betts hervor und stelle ihn dicht neben die Matratze. Aus dem Kühlschrank in der Küche hole ich den vorletzten Beutel mit Blut. Als ich den Schlauch anschließe, sagt er:

»Da war ein Anruf für dich. Ich konnte ihn nicht entgegennehmen. Es tut mir leid. Er ist auf dem Anrufbeantworter.«

Wieder in der Küche, fülle ich eine Schüssel mit Wasser. Die Temperatur prüfe ich mit dem Ellbogen.

»Vinyl Lionel?«

Ich hole den Naturschwamm, den ich in der Drogerie an der Ecke gekauft habe, die fast die ganze Nacht hindurch geöffnet hat, und schlage das Wasser mit Johnsons Babybad zu Schaum.

»Ein neuer«, sagt meine Schwester Cassiopeia.

Ich schlage die Bettdecke zurück. Der Gestank des Krankenzimmers, diese schreckliche Ausdünstung einer langen, chronischen Krankheit, ist überwältigend. Während das Blut, mein Blut, das ich mir gestern abzapfte und in die Plastikbeutel pumpte, langsam in meine Schwester tröpfelt, wasche ich seinen Körper. Liebevoll und behutsam gehe ich vor. Mit dem weichen Naturschwamm, der in das milde Babybad getaucht ist, tupfe ich ihn ab; den Hals, die Arme und die flachen, herunterhängenden Brüste, das kleine, mit Schamhaaren bedeckte Dreieck, den winzigen, runzligen Penis und die Hoden, die noch kleiner sind als die eines Kindes, und die eingeschrumpften Schamlippen.

15./16. November 1990

Nur vier Tage sind vergangen. Es kommt mir wie eine kleine Ewigkeit vor, seit Cassiopeia an jenem Nachmittag von der Nummer in der Somerville Road mit zwanzig Pfund in der Tasche zurückkam.

»Er bestand darauf zu bezahlen. Einer von der Spitzenhöschen-und-Straps-Brigade. Er nahm mich zu sich nach Hause. Wieso haben sie immer Poster von Radrennfahrern an den Wänden?«

Obwohl wir es nicht des Geldes wegen tun – genetisches Material ist der Preis, den wir für unsere Dienste verlangen –, lehnen wir ein paar Scheine bar auf die Hand nie ab. Während ich den Zwanziger im nächsten Restaurant mit Schanklizenz in eine Flasche kalifornischen Chardonnay und ein kantonesisches Süß-Sauer-Gericht umsetzte, zog sich Cassiopeia für ihren abendlichen Kunden um, einen *ul-goi,* der uns mit den Handgelenken gern an Haken in der Zimmerdecke fesselte und dann immer mehr Gummibänder um unsere Brüste zurrte, die er fester und fester und fester anzog. Gott sei Dank schien er es nur alle sechs Wochen nötig zu haben. Vinyl Lionel hatte *gehört,* er sei *jemand* aus dem Auswärtigen Amt. Jedenfalls war er immer geschmackvoll gekleidet. Wir sorgten dafür, daß er für seine Spielchen mit den Gummibändern bezahlte.

Als ich zurückkam, hatte Cassiopeia den Vorgang des *tletchens* abgeschlossen. Als Frau ist er sehr schön. Während des *tletchens* erinnert er an eine aufblühende Blume. Dennoch hatte sich die Atmosphäre leicht verändert, irgendwas an seinem persönlichen Aroma stimmte nicht.

»Ich habe Schmerzen«, sagte er. »Hier, hier und hier …« Er zeigte auf seine Brüste, die Lenden, den Hals und noch wohin. Dann drückte er die Finger in den Bauch, um zu sagen, daß es ihm *tief drinnen* weh tat. Die Schmerzen waren *überall.*

Natürlich glaubt man immer, einen selbst könne es nie treffen; auch nicht den Partner, den Geliebten, die Geschwister. Ich gab ihm zwei Paracetamol und ein

Glas voll Chardonnay aus dem Ecklokal, um die Pillen hinunterzuspülen.

Er kratzte sich die ganze Nacht lang. Ich konnte nicht schlafen, weil er sich dauernd kratzte, kratzte und kratzte. In der Dusche sah ich, daß sein ganzer Körper mit gelben, schorfigen Flecken übersät war. Der heiße Wasserstrahl ließ ihn zusammenzucken. Doch selbst dann tat ich so, als würde ich nichts bemerken. Ich redete mir ein, er habe sich bei einem *goi* eine Geschlechtskrankheit geholt, obwohl unser Immunsystem uns kaum anfällig für *goi*-Infektionen macht. Meine Selbsttäuschung ging so weit, daß ich in der Apotheke, die fast die ganze Nacht geöffnet hat, unter der Ladentheke Antibiotika kaufte.

Sie können sich vorstellen, mit welchem Gestank diese Krankheit verbunden war, selbst mit Ihren eingeschränkten Sinneswahrnehmungen ist das möglich. Stellen Sie sich einfach vor, eine ganze Straße, eine ganze Stadt, ist todkrank, und alle Menschen sterben gleichzeitig. Dieser Gestank schlug mir entgegen, als ich eines Nachmittags nach Hause kam, einen ›Neuling‹ im Schlepp, der heimlich Zettelchen – *Worauf stehst du? … Ich steh auf … Ich hab eine Bude …* unter die Trennwände in der Herrentoilette geschoben hatte.

Ich fand ihn, wie er auf dem Teppich lag; seine Hände öffneten und schlossen sich krampfhaft zu festen, nutzlosen Fäusten. Mitten beim *tletchen* hatten seine Kräfte versagt, und er befand sich in einem Stadium, in dem er aussah wie etwas Halbgeschmolzenes, durch Feuer Verbogenes. Ich wischte dünnen, säuerlichen ausgebrochenen Kaffee und eine Diätsuppe von seiner Bekleidung. Immer und immer und immer wieder flüsterte er: O mein Gott o mein Gott o mein Gott o mein Gott …

Ich steckte ihn ins Bett und verabreichte ihm eine Handvoll Valium. Dann setzte ich mich neben ihn, in dem Zimmer, das sich mit dem Parfüm vergifteter Erde füllte; ich schaute überallhin, doch meine Augen sahen nur die Schatten, die meine Gedanken warfen, während sie in meinem Kopf kreisten.

In unserer Sprache gibt es ein Wort dafür: *jhash*. Man kann es nicht direkt in eure Sprache übersetzen, Aber ihr kennt es, ihr kennt es sogar sehr gut. Jeden Samstagabend geistert es durch eure Pubs und Clubs. Es ist die unausgesprochene Moralpredigt, die hinter jedem nach Pfefferminz duftenden Kondomautomaten in den Toiletten steht. Auch euer Wort ist sehr knapp.

Als ich noch ein Kind war und in kurzen grauen Flanellhosen ausgelassen und übermütig durch das ausgebombte Gelände von Hackney Marshes stromerte, lehrte mich meine Großmutter, der als Hüter von Geheimnissen fungierte, daß *jhash* der Preis sei, den Père Teakbois, der Ausgleichende mit dem Lot in den Händen, von den *tesh* als Gegenleistung für ihre Fähigkeiten verlangte.

Ich glaube, in diesem Moment begann meine allmähliche Abkehr vom Glauben: Großmutter war ein begabter Geschichtenerzähler, und seine plastischen Beschreibungen der grausamen, unerträglichen Qualen des *jhash* verursachten mir Alpträume und ließen mich ernsthaft an der Güte einer Gottheit zweifeln, die absichtlich die guten Gaben, die sie uns schenkte, mit solchen Greueln ausglich.

Die Trümmerhaufen waren den Hochhausblocks des Nachkriegstraums gewichen, und darauf folgten wiederum die Vernachlässigung und die Desillusionierung des monetaristischen Dogmas. Jetzt brauche ich keinen Glauben mehr, denn ich habe die Biologie.

Jhash ist nicht der Wille von Père Teakbois; Père Teakbois ist selbst nichts weiter als das Produkt einer zehntausend Jahre alten, institutionalisierten Paranoia. *Jhash* ist das katastrophale Versagen des endokrinen, hormonellen und Immunsystems, verursacht durch die biologische Selbstverstümmelung des *tletchens*.

Es kann dich in einer einzigen Nacht in die Finsternis hinabziehen, es kann aber auch wochenlang dauern. Keiner ist dagegen gefeit.

Ich will Ihnen etwas über einen wahren Liebesbeweis erzählen. Sie und ich mögen zwar unterschiedlichen Spezies angehören, aber wir beide kennen die kalte Panik, die einen überfällt, wenn man sich zum erstenmal der eigenen Sterblichkeit bewußt wird. Wir wissen, daß es ein Ende gibt, ein absolutes Ende, wenn wir aufhören zu existieren, und danach kommt nichts mehr. Er erschreckt und entsetzt uns, er lähmt uns, wenn wir in dunklen Nächten neben unseren Liebsten im warmen Bett liegen, der Gedanke an das gnadenlose, unwiderrufliche, jeden ereilende Ende.

Sie sind *goi* und ich bin *tesh;* auch wenn wir anders lieben und leben, so haben wir doch eines gemeinsam: wenn wir erkennen, daß jemand sterben muß, den wir lieben, löst das die gleiche lähmende, kalte Panik in uns aus, wie wenn wir selbst betroffen wären. Das ist Hingabe, das ist Liebe. Finden Sie nicht auch?

20. November 1990: 21.15 Uhr

Vinyl Lionels Gesetz lautet folgendermaßen: Jeder ist entweder jemandes Zuhälter oder jemandes Prostituierte.

Nach dieser Definition wäre Vinyl Lionel unser Zuhälter, obwohl er es empörend fände, wenn man dieses Wort auf ihn selbst anwendete.

Vinyl Lionel hat eine Dauerwelle und trägt ein mit Nieten beschlagenes Lederhalsband. Nieten in jeder Form kennzeichnen Vinyl Lionels persönlichen Stil. Mit Nieten verzierte Armbänder, Nieten auf seiner SS-Mütze aus schwarzem Leder, Nieten auf den Motorrad-Stiefeln, Nieten auf den Schenkeln und Schultern seines einteiligen Reißverschlußanzugs aus PVC.

Ich erinnere mich noch an PVC aus den ›Swingenden‹ sechziger Jahren. In diesen Stiefeln und Regenmänteln schwitzte man wie ein Schwein. Vinyl Lionel hält daran fest, daß man die sechziger in die neunziger Jahre hinüberretten kann. Vinyl Lionel sollte die sechziger Jahre besser kennen. Er besitzt einen Seniorenausweis, der ihn zu Freifahrten mit dem Bus berechtigt, aber den zeigt er keinem. Wenn die neunziger Jahre so sind wie die sechziger, dann passiert wieder immer alles woanders. Wie ich die sechziger Jahre in Erinnerung habe, so war immer in irgendeiner anderen Straße oder auf der Party nebenan was los, aber nie dort, wo man selbst wohnte oder auf der eigenen Fete.

Strangefella's ist eines dieser Lokale, wo Werbetexter und die Herausgeber von kurzlebigen Straßenkult-Magazinen andere Leute davon zu überzeugen versuchen, daß sie nächtelang durchfeiern, während sie in Wahrheit jeden Abend gegen halb elf zu Hause in ihrem Bett liegen, erschöpft vom vielen Arbeiten.

Wenn in den neunziger Jahren ›was los‹ ist, dann aber bestimmt nicht bei *Strangefella's.* Vinyl Lionel begeistert sich für audiovisuelle Shows, die abgezogen werden, sofern es die Räumlichkeiten erlauben, und für die weißen Jungs mit den braven Frisuren, die sich als Disc Jockeys betätigen. Außerdem freut er sich immer, wenn er mich sieht. Das Vergnügen beruht auf Gegenseitigkeit, denn wenn er ein paar Gin Slings intus hat, kann er ein überschwenglicher Gesprächspartner sein.

»Liebling, Herzchen, du siehst heute abend besonders phantastisch aus, du strahlst ja richtig!« Er küßt mich auf die Wange; es ist etwas anderes als der seelenvolle Kuß auf den Mund, wenn sich zwei *tesh* treffen. Er schreit nach Cocktails. »Geht es deiner Mutter gut, obwohl sie in diesem schrecklichen Vorort wohnt?«

Ich erwidere, das Geschäft blühe, und dann erzähle ich ihm von dem Zuhälter.

»Ich hab's in den Zehn-Uhr-Nachrichten gehört. *Du* warst das also? Es hieß, es sei die Tat einer Bande, und es sollte aussehen, als sei er an einer Überdosis krepiert.« Er nimmt eine türkische Zigarette aus dem silbernen Etui und klopft das Ende ein-, zwei-, dreimal. »Bist du da nicht ein verdammt hohes Risiko eingegangen, Herzchen?«

»Er hat bei uns eingebrochen. Wenn man ihm eine Spur Intelligenz zubilligt, dann hätte er damit rechnen müssen, das ihm was passiert.«

»Trotzdem, Orion, Schätzchen, hättest du ihn uns überlassen sollen. Unser Job ist es, auf dich aufzupassen, und dein Job ist es, uns mit dem zu versorgen, was wir wollen. Ihr habt einen sehr bösartigen Zug an euch ... das ist eine eurer weniger liebenswerten Eigenschaften. Möchtest du rauchen?« Ich nehme die angebotene Zigarette.

»Was ist mit diesem neuen Kunden?«

Vinyl Lionel betrachtete angelegentlich seine chromgelb lackierten Fingernägel. »Na ja, viel gibt's nicht über ihn zu sagen. Ein ziemlich netter Junge. Du würdest im Traum nicht daran denken, ihn dir genauer anzusehen, aber das tust du ja nie, oder? Der Fette Willy hat ihn rekrutiert, in der üblichen Weise.« Er tunkt einen Finger in seinen Singapur Sling und zeichnet ein Yin-Yang-Symbol auf die marmorne Tischplatte.

»Wieviel weiß er?«

»Nur das absolute Minimum. Er wird dich totquatschen, Schätzchen, er ist einer dieser Typen, die sich unbedingt alles vom Herzen reden müssen. Na so was, wenn man vom Teufel spricht – da ist er ja ...« Vinyl Lionel rudert heftig mit den Armen und versucht, die Aufmerksamkeit eines Jungen zu erregen, der verloren an der Tür steht; er wirkt nervös und fällt unangenehm auf in seinem konservativen Anzug von der Stange. »Großer Gott, und dabei habe ich ihm gesagt, er soll sich nicht herausputzen, *Strangefella's* ist keines von diesen Lokalen. Aber was macht er? Ich kann nichts dafür, wenn die Gorillas ihn gleich rausschmeißen.«

»Behalt die Nerven, Lionel«, sage ich. »Beim erstenmal warst du auch nicht anders.«

»Biest«, erwidert Vinyl Lionel. Er haßt jede verdeckte Anspielung auf die Vergänglichkeit seiner Jugend und Schönheit, während wir uns nicht verändern, nicht altern, ewig jung bleiben. Er gibt dem jungen Mann ein Zeichen; der schlängelt sich an den Tischen vorbei und steuert durch den Qualm und dem Dröhnen des Schlagzeugs und der Bässe auf uns zu. »Ich wette mit dir um fünfzig Pfund, daß er einen Ford fährt.«

Auf diese Wette laß ich mich nicht ein, Lionel. Es ist ein Ford Sierra, metallicgrau, F-Registrierung, hier und da ein Rostfleck. Es muß etwas mit dem Metallic-Effekt zu tun haben, glaube ich. An der Heckscheibe hängt der gekreuzigte Garfield mit dem Kopf nach unten. Wenn man das Handschuhfach öffnet, purzeln Cassetten heraus. Hausgemachte Raubkopien, allesamt, außer der obligatorischen Cassette von ›Graceland‹. Alle älter als drei Jahre.

Er ist wirklich sehr nervös, das kann ich trotz seines Heathrow-Duty-Free-Aftershave riechen. Es ist Nervosität und noch etwas, das ich nicht ganz einordnen kann, aber es kommt mir vertraut vor. Es paßt mir nicht, von jemand gefahren zu werden, der so zappelig ist.

Grell beleuchtete Busse überholen uns; sie überqueren den Fluß in Richtung Südlondon; Mädchen mit Smogmasken, abgeschnittenen Jeans über Radlerhosen und Skibrillen wedeln auf surrenden Rädern vorbei, wie die Vorreiter einer totalitären, faschistischen Invasion. Während wir anfahren und bremsen, anfahren und bremsen, und so die Shaftesbury Avenue entlanggurken, zünde ich mir eine Zigarette an, die Vinyl Lionel mir als Andenken gegeben hat. Lionel, dieser abscheuliche alte *ul-goi,* hat recht. Der Typ scheint reden zu wollen, fürchtet sich aber vor mir. Ich verwebe Pheromone und ziehe ihn in ein chemisches Netz von Vertrauen. In der New Oxford Street taut er auf.

»Ich kann es immer noch nicht fassen«, staunt er. »Es ist unglaublich. Wie konnte etwas so … so *Ungeheuerliches* so lange Zeit geheim bleiben?«

»Es beruht auf einer mehrere tausend Jahre alten Partnerschaft«, erwidere ich. »Seit es *tesh* gibt, gibt es auch *ul-goi.* Und beide Gruppen müssen sich vor den *goi* verstecken.«

»*Goi?*«

»Menschen.« Mit einer Hand, die in einem Spitzenhandschuh steckt, deute ich wedelnd auf die regennassen Leute, die Holborn entlanghasten. »Die da. Die ignorante Masse.«

»Was sind *tesh?*«

Ich ziehe auf der beschlagenen Scheibe einen Kreis und teile ihn in der Mitte durch eine S-förmige Linie. Yin und Yang. Männlich und weiblich zugleich. Seit Urzeiten das Symbol der *tesh.*

»Und was sind *ul-goi?*«

»Das sind die, die nur bei einem *tesh* sexuelle Befriedigung finden.«

Das Wort scheint eine befreiende Wirkung auf ihn zu haben. Einen unbekümmerten Moment lang schließt er die Augen und seufzt. »Es ist komisch. Nein, es ist gar nicht komisch, es ist tragisch, beängstigend. Erst kürzlich wurde mir bewußt, an welchem Punkt es bei mir begann. Als Kind las ich Comics wie *Der Adler, Der Löwe* oder *Der Sieger.* In einer Geschichte gab es eine Szene, in der ein Taucher herauszufinden versucht, wer die Bohrinseln in der Nordsee sabotiert. Der Schurke schnappt ihn und bindet ihn an ein Bein der Plattform, bis ihm die Luft ausgeht. Da fing es bei mir an, als der Typ in dem Gummianzug gefesselt und hilflos auf den unvermeidlichen Tod wartete.

Es war ein unglaublicher Abfall in der Spannung, als

er in der nächsten Folge gerettet wurde. Von da an beschäftigte ich mich in meiner Phantasie mit Taucheranzügen. Ich muß Jacques Cousteaus größter Fan gewesen sein.« Er lacht. Unter aufgespannten Knirpsen flitzen Mädchen in PVC-Regenmänteln wie aus den sechziger Jahren und mit Gerry-Anderson-Frisuren zwischen den im Schneckentempo dahinkriechenden Autos hindurch; manche Mädchen kichern und beschimpfen die Fahrer. »In diesem Alter hat man noch keine Erklärung dafür. Aber aus meiner Kindheit stammt die Vorliebe für hauteng sitzende Kleidung.

Superhelden törnen einen natürlich gewaltig an. Ich erinnere mich noch an einen Streifen, in dem der Mächtige Thor in einen Baum verwandelt wird. Jesus! Ich war ganz aus dem Häuschen. Damals war ich süchtig nach Ski-Abfahrtslauf. Wenn etwas in der farbigen Sonntagsbeilage über Ski-Abfahrtslauf oder Ballett stand, schnitt ich es aus, pirschte nach oben in mein Zimmer und starrte unter der Bettdecke auf die Bilder; das einzige Licht kam vom Schalter meiner elektrischen Heizdecke.

Jane Fonda war für mich die Antwort auf meine Gebete. Von meiner Schwester borgte ich mir das Leotard und eine Strumpfhose aus und zog die Sachen an, nur um zu fühlen, wie es ist, wenn man vom Hals bis zu den Zehen in einer zweiten Haut steckt. Manchmal ... manchmal, wenn es abends sehr dunkel war, ging ich nicht mit, wenn die Familie noch spät einkaufen ging, damit ich mich verkleiden konnte. Dann kletterte ich über den rückwärtigen Zaun unseres Sportplatzes und spazierte dort herum. Ich lief einfach nur hin und her. Es war schön, aber es genügte mir nicht. In meinem Kopf spukte noch etwas herum, das nach mehr verlangte, aber ich wußte nicht, was es war.

Mit siebzehn entdeckte ich die Sex-Shops. Ich weiß nicht, wie oft ich daran vorbeiging, weil mir der Mut fehlte, die Tür aufzumachen und einzutreten. Eines

Tages sagte ich mir, das Hineingehen könne auch nicht schwerer sein als das ständige Vorbeilaufen. Ich kam mir vor wie im Märchen. Die ganzen fünfzig Pfund, die ich mir zusammengespart hatte, gab ich auf einmal aus. Da gab es ein Magazin, *Mr. S. M.* ... so etwas hatte ich vorher noch nie gesehen. Ich wußte nicht, daß Menschen sich gegenseitig so etwas antun können.

Später, als ich alle Hefte zwanzig, fünfzig, hundertmal durchgelesen hatte, merkte ich, daß sie den Reiz verloren. Ich kaufte neue Magazine, aber es war immer dasselbe. In meinem Kopf spielten sich Dinge ab, die viel, viel aufregender waren als die Geschichten auf den Fotos. In meinen schönsten Phantasien malte ich mir Dinge aus, auf die vorher noch kein Mensch gekommen war.«

»So was gibt's«, sagte ich. Alle glauben, sie seien die einzigen. Sie fangen unterschiedlich an, diese Männer und Frauen, und es beginnt in ihrer Kindheit, zwischen Sandburgen, Dinky-Spielzeug und Cindy-Puppen; jeder glaubt, so was wie er oder sie könne es nicht noch mal geben. Dabei zieht es sie schon zu uns hin, und sie suchen sich gegenseitig. Sie erkennen, daß Dinge, die in anderen Stürme der Leidenschaft auslösen, sie kalt und unberührt lassen, und sie verlieren alles: Freunde, Liebhaber, Jobs, Karrieren, Hoffnungen und Träume; es bleibt lediglich die Sehnsucht, endlich das zu finden, was die Phantasien in ihrem Kopf befriedigt.

Gibt es etwas Gequälteres und Verderbteres als diese Menschen? Aber ich nehme ihnen ihre Illusionen nicht. Ich höre mir ihre Phantastereien und Beichten an und erteile ein bißchen Absolution und Rechtfertigung. Dabei quillt ihnen das Herz über.

Erzähl mir ruhig deine Geschichte, du kleiner *ul-goi* in deinem besten Anzug; ich werde dir zuhören, denn obwohl ich Geschichten wie diese schon zehntausendmal gehört habe, verdienst du meine volle Aufmerksamkeit. Du hattest wenigstens den Mut, der so vielen abgeht: den Mut, die Hand nach dem auszustrecken, was du wirklich möchtest.

Für den Homosexuellen ist es das eigene Spiegelbild.

Für den Transvestiten ist es die Flucht aus der Häßlichkeit in die eingebildete wahre Schönheit.

Für den Sado-Masochisten ist es die Umarmung des zweischneidigen Schwertes der Schuld.

Der Fessel-Enthusiast streift die Last des Erwachsenseins ab und begibt sich auf das Niveau eines hilflosen Kindes zurück.

Der Gummi-Fetischist will sich in die tröstliche Abgeschiedenheit der Gebärmutter flüchten.

Ein *ul-goi* ist frustriert, weil er gleichzeitig so sein möchte, wie er *ist* und wie er *nicht* ist.

Woher kommen auf einmal all die mit Neonfarben übersprühten VW-Käfer?

Was sagt er jetzt? Er schwafelt was über einen Club mit der Nummer 0898 – ›Cycle Club Lust‹ –, der einem Telefonsex versprach; wie er am Hörer hing, während die Einheiten liefen, und vergeblich auf den Höhepunkt wartete. Telecom hatte ihnen zur Auflage gemacht, Ausdrücke wie ›Penis‹, ›Gesäß‹ und ›Brüste‹ zu benutzen, als ob es einem bei solchen Wörtern kommen könnte, meint er.

Und wieder spüre ich sie, diese gewisse Unsicherheit, obwohl meine eigenen Pheromonmuster sie beinahe überdecken. Aber ich kenne sie, ich kenne sie …

Kräne, die mit Warnlichtern für Flugzeuge geschmückt sind, die aussehen wie eine Weihnachtsdekoration, durchstoßen die Luft. Die Türme von London kommen in Sicht. Gleich sind wir zu Hause.

Ich zeige ihm einen relativ sicheren Platz, wo er das Auto abstellen kann. In dieser Gegend kauft man sich keine Stereoanlage für den Wagen, man leiht sie sich einfach im nächsten Pub aus.

Auf der Straße, den Kragen hochgeklappt, um sich vor dem Nieselregen zu schützen, sieht er schrecklich unsicher und verwundbar aus. Der leiseste Hauch von Pheromonen genügt, um das zu bestätigen. Sanfte Moschusdüfte steuern ihn durch die vordere Tür, und dann vorbei an den Zimmern, in denen wir die Sonderwünsche unserer *goi*-Kunden befriedigen. Wir steigen die Treppe hinauf, lassen Cassiopeias Zimmer am nächsten Treppenabsatz links liegen und klettern noch eine lange Stiege hoch bis unters Dach. Dort befindet sich die Kammer für die *ul-goi*.

18. November 1990

Am dritten Tag des *jhash* fuhr ich Mutter besuchen; die dreiviertelstündige Zugfahrt ging vorbei an den roten Ziegelpalästen der Supermärkte, über die der Luftverkehr von Heathrow hinwegdonnert.

Als Anfang der fünfziger Jahre die große Welle der Slumbereinigungen das alte East End in die neuen Satellitenstädte spülte, wurden Mutter und sein kleines Imperium mitgeschwemmt.

Drei Jahre, nachdem die Bombenangriffe aufhörten, fing der Blitzkrieg erst richtig an, behauptet er. Nach dreihundert Jahren Wohnen in einer Metropole fand er, ein Tapetenwechsel würde ihm guttun. Er hat sich zu einem begeisterten Vorstadtbewohner bekehren lassen und kann nicht begreifen, wieso wir aus freien Stücken in der City bleiben.

Mit seinen beiden Schwestern, unseren Tanten, betreibt er in einem freistehenden, auf einem großen Grundstück gelegenen Haus ein diskretes und lukratives Bordell. Die Abartigkeiten in den Vororten sind anders als die in der City, aber es bleiben Perversitäten, die sich genauso ausbeuten lassen.

Als Mutter mir die Tür öffnete, kam ein ältlicher Mann in einem ausgebeulten schwarzen Latex-Anzug die Treppe herunter; als er mich sah, entschuldigte er sich und verkrümelte sich in das hintere Schlafzimmer.

»Es ist alles in Ordnung, Liebling, er gehört zur Familie«, rief Mutter. »Ich sollte wirklich aufhören, Geld von ihm zu nehmen. Er kommt schon seit zwanzig Jahren hierher, jeden Dienstag, es ist immer dasselbe. Er zieht sich den Gummianzug an, und deine Tante Ursa muß sich auf sein Gesicht setzen. Er ist glücklich verheiratet. Und er hat uns doch tatsächlich zu seiner Silberhochzeit eingeladen, weißt du; ein netter Zug, aber ich glaube nicht, daß wir hingehen sollten, was meinst du?« Mutter führte ein aggressiv heterosexuelles Hurenhaus.

Nach außen hin wirkten die drei wie ein wenig nuttenhaft aussehende Mittvierzigerinnen, mehr der Frauentyp, der allein Einkaufskarren durch palastartige Supermärkte schiebt und im Kleinwagen beim Freizeitzentrum vorfährt, um dort Yoga-Unterricht zu nehmen, als der, der in Bars wodkatrinkend und vulgär lachend an den vordersten Tischen sitzt.

Meine Mutter wurde im selben Jahr geboren, als Charles II. den Thron bestieg.

Wir küßten uns auf den Mund und tauschten mit den Zungen chemische Erkennungsmerkmale aus. Ich versuchte erst gar nicht, meine Gefühle zu verbergen; der Geschmack von Angst läßt sich nicht übertünchen.

»Liebstes, was hast du? Ist es wieder dieser Zuhälter? Macht er euch Ärger?« Schnüffelnd sog er die Luft ein. »Nein, es geht um Cassiopeia, hab ich recht? Irgend etwas ist mit ihm passiert. Gibt es Scherereien mit den Behörden? Liebling, Richter des Hohen Gerichtshofs fressen uns aus der Hand. Nein, es ist etwas anderes ... etwas Schlimmeres. O nein. O mein Gott, nein!«

Chemische Kommunikation ist zuverlässiger und deutlicher als verbale. Minuten später hatten meine Tanten, die den Alarmgeruch in der Luft wahrnahmen, ihre Termine mit den Kunden abgebrochen und sich in dem Hinterzimmer versammelt, das nur ein *tesh* betreten durfte.

In dem tiefen Ohrensessel, den man dicht an die Gasheizung herangerückt hatte, saß meine Großmutter; er war siebenhundert Jahre alt und lebte beinahe ausschließlich in der Finsternis, zum ewigen Umherwandern verdammt; nur der Tod konnte ihn aus dem gewaltigen Labyrinth seiner Erinnerungen erlösen. Seine Finger zuckten in seinem Schoß wie die Beine aufgespießter Spinnen. Wir unterhielten uns in unserer eigenen Sprache, einem zischenden Flüstern, unter den Augen der *hahndhavi,* deren Bildnisse die Fünf Himmelsrichtungen markierten.

Jhash. Dieses Wort durfte nur gewispert werden.

Ich schlug vor, ärztliche Hilfe in Anspruch zu nehmen. Unter den *ul-goi* gibt es berühmte Ärzte. Sexuelle Neigungen gibt es in allen Berufsschichten. Bei den Fortschritten in der *goi*-Medizin, und wenn man die besten Ärzte zu Rate zog …

»Die Sorge um deine Schwester muß dir vorübergehend den Verstand getrübt haben«, raunte Tante Lyra, »wie könntest du sonst so dumm sein, einen von uns diesen *goi* ausliefern zu wollen?«

Meine Mutter berührte seinen Arm und bedeutete ihm zu schweigen.

»Er hätte sich etwas vorsichtiger ausdrücken müssen, meine Liebe, aber er hat recht. Es wäre kein Problem, einen *ul-goi*-Arzt zu konsultieren, aber Ärzte arbeiten nicht allein. Sie benötigen ein Heer von Forschern, Technikern, Laborpersonal und Beratern. Was glaubst du, wie lange es dauern würde, bis irgendein *goi* die Wahrheit über Cassiopeia herausgefunden hätte?«

»Dann würdest du meine Schwester, deine Tochter, lieber sterben lassen, als ein Sicherheitsrisiko einzugehen?«

»Verlange nicht von mir, daß ich dir solche Fragen beantworte. Hör mir gut zu. Einer unserer Stammkunden hier ist ein *ul-goi*-Anwalt. Nur um Konversation zu machen, fragte ich ihn einmal nach unserer rechtlichen Stellung. Und dazu gab er mir folgende Antwort: Wir mögen denken, sprechen und aussehen wie Menschen, aber wir sind keine. Und da wir keine Menschen sind, stehen wir auf einer Stufe mit Tieren – eigentlich noch darunter, denn die meisten Tiere genießen einen gewissen gesetzlichen Schutz.

Sie können mit uns anstellen, was sie wollen, sie können uns enteignen, uns lebenslang einsperren, mit uns experimentieren, uns vergasen, uns zum Sport abknallen, uns auf der Straße verbrennen – vor dem Gesetz wäre es das gleiche, wie wenn sie Ratten töteten. Wir sind keine Menschen, deshalb schützt uns das Gesetz nicht. Wenn wir unsere Sicherheit aufs Spiel setzen, bedeutet das eine Gefahr für uns alle.«

»Er liegt im Sterben, und ich will wissen, was ich machen soll.«

»Du weißt, was zu tun ist.« Die Stimme erschreckte mich. Sie klang wie eine alte, verrostete Maschine, die nach einer langen Ruhepause wieder in Betrieb genommen wird. »Du weißt, was zu tun ist«, wiederholte meine Großmutter, indem er in einem lichten Augenblick in das letzte Jahrzehnts unseres Jahrtausends zurückkehrte. »War ich ein so schlechter Lehrer oder wart ihr begriffsstutzige Schüler? Père Teakbois, der Ausgleichende, verlangte *jhash* von uns als Preis für unsere enorme Langlebigkeit, aber St. Semillia, der Gnädige, handelte eine Möglichkeit aus, mit der wir uns freikaufen können. Das Lösegeld ist Blut. Blut bedeutet Leben, und mit einem Leben kann man ein Leben zurückkaufen.«

Natürlich kannte ich die Geschichte. Ich verstand sogar das biologische Prinzip, auf dem diese Pseudo-Theologie fußte. Eine massive Bluttransfusion konnte das geschwächte Immunsystem vielleicht dazu anregen, sich selbst zu regenerieren; auf eine ähnliche Weise frischen sich unsere Körper wieder auf, indem wir *goi*-Geschlechtszellen als Schablonen benutzen.

Die Antwort auf *jhash* kenne ich, seit ich weiß, daß es *jhash* gibt; wieso hatte ich mich dagegen gesträubt, sie zu akzeptieren, und statt dessen nach albernen und gefährlichen Alternativen gesucht, die gar nicht funktionieren konnten?

Weil St. Semillia, der Gnädige, seinen Dispens teuer verkauft.

Mutter gab mir einen Schuhkarton voll Gerätschaften mit, das meiste veraltetes Zeug aus dem vorigen Jahrhundert, als der letzte Fall von *jhash* aufgetreten war. Wie er endete, erzählte er mir nicht. Eigentlich wollte ich es auch gar nicht wissen.

Im Haus in der Shantallow Mews führte ich einen Schlauch in meinen Arm ein, und während ich die Sechs-Uhr-Nachrichten sah, pumpte ich zwei Plastikbeutel voll Blut. Vernichtungskrieg in der Tory-Partei. Ein paar Gesichter kannte ich, ziemlich intim sogar.

Das Blut schien Cassiopeia zu kräftigen, aber die Wirkung war nur vorübergehend. Nie würde ich ihm genug Blut spenden können, bereits nach zwei Pints fühlte ich mich schwach und zittrig. Ich konnte den Krankheitsverlauf lediglich verzögern.

Ich nahm die Ikone von St. Semillia, dem Gnädigen, von der Wand und fragte sie, was ich tun sollte. Sein Schweigen verriet mir nichts, was ich nicht schon wußte. *Da draußen gibt es weiche. Es sind wenige, sie sind nicht vollkommen, aber sie existieren, und du mußt sie finden.*

Ich *tletchte,* zog mir ein schwarzes Leotard an, eine schwarze Strumpfhose, einen schwarzen Minirock und schwarze hochhackige Schuhe; dann schlüpfte ich in einen Staubmantel und stieg hinab in die Pappkarton-Cities.

Welche Lehren verbreiten unsere Philosophen? Daß wir in der besten aller möglichen Welten leben? Erzählen Sie das mal den verdammten Seelen, die in den Pappkarton-Cities in den Bahnhofsschächten und Unterführungen hausen. *Tesh* haben diese Illusionen nicht. Daß die Welt ein schöner Ort sein muß, war nie einer unserer Glaubensgrundsätze. Die Welt muß lediglich so beschaffen sein, daß man in ihr überleben kann.

Eingehüllt in einen Nimbus aus hormoneller *Scheu*, tigerte ich hinunter. Es stank nach Bier, Pisse, Qualm, Feuchtigkeit und noch etwas, das zu schwach und verdünnt war, um auf Anhieb erkannt zu werden. Doch dieser kaum wahrnehmbare Hauch wirkte auf mich am stärksten, es war die Ausdünstung von Verzweiflung.

Menschliche Wracks, ausgebrannt wie die Schlachtschiffe des Falklandkriegs, wedelten mir benommen einen Gruß zu, als ich an ihnen vorbeiwirbelte; mein Mantel blähte sich in dem feuchtwarmen Wind, der über das Ödland fegte.

Augen bewegten sich in Pappkarton-Bunkern und Pappkarton-Särgen; Köpfe drehten sich mir zu, ärgerlich, weil das Elend gestört wurde von jemand, der diese Not offensichtlich nicht teilte. Wer nichts anderes besitzt, der hütet sogar sein Elend wie einen kostbaren Schatz.

Gestalten drängten sich um qualmende Feuer, die Augen vom Rauch gerötet, und reichten selbstgedrehte Zigaretten herum. Wo jemand genug Geld für Batterien zusammengekratzt hatte, plärrte Tanzmusik aus Verstärkerboxen.

Sie würden mich nicht belästigen. Meine Pheromone woben eine schattenhafte, gottgleiche Gestalt, die am Rand der Finsternis entlangpirschte.

Wohin soll ich gehen? hatte ich gefragt.

Dorthin, wo man niemanden vermissen wird, antwortete meine Mutter.

Ich klapperte die Bögen des Viadukts ab, die Autobahnbrücken, die Ladeneingänge, die nachts durchgehend geöffneten Hamburger-Stände, die Parkhäuser und Spielplätze. Ich stieg in die Tunnel unter den Bahnhöfen hinab, während über meinem Kopf die Züge ratterten, die die Yuppies mit ihren Mobil-Telefonen in Vororte zurückbrachten, die auf ›ing‹ oder ›wich‹ enden, Elite-Ghettos mit Namen wie Elmwood Grove oder Manor Grange.

Die Tunnel dröhnten und klirrten; in dem elektrischen Licht tropfte funkelnd Kondenswasser von den Stalaktiten, die aus den Fugen der Dachverstrebungen wuchsen. An einer Stelle, wo sich zwei Tunnel kreuzten, blieb ich stehen. Etwas lag in der Luft; der ständige Durchzug, der in diesen Schächten herrschte, wehte ein paar flüchtige Moleküle von Lipiden herbei.

Woran soll ich sie erkennen? hatte ich gefragt.

Wenn es soweit ist, weißt du Bescheid, antwortete meine Mutter.

Die Pheromone schwebten in der Luft wie eine tückische, lückenhafte Fährte; um sie zu verfolgen, mußte ich meine Sinne aufs äußerste anstrengen. Sie lockte mich hallende Treppenschächte und Rampen aus Beton hinab, über mir hingen matt glimmende oder tote Glühbirnen.

Während ich immer tiefer nach unten gezogen wurde, löste ich meine Aura aus *Scheu* auf und wob einen neuen Zauber: Verführung. Jetzt war ich mir sicher; ganz sicher. Die verlorenen Kinder in ihren Körbchen nahmen meine Anwesenheit kaum wahr; es roch nach Scheiße und *ganja*.

Sie hatte sich in einen geschützten Winkel unter einem Abzugsloch verschanzt, aus dem Wärme und der Duft von gebratenem Essen aus irgendeiner Ecke der Bahnhofshalle zu ihr drangen. Ein überdimensionaler Aran-Pullover – sehr schmutzig und stark ausgeleiert – war über ihre angewinkelten Knie gezogen. Sie hatte sich in Müllsäcke aus Plastik eingewickelt und plattgedrückte Pappkartons, die einmal Waschmaschinen und CD-Systeme enthielten, um sich herum gestapelt.

Ich umhüllte sie mit einer Wolke aus Pheromonen. Ich versuchte mir vorzustellen, was sie wohl sehen mochte: eine großgewachsene Frau in einem langen Mantel, mehr Vision denn Realität, die wie ein Dämon, ein Engel oder eine Richterin vor ihr aufragte.

Woher sollte sie wissen, daß es meine Pheromone waren, und nicht ihr eigener freier Wille, als sie sich plötzlich brennend wünschte, ihr Gesicht zwischen meine nylonglatten Schenkel zu vergraben? Noch nie in ihrem Leben hatte sie ein so drängendes Verlangen gespürt.

Niederkniend, umfaßte ich ihr Kinn mit der Hand. Sie schaute mir in die Augen und versuchte, meine Finger zu lecken. Ihr Gesicht war schmutzig. Ich beugte mich über sie, und sie öffnete bereitwillig den Mund. Ihre Zunge fuhr innen an meinen Lippen entlang; wimmernd versuchte sie, mir die Zunge in den Hals zu stoßen.

Ich war mir absolut sicher; die Moleküle lügen nicht. Ich hatte es geschmeckt.

Als ich eine Hand ausstreckte, griff sie strahlend und voller Freude danach. Sie würde alles für mich tun, alles, alles, alles, wenn ich sie nur aus diesen nach Pisse und Verzweiflung stinkenden Tunneln herausholte und mit in meine Wohnung nahm: Ich durfte mit ihr machen, was ich wollte.

Die Gänge zitterten unter der eisernen Last eines Zuges.

Sie liebte mich; sie liebte mich.

Mit einem Aufschrei entriß ich ihr meine Hand, machte kehrt und lief davon; meine Mantelschöße flatterten, und die Absätze knallten wie Pistolenschüsse. Schneller! Schneller! Ich fing an zu rennen. Ihre Rufe verfolgten mich durch die Tunnel: Komm zurück komm zurück, ich liebe dich, warum läufst du weg, ich liebe dich …

Ich fuhr mit der U-Bahn, bis die Stunde der Curry-

Takeaway-Gerichte und der Bierdosen anbrach. *Wir sind keine Menschen,* sprach meine Mutter aus jedem Plakat und jeder Werbeanzeige zu mir, *wir können uns den Luxus menschlicher Moralbegriffe nicht leisten.*

St. Semillia, der Gnädige, lächelte auf mich herab. Ich fuhr mit der Bahn, bis in den Stationen, die wir verließen, die Lichter ausgingen, und schließlich landete ich wieder in der Shantallow Mews.

Das Haus wirkte und roch normal. Von draußen war nichts zu sehen. Er war durch ein hinteres Fenster eingebrochen und hatte die Räume demoliert, in denen wir die *goi* unterhielten. Als er merkte, daß die Tür zu Cassiopeias Zimmer abgeschlossen war, trat er die Füllung einfach ein.

Der Zuhälter hatte gründliche und professionelle Arbeit geleistet. Gläser und Tassen voller kaltem Tee auf dem Fußboden zerschellt; auf dem Teppich lagen verstreut die tausend Teile eines halbfertigen Puzzles von der königlichen Familie; Magazine waren mittendurchgerissen; den Radiorecorder hatte er mit einem Fußtritt zermalmt.

Zerfledderte Bänder aus den Musikcassetten hingen in Bündeln von den Lampen und bewegten sich im Luftstrom, der durch die offene Tür zog. Der Metallständer neben dem Bett war umgekippt, die Wände mit dem Blut – *meinem* Blut – bespritzt und besudelt.

Cassiopeia kauerte in einer Ecke beim Fenster, bleich und bibbernd vor Schock. Unter der Bettdecke umklammerte er die Ikonen der fünf *hahndhavi* und ein Küchenmesser. Eine Seite seines Gesichts war grün und blau geschlagen, und vor der leisesten Berührung meiner Hand zuckte er zurück.

»Er hat angedroht, er käme zurück«, flüsterte meine Schwester. »Wenn wir nicht für ihn arbeiten würden, käme er immer und immer wieder, bis wir Vernunft annähmen.«

Ich legte ihn bequem auf das Sofa, wischte das Blut

von den Wänden und räumte auf. Dann ging ich zu dem nie-ganz-vergessenen Versteck unter den Dielenbrettern und holte den *hru-tesh* heraus.

St. Semillia, welchen Preis verlangst du für deine Gnade!

20. November 1990, 22.30 Uhr

Wenn meine Parfüms ihn nicht so beharrlich durch die Tür droben an der Treppe drängten, würde er sich aus Angst vor der eigenen Courage umdrehen und retirieren. So was kommt öfter vor. Trotzdem fühlen sie sich immer wieder zu dieser Tür hingezogen, angelockt durch das Yin-Yang Zeichen, mit verschüttetem Wodka auf eine Tischplatte gemalt, verführt durch Adressen, die auf Streichholzbriefchen geschrieben oder in Toiletten unter Trennwänden hindurchgeschoben werden. Sie kommen zurück, weil nichts anderes sie befriedigen kann.

Im Zimmer faszinieren ihn die zu den fünf Himmelsrichtungen plazierten *hahndhavi*. Immer und immer wieder dreht er die Ikone von Filé Legbé in den Händen.

»Die ist sehr alt«, stellt er fest.

»Frühes Mittelalter«, bestätige ich und biete ihm aus der Cocktail-Bar was zu trinken an. Nervös kippt er einen Tequila mit einem einzigen Schluck hinunter. »Die *hahndhavi*. Die Fünf Gebieter der *tesh*. Wir haben unsere eigene Religion, man könnte sie als eine Art urbaner Hexerei bezeichnen. Wir besitzen eigene Götter, eigene Dämonen und eine eigene Magie. Mit der Einführung der Molekularbiologie haben unsere Glaubensgrundsätze theologische Prügel bezogen; wir mußten einsehen, daß wir nicht die dämonischen Liebhaber, die Inkubi und Sukkubi der mittelalterlichen Legenden sind, sondern bloß eine Variante der Menschheit. Eine

Unterspezies. Zwei Chromosomen trennen mich von dir.«

Während ich rede, zieht er sich aus. Er schaut sich nach einem Schrank um, in den er seinen feschen Anzug, das Hemd und die grellbuntgemusterte Seidenkrawatte hängen kann.

Ich öffne die Schiebetür eines der Spiegelschränke, die hinten an der Wand stehen. Seine Ordnungsliebe ist rührend. Dann schenke ich ihm noch einen Tequila ein, damit er sich seiner Nacktheit nicht schämt, und bugsiere ihn zu dem verstellbaren Sessel auf der anderen Seite des Zimmers.

Als ich ihn hineinsetze, rieche ich es wieder, dieses ungewisse Etwas, das von einem Gemisch aus seinem Körperschweiß, dem Aftershave und *José Cuervo* überlagert wird. Es ist mir vertraut.

Während er mit kleinen, krampfhaften, ängstlichen Schlucken an seinem Drink nippt, ziehe ich mich bis auf die Unterwäsche aus. Ohne Eile schäle ich mich aus dem Slip, den Strümpfen und dem Strapsgürtel, und kicke alles mit einem Fußtritt beiseite.

Sein Penis reckt sich so plötzlich und so stramm in die Höhe, daß es ihn selbst überrascht. Das Glas fällt zu Boden, und der Tequila ergießt sich über den Teppich.

Langsam, ekstatisch, beginnt er zu masturbieren. Nackt vor ihm stehend, schlüpfe ich ins *tletchen*. Ich spüre die vertraute Wärme hinter den Augen, als Wellen von Drüsensekreten und Hormonen durch meinen Körper toben. Kraft meines Willens dirigiere ich die Säfte an jeden Punkt, in jede Zelle, in jedes Molekül. Ich brenne innerlich in einem chemischen Feuer.

»Weißt du, was Mitose und Meiose sind?« frage ich ihn, während die Hormone sengend durch meinen Leib rasen und mich umwandeln. *Mitose ist eine Rose, denkt Mose, doch dieser Gedanke geht in die Hose.* »Früher glaubte man, Inkubi und Sukkubi suchten Menschen auf, um von ihnen sexuelle Flüssigkeiten zu stehlen;

Eier, Spermien. Es stimmt insoweit, als wir haploide Zellen brauchen, um damit unsere eigenen Körperzellen zu imprägnieren und uns in gewissem Sinne ständig neu zu gebären. Deshalb leben wir fünf-, sechs-, siebenhundert Jahre, sofern die Weltereignisse es zulassen. Allerdings ist unsere Reproduktionsrate sehr niedrig.«

Im Lauf der Jahre habe ich festgestellt, daß viele von ihnen ein Gespräch genauso erregend finden wie den körperlichen Akt. Es ist wohl der Kitzel, sich einem unerbittlichen fremdartigen Wesen auszuliefern.

Während ich rede, schrumpfen meine schönen vollen Brüste und ziehen sich zu flachen Warzen zusammen; das pralle Fleisch auf meinen Hüften und dem Po verflüchtigt sich und statt dessen polstern sich der Bauch und die Schultern; Muskeln straffen mein Becken; mein gesamtes Körperprofil verwandelt sich von der breithüftigen, schmalschultrigen, sanduhrförmigen weiblichen Silhouette in ein breitschultriges, flachbrüstiges, schmalhüftiges männliches Dreieck.

Meine Genitalien schwellen, ziehen sich zusammen, sprießen und falten sich neu. Als meine Mutter mich zum erstenmal ins *tletchen* einführte, fand ich dieses Schrumpfen und Wiederanschwellen meiner Geschlechtsteile schrecklich aufregend. Wenn ich mich nun von einem weiblichen in ein männliches Wesen verwandele, fühle ich mich unvollständig und leer. Aber ich sehe, welchen erregenden Schock es meinem Kunden versetzt.

Ich gehe zu ihm und lasse ihn meine neue Männlichkeit kosten. Er streichelt meine harte Brust, zwirbelt meine flachen Brustwarzen zwischen Daumen und Zeigefinger, liebkost meine Pobacken, Schenkel, Genitalien. Während sich seine Erregung steigert, fahre ich mit einer Stimme fort, die um eine Oktave tiefer liegt:

»Im Grunde sind wir ein urbanes Phänomen. Wir wohnten in den Städten am Nil und Indus, in Mesopotamien, im Griechenland der Antike und im alten

Rom – ein paar ihrer weniger bedeutenden Gottheiten waren verkleidete *tesh*. Wenn wir nicht auffallen wollen, brauchen wir eine große Anzahl von Klienten, denen wir genetisches Material entziehen – in ländlichen Gegenden finden wir zu viel Beachtung für unseren Geschmack. Deshalb gibt es diese mittelalterlichen Legenden über uns, weil damals das ganze Land nur spärlich bevölkert war. Mit der Verstädterung starben diese Geschichten aus, weil wir in den Cities anonym bleiben konnten.

Meine Familie kam mit den Normannen nach England, aber wir sind ein relativ junges Geschlecht; der Zweig, mit dem wir uns vor einhundertundfünfzig Jahren in Edinburgh verschwägerten, lebt bereits seit dem Ende der Eiszeit hier.«

In seinen Augen stehen Tränen. Als er mich fest an sich drückt, rieche ich ihn schon wieder, diesen intimen, vertrauten Duft.

Er ist mir sogar sehr vertraut.

Ich weiß, was es ist, und wo ich ihn schon früher wahrgenommen habe. Aber noch bin ich nicht mit ihm fertig. Ich rücke von ihm ab, außer Reichweite seiner neugierigen Finger, und raffe noch einmal sämtliche Energie des *tletchens* zusammen.

Konturen, Profile, Geschlechtsmerkmale, schmelzen und zerrinnen in der Hitze meines hormonellen Feuers. Mein Körper, meine Identität, meine *Teshness,* meine Orion-artigkeit, splittern sich auf in eine Vielzahl möglicher Geschlechter.

Aus der Geschlechtslosigkeit erblühe ich zu einem echten Hermaphroditen. Jetzt bin ich Mann *und* Frau, Yin und Yang in einem. Er hat zu schluchzen angefangen und melkt seinen Penis mit freudiger Hingabe. Jetzt steht er zum erstenmal in seinem Leben vor der totalen sexuellen Befriedigung.

Er darf mich berühren und meine geheimnisvolle Zweigeschlechtlichkeit erforschen. Er steht auf, preßt seinen Körper gegen meinen, erschauert und stöhnt; es sind klagende Laute, wie die eines Sterbenden. Nun erst hat er sich zur völligen Nacktheit entblößt. Es strömt aus jeder Pore seines Leibs, aus jeder Drüse, Schleimhaut und erogener Zone. Sein Parfüm macht mich trunken, so daß der Raum zu kreisen beginnt, und der Sturm der Chemikalien mich überwältigt. *Ja! Ja! Ja!*

Ich schaue in seine Augen.

»Weißt du, wie wir unsere Namen bekommen?« frage ich ihn. »Wir haben auch offizielle Namen, *goi*-Namen, aber unter uns benutzen wir unsere *tesh*-Namen. Wie wir genannt werden, richtet sich nach der Konstellation des Aszendenten in der Nacht unserer Geburt. Ich heiße Orion, meine Schwester Cassiopeia.« Ich erzähle es ihm, weil ich will, daß er Bescheid weiß. Ein Name ist das mindeste, was ich ihm schulde.

Ich öffne den Mund, um ihn zu küssen, und er öffnet die Lippen, um mich zu empfangen. Feine Speichelfäden dehnen sich und reißen. Ich schmecke ihn und stelle fest, daß er richtig ist.

Meine Speicheldrüsen vollziehen im Nu den chemischen Wechsel. Ein Tropfen Gift fällt von meiner Zunge auf die seine, und wie eine Kette aus Blitzen rast das Toxin von einem Neuron zum nächsten. Selbst dann, als er sich sträuben möchte, als er begreift, daß er verraten wurde, kann er sich nicht wehren; er ist wie erstarrt.

Er läßt sich mühelos hochheben. Als Zwitter besitzen wir die Muskulatur beider Geschlechter, und das gewaltige Hormonpotential des *tletchens* verleiht uns übernatürliche Kräfte. Ich trage ihn die Stiege hinunter und den kleinen Treppenabsatz entlang in Cassiopeias Zimmer. Ich höre, wie sein Herz an meiner Schulter schlägt. Er paßt bequem in den Sessel neben dem Bett.

Cassiopeia schwebt zwischen Schlafen und Wachen, gefangen in einem Fiebertraum; er murmelt vor sich hin, schreit, windet sich in Zuckungen; im Wahn einer

Halluzination verdreht er die Augen. Aus der Reebok-Schachtel unter dem Bett hole ich die Geräte; ich führe einen Schlauch in Cassiopeias rechten Arm ein und lasse das blaue, verbrannte Gift aus der Vene in eine am Boden stehende Schüssel tropfen.

Nur seine Augen können sich bewegen. Er sieht die Nadel, die ich für ihn bereithalte. Habe ich eigentlich schon gesagt, wieviel allein die Augen ausdrücken können? Hat man erst eine Bemerkung gemacht, muß man sie mit Sicherheit bald wiederholen.

Er zuckt nicht zusammen, als ich einen Schlauch in seinen rechten Arm stecke und ihn mit Cassiopeia verbinde. Während ich sein Blut durch die alte Gummiröhre pumpe, erzähle ich ihm die Geschichte, die ich von meiner Großmutter kenne; ich berichte ihm von Père Teakbois' Kuhhandel und den Preis, den St. Semillia für seine Gnade verlangt.

Da es mit ihm zu Ende geht, hat er ein Recht, alles zu wissen. Und ganz zum Schluß scheint er zu verstehen; er begreift Vinyl Lionels Gesetz: Jeder ist entweder jemandes Zuhälter oder jemandes Prostituierte. Entweder man benutzt jemanden, oder man wird benutzt.

Die da drunten in den Tunneln hat mich geliebt. Du begehrtest mich bloß. Sie liebte mich nicht aus freien Stücken, du aber wolltest mich aus eigenem Antrieb haben. Ich manipulierte sie, damit sie mich liebte; dich hingegen habe ich nicht dazu verführt, mich zu begehren.

Das ist der Grund, *goi,* weshalb ich den Zuhälter ohne die geringste Anwandlung von Skrupel töten konnte, und warum jetzt ausgerechnet dein Blut durch den Gummischlauch fließt. Wir waren beide die Benutzten, sie und ich. Du und er jedoch seid die Benutzer. Glaub mir, *goi*-Junge, ich hege keinen Groll gegen dich. Ich muß so handeln, weil ein älteres, strengeres Gesetz der Gnade es von mir verlangt.

Wenn der letzte Tropfen Blut geflossen ist, nehme ich

die Schläuche ab. Cassiopeia ist in einen tiefen, ruhigen Schlaf gesunken. Seine Haut hat bereits die tödliche *jhash*-Blässe verloren, und als ich ihn küsse, fühlt er sich warm an.

Ich betrachte den Jungen, dessen Erstarrung durch das Nervengift der heiteren Stille des Todes weicht. Als du dich in diesen Clubs und Bars herumtriebst und Anschluß suchtest, hat dir da keiner von dem ungeschriebenen Gesetz erzählt, das jeder, der einen anderen benutzt, einkalkulieren muß?

Jede Prostituierte fordert ihren Preis.

In der Sprache der *tesh* sind *Liebe* und *Leidenschaft* Gegensätze.

Bei euch scheint es nicht viel anders zu sein.

Originaltitel: ›SOME STRANGE DESIRE‹ • Copyright © 1996 by Ian McDonald • Originalausgabe • Mit freundlicher Genehmigung des Autors • Copyright © 1996 der deutschen Übersetzung by Wilhelm Heyne Verlag, München • Aus dem Englischen übersetzt von Ingrid Herrmann • Illustriert von Ingo Wiegend

---

Josef Souchop · Tschechien

DIE RÜCKKEHR AUF DEN PLANETEN ERDE

»Heute geht's hier fröhlich zu«, sagte der Wächter-Eins auf dem Zentralturm, »das ist ja seit fünfzig Jahren die zweite Expedition, die auf die Erde zurückkommt, oder?«

»Die dritte«, berichtigte ihn sein Kollege, »ja, die dritte. Ein Raumschiff verbrannte doch beim Abstieg. Sie haben das Oben und das Vorne verwechselt, oder Steuerbord und Backbord, weiß der Teufel … Erinnerst du dich, wie der Captain in die Mikrophone brüllte? Sie hätten irgendeine wichtige Botschaft für uns.«

»Für uns zwei, was? Na ja, aber, Kamerad, die Verbrannten werden nicht dazugerechnet, also ist es die zweite Expedition. Und bisher haben alle, auch die älteren Rückkehrer, eine sehr wichtige Nachricht gehabt. Daß ich nicht lache. Also, die Verbrannten werden nicht hinzugezählt, auch wenn sie eine wichtige Botschaft haben.«

»Wetten, daß auch die eine bedeutende Nachricht für uns haben werden? Um 100 Gramm echtes Holz! Das Notlicht blinkt, sie rufen an!«

»Die Wette gilt. Einmal kommen doch welche, die keine Nachricht haben werden – warum nicht diese?« Er deckte das Mikrophon zu: »Wohin mit ihnen? Unter die Menschen?«

»Null Bock unter den Menschen auf die Mittelälterlinge! Schick sie in das Quadrat von Jonias.«

»Landung vorbereiten, ich gebe Ihnen die Quadratparameter durch – *roger!*«

Jonias ist eine kreuzbrave Seele, dachte der Wächter-Zwo, er hat schon Erbarmen mit den Sündern des zwanzigsten Jahrhunderts. Unter den Menschen hättet ihr es schlimmer, sie würden euch in den Käfig sperren und mit euch historische Experimente anstellen. Er erzitterte, wenn er daran dachte, und begann sich die Pfote abzulecken und mit ihr sein Fell zu reinigen. Dann miaute er leise, gähnte, seine Ohren drehten sich, und er guckte gierig in die Ecke. Aber Mäuse gibt es nicht mehr auf der Erde, seit langem schon nicht mehr. Nein, nicht unter die Menschen. Das wäre unkatzenhaft.

Es kam ihm merkwürdig vor. Ein Long-Space-Wahn? Der müßte doch schon längst aufgehört haben. Er rieb sich die Augen, doch die Beamten blieben, wie sie waren: alle ähnlich häßlich. Sie waren nicht genau gleich, das nicht, aber wie aus einem Guß. Kleine Unterschiede, das schon. Einige hatten zwei, andere wieder drei Warzen auf der Nase. Aber alle hatten lange Gurkennasen, zurückweichendes Kinn und aufgedunsene Wangen. Sehr zottige Augenbrauen und längliche Ohrmuscheln ergänzten ihr Aussehen auf wilde Weise.

»Schauen Sie«, sagte ein älterer Mann dem Peter, »Ihre Expedition war Jahrhunderte fern von unserem Planeten. Es ist notwendig, daß Sie ein bißchen Feeling gewinnen, sich zurechtfinden, mal umsehen. Sie haben unserseits völlige Freiheit. Wenn Sie später Lust verspüren, sich aktiv einzureihen, melden Sie sich von selber. Viel Glück. Sollten Sie etwas brauchen – ich heiße Jonias!«

Der Mann stand auf und schüttelte Peter die Hand. Die Haut der Häßlichen, dachte er, war bei Berührung ganz angenehm. (Immerhin schrubbte sich Jonias später den ganzen Arm mit einer Strahlflüssigkeit – solche

Abartigkeiten wie Händeschütteln waren nur unter den Masochisten üblich –, aber gegenüber den Mittelalterlichen mußte man feinfühlig vorgehen.)

Peter torkelte durch die Stadt und konnte sich überhaupt nicht an seine Umgebung gewöhnen. Alle waren so abscheulich. Ja, die Männer waren hübsch stämmig, die Mädchen hatten herrliche Körper, aber die Gesichter, die Gesichter! Eine Knolle anstatt der Nase, Wangen wie ein Hamster und Ohrmuscheln, wie, wie – ja wie die Statuen auf der Osterinsel – fast bis zu den Schultern!

Ich muß Marcella finden, sagte sich Peter, die Frauenabteilung ist doch nicht weit weg von hier. Er ging durch einige Häuser der Schönheit, bis er zu einem kam, wo ganz oben die Überschrift ›Unser Gott und Herr Dior‹ stand. Natürlich war Marcella drin. Eben wurde ihr ein dünner schwarzer Schnurrbart eingepflanzt.

»Bist du wahnsinnig geworden!« schrie er entsetzt. Die gurkennasige Friseuse maß ihn mit Abscheu. Ihren Schnurrbart hätte man schon Backenbart nennen können.

»Sei still und anständig, benimm dich«, wies ihn Marcella zurecht, »das ist der letzte Modehit, das verstehst du nicht« – sie setzte eine wichtige Miene auf und stellte vor –, »und das ist meine neue Freundin, macht euch bekannt: Peter – Popanze.«

Als er ihr die Hand küßte, befiel ihn die Gier. Das Mädchen hatte zauberhafte Hacken, die ganze Figur wie eine Venus, aber die Backen … und die Nase … und die Ohrwascheln … Sie drückte ihm die Hand, und aus dieser Begrüßung spürte er, daß sie ihn mochte. Als Marcella diskret zur Seite ging, flüsterte Popanze ihm zu: »Mir macht es nichts aus, daß du zu den Häßlingen gehörst. Irgendwie gefällst du mir. Ich werde dich abends in den Büschen des alten Kosmoshafens erwarten. Dort ist die Tabuzone. Dort ist alles erlaubt.«

Auf der Straße sah er Marcella von der Seite an. Auf der Nasenspitze wuchs ihr schon eine kleine Geschwulst. Sie gingen in ein Kaffeehaus und setzten sich bequem hin.

»Bitte zwei Cappuccino!«

Als der Kellner verschwand, lispelte Marcella freudestrahlend: »Ich bin so glücklich, Peter.«

»Glücklich?«

»Und du nicht? Ich hatte so eine Angst, daß wir irgendwohin zurückkehren, wo es keine Bäume, Menschen und Häuser gibt … verstehst du?«

Peter beugte sich zu ihr und flüsterte: »Marci, sei doch vernünftig, das sind doch keine normale Menschen. Das hier herum ist irgendein großes, gewaltiges Forschungsinstitut. Siehst du nicht, daß dies alles hier widernatürlich ist? Alle sind so unvorstellbar häßlich, und was noch schlimmer ist – so ähnlich in ihrer Häßlichkeit!«

»Aber Peter, sei doch froh, daß es hier überhaupt Leben gibt! Es könnte doch alles schlimmer sein, Atomkrieg, radioaktiv verseuchte Erde … Sie sind hier alle so nett … Schau, was mir Popanze geschenkt hat.«

Sie hob den Arm, und Peter sah direkt ein in ihre Handwurzel eingelassenes Juwel, es konnte aber auch eine Lauschwanze neuer Generation sein …

»Bitte, hier sind Ihre Kaffees!«

Peter zog die Hand nach der Tasse. An ihrer Seite schimmerte noch ein Rest von Buchstaben: › …*chibo*‹. Er wollte umrühren, doch das Gefäß war leer. Begriffsstutzig sah er den befrackten Mann an: »Aber, Herr Ober, was hat das zu bedeuten – die Tasse ist doch leer!«

»Denken Sie, wir würden unsere Museumstücke mit einer Flüssigkeit gefährden?« empörte sich der Angestellte. »Das sind Cappuccino-Tassen, aus denen haben die Leute im Mittelalter getrunken. Bitte.«

Nach einer Weile kam der Mann zurück.

»Wollen Sie sich die flüssigen Blaubeeren ansehen?«

»Nein!« widersetzte sich Peter wütend.

»Schade. Es ist ein Prachtstück unseres Museums – in Glas und echtem Holz!«

»Siehst du«, schnaufte Peter wütend, »also wir sind angeblich aus dem Mittelalter. Sie halten unser herrliches zwanzigstes Jahrhundert für eine dunkle Epoche. Diese Flegel! Diese Rüpel!« Er hatte sich in Wut geredet und schlug mit Absicht auf die Tischplatte neben Marcellas Hand. Die Juwelenimitation flog aus der tätowierten Fassung und zerfiel in kleine Drähtchen und winzige Kristalle, die sofort in Flammen aufgingen.

»Du Trottel, schau, was du angerichtet hast! So ein herrlicher Stein! Der letzte! Du dämlicher, aufgeblasener Dummkopf!« Sie begann zu weinen, fuhr mit der Hand übers Gesicht und riß dabei ihre Geschwulst ab. Es war kein Furunkel, wie Peter dachte, sondern eine kleine Fleischquaste, etwas größer, als sie tags zuvor gewesen war.

»Ich mach Schluß mit dir! Du warst ekelhaft, immer nur ekelhaft.« Schluchzend lief sie über die Straße und davon.

Peter lag in den Büschen des ehemaligen Raumschiffhafens und grübelte darüber, wie er immer ekelhaft gewesen war, als er durch die Äste eine Gestalt kommen sah. Es war Popanze. Ihre Zähne leuchteten mit breitem Lächeln.

»Hallo, Häßling, wartest du schon lange?« Sie setzte sich zu ihm und küßte ihn aufs Ohr. Es war nicht unangenehm – wenn man nur die Augen schloß.

»Nur eine Weile, etwa elf Stunden.«

»So lange … hat dir wohl die Stadt nicht gefallen?«

»Die Stadt schon, aber ihr nicht!«

»Tatsächlich?« wunderte sich das Mädchen, um dann ein wenig zerknirscht vorzuschlagen: »Ich kann mir den Schnurrbart mit Make-up bedecken, wenn du willst.«

Peter stellte mit Schaudern fest, daß ihr Aussehen

sich nach dem Anbringen des Make-up noch verschlechtert hatte. Doch er konnte sich nicht wehren und schloß beim nächsten Kuß die Augen.

»Du bist zauberhaft«, versuchte er zu schmeicheln, als sie sich wieder angezogen hatten, »ich habe noch nie im Leben so etwas erlebt.« Er log nicht einmal.

»Ich weiß, daß ich wunderschön bin!«

»Sag mir, Popanze, warum sind alle eure Gesichter so hä ... eh ... so ähnlich?«

»Also hör mal zu, Schatzilein. Nun bist du ja einer von uns, da du mit mir gelegen bist. Wir sind Jonias' Truppe. Jonias, unser Urvater, hat in dem vergangenen Jahrhundert unsere Gene so manipuliert, damit wir alle so schön aussehen wie er. Damit sich in der Zukunft niemand beleidigt fühlt, daß er anders und häßlich aussieht – wie zum Beispiel du.« Sie lachte hellauf und küßte ihn auf die Nase, wo ihn schon längere Zeit etwas kitzelte.

»So sind wir nun alle wunderschön – wie er einmal war«, flüsterte sie stolz. »Komm oder bleib hier – wie du willst.«

Er hörte, wie sich ihre Schritte entfernen, legte sich wieder ins Gras und atmete tief aus. »Damit es niemanden verletzt, sind also alle, ja alle – häßlich!«

Auch Peters vierter Fluchtversuch scheiterte. Aus dem Jonias-Quadrat gab es offensichtlich kein Entkommen. Nein, er wurde nicht geschlagen, alle lächelten ihn nett an, wie einen liebenswerten Blödian. Sogar Jonias, der Großvater, hatte sich für Peter ein bißchen Zeit genommen. Beide plauderten bis zum Abend. Als sie sich verabschiedeten, fragte Peter: »Hören Sie mal – so wie ihr alle ausseht – gilt das für die ganze Welt? Gehört unser Planet nur euch – der Jonias-Gruppe?«

»Junger Mann«, erwiderte Jonias traurig, »du stellst komische Fragen. Ich weiß ja gar nicht, was hinter dem Fluß los ist!«

»Sie lügen! Sie als Chef wissen es doch ganz sicher. Sagen Sie, was ist hinter dem Fluß? Leben dort normale Menschen oder Ihre Gruppe?«

»Ja, Junge, da hast du recht, unsere Gruppe kann nicht überall sein, wir wären doch etwas auffällig. Aber merk es dir, auch wenn es dir gelingt, über den Fluß zu kommen, meine Leute werden dich schnappen und zurückbringen!«

»Sie werden mich nicht erkennen!« rief Peter siegesgewiß, »ich sehe wie ein normaler Mensch aus!«

»Auch meine Burschen hinter dem Fluß ähneln vollkommen normalen Menschen. Du wirst sie nicht von den anderen unterscheiden können, sie aber ganz untrüglich dich. Nach einer bestimmten Zeit wird dir auf der Nase eine kleine Pustel sprießen. Sie wird immer größer und größer, und so wirst du einer von uns. Du wirst genauso eine Knolle, eine Gurkennase wie Urvater Jonias haben. Merk dir, daß die Grundlage unserer Forschung ...«

»Forschung?« wunderte sich Peter.

»Jedes Leben ist an sich eine Forschung ... Also, die Forschungsgrundlage unseres Quadrates ist die Theorie der totalen Anpassung. Die Symbiose mit der Umgebung, zuerst mit den Menschen, dann mit der Natur. Ja, auch mit einem Felsen. Das kommt aber erst später, in den künftigen Phasen. Begreif doch, die Kolonisierung des Universums ist kein Kinderspiel, sie verlangt gerade die Kunst der vollkommenen Anpassung. Und das ist die Aufgabe unseres Quadrats. Wir sind die Bahnbrecher!«

Auf der Straße hielt ihn ein außerordentlich mißgestaltetes Geschöpf an. Ein Joniasweibchen mit tätowierter Gurkennase, auf der eine Art von gelblichem Moos wuchs. Alles war total wahnsinnig, verrückt. Sie flogen jahrzehntelang durch den Kosmos, und währenddessen erlebte die Erde Jahrhunderte. Er sollte den besten Gehirnen des Erdplaneten die chiffrierte Botschaft übergeben. Die Schachtel brannte ihm in der Tasche. Wem soll er sie eigentlich übergeben? Dem Jonias. Diesem Abscheu von Weib? Nein, überlegte er fieberhaft, er wirft die Botschaft lieber in den Fluß. Vielleicht einmal …

Das weibliche Ekel bewegte die Lippen, daß es lüstern wirkte, und lachte ihn kokett an: »Na was ist denn, Süßer? Erkennst du schon deine Marcella nicht mehr? Na komm schon, ich bin nicht mehr böse!«

Zwischen dem wulstigen Mundrand tauchte eine violette Zunge auf. Peter nahm alle Kraft zusammen, um sich nicht zu übergeben. Also auch sie war schon eine von denen da. Scheußlich. Aber was könnte man schon tun. Bliebe man hier, würde man selber so joniasknollig. Ja, ein beweglicher Gesichtserker, das würde man sein. Nein, ich lasse es nicht zu!

»Tut mir leid, ich fühl mich nicht ganz wohl«, er legte sich eine bedauernde Grimasse zu. »Ich muß ein bißchen frische Luft schnappen, mach einen Spaziergang am Fluß entlang.«

Noch bevor er den Arm heben konnte, um die Schachtel ins Wasser zu werfen, maßen die Wachapparate auf den Türmen ihn durch, entdeckten in seiner Hand den Anpassungsmodus und durchmähten ihn mit mehreren Reihen bunter Strahlen.

Das Experiment war gelungen.

Peter und der Felsen, auf dem er stand, wurden zu einem einzigen Wesen. Am Ufer stand urplötzlich, wie ein vom Himmel gefallener Meteorit, eine kegelförmige, dickbäuchige Statue, den Steingestalten auf der Osterinsel nicht unähnlich.

Nach vielen Jahren des Rückschlags war das wieder einmal ein schöner Erfolg der Forschungsgruppe Jonias. Eine absolute Assimilierung des Menschen mit dem Gestein. Großvater Jonias saß im Labor und schaute nachdenklich auf die Schachtel mit der chiffrierten Botschaft, die Peter von der Allexpedition mitbrachte.

»Wie hast du es geschafft, Popanze«, sagte er mit Bewunderung, »ihm die Schachtel auszutauschen? Er war doch so ein typischer, aufsässiger und mißtrauischer Rebell aus dem Mittelalter. Sicher war es nicht einfach, mein Schatz, oder?«

»Für ein wunderschönes Mädchen ist das doch überhaupt kein Problem«, sagte sie und rupfte mit ihrer linken Ohrmuschel unter der Gurkennase ihren prächtigen, neu transplantierten Schnurrbart.

Es klang gar nicht selbstbewußt, eher selbstverständlich, wie eine banale Feststellung.

Originaltitel: ›NÁVRAT NA PLANETU ZEMI‹ • Copyright © 1988 by Josef Souchop • Erstmals erschienen in ›Navrat na planetu Zemi‹, 1988 • Mit freundlicher Genehmigung des Autors • Copyright 1996 der deutschen Übersetzung by Wilhelm Heyne Verlag, München • Aus dem Tschechischen übersetzt von Karl v. Wetzky

---

Gabriel Laub · Deutschland

WESEN VOM PLANETEN SONNE-3

Dieser Brief wurde in einem sonst leeren Koffer gefunden, den ein verschwundener Untermieter im schleswig-holsteinischen Pinneberg hinterlassen hatte. Wie dieser Mann aussah, konnte man nicht herausfinden. Er wurde zwar von mehreren Nachbarn und Kaufleuten öfter gesehen, jeder von ihnen lieferte jedoch eine andere Beschreibung: groß und klein, dünn und dick, mit Wuschelkopf und mit Glatze … Alle Zeugen waren sich jedoch darüber einig, daß es ein unauffälliger Durchschnittsmensch war, der dem jeweiligen Zeugen irgendwie ähnelte.

Das Dokument besteht aus zwei dünnen Blättchen eines unbekannten Metalls. Wenn man sie vor die Augen hält, geht von ihnen eine milde Strahlung aus, hält man sie dagegen ans Ohr, senden sie ein leises Summen. In beiden Fällen entstehen im Hirn des Betrachters oder Zuhörers Worte und Sätze, die den Inhalt des Briefes wiedergeben, und zwar jedesmal in der Muttersprache des Menschen, der die Metallblättchen in der Hand hält. Dies sind wohl die Eigenschaften des intergalaktischen Codes, der von Wesen geschaffen wurde, deren Zivilisation viel höher entwickelt ist als die unsere und der von jedem intelligenzbegabten Wesen des Weltalls automatisch verstanden werden kann.

Was mit dem Autor passiert ist, ob er zu seinem Planeten zurückgekehrt ist oder noch bei uns auf der Erde weilt, konnte man nicht feststellen.

An Mum, Mondraner, Mitglied des Intergalaktischen Koordinationsrates, Planet Mondra, Sternsystem 4867, Galaxis CQX-14, von Kek, Mondraner, Forschungsbeauftragter des Intergalaktischen Dokumentationszentrums, zur Zeit auf dem dritten Planeten des Sonnensystems, genannt ›Erde‹, Galaxis TZYR-112.

Lieber Freund Mum,
aus kommunikationstechnischen Gründen schreibe ich diesen Brief nicht in unserer Planetensprache, sondern im intergalaktischen Code, betrachte ihn jedoch bitte als private Botschaft. Meinen offiziellen Bericht hast Du ja als Mitglied des höchsten Koordinationsorgans des Weltalls sicher schon bekommen. Hier möchte ich Dir einiges schildern, was ich in den offiziellen Bericht mangels exakter wissenschaftlicher Begründung nicht aufnehmen konnte.

Meine Eindrücke – und Du wirst mir, alter Freund, auch ohne Beweismaterial glauben – können Dir vielleicht helfen, die Problematik dieses winzigen Planeten besser zu begreifen und dem Rat klarzumachen.

Zuerst die Vorgeschichte meines Forschungsauftrags. Du warst damals auf Dienstreise in einer entfernten Ecke des Weltalls und konntest die Ereignisse nicht unmittelbar verfolgen; außerdem, mit großen politischen Problemen der intergalaktischen Beziehungen beschäftigt, hast Du wohl keinen detaillierten Einblick in die technischen Vorgänge der praktischen Intelligenzforschung.

Es fing mit einem riesigen Skandal im Dokumentationszentrum für Planetoethnologie an. Wie Du vielleicht nicht weißt, wurde die Fernanalyse aller Planeten den Luderiern anvertraut, da sie synthetische Lichtbilder aus dem ganzen Universum organisch empfangen und speichern können; sie können jede Information sofort abrufen, und alles, was sie gespeichert haben, ihren Nachkommen ohne Verlust vererben. Die Zivilisation von Luderia gehört zur Kategorie 1/A.

Niemand hat jedoch daran gedacht, daß die Luderier auch zu den Intelligenzwesen mit der längsten Lebensdauer im Weltall gehören – ganze 200 IZE (intergalaktische Zeiteinheiten) –, daß sie also als langlebige Großplanetarier vielleicht kein Verständnis für sehr kleine Planeten und Wesen mit mikrotischem Lebenszyklus haben.

Diesen Fehler entdeckte einer unserer Planetenleute per Zufall, ein eineinhalb IZE junger Mondraner, Student der Zeittechnik, namens Glog. Er brauchte für eine Arbeit die gesamtanalytischen Bilder des Planeten Sonne-3 und hat sie von dem für die Galaxis TZYR-112 zuständigen Luderier bekommen. Sie waren alle mit dem Vermerk ›Zivilisatorisch uninteressant, Intelligenzwesen nicht vorhanden‹ bezeichnet.

Der junge Mondraner wollte schon das ganze Material zurückgeben, als ihm auffiel, daß die Bilder genauso alt waren wie er selbst, eineinhalb IZE – sie wanderten ja vom Sonnensystem bis Luderia mit einfacher Lichtgeschwindigkeit. Diese eineinhalb intergalaktischen Zeiteinheiten konnten aber für einen Planeten wie Sonne-3 einen beachtlichen Entwicklungsabschnitt bedeuten – immerhin enthält eine IZE 40 000 irdische Planetenjahre.

Glog schickte eine entsprechende Notiz direkt an den Wissenschaftlichen Rat; sie brachte eine große Diskussion in Gang. Es wurde klar, daß durch die allzu großzügigen Zeitbegriffe der Luderier möglicherweise Hunderte von Planeten-Zivilisationen anhand von veralteten Daten zu niedrig eingestuft worden sind.

Es zeigte sich, daß nicht nur das fernanalytische Zentrum, sondern auch der Expeditionsstab des Intergalaktischen Rates nicht richtig funktionierte. Im Stab saßen fast ausschließlich verdiente Veteranen aus der Zeit der Katalogisierung der Makroplaneten, die sich über mikrotische Körper kaum Gedanken machten. Mittel- und Kleinplanetarier wurden nicht konsultiert, da sich die Stabsmitglieder, allesamt Angehörige der ersten drei Intelligenzklassen, von Intelligenzwesen der fünften oder gar siebenten Klasse nichts sagen lassen wollten. Nach ihrer Meinung waren diese gerade gut genug, als praktische Forscher auf Expeditionen geschickt zu werden.

Nach der Reorganisation des Stabs wurden Tausende von Expeditionen in alle Weltallrichtungen ausgesandt. Zur Sonne-3 wurden zuerst siebenhundert Korlaner geschickt – oder besser gesagt, siebenhundert Teile des Korlaners –, da die Zivilisation von Korlan ein teilbares, hochentwickeltes soziobiologisches Gesamtwesen darstellt. Jede Zelle ist ein autonomes Individuum, das Denkpotential aller ist jedoch vereint. Jede gewonnene Information geht vom Individuum ans Ganze und wird zugleich an alle Einzelzellen weitergeleitet. Dies ist für jede Forschung natürlich vorteilhaft: Unabhängig davon, wie groß die Zahl der Expeditionsteilnehmer ist, sie stützt sich auf das Denkpotential der ganzen Zivilisation.

Die Korlaner wurden auch deshalb ausgewählt, weil sie – als Einzelzellen – sehr klein sind, und der Energieaufwand für ihre Rematerialisierung auf einem entfernten Planeten gering ist.

Die ersten Berichte der Korlaner waren voller Begeisterung. Sie glaubten, auf der Erde eine hochentwickelte Zivilisation entdeckt zu haben. Ihrer Organisation nach war diese Zivilisation eine Zwischenform zwischen den pluralbiologischen und den soziobiologischen Modellen mit zentralisierter Fortpflanzung und Nachwuchspflege, mit absoluter organischer Arbeitsteilung und einer hohen gesellschaftlichen Disziplin ohne Konflikte innerhalb der Gemeinschaft. Das einzige Problem war, daß die Forscher keinen Verständigungsmodus mit den irdischen Wesen finden konnten. Sie sprachen auf den intergalaktischen Code überhaupt nicht an, obwohl er auch schon Intelligenzwesen der achtzehnten Stufe zugänglich ist.

Nach kurzer Zeit mußten die Mitglieder der Expedition feststellen, daß sie eine zivilisatorisch tote, entwicklungsunfähige Lebewesengemeinschaft beobachtet hatten. Diese Gattung – auf der Erde nennt man sie ›Ameisen‹ – hatte einst alle Voraussetzungen, sich zum dominierenden Intelligenzwesen des Planeten zu entwickeln. Sie hatte jedoch die Chance verpaßt – durch allzu strenge Vergesellschaftung des Lebens und durch biologische Spezialisierung sowie durch die Hierarchisierung der Gemeinschaft und die Aufgabe der Individualität ihrer Mitglieder.

Der Irrtum der Korlaner gründete auf ihrer eigenen ameisenähnlichen körperlichen Dimension und ihrem soziotischen Denken – sie sind ja auf ihre soziobiologische Lebensart sehr stolz. Ihre Devise lautet: »Wir sind alle in einem und einer in allen.«

Erst die Analyse der irdischen Energiebilanzen hat die Aufmerksamkeit der Forschungsorgane auf die Spezies Mensch gerichtet. Fünf Mondraner wurden zur Sonne-3 geschickt, darunter auch ich. Jede Möglichkeit der Kommunikation zwischen uns – ob direkt oder durch irgendeine Zentrale im Weltall – wurde total blockiert. Der Rat wollte diesmal fünf unabhängige Berichte haben.

Was mit meinen Kollegen auf diesem Planeten geschah und was sie herausgefunden haben, weiß ich nicht. Du. Mum, hast sicher auch ihre Meldungen bekommen und kannst Dir ein besseres Bild machen. Ich wurde auf Sonne-3 rematerialisiert, einzig und allein mit meinen Erfahrungen aus der Forschungsarbeit im Weltall ausgerüstet – und mit unserer mondranen Transformationsfähigkeit. Diese erlaubte mir, mich den Erdenmenschen äußerlich völlig anzupassen. Ich konnte mich sogar ohne Schwierigkeiten auf ihre umständliche, primitive Energiezuführung durch sogenannte Nahrung umstellen.

Wie unser Planetenmann Glog richtig vermutete, ist das eineinhalb IZE alte Planetenbild, das man mir auf Luderia gegeben hat, absolut veraltet und wertlos. Es hat sich tatsächlich in dieser für unsere Begriffe kurzen Zeit von sechzigtausend Erd-Jahren einiges auf der Erde geändert, und ich mußte mir das Zivilisationsbild des Planeten selbst zusammenstellen. Da ich hier erst zwanzig Planetenjahre verbracht habe – ein Zweitausendstel IZE –, ist dieses Bild natürlich unvollständig.

Das dominierende Lebewesen des Planeten, der Mensch, ist ein ziemlich paradoxes Geschöpf, ich habe auf meinen Planetenreisen bisher nichts Ähnliches getroffen.

Du kannst Dir vorstellen, daß ich, sobald ich genug Beobachtungsmaterial gesammelt hatte, um mein Äußeres den Menschen anzupassen, ein erwachsenes Individuum kontaktiert und seinen Informationsspeicher bestrahlt habe. Es ist ja immer die erste Routinearbeit eines Forschers, sich das Eigenwissen der jeweiligen Planetenbewohner anzueignen.

Die Menschen haben ein Koordinationsorgan – Informationsspeicher, Analysator und Entscheidungszentrum zugleich –, das sie ›Hirn‹ nennen und das für ihre Bedürfnisse recht leistungsfähig ist. Um so größer war meine Überraschung, als ich feststellte, daß die Hirnzellen meines Kontaktpartners zu neunundneunzig Prozent ungenutzt waren! In dem restlichen einen Prozent des Hirns waren zusammenhanglose Informationsfetzen gespeichert. Manche standen in einem so krassen Widerspruch zu der planetarischen Wirklichkeit, daß sogar ich es erkannt habe, obwohl es fast unmittelbar nach meiner Rematerialisierung auf diesem Planeten war.

Ich hatte damals das Mißgeschick, mir ein auch nach

hiesigen Maßstäben unwissendes Individuum zu schnappen. Natürlich konnte ich nicht ahnen, daß ein reifes Lebewesen nicht das gesamte allgemeine Wissen seiner Gattung besitzt! Es wird mir sowieso kein Koroter im astroethnologischen Institut glauben – die sammeln ja Angaben über die Planetenpopulationen im ganzen Weltall, ohne je den eigenen Planeten zu verlassen –, daß es eine Gemeinschaft von Intelligenzwesen geben kann, in der nicht einmal das Wissen gleichmäßig verteilt ist. Und ich bin trotz allem überzeugt – in dieser privaten Mitteilung kann ich es sagen, auch wenn das Urteil der Qualifizierungskommission noch nicht bekannt ist –, daß der Mensch ein Intelligenzwesen ist, obwohl man ihn bestenfalls in die zwölfte Intelligenzklasse einstufen wird. Sein Verhalten spricht zwar oft dagegen, sein Hirnpotential weist ihn aber als zivilisierungsfähig aus. Ich muß allerdings nach mehreren tausend gezielten Kontaktaufnahmen gestehen, daß ich keinen Menschen getroffen habe, der mehr als drei Prozent seines Hirnpotentials benutzt hätte.

Ich glaube, schon einige Gründe für diese Entscheidung erkannt zu haben. Erstens ist da der unglaublich kurze Lebenszyklus der irdischen Intelligenzwesen. Das reife, produktive Stadium eines Menschenlebens dauert etwa vierzig Jahre, das heißt ein Tausendstel IZE. Zweitens: Der Mensch hat einen ganz einzigartigen, ich würde sagen, originellen Weg zur Zivilisation gefunden. Überall im uns bekannten Weltall wurde Intelligenzentwicklung und Zivilisation durch organische, biologische Vervollkommnung erzielt. Wir haben darüber nie nachgedacht, welch großen Vorteil dieser Weg bietet: Nämlich daß alles, was eine Lebewesengattung erreicht, alle Fähigkeiten und alle Erkenntnisse, weitervererbt wird. Bei dem Menschen haben sich die Intelligenz- und die Zivilisationsentwicklung voneinander getrennt. Die Intelligenz entwickelt sich auf biologischer Basis weiter, Zivilisationsorgane sind aber nicht entstanden. Möglicherweise spielen dabei die Kürze des Menschenlebens oder die spezifischen Bedingungen der Umwelt eine Rolle – eine äußerst kleine Auswahl von Stoffen, die organische Verbindungen bilden können.

Der Mensch hatte sich als Ausgleich Ersatzorgane aus unorganischem Material geschaffen – für eine schnellere Fortbewegung und für Gewitterschutz, für Kommunikation, für Energieerzeugung, für Aufzeichnungen von Informationen, ja selbst Ersatzanalysatoren: Diese arbeiten zwar unselbständig, aber schneller als das menschliche Hirn. Beide Prozesse – die Entwicklung der Intelligenz und der Zivilisation – ergänzen und beeinflussen sich gegenseitig. Der Mensch als biologisches Wesen war dem Leben auf der Erde von allen hiesigen Bioarten am wenigsten angepaßt und hatte im Kampf um Nahrung, also um die Quellen der biologischen Energie, wenig Chancen. Sobald er sich aber Ersatzorgane geschaffen hatte, konnte er Lebewesen, die stärker und schneller waren als er, fressen – das heißt, deren gesammelte Energievorräte in konzentrierter Form für sich ausbeuten. Somit verschaffte er sich Voraussetzungen zur Weiterentwicklung seines Hirns, was wiederum zur Verbesserung der Ersatzorgane führte.

Wenn es so weitergeht, wird der Mensch vielleicht schon in zwei bis drei IZE – also in etwa hunderttausend Planetenjahren – zu einer Einheit werden: Er wird das Hirn und die Fortpflanzungsorgane behalten und alle anderen durch seine ›technischen Mittel‹ ersetzen. Hier wird die Kurzlebigkeit der Menschen zum Vorteil, weil sie schnellere genetische Veränderungen ermöglicht.

Dieser scheinbar günstige Weg der Irdischen – die unmittelbare Verwendung des unorganischen Materials ohne biologische Verarbeitung – hat jedoch große Nachteile. Erstens: Nur die allgemeine biologische Information ist erblich, die zivilisatorische muß jedes Individuum erst neu erwerben. Dies ist eine verhängnisvolle Zeitverschwendung, zumal die Ersatz-Informationsspeicher, die in verschiedenen Zeiten unterschiedliche Formen und Kapazitäten hatten, etwa die sogenannten Tontafeln, Bücher und Computer, immer wieder vernichtet oder vergessen werden. Nicht nur Einzelmenschen, ganze Gemeinschaften müssen alles wieder von Anfang an neu entdecken.

Noch schlimmer als diese fatale Verschwendung ist, daß die Prozesse der Zivilisierung und Intelligenzentwicklung nicht parallel verlaufen. Es gibt hier unintelligente Zivilisationen und antizivilisatorische Intelligenz. Im Grunde genommen – insofern haben sich die Luderier nicht geirrt – geht es den Menschen immer noch um dasselbe wie vor sechzigtausend Planetenjahren in der Zeit des Konkurrenzkampfes mit den Tieren: um Fressen und um Paarung, also darum, wer wen ausbeutet. Die ›Technik‹, das heißt die Ersatzorgane, haben zwar beides erleichtert, aber zugleich beides kompliziert. Die Entwicklung während der letzten IZE kann insgesamt nur bedingt als Fortschritt bezeichnet werden.

Die Kämpfe um Geschlechtspartner waren für mich nicht neu. Ich habe es auf Orion-21 erlebt, deren Intelligenzwesen in siebzehn Geschlechter aufgeteilt sind: Sie veranstalten bei der Zusammenstellung der Sexgruppen regelrechte wissenschaftliche Wettbewerbe – was allerdings der biologischen Vervollkommnung dient. Auf Sonne-3 ging eben durch die zweigleisige Entwicklung der primäre Sinn der sexuellen Konkurrenz verloren. Der Kampf um die Nahrung war mir jedoch fremd, und ich hatte damit am Anfang große Schwierigkeiten. Um die Sache anschaulich zu machen, hier eine kleine Episode:

Sobald ich mich auf das ›Essen‹ umgestellt hatte, verspürte ich schnell, daß es eine alltägliche Notwendigkeit ist. Ich wollte mir an einem kleinen Verteilungspunkt etwas zum Essen holen. Der zuständige Mensch verlangte dafür etwas von mir. Was es war, vermochte mein auf irdische Verhältnisse noch dürftig programmiertes Dolmetscher-Organ nicht genau zu übersetzen. Ich verstand nur, daß er von mir eine Gegenleistung wollte, und zwar in Form symbolischer Gegenstände, ›Geld‹ genannt. Ich versuchte ihm zu erklären, daß ich für seine Gemeinschaft noch nichts geleistet hatte und deshalb auch keine Leistungssymbole besaß. Der Mensch schrie etwas Unübersetzbares, und mit einemmal versammelten sich mehrere Individuen, alle in aggressiver Stimmung, obwohl es sich offensichtlich nicht um ihre Nahrung handelte. Ich habe ihnen im Umtausch für das angebissene ›Brötchen‹ meine Hand oder mein Bein zum Verzehr angeboten – die hätte ich später regenerieren können. Darauf haben sie mich angegriffen. Ich sagte ihnen, sie sollten es nicht tun, da sie so meine Organe beschädigen könnten. Sie hörten jedoch nicht auf mich.

Schließlich wurde ich in einen Raum gesteckt, wo ich isoliert und bewacht war. Freilich konnte ich unter diesen Umständen nichts für sie leisten. Unverständlicherweise haben sie mich aber im sogenannten Gefängnis regelmäßig gefüttert, ohne eine Gegenleistung zu verlangen. Was sie davon hatten, daß sie meine Bewegungsfreiheit beschränkten, und warum man im Gefängnis Nahrung umsonst bekommt und außerhalb des Gefängnisses nicht, ist mit normaler Intelligenzwesenlogik nicht zu begreifen, wie vieles hier auf der Erde.

Ich habe es im Bericht nicht geschrieben, damit der Rat nicht denkt, daß meine Analysatoren nicht mehr richtig funktionieren. Du jedoch wirst mir glauben: Die leistungsstärksten Ersatzorgane, die sie entwickelt haben, dienen den Menschen dazu, sich gegenseitig zu vernichten! In der halben Mili-IZE, die ich hier verbrachte, haben sie dauernd Vernichtungsaktionen unternommen, die sie ›Krieg‹ nennen. Kurz vor meiner Ankunft gab es so eine Aktion, die fast den ganzen Planeten umfaßte.

Ich dachte zuerst, daß es Beutezüge sind, um die getöteten Gattungsgenossen zu fressen. Das wäre bei der hiesigen Art der Gewinnung biologischer Energie noch logisch gewesen. Dann stellte ich aber fest, daß sie die Leichen in der Regel nicht fressen. Ich konnte mir andererseits ausrechnen, daß sie mit dem Material- und Energieaufwand, den sie verbrauchen, um ihre Planetenleute zu töten, Nahrung und Ersatzorgane für sich und auch noch für die Getöteten im Überfluß hätten produzieren können.

Mir scheint, daß diese unverständlichen, weil in jedem Fall für alle Beteiligten nur Schaden bringenden Beutezüge, nicht nur kannibalische Relikte der tierischen Freßkonkurrenz sind. Wir kennen im Weltall zwei Arten von Zivilisationen: die soziobiologische, in der die Lebewesengemeinschaft einen unteilbaren oder teilbaren Organismus mit einem vereinigten Denkpotential darstellt, und die individualistische, in der einzelne Wesen oder elementare Gruppen, deren Mitgliederzahl sich nach der Zahl der vorhandenen Geschlechter richtet, absolut autark leben. Im ersten Fall wird das Verhalten der Zivilisation auf natürliche Weise durch das zentrale Koordinationsorgan reguliert, in dem anderen braucht man keine Koordination.

Der Mensch dagegen ist ein zwiespältiges Wesen. Er kann als Individuum nicht autark existieren, er kann sich aber auch nicht auf dem natürlichen Weg in eine Gemeinschaft einordnen. Ein Herdenwesen mit individualistischem Selbstverständnis – ist das nicht paradox? Menschliche Gemeinschaften werden also durch Zwang gebildet und erhalten. Dazu kommt der alte Komplex eines biologisch benachteiligten, fast wehrlosen Beutegängers. Das führt dazu, daß Individuen und Gruppen dauernd danach streben, anderen ihren Koordinationsmodus (ihre Entscheidungsgewalt) aufzuzwingen und zugleich bei mächtigen Koordinatoren Schutz suchen – durch Unterordnung.

Das ergibt eine permanente Konfliktsituation. Der Mensch braucht andere Individuen seiner Gattung, um seine Bedürfnisse zu befriedigen, zumal durch die ›technische‹ Entwicklung alles viel komplizierter geworden ist als vor eineinhalb IZE. Und zugleich bekämpft er alle anderen, weil er glaubt, daß sie seine Lebenschancen mindern.

Da es keine für Koordinierungsfunktionen biologisch spezialisierten Zellen oder Individuen gibt, will jeder diese Funktionen ausüben. Sie wollen die Gemeinschaften beherrschen, um von dem Energieaufwand anderer Artgenossen ernährt zu werden. Die Funktion des Koordinators gilt dabei als begehrte Null-Arbeit.

Es wäre noch verständlich, wenn sich nur diejenigen Individuen um diese Funktion bewerben würden, die mangels zivilisatorischer Kenntnisse oder aufgrund einer Unterentwicklung des Hirns nicht imstande sind, sich die Befriedigung ihrer Bedürfnisse selbst zu verschaffen; um zentrale Funktionen bemühen sich aber auch solche – einzelne und Gruppen –, die mit weniger Energieaufwand, wäre er produktiv genutzt, alles erwerben könnten, was sie brauchen.

Der Unterschied zu der Lage von vor sechzigtausend Planetenjahren besteht darin, daß sich immer größere und immer besser ausgerüstete Gruppen gegenüberstehen. Da es keine rationalen Gründe für dieses Verhalten gibt, glaube ich, daß dahinter vor allem die Angst und die Minderwertigkeitskomplexe des biologisch verpatzten Wesens stecken.

Der Dauerkampf innerhalb der Gattung bremst natürlich die zivilisatorische Evolution, ja, er führt zu ihrem Gegensatz – zur Entwicklung von Mitteln, die der Vernichtung der Gattung dienen. Die Erdbewohner kennen vorläufig keinen Ausweg – und ich weiß auch nicht, was ich da empfehlen sollte.

Die menschlichen Gemeinschaften und ihre Koordinatoren versuchen dauernd, den Menschen zu vergesellschaften. Und zwar dadurch, daß sie seine individualistischen Tendenzen unterdrücken. Ich habe sogar den Verdacht, daß sie die ungleiche Verteilung von Information absichtlich durchführen, um die unwissenden Individuen leichter dem gesellschaftlichen Zwang unterzuordnen. Eine vollständige Vergesellschaftung kann aber auf Sonne-3 nicht vollzogen werden, weil dem Menschen die dazu nötigen soziobiologischen Eigenschaften fehlen.

Unter diesen Umständen kann eine im zivilisatorischen Sinne einigermaßen funktionsfähige Gemeinschaft nur durch den gleichzeitigen Qualifizierungsausbau der einzelnen und der gesellschaftlichen Zusammenarbeit entstehen. Als Theorie und Forderung ist dieser Soziondividualismus auf der Erde längst bekannt, in der Praxis sind die Menschen aber weit davon entfernt, diesen Weg wirklich zu beschreiten. Ich weiß auch nicht, ob dies tatsächlich eine Lösung wäre oder wie der Intergalaktische Rat und seine Fachinstitute hier helfen könnten. Aber ich bin ja nur ein einfacher Forscher. Möglicherweise fehlt mir der Abstand. Durch die Anpassung an den Menschen und vor allem an die Nahrung bin ich wohl allzusehr von der menschlichen Denkart beeinflußt.

Vielleicht war meine erste Idee, die mir kurz nach meiner Rematerialisierung hier gekommen war, die beste: Man müßte den Menschen von der Nahrung unabhängig machen. Gib bitte meinen Bericht dem Bioenergetischen Institut, vielleicht werden die Wissenschaftler eine passende Lösung finden.

Mit Gruß *Dein Kek*

Copyright © 1986 by Gabriel Laub • Erstmals erschienen in ›Urmenschens Kinder‹, 1986 im Albrecht Knaus Verlag GmbH, München und Hamburg • Mit freundlicher Genehmigung des Autors

---

Gwyneth Jones · England

BLAUER TON

Irgendwo am Stadtrand roch es plötzlich nach Regen. Der Wechsel war so wirklich und atemberaubend, daß Johnny das Auto anhielt. Er stieg aus, ließ Bella auf dem Rücksitz angeschnallt. Sie schlief, Gott sei Dank. Die Straße erstreckte sich starr geradeaus zum flachen Horizont. Die metallische Oberfläche befand sich in schlechtem Zustand. Eine geizige Hand schien sie von der Mitte her ausgebreitet, und lange vor Erreichung der ursprünglichen Begrenzung mit brauner Erde und Kies vermischt zu haben. Es gab Bäume an den Zäunen staubiger, verwilderter Gärten: schindelbedeckte Häuser standen aufs Geratewohl zwischen zerbrochenen Möbeln und Gebrauchsgütern. Die Stadt setzte sich auf diese Weise fort, so weit das Auge reichte, verdichtete sich nirgends zu einem Zentrum. Der Regen kam aus dem Süden, in einer purpurfarbenen Wolke, die Himmel und Erde miteinander verband. Es duftete *wunderbar*, einfach zauberhaft. Ein paarmal grollte Donner am bewölkten Himmel. Er hoffte auf Blitze.

Es dauerte länger, als er gedacht hatte. Er griff in den Wagen, nahm sein Telefon vom Sitz und rief Izzy wieder an. Er hatte sie den ganzen Tag schon angerufen, Botschaften auf Band für sie hinterlassen. Diese wiederholten Anrufe eines gereizten Ehemannes würden das Tagesgespräch auf der Etage sein. Izzys Arbeitsstelle war so kleinlich. Er wußte, daß sie es haßte, von diesem lächerlichen schlechten Ruf unglücklich gemacht zu werden. Er ärgerte sich teils über sich selbst, aber nicht genug, um damit aufzuhören.

Nach einer Vereinbarung sorgte Johnny für Bella, und wenn er wegfahren mußte, kam sie in die Tagesstätte. Es war eine gute Vereinbarung, außer wenn alle für den Notfall vorgesehenen Verfahren auf einmal versagten. Tags zuvor hatte es einen ernstlichen Zusammenbruch gegeben. Er mußte die Stadt mit dem Baby verlassen. Er hatte seitdem immerzu versucht, mit Izzy Kontakt aufzunehmen, aber sie verfehlten sich ständig mit fast mythologischer Symmetrie. Jedesmal, wenn er die Botschaften auf seinem Apparat abhörte, schnatterte seine Frau in stufenweise fortschreitender bestürzter Panik auf ihn ein. Jedesmal, wenn er anrief, war ihr Anschluß besetzt.

Nun war sie bei der Arbeit, wo persönliche Anrufe auf der Etage nicht erlaubt waren, und er befand sich für 24 Stunden draußen in der Wildnis, mit einer Zweijährigen im Schlepptau. Izzy konnte jedoch nicht zu sehr besorgt sein: er hielt sie gut informiert.

Er stand auf und beobachtete die herannahende Wetterfront, brütete über die Menge Arbeit, die er in ihre Beziehung steckte. Er hatte sich praktisch alles ausgedacht, all die kleinen Rituale der Bindung. Er fragte sich, ob Izzy fühlte, dasselbe zu tun: ihr Leben mit einem verdammten Stein nach dem anderen zusammenzubauen. Vielleicht tat sie es. Man nennt es Ehe; es funktioniert mehr oder weniger.

Der Pannen-Lastwagen raste zu einem Parkplatz, gefolgt von drei Motorrädern. Drei Männer stiegen aus dem Führerhaus. Die Motorradfahrer blieben auf ihren Maschinen sitzen. Johnny hatte noch den Telefonhörer in der Hand. Er machte lässig einen Schritt, und ließ ihn auf den Fahrersitz fallen.

»Was ist los, Junge?«

Der Sprecher war hochgewachsen und eigentlich

mager, aber er besaß bullige Schultern und wuchtige Arme durch irgendeine Art Spezialtraining oder vielleicht körperliche Arbeit. Er war unpassend gekleidet: er trug ein Jacket über einem Latzoverall und kein Hemd. Die übrigen waren genauso – nicht eigentlich zerlumpt, aber es war klar, daß sie ein bestimmtes Niveau weit hinter sich gelassen hatten. Genaugenommen waren sie alle weiß, zwei dunkel; eine Spur weiter von dem WASP*-Ideal entfernt, als er selbst. Sie waren alle bewaffnet.

Johnny erkannte sofort, daß diese Leute einen schwer zu verstehenden ästhetischen Impuls entdecken würden. Es war außerdem angebracht, sich nicht als Stadtfrack zu brandmarken, für den ein Regenschauer eine Sensation bedeutete.

»Eine Art Panne?«

»Nehme ich an«, sagte Johnny. »Der Motor starb ab, keine Ahnung, warum. Ich wollte gerade unter die Haube sehen.«

»Was für'n Benzin brauchste?« Ein Motorradfahrer, der sein mächtiges Stahlroß zwischen seinen Knien hätschelte, schien freundlich interessiert zu sein.

»Ach – einfach irgend etwas.«

»Nun, alles was wir mitkriegen, ist etwas über einfaches Benzin.« Die Motorradfahrer lachten, offensichtlich verächtlich über Stadtfrack-Modernität.

Autsch. Das war eine Warnung. Täusche nicht vor, auch wie sie zu sein. Sie werden dich immer aufspüren.

»Wir wollen uns das einmal ansehen.«

Der Mann im Jacket beugte sich über Johnnys Motor. Er nahm sich Zeit, war der Meinung, daß absolut nichts verkehrt war. Johnnys Assistenz schien nicht erforderlich zu sein, was ihm recht war, denn er wollte ihnen nicht gern den Rücken zukehren, und sich besonders

---

* White Anglo-Saxon Protestant – weißer angelsächsischer Protestant. – *Anm. d. Übers.*

nicht in einer eigenartig ungeschützten Aufforderung vornüberbeugen… Die beiden anderen Männer aus dem Lastwagen kamen näher. Sie blickten hinten in das Auto und sahen Bella – deren Existenz während der letzten paar Minuten aus Johnnys Bewußtsein verschwunden gewesen war. Etwas in seinem Innern, ein unklares, lebendes System von Blut, Lymphe oder Nerven, zog sich vom Scheitel bis zur Sohle knocheneng zusammen.

»Ist das dein Kind?«

»Ja, sie ist mein Kind.«

»Kannst du beweisn, daß du der Vater bist?«

Diese das Blut in den Adern erstarrende Frage bedurfte keiner Antwort. Als Johnny murmelte: »Warum, ja, natürlich…«, wandte der Sprecher sich ab – ein untersetzter Jugendlicher in ausgebeulten, an den Knien abgeschnittenen Jeans, die er über einem befleckten, aber farbenprächtigen Einteiler trug, der sicherlich in eine gänzlich andere Stammeskultur gehörte. Der Mann im Jacket schlug die Haube zu und sagte:

»Klar. Das ist eine katastrophale Panne.«

Im selben Augenblick verstand Johnny, daß der Lastwagen, den er für einen zufälligen Beistand gehalten hatte, absichtlich hier war. Ein Schauder des Schreckens und der Erregung durchfuhr ihn. Er fürchtete, sichtbar zu zittern – aber er würde tatsächlich eine Entschuldigung haben, denn gerade in dem Augenblick begann der Regen. Er fiel über die ganze Landschaft wie ein herabgeschleuderter Ballen Seide, so purpurfarben, wie er am Horizont erschienen war.

»Wie heißt du, Junge?«

»Johnny.«

»Was machst du?«

»Ah – ich bin Ingenieur.«

»Suchst du Arbeit? Wir könnten dir welche besorgen. Du brauchst eine Frau, um das Kind an die Hand zu nehmen. Wir haben auch Frauen.«

Dies Geschwätz hatte gar nichts zu bedeuten. Johnny hatte entdeckt, daß man überall, wohin man in der Wildnis kam, von den Leuten zum Bleiben eingeladen wurde. Es schien eine Sache der Etikette zu sein, jeden zufällig Ankommenden als eventuellen Zuwachs der Gemeinschaft zu betrachten. Man brauchte sich keine Gedanken darüber zu machen, nicht mehr, als über die gleiche Anzahl an Zufallsbekanntschaften, die einen baten, sie mit nach Hause zu nehmen, ihren Kindern durchs College zu helfen, ihnen das Geld für eine Geschäftsgründung vorzustrecken. Das Geschwätz zog sich hin, während der Lastwagen rangierte und Johnnys Wagen angekettet wurde, alles unter dem prasselnden purpurnen Regen; Johnny, der liebenswürdige, aber nicht überströmende Dankbarkeit ausdrückte, setzte sich zu Bella auf den Rücksitz, die aufwachte, als das Auto auf die Ladefläche hochgewunden wurde. Sie sprach oder jammerte nicht, sondern starrte mächtig umher. Er wußte, daß sie geträumt hatte.

»Es ist alles gut, Bel. Das Auto hatte eine Panne. Diese Leute nehmen uns mit in die Stadt.«

»Daddy, warum bist du naß?«

»Es regnet.«

Bella starrte mit Augen, so groß wie Untertassen, aus denen erwachende Anerkennung dieses neuen Transportmittels, dieses Publikums, dieses Abenteuers sprach. Die Motorradfahrer blickten zu ihr herein. »Wer ist das?« wollte sie wissen. »Wie heißt er?« Es war der Untersetzte. Sie war nie davon zu überzeugen, daß es Menschen in der Welt gab, deren Namen ihre Eltern nicht kannten. »Archibald«, sagte Johnny aufs Geratewohl. Er verbrachte die übrige Zeit damit, die anderen Männer auf dieselbe Weise zu benennen, und immer wieder zu erklären, daß das Auto plötzlich krank wurde, und einen Arzt brauchte: immer von neuem, während er verzweifelt benötigte mentale Aufzeichnungen ihrer Route machte, und Szenarien des schlimmsten Falles Revue passieren ließ; und trotzdem noch ein bißchen Spielraum fand, in dem er Izzy *umbringen* wollte, sie einfach *windelweich schlagen*. Er wußte, sie war nicht zu bezichtigen, aber sie war die andere Hälfte seines Geistes, und der durch kämpfen-oder-fliehen ausgelöste Adrenalinstoß brauchte ein Ventil.

Die Fahrt endete in einem von Stacheldraht umzäunten Lager, verborgen hinter hohen, dunklen Hecken. Drinnen befanden sich ein weiter Hof und Flachdachdächer, die irgendwie einer Schule glichen. Der Regen ließ die Blätterwand blauschwarz leuchten, glitzerte auf Haufen von Autoabfällen. Hunde sausten auf die Tore zu, als die Motorradfahrer sie öffneten, knurrten, und wichen jaulend den Fußtritten aus. Bella hatte Angst. Johnny stieg aus. Das kleine Kind hatte er sich wie ein Affenbaby vor die Brust gebunden, den Tornister auf den Rücken geschnallt, und sein Jacket war prall gefüllt. Er händigte bereitwillig seine Schlüssel aus.

»Papiere?«

Hier draußen mußte man physische Dokumentation bei sich tragen. Es war eine Gemeinheit, denn die meisten von ihnen konnten nicht lesen, und wurden nur wütend, wenn sie versuchten, jemandes Lebensgeschichte zu entziffern. Er überreichte seinen Schnellhefter in der Hoffnung, daß wenigstens der Boss lesen und schreiben konnte.

Er wünschte, die Nerven zu haben, einige seiner Sachen im Auto zu lassen. Er wußte, das hätte besser ausgesehen. Er schwankte unter der Last, die er wegen seiner nicht vertrauensvollen Vermutung trug, und sie führten ihn in eine Halle mit einem abgenutzten Fußboden aus leichtem Holz und Reihen von Plastikstühlen. Der Raum roch nach Kindern. Er sagte sich, daß dies eine Schule sein mußte, soweit solche Dinge noch existierten. Eine Schule und ein Pannenhof: eine originelle Kombination für einige begabte Unternehmer.

»Wir schauen uns um, Johnny, warte einfach hier.«

Einer der Motorradfahrer – Samuel – beobachtete sie durch das kugelsichere Glas der Hallentür. Bella verhielt sich ungewöhnlich still, denn er wußte, daß sie vor Aufregung wie festgenagelt war. Er blickte sich um, und stellte fest, daß sie mit einer Hand nachdenklich Erkundigungen unter ihrem Rock anstellte, während sie auf dem schäbigen Sitz saß, über den ihre Beine hinausragten. Ihre Miene verriet würdiges, forschendes Vergnügen.

Johnny brachte es fertig, ein hysterisches Kichern zu unterdrücken.

»Nimm deine Hand aus dem Höschen, Bel. Die Leute sehen das nicht gern. Es sieht nicht schön aus.«

Solch ein Tadel – immer im Ton milder und absoluter Bestimmtheit – war der schlimmste, den ihr Daddy jemals erteilte. Bella verstand, daß Rücksicht auf die Annehmlichkeit anderer und Achtung vor ihren Überzeugungen ihre grundlegende Moral war. Sie nahm ihre Hand mit einem Seufzer fort.

»Mein Knubbel ist dick geworden. Es kam von selbst.«

»Ja, ich weiß. Es kommt vom Adrenalinstoß. Beachte es nicht, Kind.«

Samuel – drahtig und blaß, mit sehnigen Armmuskeln und einem Pferdeschwanz – kam sie holen. Sie wurden in ein Loch von einer Autoreparatur-Werkstatt geführt. Der fremde und bedrohliche Geruch von Schweröl erfüllte die Luft. Johnnys Auto stand mit offener Haube auf schwarzem, schmierigem Beton, umgeben von einer Menge an Werkzeugen und Stromkabeln. Es sah aus, als ob das arme Auto brutal in die Zange genommen wäre. Johnny hoffte, daß es geschafft hatte, standzuhalten.

Der Mechaniker sah sie prüfend an. Johnny hatte sel-

I.WIEGAND
94

ten einen schwarzen Mann außerhalb der Stadt getroffen. Stammes-Trennungen waren so streng, daß es zwecklos gewesen wäre, einen weißen Jungen aus den weißen Blöcken hinauszuschicken, egal unter welcher unveräußerlichen Fahne der Wahrheit. Aber die Farbe dieses Mannes war nur das mindeste Signal, das er aussandte. Johnny erfaßte, daß er den lokalen Gott ansah, den großen Chef.

Gott war dunkelblau, vielleicht in den 40ern (aber Johnny machte immer Fehler bezüglich des Alters), hatte schläfrige, engstehende Augen und den Anflug eines Schnurrbartes über dem humorvollen Mund. Johnny mochte ihn auf Anhieb; und war tatsächlich auch nicht weniger erschrocken. Er ließ Bel auf den Boden gleiten, aber hielt sie fest im Griff. Am Handgelenk, nicht an der Hand. Man lernte diese technischen Tricks.

Der Mechaniker wischte sich die Hände an einem schmutzigen Lappen ab.

»Du bist nicht bewaffnet, Junge.«

Ein Mann ohne Waffe an der Hüfte war so absonderlich, daß er ausgesprochen bedrohlich wirkte. Johnny beabsichtigte nicht, irgend jemand zu bedrohen.

»Ich bin Journalist.«

»Aha. Dachte, du sagtest, du wärest Ingenieur.« Gott spricht richtiges Englisch, wenn er will.

»Ingenieur-Journalist. Ich bin ein Ijay.«

Gottes Höflinge zeigten eine herzerfrischend normale Reaktion. Samuel kicherte, versetzte Ernesto einen Rippenstoß; Gustave johlte.

»He Ijay. Willste mein Fernsehn reparieren?« fragte Archibald grinsend.

Florimond, der Träger des Jackets, knuffte ihn und zuckte die Achseln zu dem Besucher hin, nahm einen Anflug ernster Weltklugheit von Mann zu Mann an.

»Okay. Hinter welcher Story bist du also her, Zeitungshund?«

Im Gegensatz zu den anderen war Gott nicht von

dem Ijay-Etikett beeindruckt. Johnny war jedoch noch dabei, sich von Bellas Glanzstück zu erholen: davon, daß er feststellen mußte, mit einer Zweijährigen im Wartezimmer von Gangstern zu sitzen, die ruhig die Gelegenheit nutzte, um mit ihren Gefühlen in Kontakt zu kommen… Unterdrückte Heiterkeit gab ihm wahrscheinlich eine solch unangemessene Ausstrahlung, daß sich die Balance verlagerte. Als der Mann sprach, wurde die beiläufige Verheißung von Tod, die über ihm hing, weniger fühlbar. Johnnys territorialer Fehler könnte verziehen werden.

Die Höflinge wurden still. Bella wand sich und zog, bezeigte ihr pathologisches Versagen, die Stimmung von Erwachsenen zu verstehen – was in diesem Augenblick den Wunsch in Johnny weckte, ihr den Arm zu brechen.

»Es ist irgendwie privat.«

»Laß das Kind gehen, Junge. Sie wird nichts kaputt machen.«

Bella riß sich los. »Ich werde nichts kaputt machen«, plapperte sie selbstgefällig nach. Sie war fort, außer Reichweite. Gustave hob sie hoch, damit sie in das Innere des armen gefolterten Autos spähen konnte. Johnny fühlte, wie ihm sacht der Schweiß am ganzen Körper ausbrach.

»Schauen Sie. Dies ist vielleicht nicht unbedingt die Wahrheit, aber… Ich suche nach der Quelle einer Art Legende. Hatten Sie vor zwei Jahren einen nuklearen Unfall hier in der Gegend?«

Das Sanning in Gottes Augen flackerte wieder auf. Johnny hätte dieses Thema besser nicht angeschnitten – nukleares Gift, zweiköpfige Babys, diese Art beleidigendes Zeug.

»Wir hatten… ah… einen Vorfall.«

»Okay. Ich suche nach… dies klingt verrückt, wenn man nicht bereits etwas weiß, aber ich suche ein Diamantenfeld.«

»Diamanten.«

»Es ist folgendes. Wenn es zu einem solchen Vorfall kommt, wird eine massive Menge Hitze und Druck erzeugt. Je sicherer die Anlage ist, um so weniger wird davon nach außen zerstreut. Es muß irgendwo bleiben, also geht es hinunter. Sie haben hier in der Gegend kohlehaltige Schichten, von denen nicht einmal alle kartographisch erfaßt sind. Unter Druck kann der alte fossile Brennstoff in eine andere Art von reinem Kohlenstoff verwandelt werden. Ich suche eine Ablagerung von blauem Ton, der neu in diesem Gebiet ist. Aus dem gleichen Ton bekommt man die Diamanten.«

Johnny brauchte seine ganze Geschicklichkeit, um Gottes Reaktion abzuschätzen. Er konnte sie nicht anwenden. Seine Aufmerksamkeit war quälend auf Bel gerichtet: ihre Position in dem stinkenden Loch, wer sie anfaßte, ob sie in die Nähe der Tür geführt wurde. Es spielte keine Rolle, Gottes Miene war steinern, drückte weder Erregung noch Ungläubigkeit aus.

»Ich weiß nicht, ob dies gerade ein Leitartikel ist«, fuhr Johnny mit unbewegtem Gesicht fort. »Es ist meine eigene Story. Ich bin mir nicht klar darüber, ob meine Arbeitgeberin irgendein Interesse daran hat.«

Gott lachte leise, und schüttelte mißbilligend den Kopf (wir Superwesen müssen zusammenhalten).

»Wenn du auf Kosten deiner Chefin ein Diamantfeld findest, sind das vermutlich ihre Diamanten, Junge. Schau dir deinen Anstellungsvertrag genau an, dann wirst du feststellen, daß ich recht habe. Damit hast du nichts in den Händen, und hier befindest du dich auf dem Markt. Das könnte eine peinliche Lage sein.«

Johnny würde dem zustimmen müssen, Gott fragte ihn jedoch nicht nach seiner Meinung. Er legte seinen Lappen weg und streckte eine Hand aus, die Johnny gehorsam schüttelte. »Ich bin der Lehrer hier. Lehrer und Mechaniker. Ich habe Jungen wie dich gesehen. Ich habe Jungen wie dich gern gehabt: schlau und süß, und eine Kleinigkeit aus dem Gleis. Geh du nicht zu weit, Johnny. Halte dich daran, was recht ist.«

Der rübenköpfige Jung Gustave mit dem scheuerroten Teint übergab Bella den Armen ihres Daddy.

»Du hast ein kleines bißchen Gepäck abgesetzt, Junge. Wenn du sonst noch etwas aus dem Auto brauchst, sag' besser Bescheid.«

Johnny schüttelte den Kopf. Gott war sarkastisch: das Mißtrauen des Stadtfracks war bemerkt worden. Gott nickte, und betrachtete Bella.

»Sie ist ein hübsches kleines Mädchen. Du bist zu jung, um ihr Daddy zu sein.«

Johnny war zu jung, um irgend jemandes Daddy zu sein, wie jedem klar sein würde, der wußte, wie die Dinge drinnen funktionierten. Er war nicht nur ein Stadtfrack, sondern auch ein reicher, beschissener, vergoldeter Jugendlicher. Oh, Scheiße!

»Kannst du beweisen, daß sie dein Kind ist?«

Das Hotel hatte Zimmer über einer Bar, die auch eine Imbißstube war. Johnny betrat mit seiner Eskorte die verlassene Halle. Gustave lehnte sich hinüber und nahm einen der Schlüssel mit einem altertümlich geschlungenen Schaft und einem Metallbart, an dem ein Anhänger mit der Nummer 5 baumelte. Die Frau am Empfang blickte auf.

»Hallo, Donny.« Sie blickte den neuen Gast an. »Ist das der Ijay?«

Er war seit zwei Stunden in der Gemeinde gewesen, das war viel Zeit für den Nachrichtendienst. Es überraschte ihn, daß die Empfangschefin nicht aufgeregter war. Sie blickte ihn eindringlich an, etwas zu lange, und immer noch ohne einen Wortschwall, etwas auszurufen oder seinen Namen zu nennen. Johnny fühlte ein Prickeln in seinem Bauch. Vielleicht war sie einfach nur ein Mädchen mit einem ernsthaften Charakter.

Es waren weitere Gäste da, aber Johnny war der einzige Fremde. Während draußen der Regen herunterströmte, versammelten sich alle: die Männer und Jugendlichen um Johnny herum, die Frauen und Kinder mehrere Tische weiter entfernt, auf der anderen Seite eines TV mit einem einfachen Bildschirm, der auf einem Kabelkanal drauflos quasselte, den Johnny noch niemals zuvor gesehen hatte.

Es gab offensichtlich mindestens zwei rivalisierende Lager. Aber nichts Schlimmes geschah. Es wurden keine Pistolen gezogen.

Diese Leute heirateten. Sie führten eine Art Familienleben. Aber sie hatten alles vergessen, was sie jemals über die Gleichheit der Geschlechter wußten. Keine der mager und zerschlagen aussehenden Frauen würde es wagen, zur Gruppe der Männer heranzukommen, oder sich direkt vor den Bildschirm zu setzen: zwischen einen Mann und irgend etwas zu kommen, das auch nur entfernt zu den guten Dingen zählte. Natürlich konnte keine von ihnen mit Johnny sprechen. Es war eins der Dinge, die man nicht erwähnen durfte. Die Männer würden empört und entrüstet sein, wenn man andeutete, daß an diesem Arrangement etwas sonderbar war. Die Frauen wahrscheinlich auch.

Die Männer stachelten Einzelheiten des Lebens *im Innern der Domäne* auf. Sie gebrauchten die Methode, eine zufällige Bemerkung über das elektro-lähmende Kraftfeld zu machen; oder über die Todesstrahlen, die die androiden Wächter anwandten – und beobachteten die Wirkung, die es auf Johnny hatte. Er war völlig damit beschäftigt, ihre Egos zu schützen. Er war nicht so dumm, ihnen in irgendeinem Aspekt direkt zu widersprechen. Das wäre eine gefährliche Freundlichkeit.

Bella wurde es langweilig und starrte die Kinder des Ortes an. Die Frauen hätschelten sie, bewunderten ihre kräftigen Arme und Beine: ihren drallen Umfang im Vergleich mit ihren eigenen unterernährten Kleinkindern. Johnny diskutierte mit gebleckten Zähnen und unter die Fingernägel gerammten Nadeln beherrschter Panik Diamantenfelder. Die Frauen waren weitaus erschreckender als die Männer. Wenn eine von ihnen Bel nehmen sollte, und mit ihr in die purpurfarbene Nacht hinausginge, was würde er tun?

Mittlerweile ging die Empfangschefin, die auch die Kellnerin war, auf ihrem Weg hin und her ständig an ihnen vorbei. Sie brach die Regeln, aber sie schien eine Art Sonderlizenz zu haben. Jedesmal, wenn sie vorbeikam, fand sie eine Möglichkeit zum Flirten: sie beugte sich über einen Tisch in der Nähe, um ihren hübschen Po zu zeigen, reichte zum Regal hinauf, um die schmucke Rundung ihres Busens und ihrer Taille darzubieten. Jede kleine Stadt mußte ihr schlimmes Mädchen haben. Die jüngeren Männer pfiffen, und schnippten mit den Fingern hinter ihr her. Die Frauen, jung und alt, gaben vor, sie nicht zu bemerken.

Die Party löste sich schließlich auf. Johnny lag auf seinem Bett und starrte an die graue Decke von Zimmer 5, und das unvermeidliche Cam-Auge, umrandet von der rücksichtsvollen Botschaft: *Zu Ihrer Sicherheit.* Der Regen hatte aufgehört. Die Hauptstraße draußen war laut von der nach Hause gehenden breiten Masse. Jede taugliche Seele der Stadt mußte hiergewesen sein.

Er hatte Bella früher schon mit hinausgenommen, aber noch nie so weit, und bisher war nichts schiefgegangen. Er überlegte sich, wie wichtig es für ihn war zu glauben, daß es sicher war. Daß es keine Gefahr gab, keinen Schaden, überall nur anständige Leute. Ihm lag offensichtlich mehr daran, eine Art vorurteilsloses Ideal hochzuhalten, als am Leben und der Sicherheit seines Kindes.

Sie könnten mir Bella wegnehmen.

Mit ihr in die Bar zu gehen, wäre dasselbe gewesen, wie seine Faust vorschnellen zu lassen, um eine antike goldene Rolex zur Schau zu stellen. Wahnsinn! Er könnte versuchen, ihnen zu erzählen, daß Bel ein ganz gewöhnliches kleines Mädchen war, nach traditioneller Methode gezeugt, und vollständig mit ihren organisch gewachsenen Fehlern (sie besaß einen engen Kiefer und eine Tendenz, auf ihren von Geburt an schwachen Fußgelenken liegenzubleiben). Er würde die Leute hier draußen nicht davon überzeugen können, wenn sie Bel neben ihren eigenen mageren, im Wachstum zurückgebliebenen Kindern mit ihren schorfigen Gesichtern sahen. Um in Bella ein gewöhnliches Kind zu sehen, mußten sie akzeptieren, daß Johnny nicht überirdisch privilegiert, sondern *normal* war ... Sie müßten die Tiefe ihres eigenen Falls erkennen.

Das wäre ihnen nicht zu wünschen.

New York lag 300 Kilometer weit entfernt. Hier gab es keine Sicherheit, kein Gesetz, keine Anklage. Von dem Augenblick an, als der Pannen-Lastwagen erschien, war er in Schwierigkeiten gewesen. Es würde kriminell verrückt von ihm sein, nicht seine Verluste abzuschreiben und auszusteigen – auch wenn er allein war. Aber er haßte es, aufzugeben. Er war einer Story auf der Spur, und er wußte, daß er sich am *richtigen* Ort befand. Wenn Gott nicht wußte, warum er, verdammt noch mal, hier war: wenn Gott überzeugt war durch die Tarnung mit leuchtenden Edelsteinen – *irgend jemand* mußte klüger sein. Derjenige würde zu Johnny kommen. Er brauchte nichts anderes zu tun, als zu warten.

Er verschränkte die Arme hinter dem Kopf und dachte an Sex. Er erinnerte sich an Bellas Experiment im Schulsaal. Sie war schon ihres Vaters Kind. Sie hatte diese wesentliche Verbindung so natürlich hergestellt – Zweifel und Gefahr, und eine dezente Andeutung von Gewalt ... wau, los geht's. Es war nicht wahrscheinlich, daß Bella viel Erregung aus ihren erotischen Abenteuern gewann, nicht mehr, als ihr Vater es tat. Die Dinge waren auf diesem Gebiet innerhalb oder außerhalb der Stadt nicht so unterschiedlich. Aber das Zeug kommt einem gelegen, besonders, wenn es knapp ist. Es ist eine Gier, die für alles einspringt.

Es klopfte an der Tür.

Die Empfangschefin schloß die Tür, und setzte sich auf den Bettrand.

»Hallo, Johnny.«

Sie sah älter aus, als es der Tatsache entsprach, aber sie war wahrscheinlich ein Teenager. Sie hatte sprödes, dunkelblondes Haar, zu einem Bubikopf geschnitten, blaue Augen, einen drahtigen, ungepflegten Körper, in einen verschossenen Overall gekleidet, und war mit einem Sonnenöl für draußen eingerieben, das ihre Haut verdarb. Sie lächelte mit ihren Augen und berührte sein Hosenbein, wie um zu prüfen, ob es noch feucht war.

Sie blickte nach oben. »Es ist okay. Donny paßt auf das Lager auf. Er überprüft nie die Bildschirme, und dieser funktioniert sowieso nicht. Ich habe dich absichtlich hier hereingelegt.«

Ein heftiges, warnendes Zwinkern sagte ihm, daß er nicht beruhigt sein sollte. Donny, alias Gustave, saß zweifellos wie angewachsen vor dem vielversprechendsten Guckloch in der Stadt.

»Nun, Fremder, können wir ins Geschäft kommen?« Sie nahm ihre Hand von seinem Bein und berührte sich selbst, glättete mit beiden Handflächen den glänzenden, abgetragenen Stoff über ihrem Busen. »Ich will kein Geld. Ich suche eine Mitfahrgelegenheit. Ich gehöre niemand, du brauchst dir keine Sorgen zu machen.«

Sie befand sich in großer Eile, aber das war verständlich genug. Johnny würde morgen fort sein.

»Wie heißt du?«

»Cambridge.«

»Das ist der Name einer Stadt.«

»Ich weiß. Meiner Mutter gefiel der Klang. Bist du jemals dort gewesen? In der englischen? Ich stelle mir gern vor, nach der ursprünglichen Stadt genannt zu sein.«

»Nun, ich kann nicht behaupten, dort gewesen zu sein.« Johnny beobachtete sie, ohne einen Muskel zu bewegen. »Ich kann dich nicht in die Stadt mitnehmen, das weißt du. Ich glaube, du bist ein Lockspitzel, Madam.«

»He, auf keinen Fall. Ich bringe dich nicht in Schwierigkeiten. Ich will nur die Straße entlangfahren, einen Szenenwechsel. Und ich kann dich von Schwierigkeiten befreien, falls du in welchen steckst.« Sie zwinkerte wieder heftig. »Willst du diese Ameisen in der Hose loswerden, City-Boy?« Sie drückte seinen Schenkel, und kicherte. Ihre Augen, die die Kamera nicht sehen konnten, waren todernst.

»Ein Mädchen, das etwas erreichen will, muß bereit sein, schnell zu handeln. Das ist die Gestaltung der Zukunft, nicht wahr? Man kann nicht nach der alten Methode vorgehen, sich hinsetzen und warten, daß etwas geschieht. Man muß imstande sein, *sich selbst* zu ändern, um sich dem Kommenden anzupassen.«

Johnny kämpfte mit seinem Gewissen. Dies konnte leicht eine Falle sein. Angenommen, er würde das Angebot der Empfangschefin annehmen (welcher Stadtfrack weist schon eine lockere Frau ab?). Dann würde der Sicherheitsdienst hereinplatzen. Es gäbe eine Art Ersatz-Gerichtsverfahren, wahrscheinlich unter Gottes Vorsitz. In der Wildnis waren sie scharf auf sexuelle Beschränkung. Ungeachtet ihres Benehmens unten in der Bar würde es Johnnys Schuld sein. Sie würden den Fremden, der bei einem Akt der Unzucht gefaßt wurde – vielleicht sogar der strafbaren Vergewaltigung – für unfähig erklären, für eine Minderjährige zu sorgen. Außerdem konnten sie alles, was er über den *blauen Ton* wußte, aus ihm herauspressen. Ihm war bewußt, wie verlockend das war. Sie würden Bella und die Diamanten haben. Johnny würden sie nackt auf die Straße werfen – tot oder lebendig. Lieber tot, als sich vor Izzy rechtfertigen zu müssen. Er sollte nicht einmal davon träumen, das Risiko einzugehen.

Andererseits sagten ihm all seine Instinkte, daß die Empfangschefin nicht das war, was sie zu sein vorgab.

»Ich weiß nicht, ob du die richtige Vorstellung von mir hast. Ich gehe Risiken ein, das ist mein Job. Aber nicht aus banalen Gründen.«

»Ich fühlte das. Ich kann Menschen ziemlich gut durchschauen.« Sie lächelte wehmütig. »Das klingt vielleicht verrückt, aber ich habe immer gedacht, ich hätte ein Ijay sein können. Falls jemand wie ich je eine solche Chance haben würde.«

»Ich wünschte, jeder hätte die Chance«, sagte Johnny.

Sie nickte mit gesenktem Kopf.

»Mr. Micane hat dich meiner Ansicht nach ganz falsch verstanden. Dieser blaue Ton, den du suchst, stellt keine Art materiellen Gewinn dar. Die Diamanten bedeuten dir überhaupt nichts. Was du wirklich wünschst, ist etwas wie ein lebendiger Sinn in deinem Leben. Etwas Seltenes und Magisches, das alle vereinen könnte.«

»Das ist ein schöner Traum.«

Sie blickte ihn lange und weich an. Es erregte Johnny bis ins Innerste. Dies war ein wirklicher Kontakt. Er fragte sich, wieviel zu erzählen er sie wohl überreden konnte.

Cambridge warf ihr Haar zurück. »Okay, Mr. Ijay. Kommen wir nach dem hochtrabenden Köder jetzt zum Geschäft?«

Er blickte im Zimmer umher, warf einen schnellen Blick zur *defekten* Kamera empor und wieder fort. »Hm – können wir irgendwo hingehen?«

»Soll ich dich mit nach Hause nehmen?« Sie ging zur Tür. Lehnte dort in der Pose aus irgendeinem alten Film. »Ich habe in einer Stunde frei. Auf dem Parkplatz steht ein dunkelblauer Nissan. An dem treffe ich dich.«

Sie grinste zu dem Auge an der Decke empor. »Ich bringe dich dorthin, wo es keine Sicherheit gibt. Bringst du es ohne Publikum fertig, Ijay? Hast es schon einmal versucht?«

Johnny packte seine Sachen zusammen. Ein paar Minuten lang war er intensiv beschäftigt, und Bella verschwand währenddessen für ihn, wie es auch am Straßenrand geschehen war. Dann fiel sie ihm ein, und er biß sich auf die Unterlippe.

Neben dem japanischen Antiquitätenladen stand ein alter Lieferwagen, dessen Farbe in dem gelben Licht der Öllampen nicht zu identifizieren war, die die Rückseite des Hotels sicherten. Cambridge blickte aus dem dunklen Fahrerfenster. Sie war sichtlich verblüfft.

»Ich konnte sie nicht allein lassen. Sie wäre aufgewacht und erschrocken gewesen.«

Sie blickte ihn prüfend von oben bis unten an.

»Ist das eine Pistole in deiner Tasche?«

»Nein, es ist eine Ersatzwindel.«

Die Empfangschefin schüttelte den Kopf, und stieß die andere Wagentür für ihn auf. Er stieg ein, legte Bels warmen Körper in der Babytrage auf seinen Knien zurecht. Erst als sie ohne Licht durch die dunkle Stadt davonholperten, brachte sie eine Bemerkung heraus.

»In meiner Welt ziehen die Männer keine Kinder auf. Sie besitzen sie nur.«

Sie lachte in sich hinein. »He, was passiert, wenn wir in unser Liebesnest kommen? Sieht sie gern zu, oder hast du sie trainiert, mitzumachen?«

Mentale Bestandsaufnahme: eine lange Fahrt. In der Dunkelheit erschienen gleich Gespenstern gepflegte Rasenfläche und umhertollende Apportierhunde, Jungen auf Fahrrädern, die Zeitungen und Postwurfsendungen mit Stöcken schleuderten. Diese Welt hatte Johnny nie gekannt – sie war jetzt unzugänglich, außer in Aufzeichnungen, die so schwer wie Inkunabeln zu entziffern waren. Wie konnten die Leute aus dem Zug klug werden? Es besaß keine Tiefe, war sogar *farblos.* Johnny dachte an Fertigkeiten, die er für immer verloren hatte, wie die Gene zum Anschauen von Schwarzweißfernsehen, die in seinem dekadenten Blut ausgeschaltet waren. Er umarmte Bella in ihrem Traggurtgestell. Sie zu fühlen, war so unendlich beruhigend, daß er dachte, alle Geheimagenten sollten ein Baby zu tragen haben. Wenn du niemand trauen konntest, wenn es gegen die Regeln war, sich dessen sicher zu sein, was geschah – dann umarmst du dein Baby, und es hält dich bei Verstand.

Sie parkten unter Bäumen.

»Was sollte, verdammt noch mal, überhaupt der ganze Unsinn von diesen Edelsteinen?«

Johnny zuckte die Achseln. »Das war das Beste, was ich machen konnte. Ich hatte nicht erwartet, so aufgegriffen zu werden. Mußte eine Art Signal aussenden. Ich konnte sehen, daß ich keine große Gelegenheit bekommen würde, herumzuschnüffeln und Fragen zu stellen.«

»Du hast recht. Und Glück. Weißt du, Micane ist nicht *dumm.* Er hat nur wenig Information, wie wir alle hier draußen. Okay, komm schon. Mach einige Bandaufnahmen von den Kronjuwelen, und bring sie schnell in deinen Dom.«

»Bitte. Ich lebe nicht in einem *Dom.* Ich wohne in einer überfüllten Geschäftsstraße. Mit Dreck in den Ecken und vielen Problemen.«

Cambridge lächelte, ließ ihm seinen Willen.

»Sicher ist das so.«

Sie öffnete eine Tür, hinter der Stufen abwärts führten. Als er erkannte, daß sie in einen unterirdischen Bereich gingen, verstand er die verblüffende Wahrheit. Sie führte ihn nicht zu einem Verhandlungs-Rendezvous mit dem Kader. Sie hatte ihn geradewegs zu den Sachen gebracht. Der Raum war dämmrig und widerhallend, hatte eine niedrige, bogenförmige Decke und einen seltsam schrägen Boden. Die Wände leuchteten im Widerschein von Cambridges bleistiftförmiger Taschenlampe phosphoreszierend hell.

»Wo sind wir hier?«

»Es war ein Schwimmbecken«, sagte sie. »Ein Olympiabecken. Es ist seit Jahren trockengelegt und abgesperrt gewesen. Kein Wasser. Der Rest des Gebäudes steht leer.« Sie hatte sich umgezogen und trug jetzt eine Hose, ein Jacket und einen Pullover. Der Regen hatte die Nacht abgekühlt. Ihre Kleidung war ebenso verwahrlost, seltsam buntscheckig und von schlechtem Sitz wie die Sachen, die die Männer trugen, aber nicht schmutzig. Sie zog eine klobige Plastik-Fernbedienung aus ihrem Hosenbund und drückte Lichttasten. Es mußte sich ein Generator im Gebäude befinden.

Johnny starrte. Das Glas- und Keramiklabyrinth: die Kübel. Da sah er sie: eine Corallin-Pflanze in voller Größe. Er hatte während seiner Ausbildungszeit die legale Erzeugung von Protein gelernt, wenn auch nur virtuell. Aber das nützte ihm nichts. Hier war die Verarbeitung zu behelfsmäßig, um genau erkennbar zu sein. Aber er war von Leuten geschult worden, die über die ungesetzliche Seite Bescheid wußten.

Er nahm sich die Zeit, Bella auf seine Schulter zu setzen. Sie war im Lieferwagen aufgewacht, hatte aber nur ein paar schläfrige Fragen gestellt. Wie heißt sie … Wie heißt das Auto. Sie schlief wieder (und der Lieferwagen hieß Lastitia). Er war stolz auf sie. Sie war wirklich das vollkommene Kind.

»Kann ich eine Bandaufnahme machen?«

Cambridge nickte. »Das ist der Handel, Ijay. Wir bringen dich von Micane fort. Du erzählst den Leuten bei dir zu Hause, was wir hier haben.«

Er setzte eine erstaunte Miene auf, sagte ihr, wie begeistert er wäre, diese Keimzelle der Zivilisation außerhalb der Zitadelle zu finden: fragte sich dabei die ganze

Zeit, wo die übrigen der Gruppe waren, woher sie denjenigen hatten, der diese Entwicklung ins Leben gerufen hatte; alle möglichen Fragen kamen ihm in den Sinn, auf die er Antworten haben sollte. Aber er wußte bereits, daß Cambridge ihm alles erzählen würde. Er war überwältigt von dem Vertrauen ihrer Gruppe, bestürzt von der Macht des Ansehens, das seine Job-Bezeichnung signalisierte.

Vor dem Ende des 20. Jahrhunderts war es offensichtlich gewesen, daß die Zukunft der Datenverarbeitung und Fernmeldetechnik in der Photochemie lag. Das Chlorophyll in grünen Pflanzen verwandelt zweifellos Lichtenergie in die Bewegung von Molekülen. Das *lebende Chip* war unvermeidlich: es war raumsparend und deshalb schnell. Sie nannten die magische *Substanz* der halblebenden Prozessoren *blauen Ton,* weil die ursprünglichen Protein-Moleküle von blaugrüner Farbe waren. Eingebettet in eine flüssige kristalline Membran, wurde blauer Ton zu einer ungeteilten Oberfläche endlos komplexer Verbindungen. Unter starker Vergrößerung sah es wie Koralle aus: daher der andere Name, Corallin. Ton? Weil man alles daraus entstehen lassen konnte.

So viel zur Technik. Aber dann geschah es, daß Hardware-Netzwerke auf der Grundlage von Silikon und Galliumarsenid bei dem Auftreten der Virusinfektion Ende des Jahrhunderts zusammenbrachen. Corallin war zu dem Zeitpunkt nicht sehr überlegen: aber es war gegen die Seuche immun. In einer sich verschlechternden politischen Lage – einer scheiternden Wirtschaft, Welle um Welle von Umweltkatastrophen – wurde der blaue Ton zu politischem Dynamit. Er bedeutete Macht.

Diamanten? Es war ein dummer Vorwand, aber gut genug für den augenblicklichen Ansporn. Hier draußen war eine Corallin-Pflanze mehr wert als eine Lastwagenladung von Edelsteinen. Wenn die Massen, die außerhalb der Zitadellen lebten, sich eine moderne Datenverarbeitung errichten konnten, hätten sie die Möglichkeit, sich in die Netzwerke der Stadt einzuklinken. Sie würden wieder aufstreben. Und die Elite, die drinnen lebte, würde in Schrecken versetzt. Das Erstaunliche war, daß nicht mehr die Massen es versuchten. Sie akzeptierten mit entmutigter Ruhe, daß eine bestimmte Lebensweise vorbei war. Sie hatten ihre eigene Welt mit ihren eigenen Regeln, und die Städte befanden sich auf einem anderen Planeten.

Johnny machte eine Bandaufnahme, bei der er beschrieb, daß es wirklich eine Corallin-Pflanze war, und welche Reise er unternommen hatte, um sie zu finden. Er durchschritt die Gänge, machte mit seiner Panorama-Kamera aus allen Blickwinkeln Aufnahmen. Cambridge hielt sich außerhalb des Bereichs der Kamera. Sie wollte nicht der Öffentlichkeit zuwinken.

Er machte Schluß. Sie blickten sich an: zwei Schwingungsknoten einer diffusen Molekularmaschine, verbunden durch die blockierende und aktivierende Wirkung bestimmter Leitphrasen. Der *lebendige Sinn, nicht gleich der alten Methode; verändere dich selbst, um dich dem anzupassen, was auf dich zukommt.* Der Jargon war Johnny unangenehm. Er hatte sie nicht betrogen. Aber sie war betrogen, und es bereitete ihm ein unbehagliches Gefühl.

»Du bist ein Gewerkschafts-Aktivist, nicht wahr?« sagte sie.

»Ja.« Er lachte nervös. »Ein Keller-Gewerkschaftler.«

Sie war grob und weltklug zu diesem sanften City-Boy gewesen, einem Rohdiamanten. Unten in der Tiefe, in dem fahlen Licht des trockengelegten Schwimmbeckens, war die Balance zwischen ihnen umgekehrt.

»Du kamst hier heraus, um uns zu finden. Was soll ich sagen? Ich fühle mich … gefunden. Wie ein draußen im Regen liegengebliebenes Spielzeug, das dachte, die

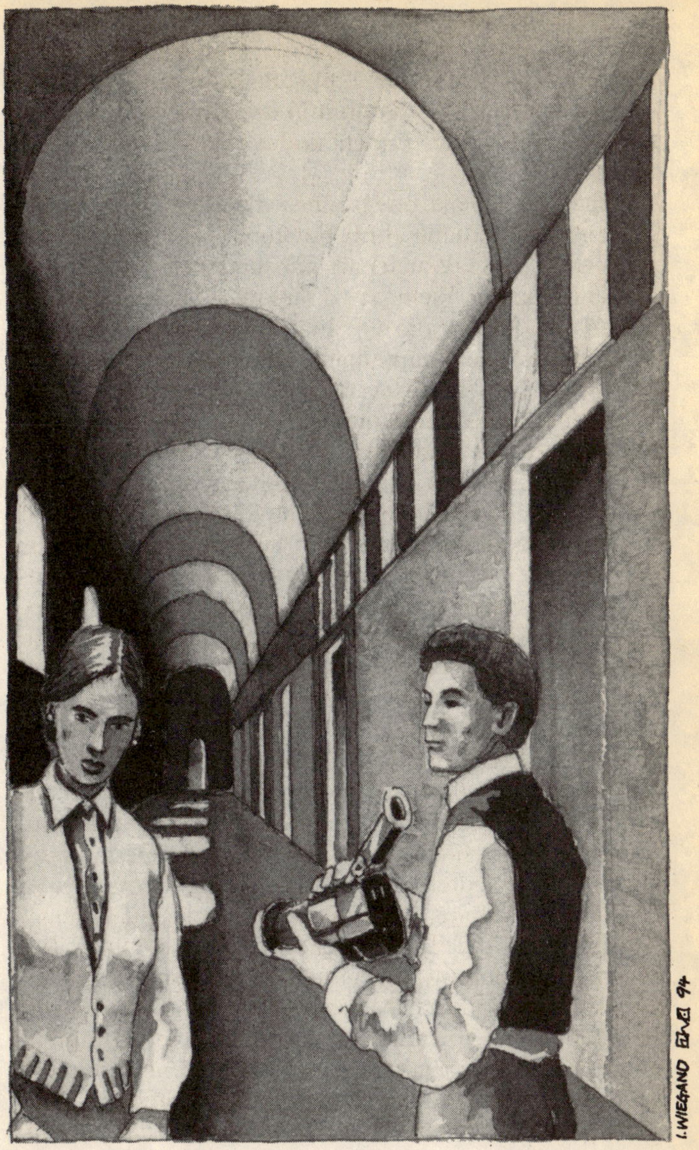
I. WIEGAND 94

Kinder würden nie wiederkommen, um es zu suchen. Ich fühle mich gerettet.«

Johnny biß sich auf die Lippe. Bella bewegte sich und murmelte. Ihr Knie stieß ihm in die Rippen. Sie konnte keine bequeme Lage finden, und würde aufwachen. Sie wog eine Tonne.

»Hast du jemals etwas über die Reblaus gehört?« sagte er. »Es ist eine ähnliche Story … Es handelt sich um ein in einer Wanzenart entstandenes Virus. Einst kam aller guter Wein aus Frankreich. Die Franzosen hatten die Reben, die Qualität, wunderbare Pflanzen mit einem uralten Stammbau. Dann schiffte jemand zufällig Rebläuse herüber, und der ganze französische Weinbau wurde vernichtet. Sie mußten alles herausreißen und neu beginnen … mit Reben aus Nordamerika, wo diese Wanze seit jeher auftrat, und die einheimischen Reben eine natürliche Resistenz entwickelt hatten. Eine Generation später konnte niemand mehr den Unterschied feststellen. Die weintrinkende Öffentlichkeit erfuhr kaum jemals, was geschah.«

»Reblaussichere Telefone«, sagte Cambridge. »Zu wissen, was im Nachbarstaat geschieht. Bankkredit. Nicht mehr dies zensierte TV. Gott, ich kann es nicht glauben.«

Johnny registrierte eine Bewegung hinter sich. Die Lampen an der flachen Seite waren aus, aber die Panorama zeigte Gustave, der die Stufen herunterkam. Johnny beherrschte sich mit einer enormen Bemühung. Unter diesen Leuten *darf* man keine Furcht zeigen.

»Micanes Männer sind hier«, sagte er leise zu ihr.

Cambridge machte keinen Wirbel. Sie bewegte sich vorsichtig an Johnny vorbei und ging zwischen den Arbeitstischen hindurch nach vorn, während sie mit der Fernbedienung in ihrer Hand weitere Lampen anmachte. Die Motorradfahrer, Samuel und Ernesto, tauchten in der Helligkeit auf. Gustave-Donny starrte ungläubig umher.

»Was ist dies, verdammt noch mal, für ein Ort?«

Die Empfangsdame hielt ihre Fernbedienung wie eine Waffe hoch, und warf sie vorsichtig hin.

»Was geht hier vor sich, Cams?«

»Nichts. Nur ein kleines privates Interview mit dem Ijay.«

Die Regel dieses Gottes hatte eine Spur von Menschlichkeit. An anderen Orten hätte man ihnen bei solch einem abweichenden Verhalten sofort die Köpfe weggeschossen. Aber Gustave eröffnete nicht das Feuer.

»Du erwartest von mir, dir das zu glauben? Du bist verrückt.«

Mit einem Schwenken seiner Schrotflinte bedeutete er Johnny und Cambridge, die Stufen hinaufzugehen. Als er Bella bemerkte, fuhr er zusammen, als hätte ihm jemand Eis in den Nacken gesteckt.

»Verdammt.«

Er zog Johnny den Kopfhörer ab, vorsichtig, um das Kind nicht zu stören. Er knallte ihn abschließend an die gekachelte Wand des Treppenaufgangs; und gab ihn mit einem herausfordernden Starren zurück.

Das war *schlecht*. Draußen im Ödland kommt es ständig vor, daß jemand sein Gewehr schwenkt, es ist männliches großspuriges Verhalten, nicht so gefährlich, wie es scheint. Aber der Ingenieur-Journalist ist heilig, seine Instrumente sogar noch mehr. Er ist die einzige Verbindung mit der übrigen Welt. Johnny verlor seine Ruhe. Angst durchfuhr ihn.

»Verdammte irre Typen.«

Der Pannen-Lastwagen stand draußen. Johnny nahm Bella auf seine Knie. Sie wachte auf und begann zu weinen. Ernesto hockte auf der Ladefläche, die Mündung seines Schrotgewehres durch das glaslose Rückfenster des Führerhauses gesteckt. Sie drückte in Johnnys Nacken. Samuels Motorrad dröhnte im Geleit. Jung Gustave fuhr mit einer Hand, bohrte mit der anderen ungeschickt seine Pistole in Cambridges Rippen. Seine Augen blickten wild vor Ärger und Demütigung: er war hereingelegt worden. Noch schlimmer (bekam Johnny mit): er fürchtete, daß sein Gott auch hereingelegt worden war.

»Verdammtes Diamantenfeld!« heulte er. »Was züchtest du da, zum Teufel, Cams? Illegale Drogen?«

Cambridge hielt ihre Augen nach vorn gerichtet. Durch seine gehirnleere Panik hindurch fühlte er, wie sie ihren Arm und ihre Seite, starr vor Schrecken, gegen ihn drückte. Aber Donny-Gustave gegenüber spottete sie so wie zu der Zeit, als er sechs und sie zehn waren.

»Nein. Mutanten, Donny. Kannibalische Mutanten-Babys. Und sie werden dich holen kommen. Nicht heute nacht, vielleicht noch nicht mal morgen nacht ...«

»Halt deine verdammte Klappe!« Sein Gesicht im Rückspiegel war ein finsteres, zerknittertes Rechteck der Verletzung. »Ich hätte niemals geglaubt, daß ein Ijay sich mit Drogen abgeben würde ...«

Bellas lautes und heftiges Schluchzen – ein so seltenes und niederschmetterndes Weinen dieses Kindes – umgab sie beide wie eine Wand. Johnny drückte sie an sich und schwor, Bella hier lebendig herauszubringen. Es gab keinen Verrat, den er nicht freudig umarmen würde – wenn er nur – bitte, Gott! – die Chance bekäme.

»Bring das Kind zum Schweigen!«

Cambridge schrie entrüstet zurück: »Machst du Witze? Wie sollen wir das machen? Sie ist erschrokken!«

Ihr Mut war wie eine Rettungsleine. Er gewann Kontrolle über sich ... »Seht, ich weiß nicht, was verkehrt ist, wir haben nichts Unrechtes getan, wir wollten nur für uns sein, es ging irgendwie darum, einander kennenzulernen. Wie könnten wir denn etwas Schlechtes tun, mit dem Kind hier?« Er klapperte, brachte unschuldige Panik in die wirkliche Sache. Er beugte sich vor, Arme und Kopf zwischen Bella und den Waffen. Sie fühlte, daß er sich wieder unter Kontrolle hatte – die Art, wie sie plötzlich seiner Beruhigung gehorchte und still wurde, war schrecklich süß und schnürte ihr die Kehle zu: ihre kleinen Hände packten seinen Kragen, ihr nasses Gesicht drückte sich an seinen Hals …

Gustave/Donny blickte sich mit einem bitterbösen Gesicht um.

»Du und Cams habt einfach nur Händchen gehalten? Was ist mit dem ganzen *Zeug*? Sah mir nach einer Art Heroin aus.«

Der Lastwagen raste dahin, seine einfachen gelben Scheinwerfer durchdrangen kaum die Dunkelheit. Cambridge zog den Kopf ein und machte sich klein zwischen den Männern, die Fäuste in den Jackettaschen vergraben, ließ sie es ausfechten. Johnny fiel der nächste Satz nicht ein. Gustave würde den verdammten Lastwagen verunglücken lassen. Er glaubte, ohnmächtig zu werden, die Situation war so restlos schrecklich – als *peng,* die Mündung des Schrotgewehrs hinter seinem Ohr plötzlich einen betäubenden, stechenden Stoß gegen die Kante seines Kiefers austeilte.

Er schrie, war sicher, zu sterben. Eine weitere Explosion krachte unglaublich nah. Der Lastwagen schleuderte, Bella wimmerte. Kalte Außenluft drang in das Führerhaus. Johnny hob seinen dröhnenden Kopf. Eine Masse dunkler Bewegung löste sich auf in Cambridge, die über dem Steuer hing, und mit etwas Schwerem, wild um sich Schlagenden, in der aufgesprungenen Tür kämpfte.

»Nimm das Steuer!« schrie sie.

Johnny packte es, und schob Bella, die sich totenstill verhielt, mit ihrer Trage vor den Sitzen auf den Boden.

»Halt den Kopf unten, Baby!«

Sie duckte sich. Er hielt das Steuer blindlings – fühlte gleich einem stummen Tier das dahinsausende alte Fahrzeug und das heftige Handgemenge, das sich neben ihm abspielte – ein undeutlicher Eindruck von Verwirrung … Donnys Körper fiel in die Nacht hinaus. Cambridge schlug die Tür zu. Johnny glitt auf den Nebensitz. Sie fuhr den Lastwagen. Die Straße war dunkel und leer, von dem zweiten Motorradfahrer war nichts zu sehen.

»Wer erschoß ihn?«

»Was glaubst du wohl, wer?«

Er blickte über die Schulter. Der zweite von Micanes Männern war ein zusammengesunkener Haufen.

»Gott. Wer erschoß *ihn?*«

»Ich ging nicht mit dir allein hinaus zu der Pflanze, was hast du dir denn gedacht? Donny fuhr in einen Hinterhalt. Glotz mich nicht so verdammt schockiert an, Ijay. Warum hat der dumme Bastard mich nicht gefilzt, wenn er am Leben bleiben wollte?«

»Ist er tot? Sind sie tot?«

»Ich hoffe es.« Ihre Zähne klapperten.

Etwa zwei Kilometer weiter die Straße entlang hielt sie an. Es gab keine Beleuchtung, in einer seltsamen, von schwachem Sternenlicht durchdrungenen Dunkelheit im Freien waren keine Häuser sichtbar. Sie stiegen alle drei aus. Johnny konnte Bella endlich aus der Trage ziehen und sie richtig in den Arm nehmen. Ihre Augen waren riesig und schwarz in ihrem blassen Gesicht. Ein kleines Kind scheint manchmal wie eine Maschine zu sein. Ausschalten, einschalten: keine Erinnerung, jedes Ereignis ist neu und makellos. Sie lehnte sich zurück und starrte.

»Sterne!«

Er hatte nicht gewußt, daß sie die Bedeutung dieses Wortes klar genug kannte, um es hier draußen anzuwenden.

Der Mann hinten im Lastwagen machte kein Geräusch. Irgendwo auf der Straßen lagen zwei weitere Menschen: Gustave und Samuel. Johnny wollte zu dem

Mann auf der Ladefläche gehen, aber die Stille der zusammengerollten Gestalt war einschüchternd. Johnnys Reaktionen kamen von einem anderen Planeten.

Er wußte nicht, was Cambridge dachte. Vielleicht einfach nur daran, dazustehen und zu atmen. Sie hatte jemanden erschossen. Wie konnte Johnny sich die Nachwirkungen davon vorstellen?

Er dachte an das Leben der Empfangschefin, und wie ihre *hitzige* Intelligenz ihr einen Platz unter den Boys verschafft hatte, aber nur unter der Bedingung, daß sie ihre Spielregeln einhielte. Und nur, so lange sie nicht schwanger wurde oder sich verliebte. Dann würde sie eine dieser zahnlückigen, schwieligen, mageren Frauen sein, *verheiratet* mit irgendeinem jüngeren Mann: Besitz, um mißbraucht zu werden. Sie würde eine Reihe kränklicher Kinder zur Welt bringen, und ihr ganzes Leben wäre ein einziger Kampf, eins oder zwei von ihnen bis zum Erwachsenenalter am Leben zu erhalten. Die schlechten Kleider sahen bei den anderen ethnisch und interessant aus, bei Cambridge waren sie schmachvoll. Sie war ein wirklicher Mensch. Sie sollte nicht hier sein, keine Pistole tragen. Sie sollte eine Zukunft haben.

»Ich hoffe …« – die Empfangschefin schauderte – »Ich hoffe, Donny ist … ich schoß nicht, um ihn zu töten. Schau, bezichtige dich nicht selbst, Ijay. Du wärest nicht hiergewesen, wenn wir nicht unsere eigenen Signale ausgesandt hätten, so gut wir konnten. Wir wußten, daß wir nicht mehr sehr lange vor Micane verbergen konnten, was vor sich ging. Wir brauchten Unterstützung. Nach dem, was heute nacht geschehen ist, benötigen wir sie um so mehr. Aber Micane steht vor einer Niederlage. Mit deiner Hilfe können wir die Macht übernehmen … Es tut mir wirklich leid wegen der Kamera.«

Sie blickte auf das Kind. »Hat sie einen wirklichen Schutz? Oder sorgst du wirklich für sie? Ich meine, wie eine Frau?«

»Nein«, sagte Johnny, sich der Wahrheit schmerzlich bewußt. »Ich sorge für sie als Mann. Es ist ein Anfang. Ich tue mein Bestes.«

Er hielt Bella wie einen Schild. Cambridges Bewegung auf ihn zu blieb unvollendet. Sie berührte Bel, tätschelte verlegen den Kopf des kleinen Mädchens.

»Warte hier. Jemand wird dein Auto bringen.«

Als sie fort war, gingen Johnny und Bella ein wenig umher, bewunderten die Sterne und stießen auf ein paar Bäume. Sie hatte sich nicht beschmutzt. Das geschah auch im allgemeinen nicht mehr in der Nacht, aber er hätte ihr kaum einen Vorwurf machen können. Er brachte es fertig, ihre Windel zu wechseln, während Bella stand und sich an ihm festhielt, und ihre Schlafanzughose zwischen ihren Knien baumelte. Er umarmte sie in einem Rausch der Dankbarkeit. »Du und ich gegen die Welt, Bel«, flüsterte er. Er gab ihr einen Trockenfrucht-Snack und sie fragte, wann sie nach Hause gingen.

Er hoffte, daß die Story der Empfangschefin stimmte. Er wollte nicht dreier Morde bezichtigt werden. Aber die Macht des schwarzen Mannes mußte schon seit langer Zeit bedroht gewesen sein, wenn seine Rivalen imstande gewesen waren, vor seiner Nase eine Corallin-Pflanze aufzustellen. Da Macht hier draußen nicht ohne Gewalt in andere Hände wechseln konnte, war es nicht Johnnys Schuld. Wenn es nicht um die Pflanze gegangen wäre, hätte es einen anderen Grund gegeben.

Er dachte daran, sich in dieser primitiven äußersten Wildnis in Bewegung zu setzen. Aber er hatte keine Ersatzwindel mehr, und die Aussicht zu trampen war selbst bei Tage nicht anziehend. Eine Stunde verging. Er hatte sein *Global-Mobil* in der Tasche. Er hielt nichts davon, irgend jemand zu rufen. Keine Signale mehr … Das Corallin-Pflanzen-Chip war in seinem Kern praktisch steril, wie auch die Prozessoren in seiner Kamera. Aber man sollte es nicht darauf ankommen lassen.

Er dachte an den Urheber, den Cambridges Kader zu fassen bekommen hatte. Sie waren keine Biochemiker, sie entwickelten die Corallin-Pflanze nicht ganz von Anfang an. Er stellte sich einen Ijay-Kollegen vor, der hier draußen gestorben war, oder einen seiner Magie beraubten Ijay, der zu beschämt war, um jemals wieder nach Hause zu kommen …

Er stellte fest, daß Bella glücklicher auf seinen Schultern war. Er ging mit ihr umher, hielt ihre Hände über seinen Schultern, sang Kinderlieder. Sie sagte kein Wort über Gewehre, Schießen oder böse Männer. Was nicht bedeutete, daß dieses Abenteuer sie nicht zu Tode erschreckt hatte. Er wand sich bei dem Gedanken an die Einsatzbesprechung, die er mit Izzy zu halten haben würde.

Als er das Auto hörte, verbarg er sich, bis er sicher war, daß es sich um sein eigenes handelte und Cambridge allein darin saß. Sie übergab ihm das Stückchen Plastikkarte und seine Schlüssel. Es war gut, *das* wieder sicher in seiner Hand zu haben.

Sie blieben beim Auto stehen. Johnny stellte die Begrenzungslichter auf schwach, so daß er ihr Gesicht ein wenig sehen konnte.

Episoden in der Wildnis waren immer unglaublich beladen: Schwüre ewiger Freundschaft, der Austausch von Sofortbildern, die ein paar Monate lang aufbewahrt wurden; bis sie jede Bedeutung verloren. Diese Episode war nur sensationeller gewesen, die Struktur jedoch dieselbe. Johnny sagte sich, daß sein Bild in ihrer Tasche bereits verblaßte. Aber er wollte ihr etwas Wirkliches geben.

»Wie geht es Donny?«

Sie schüttelte den Kopf. Frag nicht, war die Botschaft.

»Was die Fahrt betrifft …«

Sie dachte, er machte Spaß. »Ein anderes Mal«, sagte sie. »Geh du zurück und schick uns Verstärkung. Ich sage nicht, in welcher Form das sein sollte, das wißt ihr Männer am besten. Aber mach es bald, okay?«

Er setzte Bella auf den Rücksitz, mit ihrem geliebten Schwenk-Rotor aus Plastik und kräutergefüllten Häschenkissen. Er stieg ins Auto und öffnete das Fenster weit.

»Cambridge, du hast nichts in dieser Stadt zu suchen. Geh nicht zurück. Komm mit uns. Ich kann alles regeln.«

Er hatte es sich im Bruchteil einer Sekunde ausgedacht. Er konnte die damit zusammenhängenden Probleme bewältigen: wofür war vergoldete Jugendlichkeit gut? Sein Fehler war, daß er einen Augenblick vergessen hatte, wer er sein sollte. Er sah in dem schwachen Licht, wie sich ihre Augen verengten.

»Ich? Den Kader verlassen? Warte mal. Warum sollte ich nicht zurückgehen?«

Er starrte auf das Armaturenbrett. »Ich bin ein Ijay, Madam. Ich ergreife keine Partei. Ich habe nur die Bandaufnahme gemacht, und das Band ging gerade an die Nachrichten.«

Sie hatte zu keinem Zeitpunkt gesagt, daß er keine Liveübermittlung vornehmen durfte. Es war ihm in den Sinn gekommen, daß sie möglicherweise nicht wußte, was er tat. Die Panorama sah nicht imposant aus, eher altmodisch. Tarnung. Aber er war Journalist, und *sie hatte nicht gefragt*. Die Corallin-Pflanze hätte überleben können. Der rechtliche Status von unerlaubt hergestelltem Corallin war nicht vollständig festgelegt. Es gab Möglichkeiten, Winkelzüge: es gab Anwälte auf seiten der Leute. Johnny hatte geholfen, ihnen Publizität zu verschaffen. Es war nicht seine Schuld, daß zur Haupteinschaltzeit der Nachrichten Gewalt ausgebrochen war. Die Polizei würde im Nu den genauen Standort bestimmt haben. Sie waren berechtigt, schnell und hart zuzuschlagen, mit bewaffneter Konspiration einschließlich Informationstechnik. Sie würden bald hier sein. Es brauchte niemand verletzt zu werden. Wenn sich nach der letzten Warnung noch irgend jemand in der Nähe des verlassenen Schwimmbeckens aufhält, wird die Stätte unter Betäubungsgas gesetzt und die Körper abtransportiert, bevor sie die Pflanze verbrannten.

»Okay.« Sie packte den Rand des Fensters. »Okay, schön. Du hast deinen Gewerkschafts-Kult also vorgetäuscht. Du hast deine Bilder gemacht und sie geradewegs an die Bastarde an der Macht geschickt. Okay, ich war ein Dummkopf. Ich kann das zugeben. Aber du stellst dir vor, ich würde *mit dir kommen*? Ich will nicht von hier fliehen. Ich will *hier* dem herrschenden Zustand entkommen. Ich dachte, ein Mann in der Gewerkschaft ist jemand, dem ich vertrauen könnte. Aber du warst nur daran interessiert, eine Story zu bekommen. Gut, zum Teufel mit dir, Mr. Ijay. Sollen sie ihr Schlimmstes tun. Du kannst uns nicht für immer ausschließen. Scheiße – diese Arroganz. Jeden Tag kann es jetzt zu einer Revolution kommen, und du wirst sehen, daß du dich genau mittendrin befindest, Mr. verdammter neutraler Beobachter.«

»Da gehöre ich hin«, sagte Johnny. »Ich bin Journalist.«

Cambridge blickte wie aus großer Höhe auf ihn herab.

Er sah die verdorbene Haut, jeder Fleck wurde durch das nach oben scheinende Licht hervorgehoben; die Verachtung in klugen, klaren Augen. Sie wäre gern ein Ijay gewesen. Vielleicht hatte sie das Zeug dazu, man konnte es nicht wissen. Johnny hielt nichts von der Idee, obwohl sie weit und breit akzeptiert wurde, daß hier draußen keine Gene übriggeblieben waren, die es wert waren, sich Gedanken darüber zu machen.

»Gewalt wird niemals etwas lösen.«

Sie kräuselte die Lippen. »Welche Art von Gewalt? Die bürokratische oder persönliche? Ich mache da keinen Unterschied.«

»Tut mir leid.«

»Nein«, sagte die Empfangschefin. »Nein. Es tut dir nicht leid, Johnny.« Sie ließ den Fensterrand los und ging fort.

Johnny fuhr hilflos auf holprigen Straßen umher, bis der Computer plötzlich seine Peilung wiederherstellte und er sich auf dem Weg nach Hause befand. Er dachte an die kalte Stadt in Finnland, die er einmal besucht hatte. (Es würde ein Fehler sein, irgend jemand hier draußen wissen zu lassen, daß man den Kontinent tatsächlich verlassen konnte, das wäre zuviel.) Er dachte über die europäische Lösung des großen Problems nach. Dort gab es keine Zitadellen. Die ländliche Gegend war leer. Alle lebten in den Städten dicht beisammen. In England wurden die minderwertigen Menschen *die Armen* genannt. Man stieg über sie, wenn man in sein Hotel ging. Er glaubte nicht, daß es irgendwie schlimmer war, ihnen ihre eigene Welt mit ihren eigenen Regeln zuzugestehen.

Johnny war tatsächlich in der Gewerkschaft, was ihn innerlich zu einem radikalen und gefährlichen Charakter machte. Aber man kann gegen einige Gesetze sein, und doch an Gesetz und Ordnung glauben. Man kann auf der Seite der Indianer sein, und es doch für eine schlechte Idee halten, ihnen Gewehre und Feuerwasser zu verkaufen. Er wünschte, er könnte es erklären. Eines Tages würde die Zitadelle der Zivilisation sich auf die übliche Weise ausbreiten und den ganzen Kontinent einnehmen. Aber das würde niemals dadurch geschehen, indem man die Wölfe vor den Schlitten spannte. Man durfte sich nicht von der Tatsache täuschen lassen, daß die Wölfe menschliche Gesichter trugen.

Er konnte Cambridge nicht helfen. Während er auf der Straße dahinholperte, konnte er nur froh sein, daß seine Maske zum Schluß gefallen war. Es wäre schlimmer gewesen, sie in dem Glauben zu lassen, sie wäre ihrem Erlöser begegnet. Er hatte ihr letztendlich etwas Wirkliches gegeben: einen Spion, den sie verachten konnte. Vielleicht glich das die Balance ein wenig aus.

Er fuhr, und der Schmerz löste sich. Die Wildnis-Episode begann auf die gewohnte, traumartige Weise zu verblassen. Und Bella, die auf dem Rücksitz schlief, empfand er mehr denn je als seinen Talisman, seine Befreiung, während er auf die schützenden Mauern zujagte.

Originaltitel: ›BLUE CLAY BLUES‹ • Copyright © 1993 by Gwynneth Jones • Erstmals erschienen in ›Interzone‹, August 1992 • Mit freundlicher Genehmigung der Autorin • Copyright © 1996 der deutschen Übersetzung by Wilhelm Heyne Verlag, München • Aus dem Amerikanischen übersetzt von Kamala Kiel • Illustriert von Ingo Wiegang

Jirí W. Procházka · Tschechien

DIE SCHÖPFER DER ZEIT

3. Kapitel

DER SCHWARZE PRIESTER

Auf dem Negativhimmel erscholl der Donner einer dunklen Spiralexplosion.

Durch die Gänge hallte noch das Abzählen: »... zwo, drei, vier«, und die Motoren des *Prinzen* verstummten. Der Clown wachte angegurtet in seinem Sessel auf.

»Clown, wach auf! Die Landung ist geglückt!«

»Wir sind schon da«, flüsterte er, und der schlangenartige Kopf zuckte mehrmals. Er schloß wieder die Augen und versuchte alle Ereignisse abzuschätzen, die sich abspielen mußten, egal in welcher Zeit. Ja richtig, erinnerte er sich, er hatte doch die holographische Projektion der Tontafel in den vorbereiteten Block des Bordcomputers hineinzulegen und den Schalter für dreißig Sekunden nach dem Start einzustellen. Auf der Tafel befand sich das Kennzeichen der SCHÖPFER der Zeit – das Ewige Pendel.

Der erste Aufstieg der Dritten Expedition auf die Oberfläche des Aschenputtels war in seinem Verlauf nicht gerade der glücklichste. Die Astronauten schleppten aus dem Schiff die gefesselten Mitglieder der Zweiten Expedition. Drei der Flugprogrammierer, deren aus der Kontrolle geratenes Schiff zur Erde ohne Besatzung zurückkam, zuckten in ihren Ketten. Aus ihrem Mund quoll dünner Schaum. Zwei Hypermechaniker karrten die Irrsinnigen bis zum Rand des Urwaldes, wo eine Bambushütte stand, keine hundert Meter entfernt von dem ständig reifbedeckten Kreis unter dem *Prinzen*. Im Verlauf eines kurzen Ringens wurden ihnen die Handfesseln gelockert – und alle hörten ihr tiefes, kehliges und wortloses Singen. Das Bestattungslied. Der Mann mit dem Schlangengesicht betrat die Hütte, schob das Klettenblatt zu Seite und stützte sich mit den Ellbogen auf den geflochtenen Fensterrahmen. Sein Baser war entsichert, er schien nachzudenken. Bob und JOY-24 schleppten aus der Gerätezelle eine Metalltruhe herbei und legten sie unweit der Hütte nieder. Der Gesang der Trauernden ging in ein verzweifeltes Jammern über, akzentuiert von einem noch stärkeren Kreischen. Er besah sich die Gesichter der Gefangenen. Stoppelbärtige, wilde Gesichter, die er noch aus den Ausbildungszeiten auf der *Ganymed* kannte ... Sie konnten früher so sorglos und laut lachen, diese Gesichter. Nun waren sie verunstaltet von der Geisteskrankheit. Ihre glasigen Blicke starrten mit der Trauer von Tieren auf den glitzernden Sarg. JOY-24 schloß das Schweißgerät an, und mit der grünen Zunge der Plasmaflamme schnitt er den Deckel auf. Aus der Truhe hob er ein weiteres Mitglied der Zweiten Expedition heraus, den Kommandeur Li-Fong. Clown besah ihn gleichgültig. Des Toten Brustkorb war schlimm zerfetzt. Wahrscheinlich durch ein Splittergeschoß seiner D-Fünfer.

Die insektenähnliche Silhouette des *Prinzen* warf auf die menschlichen Ameisen einen violetten Schatten. Gute Leute waren es, sagte sich Clown. Während des Fluges hatten sie sich über seine Streiche richtig amüsiert, sie hatten um Konserven gewettet, ob er es schaffen würde, das Trappenei um einige Sekunden zurückzustellen. Sie kannten ja alle die unschädlichen Zeitscharlatane, die zu Hunderten auf allen Kugeln und allen Orbits um die Sonne bummelten. Die waren während der Ananas-Saison immer ein willkommenes

Labsal für die Presse. Niemand kannte den von ihnen benutzten Zeitmechanismus. Theorien über ihre Künste gab es an die tausend. Und auf die Fragen der Journalisten antworteten die Clowns mit geheimnisvollem Schweigen. Denn … wenn sie preisgeben würden, wofür sie in den Katakomben des Mars oder in den Himalayaklostern vorbereitet würden … Nein.

Clown drückte seine grünlichen Lippen zusammen und warf seine Waffe auf die andere Schulter. Mit dem Schritt eines Uhrpendels verließ er die Hütte.

Die Existenz des Aschenputtels ahnen die Zeitpriester seit Menschengedenken. Sie haben auch seit Menschengedenken das Geheimnis der Ewigen Pendel in sich codiert. In jeder Crew der interstellarischen Expedition befand sich deswegen immer einer von ihnen. Bereit, seine Aufgabe zu erfüllen.

Er schaute noch einmal auf den Körper von Li-Fong. Auch du hast deine Aufgabe erfüllt, du Schwarzer Priester der zweiten Sekte aus dem Bereich der Großen Mauer.

An seinem geäderten Arm summte das Intercom.

»Ron, es gibt Arbeit für dich«, meldete sich Abbé Haura, der Expeditionsarzt, ein zwei Meter langer Kerl, stoppelbärtig und mit einem rabenschwarzen Stiftenkopf. Seine Augen waren merkwürdig verschleiert, und Clown hörte seine Angst, als sie den Gang durchschritten, der lang war wie die Haare der Berenice. Abbé öffnete die Mückentür. Das hohe gravitierende Surren hörte auf. Der Arzt kam zum Bedienungspult der Leichenkammer und machte den Schutzdeckel der sechsten Koje auf. Der kalte Hauch des Todes umwehte sie. Das glänzende Gesicht Dieter Schwartzes erinnerte an die gekühlten Lebensmittel, welche der Koch aus dem Eisschrank brachte, übrigens aus derselben Quelle gekühlt. Ein Drittel seines Schädels war zu Brei zerschlagen. Abbé sagte etwas, doch Clown nahm seit der Landung, vor allem in den Augenblicken der höchsten

Schwingung des PENDELS, nur sehr schwer die Sprache wahr, welche die Besatzung gewöhnlich benützte. Bei den Gesprächen pflegte er eine komplizierte Technik der Kontrakommunikation zu benützen, die er einst in dem Höhlenkloster auf dem Mars zusammen mit dem begabten Li-Fong gelernt hatte.

»Das wird keine glückliche Rückkehr«, sagte Abbé. Der Clown zuckte die Achseln. Sie hoben den kalten Körper auf das Wägelchen und begaben sich zum Operationssaal. Die orangenfarbenen Lichter in dem Verbindungsgang blickten wie die Augen einer schlecht ausgeschlafenen Löwin. Während der Fahrt unterhielt sich der Arzt mit irgendwem über das Intercom, aber Clown versuchte nicht ein Wort des Gesprächs aufzuschnappen. Im Geist dankte er dem Großen SCHÖPFER, daß die Leute das Aschenputtel zuerst entdeckt hatten. Unwillkürlich trat er neben die schwachen Trittspuren, die er hier erst nach Dieters Überführung aus dem Operationssaal hinterlassen wird.

Abbé öffnete die Wespentür. Das gravitierende Brummen nahm ein wenig mehr an Intensität zu. Das Wägelchen mit dem Toten übernahmen Roboter. Der Mann mit dem grünlichen Gesicht setzte sich an die Tastatur, und mit einem feinen Streicheln des Monitors weckte er den Computer. Die Apparatur begann zu summen. Das ist es, murmelte er vor sich hin und bereitete den Computer für den zweiten Sprung vor. Nur noch ein Schlag des Pendels …

Auf den Biomonitoren EEG und EKG schossen Zacken auf, steiler als der Weg über den Fluß Tethys. Sie dokumentierten denselben Verlauf wie bei dem Gehirn einer Mumie. Die Automaten auf den weichen Raupenfahrgestellen fuhren um den Operationstisch herum. Nach fünf Minuten zog der Abbé die blutbedeckten Handschuhe an und meldete schroff:

»Exitus.« Er kam näher zu dem Toten. Die Maschinen wichen aus, stellten neugierig ihre Objektive auf den

Bordarzt ein und warteten auf seine Anweisungen. Clown hatte Arbeit mit dem Computer. Die unbeweglichen Resultate flogen plötzlich im Laserbereich auseinander und durchdrangen sich holographisch. Er, Clown, mußte sie nun in vorgegebener Zeit aus dem Chaos herausnehmen und so einordnen, daß sie auch für Menschen, die nicht in der Binärwelt dachten, verständlich würden – auch für solche, denen die vierte Dimension nur eine blanke Herausforderung war.

»Die Herzfrequenz«, sagte Clown. Abbé blaffte die Automaten mit barschen Befehlen an. Seine Hände schwangen im Labyrinth von künstlichen Armen über dem gespaltenen Kopf. Auch das entblößte Gehirn sendete nach einem Augenblick die ersten Impulse in die Zahlenwirrnis.

»Das Gehirn«, signalisierte Clown.

»Es sieht schlecht aus«, sagte Abbé für sich und nahm die Petrischale in die linke Hand. Auf dem Glas lagen einige zentimeterlange Bruchstücke einer Steinkeule. In die rechte Hand nahm er die durchsichtige Pinzette, und mit exakten, langsamen Bewegungen stach er die Steinnadel in die schleimige, graue Materie.

Als er fertig war, erklärte er: »Vielleicht retten wir ihn« und trat zu ihm. Der Tote auf dem Lager stöhnte.

»Bist du bereit?« hörte Clown den Abbé hinter sich.

Hastig schalteten sie Dieter von der Binärapparatur ab. Die Automaten machten ihn von allen Kabeln, Empfängern und Schläuchen frei. Dann schoben sie ihn im Laufschritt zu dem nächsten Lift und fuhren auf den Platz unter dem *Prinzen,* wo sie Dieter auf die Schulter einer SPINNE luden; auf der zweiten lag der erschossene Kommandeur der Zweiten Expedition. Und seine Steinkeule.

Sie brachen auf. Zum erstenmal in die unbekannte Natur dieser wunderbaren, verheißungsvollen Welt!

Clown sah erneut auf das Symbol, das mit trinärer Schrift in die Tontafel gemeißelt war. Das Symbol und die geheime Formel der SCHÖPFER.

Im Raumschiff blieb die Hälfte der technischen Crew. Georobot JOY-24 und Parapsychologe Bob Brown kümmerten sich draußen um die lärmenden Gefangenen, die allmählich damit begannen, die Hütten zu zerstören.

Die Pilger fanden einen Weg, wie geschaffen für die SPINNEN. Sie gingen vor ihnen, und die Automaten verwischten sorgfältig die Spuren. Der Weg durch den Dschungel verschwand buchstäblich. Einen Rückweg gab es nicht. In der Luft war immer die umgekehrte Spannung zu spüren. Auf dem schmalen, jüngst erst freigehauenen Steg kamen sie nach drei Stunden zu der Stelle des Zusammenstoßes.

Clown berührte prüfend den wärmer werdenden Lauf seines D-Fünfers. Die Biologen legten den stöhnenden Dieter in das hohe, blutbesudelte und niedergetretene Gras. Den toten Li-Fong plazierten sie einige Meter von ihm entfernt.

Clown konzentrierte sich. Die Zeitschleife diffundierte… Er zielte auf den toten Li-Fong, etwa in Brusthöhe. Der Getötete richtete sich plötzlich auf. Aus einigen Dutzend Yards Entfernung flog ihm die Steinkeule in die Hand. Er drehte sich abrupt um und schaute Clown verwundert an. Die zerschlagene Brust fügte sich mit gedämpftem Krachen wieder zusammen. Ein Blutgeysir entstand, und aus dem unverletzten Rumpf flog ein flammendes Projektil direkt in die Laufmündung des Universal Destroyers Typ V.

Ein mit einer Keule bewaffneter Wahnsinniger warf sich mit dem Aufschrei: »Im Namen des Ersten SCHÖPFERS!« zu Dieter, der da lag. Den Aufschrei verstand nicht jeder. Der Geologe erhob sich kraftlos – und bekam einen furchtbaren Schlag. Die Keule flog von dem unverletzten Kopf zurück, und Dieter blickte entsetzt in das Gesicht von Li-Fong, dem Chef der Zweiten Expedition.

»Achtung!« rief McIntosh. Clown senkte den kalten Gewehrlauf seiner Waffe. Li-Fong sprang mit einigen schnellen Schritten zu Clown.

»Der Planet ist dem Ersten SCHÖPFER verheißen«, röchelte er und riß Clown die Tontäfelchen mit den magischen Zeichen aus der Hand.

»Wo ist das PENDEL?« fragte Clown. Sein tätowiertes Gesicht zog sich angewidert zusammen. Der Schwarze Priester wurde wahnsinnig. Die Anwesenheit des PENDELS war für ihn zuviel, er ertrug sie nicht mehr – obwohl man gerade dieser Übung in den Klöstern ganze Jahre widmete. Man verbrachte sie in Anwesenheit der Ewigen BEWEGUNG, in Finsternis, lebte nur von Wasser und Gerstenbrei. Dort lernte man die unendliche und verräterische Bewegung des PENDELS wahrzunehmen. Hunderte von Nichtswürdigen hatten den Verstand dabei verloren, und auch alles, was man dort lernte, gelernt hatte, oder was man überhaupt lernen konnte …

»Verlasse die Zeitbarbaren! Erhöre mich, bitte!« Li-Fong versteckte den heiligen Talisman auf der Brust.

»Wo ist das PENDEL?«

»In den Bergen, in der Stadt der Chronosaurier. Ich fordere dich auf, erlaube es nicht, im Namen …«

»Du hattest eine andere Aufgabe.«

»Ron, erlaube nicht, daß sie das Pendel wieder nicht verstehen. Erlaube nicht, daß …«, flüsterte immer leiser der sehnige Chinese, verbeugte tief seine kahlrasierten Kopf bis zur Erde, bis ihm sein Zöpfchen über die Stirn fiel und wie ein Pendel hin und her schwang, Li-Fong entfernte sich rückwärtsschreitend, bis er in dem hohen Gras verschwand, dessen Halme den Klang der rückläufig gespielten Sinfonie ertönen ließen.

2. Kapitel

DIE CHRONOSAURIER

Das Leben der Dritten Expedition kam schließlich nach all diesen aufregenden Ereignissen wieder zurück in die normale Bahn. Clown wurde auf sein eigenes Gesuch zu JOY-24 versetzt, mit dem er lange Ausflüge in die umliegenden Berge unternahm. Und dann, nach einigen Tagen mit vollen Lebensmittelbehältern und geleerten Containern, die für die Gesteinsproben bestimmt waren, zurückgekommen, verbrachte er lange Zeit bei den geistesgestörten Kollegen von der Zweiten Expedition.

Die Spuren der Ersten hatte bisher niemand entdeckt.

Auch andere Besatzungsmitglieder verbrachten mühsam ganze Tage, indem sie die Beute aus dem Innern des *Prinzen d*em Planeten zurückgaben. Die Horrorexemplare der fleischfressenden Pflanzen setzten sie unter riesiger Gefahr in ausgehobene Löcher, von denen sie sich dann mit schußbereiten Baserwaffen entfernten; sie stiegen in die Baumkronen. Dort befestigten sie die gepflückten Früchte und Blumen; Jerzy, den die tote Landschaft Mitteleuropas zum Beruf des Technobiologen verholfen hatte, entließ aus den Käfigen einzelne Exemplare der gefiederten Welt; und McIntosh gab auf mehreren gefährlichen Pirschgängen den liebenswürdigen blauen Eichhörnchen, die in ihren Hohlzähnen mehr Gift hatten als die ganze Bordapotheke, die Freiheit zurück.

Seit der schockierenden Entdeckung der megalithischen Siedlung verließ Clown das Lager immer öfter. Vor einigen Tagen war es ihm gelungen, zwei Chronosaurier in die Freiheit zu entlassen. Schon mehrere Nächte weckten sie die schlafende Schiffsbesatzung mit ihrem traurigen Heulen, das sich dank der Polirunverkleidung des leeren Tankes, in den sie eingesperrt waren, in weitem Umkreis erscholl und durch die Panzerwände und gepolsterten Türen in die zeitlich verwirrten Träume der unruhigen Schläfer drang.

Clown schritt neben dem stillen JOY-24 und ging jede Kleinigkeit durch, die er in wenigen Tagen erleben wird, oder erlebte …

Gemeinsam mit Jerzy und sechs SPINNEN bekamen sie die betäubten Saurier vor das Raumschiff in die schnell zerstäubende Wolke des Nervengases. Die betäubten Tiere sahen aus wie schlafende Stegosaurier aus dem Gen-ZOO-Park in Bluestone. Die Bioroboter sogen die gelben Gasklumpen in sich, und die Saurier kamen taumelnd auf die Beine. Im nächsten Augenblick waren sie mit Frilikonnetzen umfangen, welche die SPINNEN aus ihren chemischen Drüsen hinter ihren fleischigen Sitzen ausstießen. Die Drachen zogen ihre Unterlider in die feuchte Augenmuskulatur ein und richteten ihre kalten Blicke zum Himmel. Aus ihren kleinen, gezahnten Mäulern ertönte wieder das traurige Lied, dessen Rhythmus dem Ewigen PENDEL unterworfen war. Clown erinnerte sich an das monotone Singen der Astronauten von der Zweiten Expedition.

McIntosh startete die Libelle. Die Jäger stiegen in die SPINNEN ein, die Leinen spannten sich stramm. Die Forschungsfahrt brach auf in die tiefen Wälder, geheimnisumwobenen Canyons und Felsenschluchten, hinauf zu den klaren Wasserfällen – ständig durch die Libellen gesichert. In drei Tagen erreichten sie ihr Ziel.

Die kolossalen Ruinen zu durchforschen, dazu gab es keine Zeit. Clown wußte, daß er einmal hierher zurückkehren mußte.

Die Saurier griffen wieder an, und das mit noch größerem Elan. Die Gaswolke verhüllte für eine Weile die Ruinen und die nahe Umgebung des Dreieckamphitheaters. Die Expedition rückte tiefer in die Stadt ein, vor sich ließ sie die tödlich verletzten Saurier, die sich unter dem Bellen der D-Fünfer mühsam erhoben und fluchtartig rückwärts in die Finsternis der halbzerfallenen Tempel oder in die Säulenwirrnisse hineinliefen, von denen die breite, ehemalige Hauptstraße umsäumt war.

Die ausgemergelte Gestalt Clowns schritt ruhig weiter, und parallel zu den kämpfenden Gruppen der Saurier und Menschen. Seine grünen Augen hefteten sich auf die mit magischen Ornamenten bedeckten Rückenschilder. Jedes von ihnen enthielt einen genetisch codierten Bruchteil des Symbols der Zeit, der richtigen Zeit, die von dem Mutterplaneten aus in den freien Zeitraum gelangen muß.

Als es zum Überfall auf die Expedition kam, stellte sich Clown neben McIntosh.

»Die Kreaturen müssen wir dalassen.«

»Einverstanden, doch zuerst müssen wir sie gründlich untersuchen.«

»Die Kreaturen müssen wir dalassen.«

Von zwei der gefesselten Saurier fielen plötzlich die Netze.

»Fesseln! Blitzschnell!« schrie McIntosh zu den SPINNEN hin. Diese resorbierten schlagartig die Frilikonfasern und sogen weitere Portionen des Nervengases ein. Die anderen Expeditionsteilnehmer duckten sich hinter den gigantischen Rotsteinquadern, und in ihre Baserwaffen spuckten züngelnd Flammen. In einem Augenblick wandten sie sich alle den zwei Sauriern zu und schossen eine lange Salve. Die Riesentiere richteten sich auf und liefen Richtung Turm, der wie eine Düne aussah, hinter dem sie sich abwartend versteckten.

»Achtung!« brüllte McIntosh.

»Hier muß man sich wie in der Kirche bewegen«, sagte Clown.

Nach einigen Momenten herrschte überall Ruhe. Die Tote Stadt war wieder tot. Nur Clown wußte, daß das folgende Treffen entscheidend sein würde. Im Lichtschacht des Kellerraumes erblickte er nämlich Li-Fong, der unter den Chronosauriern die LEHRE verbreitete. Er erspähte das PENDEL und seine ewige BEWEGUNG, und der Schwarze Priester lud die Drachen auf die Welt. Clown entdeckte unter den vielen Freskos auch einige Bilder der irdischen, mesozoischen Großsaurier.

Hier, zwischen diesen Mauern entschied man sich vor uralten Zeiten, die genetischen Codes der SCHÖPFER der Zeit in das ganze Weltall zu senden, damit sie dort, in den Wesen des einen oder anderen Planeten materialisiert, allen entstehenden oder schon existierenden Zivilisationen das allergrößte Geheimnis des Alls übergaben – das Ewige PENDEL. Das Grundaxiom, dessen Existenz: der gekrümmte Raum, den die Menschen Kosmos nannten, der durch die einfachste Bewegung beherrscht wird. Und dieser Lauf betrifft die Materie, die Zeit oder den Raum.

So geschah es auch. Doch das mit vollen Händen ausgegebene Gute entwand sich ihrem Besitz... Und heute sind die durch den rückwärts gesetzten Zeitraum degenerierten Chronosaurier, die Nachkommen der ruhmreichen SCHÖPFER der Zeit, nicht fähig, die LEHRE weiter zu verbreiten und die ZEIT zu beherrschen. Das Ziel bleibt: Die LEHRE muß alles wieder in fehlerfreie Bahnen zurückleiten.

Die SCHÖPFER mußten um jeden Preis zurück auf ihren Stammplaneten. Auf der Erde hatten sie ihre Hoffnung zunächst mit der Saurier-Zivilisation verknüpft. Aber ihre Grundlage war nicht technisch, und sie konnten kein entsprechendes Beförderungsmittel bauen. Also wurde die Zivilisation annulliert. Nun kamen die Säugetiere an die Reihe.

Und so die ganze Geschichte der Menschheit, mit Gilgamesch beginnend und mit dem Dritten Großkrieg endend. Das alles wurde nur im Interesse der Lehre eingerichtet. Die SCHÖPFER der Zeit, verborgen in warmblütigen Körpern der intelligenten Zweibeiner, hatten diese primitive Rasse während einiger Jahrtausende gelehrt – besser gesagt: sie zwangen sie heimlich dazu –, Hyperkaravellen zu bauen; Schiffe, die fähig waren, den Raum und die Zeit zu durchdringen, welche die Letzten Planeten umschloß, auf denen die ursprüngliche ZEIT strömte.

In den unterirdischen Gewölben der SCHÖPFER-Steinstadt dröhnt dunkel das PENDEL, das einzig richtig schlagende im existierenden All, ein SYMBOL, das die Kosmoszivilisationen von dem uralten SCHÖPFER der Zeit bekommen hatten. Doch das großzügige Geschenk wurde nicht begriffen. In ihrer Arroganz – nach ihren Axiomen – hatten diese die gewendete Zeit mit Hilfe des PENDEL in sich eingeschlossen und im Weltall legalisiert. So mußte die Welt ihre perverse Wahrnehmung der Zeit akzeptieren: die rückläufige Wahrnehmung der PENDEL-Bewegung.

Also starben alle Wesen durch die ZEIT. Deswegen eilte das All dem Ende entgegen. Deswegen mußte der Strom der Zeit nach der LEHRE zum Punkt des Verderbens eilen.

Das jedoch war nicht der Letzte Wunsch des Ersten SCHÖPFERS.

Und so wartete das Ewige PENDEL geduldig auf die ersten Pilger, die einkehren und die die LEHRE beherrschen würden, damit sie durch den Rückstrom der Zeit nicht vernichtet würden, und die es zustandebringen würden, seinen Puls in den freien Kosmos hinauszutragen, damit sie abermals seine Laufbahn umkehrten.

1. Kapitel

DER BEGINN DES ENDES

Bis zum Start blieben nur drei Tage. Clown stand auf der Stelle, wo die Bambushütte für die armen Seelen von der Dritten Expedition gebaut wurde. Die grünen

Drachenaugen sahen zum purpurfarbenen Himmel auf. Nur er wußte, was hier geschehen war.

Die Karavelle der Ersten Expedition kam in die Gefangenschaft des Aschenputtels, und der Schwarze Priester der ersten Sekte aus dem Bereich der Großen Seen bestätigte den Priestern die Existenz der gesuchten Zeitanomalie.

Gleichzeitig gelang es ihm, die ganze Menschheit zu erschrecken und zu provozieren, als noch einige Monate das Geschrei des Zeitschreckens und das Entsetzen über die Zeitumkehr durch den Raum schwirrten. Li-Fong aus der Zweiten Expedition brachte es fertig, die letzten unschlüssigen Teams der Fachleute zum Duell mit diesem Planeten herauszufordern, insbesondere als sie an Bord des *Königs* den unverständlich stotternden CRAY-12 entdeckten. Der vollkommenste Computer überlebte den zweiten Zeitüberschlag nicht.

Und nun ist er hier, dem Menschennamen nach Ron, dem Zeitnamen nach Chron, der dreimal eingeweihte SCHÖPFER der Zeit. Seine Aufgabe wird die letzte sein.

Und diese Aufgabe kann nur ein Eingeweihter erfüllen.

Denn einfache Leute bemerkten gar nicht den *rücklaufenden* Gang des PENDELS! Niemand aus der ganzen stolzen Menschenzivilisation konnte wahrnehmen, daß ihre Pendel die rückläufige Richtung hatten. Nur ein paar Individuen haben dieses Geheimnis fast erfühlt. Einer von denen, welche in die LEHRE der SCHÖPFER der Zeit ein wenig eindrangen – Einstein hieß er –, hatte es vorgezogen, seine letzten Entdeckungen zu vernichten. Falls nämlich die Menschheit begriffen hätte, daß sie mit ihrer ganzen Geschichte in die verkehrte Richtung ging, daß ihr vermeintlicher Weg nach vorwärts reinen Rückschritt bedeutete, daß der Tod nicht das Ende des Leben darstellte und daß der Untergang nicht unausweichlich war ... – das wäre das Ende der Zivilisation gewesen. Ein Ende, das man notwendigerweise verhindern mußte.

Denn die SCHÖPFER der Zeit benötigten die Technik der Menschheit, um die ganze Galaxis durchforschen zu können, in der sich der in der Lehre beschriebene Zeitschoß befindet. Damit sie die Aufgabe erfüllen konnten, die ihre uralten Ahnen dadurch gesichert hatten, daß sie die Aussaat der LEHRE im ganzen All durchführten.

Zeit hatten die SCHÖPFER genug. Bis zum nächsten Untergang des Kosmos.

»... morgen haben sie die Raumprogrammierer der Zweiten Expedition gefunden. Alle drei hatten seltsam blockierte Hirne. Haura fand bei ihnen einen derartigen Grad von Schizophrenie, daß ihm fast der Computer kollabiert wäre«, fuhr Bob Brown im seinen Monolog fort. Er drückte eine Konserve auf seine Brust. Seine aus Borneo stammende Tätowierung glitzerte im untergehenden STERN wie ein holographisches Bild. Bob fühlte Mitleid, vielleicht auch ein Gefühl der Zusammengehörigkeit mit dem wortkargen, ausgemergelten und gleich ihm tätowierten Mann; er wußte, daß die Zeitclowns eine Zielscheibe des Spottes sind, ähnlich wie früher sein verfolgter Stamm.

»Ron, was sagst du zu all dem?«

»Es ist wie der Buchtitel – Der Weg hin und zurück.«

»Und was sagst zu dem allen du selbst, Ron?«

»Matt, und wieder Matt. Danke, ich mag nicht.« Clown wandte Bob den Rücken zu.

Der riesige Neger entfernte sich und rief von weitem: »Wie wäre es mit einem Schluck nach dem Abendessen?«, und er schwenkte den Kakteen-Pilsner. Clown wollte allein bleiben. Da waren noch einige Abrechnungen offen geblieben. Kurz vor dem Start mußte er den Computer erreichen, sein Memory war vollgepumpt und überladen wie der Raumfriedhof auf dem Kennedy-Flughafen. Hier verlief die abschließende Weihe. Das Symbol des EWIGEN PENDELS mußte hinter die Zeitgravitation des PLANETEN kommen. Die richtige Bewegung des PENDELS mußte die Zeitbarriere des Aschenputtels überwinden – und der *Prinz* schafft es. Sein Konstrukteur Hermann von Braun war der fünfmal geweihte SCHÖPFER der Zeit in der dritten Sekte aus dem Bereich des Walhallaltars.

»Ron, was ist mit dir los?«

»Der Wievielte ist heute?«

»Ron, du bist vielleicht von deinen Kunststückchen total verrückt geworden, was?« Jerzy störte mit seiner hohen Stimme das Abendessen.

Clown wußte, die ersten Tage der Adaptierung würden die schlimmsten sein, doch eine derartige Intensität des umgepolten FELDES hatte er nicht vorausgesehen. Er mußte nun eine Krankheit vortäuschen. Die Ärzte durften ihn nicht vom Computer entfernen. Er mußte die STADT und das EWIGE PENDEL finden, die Formel der ZEIT in das Gedächtnis des CRAY-Zwölfers übertragen, er mußte sie auf die Kunst der Kontrakommunikation konzentrieren, es war viel, viel, viel zu tun … Bei Tisch herrschte unterdessen eine sorglose Stimmung. Als alle fertiggegessen hatten, nahm McIntosh aus dem Aschenbecher eine Kippe, drückte sie mehrmals an das Metall und brachte sie so zum Glühen. Genießerisch zog er den bläulichen Rauch ein, der aus der Klimaanlage herausströmte. Als sich die Zigarette mit Hilfe der abgeklopften Asche auf ihre ursprüngliche Länge gestreckt hatte, legte er mit dem Lächeln des Süchtigen sein khakifarbenes Feuerzeug SUBMARINE zu ihr, und die Glut sprang in die Flamme. Jerzy begann inzwischen intensiv zu kauen. Er legte die Gabel in den Mund und nahm einen Würfel von Hühnerfleisch heraus, legte ihn zu dem Rest der Portion und fügte alles mit einem Schnitt des gezähnten Messers zusammen. Abbé füllte mit einigen kräftigen Schlucken die ASTRO-

Colaflasche und Dieter mit etlichen Spuckstößen die Schokoladentube.

»Das bedeutet nichts, das ist nur ein planetarer Schock«, sagte leise der Abbé.

»Ron, wirst du nichts essen?« fragte Dieter überflüssigerweise.

Clown saß in der Zimmerecke und konzentrierte sich auf die Kontrakommunikation. Noch zwei Nächte bis zum Start, es wird immer schlimmer …

Während die übrige Crew SPINNEN und LIBELLEN demontierte und die Reste in die Karavelle einlud, verbrachte Clown die ZEIT in seiner Kajüte. Stunden um Stunden bewegte er sich in seinem Bewußtsein, in dem inneren PENDEL, und mit seiner Hilfe erneuerte er die Kunst der Kontrakommunikation. Seine Seele wurde von den ZEIT-Wellen überflutet, sie durchdrangen sich, stapelten sich aufeinander, die Sekunden, Minuten und Stunden verschmolzen zu einem glühenden Lavastrom. Clown hatte in der Bewegung des PENDELS ab und zu den Großpunkt gesehen, das sprühende Konzentrat der Zeit, den Augenblick, welchen die Zeitpriester die Große Weihung nannten. Die Zeit verging, zum Start blieben nur Stunden!

Clown öffnete die Tür und kam auf die Kommandobrücke.

»Drei Tage, Ron. Die Minute darüber ziehe ich dir vom Sold ab.«

»Kapitän, ich brauche eine Adaptierung, es sieht nach einem planetarischen Schock aus«, erklärte Ron müde, und mit seinen geäderten, leicht schuppenbesetzten Händen fuhr er sich über die blasse Stirn.

»Kapitän«, meldete sich der Abbé, »er schafft das schon. Die Tests sind in Ordnung, ich würde ihn nur ein paar Tage in Ruhe lassen.«

Clown nickte.

»Als Zeitclown könntest du uns helfen. Es sieht so aus, als ob dieser Planet einen ganz anderen Mechanismus der Zeit hat«, sagte McIntosh, und mit einem energischen Zug zog er sich das Kommandeurjacket mit den goldenen Tressen über.

Clown stand, schwieg und sah die Borduhren an. Sie gingen rückwärts. Der CRAY-Zwölfer spielte hier auf dem Aschenputtel nicht verrückt. Die Computer brannten nach dem zweiten Schleifenflug im Kurzschluß durch. Er sah flüchtig um sich. Die Menschen erlitten den Kurzschluß sofort.

Doch es wurde ihm bewußt, daß nicht alle Leute so unwissend waren. Während ihrer bisherigen Zivilisation traten einige Einzigartige auf, welche die Menschheit auf die Rätsel der Prähistorie, auf alte, angeblich ausgestorbene Zivilisationen aufmerksam zu machen versuchten. Diese Einzigartigen gelangten selbst durch ihren Geist zur ersten Stufe der Weihung. Einige nahmen die SCHÖPFER zu sich, oder sie ließen sie weiter ihre phantastischen Wahrheiten erzählen. Denn die Menschheit glaubte immer nur das, womit ihr Geistespotential Schritt halten konnte. Der aber, welcher außerhalb der eingeführten Wissenschaftsdogmen lag, wurde aus der Gesellschaft ausgeschlossen. Und mit der Zeit entdeckte er von selbst die Organisation der SCHÖPFER.

Den Clown durchfuhr eine weitere Zeitwelle. Er schrie vor Schmerz auf. Das innere PENDEL wollte ihm das Gehirn zermalmen und durch den Schädelknochen zur Freiheit gelangen. Die Schlangengestalt brach auf dem Boden zusammen.

»Schafft ihn weg. Er kann uns noch gelegen kommen. Diese Zeitmagier haben schon mehrmals ganze Besatzungen gerettet«, sagte McIntosh und bestätigte das Landesignal.

»Ja, sie könnten gelegentlich die ganze Menschheit erlösen«, antwortete Bob, nahm den abgezehrten Ron unter die Arme und setzte ihn in den Sessel.

»Noch zwanzig Minuten.«

In den Gängen war überall der Countdown zu hören.

Clown erwachte angebunden im Sessel. Er nahm deutlich das Brausen der Hypermotoren wahr und hörte das Abzählen. Seine Augen waren aufgerissen. Wohin bewegte sich nun das PENDEL?

»Clown, was ist mit dir los?«

»Sind wir schon da?« fragte er. Der Schlangenkopf zuckte mehrmals.

»Clown, wach auf! Die Landung ist gelungen!«

Die insektenähnliche Silhouette des *Prinzen* stieg majestätisch in den violetten Himmel des Aschenputtels. Das Geheimnis des lila Planeten war endlich gelöst.

Die Zeitpriester kannten dieses Geheimnis seit eh und je.

Das PENDEL wendete sich auf dem entgegengesetzten Gipfel seiner Bahn um, und …

… auf dem Negativhimmel erscholl der Donner einer dunklen Spiralexplosion.

Originaltitel: ›TVŮRCI ČASU‹ • Copyright © 1996 by Jirí W. Procházka • Originalveröffentlichung • Mit freundlicher Genehmigung des Autors • Copyright © 1996 der deutschen Übersetzung by Wilhelm Heyne Verlag, München • Aus dem Tschechischen übersetzt von Karl v. Wetzky

---

Kathleen Ann Goonan · USA

TAGESPUNKTE, INC.

Der Sendung war keine Notiz, keine Erklärung beigefügt.

Elisabet schloß die Tür hinter dem Eilzustellungsboten und sperrte die Schreie der im Winternachmittag spielenden Kinder aus. Sie saß auf dem Samthocker in der Diele und starrte auf den winzigen Tagespunkt in seiner durchsichtigen Umhüllung. Es war der einzige Inhalt des Umschlags; die sechste Zustellung dieser Art in sechs Tagen.

Der Tagespunkt war violett. Ihre waren immer violett gewesen, Daniels grün. So waren sie leicht auseinanderzuhalten.

Das Telefon klingelte, verstummte, klingelte wieder und verstummte erneut. Sie rührte sich nicht.

Sie hielt den Tagespunkt ins Licht und kniff die Augen zusammen, konnte jedoch nicht den mikroskopisch kleinen schwarzen Fleck des Datums am Rand erkennen. Nichts. Die nähere Bestimmung fehlte ebenso wie bei den vorherigen fünf.

Sie erinnerte sich daran, wie sie vor knapp zwei Jahren die Herstellung dieser Plastikhüllen organisiert hatte. Wie begeistert sie und Daniel gewesen waren, nach Jahren der Überlegung, Forschung und harter Arbeit Tagespunkte Inc. zu gründen. Um Menschen zu helfen, Stunden und sogar ganze Tage wiederzuerleben, die längst vergangen waren. Um ihnen die Intensität eines Tages in der Kindheit zu enthüllen oder ihnen zu helfen, die Ursache einer Phobie ausfindig zu machen. Sie hatten es mit einer guten Flasche Chardonnay und später im Bett gefeiert.

Und jetzt war sie mit Tim verheiratet.

Danach hatte Daniel allen Ruhm ihrer Erfindung für sich beansprucht. Und das ganze Geld auch. Natürlich, diese Tagespunkte mußten von ihm sein.

Elisabet tat einen tiefen, bebenden Atemzug. »Genug jetzt«, sagte sie.

Sie stopfte den Tagespunkt in den Abfalleimer in der Küche und ging in ihr Büro, um den letzten Abschnitt ihrer Arbeit für Pasadena zu bearbeiten.

In ihrer Bibliothek mit ihren Präsenz-CDs und Diplomen fühlte sie sich gleich besser. Das Wissen, mit dem sie die wesentlichen neurologischen Formeln der Tagespunkt-Theorie versehen hatten, konnte auf viele Weisen angewendet werden. Sie war auf dem besten Weg, sich als Beraterin für Gedankenspeicher einen Namen zu machen, und erhielt, wenn auch nur gelegentlich, beträchtliche Honorare für ihre Tätigkeit auf dem flügge werdenden Gebiet der Neurobiotik, das sie und Daniel erschlossen hatten.

Es war jedoch nur ein Bruchteil des Geldes, das sie hätte verdienen können, wenn Daniel sie nicht reingelegt hätte. Es war ihr immer noch unbegreiflich, wie er das hatte tun können. Gut, sollte er es haben. Sie würde sich nicht dazu erniedrigen, gegen ihn dafür vor Gericht zu gehen. Außerdem war ihr geraten worden, daß es ein langer und teurer Prozeß werden und sie ihn möglicherweise verlieren könnte.

Als Tim nach Hause kam, war sie mit der Füllung selbstgemachter Manicotti beschäftigt. Kochen beruhigte sie gewöhnlich, aber diesmal war ihr die Hälfte der Rollen zerbrochen.

»Was macht dich so nervös?« fragte Tim und schnippte das Licht an. »Du regst dich immer auf, wenn sie zerbrechen, aber das passiert doch jedesmal.«

Seine ernsten, von dunklen Wimpern beschatteten Augen waren tiefblau, sein kinnlanges Haar pechschwarz und ganz glatt. Sie schob es ihm aus dem Gesicht und küßte ihn flüchtig.

»Ich habe gehofft, du würdest heute abend zurückkommen, obwohl du sagtest, es könnte einen Tag länger dauern«, sagte sie. Er war technischer Berater einer großen japanisch-amerikanischen Firma und reiste viel.

Er warf einen Blick in den Abfalleimer. »Noch einer?« fragte er.

Sie zog die Plastikhülle des Tagespunktes aus dem Abfall und schüttelte den Kaffeesatz davon ab. Es war dumm, so emotional zu reagieren. »Bei diesem war auch keine Nachricht«, sagte sie.

»Du kannst nicht immer vor ihm davonlaufen, Elisabet.«

»Das hasse ich an dir«, sagte Elisabet und zog ihn zu sich heran, indem sie ihre Finger in seinen Gürtel verhakte. »Du bist so verdammt vernünftig.«

»Das ist mein Ernst«, sagte er. »Du mußt es verarbeiten.«

»Du kennst ihn nicht«, sagte sie. »Ich kannte ihn auch nicht, bis ich ihn um deinetwillen verlassen habe. Ich hatte keine Ahnung, daß so viel Zorn in ihm war. Ich wußte nicht einmal, daß es ihm etwas ausmachte. Er ist ein sehr komplizierter Mann.«

»Die Menschen sind kompliziert«, sagte Tim.

Sie mußte ihm zustimmen. Auch als sie sich in seiner Umarmung entspannte, raste ihr Geist zwischen den erinnerten scharfen Kanten von Daniels Wesen umher. Eine Menge Gutes. Und auch eine Menge Unangenehmes.

Als Tim die Manicotti in den Backofen schob, nahm sie die Hülle wieder zur Hand. Um welchen Tag handelte es sich?

Tagespunkte mußten individuell hergestellt werden. Jeder Mensch erforderte eine genaue chemische Analyse, ein eingehendes Studium der Gehirnwellen. Während des ersten Jahres, als sie Modelle, Prototypen und Parameter entwickelten und Selbstexperimente vornahmen, war es oft passiert, daß sie weit über die Zeit hinausschossen und sich sabbernd im Säuglingsalter wiederfanden oder in die quälende Zeit des Heranwachsens zurücktorkelten.

Sie hatten festgestellt, daß die ausgelösten Erinnerungen dieselbe Zeit einnahmen wie die ursprünglichen Erfahrungen. Die Benutzer mußten sich also darauf einstellen. Wie lang mochte dieser Tagespunkt dauern?

Sie roch Knoblauch, und als sie aufblickte, sah sie Tim Salatdressing anrichten. »Wirst du es versuchen?« fragte er. »Ich bin morgen den ganzen Tag zu Hause.« Er dachte, er könnte auf sie achtgeben, mit ihr sprechen und sie schließlich beruhigend in die Gegenwart zurückführen. »Du solltest es wirklich tun.«

Daniel hatte ihr ganzes Profil im Computer – das war etwas, das sich gegenwärtig kein Kunde leisten konnte, obwohl Verfeinerungen in der Technik die Preise später senken könnten. Er brauchte nur auszuwählen. Welche schreckliche Erinnerung wollte er sie erleben lassen? Eine ihrer vielen rasenden Streitereien?

»Wozu?« fragte sie.

»Bist du nicht neugierig?«

»Ich weiß bereits, daß er mich haßt.«

»Warum hebst du sie dann auf?« Er bezog sich auf die anderen fünf, die sie bekommen hatte und sorgfältig beschriftet in ihrem ledernen Tagespunkt-Klapphefter aufbewahrte.

»Beweisstücke, nehme ich an. Vielleicht beschließe ich eines Tages, mit ihm zu kämpfen.«

Tims Lächeln war traurig. »Du machst dir immer noch etwas aus ihm, Elisabet. Da gibt es so viel merkwürdigen Schmerz ...« – er zuckte die Achseln, langte hinüber und schloß sorgfältig eine Schranktür. »Ich bin einfach selbstsüchtig. Ich meine, die Dinge stünden besser für uns, wenn du hineingehen und es durchziehen würdest.«

»Glaubst du, das habe ich nicht?« brauste sie auf. »Was denkst du, was ich das ganze letzte Jahr bei dem Therapeuten getan habe?«

Er drehte sich um, und sein ernster Blick nagelte sie fest. »Ich sage nur, daß es einige Dinge gibt, die du nur allein tun kannst, Liebes. Das ist alles. Er will einen Dialog beginnen. Du solltest ihm wenigstens sagen, daß du die Tagespunkte bekommen hast.«

»Das einzige, was ich von ihm haben will, ist ein Scheck. Eine Bestätigung, daß wir die Tagespunkte zusammen entwickelt haben.«

»Ich frage mich, ob er überhaupt schon Geld damit verdient«, sagte Tim. »Die Tagespunkte sind noch viel zu teuer. Er bekam jedenfalls erst vorige Woche die Genehmigung der FDA*.«

»So? Er hatte Geld aus den vorherigen Verkäufen nach Asien, als ich ging. Ich glaube, wenn die Öffentlichkeit erst einmal der Technik traut, werden sich viele Menschen Tagespunkt-Bibliotheken einrichten. Ich habe bereits Artikel gelesen. Die Welt ist sehr interessiert. Willst du nicht, daß wir etwas von dem Gewinn haben?«

»Ich will, daß du glücklich bist«, sagte er. »Meinst du, ein Haufen Geld macht das?«

»Er würde nicht weh tun, oder?«

»Das ist nicht das Problem, und das weißt du auch. Du fühlst dich immer noch schuldbewußt. Und verärgert. Du kannst zehn Jahre nicht einfach so plötzlich wegschließen. Ich habe fast vier Jahre gebraucht, um über meine Scheidung von Alycia hinwegzukommen. Solche unerledigten Sachen packen einen immer wieder.«

---

* Food and Drug Administration – Lebensmittel- und Drogenbehörde – *Anm. d. Übers.*

»Es riecht, als ob die Manicotti fertig seien«, sagte sie. »Wir wollen essen.«

Auslöser war schließlich die neue Rundfunkwerbung, daß sie zum Anwalt ging.

Nicht wegen des Geldes. Um der Klarheit willen, der Entschiedenheit. Aus Rache? »Sie brauchen doch nur zuzugeben, daß Sie menschlich sind«, sagte ihr der Therapeut immer. »Sie brauchen nicht vollkommen zu sein.«

In Ordnung. Werde ich nicht. Nicht mehr. Es bedeutet zu viel Arbeit, das auch nur zu versuchen. Ich verklage den Bastard.

Elisabet stellte die Kassette an und setzte den Recorder vor William Haverly, Esq. auf den Schreibtisch. Sie fragte sich, wie viel Daniel den Werbefachleuten bezahlt hatte. Sie haßte diese Werbung. Sie glaubte allmählich, daß er wirklich nicht mehr alle Tassen im Schrank hatte. Und das würde auch ihre Schuld sein, nicht wahr? Wie alles andere. Sein Leben war ohne sie ruiniert – seine Abschiedsworte klangen noch in ihr nach.

»Wählen Sie einen Tag aus, den Sie wiedererleben möchten – Der Tag Ihrer Wahl kostet Sie nur fünfzigtausend Dollar. Wählen Sie eine Woche, für eine Viertelmillion. Es ist leicht, schmerzlos und völlig ohne Risiko. Stellen Sie sich vor, diese kostbaren Erinnerungen gehören Ihnen für immer, und jetzt verkürzen neue Techniken die Anwendungszeit. Rufe Sie jetzt an! Der Anruf ist gebührenfrei. Die Nummer ist …«

»Er hätte ebensogut Werbung machen können für Salat-O-Matics, anstatt für Tagespunkte«, murrte Elisabet und schaltete den Recorder aus. Wie konnte sie Daniel jemals in dem Maße nahe gewesen sein, daß sie sich wie sein Zwilling fühlte und die Tagespunkte mit ihm entwickelte? Was war geschehen? Ihr Brustkorb zog sich schmerzhaft zusammen.

Ich vermisse ihn nicht. Ich vermisse den Spaß nicht. Ich vermisse ganz bestimmt nicht den Schwung …

»Schlechter Geschmack ist kein Verbrechen«, sagte Haverly. »Und da Sie ihn alle Dokumente ablegen ließen, ohne sie vorher anzusehen …«

»Ich vertraute ihm«, sagte sie und fühlte wieder Ärger in sich aufsteigen. Besonders, als Tims logische Erklärung in ihr widerhallte: *Er vertraute dir.*

»Das ist immer ein Fehler«, bemerkte Haverly. »Es ist besser, Dinge vorher schriftlich festzulegen.«

»Ich dachte, wir hätten das nicht nötig«, sagte sie.

Haverly blickte sie über den Rand seiner Brille an. »Dr. Sennler, ich werde mein Bestes tun, um Ihnen zu helfen, Ihren Anteil an allen Erlösen zu bekommen, den Dr. Weston in der Vermarktung dieses Tagespunkt-Konzeptes auf solche Weise erzielt …«

»Es ist kein Konzept«, sagte sie. »Es funktioniert. Sie erleben jede Nuance einer Erinnerung. Nur haben Sie auch gleichzeitig Ihre ganzen Erinnerungen. Daher ist es wie zurückzugehen und …«

»Ja, ja«, sagte Haverly. Elisabet fragte sich, ob das Unbehagen in seinem Gesicht tatsächlich Angst war. So viele Menschen waren entsetzt von dieser Idee.

»Aber Sie haben all Ihren Kapitalanlegern das Geld zurückgezahlt«, fuhr er fort.

Während Elisabet sprach, machte er sich Notizen auf einem gelben Block. »Auf durchführbare Höhe gesenkt«, sagte sie. »Es hat natürlich Millionen gekostet.« Bitterkeit durchflutete sie wieder. »Wir konnten einige Nebenprodukte unserer Arbeit verkaufen, bevor der endgültige Prozeß des Tagespunktes vollendet war – zum Beispiel einen neuartigen magnetischen Resonanz-Visualisierer. Diese neue Technik, von der er spricht – was immer es sein mag – basiert auf meiner Arbeit.«

»Ja«, sagte er und machte sich wieder eine Notiz. »Welche Rolle spielten Sie in der Entwicklung der Tagespunkte?«

Elisabet fühlte einen schmerzhaften Stich. »Das ist schwierig, genau zu sagen. Wir haben wie eine Person gedacht. So schien es mir wenigstens zu sein. Ich entwickelte die Formeln, welche die Schwankungen in der individuellen Gehirnchemie in Betracht ziehen. Ich habe auch Kapitalanleger gewonnen, die an unsere Sache glaubten. Wir hatten beide dieselben Funktionen, austauschbar. So ist es, wenn man dieselbe Vision hat, dieselbe Erfahrung, dieselben Fähigkeiten...« Bis einem dieser Zwillingskram zu viel wird, zu eng, zu intensiv und die kleinste Veränderung in einem von beiden unverhältnismäßig vergrößert wird und alles auseinanderbricht. Und manchmal, dachte sie gequält, bricht man selbst dabei ganz auseinander. Gott sei Dank gab es Tim. Sie entspannte sich.

»Wie sind Sie sich begegnet?« fragte Haverly.

»Er war mein Professor. Nun, eigentlich war er damals nur mein Tutor und machte gerade seinen Doktor in Philosophie. Ich stand ihm nicht viel nach, aber er behielt immer die überlegene Haltung, die ausdrückte, *ich bin dir immer voraus.*«

»Hmm. Dies ist die schlimmste Art eines Falles. So viele emotionale Verwicklungen. Sie haben keinerlei Aufzeichnungen.«

»Nein. Er wechselte die Schlösser im Labor und in der Wohnung aus. Weigerte sich, zu sprechen.«

»Vielleicht können wir die Aufzeichnungen durch eine Vorladung mit Strafandrohung bekommen. Ich setze mich mit ihm in Verbindung. Oder mit seinem Anwalt. Ich denke, das ist alles für den Augenblick.«

Als Elisabet mit dem Aufzug hinunterfuhr, überraschte es sie, daß sie anfing zu weinen. »Dieser Hundesohn«, schluchzte sie, hatte jedoch die Tränen beim Betreten der Eingangshalle bereits abgewischt.

Einige Tage später, als sie gerade die Küche saubermachte, hörte Elisabet Daniels Namen in den Nachrichten und wandte sich schnell ihrem TV auf der Arbeitsplatte zu, um das winzige Bild zu sehen.

Rauch wogte aus der obersten Etage des teuersten Appartementhauses der Stadt. Waren es schon zwei Jahre her, daß sie dort mit Daniel gelebt hatte?

Es sah so aus, als käme der Rauch aus ihrem – seinem – Fenster. Tief unten auf dem Bürgersteig bildete die *Rettet-die-Zeit-Stiftung* Streikposten und ließ immer wieder ihre Rufe erschallen. Ihr Sprecher forderte laut Verantwortung, während die Polizei ihm Handschellen anlegte. Elisabet hatte nie ihre Belange verstehen können. Was hatte das Wiedererleben der Erinnerung damit zu tun, die Natur der Zeit zu verändern?

Dann kam Daniel aus dem Gebäude. Der Kameramann stürzte auf ihn zu, um eine Nahaufnahme zu machen. *Wir wollen ein wenig in Gram schwelgen,* dachte sie, und Ärger flackerte in ihr auf. Sie war erschrocken über den Schmerz in seinem Gesicht. Dann verstand sie.

Er hielt Spots auf dem Arm. Der Hund war schlaff, die Augen waren starr, die Schnauze offen. Eine große offene Brandwunde bedeckte fast die ganze Seite des Tiers.

»Wie fühlen Sie sich nach diesem Vorfall, Dr. Weston?« fragte der Reporter.

»Hauen Sie ab!« sagte er und begann zu weinen, während er in Hemdsärmeln an der kalten Straßenecke stand und den Hund auf dem Arm hielt, den er ihr vor mehreren Jahren geschenkt hatte.

Elisabet schaltete das TV aus und lehnte sich an die Arbeitsplatte. Sie fühlte sich elend.

Daniel hätte ebensogut sterben können.

Sie ging ins Schlafzimmer und zog die oberste Schublade ihres Schrankes auf. Die Tagespunkte befanden sich hinten in einem Klapphefter. Inzwischen waren es zehn. Der letzte war tags zuvor eingetroffen.

Sie wollte sie immer noch nicht benutzen. Sie war in diesen Dingen immer umsichtiger als Daniel gewesen. Er nannte sie zögerlich. Sie nannte es lieber vorsichtig.

Sie fand das Gesuchte in einem Stoß ganz hinten, wo sie die ihr besonders wichtigen Tage aufbewahrte, zog den Tagespunkt heraus und hielt inne.

Nur einen? Sie könnte eine Kette anordnen, indem sie Filmschichten nahm, die sich in genau bemessenem Tempo durch Hautkontakt auflösten. Auf diese Weise würde ein Tagespunkt nach dem anderen seinen Teil beisteuern.

Aber sie hatte schon längere Zeit überhaupt keine Tagespunkte mehr angewendet. Mit mehr als einem konnte sie es wahrscheinlich nicht aufnehmen.

Sie legte sich aufs Bett und befestigte den Tagespunkt am Hals, bereit für die chemische Weiterführung des rückwirkenden Zeitablaufs. Tausendmal genauer als Hypnose.

Dort sein.

Es wissen.

Als Elisabet die Haustür öffnete, kam ihr die junge Hündin auf kurzen, dicken Beinen entgegengewatschelt. Daniel stand hinter ihr und lächelte.

»Sie ist für dich«, sagte er.

Von ihrer Ausgangsposition aus, in der sie wußte, was geschehen würde, beobachtete sie durch den Emotionsschleier der alten Elisabet – Überraschung, Entzücken. Jetzt dachte sie – was für eine merkwürdige Geste von Daniel. So ungewöhnlich demonstrativ.

Sie befand sich ganz in ihrem damaligen Körper, aber es war eher so, als trüge sie alte, vertraute Kleidung. An dem, was geschah, konnte sie nichts ändern. Es nur beobachten.

»Oh, Daniel«, sagte sie und nahm die kleine Hündin auf dem Arm. Sie fühlte ihre rauhe Zunge, als sie außer sich vor Zuneigung ihr Gesicht leckte; nahm die typische Geruchsmischung kleiner Hunde wahr. »Sie ist so niedlich. Ich liebe sie einfach!«

»Das will ich hoffen«, sagte er. Jetzt bemerkte sie den

schroffen, tiefen Ton seiner Stimme und, als er sie kurz ansah, eine drängende Bitte in den Augen, die sie damals nicht bemerkt hatte. Sie hatte ihm einige Tage vorher erzählt, daß sie Tim treffen würde. Er hatte nicht viel dazu gesagt.

Er fuhr in einem leichteren Ton fort. »Sie wird dir viel Spaß machen. Heute morgen fiel sie in ihre Schüssel Haferbrei. Es hat mich viel Zeit gekostet, sie sauberzumachen. Ich hoffte, du würdest früher nach Hause kommen. Was hältst du von den Zahlen, die ich dir gestern zeigte?« Jetzt war sein schmales Gesicht glücklich, offen; sein hellbraunes Haar fiel ihm in die grauen Augen, und er strich es zurück. Elisabet wünschte, sie hätte nicht so lange in sie hineingeschaut; nun erschreckte sie die Intensität seines Blicks.

»Oh«, sagte sie, »ich habe nur eine kleine Veränderung vorgenommen.« Sie setzte das Hundejunge ab, kramte in ihrer Aktentasche und zog ein Blatt Papier heraus. »Hier. Ich habe nur einen Koeffizienten verändert.«

»Gut«, sagte er, und nahm ihr das Blatt aus der Hand.

Das sanfte, beruhigende Interface erschien, und sie öffnete die Augen.

Nur einen Koeffizienten. Daniel brauchte sich nur diesen einen Tag anzusehen, um zu wissen, wie wichtig sie für ihr Projekt gewesen war. Vielleicht sollte sie ihm über Haverly mitteilen, sich diesen Tag anzusehen. Warum nicht? Aber er brauchte tatsächlich nur irgendeinen Tag zu versuchen.

Spots war tot.

Sie wünschte, Tim wäre zu Hause.

Drei Tage nach dem Brand rief Haverly Elisabet an.

»Es handelt sich um Daniel«, sagte er zögernd.

»Was ist mit ihm?« fragte Elisabet. Sie hielt sich mit

einer Hand das freie Ohr zu. Tim räumte eben geräuschvoll die Geschirrspülmaschine aus.

»Es ist sehr merkwürdig. Er wohnt jetzt in einem neuen Appartement. Von da aus rufe ich an. Vor dem Brand schickte ich ihm einen Brief wegen der Forderungen, die wir besprachen. Gestern erhielt ich einen Schlüssel und Anweisungen von ihm. Für den Fall, daß ich ihn brauchte, um hereinzukommen, ließ er mich wissen. Und bat mich, ihn aufzusuchen, da er keine Zeit hätte, in mein Büro zu kommen. Es erschien mir sonderbar, aber ich war beschäftigt und habe mir nicht viel dabei gedacht. Nun, ich bin jetzt hier am Treffpunkt und ich mußte den Schlüssel benutzen. Er hat die Tür nicht aufgemacht.«

Elisabet versuchte, das nervöse Zucken in ihrem Bauch zu ignorieren. »Sie sind bei Daniel? Wie geht es ihm?«

»Er liegt auf der Couch und scheint bewußtlos zu sein. Aber er atmet. Ich weiß nicht, was ich tun soll. Einen Krankenwagen rufen?«

Elisabet seufzte. »Ich gebe auf.«

»Wie bitte?«

»Er hat gewonnen. Wo befinden Sie sich?«

Elisabet öffnete vorsichtig die Tür zu Daniels neuem Appartement und ging hinein. Sie sah ihn von der Diele aus auf der Couch liegen, dem einzigen Möbelstück neben der Lampe. Sie betrat den Raum. Haverly saß mit gekreuzten Beinen auf dem Boden.

»Berühren Sie ihn nicht«, sagte sie, als Haverly hinübergriff und einen Daumen auf Daniels Augenlid legte.

»Ich wollte Ihnen zeigen …«

»Tun Sie es lieber nicht. Es handelt sich um eine Tagespunkt-Trance. Eine Störung dabei ist sehr unangenehm.«

Haverly stand auf. »In Ordnung. Ich weiß nicht, wie diese Punkt-Dinge funktionieren. Ich habe noch niemals jemand in Tagestrance gesehen. Es ist sehr beunruhigend.«

»Nun«, sagte Elisabet, »das braucht es nicht zu sein. Es findet alles im Geist statt. Und es sind immer unmittelbare Erinnerungen – wir haben niemals vergangene Zeit verändert. Wir könnten es gar nicht, weil ... nun, das Konzept allein wirft eine Million Probleme auf. Ich meine, theoretisch könnte man Erinnerungen verändern – mit Erfolg eine neue Halluzination erzeugen – aber nach meiner Ansicht wird die Technik vorläufig nicht dazu imstande ein.« Das war ihre Lieblingstheorie gewesen. Sie hatte ihre ganze Arbeit daran und alle Aufzeichnungen davon aufgegeben, als sie geflohen war. Es war wirklich dumm von ihr, aber sie konnte es nie über sich bringen, all das zurückzuverlangen, und Daniel hatte nie Kontakt mit ihr aufgenommen. Bis die ersten Tagespunkte eintrafen ...

Sie betrachtete Daniels verletzliches Gesicht und fühlte Besorgnis. Nur Besorgnis, sagte sie sich. Sie fühlte kein Quentchen Verantwortung und noch viel weniger Liebe. Natürlich nicht. Sie sollte ihn dafür hassen, weil er sich als solch ein Arschloch entpuppt hatte. Aber erst im letzten Jahr waren die Dinge aus dem Ruder gelaufen, hatte es den ganzen Zoff gegeben. Vielleicht hätte sie sich mehr Zeit lassen sollen ...

»Sagen Sie mir zum Beispiel«, sagte Haverly. »Was würde passieren, wenn er aus irgendeinem zukünftigen Tag käme, um den heutigen Tag wiederzuerleben?«

»Nun, das würde einfach wie ein Segment sein. So nannten wir sie: Tagessegmente. Er würde zu dem Tag seiner Gegenwart zurückkehren, aber mit zusätzlicher Information. Die Dinge, die er sah, könnten dann eine ganz neue Bedeutung gewinnen.«

»Es laufen ein paar saftige Gerichtsprozesse gegen ihn, las ich im gestrigen Pressebericht. In gewisser Weise haben Sie Glück, nichts mehr mit ihm zu tun zu haben.«

»Gerichtsprozesse?« fragte sie überrascht.

»Die Zeitrettungs-Stiftung bekommt Geld aus aller Welt. Und eine ganz neue Branche des Rechtssystems eröffnet sich«, ereiferte er sich. »Überlegen Sie sich das: wer sollte für einen Tagespunkt bezahlen, der dazu beitragen könnte, jemanden zu entlasten oder zu überführen? Fällt das unter die Verantwortlichkeit des Staates? Oder ist das einfach das Vorrecht reicher Einzelner?«

»Ich bin nur eine Wissenschaftlerin«, sagte sie. »Ich habe irgendwie in letzter Zeit den Kontakt verloren. Aber es gibt keine Möglichkeit, daß jemand *hier* draußen an die Informationen herankommen kann, daher liegt es also an dem Einzelnen, ob er oder sie diese weitergibt. Die Biochemie der Erinnerung ist absolut einzigartig für den Einzelnen. Darum sind die Tagespunkte so teuer. Natürlich, wenn man die Tagespunkte eines anderen bei sich anwendet, würden diese Chemikalien wahrscheinlich etwas hervorrufen – aber in verstümmelter Form, wie ein schlechter Traum, nur entsetzlich wirklich.«

»Ich nehme an, daß man befürchtet, so etwas könnte sich auf der Straße abspielen«, sagte Haverly. »Daß es damit nur noch ein weiteres Drogensystem gäbe, wenn die Technik in falsche Hände fallen sollte ...«

»Sie ist zu teuer«, sagte sie. »Es ist etwas völlig anderes, als LSD im Keller synthetisch herzustellen oder auf dem Balkon Haschisch zu ziehen. Hierzu ist ein Labor voll Multimillionen-Dollar-Maschinen notwendig. Man braucht« – sie stellte fest, daß ihre Stimme gequält klang – »Daniels patentierten Herstellungsprozeß. Er ist so genau abgestimmt und hat so viel Arbeit gekostet. Ich kann mir einfach nicht vorstellen, daß jemand anders ohne weiteres damit herauskommt.«

Haverly blickte auf Daniel. »Denken Sie nicht, wir sollten den Arzt oder dergleichen rufen?«

»Ich glaube, er kommt ab und zu aus der Trance heraus. Wahrscheinlich alle paar Stunden.« Eine große Menge von Tagespunkten lag über den Teppich verstreut; daneben das Vergrößerungsglas, mit dem er immer die Daten las. »Was für ein Durcheinander«, sagte sie. Was hatte er getan?

So viele Tage zusammen. Er konnte unter Tausenden wählen. So wie sie auch. Das mußte der Grund sein, daß sie immer noch den Schmerz fühlte.

Haverly legte einige Papiere auf die Arbeitsplatte in der Küche. »Meinen Sie, daß er sie hier sehen wird?« fragte er.

»Ich nehme es an«, sagte sie.

Haverly wandte sich zum Gehen. An der Tür drehte er sich um und drückte ihr einen Schlüssel in die Hand. »Er schickte einen für Sie.«

»Ich will ihn nicht.«

»Machen Sie damit, was Sie wollen. Ich muß Ihnen den Schlüssel geben.«

Sie folgte Haverly auf den Korridor und schloß die Tür hinter sich.

Als sie nach Hause kam, fand sie eine Nachricht von Tim. »Es gibt Schwierigkeiten im Philadelphia-Job. Ich weiß nicht, wann ich zurückkomme. Wahrscheinlich heute abend. Ich liebe Dich. Tim.«

Ich liebe dich.

Diese Botschaft hatte Daniels letzten Tagespunkt begleitet, den zehnten. Sie hatte angenommen, er hätte aufgegeben. Jetzt erkannte sie, daß der Brand und Haverly wahrscheinlich den Fluß unterbrochen hatten.

Fünf Minuten später saß sie auf dem Bett, den ersten von Daniel geschickten Tagespunkt in der Hand. Feigling, dachte sie. Tue es. Verarbeite es. Bringe es hinter dich.

Dann: Sei nicht dumm. Erinnere dich daran, wie haßerfüllt er war. Er will nur deinen Geist durcheinanderbringen. Laß es nicht zu.

Wie könnte man zehn Jahre auslöschen?

Sie erinnerte sich an den Schmerz und die Einsamkeit in dem Gesicht, in das sie geschaut hatte. Warum wünschte sie, es berührt zu haben?

Sie blickte auf die Uhr. Es war 17.03 Uhr. Sie legte sich zurück und befestigte den Punkt an ihrem Hals.

Verschwimmendes Grün, Rot und Gelb löste sich in Kinderblusen auf. Der Eichenfußboden, verwirrend nah, war von Spielsachen übersät. Klappern hoher Absätze, eine Tür schlägt zu. Ihr Atem geht immer schneller, ihre wortlose Stimme ist heiser vor Schmerz.

Ein rundes Gesicht mit ernsten blauen Augen. Sie hatte hellblondes Haar, trug Pony und Pferdeschwanz. »Es wird schon wieder gut«, sagte sie. »Deine Mami kommt zurück. Es ist manchmal anfangs traurig. Ich habe auch einmal weinen müssen. Wollen wir Klötzchen spielen?«

Der Schrei, der aus ihr hervorbrach, löste Scherben der Dunkelheit aus. Die Szene verschwamm unter Tränen. Die Knie und Ellbogen taten ihr weh, als sie sich auf den Boden warf und zu treten begann. »Mami«, schrie sie. Eine feste Hand packte sie am Oberarm und zog sie auf die Füße. »Sie kommt wieder«, sagte die Frau.

Ihre Hand holte aus, schlug zu, und stieß der Dame die Brille so heftig aus dem Gesicht, daß sie über den Boden klapperte.

»Nein«, schrie die Frau gellend mit rauher Stimme und begann auf sie einzudreschen. »Nein, Danny.«

Das Kind schrie lauter mit jedem Schlag, bis sein Hals schmerzte. »Ich hasse dich. Ich hasse dich. Ich hasse dich.«

Keine Interface. Sie wurde übergangslos in die Gegenwart gezerrt, in das gleißende Lampenlicht, zitternd, steif vor Zorn darüber, verlassen und geschlagen worden zu sein, als sie dagegen protestierte. Mami hatte kein Recht, sie zu verlassen.

Sie wischte sich den Schweiß von der Stirn und blickte auf die Uhr. 17.04. Unmöglich. Dieses Fragment hätte mindestens fünf Minuten dauern müssen, vielleicht sogar zehn. Aber nicht eine. Ihre Erinnerung an die Uhrzeit mußte ungenau sein.

Das war jedoch nicht das Schlimmste daran. Die Erkenntnis drang langsam in sie ein, da sie so verwirrt war.

Es handelte sich nicht um ihre Erinnerung.

Konnte eine Begebenheit sein, die sie unterdrückt hatte, die zu schmerzhaft war, um sich daran zu erinnern? Denn sie wußte, daß sie niemals etwas so Niederschmetterndes im Leben gefühlt hatte, wie ärgerlich sie auch auf Daniel gewesen war. Dies war so roh.

Aber sie hatte nie die Vorschule besucht. Sie war die Jüngste gewesen, Mamis kleines Mädchen, das bis zum schulpflichtigen Alter zu Hause blieb. Es war eine glückliche Zeit für sie gewesen, so licht und voller Geborgenheit.

Sie drehte sich auf die Seite, schlug mit der Hand auf das Kissen, starrte auf den chinesischen Druck an der Wand.

Es konnte nicht Daniels Erinnerung sein. Es gab keine Möglichkeit, diese so auszutauschen und die volle Erinnerung an die Vergangenheit eines anderen zu übertragen. Die Reaktionen und Ereignisse waren so intim, so absolut persönlich.

Warum nannte die Frau dich aber Danny?

Sie ließ den Tränen freien Lauf, weinte über die Demütigung, den Zorn, die Verlassenheit und mit dieser schrecklichen Frau alleingelassen worden zu sein, wo Mami niemals wiederkommen und sie retten würde.

Elisabet wußte natürlich, daß Daniels Mutter zurückgekehrt war. Die Scheidung war nicht vor seinem siebten Lebensjahr erfolgt. Erst dann hatte sie ihn in Schränke eingeschlossen, im Park zurückgelassen und ihn angeschrien, bis sie blau im Gesicht wurde, nur weil er am Leben war.

Aber der Daniel, der sie gerade gewesen war, glaubte nicht, daß sie jemals wiederkommen würde. Seine Peinigerin war also sein einziger geliebter Mensch.

»Warum?« fragte sie. »Warum hast du das getan, Daniel? Und wie? Warum hat das keine Zeit gebraucht?«

Sie nahm einen Tagespunkt nach dem anderen durch. Sie dauerten nicht lange. Aber die Nachwirkungen hielten lange an, die Verarbeitung von Schmerz und Schrecken, und dann kam sie zu dem neunten, der sie zum Weinen brachte.

Der Punkt enthielt den Tag ihrer ersten Begegnung und die Freude, die er fühlte.

Danach blieb sie zehn Minuten lang liegen. Sie wußte nicht, ob sie fähig war, den letzten Tagespunkt anzuwenden. Sie konnte es einfach nicht.

Das Telefon klingelte. Sie erinnerte sich an das Klicken ihres Anrufbeantworters an den vergangenen Tagen. Sie ging nicht ans Telefon, wenn sie arbeitete.

Daniel. Daniel hatte versucht, sie zu erreichen.

Sie nahm den Hörer ab.

»Dr. Sennerlo?« Es war Haverly.

»Hören Sie auf damit«, sagte sie.

»Wie bitte?«

»Hören Sie auf mit dem Fall.«

Er schwieg einen Moment, dann sagte er: »Darüber können wir uns später unterhalten. Im Moment bin ich irgendwie beunruhigt. Es ist etwas ziemlich Merkwürdiges geschehen. Ich dachte mir, Sie würden es gern wissen. Ich – also – nun, Dr. Weston wachte anscheinend auf und hinterließ eine Nachricht auf meinem Anrufbeantworter. Er war ziemlich aufgeregt. Ich reimte mir zusammen, daß er mehrere Stunden damit verbracht hatte, die Papiere durchzusehen, die ich ihm daließ.«

»Ja?«

»Glauben Sie, er ist imstande, solche rechtlichen Papiere zu verstehen? Ich meine …«

»Ich bin sicher, er hat das Wesentliche sehr gut erfaßt«, sagte sie.

»Nun, er hat dauernd nach Ihnen gefragt, um Sie gebettelt. Sagte, Sie würden nicht mit ihm sprechen. Ich frage mich, ob alles mit ihm in Ordnung ist«, sagte Haverly.

»Ich kümmere mich darum«, sagte sie.

»Was beabsichtigen Sie zu tun?« fragte er. »Ich rate Ihnen ganz entschieden, sich nicht direkt einzumischen. Ich meine, Sie sollten irgendeine Fachkraft der Gesundheitsfürsorge rufen. Er klingt wirklich … – nun, um offen zu sein, er klingt irgendwie verrückt. Irgendwie verzweifelt.«

»Danke für den Rat.«

»Befolgen Sie ihn«, sagte er. »Und bitte, rufen Sie mich an, und lassen Sie mich wissen, was Sie tun.«

Sie legte auf.

Es war dämmerig. Der Vorgarten war kahl, der Rasen bestand aus glitschigen gelben Flecken, die schlammige, von Kindern getretene Pfade durchquerten. Auf der anderen Straßenseite machte eine Nachbarin das Außenlicht an und kam heraus; sie schlug die Arme um den Körper, um sich vor der Kälte zu schützen. Elisabet hörte sie ihre Kinder rufen, hörte ihre Stimme durch das geschlossene Fenster als schwachen, plärrenden Ton.

So normal.

Sie wollte Tim anrufen, aber er befand sich wahrscheinlich im Zug. Und er hatte sie gedrängt, sich diesem Problem zu stellen, sich mit ihm auseinanderzusetzen. Das war so wunderbar an ihm. Nichts war versperrt. Was für ein Gegensatz zu ihrem Leben mit Daniel – eingeschränkt, kontrolliert, auf sein Beharren hin alles ihrem einzigen Ziel untergeordnet, Tagespunkte zu erzeugen. Bis sie überschnappte.

Sie stand auf, zog sich Schuhe und Mantel an. Sie suchte die Punkte zusammen, die er ihr geschickt hatte, setzte sie wieder in ihren Klapphefter und steckte sie in die Tasche. Sie wollte es nicht, aber sie mußte mit ihm über diese Tagespunkte sprechen. Tim hatte recht. Da gab es so viel Schmerz. Das beste war, sich der Sache geradewegs zu stellen und sich mit ihr auseinanderzusetzen.

Sie ging die Meile bis zur Metro, durch Straßen, an denen sich die Wohnhäuser allmählich mit Geschäften und Banken mischten, und bestieg die Bahn zu Daniels neuem Appartement.

Die Wohnung war dunkel. Aus dem Spiegelglas-Fenster sah sie einen schmalen Mond zwischen Wolkenkratzern. Die Lichter des Verkehrs tief unten erinnerten an Sterne, die sich auf festgelegten, geraden Bahnen zu einem unbekannten Ziel hin bewegten.

Sie nahm sich zusammen und machte die einzige Lampe an.

Daniel lag auf dem Boden, inmitten eines Haufens von Tagespunkten im Wert des Finanzhaushalts eines kleinen Landes.

Sie seufzte und kniete sich neben ihn. Eine Kette von Tagespunkten sprenkelte seinen Hals. Sie schüttelte ihn. Er stöhnte. Sein Kopf fiel schlaff zur Seite. Das überraschte sie nicht. Wie oft hatte sie ihn bereits so gesehen? Es bestand wirklich keine Gefahr.

Neben seiner linken Hand lag ein zusammengefalteter Zettel auf dem Teppich. Sie hob ihn auf.

Ein durchsichtiger Tagespunkt war nachlässig in den Kniff gelegt. Die Mitteilung lautete: *Bitte, versuche folgende Serie für mich, und diesen Tagespunkt zuletzt. Ich habe eine neue Technik entwickelt, die alles viel sauberer und klarer macht. Ich glaube, das wird auch die Kosten senken. Sieh, ob es Dir gefällt. Ich habe Dir einige Botschaften geschickt. Einige Muster. Weißt Du, ich habe sehr hart gearbei-*

tet. Ich nehme an, Du hast sie nicht versucht. Ich tadele Dich nicht dafür. Ich habe Haverlys Papiere gelesen und bin einverstanden: die Hälfte gehört Dir. Hiermit hast Du es schriftlich. Dir kann sogar alles *gehören, wenn das nötig ist, damit Du mir verzeihst. Ich weiß, Du liebst Tim. Ich akzeptiere das jetzt. Vielleicht können wir wieder zusammenarbeiten, Elisabet. Ich hoffe, Du sagst, daß wir es können.*

Sie sank auf den weichen Teppich und kreuzte die Beine. Wie einsam mußte es hier für Daniel sein. Kein Spots mehr. Fühl dich nicht schuldig, sagte ihr neuer Geist, aber das Lachen war ein kurzer, rauher Laut. Wie sollte sie das nicht?

Sie wappnete sich. Daniels Leben war schrecklich gewesen. Es war nicht ihr Fehler. Aber es erklärte eine Menge.

Vielleicht würde sie mehr darüber verstehen, wenn sie diesen letzten Abschnitt mit ihm erledigte. Vielleicht konnten sie an einer neuen Heilung für ihn arbeiten, für sie beide. So konnten sie ihr Leben fortsetzen. Tim hatte recht. Dies war Daniels Art der Kommunikation. Sie mußte es versuchen und zuhören. Sie verstand nun so viel mehr.

Sie machte ihre Tasche auf und nahm den Klapphefter mit den Tagespunkten heraus.

Auf seinem Zettel befanden sich Anweisungen gleich einem Hüpfspiel. Einzelne Tage über mehrere Jahre verstreut. Ein Puzzle von Verweisen. Sie sah, daß er diese Tage für sie ausgebreitet hatte, aber sie hatte ihre eigenen mitgebracht, vielen Dank.

Sie befestigte die Tagespunkte einen nach dem anderen an ihrem Hals, jeder mit der genauen Anzahl der mikroskopisch dünnen Interface-Schichten, die ihre zeitliche Steuerung regulierten.

Dann nahm sie seinen letzten neuen Tagespunkt und legte sich neben Daniel. Ihre Hand tastete sich zu ihm hinüber und berührte seine schlaffen Finger.

»Wo sind diese Patentunterlagen überhaupt?« schrie Daniel. Er hieb klatschend auf den Berg Papiere auf seinem Schreibtisch, fegte die Hälfte davon auf den Boden und ließ sich wieder auf seinen Stuhl plumpsen.

Sie fühlte, wie sie den Kopf schüttelte, erfuhr den Gedanken, der mehr ein mentales Augenrollen als irgend etwas Verbales war, und öffnete *ihre* Schublade – die Schublade, auf der sie bestand, nachdem sie den surrealistischen Horror von Daniels Methode des Stapelns und Zerstreuens bei jeder nicht direkt mit der Laborarbeit zusammenhängenden Information beobachtet hatte. »Hier«, sagte sie, und zog den Patentantrag aus seinem Ordner. »Du hast ihn vor mir versteckt«, bezichtigte er sie. Aber er lächelte.

»Worauf du dich verlassen kannst«, sagte sie. »Sonst hätten wir uns einen neuen besorgen müssen.« Sie überreichte ihm den Antrag. »Bist du bereit, ihn auszufüllen?«

Als sie beobachtete, wie er in den Nebenraum ging, um es zu tun, wuchs ihr hilfloser Schmerz. Sie wußte jetzt, was er vorhatte.

Dann war der Tagespunkt zu Ende. Der nächste schaltete sich automatisch ein. Sie fühlte den Einstellungs-Stoß, dann verlangsamte sich die Zeit zu normaler Geschwindigkeit.

Sie brauchte keinen Tagespunkt, um sich an diesen Tag zu erinnern. Sie glaubte auch nicht, daß Daniel einen dazu brauchte.

Er saß mit dem Rücken zu ihr auf einem Stuhl und rauchte bereits die vierte Zigarette in der letzten Viertelstunde.

»Was ist mit Tim?« fragte er.

»Was soll mit ihm sein? Ich habe vor sechs Monaten schon gesagt, daß ich mich mit jemandem treffe.« Am Tag zuvor hatte er diesen Patentantrag ausgefüllt, war ihr später bitterlich bewußt geworden. »Du und ich hatten nie eine Art Vereinbarung. Ich dachte nicht, daß es dir etwas ausmachte.«

»Da sieht man, wie gut du mich kennst.«

»Du hättest etwas sagen sollen.«

»Und du heiratest.«

»Ja.«

Worauf will er hinaus? fragte sie sich in dem dunklen, beruhigenden Interface. Dies waren wenigstens ihre Tage. Nicht diese schrecklichen, schmerzlichen Tage, die ein hilfloser, einsamer, empfindsamer Junge erlebte.

»Hier haben wir es!« Daniel schlitzte den Briefumschlag auf und zog das Dokument heraus. »Unendlichkeit, Inc. – das bist du und ich – ist nun der Eigentümer des Tagespunkt-Patents.« Er umarmte sie. »Wir sind am Ziel! Elisabet, wir werden reich werden!«

Sie beobachtete mit Verwirrung ihre vergnügte Befriedigung. Sie erinnerte sich nicht, daß dies jemals geschehen war. Die Firma hieß Tagespunkte Inc.

Als sie dies dachte, blickte Daniel sie durchdringend an.

»Komm«, sagte er, wir wollen zur Feier eine kleine Tagespunkt-Reise unternehmen. »Erinnerst du dich an unseren Abstecher nach San Francisco? Die Hochzeits-Suite im Sir Francis Drake?« Er öffnete eine kleine Schmuckdose und nahm zwei Punkte heraus und balancierte je einen auf zwei Fingerspitzen. Einer war violett, der andere grün.

Sie blickte auf ihren Trauring hinunter, und er war nicht der, den sie und Tim ausgesucht hatten, ein schmaler, seltsam gewundener Reif, der zu seinem paßte. Dieser war fremd, reich verziert und schwer.

Sie wollte fortlaufen. Daniel die Tagespunkte aus der Hand schlagen; auf sie spucken. *Das kannst du doch nicht machen,* dachte sie, aber ihr blieb nichts anderes übrig, als Daniel lächelnd zuzunicken.

Sie hatten nie in der Hochzeits-Suite im Sir Francis gewohnt.

Das Patent war nicht im Namen von ihnen beiden. Er hatte alle Formulare nur auf seinen Namen ausgefüllt, und sie hatte arglos auf der mit X markierten Stelle unterschrieben, ohne sie durchzusehen.

Sie erkannte, daß er absolut und vollkommen glaubte, sie würde hier in diesem erfundenen Leben mit ihm unendlich glücklicher sein, als in ihrem eigenen. Und daß es keineswegs an ihr liegen sollte, sondern voll und ganz an ihm.

Als Daniel sorgfältig den Tagespunkt an ihrem Hals befestigte, küßte er sie leidenschaftlich. Sie erwiderte den Kuß, fühlte jedoch nichts als dunkle, namenlose Furcht. Sie öffnete die Augen und war überrascht zu sehen, daß seine mit Tränen gefüllt waren.

»Mach dir keine Sorgen, Elisabet«, sagte er, und strich ihr sanft das Haar zurück. »Es wird ein wunderschöner Tag auf unserer Hochzeitsreise sein. Darin liegt alles, was ich jemals für uns wünschte. Ich wußte nur nicht, wie ich es dir sagen sollte, glaube ich. Es wird ein schönes Leben werden, genau so, wie wir es vor langer Zeit gemeinsam planten.«

Es gab niemals irgendwelche Pläne deinerseits, sagte sie sich. Egal, wie sehr ich sie mir auch wünschte.

»Es tut mir leid wegen des Patents. Ich muß einfach wahnsinnig gewesen sein. Die Sache mit Tim ist ebenso mein Fehler wie deiner. Aber wir können es noch einmal versuchen. Ich weiß jetzt, wie. Wir brauchen niemals zurückzukommen. Wir brauchen uns noch nicht einmal daran zu erinnern.« Er blickte sie ganz offen an. Sie versuchte zu sprechen, es gelang ihr jedoch nicht. Er legte ihr die Hand auf die Lippen und schüttelte lächelnd den Kopf.

»Ich kenne dich in- und auswendig, meine Liebe. Ich kenne jede Nuance deines Wesens. Du und ich, wir haben die am gründlichsten katalogisierte Gehirnchemie auf dem Planeten. Mit den Daten, die ich habe, kann ich *jede* Erinnerung erzeugen, weißt du.«

Er blickte weg, wandte ihr dann den Blick wieder zu, hielt den Atem an und begann zu sprechen. »Ich kann Erinnerungen *erschaffen.* Ich habe ein Jahr lang daran gearbeitet. Und weißt du, was das Komische daran ist? Erinnerungen brauchen überhaupt keine Zeit. Ein Tag draußen ist ein Augenblick hier drinnen, weniger als ein Augenblick, nun da ich die neue Methode ausgetüftelt habe.«

Deswegen sind es ja auch keine Erinnerungen, versucht sie zu sagen. Aber sie konnte es nicht. Es sind eher so etwas wie Träume. Nur daß sie klar sind, konkret. Wiederholbar. Mit all den physischen Begleitumständen, die die Wirklichkeit für uns ausmachen.

Er fuhr fort.

»Die alte Methode war so begrenzt. *Dies* ist mein Leben von Anfang an gewesen. Ich habe es gerade erkannt. Bleib bei mir, Elisabet. Bitte.« Seine Stimme, sein Gesicht drückten unverhülltes Flehen aus. »Bitte«, flüsterte er. »Ich liebe dich so sehr. Auf diese Weise können wir zusammensein. *Für immer.* Ich weiß, daß es möglich ist, ich habe im letzten Jahr so hart daran gearbeitet. Das ist alles, was ich getan habe. Dies ist wirklich, Elisabet. Vertraue mir. Du wirst es auch bald wissen, genauso wie ich. Hier siehst du mich, wie ich *wirklich* bin. Nicht so, wie ich vorher war. Dies ist die einzige Möglichkeit.« Er lächelte, und sie erkannte an der Art seines Lächelns: Er dachte, daß sie keine andere Wahl hatte.

Sie versuchte, *Nein* zu schreien, brachte aber keinen Ton heraus.

Sie versuchte, ihn von sich zu stoßen, sich aus seinen Armen zu befreien, die sie packten und an sich rissen, nur fort von seinem so verlangenden, flehenden Gesicht! Sie mußte alle Kraft zusammennehmen, um den Arm zu heben, bleiern schwer in dieser hybriden Zeit, und den Tagespunkt abzureißen, sich gegen all den Horror und die Macht zu wehren, womit Daniel ihn programmiert hatte; durch Schichten der Zeit hindurch zu diesem letzten Tag zu erwachen, an dem sie mit Daniel auf dem Fußboden in seiner Wohnung lag.

Sie setzte sich auf und schluchzte. Rauhe krächzende Laute entrangen sich dem inneren Kern der neuen Art von Erinnerungen, die sie umdrängten, der Note der leidenschaftlichsten und ergreifendsten Träume, die Daniel von ihr hegte, der inneren Substanz der Liebe – wenn man das Liebe nennen konnte –, womit er gehofft hatte, sie an sich zu fesseln.

Sie rollte sich auf die Seite und blickte in das vom Boden zur Decke reichende Spiegelglas. Eine sanfte, langsame Kalliope von roten Flugzeuglichtern pulsierte über der Skyline der Wolkenkratzer.

Wie hatte Daniel das gemacht?

Es war einfach. Er war ein Genie. Er wußte, was er wollte.

Plötzlich erkannte sie, was seine Absicht gewesen war. »Wir brauchen niemals zurückzukommen.« Sie drehte sich um, strich sich ihr Haar zurück, riß die beiden Tagespunkte von seinem Hals und hielt inne.

Seine Haut war kalt. Sie fühlte sein Handgelenk, dann wieder seinen Hals. Nichts.

Sie war schon halb am Telefon, um den Krankenwagen zu rufen, als sie plötzlich innehielt, zurückging, sich hinkniete, die übrigen Tagespunkte abriß, die auf dem Boden liegenden aufsammelte und sie alle ins Nebenzimmer brachte. Sie faltete seine Mitteilung zusammen und steckte sie ein. Wenn der Leichenbeschauer kam, wollte sie nicht, daß die Tagespunkte als Todesursache festgestellt würden. Sie vermutete, daß *Gehirnschlag* auf dem Totenschein stehen würde. Bestimmt war er an einem Schlag gestorben. Eine völlige, absolute Überlastung.

Aber vorher hatte er für immer gelebt.

Und hatte versucht, sie in dem Prozeß zu töten. Zorn stieg in ihr auf, als sie das erkannte. Nun, er hatte seine neue, perfekte Unendlichkeit zum Glück ohne sie ausgelebt.

Und doch…

Sie hielt inne und griff zum Telefon. Wie konnte sie *das* so sicher wissen? Daß nicht etwas anderes schiefgegangen war? Daß er nicht ein paar Notsituationen eingeplant hatte?

Sie setzte sich langsam hin. Ihre Besprechungen hatten bestimmt solche Möglichkeiten enthüllt.

Sie hatte einen Plan für ihn ausgearbeitet.

Sie erschauerte; blickte aus dem Fenster auf die riesige, lichterglänzende Stadt. War es dieselbe, die sie vor nicht mal einer Stunde verlassen hatte?

Elisabet drückte kalte Plastiktasten, ihre eigene Telefonnummer. Sie hörte das Rufzeichen in der Leitung und hoffte verzweifelt, daß ihre frühere Welt, ihre wirkliche Welt, an der sie so hart gearbeitet hatte, um sie aufzubauen und zu lieben, antworten würde.

Und fortfahren zu antworten.

Für immer.

Originaltitel: ›DAYDOTS, INC.‹ • Copyright © 1992 by Kathleen Ann Goonan • Erstmals erschienen in ›Interzone‹, März 1992 • Mit freundlicher Genehmigung der Autorin • Copyright © 1996 der deutschen Übersetzung by Wilhelm Heyne Verlag, München • Aus dem Amerikanischen übersetzt von Kamala Kiel

---

Jonathan Lethem · USA

DIE FLECKENLOSE KATHEDRALE

»Sollen wir was Musik anmachen?«

»Was, unseren Song? Wir könnten ihn rückwärts abspielen.«

»Hatten – haben wir einen Song?«

»Oder Dylan – ›Sooner or later you'll go your way …‹«

Ich haßte Saundra Beatitude, und sie haßte mich. Sie war zu groß und hart, überhaupt nicht wie eine Frau, wirklich, eher wie irgendeine Sorte räuberischer Skulptur, gekleidet in Haut, Leder und Frisur. Und ja, es machte Spaß, mit ihr zusammen zu sein, für eine oder zwei Stunden. Es machte Spaß, ihr dabei zuzusehen, wie sie einen Menthol-Pot nach dem anderen rauchte, und ihr zuzuhören, wie sie sich über ihre Bekannten beklagte – oftmals, während sie mitten unter ihnen hockte –, aber jeder, der eine Beziehung mit ihr einging, mußte völlig verrückt sein.

Was uns auf mich bringt, schätze ich; Peter Louise Fittinger. Derjenige, der Saundra haßte, und derjenige, der sie auch irgendwie liebte, schätze ich. Wie dem auch sei, wir steckten in den letzten vertröpfelnden Stadien einer endlosen Liebesaffäre, und es war kein wirkliches Ende in Sicht. Oh, die Beziehung war vorüber, sicherlich, es ist nur einfach so, daß Streiten und Ficken noch nicht vorüber waren. Und da wir außer Streiten und Ficken sowieso nichts anderes taten – bringe ich

Sie durcheinander? Wir hatten einen Null-Raum betreten, sehen Sie, einen Abgrund zwischen einer Möglichkeit des glücklichen Beisammenseins und irgendeiner Art erfolgreicher Trennung, und die Entfernung in beiden Richtungen schien gleichermaßen unüberbrückbar.

Also versuchten wir, unsere Trennung im Computer zu simulieren. Wir entwickelten ein kleines Programm für ›Ihn‹, ein kleines für ›Sie‹, und brachten beide in eine virtuelle Beziehung zueinander, warfen eine Menge emotionalen Müll, lähmende psychische Narben und dergleichen mit hinein. Warteten darauf, daß sich das verdammte Ding abwickelte. Was es nicht tat. Wir ließen jedes Szenario ablaufen, das wir uns nur ausdenken konnten, füllten das Theorem randvoll mit Haß und Langeweile, aber fünfzehn, zwanzig, fünfundzwanzig Jahre gingen dahin, und ER und SIE waren noch immer zusammen. Ja, ich wäre bei ihr geblieben, wenn sie sich einer Geschlechtsumwandlung unterzogen hätte (tatsächlich erhellte sich das Bild etwas, ein Detail, das, wie sie spürte, dazu geeignet war, mich zu triezen), und, ja, sie bliebe bei mir, falls alle meine Zähne verfaulten (sie arbeiteten bereits daran), falls ich fett würde oder zum Islam konvertierte.

Darum fühlte ich mich, was mein Versagen hier, in der wirklichen Welt, anging, ein wenig besser. Es konnte einfach nicht getan werden. Ich würde sie anrufen, oder sie würde mich anrufen, und wir kämen vom behutsamen Vergleich unseres Schmerzes über das gegenseitige Lächerlichmachen dahin, wieder miteinander zu schlafen, und all die harte Arbeit, die wir gemeinsam hineingesteckt hatten, um getrennt zu leben, würde für die Katz gewesen sein.

Dann hörten wir von NtroP, einer neuen Straßendroge. Mein guter Freund Rudy Messer erzählte mir davon, sagte, sie könnte das sein, wonach ich suchte, und daß er einen Typen kennen würde…

»Sie wurde vom CIA als Anti-Patriotismus-Droge entwickelt«, erklärte Rudys mysteriöser Freund. »Um der Loyalität bei FKGs – Feindlichen Kriegsgefangenen – den Nimbus zu nehmen. Aber für sie war sie nicht zuverlässig genug – weißt du. Einem der Leute im Labor ist der andere Effekt aufgefallen, die persönliche Sache. Alle von den Typen, die an dem Projekt gearbeitet hatten, redeten nicht mehr miteinander, und es stellte sich heraus, daß ihre Ehen alle den Bach hinuntergegangen waren.«

»Wie …«

»Wie ein Halluzinogen. Ein Trip. Ihr nehmt sie zusammen, schließt euch in einem Zimmer ein und macht den Trip gemeinsam. Früher schon mal gemacht, hm? Nur daß du am Ende dieses Trips herausfindest, daß du wirklich irgendwohin gekommen bist. Ein Trip mit einem Ziel. Endstation, bitte alle aussteigen!«

»Und das war's. Die Beziehung ist vorüber.«

»Stimmt genau.«

Wir warteten, bis es dunkel wurde. Der Augenblick rief unausweichlich andere, ähnliche Augenblick ins Gedächtnis zurück, gemeinsame Entdeckungsreisen, chemische Zeremonien. Die vier kleinen weißen Tabletten ruhten auf ihrer Handfläche, sie sahen fast irisierend aus. Wir schluckten sie hinunter und betraten jenen anderen Null-Raum, die Zeit zwischen der Drogeneinnahme und von der Droge gepackt werden. Während des Wartens stritten wir: um die Musik, das Essen, ob wir das Telefon ausstöpseln sollten und ob wir oder ob wir nicht eine letzte Nummer schieben sollten.

»Laß uns doch erst mal sehen, ob uns danach ist. Wir wissen noch nicht mal …«

»Ich habe Lust. Ich finde, es ist perfekt. Ich möchte dich in mir haben, während es geschieht, wenn mir klar wird, daß es mir mittlerweile völlig egal ist.«

»Ich glaube nicht, daß es so plötzlich sein wird. Ich denke, es ist mehr wie ein Prozeß …«

»Gott, du bist so verklemmt!«

»Ich weiß nicht, mir kommt es halt nur nicht richtig vor, es jetzt zu wollen, zu sehen, wie …«

»Richtig, es zu wollen, falsch, es zu wollen. Das sieht dir genau ähnlich. Was *willst* du denn?«

»Warten wir's ab und sehen mal? Und …«

»… hasse ich dich bereits? Ja, es geschieht, mein Gott, ich spüre es kommen, es ist wie ein Orgasmus des Hasses!« Sie kreischte vor Lachen, keuchte daraufhin und lachte erneut. »Mein Gott, es war so gut. War deiner auch gut?«

»Laß den Quatsch! Sei mal ein bißchen ernsthaft. Es ist sowieso keine Sache, daß du mich haßt. Wenn es so wäre, hätten wir das Ganze bereits hinter uns.«

»Okay.« Sie seufzte. »Ist noch was zu trinken da?«

Anfangs war es ein Trip wie jeder andere, alles digital und schokoladig, während unsere Synapsen darum kämpften, sich anzupassen. Zur Sicherheit hatte ich unsere Dosen verdoppelt, und das bedeutete eine ziemlich lange Periode, während derer wir aneinander hingen und uns Befehle, Bitten, Einsichten und Beleidigungen über etwas hinweg zubrüllten, das wie eine abgrundtiefe, sternenübersäte Galaxis schien.

Bald genug jedoch fielen wir in jene vertraute halbklare und halb-idiotische krypto-tiefsinnige Sorte von Dialog, der, wenn man sich mittendrin befindet, so viel bedeutet und gewöhnlich so wenig am Tag danach.

»Es ist unglaublich, weißt du, wie falsch alles ist …«

»Falsch unglaublich, meinst du.«

»Ja falsch unglaublich wie wir all diese unglaublich falsche Wichtigkeit all unseren falschen Emotionen zuschreiben.«

»Du meinst nehmen wir mal an wir sind wie infinitesimale Flecken auf einer leeren flachen Oberfläche die sich durch einen solch winzigen Abschnitt von Zeit und Raum bewegen daß es kaum jemals zählt …«

»Das sieht dir ähnlich. Ich bin kein Fleck.«

»Falscher Stolz. Falscher Stolz.«

»Nein, nein. Falsche Einsicht. Falsche Metapher. Hör mal: Du bist ein Fleck. Das sieht dir völlig ähnlich. Du bist ein Fleck, der sich in einer riesigen leeren Kathedrale im Versuch umherbewegt, sie zu bewohnen, der durch die Buntglasfenster nach Augen Ausschau hält und völlig außerstande ist, andere Personen zu sehen. Wohingegen ich das gesamte Außen bin, alles Inkrustation und Strebepfeiler, ich bin völlig Kathedrale und nichts innen drin. Du lebst…«

»Ich gehe jetzt hinaus. Der Fleck wandert jetzt aus der Kathedrale hinaus. Mir steht sie bis sonstwohin.«

»Nein, es ist hoffnungslos. Du bist im Kellergeschoß verloren.«

»Tatsächlich?«

»Sei nicht so falsch entsetzt.«

»Bin ich nicht. Es ist nur…«

»Was. Falsche Sympathie. Was.«

»Es ist ein wenig traurig, für den Flecken. Daß jenseits der Kathedralenfenster nur ein winziger Glanz war – und jetzt ist nichts mehr dort…«

»Ich weiß. Es ist falsch traurig. Daß dich nicht mehr falsch lieben nicht bedeutet, dich auch nicht mehr falsch zu hassen.«

»Ich weiß. Unser falscher Haß – er war wunderschön.«

»Falsch wunderschön.«

»Ja.«

»Du Scheißhaufen, du arme falsche Schlange – oh, nein, mein Gott, es rutscht weg…« Sie kicherte. »Ich hoffe andererseits, ich kann mich wenigstens daran *erinnern,* was für ein Trottel du bist…« Sie zerfloß in Gelächter.

»Was?«

»Ich könnte mich mit dir anfreunden…« – sie

keuchte, um nicht wieder in Gelächter auszubrechen –, »... und ich möchte dich nicht als Freund haben.«

»Vielen Dank.«

»Ooooh, sei doch nicht falsch verletzt! Du weißt, es ist nicht falsch schäbig genug, völlig falsch verletzt zu werden. Geh zurück und sieh dir die Innenseite der Kathedrale an, Fleck. Geh – beflecke dich selbst!«

»Für dich immer noch Mister Fleck.«

Die Droge tat das, was sie tun sollte. Es gab noch nicht mal mehr einen letzten Fick. Es war einfacher, als ich mir vorgestellt hätte; es machte uns nichts mehr aus. Als der Abend voranschritt und wir uns durch Rausch, Schwindelgefühl und letzte aufflammende Gefühle von Vertrauen und Gereiztheit hindurchbewegt hatten, traten wir in eine neue Welt hinaus, in eine Welt, wo Saundra, nun ja, *kleiner* war, hauptsächlich. Sehr viel noch immer sie selbst, aber abgetrennter, ihre Grenzen verwischten sich nicht mehr länger mit den meinen. Sie war so jäh harmlos geworden, daß ich hätte lachen können, aber ich war sogar einer solch tiefen Emotion wie Belustigung außerstande. Auch natürlich erschöpft von der körperlichen Zerreißprobe, aber es gab keinen emotionalen Kater. Ich suchte angelegentlich in mir selbst nach einem Gefühl der Tiefe, des Werts oder der Wichtigkeit, das sich auf sie bezog, und stieß immer und immer wieder nur auf Seichtheit, Zerstreutheit, Mangel.

Am Ende war sie im Sessel eingeschlafen, hatte mir das Bett überlassen. Ich erwachte früh am Morgen, immer noch zu gerädert, um richtig schlafen zu können, und stolperte davon, hinterließ eine kurze höfliche Notiz auf dem Tisch. Das war für mehrere Jahre lang die letzte Botschaft zwischen uns beiden.

Zunächst dachte ich, ich wäre noch einmal so davongekommen. Unsere Verbindung war vorüber, und die Droge hatte nicht einmal so etwas wie die üblichen

Flashbacks zur Folge, die ich so gefürchtet hatte. Nein, sie war nur von der Außenseite her sichtbar, die schreckliche Wahrheit, als sie herauskam, über NtroP.

Als erstes ging mir der Lebensunterhalt flöten. Ich arbeitete als Jazz-Produzent, war mit der heiklen Aufgabe betraut, Studiovorstellungen aus Musikern herauszulocken, die an Live-Wechselspiele und Feedback aus dem Publikum gewöhnt waren – es war eines meiner wenigen Talente gewesen – und meiner Vorlieben.

»Es paßt einfach nicht.« Das war Stannard Mainway, mein, oder vielmehr Groundfog Records' störrischer Superstar, bei dem ich früher schon ein goldenes Händchen gehabt hatte. »Ich seh's nicht, verstehst du? Ich sehe nicht ein, warum ich das Solo hierdrin spielen soll. Es geht nirgendwohin, es macht keinen Sinn …«

Jazz macht überhaupt keinen Sinn, und das ist der Sinn, lag mir auf der Zunge. Statt dessen jedoch nahm ich ihn noch mal mit durch, spielte das Playback und ließ das MAINWAY-Programm erneut für ihn das Solo extrapolieren. Er horchte genau zu und schüttelte den Kopf. »Es ist nicht da.«

»Es ist nicht *alles* da, aber du siehst sicher einen Weg hinein – darum bist du hier. Um's nach Hause zu bringen.«

»Nichts da. Es ist nicht da. Keine Verbindung. Ich stutze mich auf ein Feeling, Babe …«

Natürlich war's mein Job, ein Feeling zu verhindern. Aber ich schien außerstande, jetzt irgend etwas anderes zu inspirieren als ein Gefühl der Sinnlosigkeit des Ausdrucks. Meine Gegenwart im Studio schien lediglich ein intensives Bewußtsein für das Fehlen einer Beziehung zwischen disparaten Teilen zu befördern und für die absolute Zwecklosigkeit, so zu tun, als gäbe es irgendeine Beziehung zwischen ihnen.

Ein paar Wochen nach unserem Trip wurde ich von Sterling Groundfog ins Büro gerufen.

»Du weißt, daß ich stinkesauer auf dich gewesen

bin? Wirklich, Peter, war ich, echt stinkesauer, und ich habe daran gedacht, ich werd dich herrufen und dich feuern. Aber ein Blick auf dich …« Er nahm die Zigarre aus dem Mund und klopfte sie ab, die rote Glut erlosch auf der Stelle. »Ich weiß nicht, Pete. Irgendwas stimmt da nicht, Stan ist außer Fassung, die anderen Spieler sind außer Fassung, sie sagen, daß du nicht mehr da bist. Wenn ich glauben würde, du würd'st hier Mist bauen, damit ich stinkesauer werde, dann schwöre ich, ich hätte geglaubt, verrückt zu sein, aber wenn ich dich hier so ansehe …« Er legte die Zigarre nieder und erhob sich aus seinem Sessel. »Ich weiß nicht. Ich sollte dich vielleicht in Ferien schicken, aber warum sollte ich dich in Ferien schicken? Geb ich einen Scheißdreck drum? Zählt das was? Au, ja, was issen los mit mir?« Er ging zum Fenster hinüber, öffnete es und atmete tief den LA-Nebel ein. »Okay, ich hab dich rufen lassen, weil es ein Problem gibt, stimmt's?«

»Öh – ja.«

»Und ich soll wohl so was wie … soll das Problem einkreisen, hm? Ach, Scheißdreck, ich weiß nich', wovon ich rede. Diese Sache. da läßt mich ganz leer werden, innendrin – hör mir zu!«

Ich war's – ich erkannte allmählich den Effekt. Mein Privatleben, vielmehr, was davon noch übriggeblieben war, hatte eine ähnliche Wendung genommen, nachdem ich aus Saundras Orbit gefallen war, der, wenn er sonst schon nichts vorzuweisen hatte, zumindest sehr bevölkert gewesen war. In einer Nacht in einem kostspieligen Flirtsalon in den Außenvierteln von L.A. zog ich einen Höcker an die Bar, tippte eine Nummer ins Netz und fing damit an, einige Bemerkungen in den Unterhaltungs-Pool einzugeben. Auf der Stelle spürte ich, wie die Energie auf dem Monitor versickerte. Gewandte Unterhalter klinkten sich nach und nach aus dem Netz aus – ich hörte, wie sie an den Tischen rings um mich her auf Echtzeit-Unterhaltungen umschalteten, obgleich selbst die bald erstarben.

Etwa um Viertel vor zwölf – gerade als der Salon eigentlich ein Ferment aus Pheromonen und Photonen hätte sein sollen – schaltete sich der Eigentümer, Evil Steve Pierglass, zu.

»Hört mal, Leute, manche Nächte haben's, und manche Nächte haben's nicht. Heute nacht ist die Magie nicht hier. Ich mach den Laden dicht, weil mir das weh tut, zu sehen, wie lahmarschig es hier zugeht – besser jetzt, während ihr noch 'ne Chance habt, irgendwas anderes zu finden, wo ihr rumhängen könnt. Tut mir leid. Gute Nacht.« Bei diesen Worten wurde der letzte Monitor schwarz, und eine Minute später rief der Barkeeper die letzte Bestellung.

Ich ging ins Kino und konnte einfach nicht die Augen davor verschließen, wie wenig die vorgeblichen Liebenden einander bedeuteten, wie wenig die Schauspieler sich aus dem Regisseur oder ihren Rollen machten, konnte die Augen nicht davor verschließen, wie alles von Gleichgültigkeit durchlöchert war, bis ich am Ende lediglich noch der rührseligen zwecklosen Hochzeit des einen Teils mit dem anderen zusehen und daran denken konnte, daß das einstmals ein Haufen disparater Fragmente gewesen war und ebensogut hätte zufällig zusammengeworfen werden können, oder, noch besser, überhaupt nicht.

Es war noch immer in mir, das NtroP. Es war dort, zwischen mir und meinen Wahrnehmungen, und es leckte auch aus mir heraus, um andere zu infizieren. Und ich war nicht der einzige, wie sich herausstellte.

Bei der ersten Welle der NtroP-User waren die Nebeneffekte dieselben, gewöhnlich genug, daß das Entsetzen davor verschwand, und wir ersten wären wahrscheinlich auch die letzten. Ich war offenbar typisch in der Art, wie ich durch das Sicherheitsnetz des eigenen

Lebens geplumpst war. »Watch the donut, not the hole«*, lautete der Ratschlag eines Lieds meiner Kindheit, aber ich war jetzt unausweichlich auf das Loch fixiert. Und, verständlich genug, es war schwierig, jemandes Interesse für dieses Problem zu erwecken.

Also tauchte eine Stiftung auf, gegründet und ausgestattet von den Leidtragenden, die weit genug gekommen waren im Wunsch, mit uns übrigen in Berührung zu kommen. Es kam der Tag, da kroch ich durch ihre Tür, beraubt, und ich murmelte und flüsterte abgerissene Satzfetzen.

Sie nahmen mich auf. Gaben mir Krankenhauskleidung, ein Zimmer und einen Zimmernachbarn, ebenso hoffnungslos wie ich selbst, sowie fünfzehn Therapiestunden pro Woche, Gruppen- und Einzelsitzungen.

»Siehst du denn nicht, daß du noch nicht einmal dem zuhörst, was sie sagt? Du gibst vor, ein Gespräch zu führen, aber die beiden Hälften haben keine Verbindung zueinander …«

»Peter …«

»Ich meine, ihr wärt noch nicht mal hier, um miteinander zu reden, wenn es nicht irgendeine bizarre Kette von Umständen gäbe. Warum solltet ihr also glauben, es gäbe irgendeine Basis …«

»Peter, wir versuchen zu sagen, daß es irgendein Motiv dafür geben könnte, weshalb wir der bizarren Kette Substanz verleihen wollen mit irgendeinem Versuch, die Kluft zu überbrücken – was auch viel interessanter und wärmer wäre, meinst du nicht, als wieder einfach nur darauf hinzuweisen?«

»Ich kann mir nicht helfen, aber ich fühle mich unglaublich gelangweilt, daß du versuchst, diese Art von schwächlichem Konzept von ›interessant‹ und dann

---

* Auf deutsch etwa: »Guck auf das Donut (Kringelgebäck), nicht auf das Loch in der Mitte.« – *Anm. d. Übers.*

›Wärme‹ meiner sehr klaren Wahrnehmung aufzupflastern, das es dort absolut nichts gibt ...«

»Mein Gott, Peter, du bist stets ...«

»Gut, Marcia, nicht innehalten, sag auf der Stelle, was du Peter gegenüber empfindest.«

»Er ist ein solcher Trottel!« brach es aus ihr heraus, und sie weinte. Die Gruppe applaudierte diesem Durchbruch.

»Ich weiß nicht, ich meine, ich sage lediglich, was ich denke, was mir in den Sinn kommt. Ich weiß nicht, warum ich mir die Mühe gebe. Ich versuche lediglich zu sagen, daß ich nicht besonders falsch interessiert an falscher Wärme bin und daß ich mich nicht im geringsten falsch erwärmt fühle bei der Vorstellung eines falschen Interesses ...«

Aus den Gruppensitzung kam ich immer wieder völlig am Tiefpunkt heraus oder die restliche Gruppe um mich herum stieg empor; was es auch immer war, jedesmal blieb ich am Ende allein, bis sie den Versuch aufgaben. Meine Einzeltherapie ging ein bißchen länger weiter, obgleich ich mehrere meiner Berater durch die schiere eindringende Kraft meines Desinteresses auf niedrigere Ebenen zurücktrieb.

»Laß uns über die Frau reden, die du verlassen hast, Peter. Es war eine Frau, nicht wahr? Mit der du die Droge zusammen genommen hast?«

»Oh, ja.«

»Erinnerst du dich an ihren Namen?«

»Sa ... nein.«

»War es möglicherweise ein Fehler? Daß ihr zusammengehört?«

»Was – was würde es bedeuten, ›zusammenzugehören‹?«

Freundliches Gelächter. In wachsendem Ausmaß, wie mich die anderen hinter sich zurückließen, begegnete ich Gelächter. »Du bist anders, Peter. Das weißt du jetzt. Nun, ebenso dumm wie jede Vorstellung einer

›wahren Liebe‹ ist, selbst für mich, frage ich mich, ob wir womöglich die Möglichkeit entdecken, daß du, indem du sie aus deinem Leben gerissen hast, auch große Teile deines eigenen Selbst aus dir hast herausreißen müssen. Mehr als wir übrigen, meine ich. Die Mehrheit deines Selbst.«

»Ich ... ich habe die Dosis verdoppelt, müßt ihr wissen. Haben wir uns die Mühe gemacht, darüber zu reden, oder war das jemand anderer? Weil ich wirklich glaube, daß das falsche Problem in irgendeiner anderen falschen Richtung liegt, als diese besonders falsche falsche falsche ...«

»Es war nicht deine Dosis, Peter. Ich habe selbst mehrere Male die Droge genommen. Es gibt andere, die haben mehr genommen – aber das weißt du.«

»Oh, das war's dann mit unserem Gespräch. Ich habe falsch vergessen.«

Die Stiftung löste sich auf, alle Mitglieder hatten sich aus eigener und mit fremder Kraft aus dem Sumpf gezogen und führten wieder ein klares Leben. Hatten mich hinter sich gelassen. Sie hatten es so für mich arrangiert, daß ich mein Zimmer in dem Sanatorium behalten konnte, obgleich das Bett meines Zimmergenossen leer war, und daß die Privatfürsorge weiterlief. Ihre Besuche verebbten allmählich, verständlicherweise; wie weit konnte sich Mitgefühl erstrecken? Sie hatten genug getan. Ich sah oder vielmehr, sezierte – viel Fernsehen.

Dann, eines ganz kürzlichen Tages, kehrten sie zurück und brachte mir eine neue Zimmergenossin mit. »Jemand wie du, Peter. Ihr beiden seid tatsächlich die letzten. Wir sind uns sicher, ihr werdet eine Menge finden, das ihr einander nicht zu sagen habt.« Saundra, natürlich, obgleich wir beide Desinteresse heuchelten, bis unsere Wärter verschwunden waren.

»Ich erinnere mich an dich.«

»Ja. Auch ich erinnere mich an dich.«

»Was für eine falsche Ironie es ist, dich den ganzen Tag über ansehen zu müssen, nach all dem. Weißt du, niemand sonst mehr kann mich ausstehen. Darum haben sie mich hergebracht. Bist du deshalb hier?«

»Ja.«

»Weißt du, ich hasse dich noch immer falsch bis auf die Knochen, wenn auch nur ein bißchen. Was hältst du davon?«

Ihr Grinsen war das häßlichste, das ich seit Jahren gesehen hatte.

»Liebling«, sagte ich.

Jetzt verstehe ich mein Schicksal. Nur wenn ich lerne, *sie* wieder zu lieben, kann ich völlig menschlich sein. Nur wenn ich mich durch meine Gleichgültigkeit und meinen Haß hindurcharbeite, zu jenem Zentrum zurück, wo ich in ihrem Glanz badete. Nur dann werde ich stark genug sein, sie zu verlassen. Was ich tun werde, das schwöre ich, und wenn es das letzte ist, was ich tue. Was offensichtlich der Fall sein wird.

Originaltitel: ›THE SPECKLESS CATHEDRAL‹ • Copyright © 1991 by Jonathan Lethem • Erstmals erschienen in ›Interzone‹, März 1992 • Mit freundlicher Genehmigung des Autors • Copyright 1996 der deutschen Übersetzung by Wilhelm Heyne Verlag, München • Aus dem Amerikanischen übersetzt von Alfons Winkelmann

---

Richard Paul Russo · USA

VORBEI DIE NACHT

Er erinnert sich an ihre Hände – die Art und Weise, wie sie eine Seconalkapsel zwischen Daumen und Mittelfinger hielt, so daß die langen, polierten Fingernägel fast zusammenstießen, die übrigen drei Finger in ihrer Position erstarrt, ohne sich zu berühren.

An ihren Namen erinnert er sich nicht. Oder doch? Diana?

Die Nacht, die eben erst ein paar Stunden zurücklag, hatte hoffnungslos begonnen. Wie sie zu Ende ging, weiß er immer noch nicht genau. Die Spuren sind da – in dem, was geschah und was nicht geschah; in dem, was er tat und was nicht.

Er hatte sich für den Abend dunkel gekleidet, schwarzer Pullover mit V-Ausschnitt, Mantel und Hose dunkelbraun, blankgewichste braune Schuhe. Robert betrachtete sich im Badspiegel, fuhr mit den Fingern die dunklen Ringe unter den Augen nach. Manchmal fragte er sich, ob er je wieder gut schlafen würde.

Er wollte noch einmal versuchen, eine Verbindung zu bekommen. Aber warum eigentlich? dachte er. Wozu das Ganze? Er war kein Empath mehr, hatte das letzte Fünkchen seines Talents schon vor allzu langer Zeit verloren; es würde nie mehr wiederkehren, nicht nach all den Jahren ohne den geringsten Hinweis, daß es überhaupt noch da war. Sein Geist hatte sich in eine versiegelte Box verwandelt, in eine Zelle, die nichts mehr von außen hereinließ. Es war wie ein plötzliches

Erblinden, nachdem man sein Leben lang gesehen hatte; nur daß ihm dies hier weit schlimmer erschien und er sich nicht vorstellen konnte, wie er diesen Zustand noch lange aushalten sollte.

Robert kam zu Bewußtsein, daß seine Finger den Griff einer Schublade umkrampft hielten, so fest, daß die Knöchel weiß hervortraten. Nein, er hatte es früher besessen, es konnte zu ihm zurückkehren, und er würde wieder imstande sein, die Verbindung zu anderen Leuten herzustellen. Es könnte zurückkehren. Es *mußte.*

Er ließ den Schubladengriff los, massierte seine Finger, bis sie wieder durchblutet waren, und verließ die Wohnung.

Das Hot Neon Drop war erfüllt von Rauch, Kerzenlicht, dem lauten Dröhnen des Juke Jockeys und den farbigen Reflexen an Wänden und Decke, die in einem anderen Rhythmus pulsierten als die Musik. Robert stand an der Bar, einen Scotch in der Hand, und ließ seine Blicke durch den dünnen Rauchschleier suchend über die Tische des Clubs schweifen.

An einem Tisch saßen zwei Frauen; zwei Männer steuerten gerade auf sie zu. Eine Gruppe rauchender, trinkender Kerls; zwei Frauen, die Händchen hielten; drei Frauen, die sich viel zu laut unterhielten. Paare, kleine Gruppen, immer nur Paare oder Gruppen, niemand allein. Dann, hinter einem Tisch, an dem zwei Pärchen saßen, sah er sie.

Es war etwas Verwirrendes in der Art, wie sie dasaß. Er hatte das Gefühl, daß sie versuchte, eine Pose einzunehmen, wie beim Fotografen; es war eine Pose, die irgendwie gezwungen, für sie aber beinahe natürlich wirkte. Er lehnte sich an die Bar, nippte an seinem Drink und beobachtete sie.

Sie trug ein lebhaft gemustertes, puderblaues Kleid, kurzärmelig und tief ausgeschnitten. Ihr Haar war von einem dunklen Walnußbraun und stark mit silbernen Strähnen durchsetzt. Sie mußte etwa in seinem Alter sein, Anfang dreißig. Auf dem Tisch vor ihr stand ein hohes, schlankes Glas mit dunkelrotem Wein, das sie mit der linken Hand umfaßt hielt, die vier Finger in gleichmäßigen Abständen gespreizt. Sie saß bewegungslos da, ohne auch nur den Kopf zu drehen.

Er wollte von der Bar weg und zu ihrem Tisch hinüberschlendern, doch er war wie angewurzelt, so als habe sich ihre Reglosigkeit auch seines Körpers bemächtigt. Er konnte nur dastehen und sie beobachten.

Sie hob die rechte Hand an die Stirn und fuhr den Haaransatz vom Scheitel bis zum Ohr hinunter nach; dann ließ sie die Hand langsam in den Schoß sinken.

Ihre Bewegung löste seine Erstarrung. Er stellte das leere Glas auf dem Tresen ab und bahnte sich seinen Weg an den Körpern und Stühlen vorbei. Er blieb vor ihrem Tisch stehen, und sie blickte zu ihm auf.

Er versuchte, sich für sie zu öffnen, bemühte sich, all das zu tun, was er früher ganz unbewußt getan hatte; es war immer von selbst gekommen. Er rang förmlich um den Kontakt, doch nichts erreichte ihn, nicht einmal der Schimmer eines Gefühls. Nur eine leere, schmerzende Stille.

Er forderte sie zum Tanzen auf. Sie warf einen Blick auf das Weinglas, löste die Finger und nickte steif. Im Stehen war sie fast genauso groß wie er. Ohne sie anzufassen, drehte er sich um und ging vor ihr her zur Tanzfläche.

Sie tanzten, und er weiß jetzt nicht mehr, was sie spielten – Popmusik, irgend etwas Neues, nicht gerade langsam. Sie mußten nicht eng tanzen, sie mußten sich nicht berühren, und er war froh darüber.

Als das Stück vorbei war, gingen sie an den Tisch zurück und nahmen so Platz, daß sie sich gegenübersaßen. Sie sagten nichts, bis die Bedienung vorbeikam.

Er bestellte noch einen Scotch; die Frau deutete auf ihr halbvolles Weinglas und schüttelte den Kopf. Sie hat etwas Merkwürdiges an sich, dachte er, und etwas vage Vertrautes. Aber was? Etwas in der Art und Weise, wie sie sich bewegte. Er stieg nicht recht dahinter, was es war. Der Drink kam, und die Frau bezahlte.

Er nannte seinen Namen.

»Diana«, sagte sie.

Dann herrschte wieder Schweigen zwischen ihnen. Er musterte sie aufmerksam, doch sie erwiderte seine Blicke kaum.

»Die Musik ist fürchterlich laut«, sagte er schließlich.

»Ja.« Sie nippte an ihrem Wein, er trank von seinem Scotch. Ihm fiel auf, daß alle ihre Bewegungen sehr beherrscht, beinahe steif wirkten. »Bist du öfter hier?« fragte sie.

»Seit ein paar Monaten, ja. Und du?«

»Nein.« Sie schüttelte den Kopf, eine schwache, ruckartige Bewegung. Wieder nippte sie an ihrem Wein.

Er lehnte sich zurück und beobachtete sein starres, schweigsames Gegenüber. Nun erwiderte sie seinen Blick, und er hatte das Gefühl, es müßte eine Art wortloses Verstehen zwischen ihnen geben, aber da war nichts. Er fühlte sich vollkommen von ihr abgeschnitten.

An dem Tisch direkt hinter Diana saß ein Paar, außerhalb ihres Blickfeldes. Robert beobachtete die beiden, als der Mann plötzlich mit hartem, verzerrtem Gesichtsausdruck das Handgelenk seiner Partnerin packte, es wie in einem Schraubstock festhielt und brutal verdrehte. Die Frau zuckte zusammen und versuchte sich loszureißen, und Robert sah, wie Diana zurückfuhr, hastig durchatmete und dann die Augen schloß.

Himmel, dachte er, sie ist Empathin! Das war es, was ihm an ihr so vertraut vorkam. Er drehte sich weg, legte die Hand an die Stirn und schloß die Augen. Es gab keinen Zweifel; er hatte die Gabe lange genug selbst besessen, um nun all die Anzeichen in ihr zu erkennen. Eine kleine, langsame Woge des Neids überkam ihn und weckte den dumpfen Schmerz von neuem. Sie hatte alles, was er nicht mehr besaß, alles, was ihm auf unerklärliche Weise abhanden gekommen war und nie mehr zurückkehren würde. Plötzlich fühlte er sich noch einsamer, gefangen in der Zelle seiner eigenen Gedanken und Gefühle.

»Stimmt was nicht?«

Er öffnete die Augen und drehte sich zu ihr um. Sie wirkte leicht verunsichert. »Doch, eigentlich alles in Ordnung«, sagte er.

»Willst du weg von hier? Wir könnten irgendwo anders hingehen, wo es ruhiger ist.«

Er seufzte, dann nickte er. Es hatte keinen Zweck, länger hierzubleiben. Aber hatte es einen Zweck, sie zu begleiten? Vielleicht. Er sah ihr in die Augen, auf der Suche nach etwas Verräterischem. Sie war Empathin, vielleicht könnte sie ...

»Ich würde gern zu mir nach Hause gehen«, sagte sie. In ihrer Stimme lag eine sanfte Beharrlichkeit, der er, das fühlte er, nicht widerstehen konnte. Oder sollte. Er nickte wieder. Vielleicht war sie in der Lage, seine Blockade zu überwinden. Wenn es überhaupt etwas gab, das die Gabe zurückbringen konnte.

Sie standen vom Tisch auf und schlenderten vom Hot Neon Drop in die Stille und Kälte der Nacht hinaus.

Er erinnert sich nicht mehr genau an ihre Wohnung – er weiß nur, daß sie klein war, daß sie warm war, daß sie dunkel war, selbst wenn das Licht brannte. Und daß ein feuchter Geruch in der Luft hing, als er das erste Mal ihr warmes Schlafzimmer betrat, ein beinahe tröstender Geruch.

Er stand in der Schlafzimmertür, während sie quer durch den Raum ging und die Nachttischlampe anknipste. Die Lampe hatte einen dichten Schirm, der das Licht zu einem tiefen, düsteren Orange dämpfte.

Diana schlüpfte aus den Schuhen, blieb neben dem Bett stehen und sah ihn an. Ihre Arme und Hände hingen schlaff herab. Alles an ihr war reglos, bis auf das gelegentliche Zucken der Augenlider. Sie wartete auf ihn, das spürte er, sie wollte, daß er zu ihr kam, sie berührte, sie auszog.

Er blickte hinunter auf seine Hände, öffnete sie und bewegte die Finger. Sie wollte, daß diese Finger sie berührten, sanft nach ihr griffen und ihr die Kleider vom Leib streiften. Doch es schienen nicht seine Hände zu sein. Er konnte ihr nicht geben, wonach sie verlangte, und so schloß er die Finger wieder und ließ die Hände seitlich des Körpers herabsinken. Er fragte sich, ob sie ihm geben konnte, wonach *er* verlangte, was er brauchte.

Er ging an ihr vorbei, ohne ihr in die Augen zu schauen, setzte sich auf die Bettkante und begann die Schuhe auszuziehen. Er hörte sie einmal tief durchatmen, bevor sie den Arm ausstreckte und das Licht ausmachte. Schweigend zogen sie sich im Dunkel aus, jeder für sich.

Aber sobald sie im Bett lagen, nebeneinander, Körper an Körper, schienen sich Teile der kalten Barriere in seinem Innern unter der Berührung ihrer Fingerspitzen aufzulösen, wenn auch nicht annähernd tief genug, um ihre Gefühle, ihre Emotionen eindringen zu lassen. Sie hatte eine Sanftheit und eine Sensibilität, mit denen sie es schaffte, aus ihm Fragmente der gleichen Eigenschaften herauszuholen, gegen seinen Willen. Sie schaffte es, das war ihm klar, weil sie sein Inneres erfühlte. Er kannte den Ablauf. Jeder winzige Splitter einer Emotion wurde aus seinem Innern gefiltert und von ihr verstärkt, wie bei einer Rückkopplung, und sie nahm eine Angleichung vor, eine Feinabstimmung, um genau das herauszuholen, was sie von ihm wollte.

Jetzt, sagte er sich, hatte er die beste Chance, jetzt, da ihre Körper vereint waren, sich gemeinsam bewegten und seine Gefühle in sie strömten. Sie waren sich so nahe wie nur irgend möglich. Er versuchte seinen Verstand abzuschalten, die Barrieren zu schmelzen und den Panzer abzulegen, sich ganz zu öffnen und ihre Gefühle in sich eindringen zu lassen. Er wollte sich mit wenig zufriedengeben, mit der leisesten Andeutung eines Gefühls, das ihn berührte, gut oder schlecht, stark oder schwach. Er schloß die Augen, versuchte alle Geräusche und Gerüche zu verdrängen, alles, was ihn behindern oder ablenken konnte, und bemühte sich verzweifelt, die Verbindung zu ihr herzustellen, diesen hauchdünnen Kontakt.

Nichts geschah. Eine kalte Mauer aus Eis umschloß seinen Geist, eine Mauer, die einfach nicht einstürzen wollte, eine Mauer, die alles aussperrte. Und plötzlich endeten seine Anstrengungen in einer Woge, die durch seinen Körper brandete, bis er die Orientierung verlor, und während er zugleich vorwärtsschoß und in die Tiefe trieb, wußte er plötzlich, daß es keinen Weg zurück gab, weder in dieser Nacht noch irgendwann sonst.

Sie lagen ganz still da, Seite an Seite, und selbst jetzt kann er sich noch an die Wärme neben ihr unter der weichen Bettdecke erinnern, an ihren erhitzten, etwas feuchten Körper, an ihren heißen Atem, der seine Schulter streifte und sich in seiner Halsgrube sammelte. Dann erst fiel ihm auf, daß sie zitterte.

Sie rollte auf die andere Seite, wandte sich von ihm ab, und ihr lautloses, heftiges Zittern wurde immer stärker. Er wollte sie fragen, was los war, aber er brachte es nicht fertig. Eigentlich mußte er wissen, *spüren,* was sie quälte, und weil er nichts wußte und spürte, brachte er es auch nicht fertig, sie zu fragen.

Er legte einen Arm um sie, versuchte, sie an sich zu ziehen, aber sie löste sich von ihm und ließ eine kalte

Leere zurück. Sie setzte sich auf, knipste die Lampe an und stützte sich gegen das Kopfteil des Betts. Das Licht wurde durch den Schirm so abgeschnitten, daß ihr Gesicht im Schatten verborgen blieb, während der nackte Körper schwach erhellt war, von den kleinen Brüsten abwärts bis zu den Knien, wo die Bettdecke anfing.

Sie schwang die Beine über die Bettkante und stand auf. Mit langen, gemächlichen Schritten, fast eins mit der Dunkelheit, ging sie zum Kleiderschrank und holte einen langen weißen Morgenmantel heraus. Sie schlüpfte in die Ärmel, wickelte den Stoff locker um ihren Körper und verknotete den Gürtel in der Taille. Dann drehte sie sich zu ihm um.

»Kannst du heute nacht bei mir bleiben?« Sie steckte die Hände in die Taschen ihres Morgenmantels. »Oder geht das nicht?«

Ihre Augen, ihre ganzen Züge wirkten leer, ohne jedes Gefühl, und doch spürte er irgendwie, daß ihr die Sache wichtig war.

»Doch«, sagte er, ohne zu wissen, warum. »Ich bleibe.«

Sie nickte und verließ das Schlafzimmer in Richtung Küche.

Er lag im Bett und wußte nicht so recht, ob er aufstehen sollte oder ob sie gleich wiederkommen würde. Er drehte sich auf den Rücken und betrachtete die Zimmerdecke, horchte auf die leisen, verschwommenen Geräusche, die zu ihm durchdrangen.

Sie kam zurück und blieb auf der Schwelle des Schlafzimmers stehen.

»Du kannst dich anziehen«, sagte sie. »Wir bleiben noch eine Weile auf.« Sie machte kehrt und ging in die Küche zurück.

Er stand auf und zog seine Hose an. Der Teppichboden unter seinen bloßen Füßen war weich und dick, und er ging durch den Flur in die Küche, wo sich selbst das Linoleum warm anfühlte.

Sie saß am Küchentisch, die Arme wie schützend um einen großen Wasserkrug und ein leeres Glas gelegt. Er nahm ihr gegenüber auf einem Stuhl Platz. Sie schaute nicht einmal auf, und er wartete, ob sie etwas sagen würde, doch sie blieb still.

»Fehlt dir etwas?« fragte er.

Sie hob den Kopf mit einer langsamen, marionettenhaften Bewegung. Ihre Augen waren starr auf ihn gerichtet. »Was?«

»Fehlt dir etwas? Kann ich dir irgendwie helfen?«

Sie schüttelte den Kopf. »Nein, alles in Ordnung.« Sie lächelte sanft. »Aber du kannst mir helfen, einfach dadurch, daß du bei mir bleibst.«

Sie stand auf, warf einen kurzen Blick auf das leere Glas und ging dann in Richtung Schlafzimmer. An der Küchentür blieb sie kurz stehen und blickte sich um, als erwartete sie, daß er ihr folgen würde. Er blieb sitzen, und sie wandte sich ab. Sie ging etwa den halben Weg über den Flur und betrat dann einen Raum, von dem er annahm, daß es das Bad war. Ein Licht ging an, heller als die anderen Lichter in der Wohnung.

Er hörte, wie die Tür des Medizinschränkchens mit einem Quietschen aufschwang, dann ein klapperndes Geräusch und das Zuschnappen der Tür. Was quälte diese Frau? Es lag etwas in der Art, wie sie sich bewegte, in ihrer Starrheit, der erzwungenen Beherrschung, das selbst für Empathen ungewöhnlich war. Das Licht ging aus, und sie kam aus dem Bad zurück an den Tisch. Ihre Rechte umklammerte sorgsam zwei Plastikfläschchen mit Tabletten.

Sie ließ sich auf den Stuhl sinken und stellte die beiden Medikamente so auf den Tisch, daß er die Etikette sehen konnte. Er beugte sich vor und las. Beide Fläschchen enthielten Seconal.

Ein kalter Schmerz überfiel ihn, und ihm kam in den Sinn, wie oft in den letzten Monaten er selbst allen Ernstes daran gedacht hatte, sich das Leben zu nehmen, wie er versucht hatte, sich über die geeigneten Methoden und den richtigen Zeitpunkt klarzuwerden. Die Erkenntnis, wie nahe er dem Entschluß in diesem Moment wieder war, stieg in ihm auf, und Furcht durchbohrte ihn wie ein harter Strahl.

»Nein«, sagte sie. »Du brauchst mir nicht...« Sie brach ab und starrte auf die Tischplatte hinunter.

War es das, was sie wollte? Daß er hierblieb, die ganze Nacht bei ihr verbrachte und sie davon abhielt, all die Pillen, die in den beiden Behältern sein mußten, zu schlucken?

Endlich rührte sie sich, griff nach einem der Fläschchen, und er sagte keinen Ton, versuchte nicht, sie zurückzuhalten. Sie nahm den Behälter in die linke Hand und versuchte mit der Rechten, den Deckel gleichzeitig nach unten zu drücken und aufzuschrauben. Er konnte sehen, wie sich die Muskeln in ihren Händen und Fingern anspannten, als sie gegen den Verschluß ankämpfte. Sie begannen zu zittern, zunächst nur leicht, dann immer stärker, bis sie jegliche Kontrolle über ihre Hände zu verlieren schien. Das Fläschchen kippte um und rollte quer über die Tischplatte auf ihn zu.

Er streckte eine Hand aus und fing das Ding auf, als es über die Kante fiel. Er hielt es in Augenhöhe gegen das Licht und sah, daß es etwa zwanzig Kapseln enthielt.

Er wandte seine Aufmerksamkeit wieder ihr zu und schaute sie an, schaute ihr direkt in die Augen. Sie wirkten hart und glänzend. Er ließ den Blick zu ihren Händen hinunterwandern, konnte aber nicht sagen, ob das Zittern vorbei war; sie hatte die Finger fest verschränkt auf dem Tisch liegen.

»Kannst du sie mir aufmachen?« Ihre Stimme klang ruhig, ohne auch nur eine Spur von Anspannung.

Er nahm den Behälter in eine Hand, drückte mit der anderen den Deckel herunter und drehte. Der Verschluß löste sich, und er schob ihr das offene Fläschchen über den Tisch hinweg zu. Sie reichte ihm das zweite, noch nicht angebrochene Medikament, und er öffnete es ebenfalls, drückte es ihr in die immer noch leicht zitternden Finger.

Sie nahm beide Fläschchen und kippte ihren Inhalt auf den Tisch, stellte die leeren Behälter beiseite und ordnete die Kapseln mit nun völlig ruhigen Fingern, eine genau neben die andere, zu drei Reihen mit je elf Stück. Dreizehn Pillen blieben übrig.

»Dreiunddreißig«, sagte sie. »Dreiunddreißig müßten in jedem Fall reichen.«

Er saß ruhig da und beobachtete sie. Merkwürdigerweise akzeptierte er ihr Vorhaben voll; es schien ihn überhaupt nicht zu stören.

»Warum?« fragte er. Sie schaute zu ihm auf, antwortete aber nicht. »Du bist Empathin«, sagte er. Er war sich nicht sicher, ob das von Bedeutung war, aber es erschien ihm wichtig, ihr zu sagen, daß er Bescheid wußte.

Sie hielt den Kopf ein wenig schräg. »Woher weißt du das?«

Der dumpfe Schmerz pochte. »Ich erkenne es.« Er atmete tief durch. »Ich war selbst einer. Jahrelang.«

»Jetzt nicht mehr?«

»Nein. Ich habe keine Ahnung, was geschah. Irgendwann wurde der Empfang schwächer. Hörte ganz auf. Nun kommt nichts mehr herein.«

»Deswegen also deine Verzweiflung!« Sie schüttelte den Kopf. »Du fragst mich, warum. Du fragst mich, was mit mir los ist. Ich will es dir sagen. Ich habe völlig die Kontrolle über meine Empathie verloren. Du empfängst nichts mehr. Nun, und ich kann nichts mehr ausblenden.« Sie schloß die Augen und rieb sich die Stirn. »Kannst du dir vorstellen, wie das ist, ohne Abschirmung, ohne irgendwelche Filter, ohne die Möglichkeit, auch nur die kleinste Gefühlsregung abzublocken –

wenn sich jede Spur einer Emotion aus deiner Umgebung ihren Weg in dein Gehirn bahnt und darauf pocht, auch dir zu gehören!« Sie rieb sich immer noch die Stirn.

Ein kalter Schauder durchfuhr ihn. O Gott! Er erinnerte sich an die Zeiten, als ihn die Eindrücke von außen beinahe überwältigt hatten, und das, obwohl er jeden Schutzschirm und jeden Filter einsetzte, um sie ertragen zu können.

Sie öffnete die Augen und sah ihn an. »Ja, du hast eine kleine Vorstellung davon. Aber glaub mir, sie kommt längst nicht an die Realität heran. Und ich kann einfach nicht mehr damit leben.«

»Warum warst du dann heute abend in dieser Bar, wo es von Menschen nur so wimmelte?«

Sie schüttelte den Kopf. »Ich … ich kann es nicht erklären. Weil ich … jemanden finden mußte. Ich brauchte …« Sie spielte mit einer der Kapseln. »Ich will, daß du bei mir bleibst, damit ich nicht ganz alleine bin.«

Er versuchte, langsam und ruhig zu atmen, die Angst aus seinem Innern zu verdrängen. Was sollte er tun?

»Aber versprich mir bitte«, fuhr sie fort, »daß du niemanden holst, nachdem ich sie geschluckt habe.« Ihre Züge verhärteten sich, bis die Augenbrauen starre Balken bildeten. »Versprich mir, daß du nichts unternimmst …«

Er antwortete zunächst nicht. Er beobachtete, wie sie tief einatmete und die Luft anhielt, und er dachte an das, was er vorher gefühlt hatte – daß er ihr nicht geben konnte, was sie brauchte. Schließlich nickte er. »In Ordnung«, sagte er.

Sie atmete aus, und ihr ganzer Körper schien sich zu entspannen. Sie goß Wasser in das Glas und begann.

Sie nahm eine Kapsel in die linke Hand, zwischen Daumen und Mittelfinger, so daß die langen, polierten Fingernägel fast zusammenstießen. Ihre Lippen teilten sich, und die Finger blieben wie erstarrt, ohne sich zu berühren, als sie das Handgelenk drehte, um die Kapsel näher an den geöffneten Mund zu führen. Ihre Hand verharrte, die Finger bewegten sich wieder, um die Kapsel auf die Zunge zu legen, zogen sich dann zurück, und ihre Hand glitt wieder zu den Tabletten-Reihen auf dem Tisch, während die Zunge im Mund nach hinten rollte. Mit der Rechten führte sie das Glas an die Lippen, kippte es leicht, und er beobachtete das Spiel ihres Kehlkopfs beim Schlucken.

Nach der ersten Kapsel nahm sie zwei gleichzeitig, und er beobachtete bei jedem Kapsel-Paar genau die gleichen Bewegungsabläufe, das exakte und bedachtsame Zusammenspiel von Fingern, Hand, Zunge, Lippen und Kehlkopf, als habe sie es Hunderte von Malen geübt.

Als alle dreiunddreißig geschluckt waren, stellte sie das leere Glas neben den übriggebliebenen dreizehn Kapseln auf dem Tisch ab.

»Geschafft.« Sie schob ihren Stuhl zurück, stand vom Tisch auf und ging von der Küche ins Schlafzimmer, langsam und aufrecht, mit erhobenem Kopf. Er folgte ihr nicht.

Er saß allein in der Küche und starrte die dreizehn Kapseln an, die immer noch auf dem Tisch lagen. Er griff hinüber und zog das Glas und den Krug zu sich heran, dann goß er Wasser in das Glas und stellte den Krug zurück auf den Tisch. Dreizehn. Ob das reichen würde?

Er wartete darauf, daß die Angst zurückkam, ihm die Brust einschnürte wie schon so oft, doch sie kam nicht. Er fühlte sich ruhig, entspannt und saß unbewegt da, die Blicke starr auf das Wasserglas und die dreizehn Kapseln gerichtet.

Er hörte, wie sie nach ihm rief, und nach ein paar Sekunden seinen Namen wiederholte. Er stand vom Tisch auf und ging ins Schlafzimmer.

Sie lag im Bett, flach auf dem Rücken, die Arme seitlich des Körpers, den Kopf leicht nach hinten gekippt und tief ins Kissen gesunken. Sie sah ihn nicht an, als er hereinkam. Er trat an die Bettkante und beugte sich über sie.

»Ich bin bei dir«, sagte er. Sie antwortete nicht.

Er blieb neben ihr stehen und wartete schweigend; keiner von ihnen bewegte sich. Seine Gedanken waren vage, verschwommen, und es machte ihm nichts aus, sie treiben zu lassen. Nach kurzer Zeit konnte er sehen, wie sie schläfrig wurde. Ihre Augen waren halb geschlossen, und sämtliche Gesichtsmuskeln wirkten schlaff; ihr Unterkiefer hing leicht herab.

»Wie fühlst du dich?« fragte er.

»Gut…« Ihre Worte kamen langsam und träge. »Nur etwas…« Sie sprach nicht zu Ende.

»Und du willst deine Entscheidung nicht rückgängig machen?«

Sie antwortete nicht gleich, dann rollte ihr Kopf schwer von einer Seite zur anderen. Er dachte einen Moment lang, daß sie lächeln würde, aber sie tat es nicht.

Er stand über ihr und beobachtete sie, unfähig, sich von ihr abzuwenden, doch sie erwiderte seinen Blick nicht; ihre Augen waren auf keinen bestimmten Punkt im Zimmer gerichtet. Sie zeigte weder ein Lächeln noch Unmut – nichts, als habe jeder Muskel in ihrem Gesicht zu arbeiten aufgehört, für immer und ewig. Ihre Lider senkten sich langsam.

Es dauerte nicht lange, bis er sah, daß sie schlief. Er rief zweimal ihren Namen, zupfte sie sanft am Arm, aber sie reagierte nicht. Er konnte nur das langsame, regelmäßige Heben und Senken der Brust erkennen.

Er beugte sich über sie, löste den Gürtel um ihre Taille und öffnete den Morgenmantel. In dem gedämpften orangefarbenen Licht wirkte ihre Haut unglaublich glatt, glatter, als er sie in Erinnerung hatte. Selbst ihr

Schamhaar sah weich und fein aus, längst nicht so widerspenstig gekraust wie zuvor. Er streckte die Hand aus, berührte ihre Hüfte. Ja, ihre Haut war glatt.

Er fuhr mit den Fingern die Linie des Körpers aufwärts, bis zu ihrer Brust, zog einen Kreis, glitt über den kleinen Hügel und den dunklen Hof. Hier stockte seine Hand, und der Mittelfinger verharrte auf der erschlafften Brustwarze, die sich noch vor kurzem hart und steif gegen ihn gepreßt hatte.

Er atmete tief ein, zog die Hand zurück und richtete sich auf. Er blieb ein paar Sekunden lang reglos stehen und sah sie an, dann beugte er sich wieder über sie und streifte ihr die Ärmel des Morgenmantels ab. Während er ihren Körper mit der Linken anhob, versuchte er mit der Rechten den Morgenmantel unter ihr wegzuziehen, zunächst ohne Erfolg. Erst als er fester zerrte, begann der Stoff unter ihr wegzugleiten und kam schließlich mit einem Ruck frei.

Er hielt den Morgenmantel am Kragen hoch und strich ihn glatt, trug ihn so, daß er den Boden nicht berührte, zum Schrank, hängte ihn über einen Kleiderbügel und schloß die Tür.

Er ging wieder zu ihr, schlug Decke und Laken zurück und bettete sie dazwischen. Er stand einen Moment über sie gebeugt, dann schlüpfte er aus der Hose, hob die Bettdecke und legte sich zu ihr. Um sie warmzuhalten, wickelte er sich und sie fest in das Bettzeug, und so lag er neben ihr, berührte ihre immer noch weiche, warme Haut. Sanft legte er den Arm um sie, schmiegte seinen Körper eng an ihren und wartete.

Später, als sie nicht mehr atmete, als er keinen Puls mehr fühlen konnte, schlüpfte er aus dem Bett und deckte sie zu. Er strich ihr mit den Fingern sanft über die Wange, ehe er sich ein paar Schritte vom Bett entfernte.

Er zog sich an und ging in die Küche. Einige Minuten lang stand er neben dem Tisch und blickte auf das

Häufchen mit den dreizehn Kapseln. Er fühlte nicht den Drang, sie an sich zu nehmen, nicht den Wunsch, sie zu schlucken, und er wußte nicht recht, warum das so war. Schließlich sammelte er die restlichen Kapseln doch auf, ging damit zum Abwaschbecken, spülte sie in den Ausguß, drehte das Wasser voll auf und ließ es zwei oder drei Minuten laufen. Er knipste das Küchenlicht aus, warf einen letzten Blick auf den blassen, orangefarbenen Schein, der aus dem Schlafzimmer drang, und verließ dann die Wohnung.

Jetzt sitzt er bei sich daheim und denkt nach. Ja, sie hieß Diana.

Er erinnert sich an ihre Hände – an die Art und Weise, wie sie eine Seconalkapsel zwischen Daumen und Mittelfinger hielt, so daß die langen, polierten Fingernägel fast zusammenstießen, die übrigen drei Finger in ihrer Position erstarrt, ohne sich zu berühren…

Originaltitel: ›NIGHT PASSAGE‹ • Copyright © 1996 by Richard Paul Russo • Erstveröffentlichung mit freundlicher Genehmigung des Autors und Uwe Luserke, Literarische Agentur, Stuttgart • Copyright © 1996 der deutschen Übersetzung by Wilhelm Heyne Verlag, München • Aus dem Amerikanischen übersetzt von Birgit Reß-Bohusch

---

Wolfgang Jeschke · Deutschland

PARTNER FÜRS LEBEN

Ahnt er etwas, dieser kleine lüsterne Bastard? Er fragte heute morgen so süffisant, ob etwas ›rüberkomme‹. Sicher hat die Schwester, diese Elvira, es ihm erzählt, kichernd, hinter vorgehaltener Hand. Ist ja auch ungewöhnlich, wenn ein Mann meines Alters die Laken befleckt. Oh, bei dem scheint unsere Behandlung aber voll anzuschlagen, Professor. Ein Jungbrunnen! Ich sehe das maliziöse Grinsen vor mir über den hochgeschnürten Brüsten, zwischen die dieser Steifele am liebsten die Nase und wer weiß was nicht sonst noch alles stecken würde.

›Unsere Behandlung‹ – daß ich nicht lache! Seit ich deine kleinen Brüste gestreichelt habe, liebste Nining, deine samtweiche warme Haut, ekelt es mich vor diesen voluminösen Drüsen. Sie sind unappetitlich, ja obszön in ihrer Fülle.

Ja, Herr Professor Scheufele, es ›kommt etwas rüber‹. Aber ich werde Ihnen kein Wort darüber verraten. Das ist mein Geheimnis. Das einzige, das ich vielleicht für mich behalten kann, nachdem mir sonst alles entgleitet, mir alles weggenommen wird.

Sie sind beide gläubige Muslime – das hindert sie gottlob nicht daran, leidenschaftlich zu sein, wie es ihrer Jugend entspricht. Mein Problem ist die Zeitverschiebung. Meist geben sie sich erst einander hin, wenn die

Kinder eingeschlafen sind. Dann herrscht hier im Haus die übliche Nachmittagsruhe, und ich habe mir verbeten, daß vor sechzehn Uhr Besuch eingelassen wird, wer immer es sein mag, oder daß sonst jemand mein Zimmer betritt. Sie sollen sich alle zum Teufel scheren. Ich möchte nicht gestört werden.

Wenn sie freilich schon bei Einbruch der Dunkelheit zueinanderfinden, solange die Kinder noch auf der Straße spielen – und bei den beengten Wohnverhältnissen nutzen sie diese Gelegenheit häufig –, wird hier gerade das Mittagessen serviert, und ich bin gezwungen, meine atemlose Hingabe mit grämlicher Gereiztheit zu bemänteln oder Appetitlosigkeit zu mimen, was mir bei dieser Kost wahrlich nicht schwerfällt. Ich spüre den irritierten Blick der Küchenhilfe auf meinem verkrümmten Rücken, halte mich völlig reglos, kontrolliere den Atem, bis die unberührte Mahlzeit abgetragen wird und die Tür ins Schloß fällt, dann lasse ich mich hemmungslos ihrem Höhepunkt entgegentreiben.

Das Abendessen gibt es, dem Drang des Personals zum Feierabend Rechnung tragend, schon um sechzehn Uhr dreißig. Ich mampfe es unbesehen in mich hinein: Quark mit Kleie, matschige Flocken, halbgares Gemüse, undefinierbare Samen, Sprossen und Keimlinge, alle diese Ausstülpungen werdenden Lebens. Ich zermalme achtlos die kühnen Architekturen der Zellulose, die wunderlichen fraktalen Strukturen von Kohlröschen und Wirsing. Die Gaumenplatte meines Zahnersatzes schützt mich vor jedwedem Geschmack, was ich als besonders angenehm empfinde. Ich habe mich nie in der Nahrungskette vorgedrängt, habe stets den Brodem des Vegetabilen gemieden, das schon in zartester Jugend von nekrotischen und chlorotischen Verformungen und Verfärbungen angehaucht, kaum entwurzelt ins fleckige, stinkende vorzeitliche Reich der Plasmodiophoromyceten und Peronosporalen, Leptomitalen und Labyrinthulomyceten zurücksinkt.

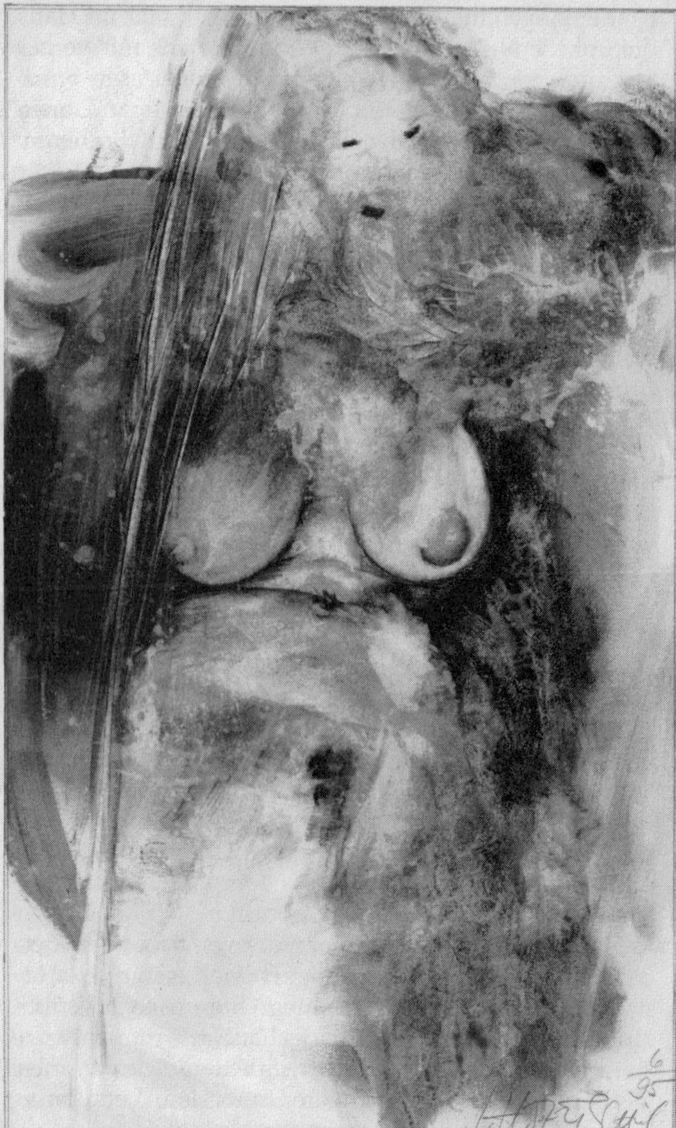
6/35

Dagegen – ah! – höchster aller Genüsse: ein Tatar – schieres Rindfleisch, durchfeuchtet mit einem rohen Ei, Salz, Pfeffer, roter Paprika, einem Hauch Aceto balsamico. Ich schließe die Küchentür ab, lasse den Zahnersatz in die Jackentasche gleiten und zerdrücke es bis zum letzten Krümelchen mit der Zunge am entzückten Gaumen.

Der Blick des Professors ruhte lange auf dem umfangreichen Computerausdruck seiner DiagnoStation. Ich mochte ihn vom ersten Moment an nicht. Er ist keine Autorität, er ist nur ehrgeizig und unverfroren. Er hält sich für ein Genie, aber seine schnarrende Jovialität verrät den kleinen Geist. »Das ist nicht Alzheimer«, sagte er schließlich und hielt es nicht einmal für nötig, mich dabei anzusehen, »das ist Creutzfeldt-Jakob, Hirnschwamm. Essen Sie gern rohes Rindfleisch?« fragte er forsch. »Tatar oder Carpaccio? Bries? Oder gebackenes Hirn?«

»Ich kann mich nicht erinnern«, gestand ich wahrheitsgemäß.

»Hm«, meinte er. »Sieht ziemlich schlimm aus. Eine Menge BSE-verseuchtes Gewebe, das wir ausräumen müssen. Prion-Protein. Wir werden frische Gehirnzellen brauchen, Herr … ah … Hessler. Sind Sie partnerschaftlich versichert?«

Ich mußte einen Moment lang überlegen, doch dann fiel es mir wieder ein.

»Ja«, sagte ich.

Was gab es damals, vor zehn, zwölf Jahren, für ein moralisches Getöse, nachdem die Lifelong Partnership Association gegründet worden war! Was ereiferten sich die Hilfsorganisationen für die Dritte Welt über eine Leibeigenschaft im entsetzlichsten Sinne des Wortes! Was gifteten die Kirchen unter Hinweis auf die Unveräußerlichkeit des von Gott geschaffenen und geschenkten menschlichen Leibes! Dabei war es doch nur der konsequente Schritt nach vorn: Wenn jemand schon seine Haut zu Markte trägt – und es ist ja beileibe nicht nur die Haut –, dann soll er persönlich auch den Nutzen davon haben, und nicht eine dieser Organisationen oder irgendwelche korrupte Regierungsbeamten. Es ist eine echte Form beidseitiger Entwicklungshilfe, von der beide Partner profitieren.

Freilich ist so eine Partnerschaft eine tiefe Verpflichtung. Mehr als eine Ehe – du liebe Zeit, deren habe ich drei glimpflich hinter mich gebracht. Es ist eher eine intensive Art von Blutsbruderschaft: gleiche Blutgruppe, gleicher Rhesusfaktor und ein Dutzend weiterer genetischer Identitäten. Und es gilt wirklich und wahrhaftig das Gebot: Bis daß der Tod euch scheidet.

Inzwischen hat sich die Entrüstung verflüchtigt, denn der Bedarf ist überwältigend. Und nur die Vierte Welt, Länder, in denen die Hälfte der Bevölkerung unter zwanzig Jahren alt ist, kann ihn befriedigen. Die LPA lehnt Verträge mit Kindern kategorisch ab, aber jeder, der das achtzehnte Lebensjahr überschritten hat, kann einen Partnerschaftsvertrag unterschreiben. Inzwischen bieten die meisten Krankenkassen neben einer Zusatzpflegeversicherung auch eine Partnerschaftsversicherung an.

Jono ist jetzt schon ein begüterter Mann – relativ gesehen natürlich. Dabei hat er mir nur ein paar Gehirnzellen abgegeben, um frisches Gewebe in meiner zerfledderten Großhirnrinde anzusiedeln. Die Ausbildung seiner beiden Kinder ist gesichert. Er ist dabei, sich ein Haus zu bauen. Als Pächter und Landwirt hätte er sich das in Jahrzehnten nicht leisten können. Seine Frau hat ausgesorgt, wenn es tatsächlich zum Schlimmsten kommen sollte. Kleine Nining.

Eine Partnerschaftsversicherung ist teuer, am teuersten mit Muslimens, wegen der Leber. Inzwischen weiß ich, daß dies ein rein spekulativer Preis ist. Viele Mohammedaner sind standhafte Trinker, besonders in Asien. Die Brauereien florieren. Außerdem zerstört das Haschisch die Leber ebenso nachhaltig wie der Alkohol.

Ich habe das Haus der LPA überschrieben. Ich habe mich vergewissert: Der Vertrag ist absolut wasserdicht. Selbst wenn es Hartmut gelingen sollte, mich für unmündig erklären zu lassen, wird er nichts daran ändern können. Für unmündig erklären! Den eigenen Vater! Über vierzig Jahre lang habe ich als Ingenieur gearbeitet. Und das war oft ein lausiger Job, kann ich Ihnen sagen. Ich habe mir das Haus erspart, Monat für Monat abbezahlt. Und jetzt als unmündig gelten! Du wirst dich wundern!

Irgend etwas stimmt nicht mit meinen Augen. Manchmal denke ich, es sei Nebel aufgezogen über den Feldern, doch dann sage ich mir, es ist doch ein heller, klarer Tag, die Sonne scheint vom Himmel, die Dinge werfen Schatten, die Jalousie hier schraffiert die Wand neben dem Fenster. Wenn ich blinzle, wird's für einen Moment besser, aber schon kurz darauf verschwimmen die Konturen wieder, biegen sich einer fernen Mitte zu, in der eine Art weißes Loch sitzt, das die Strukturen auflöst und in sich hineinsaugt. Ich schüttle entschlossen den Kopf, um das Ding loszuwerden. Es zerfällt zu unförmigen Amöben, die durch mein Blickfeld treiben und sich dann wieder im entferntesten Punkt des Horizonts sammeln, um erneut mit ihrer kreisenden Bewegung zu beginnen, die geduldig und unwiderstehlich die Wirklichkeit verschlingt. In solchen Augenblicken überkommt mich die Versuchung, den Halt aufzugeben und mich davontragen zu lassen.

»Die Augen werden wir uns als nächstes vornehmen müssen«, sagt Steufele. Oder Scheufele? Weshalb soll ich mir solche lächerlichen Namen merken? Wozu? Ich bin froh um jeden, den ich mir nicht merken muß. Ich werfe sie genüßlich den Viren zum Fraß vor.

»Die Augen«, sagt er. »Zunächst das rechte. Und wenn keine Probleme auftauchen, dann das andere.«

Ich vergaß zu erwähnen: Dieser Scheifele macht natürlich auch seinen Reibach dabei. Wahrscheinlich heimst er das Doppelte oder Dreifache – ach, was sage ich! – das Zehn- oder Zwanzigfache dessen ein, was Jono bekommt.

Das mit dem Auge war ein absoluter Fehlschlag. Ich sehe mit dem alten besser als mit dem gespendeten. Ich habe Kopfschmerzen. Es ist, als würde das neue Auge mit tausend spitzen Häkchen auseinandergezerrt. Es tränt unaufhörlich, und manchmal ist Blut in der Tränenflüssigkeit.

»Das gibt sich schon«, sagt Schwester Elsbeth und tätschelt mir gönnerhaft die Wange. Ihr frischgestärkter Busen dräut über mir wie eine Eiswächte.

Als sie endlich gegangen ist, taste ich mich ins Bad und nehme die dunkle Brille ab. Ein feucht schimmerndes Auge blickt mich an, von einem wunderbaren warmen Braun. Das andere: blauweiß wie ein geronnener, halb angetrockneter Möwenschiß.

Nachts passiert es mir nun immer öfter, daß ich – es ist seltsam – mit meinem neuen Auge träume. Der Wind treibt Schauer über Reisfelder von einem unglaublichen Grün. Sie wogen wie in einer weichen sanften Dünung. Es dunkelt. Ich nehme die Petroleumlampe vom Haken und pumpe sie zu gleißender Helligkeit. Nächstes Jahr sollen wir auch hier elektrisches Licht bekommen. Ich sitze unterm Bambusdach der Veranda, höre das Wispern des Regens und sehe zu, wie aus den Kokosfasern der Dachtraufe Tropfen hervorperlen wie flüssiges Licht. Zwischen den Bergen rumpelt der Donner. Im Zucken der Blitze stürzt das Wasser vom Himmel wie ein Katarakt aus Reis.

›Phantomsehen‹, nennt es Schniefele. Reizung des Sehzentrums als Folge der Operation.

Eindrucksvoll.

Denn nun, wenn ich ihren Körper spüre, sehe ich manchmal Ninings Gesicht. Es ist ein schönes junges Gesicht von einem samtigen hellen Braun, mit mandelförmigen dunklen Augen, in denen sich Liebe mit Schmerz mischt.

❧

Am Morgen erwache ich lange vor der Zeit, und meine Wangen sind feucht. Irgendwo draußen auf dem Gang ist ein Singsang zu hören. Läßt jemand um diese Zeit ein Radio spielen? Oder ist es ein Wimmern? Ein Patient, der um Hilfe ruft? Wo bleibt die Nachtschwester?

Ich steige aus dem Bett, breite das Laken auf den Fliesen aus und lasse mich zum Gebet niedersinken.

❧

Er riß ein großes quadratisches Blatt Papier von der überbreiten Spenderrolle über der Untersuchungsliege, wandte sich ab und säuberte sich.

»Wir müssen ihn unter allen Umständen am Leben erhalten, bis alle Rechnungen bezahlt sind. Sein Sohn wird nichts unversucht lassen und alle juristischen Möglichkeiten ausschöpfen. Wie geht es dem Alten heute?«

Sie hakte ihren Büstenhalter zu und schloß die Bluse. »Als ich ihn heute morgen neben seinem Bett fand, fürchtete ich das Schlimmste. Aber er war nur völlig weggetreten und starrte mich verwirrt mit seinen zweierlei Augen an.« Sie zuckte die Achseln und strich sich den Rock glatt. »Dabei murmelte er immer wieder so etwas wie: ›Allah atbak.‹«

Der Professor hielt in seiner Tätigkeit inne und hob lauschend den Kopf. Dann ließ er mit einem Ruck sein Glied in der Hose verschwinden und zog den Reißverschluß hoch, knüllte das Handtuch zu einem Ball zusammen und warf ihn in den Abfallsack.

Er wandte sich der Schwester zu und musterte sie mit vorwurfsvoller Verdrießlichkeit.

»Lassen Sie ihn auf die Intensivstation verlegen, Schwester.«

Er trat ans Waschbecken und seifte sich verschwenderisch die Hände. Die Schwester musterte spöttisch seinen schmalen Rücken. »Ich habe schon Vorbereitungen getroffen, Professor Scheufele.«

»Wir sollten jedenfalls das andere Auge auch noch anfordern. Vielleicht können wir eine weitere Transplantation vornehmen, bevor sich der alte Rammler vollends davonmacht.«

»Die LPA verlangt bei Inanspruchnahme des zweiten Auges zwei unabhängige Gutachten.«

»Ist mir bekannt, Schwester. Professor Bosch von der Uniklinik wird sich unserer Bitte um kollegiale Hilfeleistung ebensowenig verschließen wie Professor Döterle vom Albert-Schweitzer-Institut.«

Er trocknete sich die Hände. »Allah akbar«, murmelte er kopfschüttelnd. »Jedenfalls darf man auf die Obduktion gespannt sein.«

Die Regenzeit ist vorüber. Weiße Wolken türmen sich ins Blau. Über den Reisfeldern lassen die Kinder Drachen steigen. Ich habe ihnen gezeigt, wie man festere Rahmen baut und dichtere Schwänze knüpft, damit sie besser im Wind liegen. Wie man sie mit stetigem, entschlossenem Einholen der Leine hochzieht, bis sie sich kraftvoll in den Wind stemmen und Spielraum fordern.

Die Pumpe am Fluß habe ich auseinandergenommen

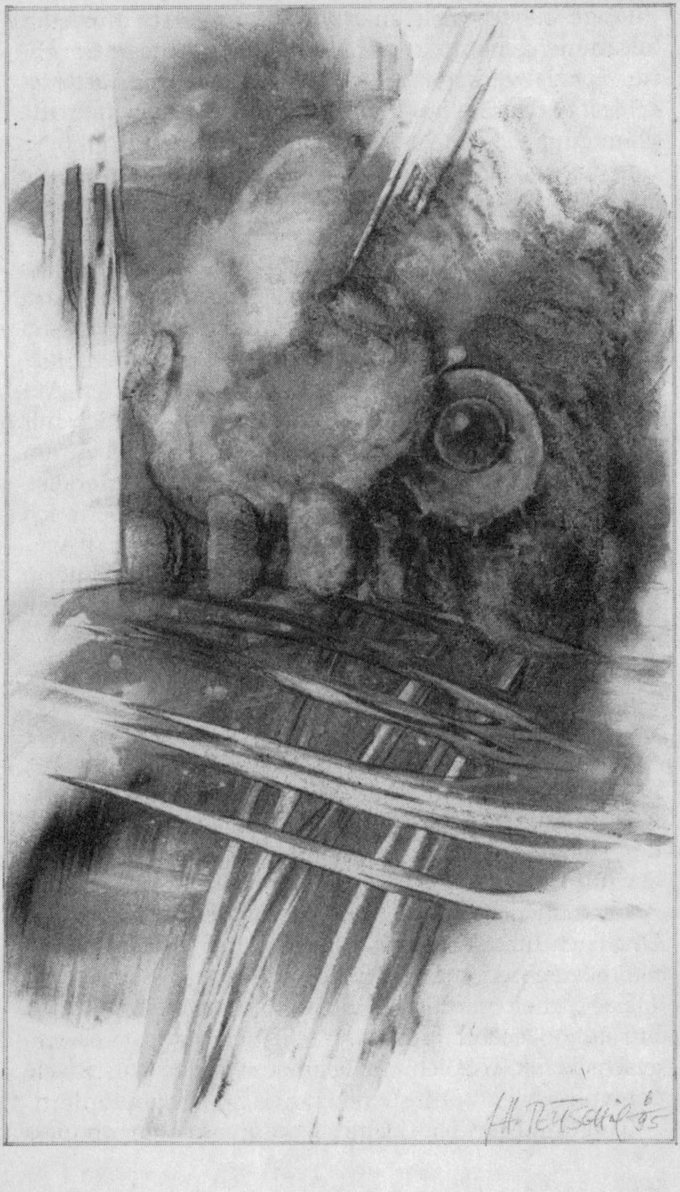

und gesäubert, geschmiert und provisorisch wieder zusammengebaut. Improvisiert, wie's eben ging ohne Spezialwerkzeuge und Ersatzteile. Sie arbeitet schlecht, aber sie läuft endlich wieder. Die Handgriffe waren mir seltsam vertraut. Seit sie mich am Kopf operiert haben, verfüge ich über Fertigkeiten, die ich nie erlernt habe, und erwache aus Träumen, die nicht die meinen sind.

Ich habe die Ersatzteile für die Pumpe aufgezeichnet, die angefertigt werden müssen. Einer der Nachbarn fährt morgen früh mit dem Bus in die Stadt. Er sah mich befremdet an, als ich ihm das Blatt mit den Skizzen gab, und schreckte zurück vor meiner leeren Augenhöhle. Natürlich sind sie mir neidisch, seit ich mir das Haus gebaut und die trockenen Felder oben am Hang gepachtet habe. Wenn die Pumpe repariert ist, wird es kein Problem sein, das Land zu bewässern. Ich werde dort Reis anbauen.

Es ist ein herrliches Gefühl, am Morgen hinterm Pflug durch die frisch gefluteten Felder zu waten, wenn die Wasser noch kühl sind und die Schatten schlank.

Der Gedanke, auch das andere Auge zu verlieren, macht mich traurig. Ich könnte dich nicht mehr sehen, liebste Nining. Doch ich glaube, ich kann dich auch mit den Händen sehen, so vertraut bist du mir. Sie läßt sich auf mir nieder wie eine Feder, streicht mit dem Finger zärtlich über die Narbe, die sich von der Schläfe überm Ohr nach hinten erstreckt. Längst sind die Haare darübergewachsen, man sieht sie kaum noch.

Zur Arbeit wird mich Predi führen, mein Ältester. Ein aufgeweckter Junge, der mit den Händen ebenso geschickt ist wie ich. Im Herbst wird er zur Schule gehen.

Und Wati, meine kleine Knospe, so zärtlich und

schmiegsam, schlägt ganz nach ihrer Mutter. Es wäre ein Jammer, dich nicht aufwachsen zu sehen. Sie bricht in Tränen aus, wenn sie mich ansieht. Papa kauft sich ein neues Auge, wenn er in die Stadt fährt, tröste ich sie. Mit drei glaubt man das noch.

Blaue Rauchschleier schweben träge über den Dächern der Häuser. Die Bauern sind von den Feldern heimgekehrt. Reis wird aufgesetzt. Die Kinder spielen Fangen in der aufziehenden Dunkelheit, verschmelzen mit den Schatten.

Die fliegenden Hunde halten zielstrebig Kurs auf die Obstplantagen im Norden, rudern schwerfällig in weit auseinandergezogener Formation über den kupferfarbenen Himmel. Die ersten Fledermäuse weben ihre hektischen Muster. Ich nehme die Petroleumlampe vom Haken. Ein Nachfalter stößt gegen meine Hand.

Es riecht nach brennenden Palmblättern. Gleich gibt es Tee – ungezuckert, herb und heiß. So mag ich ihn am liebsten. Von den Erträgen der neuen Felder werden wir uns ein-, vielleicht zweimal die Woche Fleisch kaufen können. Ich bin ganz versessen darauf. Schon der Gedanke daran wässert mir den Mund. Dabei mochte ich es früher nie. Tierisches Eiweiß ist wichtig für die Kinder. Die Leute schütteln den Kopf, aber sie können mich nicht beirren.

Der blinde Kuswan geht von Haus zu Haus und schüttelt energisch sein Glöckchen. Er hat Durst auf ein Bier. Bald werde ich mir auch so ein Glöckchen kaufen müssen. Nur wird mir niemand etwas in die Büchse werfen. Ha, werden sie sagen, geschieht dir recht. Jetzt kannst du dir dein Geld in die leeren Augenhöhlen stopfen, du Großmaul! werden sie mir hämisch nachrufen, werden Steine nach mir werfen und mich in den Graben stoßen. Jetzt hast du, was du verdienst, du raffgieriger Hund!

Der Mond treibt hoch über den östlichen Bergen, den breiten weißen Bauch nach oben wie ein toter Fisch.

Spüre ich plötzlich einen Anflug von Verzagtheit? Das Tier in mir winselt. Aber vielleicht habe ich Glück.

Ein Gecko ruft: *Geck-o* – ja – *geck-o* – nein – *geck-o* – ja! – *geck-o* – nein … Zwölf Rufe. Der dreizehnte hebt an und erstirbt in einem krächzenden Knarren.

Noch ist Hoffnung.

Bandung, 22. März 1994

Copyright © 1996 by Wolfgang Jeschke • Erstveröffentlichung mit freundlicher Genehmigung des Autors • Illustriert von Jobst Teltschik

---

HEYNE BÜCHER

David Brin

»Wie Schriftsteller so sind, glaube ich, als eine Art Optimist zu gelten. Daher scheint es nur natürlich, daß dieser Roman eine Zukunft entwirft, in der es etwas mehr Weisheit gibt als Torheit ... Vielleicht etwas mehr Hoffnung als Verzweiflung.

Tatsächlich ist er wohl das ermutigendste Zukunftsbild, das ich mir gerade jetzt vorstellen kann.
Welch ernüchternder Gedanke!«

06/5145

Wilhelm Heyne Verlag
München

HEYNE BÜCHER

Die Auferstehung des Fleisches

Was fühlt ein Mensch, der eines Tages feststellt, daß er nur eine Kopie seiner selbst ist - und wie alle Kopien nur eine sehr begrenzte Lebensdauer hat? Ein Thriller vom Menschen im Zeitalter seiner technischen Reproduzierbarkeit und eine realistische Vision der nahen Zukunft.

06/5001

Wilhelm Heyne Verlag
München

HEYNE BÜCHER

Ein genialer Geheimplan

Die USA hatten einen genialen Geheimplan: mit Zeitmaschinen Spezialisten 5 Millionen Jahre in die Vergangenheit zu schicken, um den Arabern vor ihrer Zeit das Öl abzupumpen und mit Pipelines in andere Lagerstätten zu verfrachten. Das Fatale war nur: Niemand konnte wirklich die Folgen eines solchen Eingriffs kalkulieren. Wie würde unsere Gegenwart aussehen, wenn der Coup gelänge? Hätte es dann die Welt, wie wir sie kennen, überhaupt je gegeben?

Wolfgang Jeschke
Der letzte Tag der Schöpfung
06/4200

Wilhelm Heyne Verlag
München

HEYNE
BÜCHER

Top Hits der Science Fiction

Man kann nicht alles lesen – deshalb ein paar heiße Tips

Ursula K. Le Guin
Die Geißel des Himmels
06/3373

Poul Anderson
Korridore der Zeit
06/3115

Wolfgang Jeschke
Der letzte Tag der Schöpfung
06/4200

John Brunner
Die Opfer der Nova
06/4341

Harry Harrison
New York 1999
06/4351

Wilhelm Heyne Verlag
München